本书获河南大学文学院学术著作出版基金资助

《QILUDENG》CIYU HUISHI

《歧路灯》词语汇释

(增订本)

张生汉 著

河南大学出版社
HENAN UNIVERSITY PRESS
·郑州·

图书在版编目（CIP）数据

《歧路灯》词语汇释 / 张生汉著. -- 增订本. -- 郑州：河南大学出版社，2021.9
ISBN 978-7-5649-4852-8

Ⅰ.①歧… Ⅱ.①张… Ⅲ.①《歧路灯》-词语-注释 Ⅳ.①H134

中国版本图书馆 CIP 数据核字（2021）第 182373 号

责任编辑　胡玲霞
责任校对　纪庆芳
封面设计　马　龙

出版发行　河南大学出版社
　　　　　地址：郑州市郑东新区商务外环中华大厦2401号　邮编：450046
　　　　　电话：0371-86059701（营销部）　网址：hupress.henu.edu.cn
排　　版　河南大学出版社设计排版部
印　　刷　广东虎彩云印刷有限公司
版　　次　2021年9月第1版　　印　次　2021年12月第1次印刷
开　　本　720mm×1000mm　1/16　印　张　33
字　　数　560千字　　　　　　　定　价　98.00元

版权所有·侵权必究
本书如有印装质量问题,请与河南大学出版社营销部联系调换

目　录

增订本前言…………………………………… 1
原版前言……………………………………… 1
凡例…………………………………………… 1
词目音序索引………………………………… 1
词目笔画索引………………………………… 1
正文…………………………………………… 1
附录………………………………………… 461
主要参考书目……………………………… 466
后记………………………………………… 471

增订本前言

《〈歧路灯〉词语汇释》1999年9月由河南大学出版社出版,至今已有22个年头了。原版收词语326条,十分单薄。此后,每次拿起《歧路灯》这部由清代河南作家创作的皇皇70万言的作品,内心都会泛起一种不安。21世纪初始,我就有出一个增订本的打算,并且也陆陆续续地写了一些词条。随着阅读的不断深入,自己越来越觉得以前对《歧路灯》语言的认识——无论是对它语言面貌的认识,还是对它在汉语史和汉语方言史研究价值的认识——显得肤浅,特别是在对河南方言的了解更加深入之后,这种感觉就愈发强烈了。老实说,小说里很多方言俗语我以前并没有认出它们来,更谈不上真正懂得它们的意义与价值。

清人李绿园(1707—1790)的《歧路灯》是为劝世而作,想让"田父所乐观,闺阁所愿闻"①,所以"出以浅言絮语"②,也就是采用了大量的方言俗语,写得通俗易懂,趣味盎然。正如姚雪垠所说:"它是用带有河南地方色彩的语言写清初的河南社会生活。语言朴素而生动,使我们今天读起来感到亲切,有味。"③我想,凡是河南人读了《歧路灯》,都会有这样的感觉。不过,凭感觉虽然能感受到小说中浓烈的河南味道,但是很难说就能准确地描写出它的语言特色,特别是其中的方言成分——即便是土生土长的河南人

---

① 李海观:《〈歧路灯〉原序》,《古本小说集成》编委会编《古本小说集成·歧路灯》,上海古籍出版社,1994,影印本,第35页。

② 杨淮:《国朝中州诗钞》卷十四,见栾星编《歧路灯研究资料》,中州书画社,1982,第102页。

③ 姚雪垠:《〈歧路灯〉序》,载李绿园《歧路灯》,栾星校注,中州书画社,1980,第4页。

怕也是如此。这里边的原因大概有三点：

首先，语言是在不断发展变化的。今天的河南话，早已不是作者所生活的那个时代的河南话了。诚然作品中有不少词语现在的河南人还在说还在用，不过也有一些现在不说或者不怎么说了。对于现在不说或不怎么说的这部分词语的把握，光凭感觉是不够的，需要拿出切实可靠的材料来证明。其次，作者所熟悉的方言词语，其中一些可能带有他长期生活过的某一区域的特色。换句话说，有些词语只在河南某个较小的区域流通，河南其他地方的人不说或者不大说；即便它们现在还活在当地口语中，而其他地方的人如果不经过一番调查也未必就认识它们。再次，河南方言词汇体量庞大，多彩多姿，最为复杂，最易变化，而且不同地方的词汇有着相当大的差异。作为河南人，我们往往对自认为很熟悉的家乡话实际上真正了解的还是有限的，对于自己家乡通行的俚俗词语也未必都知道、都熟悉，更不用说其他市县的方言词语了。

总之，要切实搞清楚《歧路灯》中哪些是方言成分并不容易。好在前人给我们留下了相当可观的可资参照的文字材料，同时，《歧路灯》中的方言俗语不少仍然是河南老百姓现在口头上常说常讲的。何况现在便利的交通和先进的传媒技术，使得田野调查的效率大大提高，加上网络资源越来越丰富，检索越来越便捷，这些都为我们较大程度地读懂这部小说的语言，确切地把握其中的方言成分提供了有利条件。

在最初收集词条、审订词义的时候，笔者已经注意到了河南旧地方志中方言材料的利用价值，但并没有有意识地将它们当作一种可靠的语料来研究、处理。随着调查的不断深入，后来终于明白，河南地方志尤其是清代地方志中的方言材料，是一种十分宝贵的、可以与《歧路灯》相互参照的同期语料。将地方志中记载的方言与《歧路灯》中的语言进行比照，可以发现《歧路灯》里还有很多以前没有认识到的方言词语；同时，地方志中对方言词语的解释以及所举例证，又能帮助我们更准确地理解这些词语在小说中的意义。这一类材料对理解《歧路灯》的语言，研究它独有的地方特色，进而考察18世纪北方官话词汇的内部差异，实在是太重要了。

河南旧地方志附设"方言"一部来记载当地方言俗语，实自清代起始。不过，清代附有"方言"的河南旧地方志并不是很多。但是，清代地方志中的"方言"部分,尤其是乾隆四十四年(1779年)刻印的《河南府志》①,乾隆三十一年(1766年)刻印的《新安县志》、嘉庆十五年(1810年)刻印的《渑池县志》、光绪七年(1881年)刻印的《宜阳县志》等地方志中的方言材料,具有很高的利用价值,弥足珍贵。乾隆《河南府志》《新安县志》是与《歧路灯》同时期的地方志,嘉庆《渑池县志》、光绪《宜阳县志》与作者生活的年代相去不远,也可以视为同期之作。李绿园祖籍新安县北冶镇马行沟,康熙三十年(1691年),祖父李玉琳携家人逃荒来到宝丰县宋家寨(今平顶山市湛河区曹镇乡宋家寨)安了家。李绿园于康熙四十六年(1707年)出生在这里,并在这里长大成人。他幼小时期语言的成长,很可能既受宝丰县宋家寨一带方言的影响,又受家里祖父辈所说的新安话的影响。宝丰宋家寨距离新安马行沟不过180多公里,尽管现代学者将平顶山话归入中原官话郑曹片区,将洛阳话列为洛嵩片区,但实际上方言差异不是很大。笔者认为,作者创作中使用的语言,具有洛阳新安和平顶山宝丰一带的方言成分。在反复阅读清人编纂的府志、县志所附的"方言"后,更觉得这种判断是能够成立的。下面我们举几个例子来说明。

清乾隆《新安县志·风土志·方言》:"谢人馈物曰费心,谢饮食曰扰。"这一处记录了清乾隆年间新安人接受了别人的馈赠和别人的宴请时表示不安、感谢的两个词——费心、扰。我们先拿小说中的"费心"与之作对比:

恰好爨妇老樊来送蒸糕,滑氏道:"多谢大奶奶费心。"(四十)/宝剑道:"……沂州茧绸两整匹,张秋镇细毛绒毡两条,阳谷县阿胶一斤,曲阜县楷芽一封。全不成什么东西,少爷叫谭爷胡乱收了,聊表远行回来的人意罢。"绍闻道:"费心,费心。"(七十七)

"费心"原是耗费心力的意思。上面例句中的"费心",都是用来感谢别人馈赠的客气话,相当于"让你们费心了"之类,与《新安县志》云"谢人馈物曰费心"相吻合。再看"扰":

---

① 清代河南府,府治洛阳(今河南省洛阳市)。雍正二年(1724年)后下辖十县,即洛阳县(今洛阳市)、偃师县(今偃师市)、宜阳县(今宜阳县)、新安县(今新安县)、巩县(今巩义市)、孟津县(今孟津县)、登封县(今登封市)、永宁县(今洛宁县)、渑池县(今渑池县)、嵩县(今嵩县)。

茶罢了酒,酒罢了席,须臾席完。……绍闻道:"虚诞见笑。"孟嵩龄道:"好说。今日既扰高酒,有甚见教的事请吩咐,再没个不遵命的。"(二十八)/赵大儿笑嘻嘻进房说道:"俺大奶请师奶明午西院坐坐哩。"滑氏道:"扰的多了,竟是不好意思的。"大儿道:"没啥好的吃,闲坐坐说话儿罢。"(四十)

这两处的"扰",是"叨扰"的省略。《宜阳县志·风俗·方言》说"谢饮食曰道扰","道扰"就是"叨扰",即打扰、添麻烦,常被用作受到款待后对打扰主家表示歉意和感谢的客套话。用"费心"表示"谢人馈物",将"叨扰"省略作"扰",用来表示受到别人招待饭食的不安和感谢,都是一种具有地方特色的表达。如果说地方志中的解释与小说中的意思稍有差异的话,那是地方志中的解释只言其大概,而小说中的内涵更为丰富,用法更为灵活。

有时候遇到小说中疑似为河南土话中常说的某词语,但是不敢遽认,翻检方志材料后发现,其中有的词语的解释居然像是专为解释小说中的某词语而设。譬如小说中有"游游"一词:

依我说,到那日你跟先生也去游游,两个孩子跟着你两个,叫宋禄套上车儿同去,晌午便回来,有啥事呢!(三)/张类村道:"老哥轻易还进城来游游哩?"惠养民道:"弟素性颇狷,足迹不喜城市。"(三十八)

这里的"游游",很像是河南话表示闲走走、逛逛的那个念阴平的"游游",与"幽"同音(后一音节为轻声)。而"游"在河南话里是阳平字,"游游"是不是念阴平的哪个词呢?清乾隆《新安县志·风土志·方言》:"约同往曰游,游读幽。"清光绪《宜阳县志·风俗志·方言》:"同往曰游,游读幽。"两则解释都说"游读幽",只此即可断定小说中"游游"就是方言中读幽音的那个词。所不同的是,小说中的"游游"可以用于单个人身上,一个人去转悠、闲逛也可以说"游游",不一定非要"同往"才行,这与现在河南话中的"游游"用法相一致。字作"游游",可能是《歧路灯》成书的那个年代河南人的书写习惯。这样的例子可以说不胜枚举。

民国时期修的地方志,其中的方言材料也很可贵,也能帮助我们认识、理解《歧路灯》中的方言俗语。例如"董"这个词,民国二十三年(1934年)刻本《西平县志·故实志·方言》:"家有财产而子弟任意挥霍以致倾家荡产者曰董干。"民国二十七年(1938年)铅印本《新安县志·社会志·方言》:"挥霍曰董家(家儿音)。"这个表示任意挥霍以致倾家荡产的"董",在小说中多次出现,如"亏你把一个小宦囊家当儿董尽"(四十二)、"像我这大儿子不成人,几乎把家业董了一半子"(一百〇二)等。现在很多地方还有"吃干董净""大董家"之类的俗语,说明至迟自李绿园所生活的那个时代起,"董"这个俗语词就一直在河南广大区域流通使用。

新中国成立后河南省地市县各级史志机构新修的地方志,大部分都专门辟有"方言"章节,对本地的方言进行概括;有的县市还出版了方言志,专门记述本地方言,如曾广平等著的《洛阳方言志》(河南人民出版社,1987年)、崔灿主编的《河南省志·方言志》(河南人民出版社,1995年)等。这些"方言"章节或"方言志"里都有"词汇(俗语)"部分。另外还有一些研究河南方言词汇的专著,如王广庆的《河洛方言诠诂》(中州古籍出版社,1993年)、张启焕等的《河南方言研究》(河南大学出版社,1993年)、贺巍的《洛阳方言词典》(江苏教育出版社,1996年)等,都是非常好的参考材料,笔者从中受益多多。例如:

前日先生说我还留情,程大叔接着霹雷火闪,好吆喝哩。我脸上虽受不得,心里却感念。(上十三)

霹雷火闪,又打雷又闪电。火闪,即霍闪,闪电。比喻势头猛烈。西峡县志编纂委员会编《西峡县志·方言·词汇》:"劈雷火闪:打雷扯闪;形容性情急躁说话办事武断,不容人争辩。"《西峡县志》对方言"劈雷火闪"的解释与小说中的意思是一样的。又如:

这是鞋铺子哩,我爹揽上来,我妈擘画我叫扎小针脚。做成了,拿回鞋铺里,匠人才上厚底。(八十三)/观察向簧初道:"每月课艺十五六篇不等,即以原稿原批送署,我还有擘画你成人的话。"(一百〇一)

"擘画"在河南话里有教诲、开导的意思,只是口语中多把"擘画"的"画"念作轻声,音 huo。《河南省志·方言志·语汇》(第163页):"掰活:一指用言语教导、教诲,一指用行动教人学会某种技能。"王国谦主编《禹州文史第18辑·禹州方言例释》:"掰活:劝喻,示教。""掰活"就是"擘画",

是记音字,现在河南不少地方还这样说。

还有一种方言材料也值得重视。新中国成立以来,各地政府的有关部门、政协机关都组织编纂并出版了有地方特色的文史文献,其中不少为辑录、诠释方言词语的专辑。这些编写者都是当地的文化人,对当地风俗习惯和方言俗语非常熟悉,所以无论是对词目的选取,还是对词义的解释,都具有相当高的水准。以前,这部分材料常常被忽略,实在是太可惜了。下面试举数例加以说明。

鲁剑主编《平顶山市卫东区年鉴(2012)·附录·平顶山方言词汇》:"四叉五片:损毁作许多块儿。"试比较:

> 那些假道学的,动动就把自己一个人家弄得四叉五片,若见了这位老哥岂不羞死。(三十九)

小说里的"四叉五片",等于说四分五裂、支离破碎,与上面鲁文所释只是表述不同而已。

王国谦主编《禹州文史第18辑·禹州方言例释》:"喜了:生孩子了。""喜了"是"恭喜了"的简称,指家里有了添丁之喜。试比较:

> 你屋里恭喜了,大相公也喜了,一天生的,真正双喜临门。(二十七)/王氏掀开槅子软帘一看,笑道:"王中喜了,好!好!"王象荩道:"小的得了晚生子,与奶奶送喜蛋并合家的喜面。"(九十九)

很显然,禹州方言里的"喜了"与《歧路灯》中的意义和用法完全一样。现当代河南土著作家创作的作品,不管是小说、戏曲、曲艺,还是电影剧本,里边都融入不少方言俗语,来凸显河南地方色彩。这些方言俗语对解读《歧路灯》也有很大的帮助。

例如,姚雪垠《长夜》三:"凡是到老吴那里当学兵的都是有钱的主户。"作者原注:"主户,就是地主家庭。"试比较:

> 李魁道:"他是祥符有名主户,料想借与他不妨。不料倚势不还,还喝令仆人打小的。"程公道:"你既知他是好主户,为什么给他五百银子不图个利息?"(四十六)/我当初就是这帮客篾片么?我也是一家主

户儿,城东连家村,有楼有厅,有两三顷地。(五十七)

小说中的"主户",指有身份、有地位的富裕人家,比《长夜》作者原注所指范围更广,不限于"地主家庭",这是语意涵盖范围大小的不同。

再如,李凖《黄河东流去》第三章:"那您们演的到底是啥戏呀?连个箱也没有,也不到戏台上去唱。""箱"是"戏箱"的简称,本指戏班上用来盛服装道具的箱笼,借指行头。试比较:

昆腔不过是箱只要好,要新,光景雅致些,不肉麻死人就够了。(七十八)/大老爷们在京中,会同年,会同乡,吃寿酒,贺新任,那好戏也不知道看了多少。这些戏,箱穷人少,如何伺候得过?(九十五)

现在河南不少地方仍把演戏的服装道具统称为"戏箱"或"箱"。

总之,能够帮助解读《歧路灯》的语言,了解它的方言特色的材料非常丰富,这里只是举例言之。笔者想强调的是:本人从这些材料中学到了很多,正是这些材料坚实的支撑作用,才使得本人站得比原来高了一点,对李绿园《歧路灯》中河南方言特色的了解更深入了一些,当然,也促成了这个增订本的草就。

原版《汇释》收词326条。这次增订,删去原来的34条,增加了714条,共1006条。同时,对原来一些不恰当的注解作了订正,并更换了一部分书证。新增的条目,无论是注解还是例证,都更多地选用了河南方言材料,努力使它们的地方色彩更加突出。但愿读者能够感受到这一点。

对《歧路灯》方言词语的诠释,不仅有利于人们真正读懂这部作品的内容,体味作者运用带有河南地方特色的语言刻画人物的精妙之处,还能够帮助人们从一个侧面认识18世纪河南方言的大致面貌,进而增进对河南方言词汇发展历史的了解;同时,也为近代汉语词汇研究提供一种可资参考的材料。

这次增订,仍然有一些方言词语没有来得及录入,颇为遗憾。同时,限于本人的学识和能力,其中的错误和疏漏肯定不少,本人真诚地希望读者们予以批评指正。

张生汉

2021年11月于河南大学22号院寓所

原版前言

《歧路灯》是清人李绿园(1707—1790)"用带有河南地方色彩的语言写清初的河南社会生活"(姚雪垠《歧路灯》序)的一部长篇白话小说。这部著作不仅在中国古典长篇小说发展史上占有重要地位,而且,由于"作者运用的民间语辞或方言俚语相当丰富"(栾星校注本《〈歧路灯〉序》),因而它又成了研究18世纪中原官话的不可多得的资料。(20世纪)80年代以前,由于种种原因,它的价值没能引起人们的注意,学术界对它的研究——无论是文学方面还是语言方面——都十分有限,人们很难见到这方面专门性的研究论著发表。80年代之后,这种局面大为改观,但基本上偏重文学方面,《歧路灯》的语言研究仍然相当滞后。以词汇为例,差不多和它同时问世的《红楼梦》的专书语词词典,已相继有数种出版,而对《歧路灯》词语的研究,除了栾星先生在校注本中对一些较难理解的词语做过简要的随文注释外,专门的研究性、考释性文章都很难见到,更不用说专著了。这不能不说是一大憾事。

《歧路灯》是一部可读性很强的文学作品,又是一种蕴含丰富的宝贵的"语言学资料"。作为语言学资料,其可贵之处主要体现在两个方面:一是它的突出的时代特征,一是其鲜明的区域特征。

18世纪是汉语由近代向现代演进的关键时期,这一时期汉语言的各个方面,特别是语法和词汇方面,具有明显的过渡性特征。具体到个别的词语上,它们在《歧路灯》中往往是近代的与现代的用法并存,原有的意义与新生的意义同在。例如"打算",现代汉语中它一般只带谓词宾语,而《歧路灯》中它既可带体词宾语,又可带谓词宾语。前者如:便打算这延师教子的一段事体(第一回)/再上紧打算这宗大事(第二六回)/打算一个正经有德行的先生(第三六回)/打算适情遣怀之资(第五七回)/早有刑房掌稿案的邢敏行打算谭绍闻这宗肥钞(第六五回)。这种情况下的"打算"都可以理解为盘算、筹划的意思。后者如：你打算还债，我一心读书(第五六回)/遂打算谭绍闻光降，便周通流动(第五七回)/若是打算着还人家，我就先不借了(第五八回)∥这邓祥、德喜儿正打算随主荣任(第十回)/打算此后晚夕，轮流来与韩氏作伴(第四一回)/自己打算仍回宅内(第五六回)。后一种情况又可以分成两部分："∥"之前的"打算"，尽管它带的是谓词宾语，但仍可作盘算、筹划来理解，只不过它们是前一意义在使用上的延伸；"∥"之后的"打算"则与现代汉语的"打算"在用法上相一致，带谓词宾语，而且只能作计划、准备来理解。"∥"之前的句子中的"打算"在用法上明显处于一种中间状态，呈现出一种过渡性的语义特征。从此我们可以看出现代汉语中"打算"的意义、用法是如何演化而来的。类似"打算"这样的词语在《歧路灯》中为数不少。

《歧路灯》的作者是土生土长的河南人，对河南方言极为熟悉。写作中为了追求生动活泼、形象逼真的效果，他使用了大量的地地道道的方言俗语，因而一打开这部长篇白话小说，立即让人感到一股浓郁的乡土气息扑面而来。这样一部洋洋七十万字的著作，大体上可以反映出18世纪中原官话的真实面貌，因而使它成了研究当时中原官话的弥足珍贵的资料。拿它与今天的河南话作比较，我们可以不费多大力气就能察知二者之间的相同之处与不同之处。仍以词汇为例，一方面，书中大量的方言词语，诸如"擘画、扯捞、腌臢、兑搭、攒忙、汉仗、紫记、紫心、抇、膺、饭时"等等，至今还活在现代河南话中；一方面，古今同事不同称、用词不一样的情况也随处可见。比如，表示给予的意义时，书中大多数情况下说"与"，不说"给"；表示倒(dào)掉、倒出来的意义时，一般只说"倾"而不说"倒"；不说"喝酒""喝茶"，而说"吃酒""吃茶"……另外像"信惯、楚结、发话、粮饭、面软、妙相、开拨、和处、撒白话"之类的词语，在现代河南方言里已经很难见到了。有的虽然仍存活在河南话里，但其意义、用法已不同程度地发生了变化，如"认真、想头、清白、任意、物色、打量、方便、管许"等等。只要我们认真作一番比较，就不难看出18世纪以来河南话究竟发生了哪些较为明显的变化。弄清楚这些变化，无疑会对汉语史的研究产生积极的促进作用。

对《歧路灯》的语言特别是词汇进行研究还有一重要意义，即能帮助读者更好地读懂它，从而使它能产生更深广的积极影响。《歧路灯》的语言是很精彩的,作者驾驭语言的能力是很强的,但"因为河南方言俗语用的数量太多,因此语言上的障碍,自然削弱了外省读者阅读的兴趣"(吴秀玉《李绿园与其〈歧路灯〉研究》)。读者的这种批评不是没有道理的。把《歧路灯》中一些难懂的方言俚语汇集起来进行诠释,既是对其词汇进行全面深入研究的基础,又是一项帮助更多的人更客观地了解这部古典白话小说的服务性工作。

有感于此,特别是作为河南的一名语文工作者,觉得自己有责任把这项工作担负起来,于是授课之余,把以前阅读时所作的笔记、卡片蒐集起来,排比归纳,得三百余条,遂缀辑成册。这就是今天奉献给大家的这本小册子。这只能算是初步的诠释。由于自己水平有限,这里边肯定会有一些讲错的或者讲得不到位的地方,还望大家多批评指正。

作者

1999年7月于河南大学寓所

凡　例

一、本书所收词目主要依据栾星校注本《歧路灯》(中州书画社,1980年,简称"栾校本"),同时参校《古本小说集成》(上海古籍出版社,1994年,影印清抄本,简称"上图本")、河南省图书馆藏乾隆抄本(存前四十回,简称"省图本")、郑州市图书馆藏安定小斋抄本(有残缺,简称"郑图本")、洛阳某氏所藏抄本(存一至二十二、八十八至一百〇五回,凡四十回,简称"洛阳本"),斟酌异同,甄选例证。

二、本书所收以《歧路灯》中方言俗语词语为主,凡1006条。其中多数未被一般辞书所收录,有些或虽见收录,但么其意义、用法有明显的不同,要么引用书证过晚。

三、词目按音序排列。读音相同的,以笔画多少为序,笔画少的在前,多的在后。

四、每条词目均包括例句和诠释两部分。有两个以上义项的,用(一)(二)……标出。

凡出现频率较高的词语,每一义项用例最多不超过3条,例句文字以栾校本为主,间或采用上图本、省图本、郑图本、洛阳本等。每例后括号内标明该例出现的回数,若为栾校本之外的诸本,则于数字前标明,如"(上二十三)"之类。

五、诠释部分遇有多音字或较生僻的字,用汉语拼音注明读音。需要援引有关文献材料为佐证者,一般不超过2条;凡属于常见典籍,则只注明书名和卷(回)数,不再注明作者、版本和页码;单篇诗文则只标明朝代和作者。

六、词目、例句和诠释,所用字体一律以规范的简体字为准。

七、本书除列有《词目音序索引》,还列有《词目笔画索引》,以便读者检索。

词目音序索引

A

a
腌臜 …………………………… 1

ai
挨擦 …………………………… 1

an
安静 …………………………… 1
暗气 …………………………… 2

ang
昂然 …………………………… 2

B

ba
八寸三分帽子话 ……………… 3
八下 …………………………… 4
爬出/扒出 ……………………… 4
扒捞 …………………………… 5
拔哨/拔稍 ……………………… 5
把子 …………………………… 5

bai
白 ……………………………… 6
白肚子 ………………………… 6
白汉子 ………………………… 7
白眉瞪眼 ……………………… 7
白人 …………………………… 7
白证/白正 ……………………… 8

ban
扮故事/搬故事 ………………… 8
板样 …………………………… 9
板正 …………………………… 9
半边女人 ……………………… 9

bang
帮 ……………………………… 10
帮办 …………………………… 10
帮凑 …………………………… 11
帮光/帮光彩 …………………… 11
帮体面 ………………………… 11
帮贴 …………………………… 12
傍/帮 …………………………… 12
傍墨儿/帮墨儿 ………………… 12

bei
背着鼓寻捶 …………… 13
北直 …………………… 13
被窝 …………………… 14

ben
本底/本底子 …………… 14
本分道儿 ……………… 15
本门子 ………………… 15
本头儿 ………………… 15

beng
崩 ……………………… 16

bi
毕竟 …………………… 16
壁虫 …………………… 17

bian
便宜 …………………… 17

bie
别项 …………………… 17

bing
兵书 …………………… 18

bo
薄皮 …………………… 18
薄事 …………………… 19
拨脱 …………………… 19
擘 ……………………… 19
擘画 …………………… 20

bu
补衣 …………………… 20
不成看相/不成看像 …… 21
不成人 ………………… 21
不对头/不兑头 ………… 22
不各/不合 ……………… 22
不好 …………………… 23
不来 …………………… 23
不耐烦 ………………… 24
不能成 ………………… 25
不胜 …………………… 25
不是 …………………… 25
不是路/不是路头 ……… 26
不是事 ………………… 27
不象团场儿/不像团场儿 …… 27
不像碟子不像碗/不是碟子不像碗
……………………… 27
不行 …………………… 28
不省的/不省得 ………… 28
不省事 ………………… 29
不照 …………………… 29
不住气 ………………… 30
不作人 ………………… 30

C

cai
猜摸 …………………… 30
才是 …………………… 31
彩头/采头 ……………… 31

cao
槽口 …………………… 32

cha
查对/查兑 ……………… 32
叉儿 …………………… 33

chan
缠绞/缠搅/缠扰 ………… 33
产行 …………………… 34

chang
长	34
长分子	35
长头	35
唱挑(儿)的	36

chao
朝顶	36
朝南顶	37
朝山社	37
朝廷老	37

che
扯倒	38
扯捞	38
撤约	39

cheng
成了款	40
成立	40

chi
吃	41
吃倒板	41
吃旧锅粥	42
吃累	42
吃力	42
吃平和酒	43
迟	43

chong
虫蚁儿	43

chou
稠密	44

chu
出官	44
出魂	45
出脚	46
出奇	46
出像	46
出殃	47
楚结	47
触	47
搐	48

chuan
传单	49
串	49

chuang
闯世道	50

chun
唇翻舌搅/唇翻舌掉	50

cong
从	51

cu
促寿	51
醋谈	52

cuan
蹿圈	52
攒凑	52
攒脸	53
攒忙/撺忙	53
攒谋定计	53

cun
村气	54

cuo
撮合	54
挫顿/挫败	55

D

da

搭 …………………………… 55
搭儿/搭子 ………………… 56
搭椅 ……………………… 57
答启 ……………………… 57
答识 ……………………… 57
打彩/打采 ………………… 58
打挡子 …………………… 58
打兑 ……………………… 59
打拐 ……………………… 59
打连号 …………………… 60
打量 ……………………… 60
打顺风旗 ………………… 60
打戏 ……………………… 61
打响儿 …………………… 61
打外转 …………………… 62
打杂 ……………………… 62
打中和 …………………… 62
大 ………………………… 63
大长 ……………………… 63
大马金刀 ………………… 64
大门楼/大门楼子 ………… 64
大米 ……………………… 64
大母 ……………………… 65
大统书 …………………… 65
大眼看小眼 ……………… 66

dan

担杜 ……………………… 66
单管 ……………………… 66
单寒 ……………………… 67
单门 ……………………… 67
淡薄/淡泊 ………………… 68
淡话 ……………………… 68

dang

当不得/当不的 …………… 69
当不住 …………………… 69
当官 ……………………… 70
当头 ……………………… 70
荡费 ……………………… 71

dao

刀尖药 …………………… 71
叨 ………………………… 71
捣杂的 …………………… 72
道儿 ……………………… 72

de

得法 ……………………… 73
得窍 ……………………… 73
得时 ……………………… 74

deng

灯消火灭 ………………… 74

di

滴流 ……………………… 75
的确 ……………………… 75
敌手/敌首 ………………… 76
抵不住/敌不住 …………… 76
底本(儿) ………………… 76
底稿儿 …………………… 77

dian

掂斤拨两/掂斤磨两 ……… 77
典庄卖地 ………………… 78
点 ………………………… 78

点儿低 …… 78	兑主 …… 89
店口 …… 79	**duo**
垫舌 …… 79	多分 …… 89
diao	躲殃 …… 90
吊坎 …… 79	
die	# E
碟儿 …… 80	
碟酌 …… 80	**e**
ding	恶口 …… 90
钉/酊 …… 81	
顶当/顶挡 …… 81	# F
定 …… 82	
定帖 …… 83	**fa**
定省/定醒 …… 83	发村捣怪 …… 91
diu	发富发贵 …… 91
丢谎 …… 84	发话 …… 91
dong	发脚 …… 92
董 …… 84	发落 …… 92
动粗 …… 85	发旺 …… 93
dou	乏剌剌 …… 93
斗行 …… 86	**fan**
抖能 …… 86	翻转面皮 …… 94
陡症 …… 86	翻嘴掉舌 …… 94
逗 …… 87	翻嘴学舌/翻口学舌 …… 94
du	反面 …… 95
度用 …… 87	泛常 …… 96
duan	饭时 …… 96
断截 …… 87	**fang**
dui	方 …… 97
对门直户/对门值户 …… 88	方便 …… 97
对磨 …… 88	房户 …… 98
兑搭 …… 88	放松 …… 98

放速 …………………………… 99

fei
费心 …………………………… 99
费油盐的 ……………………… 100

fen
分排 …………………………… 100
分儿 …………………………… 100
分金 …………………………… 101
分子/分赀 …………………… 101

feng
风势 …………………………… 102

fei
飞撒/飞洒 …………………… 102
匪 ……………………………… 103
匪场 …………………………… 103

fu
伏酱 …………………………… 104
扶拔 …………………………… 104
扶援 …………………………… 105
负欠 …………………………… 105

G

gai
改过 …………………………… 106
改唯 …………………………… 106
改志 …………………………… 107

gan
干动 …………………………… 107
干骨匣(儿) ………………… 108
干拍嘴 ………………………… 108
干研墨儿/干研墨墨儿 ……… 108

赶嘴 …………………………… 109

gang
刚帮硬证/干帮硬证 ………… 109
烱 ……………………………… 110

gao
高抬 …………………………… 110
高兴 …………………………… 110
告乏 …………………………… 111
告先 …………………………… 111

ge
合伙计 ………………………… 112
割产 …………………………… 112
隔墙 …………………………… 113
各不着/合不着 ……………… 114
各气/合气 …………………… 114
各人 …………………………… 115

gen
根脚/跟脚 …………………… 115
根究/跟究 …………………… 115
根穰 …………………………… 116
跟问 …………………………… 116

gong
恭喜 …………………………… 117
供戏 …………………………… 117

gou
勾绞星/狗绞星 ……………… 118

gu
孤丁子 ………………………… 118
古董 …………………………… 119
雇觅 …………………………… 120

gua
寡丁子 ………………………… 121

挂案 …… 121	害 …… 131
挂板 …… 121	**han**
guai	憨瓜 …… 131
拐夫 …… 122	憨实 …… 132
guan	憨水 …… 132
关紧 …… 122	憨头狼 …… 133
官打的现在 …… 123	憨砖 …… 133
官伙里 …… 123	寒脸 …… 133
官人 …… 123	汉仗 …… 134
官司/官词 …… 124	汗气 …… 134
官燕 …… 124	旱 …… 135
管许 …… 125	**hang**
guang	行款 …… 135
光昌 …… 125	行户 …… 135
光打光 …… 126	**hao**
广锡 …… 126	薅毛子孙 …… 136
gun	好过 …… 136
滚 …… 126	**he**
滚算 …… 127	喝晚汤 …… 137
guo	合板 …… 137
锅口 …… 127	合板眼 …… 137
国项 …… 128	合户 …… 138
国学 …… 128	合气 …… 139
果然 …… 129	合子拐弯儿利钱 …… 139
过烟楼 …… 130	和处 …… 139
过载行 …… 130	核桃枣一例儿数 …… 140
过早 …… 130	盒/盒儿/盒子 …… 140
	盒酒 …… 141
H	**hei**
hai	黑底里 …… 141
海底泡 …… 131	黑丧 …… 142
	黑汁白汗 …… 142

heng
横顺 …………………… 142
横跳黄河竖跳井 ……… 143

hong
轰 ……………………… 143
轰药/烘药 …………… 144

hou
后响 …………………… 144
厚程 …………………… 145
候 ……………………… 145

hu
忽 ……………………… 146
胡轰 …………………… 146
胡赖 …………………… 147
糊浓 …………………… 148
糊涂汤 ………………… 148

hua
花糕 …………………… 148
花供 …………………… 149
花婆/花婆子 ………… 149
话说 …………………… 150
话头 …………………… 150

huan
换帖子/换帖 ………… 151

huang
慌 ……………………… 152
黄昏 …………………… 152
黄金入柜 ……………… 153
谎信儿 ………………… 154

huo
活便 …………………… 154
活动 …………………… 154
火签 …………………… 155
火焰生光 ……………… 155
伙 ……………………… 156

hui
回奉杯 ………………… 156
回寒倒冷 ……………… 157
毁炉 …………………… 157
毁造 …………………… 157

J

ji
积 ……………………… 158
即不然 ………………… 159
即如 …………………… 159
即作 …………………… 160
急 ……………………… 161
急紧 …………………… 161
急切(的) ……………… 162
急症 …………………… 163
记 ……………………… 163

jia
家第 …………………… 164
家里 …………………… 164

jian
尖嘴账目 ……………… 164
坚执 …………………… 165
拣 ……………………… 165
见话 …………………… 165
见亲 …………………… 166

jiang
将主 …………………… 166

jiao

交价 …………………………… 167
浇臀 …………………………… 167
椒料儿 ………………………… 168
脚重 …………………………… 168
脚踪 …………………………… 168
搅混 …………………………… 169
搅料棍 ………………………… 169
搅家不贤 ……………………… 170
搅手 …………………………… 170
教门 …………………………… 170

jie

揭 ……………………………… 171
揭票 …………………………… 171
揭账 …………………………… 172
接手 …………………………… 172
节仪 …………………………… 173
结场 …………………………… 173
捷要 …………………………… 173
截 ……………………………… 174
截近 …………………………… 174
解救 …………………………… 175
解心焦 ………………………… 175

jin

紧 ……………………………… 176
紧趁 …………………………… 176
紧账 …………………………… 177
紧着 …………………………… 177
紧症 …………………………… 178
尽少 …………………………… 178

jing

京货铺 ………………………… 179
经见 …………………………… 179
精能 …………………………… 180
精穷 …………………………… 180
井井条条 ……………………… 180
竟是 …………………………… 181

jiu

久惯牢成 ……………………… 182
酒碟 …………………………… 183
救护 …………………………… 183
就作 …………………………… 184

ju

局阵 …………………………… 184

K

kai

开 ……………………………… 184
开拨 …………………………… 185
开场 …………………………… 185
开祥 …………………………… 186
开销 …………………………… 186

kan

看病 …………………………… 187
看唱/看场 …………………… 187
看成 …………………………… 187
看好 …………………………… 188
看课 …………………………… 188
看条子 ………………………… 189
看喜 …………………………… 189
看行 …………………………… 190
看语 …………………………… 190

kang
杠夫 ……………………… 190
kao
犒从 ……………………… 191
ke
克化 ……………………… 191
刻下 ……………………… 192
ken
肯依 ……………………… 192
恳 ………………………… 193
kong
空 ………………………… 194
空过 ……………………… 194
kou
口尖舌快 ………………… 195
口角 ……………………… 195
口语 ……………………… 196
扣 ………………………… 197
kua
挎/胯 …………………… 198
kuai
快头（儿） ……………… 198
kuan
款 ………………………… 199
款洽 ……………………… 199
kuang
旷外 ……………………… 200
kui
亏 ………………………… 200
亏乏 ……………………… 200
亏累 ……………………… 201

L

la
拉扯 ……………………… 201
拉倒 ……………………… 202
拉倒杏黄旗 ……………… 202
腊醋 ……………………… 203
lan
揽宽 ……………………… 203
lao
劳复 ……………………… 203
老道长 …………………… 204
老干淡素 ………………… 204
老官板 …………………… 204
老黄脚 …………………… 205
老苗/老苗子 …………… 205
老像 ……………………… 206
老爷河 …………………… 206
lei
雷签 ……………………… 206
垒堆 ……………………… 207
擂 ………………………… 207
leng
冷清可淡 ………………… 207
li
离庙 ……………………… 208
理论 ……………………… 208
lian
连利 ……………………… 208
帘儿酒 …………………… 209

liang
凉浆水饭 …………………… 209
粮 …………………………… 209
粮饭 ………………………… 210

liao
了不成 ……………………… 210

ling
领戏 ………………………… 211

liu
流脓搭水/流浓搽水 ……… 212
六陈行 ……………………… 212

long
龙道 ………………………… 212
笼养 ………………………… 213

lu
潞酒 ………………………… 213

luan
乱 …………………………… 214

luo
罗索/络索 …………………… 214
骡头 ………………………… 214
落场 ………………………… 215
落倒 ………………………… 215
落点 ………………………… 215
落阁 ………………………… 216
落人轻嘴 …………………… 216
落头 ………………………… 216

lü
驴板肠 ……………………… 217
旅吟 ………………………… 217
屡年 ………………………… 218
滤 …………………………… 218

M

ma
妈 …………………………… 218
麻姑爪 ……………………… 219
马脚下/马脚底下 ………… 219
马粮 ………………………… 220

mai
卖业 ………………………… 220

mao
猫挤狗尿/猫脐狗尿 ……… 220
毛虫 ………………………… 221
冒猜 ………………………… 221

mei
没材料/没才料 …………… 222
没的 ………………………… 222
没得 ………………………… 223
没啥意思 …………………… 223
没蛇弄 ……………………… 224
没头(儿) …………………… 224
没阳气 ……………………… 225
没有 ………………………… 225
每日 ………………………… 226

men
门第 ………………………… 226
门户子弟 …………………… 227
门事 ………………………… 227
门头 ………………………… 228
闷怅/闷胀/闷账 …………… 229

meng
萌心 ………………………… 229

蒙头盖脑 ……………… 230

mi
觅 …………………… 230
秘地 ………………… 230

mian
免 …………………… 231
免人意儿 …………… 231
面情软/面软 ………… 232

miao
妙相 ………………… 232

ming
明流 ………………… 232
明透 ………………… 233
茗碗 ………………… 233

mo
墨字板/墨子板 ……… 233
默重 ………………… 234

N

na
拿手 ………………… 234
拿稳 ………………… 235
纳会 ………………… 235
纳进奉 ……………… 236

nai
耐烦 ………………… 236

nan
南酒 ………………… 236
难说 ………………… 237

nei
内造 ………………… 237

nen
恁些/您些 …………… 238

neng
能以 ………………… 238

ni
泥厔 ………………… 239

nian
念诵 ………………… 239

niao
尿泡 ………………… 239

nie
捏饰 ………………… 240
捏言 ………………… 240

niu
牛毛细丝 …………… 240
扭拗 ………………… 241
扭窍 ………………… 241
拗强 ………………… 241

nong
弄戏 ………………… 242

nü
女娃 ………………… 242

O

ou
藕瓜子 ……………… 243
沤热 ………………… 243

P

pa
爬角 …… 243

pai
拍手扬脚 …… 244
排场 …… 244

pan
盘锅垒灶 …… 245
盘绞 …… 245

pao
袍料 …… 246

pei
陪光 …… 247
赔累 …… 247
配场 …… 247

peng
朋谋定计 …… 248
朋谋伙骗 …… 248

pi
批排 …… 248
霹雷火闪 …… 249
皮薄 …… 249
皮罩篙 …… 249

pian
片瓦根椽 …… 250

pie
撇白 …… 250
撇头 …… 251

ping
瓶口 …… 251

po
泼 …… 252
婆子 …… 252
破 …… 253
破面 …… 253
破上/泼上 …… 253
破孝 …… 254

pu
扑 …… 254

Q

qi
欺降 …… 255
歧差 …… 255
起办 …… 256
起场 …… 256
起动 …… 256
起来欠去 …… 257
起去 …… 258
气长 …… 258
弃产 …… 258

qian
千能百巧 …… 259
千万 …… 260
迁就 …… 260
前窝子儿 …… 261
钱粮 …… 261

qiang
腔儿 …… 262
腔样 …… 263

qiao
跷奇/峣崎/乔奇 ……………… 263
敲 ………………………………… 263
瞧 ………………………………… 264
瞧料 ……………………………… 265
巧 ………………………………… 265
巧说 ……………………………… 266

qie
怯 ………………………………… 267

qin
侵蚀 ……………………………… 267

qing
轻 ………………………………… 267
轻薄 ……………………………… 268
轻忽 ……………………………… 268
轻欠 ……………………………… 269
轻样 ……………………………… 269
清白 ……………………………… 269
清减/清俭 ……………………… 271
情 ………………………………… 271
请客 ……………………………… 271

qu
曲流拐弯/曲流拐湾 …………… 272
屈气 ……………………………… 272

quan
拳套 ……………………………… 273

qun
裙垫 ……………………………… 273

R

rang
让 ………………………………… 273

rao
扰 ………………………………… 274

re
惹下 ……………………………… 274
热合 ……………………………… 275

ren
人家 ……………………………… 275
人脚儿定 ………………………… 276
人窝子 …………………………… 276
人物头儿 ………………………… 276
任意 ……………………………… 277

ri
日子薄 …………………………… 277
日子浅 …………………………… 277
日昨 ……………………………… 278

rong
氄 ………………………………… 278

ru
如蜜似油/是蜜似油 …………… 279
如桶脱底 ………………………… 279
如脱桶底 ………………………… 279
入目 ……………………………… 280

ruan
软处 ……………………………… 280

S

sa
撒白话 ·············· 281
san
三尖瓦绊倒人 ·········· 281
散 ················ 281
se
涩 ················ 282
sha
啥牌名 ············· 282
厦房 ·············· 282
shan
山陕庙 ············· 283
山陕社 ············· 283
闪损 ·············· 284
善善的 ············· 284
shang
上边人 ············· 284
上不哩口号/上不的口号 ···· 285
上天摸呼雷 ··········· 285
shao
少皮没毛 ············ 285
少天没日头 ··········· 286
she
设备 ·············· 286
涉意 ·············· 286
shen
身分/身份 ··········· 287
身腰 ·············· 287
深远 ·············· 288

婶子 ·············· 288
sheng
生心 ·············· 288
shi
失备 ·············· 289
失马脚 ············· 289
失迷 ·············· 290
失眼 ·············· 290
十分 ·············· 290
石板上钉钉 ··········· 291
时常 ·············· 292
时刻 ·············· 292
实落 ·············· 292
实确 ·············· 293
拾粪 ·············· 293
使哩 ·············· 294
使钱 ·············· 294
世故上 ············· 295
世故场上 ············ 295
市房 ·············· 295
事件 ·············· 296
势法 ·············· 296
适然 ·············· 297
shou
收拾 ·············· 297
手段 ·············· 299
手乏 ·············· 299
受难过 ············· 300
受屈 ·············· 300
shu
书谜子 ············· 301
书愚 ·············· 301

疏纵	302
熟串	302
树果	302

shuang
| 爽快 | 303 |

shui
水菜	304
水浆泡子	304
水礼	305
税口	305

shun
顺	305
顺便	306
顺和	306
顺手	306

shuo
说	307
说白话	307
说笑(儿)	308

si
私积	308
私窝子	309
厮跟	309
撕布	310
死相/死像	310
死眼子/死眼儿	311
四叉五片	311

song
松	311
松活	313
松散	313
送饭	314
送米面	314
送馔	315
送喜盒	316

sou
| 搜根揭底 | 316 |
| 搜寻 | 316 |

su
| 俗下 | 317 |
| 宿笼 | 317 |

suan
| 酸恶水 | 318 |
| 酸耍戏 | 318 |

sui
随	318
随便	320
随会	320
随人穿鼻	320
随时	321

T

tai
抬	322
抬重	322
太平车儿话	322

tan
| 坦慢声儿 | 323 |

tang
堂客	323
堂庙	323
堂上	324

tao
叨欠 ······ 324
叨扰 ······ 325
讨愧 ······ 325

ti
体贴 ······ 325
替买看吃 ······ 326

tian
天旋地磨 ······ 326
添箱 ······ 327

tiao
调停 ······ 327
挑轿 ······ 328
跳猴弄丑 ······ 328
跳门限 ······ 329

tie
贴赔 ······ 329
贴头 ······ 329
贴心贴胆 ······ 330

tong
通 ······ 330
通人性 ······ 331
通声气 ······ 332
同 ······ 332
铜帮铁底 ······ 333

tou
头里 ······ 333
头脑 ······ 334
投 ······ 334
投奔 ······ 334
投词 ······ 335
投官 ······ 335
投任 ······ 336
投署 ······ 336
投向/头向 ······ 337
投症 ······ 337

tu
土富 ······ 337
土木糊 ······ 338
土木形骸 ······ 338
土牛木马 ······ 339
土条子 ······ 339

tui
推活船 ······ 339
退头货 ······ 340

tuo
驮轿 ······ 340
妥协 ······ 341

W

wai
歪 ······ 341
外局 ······ 342

wan
完 ······ 343
完锁 ······ 344
完账 ······ 344
晚黑 ······ 345

wang
往后去 ······ 345

wei
围碟 ······ 346
围裙 ······ 346

围桌	347		xiang
委转	348	乡瓜子	358
喂眼	348	相尸	359
	wo	相外	359
窝	348	相应	359
卧铺/窝铺	349	相与	360
	wu	箱	361
屋里	349	响器	361
无论	350	响戏	362
武艺(儿)	350	想头	362
勿论	351	想望	363
物色	351	向来	364
雾	352	相法	364
		相公	365
	X	像如/象如	366
	xi		xiao
		消散	366
喜了	352	小虫儿	367
喜丧	352	小家寒气	367
细狗	353	小量	367
细密	353	小敲打	368
	xia	小样	368
瞎搭	353	小殷勤儿	368
下酒	354	小字汇儿	369
下落	354	小作	369
	xian		xie
先	354	些	369
闲散	356	歇头	370
贤坦	357	写	371
嫌择	357	卸吊	371
显人情	358		xin
现下	358	心肝道儿	371

心肝叶（儿）	372
心浑/心混	372
心嫩	373
心贴意肯/心帖意肯	373
信惯	373
信真	374

xing

腥荤	374
腥气	374
行常	375
行李	375
行息	376

xu

虚捏	376
许些	377
续女	377

xuan

悬赃	377

xue

学	378
学生	378
血盆行	379

xun

寻无常	379

Y

ya

牙打嘴敲	379
牙寒齿冷	380
牙酸肉麻	380
牙用	380

yan

盐当	381
眼大	381
眼孔大	381
眼气儿	382
眼色	382
眼孙	383
眼同	383
眼硬	383
眼子/眼儿	384
厌气	384
厌恶人	385
砚水小厮	385
酽/艳	386

yang

殃煞	386
殃式	386
殃状	387
扬	387
样银	388

yao

吆喝	388
窑窝	389
谣	389
咬	390
咬碟子	390
咬住牙	391
要紧	391

ye

野相	392
夜头早晚	392

yi

一般 …… 393
一步三摇 …… 393
一刀两断 …… 393
一等一 …… 394
一轰(儿) …… 394
一剪铰齐/一剪剪齐 …… 394
一径 …… 395
一伶百俐 …… 395
一灵百透 …… 396
一路 …… 396
一奶吊大 …… 396
一起儿/一起子 …… 397
一遭(儿) …… 397
姨妈 …… 398
意儿 …… 398

yin

阴阳 …… 399
引绳批根/引绳披根 …… 399
印板样 …… 400

ying

膺/应 …… 400
萦记/膺记/萦计 …… 401
萦心/膺心 …… 401
营运 …… 402
影身草 …… 403

you

忧虑 …… 403
游棍 …… 404
游散 …… 404
游手 …… 405
游游 …… 405

有个香头儿 …… 406
有根柢 …… 406
有天没日头 …… 407

yu

迂阔 …… 407
鱼膘 …… 408

yuan

原 …… 408
圆范 …… 408
缘头上脸 …… 409
远门子 …… 409
院子 …… 410

yue

约 …… 410
约单 …… 410
阅历 …… 411

yun

运用 …… 412

Z

zai

再遭 …… 412

zao

遭数 …… 413
造厨 …… 413

ze

责成 …… 414

zei

贼头窝主 …… 414

zha

扎 …… 415

扎眼/札眼 ·················· 415
zhai
摘 ························ 415
侧歪 ······················ 416
zhan
粘杆/粘竿 ·················· 416
zhang
张 ························ 417
张口货 ···················· 417
张劳 ······················ 418
张忙 ······················ 418
掌锅 ······················ 418
zhao
招房 ······················ 419
招架/招驾 ·················· 419
着儿 ······················ 421
着了药儿 ·················· 421
找 ························ 421
找明 ······················ 422
照 ························ 423
照察/照查 ·················· 423
照道儿描 ·················· 423
照客 ······················ 424
照眼花 ···················· 424
zhe
折割 ······················ 425
这个 ······················ 425
zheng
争继 ······················ 425
蒸食 ······················ 426
正诀 ······················ 426

zhi
支不住 ···················· 426
支使 ······················ 427
支使账 ···················· 427
支手 ······················ 428
支手垫脚 ·················· 428
支吾躲闪 ·················· 428
支账 ······················ 429
汁水儿 ···················· 429
知窍 ······················ 430
执固 ······················ 430
直撞 ······················ 430
职客 ······················ 431
职事 ······················ 432
职事厂 ···················· 432
只顾 ······················ 433
只好 ······················ 433
只是 ······················ 433
只说 ······················ 434
只要 ······················ 435
只作 ······················ 436
指头儿 ···················· 436
质当 ······················ 437
质证 ······················ 437
zhong
中厕 ······················ 437
重浊 ······················ 438
zhou
周查 ······················ 438
周章 ······················ 438
轴子 ······················ 439

zhu

主户	440
助	441
住	441
住衙门	442
柱脚	442

zhua

抓彩/抓采	442

zhuan

转脚行	443

zhuang

庄子/庄头儿	443
妆门面/壮门面/装门面	443
撞	444
撞木钟	444
撞人命	445
撞头撞脑	445
撞突	446

zhun

准	446

zhuo

桌面	447
桌围	447

zi

自外	447
字(儿)	448
字迹	449
字眼	450

zong

踪迹	450
总是	451

zou

走当	451
走滚	451
走散	452
走扇	453
走声气	453
走世道	453
走世路	454
走线	454
走衙门	455

zu

足呛	456

zuan

钻过头不顾尾	456

zui

嘴叉儿	456
嘴打闲人	457
最次	457

zuo

作合	457
作假	458
作准	458
昨前	459
做手	459
做作	460

词目笔画索引

一画

一刀两断 …………………… 393
一奶吊大 …………………… 396
一步三摇 …………………… 393
一伶百俐 …………………… 395
一灵百透 …………………… 396
一轰(儿) …………………… 394
一径 ………………………… 395
一起儿/一起子 …………… 397
一般 ………………………… 393
一剪铰齐/一剪剪齐 ……… 394
一等一 ……………………… 394
一路 ………………………… 396
一遭(儿) …………………… 397

二画

十分 ………………………… 290
八下 ………………………… 4
八寸三分帽子话 …………… 3

人物头儿 …………………… 276
人家 ………………………… 275
人脚儿定 …………………… 276
人窝子 ……………………… 276
入目 ………………………… 280
刀尖药 ……………………… 71
了不成 ……………………… 210

三画

三尖瓦绊倒人 ……………… 281
干动 ………………………… 107
干拍嘴 ……………………… 108
干研墨儿/干研墨墨儿 …… 108
干骨匣 ……………………… 108
亏 …………………………… 200
亏乏 ………………………… 200
亏累 ………………………… 201
土木形骸 …………………… 338
土木糊 ……………………… 338
土牛木马 …………………… 339
土条子 ……………………… 339

土富	337	小作	369
下酒	354	小样	368
下落	354	小殷勤儿	368
大	63	小家寒气	367
大门楼/大门楼子	64	小量	367
大马金刀	64	小敲打	368
大长	63	叉儿	33
大母	65	马脚下/马脚底下	219
大米	64	马粮	220
大统书	65	乡瓜子	358
大眼看小眼	66		
才是	31		

四画

上天摸呼雷	285	井井条条	180
上不哩口号/上不的口号	285	开	184
上边人	284	开场	185
口尖舌快	195	开拨	185
口角	195	开祥	186
口语	196	开销	186
山陕社	283	天旋地磨	326
山陕庙	283	无论	350
千万	260	支不住	426
千能百巧	259	支手	428
久惯牢成	182	支手垫脚	428
广锡	126	支吾躲闪	428
门户子弟	227	支账	429
门头	228	支使	427
门事	227	支使账	427
门第	226	不对头/不兑头	22
女娃	242	不成人	21
飞撒/飞洒	102	不成看相/不成看像	21
小虫儿	367	不行	28
小字汇儿	369		

词目	页码	词目	页码
不各/不合	22	见亲	166
不好	23	牛毛细丝	240
不来	23	毛虫	221
不作人	30	气长	258
不住气	30	手乏	299
不耐烦	24	手段	299
不省事	29	长	34
不省的/不省得	28	长分子	35
不是	25	长头	35
不是事	27	片瓦根椽	250
不是路/不是路头	26	反面	95
不胜	25	从	51
不能成	25	分儿	100
不象团场儿/不像团场儿	27	分子/分赀	101
不照	29	分金	101
不像碟子不像碗/不是碟子不像碗	27	分排	100
		乏刺刺	93
太平车儿话	322	勿论	351
扎	415	风势	102
扎眼/札眼	415	勾绞星/狗绞星	118
牙打嘴敲	379	六陈行	212
牙用	380	方	97
牙寒齿冷	380	方便	97
牙酸肉麻	380	火焰生光	155
少天没日头	286	火签	155
少皮没毛	285	斗行	85
日子浅	277	心肝叶(儿)	372
日子薄	277	心肝道儿	371
日昨	278	心贴意肯/心帖意肯	373
中厕	437	心浑/心混	372
内造	237	心嫩	373
见话	165	引绳批根/引绳披根	399

书谜子	301	打量	60
书愚	301	扑	254
水礼	305	扒捞	5
水浆泡子	304	北直	13
水菜	304	只好	433
		只作	436
		只要	435

五画

		只是	433
巧	265	只说	434
巧说	266	只顾	433
正诀	426	叨	71
世故上	295	叨欠	324
世故场上	295	叨扰	325
古董	119	四叉五片	311
节仪	173	生心	288
本门子	15	失马脚	289
本分道儿	15	失备	289
本头儿	15	失迷	290
本底/本底子	14	失眼	290
石板上钉钉	291	白	6
龙道	212	白人	7
打中和	62	白汉子	7
打外转	62	白肚子	6
打杂	62	白证/白正	8
打戏	61	白眉瞪眼	7
打连号	60	印板样	400
打兑	59	外局	342
打拐	59	钉/酊	81
打挡子	58	主户	440
打响儿	61	市房	295
打顺风旗	60	闪损	284
打彩/打采	58	半边女人	9

头里 …………………… 333	老官板 ………………… 204
头脑 …………………… 334	老黄脚 ………………… 205
汁水儿 ………………… 429	老道长 ………………… 204
汉仗 …………………… 134	老像 …………………… 206
写 ……………………… 371	再遭 …………………… 412
讨愧 …………………… 325	厌气 …………………… 384
让 ……………………… 273	厌恶人 ………………… 385
记 ……………………… 163	有个香头儿 …………… 406
出奇 …………………… 46	有天没日头 …………… 407
出官 …………………… 44	有根柢 ………………… 406
出殃 …………………… 47	死相/死像 …………… 310
出脚 …………………… 46	死眼子/死眼儿 ……… 311
出魂 …………………… 45	成了款 ………………… 40
出像 …………………… 46	成立 …………………… 40
皮罩篱 ………………… 249	扣 ……………………… 197
皮薄 …………………… 249	执固 …………………… 430
发村捣怪 ……………… 91	扬 ……………………… 387
发旺 …………………… 93	毕竟 …………………… 16
发话 …………………… 91	过早 …………………… 130
发脚 …………………… 92	过载行 ………………… 130
发落 …………………… 92	过烟楼 ………………… 130
发富发贵 ……………… 91	尖嘴账目 ……………… 164
对门直户/对门值户 … 88	光打光 ………………… 126
对磨 …………………… 88	光昌 …………………… 125
	当不住 ………………… 69
六画	当不得/当不的 ……… 69
	当头 …………………… 70
动粗 …………………… 85	当官 …………………… 70
迂阔 …………………… 407	虫蚁儿 ………………… 43
老干淡素 ……………… 204	曲流拐弯/曲流拐湾 … 272
老爷河 ………………… 206	同 ……………………… 332
老苗/老苗子 ………… 205	吊坎 …………………… 79

词目	页码	词目	页码
吃	41	负欠	105
吃力	42	各人	115
吃平和酒	43	各不着/合不着	114
吃旧锅粥	42	各气/合气	114
吃倒板	41	多分	89
吃累	42	争继	425
吆喝	388	庄子/庄头儿	443
回奉杯	156	交价	167
回寒倒冷	157	产行	34
刚帮硬证/干帮硬证	109	闯世道	50
先	354	关紧	122
丢谎	84	灯消火灭	74
迁就	260	妆门面/壮门面/装门面	443
传单	49	汗气	134
伏酱	104	安静	1
任意	277	字(儿)	448
伙	156	字迹	449
自外	447	字眼	450
血盆行	379	许些	377
向来	364	设备	286
后晌	144	寻无常	379
行户	135	尽少	178
行李	375	收拾	297
行息	376	阴阳	399
行常	375	如桶脱底	279
行款	135	如脱桶底	279
合子拐弯儿利钱	139	如蜜似油/是蜜似油	279
合气	139	好过	136
合户	138	妈	218
合伙计	112	驮轿	340
合板	137	约	410
合板眼	137	约单	410

七画

弄戏	242
远门子	409
运用	412
走世道	453
走世路	454
走当	451
走声气	453
走线	454
走扇	453
走散	452
走衙门	455
走滚	451
花供	149
花婆/花婆子	149
花糕	148
劳复	203
克化	191
杠夫	190
村气	54
扶拔	104
扶援	105
扰	274
找	421
找明	422
批排	248
扯捞	38
扯倒	38
连利	208
折割	425

抓彩/抓采	442
扮故事/搬故事	8
投	334
投任	336
投向/头向	337
投词	335
投奔	334
投官	335
投症	337
投署	336
抖能	86
扭拗	241
扭窍	241
把子	5
坚执	165
旱	135
助	441
时刻	292
时常	292
旷外	200
围桌	347
围裙	346
围碟	346
足呛	456
串	49
别项	17
告乏	111
告先	111
乱	214
私积	308
私窝子	309
每日	226

兵书	18	完	343
体贴	325	完账	344
作合	457	完锁	344
作准	458	补衣	20
作假	458	即不然	159
住	441	即如	159
住衙门	442	即作	160
身分/身份	287	迟	43
身腰	287	局阵	184
妥协	341	尿泡	239
免	231	改过	106
免人意儿	231	改志	107
饭时	96	改畦	106
这个	425	张	417
弃产	258	张口货	417
忧虑	403	张忙	418
快头（儿）	198	张劳	418
闲散	356	妙相	232
闷怅/闷胀/闷账	229	纳会	235
兑主	89	纳进奉	236
兑搭	88	驴板肠	217
冷清可淡	207		
沤热	243	**八画**	
泛常	96		
没头（儿）	224	武艺（儿）	350
没有	225	责成	414
没阳气	225	现下	358
没材料/没才料	222	坦慢声儿	323
没的	222	直撞	430
没蛇弄	224	板正	9
没啥意思	223	板样	9
没得	223	松	311

松活	313	国项	128
松散	313	明透	233
卧铺/窝铺	349	明流	232
事件	296	昂然	2
卖业	220	典庄卖地	78
拔哨/拔稍	5	罗索/络索	214
拣	165	知窍	430
担杜	66	物色	351
拐夫	122	和处	139
轰	143	委转	348
轰药/烘药	144	供戏	117
拍手扬脚	244	使哩	294
顶当/顶挡	81	使钱	294
抵不住/敌不住	76	侧歪	416
势法	296	的确	75
拉扯	201	质当	437
拉倒	202	质证	437
拉倒杏黄旗	202	往后去	345
招房	419	爬出/扒出	4
招架/招驾	419	爬角	243
拨脱	19	觅	230
抬	322	受屈	300
抬重	322	受难过	300
拗强	241	念诵	239
转脚行	443	朋谋伙骗	248
软处	280	朋谋定计	248
歧差	255	周查	438
肯依	192	周章	438
些	369	鱼膘	408
贤坦	357	忽	146
果然	129	京货铺	179
国学	128	店口	79

词目	页码	词目	页码
夜头早晚	392	细密	353
底本(儿)	76	孤丁子	118
底稿儿	77	经见	179
放松	98		
放速	99	**九画**	
刻下	192		
怯	267	帮	10
单门	67	帮办	10
单寒	67	帮光/帮光彩	11
单管	66	帮体面	11
学	378	帮贴	12
学生	378	帮凑	11
泥屉	239	茗碗	233
泼	252	荡费	71
定	82	胡轰	146
定帖	83	胡赖	147
定省/定醒	83	南酒	236
官人	123	查对/查兑	32
官打的现在	123	相与	360
官司/官词	124	相尸	359
官伙里	123	相公	365
官燕	124	相外	359
空	194	相应	359
空过	194	相法	364
帘儿酒	209	柱脚	442
实落	292	树果	302
实确	293	要紧	391
房户	98	歪	341
话头	150	厚程	145
话说	150	砚水小厮	385
屈气	272	面情软/面软	232
细狗	353	耐烦	236

殃式	386	看行	190
殃状	387	看好	188
殃煞	386	看条子	189
挂板	121	看语	190
挂案	121	看病	187
挎/胯	198	看课	188
拾粪	293	看唱/看场	187
挑轿	328	看喜	189
指头儿	436	适然	297
垫舌	79	重浊	438
轴子	439	便宜	17
轻	267	顺	305
轻欠	269	顺手	306
轻忽	268	顺和	306
轻样	269	顺便	306
轻薄	268	促寿	51
背着鼓寻捶	13	俗下	317
点	78	信真	374
点儿低	78	信惯	373
显人情	358	侵蚀	267
冒猜	221	急	161
昨前	459	急切(的)	162
响戏	362	急紧	161
响器	361	急症	163
咬	390	度用	87
咬住牙	391	送米面	314
咬碟子	390	送饭	314
贴心贴胆	330	送喜盒	316
贴头	329	送馔	315
贴赔	329	前窝子儿	261
卸吊	371	总是	451
看成	187	将主	166

词条	页码	词条	页码
浇臀	167	根脚/跟脚	115
活动	154	根穣	116
活便	154	逗	87
说	307	配场	247
说白话	307	唇翻舌搅/唇翻舌掉	50
说笑(儿)	308	破	253
退头货	340	破上/泼上	253
屋里	349	破孝	254
费心	99	破面	253
费油盐的	100	原	408
陡症	86	捏言	240
院子	410	捏饰	240
姨妈	398	挫顿/挫败	55
垒堆	207	换帖子/换帖	151
结场	173	捣杂的	72
		热合	275
		挨擦	1
		桌围	447
		桌面	447

十画

词条	页码	词条	页码
匪	103	紧	176
匪场	103	紧账	177
赶嘴	109	紧症	178
起办	256	紧着	177
起去	258	紧趁	176
起动	256	圆范	408
起场	256	贼头窝主	414
起来欠去	257	钱粮	261
盐当	381	钻过头不顾尾	456
恭喜	117	造厨	413
恶口	90	敌手/敌首	76
核桃枣一例儿数	140	积	158
样银	388	秘地	230
根究/跟究	115		

候	145
恁些/您些	238
拿手	234
拿稳	235
高兴	110
高抬	110
离庙	208
旅吟	217
阅历	411
瓶口	251
拳套	273
准	446
凉浆水饭	209
酒碟	183
涉意	286
消散	366
海底泡	131
流脓搭水/流浓搽水	212
涩	282
害	131
家里	164
家第	164
请客	271
袍料	246
被窝	14
调停	327
恳	193
陪光	247
通	330
通人性	331
通声气	332
能以	238
难说	237

十一画

理论	208
教门	170
职事	432
职事厂	432
职客	431
黄金入柜	153
黄昏	152
萌心	229
营运	402
萦心/膺心	401
萦记/膺记/萦计	401
爽快	303
捷要	173
排场	244
推活船	339
掂斤拨两/掂斤磨两	77
接手	172
救护	183
虚捏	376
堂上	324
堂庙	323
堂客	323
野相	392
眼大	381
眼子/眼儿	384
眼气儿	382
眼孔大	381
眼同	383

眼色	382	清白	269
眼孙	383	清减/清俭	271
眼硬	383	添箱	327
悬赃	377	淡话	68
晚黑	345	淡薄/淡泊	68
唱挑(儿)的	36	深远	288
啥牌名	282	婆子	252
崩	16	宿笼	317
铜帮铁底	333	窑窝	389
笼养	213	谎信儿	154
做手	459	随	318
做作	460	随人穿鼻	320
得时	74	随会	320
得法	73	随时	321
得窍	73	随便	320
盘绞	245	婶子	288
盘锅垒灶	245	续女	377
盒酒	141		
盒/盒儿/盒子	140	**十二画**	
彩头/采头	31		
领戏	211	替买看吃	326
脚重	168	款	199
脚踪	168	款洽	199
猜摸	30	喜了	352
猫挤狗尿/猫脐狗尿	220	喜丧	352
麻姑爪	219	欺降	255
竟是	181	散	281
情	271	惹下	274
着儿	421	董	84
着了药儿	421	落人轻嘴	216
粘杆/粘竿	416	落头	216
断截	87	落场	215

落点	215
落阁	216
落倒	215
朝山社	37
朝廷老	37
朝顶	36
朝南顶	37
椒料儿	168
厦房	282
搭	55
搭儿/搭子	56
搭椅	57
揽宽	203
揭	171
揭账	172
揭票	171
搜寻	316
搜根揭底	316
搅手	170
搅料棍	169
搅家不贤	170
搅混	169
掌锅	418
最次	457
喝晚汤	137
喂眼	348
赔累	247
黑汁白汗	142
黑丧	142
黑底里	141
锅口	127
税口	305
答启	57
答识	57
傍/帮	12
傍墨儿/帮墨儿	12
腊醋	203
腌臢	1
腔儿	262
腔样	263
就作	184
慌	152
善善的	284
道儿	72
焥	110
游手	405
游散	404
游棍	404
游游	405
割产	112
寒脸	133
窝	348
雇觅	120
裙垫	273
谣	389
屡年	218
疏纵	302
隔墙	113
缘头上脸	409

十三画

蒙头盖脑	230
蒸食	426

楚结	47
想头	362
想望	363
雷签	206
雾	352
搐	48
歇头	370
暗气	2
照	423
照客	424
照眼花	424
照道儿描	423
照察/照查	423
跷奇/峣崎/乔奇	263
跳门限	329
跳猴弄丑	328
跟问	116
稠密	44
毁炉	157
毁造	157
像如/象如	366
躲殃	90
腥气	374
腥荤	374
触	47
解心焦	175
解救	175
意儿	398
粮	209
粮饭	210
滤	218
滚	126
滚算	127
嫌择	357
缠绞/缠搅/缠扰	33

十四画

截	174
截近	174
遭数	413
酽/艳	386
酸耍戏	318
酸恶水	318
厮跟	309
碟儿	80
碟酌	80
撇白	250
撇头	251
摘	415
犒从	191
管许	125
敲	263
精穷	180
精能	180
滴流	75
寡丁子	121
骡头	214

十五画

横顺	142
横跳黄河竖跳井	143
槽口	32

醋谈	52
撕布	310
撒白话	281
撮合	54
撞	444
撞人命	445
撞木钟	444
撞头撞脑	445
撞突	446
撤约	39
瞎搭	353
影身草	403
踪迹	450
墨字板/墨子板	233
箱	361
熟串	302
糊浓	148
糊涂汤	148
憨水	132
憨瓜	131
憨头狼	133
憨实	132
憨砖	133

十六画

擂	207
薄皮	18
薄事	19
薅毛子孙	136
嘴叉儿	456
嘴打闲人	457
默重	234
潞酒	213
壁虫	17
甑	278

十七画

瞧	264
瞧料	265
膺/应	400
擘	19
擘画	20

十八画以上

藕瓜子	243
翻转面皮	94
翻嘴学舌/翻口学舌	94
翻嘴掉舌	94
攒忙/揎忙	53
攒脸	53
攒凑	52
攒谋定计	53
蹲圈	52
霹雷火闪	249

腌臜

混帐场中,闯来闯去,断乎没有什么好处。我也叫他那老贾腌臜的足呛。就是我欠他这二两银子,原是当日承情的事,老贾硬拿出讨赌账的手段,输打赢要的光景践踏人。(四十二)

【腌臜】羞辱,冤落,使难堪、尴尬。《警世通言·王安石三难苏学士》:"荆公晓得东坡受了些腌臜,终惜其才。明日奏过神宗天子,复了他翰林学士之职。"清俞万春《荡寇志》第三回:"我只因势力不敌,故此降志辱身,求个出路。只是委曲了你,多受几日腌臜。我成就了都箓大法,皆你之功也。"例中"腌臜"为名词,指羞辱。这里作动词。现在河南方言中仍有这种用法。符春绿《叶县人文历史钩沉·叶县方言土语锦集》:"啊杂人:以语言讽刺、挖苦人。或侮辱人。""啊杂人"即"腌臜人"。

挨擦

做针工的,想承揽新官这一宗冬裘夏葛的大活。当小幺的,想挨擦新官这一宗斟酒捧茶的轻差。(一百〇五)

【挨擦】挨挤,挤靠。这里指设法靠上。擦:蹭,接触。《今古奇观·十三郎五岁朝天》:"那官宦人家女眷,恐防街市人挨挨擦擦,不成体面,所以或用绢缎,或用布帛等类扮作长圈,圈里隔着外人,晋时唤做布幛。"孔繁芝主编、山西省档案馆编《太行党史资料汇编第五卷(1942.1—1942.12)·一年来妇女工作总结报告》:"妇女很痛苦,常说'我还有什么脸见人,这么大了,也没有个挨插(擦)靠边的,头昏恼(脑)热也没人管'。"

安静

夏鼎道:"小的并不会赌博,如何能引诱别人?"荆县尊道:"你自己看你穿的那号衣服,戴的那样帽子,那一种新鞋儿,自是一个不安静的人。"夏鼎道:"小的是最安分的。"(三十一)

边公道:"金镯买卖,必有成交之地,撮合之人,谭福儿果系安静肆业,何由与赵天洪相遇?临潼县关文,录的赵天洪原供,系在夏鼎家哄赌讹骗,

则谭福儿之不安分可知。"(五十四)

【安静】稳重沉静,不妄动。汉陆贾《新语·怀虑》:"调密者固,安静者祥,志定心平,血脉乃强。"由此引申为安分,本分。明沈德符《万历野获编·内阁·居官居乡不同》:"又如江西临江人朱琏,为御史时,媚张江陵,为入幕第一客。闻其在家,却忠厚安静,邹南皋先生亦与相善。"《醒世姻缘传》第七回:"樊库吏包着他,那库吏娘子吊杀了,没告状么?这岂是安静的人?寻他做甚么?"

暗气

且说孔慧娘,那一次与茅家官司,已气得天癸不调,迟了一年多,月信已断。此番又生了暗气,渐渐咳嗽潮热,成了痨瘵之症。(四十七)

【暗气】只能憋在心里而说不出口的气恼。《金瓶梅》第十二回:"吴月娘使小厮请了家中常走看的刘婆子来看视,说:'娘子着了些暗气,恼在心中,不能回转,头疼恶心,饮食不进。'"《醒世姻缘传》第八十二回:"谁知这世上倒是甚么枪刀棍棒来到身上,躲得过更好;躲不过,捱他下子,倒还也不致伤人。原来这言不的语不得的暗气,比那枪刀棍棒万分利害。"例中"暗气"与此意思相同。

昂然

(一)

说声去,便起席,刻下就走。刘守斋还留住不放,管贻安昂然直走,说:"可厌!可厌!"(三十四)

管贻安道:"正是他!"向地下一摔,摔成肉饼儿,道:"我明日与他十两。"摔得在座之人,面面相觑,都不作声。忽说道:"天明了,与我开门,我要走哩。"昂然走了。(三十四)

说着,早已向众宾一拱,离座而去。众人挽留不住,昂然出园门,向胡同口走讫。(六十二)

【昂然】高傲地,无所顾忌地。《汉魏南北朝墓志汇编·东魏·沧州刺史王僧墓志铭》:"祖清,少履庠门,以清贞自处,洪鉴雅粹,不以世事迳怀。故刺史张儒辟为茂才,昂然不拜。"明晋陵紫薇垣散人叶子谷氏纂《武曌传》:"赐坐,随令侍嫔引敖曹于莹玉室,更衣沐浴。敖曹肉具昂然半露,宫嫔掩口笑曰:'上得人矣。'"

(二)

你既然把你哥直当成一个哥,你方才为啥不白证住我,说:"我不曾换钱,他婶子说的是瞎话。"昂然把银子拿出来,交给他带回去。(四十)

天明看时,贡字九号卷子,已被油污墨迹,不堪上呈。副总裁默然无语,暗忖此生必有大失检处。筵字三号遂昂然特荐。(一百〇八)

【昂然】理直气壮地。清岐山左臣《花案奇闻》第三回:"要晓得,就是三年应试八千举子,哪一个不经主司类考遴选品题,然后送入场屋,偏有那不识字的昂然窜入其中。"

八寸三分帽子话

夏鼎道:"这些八寸三分帽子话,谭贤弟也用不着,不用说他。只当下十五日的'两撇头',大哥若是到了,旁边一坐,就有虎豹在山之势。"(八十四)

这个涑水老头儿,是老实的,不老实的?且不说这八寸三分大帽子话,即如穷乡僻壤,三家村,说起某人,"休认成他是老实人,他是个最不老实的"。这便是相戒以怕的意思。(八十七)

【八寸三分帽子话】指那些套话、落入窠臼之语,没有特色的平庸议论文字。比喻落入俗套,千篇一律。"八分三寸帽子"指人人都可以戴得上的帽子。《袁中郎全集·尺牍·张幼于》:"如今苏州投靠家人一般,记得几个烂熟故事,便曰博识;用得几个见成字眼,亦曰骚人;计骗杜工部,囤扎李空同。一个八寸三分帽子人人戴得,以是言诗,安在而不诗哉!"清夏鼎《幼科铁镜·辨热疟似惊风伤寒》:"凡我幼科,慎不可以天保采薇汤作八寸三分帽,尽人可戴也。""八寸三分帽子",也叫"八寸三分头巾"。明周清原《西湖二集·韩晋公人奁两赠》:"那韩公看了戎昱的寿文,果然出格超群,与他人做那称功颂德八寸三分头巾的套子说话大是不同。"

八下

　　如今看旧日用法，水出未库，用乙山辛向，合成亥卯未木局，八下的爻象，都不合了。（六十一）

　　须知这个选择，要论化命，要论纳音，要合山向，八下凑拢来，都是有吉无凶，这才使得。若有一处不好，葬后便当不住了。（六十一）

　　你如今一定要这宗银子，他近日光景，也比不得从前，况且才行殡事，八下的亏空。俗话说：'要账要的有，要不的没有。'谭绍闻手头空乏，尽着力给你，也不过几十两之数。（六十四）

　　【八下】犹言到处、各个方面。一种比"四下"更夸张的说法。元高文秀《好酒赵元遇上皇》第一折："把我七代先灵信口伤，八下里胡论告恶商量。"清陈少海《红楼复梦》第二十三回："你瞧瞧东方都吊了白。八下里找你，总没个影儿，你躲在那儿呢？"符春绿《叶县人文历史钩沉·叶县方言土语锦集》："八下扒：到处投靠。四处找门路。"

爬出/扒出

　　那唱净的指手划脚，也说起怎的打九娃的叔，怎的在县衙内打点爬出戏主性命。说的高兴，渐渐也坐在一个凳子上，信口开合起来。（省三十）

　　当槽的道："相公休说这等寻后悔的话。这原是今日对门店里，午时就住下一个商人，听说我这掌柜哩新在莘县扒出来这一个有名的窠子，就叫那边当槽的来请。"（七十二）

　　【爬出（bā—）】原意是刨出、挖出。这里表示在极为困难的境况下，费尽心力地将某人拯救出来。扒出来的"扒"，古诗文常写作"爬"。前蜀贯休《读顾况歌行》："妖狐爬出西子骨，雷车挦破织女机。"明陆容《菽园杂记》卷十四："盖铅性能收，银尽归炉底，独有滓浮于面，凡数次。炉爬出炽火，掠出炉面滓，烹炼既熟，良久，以水灭火，则银铅为一，是谓铅驼。"例中"爬"皆同"扒"。"爬出戏主"，上图本同，栾校本作"扒出戏主"。

扒捞

细皮鲢道:"还是他大旧年一点汁水儿。可怜这个老头子,每日不肯吃,不肯穿,风里、雨里,往家里扒捞。还不知一日合了眼,是给谁预备的。"(五十八)

【扒捞】用手或工具把东西聚拢在一起。政协潢川文史资料研究委员会编《光州文史资料第 7 辑·家乡沦陷前后亲历记》:"只有隔壁一户人家同我家一样没地方去,只好扒捞残檩碎木,利用残墙搭起草棚住下。"比喻捞取钱物,聚敛钱财。罗亚辉《微霞集·贪婪》:"贪婪厉瘴,弥漫四方。崇拜金钱,吃喝称觞。贪污受贿,扒捞手长。"

拔哨/拔稍

夏鼎坐下,拍了拍手道:"咳!贤弟呀,你昨日憨了?呆了?赢了他两个元宝,我不住使眼瞅你,想着叫你拔哨。你低着头只顾掷,高低叫他赢了七八百两。"(五十九)

【拔哨】即"拔稍"。上图本作"拔稍",义同。意思是撤出赌资。稍:赌资,赌本。《醒世恒言·一文钱小隙造奇冤》:"怎当再旺一股愤气,又且稍长胆壮,自然赢了。"字也写作"梢"。清曹去晶《姑妄言》第三回:"我看他都是些雏儿,成千两银子拿着,我因没有现梢,不敢下场。大爷何不明日去赢他些来,翻翻前日的本钱?""稍长"就是赌资雄厚,本钱大;"现梢"即现银。

把子

我今实不相瞒,上年我卖了两顷多地,亲自上南京置买衣裳,费了一千四五百两,还欠下五百多账。连脸子、鬼皮、头盔、把子,打了八个箱、四个筒,运到家里。(二十二)

一声传令押出,那抬筒抬箱背把子的都慌了。已扮成的脚色,那脱衣裳、洗脂粉,怎能顾得许多。(九十五)

【把子】传统戏曲演出所用兵械及旗、伞等物的总称。鲁迅《热风·随感录三十八》:"有静坐炼丹的仙人,也有打脸打把子的戏子。"也写作"靶子"。杨貌《京剧常识·枪》:"枪,在后台'靶子'(各种兵械和旗、伞等道具的总称)里所居的地位,是不及刀的。戏班里有一句内行话,叫作'刀枪靶子',可见刀是名列前茅的。"也单称"把"。清李斗《扬州画舫录·新城北录下》:"戏具谓之行头。行头分衣、盔、杂、把四箱……把箱则銮仪兵器备焉。""把箱"就是放置銮仪兵器道具的箱子。

白

慧照说:"我昨晚见丫头桂萼儿睡了,你叫他起来,他白不起来,你还笑了一阵子,怎么不厉害哩?"(十七)

慧娘道:"今晚奶奶与你一块鸡肝儿,叫你唱喏,你硬着小腰儿,白要吃,如今却叫奶奶哩。"(三十五)

此时只候着盛宅的堂眷,白不见来。少刻宝剑来说:"太太身上不好,改日讨扰罢。"方才肆筵设席,摆陈水陆。(七十七)

【白】情态副词,偏偏,表示事实与所要求、希望或期待的正相反。《醒世姻缘传》第四十九回:"我倒也想他的,白没个信儿。"《红楼梦》第七十七回:"成日价叫你们查一查,都归拢一处,你们白不听,就混撂。"用法相同。

白肚子

我看你既不是那目不识丁的乡曲间农夫,又不是那不见经书的三家村白肚子学生,你旧年在学院面前背诵过《五经》,我就以《五经》问你,你必不能说你不记得。(六十二)

【白肚子】比喻胸无点墨,毫无才学。清吕留良《吕子评语余编》卷五:"凡行文无奇情古色,如村师讲故事,街头说演义,皆有授受援引,言之凿然,只是白肚鄙妄耳。"陈永省主编《河南民间文学集成·信阳地区故事卷·白肚子县官》:"从前,有一位县官,因为他的官职是拿钱买的,所以肚子里墨水儿不多。"因为"肚子里墨水儿不多",所以称其为"白肚子县官"。

白汉子

若说是小小一个知县,到二千石衙门投了手本,那门二爷们,还说少候片时,小的等我们老爷下来,上去便回。若是个岁贡,或是当年老伯那个拔贡,孔老先生那个副榜,门上还得大等一会儿。若是穷戚友,白汉子,说是亲戚、本族,门上看见,心下早说,又是一个讨马号、求管仓、想管厨、要把税口的货,谁爱见瞅睬哩!(八十六)

【白汉子】犹言白丁、白身人,指没有功名前程的人。《隋书·李敏传》:"(隋文帝)谓公主曰:'李敏何官?'对曰:'一白丁耳。'"清平步青《霞外攟屑·玉雨淙释谚·白身》:"越俗以布衣无仕籍者为白身人。""白汉子"与"白丁""白身人"义同。又称"白人"。参见"白人"条。

白眉瞪眼

翠姐道:"就是叫他进来,小大儿狗窝子,我不叫他伺候我。叫着他,白眉瞪眼,不如他在外边住着罢!"(五十六)

【白眉瞪眼】瞪大眼睛,翻着白眼珠。形容脸色十分难看。清曹去晶《姑妄言》第十五回:"谁知这小伙子膫子又大,本事又强,把个婊子弄得白眉瞪眼,大张着嘴,他吓了一跳。"也说"睁眉瞪眼"。上图本第四十一回:"那张书办是个精细人,见茅拔茹睁眉瞪眼,不是个好像法,便说道:'少吃一杯罢,来时祝师爷叫早些回去哩!'"

白人

且争传新道爷尚拿匪类,白人是严刑刻究,绅士是详革重处。(上八十八)

只是我家是进士,我家做过官,卖与你房子,不曾卖与你脊兽,你家是白人,许你家住房子,不许你家安兽,我要搬我的兽哩。(九十)

【白人】没有功名官职的平民百姓。唐杜佑《通典·食货典第十一》:"后魏庄帝初,承丧乱之后,仓廪虚罄,遂班入粟之制。输粟八千硕,赏散侯;六千硕,散伯;四千硕,散子;三千硕,散男。职人输七百硕,赏一大阶,授以实官。白人输五百硕,听依第出身;千硕,加一大阶。"职人:有官职的人。"白人"也称"白汉子""白身人"。参见"白汉子"条。

白证/白正

夏逢若道:"咦!弄出事情来,又寻我这救急茅房来了。旧日在张宅赌博,输了几吊钱,对人说我摆布他……到如今盛大哥也不理我,说我是狗屁朋友。我几番到您家要白正这话,竟不出来。"(三十)

滑氏道:"你既然把你哥直当成一个哥,你方才为啥不白证住我,说:'我不曾换钱,他婶子说的是瞎话。'昂然把银子拿出来,交给他带回去。分明你也是舍不的银子,却说我撒白话。"(四十)

【白证】又作"白正"。谓说破真相,使情况得到证实。白:揭露,使真相显露无遗。元郑德辉《钟离春智勇定齐》第一折:"梦是心头想,晏婴胡打嚷,若不见淑女,慢慢白他谎。"元王仲文《救孝子贤母不认尸》第三折:"若不是李押狱白破你张千谎,待教俺孩儿将人命偿。"

扮故事/搬故事

演梨园的,彩台高檠,锣鼓响动处,文官揩笏,武将舞剑。扮故事的,整队远至,旗帜飘扬时,仙女挥麈,恶鬼荷戈。(三)

况且省城是都会之地,正月乃热闹之节,处处有戏,天天有扮故事的。小主人东瞧西望,王中十分着急。(八)

【扮故事】民间的一种文艺活动。人们踩着高跷,装扮成某一出戏中的各种角色,在鼓乐伴奏下整队行进,遇到合适的场地则围场演出。也有仅仅装扮成戏曲中人物游行而不演出的。以前河南很多地方农历正月的集会上有这种活动。"扮故事的",上图本作"搬故事的"。这种情况下的"搬",河南话现在仍读去声,作"扮"是,为扮演义。清归锄子《红楼梦补》第三十五回:"上面用五彩丝绸结成树木亭台,照依所扮故事,位置得宜。如扮的《八仙过海》《水漫金山》,都选十四五岁的清秀女孩子,下用精巧钢条贯串,或站在渔鼓简板上的,或立在棕篮荷叶上的。"清赵吉士《寄园寄所寄·泛叶寄·故老杂纪》:"先曾祖日纪万历二十七年,休宁迎春,其台戏一百零九座,台戏用童子扮故事,饰以金珠缯采,竞斗靡丽,美观也。"

板样

逢若又说道:"人生一世,不过快乐了便罢。柳陌花巷快乐一辈子也是死,执固板样拘束一辈子也是死。"(二十一)

【板样】亦作"版样"。比喻刻板,不善于变通,不会变化。板:指用以印刷的底板,即印板。宋方逢辰《钱判府国史直讲秘书赴镇南剑》诗:"执手不敢赞谀语,版样惟视三先生。"也可以说"印板样"。本书第六十二回:"再迟十万年,也是这个印板样儿。"参见"印板样"。

板正

娄朴道:"家父性情板正,或者不免有得罪人处。"(七十一)

【板正】刻板而端正。刘立祥《汉朝风云人物纪事·公孙弘从拙朴诤臣向官场"老油条"的转变》:"武帝向来对汲黯印象颇佳,人虽然过于板正了些,但刚直不阿,光明正大,能力超强。"现代河南方言中的"板正"有两个意思:一是指收拾得齐楚、平正,有模有样;一是表示为人端方正直,行事严守规矩。也可以说"板直"。本书第五回:"叫他出这宗银子打点书办,他那板直性格,万不肯办。""板直"与"板正"意思相当。

半边女人

原来王中忠心向主,一见了夏逢若坐在楼下,与家主母半边女人说话,这个恼法,切齿碎心。(五十三)

【半边女人】指寡妇。夫妇结合一体,男人去世后只留下妻子,故称"半边女人"。半边,等于说半个。明冯梦龙《古今谭概·半边圣人》:"有一士夫性极贪……或讥其吝。答曰:'一介不与,圣人之道也。'或曰:'一介不取,君以为何如?'曰:'学而未能。'曰:'然则君只好学得半边圣人。'""半边女人"也称"半腊人""半边人""半拉人"。清嘉庆二十二年刻本《密县志·风土志·方言》:"女丧夫曰半腊人。""半腊"即"半拉"。民国二十六年(1937年)铅印本《封丘县续志·地理志·里谚》:"女无夫曰半边人。"

帮

　　盛希侨道："这话你就休对我说，你说我也不听。依我说，我该帮你几两银子。争乃第二的近来长大了，硬说我花消了家业。我近来手头也窘些，我只助你一百两罢。"（六十二）

　　王氏说道："一个男人家，心里想做事，便一刀两断做出来。你心里既想上济宁寻你先生帮帮，他该帮你多少呢？"（七十一）

　　苏霖臣道："我也打算帮几两送来。"程嵩淑道："就不叫你帮，也就不许你说帮。帮之一字，乃是官场中一个送风气使钱的陋习。"（八十三）

　　【帮】补贴，帮补，指在钱物上予以帮助。《二刻拍案惊奇》卷八："到得赢骰过了，输骰齐到，不知不觉的弄个罄净，却多是自家肉里钱，旁边的人不曾帮了他一文。"《红楼梦》第十回："再者，你不在那里念书，你就认得什么薛大爷了？那薛大爷一年也帮了咱们七八十两银子。"这种意思也可以说成"帮凑"。参见"帮凑"条。

帮办

　　王氏道："就是说孔宅行聘的事。我是个妇道人家，大相公年轻，万望替俺帮办帮办。"（二十八）

　　恰好有东村送来布施银钱、口粮等件，谭绍闻掀开簿儿，举笔便写，果然清清白白。韩仁山喜之不胜。因此谭绍闻遂在韩仁山家住下，帮办起桥工。（四十四）

　　因场期已近，这谭绍闻、盛希瑗俱要帮办娄朴进场事体，凡一切应拜之客，应投递之书启，俱不肯动，只等场完之后，再办国子监投咨考到的事。（一百〇二）

　　【帮办】帮助办理。《曾国藩文集·书信（二）》："凡收拾书箱、字画之类，均请省三先生及子彦帮办，而牧云一一过目。"清韩邦庆《海上花列传》第四十六回："陶云甫抢步上前，代通姓名，并述相恳帮办一节。"也指帮助主管人员办理公务。《清史稿·青麐传》："查文镕既没，青麐帮办军务，崇纶百端龃龉。"

帮凑

(夏逢若)又说:"明日回拜,那里有戏子,我衣服不新鲜,脸上不好看。也还得二两赏银,一时手乏,还得帮凑帮凑。"(二十二)

滑玉道:"咱三叔好过,都说是有好丈人家帮凑他哩。咱岂不知若不是咱三叔当家时,每日赶集上店,陆续偷送到丈人家点私积,如今人,谁肯帮凑亲戚哩。"(四十)

【帮凑】帮助。常指在钱财方面予以资助。清徐行《新设台北府新竹县钤记·告示》:"兹各站尖宿地方,虽有多设夫店,一逢宪差临境,欲僱民夫帮凑,竟敢多方勒索,稍有弗遂,即以乏夫推诿,希图卸责。"清蒲松龄《翻魇殃》第四回:"仇大郎你听着:再没有咱厚,每日家在一堆磕打着头,你用钱原就该把你帮凑。"清佚名《七真因果传》第二十三回:"咱们弟兄心甘情愿帮凑你几两银子,又非你同我们索取,何以为妄?"

帮光/帮光彩

绍闻冷笑道:"二十亩园子,一座鞋铺子,也就够百十两了。到我明日过不上来时,还要帮光哩。"(三十二)

陆肃瞻、郭怀玉即插口道:"我们两个是帮孟三爷的光彩。铺子小,请不起客,恐怕亵渎,因此随喜到孟三爷宝号里面。"(三十)

【帮光】也作"帮光彩"。犹言沾光。符春绿《叶县人文历史钩沉·叶县方言土语锦集》:"帮光:得到好处。借住(助)于别人而得到。"王铁聪编著《河南方言民间笑话·望爹成龙》:"金斗一听,想着对头儿,回到家问他爹要点钱,把四书五经都买齐,还买个大书包,背住回到家,对他爹说:'爹,赶快去上学,学好,成大气候,有权有钱,我好帮光啊!'"

帮体面

绍闻怒道:"我就休了你。咱两个谁改口,就不算人养的!我如今叫一顶轿子,你就起身,再不用上我家来。"巫氏道:"不来你家帮体面,省的死了

埋大光地里。"(八十二)

【帮体面】依附别人而显得有身份,有面子。帮:依托,依附。体面:身份,面子。本书第三十二回:"到我明日过不上来时,还要帮光哩。'"句中"帮"用法同。参见"帮光"条。

帮贴

须臾到了河边。德喜坐下解袜渡水,早有卢重环帮贴住了。(七十二)
【帮贴】紧挨别人身体以限制其行动。帮、贴,都有靠近、挨近的意思。《水浒传》第十九回:"杜迁、宋万、朱贵本待要向前来劝,被这几个紧紧帮着,那里敢动。"明罗贯中、冯梦龙《平妖传》第六回:"婆子心下有些害怕,欲待不去,两个力士左右的夹帮着,不由你不走。""帮贴"与"帮""夹帮"义相当。

傍/帮

王氏道:"孩子们读一天书,全指望着下学得一个空儿跑跑,你又叫一个先生不住气儿傍着,只怕读不出举人、进士,还要拘紧出病来哩。"(六)
这王中虽甚着急,争奈无计可生。欲待要再约几个学生,傍着小家主读书,又怕小户人家子弟,性质不好,一发引诱到坏的田地。(十三)
晴霞搀着绍闻,瑶琴打着灯笼头里照路,盛公子、满相公跟着送。王中、双庆儿帮着主人。(十七)
【傍】字亦作"帮"。原意是挨着、靠近,引申为靠紧、贴紧别人身体。《醒世恒言·陈多寿生死夫妻》:"柳氏另掇个兀子,傍着女儿坐了。"明鹿善继《四书说约·中庸》卷三:"是下手先把哀公帖身帮住,不许躲闪。"参见"帮贴"条。

傍墨儿/帮墨儿

惠养民道:"你说这也有点傍墨儿。但只是咱欠人家四十多两行息银子,俱是我埋前头的带娶你花消哩。"(三十九)
貂鼠皮道:"你这话帮点墨儿。依我说,也不必对串儿说。你看天阴的

很,雨点儿稠稠的,不如咱替串儿做了天阴的花费。慢慢的等个巧儿,这谭相公自然还要生法子弄的来。"(省/上五十七)

【傍墨儿】 等于说挨边儿、沾边儿,表示有点道理,或者有些依据。傍:挨(近),靠。墨儿:原指木工用墨斗打出的墨线,河南方言中常常用来比喻线索、踪影、影响或者事情的一点由头。本书第二十九回:"孔慧娘、冰梅究问所以,王氏先不肯说,后来说了点墨儿。"康仙舟、高献中、王西明编著《偃师风土·乡里风韵·笑话》:"一天,其妗母来提亲。老大说:'妗子,你先说说条件,叫我看沾墨儿不沾墨儿?'""沾墨儿"与"傍墨儿"义同。"傍点墨儿",省图本、上图本作"帮点墨儿",义同。

背着鼓寻捶

细皮鲢道:"观音堂门前田家过继的儿田承宗。他伯没儿,得了这份肥产业,每日腰中装几十两,背着鼓寻捶,何不把他勾引来?"(五十六)

【背着鼓寻捶】 比喻寻找相适宜的合作伙伴。捶:同"锤",鼓锤(槌)。清文康《儿女英雄传》第三十回:"便是此刻叫人在外头现找去,只听见背着鼓寻锤的,没听见拿着锤寻鼓的。"

北直

王经千道:"谭爷若不讲起,小弟也不好启齿。委实敝财东前日有一封字儿,要两千两行李,往北直顺德府插一份生意。小弟也盘算到府上这宗银子,只是一向好相交,不便启齿。"(四十八)

原来窦又桂之父窦丛,是北直南宫县人,在河南省城贩棉花,开白布店。(五十一)

【北直】 即北直隶。明永乐十九年(1421年),皇帝迁都北京后,改北京为京师,正式定为国都。称直接隶属于京师的地区包括现在的北京市、天津市、河北省大部分和河南省、山东省的小部分为直隶,为与直隶于南京地区的南直隶相区别,亦称北直隶,简称北直。清初改北直隶为直隶省。明朱长祚《玉镜新谭·封拜·右赐肃宁侯第宅》:"仍行屯田御史,于北直各府备充饷项下,拨膏腴善地,作速拨给。"《醒世姻缘传》第八十三回:"除了山东二缺不选本省,还有南直常州,浙江金华,北直河间、真定,河南南阳,都是附近美缺。"

被窝

到晚上,张正心使人取杏花儿铺盖被窝,梳拢器具。自此再不敢令到北院。杜氏且喜拔去眼中之钉。(六十七)

次日出门,皮箱货箱煞在车上,褡裢被窝装在一旁,谭绍闻或坐或走,公然是个走世道、串衙门的行径。(七十一)

难说满家欢喜,我一个婢妾独悲是个甚么光景?因此倒在床上,蒙上被窝,越想越痛,无声而泣,直悲酸到三更时候。(上九十一)

【被窝】被子,也泛指被褥。"蒙上被窝",栾校本作"蒙上被子"。《醒世恒言·两县令竞义婚孤女》:"其夜,又叫丫头搬了养娘的被窝到自己房中去。"清文康《儿女英雄传》第二十回:"我带着一条被窝呢,不要铺盖了。"也写作"被卧"。《水浒传》第十回:"只说林冲就床上放了包裹被卧,就坐下生些焰火起来。"

本底/本底子

孔耘轩道:"小婿业师惠人老。原是弟说成的,今上学已经两月,弟尚无杯水之敬,所以并请三位陪光。"程嵩淑皱眉道:"那人本底子不甚清白,岂不怕误了令婿?"(三十八)

原来惠养民当日听妻负兄,心中本来不安,今日一但把一年束金付之乌有,愈觉难对哥哥。本底毫无可说,只推有些须感冒。又经哥这一番爱弟之情,一发心中难过。(四十)

原来盛希侨是个本底不坏的人。少年公子性儿,呼卢叫雉,偎红倚翠,不过是膏粱气质……毕竟性情亢爽,心无私曲。(九十六)

【本底】也说"本底子"。本来的心性,心底,内心深处。本书第三十八回:"程嵩淑道:'此公心底不澈,不免有些俗气扑人……南乡哩邵静存送他个绰号儿,叫做惠圣人,原是嘲笑他,他却有几分居之不疑光景。这个蠢法,也就千古无二。'""心底不澈"与"本底子不甚清白"意思一样。文献中或作"本地"。《论语·子罕》"子绝四:毋意,毋必,毋固,毋我",南朝梁皇侃义疏:"今为其迹涉兹地,为物所嫌,恐心实如此,故正明绝此四,以见本地也。"

本分道儿

虎镇邦道:"……像俺这一起儿狗攮的,舍着娘老子的皮肉,撅着屁股朝天,尽着的挨。他们还好,把我的衣饭碗儿也打破了。我如今也不说这话,只认个前生造化低。但求你只把我的本分道儿给了我,休要翻转了一向面皮,到底也当不了银子。"(六十六)

【**本分道儿**】"本分道理"的通俗说法。指分内应得的,按照常理应该得到的。《朱子语类·朱子训·门人》:"今之学者却求捷径,遂至钻山入水。吾友要知,须是与他古本相似者,方是本分道理;若不与古本相似,尽是乱道。"本分:本来的,与实际情形相符的。元姬志真《本分》:"不作颠狂不纵心,平怀本分道中寻。"

本门子

才说你舅不甚愿意,那些远门子舅,还没我岁数大,一开口便骂我:"休听那守财奴老姐夫话!"就是本门子舅,都是好热闹性情。(一百)

【**本门子**】犹本支。宗族中自家这一支派。秦燕、胡红安《清代以来的陕北宗族与社会变迁·日常生活和"事件"中的宗族》:"家里纠纷,队里应该管,有时家族里解决,有时找队里,两个方面,从古到今大都这样。过去大到人命事,也是本门子处理。"也说"本门"。清光绪二年刊本《重修灵宝县志·列女志》:"又值父疾,氏尝药露侍百余日,后然病笃,氏扶送水火,历八年如一日,然卒,本门欲吞其产。"

本头儿

总之,急于功名,开口便教他破、承、小讲,弄些坊间小八股本头儿,不但求疾反迟,抑且求有反无。(十一)

观察道:"当日叔大人到丹徒上坟修族谱时节,就在我院住了一个多月,我叔侄是至亲密的。彼时详审举动,细听话音,底是个有体有用的人,怎的没有本头儿?即令不曾著书立说,也该有批点的书籍;极不然者,也应有

考试的八股,会文的课艺。"(九十五)

【本头儿】书本,本本儿。明陆云龙《清夜钟》第十三回:"走到房中,看见些抄誊二三场括帖,笑道:'还看这二三百年前老本头,如今屯盐近务,局变日新,士习民风,理财察吏,都月异岁不同,还要剿袭这些古董?'"清丁秉仁《瑶华传》第十二回:"只见蕉叶手中拿了一大些帖,三四个本头来,禀道:'令史传知,四个义学教授都访请了,这是他们的手本,那是各人送的诗文稿本。'"

崩

这元旦、灯节前后,绍闻专一买花炮,性情更好放火箭,崩了手掌,烧坏衣裳。(十三)

【崩】有迸射、崩裂的意思,引申为炸、炸裂。清俞万春《荡寇志》第一百二十五回:"忽见前面震天动地的一个冲天霹雳,房舍屋宇,砖瓦椽木,尽行腾空拔起。黑焰障天,乃是火药局内数万斤火药无敌崩炸。"高缨《达吉和她的父亲》:"咱们要把它崩掉,让空中水渠从那儿过去。"王莉《我的秘境·爷爷》:"你的黄手套还在老宅子里,你可别自己点鞭了,别崩着手啊。"现在河南话仍这么说。

毕竟

王春宇临行时,说道:"我毕竟去与孔二亲家传个信去,叫他好往冠县挏书。"王氏道:"不定行不行,传信儿也还不要紧。"春宇道:"信儿是要传的,叫他先做准备。这里再央冰台订期。"(二十八)

惠养民道:"因这科岁,所以不得丢却八股。至于正经向上工夫,未免有些耽搁。"孔耘轩道:"因文见道,毕竟华实并茂。"(三十八)

此丛台驿,定然是邯郸之丛台。此台是古迹,毕竟还会有遗址,昨日不知道,不曾游得一游。(一百〇一)

【毕竟】一定,必定。毕,通"必"。汉桓宽《盐铁论·结和》:"今有帝名而威不信长城,反赂遗而尚踞敖,此五帝所不忍,三王所毕怒也。"卢文弨校补:"(毕),'必'同。"明陆人龙《型世言》第六回:"看这光景,监追不出,父亲必竟死在狱中。父亲死,必竟连累妻女,是死则三个死。"

壁虫

有说天太热的；有说店中壁虫厉害的；有说热中何妨热外的；有说臭虫是天为名利人设的……潜斋道："……等过了新年进省，到省中过了灯节上京，又不热，也不太冷，不怕河，也不怕壁虫。未知诸公以为何如？"（六）

【壁虫】即臭虫。清蒲松龄《聊斋志异·小猎犬》："公醒转侧，压于腰底。公觉有物，固疑是犬，急起视之，已匾而死，如纸剪成者。然自是壁虫无噍类矣。"清赵学敏《本草纲目拾遗·草部下·蜈蚣萍》："《同寿录》：蜈蚣萍晒干，烧烟熏之，则一切跳蚤壁虫皆除。"也叫"壁虱"。李家瑞《北平风俗类征·语言》"臭虫"条："壁虱，按俗呼'臭虫'，本土最多，行驶，嘴尖，啮人甚恶。"

便宜

却说王氏梦中，听的有人喊儿子掉在茅坑里。穿衣不迭，开开楼门，问道："福儿在屋里么？"慧娘也起来应道："他肚里水泻，出外边便宜去了。"（二十九）

【便宜】原谓便利、方便。本书第二十九回："慧娘虽聪敏，也就不疑，一任丈夫便宜。"这里用作婉辞，指大小便，与今日人们不说"上厕所"而说"去方便"相类。本书第三十四回："王紫泥道：'待我便便就来行得么？'刘守斋道：'你老人家何用自己亲身出恭。'大家哄然。""便便"犹言"方便一下"。

别项

大户揭债，最恶的是算账，尤恶的是上门索讨。每年清算，只像小看他一般。若再上门索讨，他们好动火性，再弄个别项，搪塞清还了咱，便把这注子大利息白丢了。（六十六）

盛希侨道："啥是章程，银子就是章程。'火大蒸的猪头烂，钱多买的公事办。'老满，咱账房有多少银子？"满相公道："前日二少爷补过粮银三十两，再没别项。"（七十七）

抚台道:"昨日拜本,此人已列弹章。并列其与戏旦苏七饮酒俱入醉乡,将银锞丢入酒杯共饮,苏七磕头,该县搀扶,醉不能站立,倒在一处,举城传以为笑劣款。并无别项,只此已不堪传写塘钞矣!"(九十五)

【**别项**】别的事项,其他项目,也指别的款项。项:种类,款目。明王阳明《王守仁全集·公移·犒送湖兵》:"又自桂林府起,照前计算至全州止,银两亦行该府查给。其各州县止是应付人夫,再不许别项科派于民。"《醒世姻缘传》第八十七回:"幸得一路无言,不致翻唇撅嘴。此系沿途光景。至于别项事情,再听下回接说。"

兵书

只见标营兵书,领定虎镇邦跪下禀道:"老爷昨晚送的赌犯兵丁虎镇邦,书办的本官按法究治,打了四十杠子,革退目丁,开拨了钱粮。差书办领来回明。如今虎镇邦已成平民,不与营伍有干,任凭老爷尽法处置。"边公道:"原帖缴回,多拜尊官雷老爷安好。你各人回营办事去。"兵书磕了一个头,把虎镇邦撇下,自下堂口而去。(六十五)

【**兵书**】兵营或衙署兵事部门中管办文书的属吏。清黄六鸿《福惠全书·莅任·驭衙役》:"管驿兵书,大惊失色,遂跪禀曰:'到任三日后,择吉遣牌视驿,此旧例也。'"《清实录·道光朝实录》卷一百五十二:"县官懦弱,任意贪婪。门役索要呈词规费,兵书侵用帮贴银两,工书科敛铺户钱文,户书杨绍礼加征地粮银两,仓书张天幅等淳收谷石勒折钱文。"

薄皮

王紫泥道:"悄悄的,休高声。他到产业净时,他就通人性了,忙甚的。"张绳祖道:"你这话太薄皮,看透了何苦说透。我如今就是通人性的了。"(三十四)

【**薄皮**】尖刻,不厚道。林绍志《临朐方言·方言示例》:"薄皮(bó pí):太计较,不厚道,不给面子。例1:这个人真'薄皮',一分钱也不让!例2:老张借了钱也不还,直接问他要,又觉得太'薄皮'。"

薄事

　　孝移默然不语。是晚睡下,细为打算:将下逐客之令,自己是书香世家,如何做此薄事,坏了一城风气;继留作幕中之宾,又怕应了京中所做之梦。千回百转,无计可施。(十一)

　　【薄事】刻薄的事情。薄:刻薄,不厚道。宋陈希夷《心相篇》:"如何短折亡身?出薄言,做薄事,存薄心,种种皆薄。"本书第十一回:"这侯冠玉事突然上心,枕上自说道:'我一生儿没半星儿刻薄事,况且在京都中住了二年,见得事体都是宽宽绰绰的,难说到家进门来,便撵了一个先生?'""刻薄事"就是"薄事"。

拨脱

　　绍闻接帖在手,看了说道:"盛情心领,万不能去。一来远归,尚有许多冗务,未曾拨脱清楚;二来我的近况,你所深知,街上有些负欠。"(七十三)

　　【拨脱】摆脱,使解脱。拨:分开,拨开。明娄坚《寄酬黄工部贞甫》诗:"我欲从君游,苦为稚子拘。终当暂拨脱,相视同胡卢。"清沈起元《周易孔义集说·坎下兑上·中爻离巽》:"按小人之困,惟利欲缠绕,拨脱不开为甚。"

擘

　　德喜儿不敢怠慢,刻下和了一块面块。柏公接了,把竹杖倚放太湖石上,坐个凉墩,亦让孝移坐了一个。手撕面块如豆儿大……柏公擘那面块,忽东忽西,把些鱼儿引得斜逐回争,摆了满塘鱼丽之阵。(七)

　　【擘】即"掰"。慧琳《一切经音义》卷四八:"擘开,上祊麦反。《字书》云:'擘,手析物破也。'"也就是用手分开。"擘",《广韵·麦韵》博厄切,在河南话里读与"掰"同。宋陈亮《乙巳春答朱元晦秘书书》之一:"事发之五日,头重而不可扶,眼闭而不可擘,冥心静念,以一死决不可免矣。""掰"是它的后起字。

擘画

女儿道:"不是。这是鞋铺子哩,我爹揽上来,我妈擘画我叫扎小针脚。做成了,拿回鞋铺里,匠人才上厚底。"(八十三)

王氏道:"傻孩子,谁家小两口子没有个言差语错,你就这般气性,公然不要女婿,说这绝情的话。"转向巴氏道:"亲家母擘画他一两句何如?"巴氏道:"我生女儿不用擘画。"(八十五)

观察向篑初道:"每月课艺十五六篇不等,即以原稿原批送署,我还有擘画你成人的话。"(一百○一)

【擘画】教、教诲、开导的意思。"爷们擘画几句话儿",就等于说"爷们开导几句";"我妈擘画我叫扎小针脚",等于说"我妈开导我叫我学扎小针脚"。现在河南不少地方仍这么说,只是多把"擘画"的"画"念作轻声,音huo。字或写作"掰活"。《河南省志·方言志·语汇》(第163页):"掰活:一指用言语教导、教诲,一指用行动教人学会某种技能。"王国谦主编《禹州文史第18辑·禹州方言例释》:"掰活:劝喻,示教。""擘画"有剖析、辩解的意思。唐杜牧《寄内兄和州崔员外十二韵》:"光尘能混合,擘画最分明。"元马致远《谢金吾诈拆清风府》第一折:"那厮拆坏了咱家咱家宅第,倒把着大言大言图赖,教我便有口浑身也怎劈划。""劈划"即"擘画"。为了让人明白晓谕而进行剖析辩解,也就是教诲、开导的意思,二者之间的联系是清楚的。清刘鹗《老残游记》第十九回:"却说许亮奉了老残的擘画,就到这土娼家,认识了小金子,同嫖共赌,几日工夫,同吴二扰得水乳交融。"例中"擘画"义同。

补衣

塘报一到祥符,满城都谣起来,说如今新来的抚院大人,即是旧年北道哩那位道台。这属员中君子加庆,百姓们正人皆欣。可见正人做官,到重来时欢声遍野,若是小人,只得唾骂由其唾骂了。穿补衣的人,何可不惧!(一百○七)

【补衣】即补服。明清时的官服,因其前胸与后背缀有用以区别职别级的补子,故称。明袁宏道《白铜儿》诗:"白铜儿,白铜儿,闭眼不观书与诗,积玉辇金游帝里,买得乌纱绣补衣。"清陈忱《水浒后传》第三十八回:"燕青太子少师,封文成侯,特赐文印一章,文曰'忠贞济美',仙鹤补衣一袭。""补衣"是补服的通俗叫法。补子制度始于明洪武年间,沿用至清代。清梁绍壬《两般秋雨盦随笔·补子》:"品级补子,定于洪武,行于嘉靖,仍用至今。"补子的图文武职、文官不同,一般用金线或彩丝绣织而成。详见《明史·舆服志》《明会典》。

不成看相/不成看像

把马也牵上门楼来,人马挤在一处,不成看像。(七)

但咱家是有常客的人家,万一程爷、张爷、苏爷、孔爷、娄少爷们,有话与少爷说,没个坐的地方也不成看相。(八十五)

想你四口儿,回来到西书房住罢。闺女大了,南园没个遮拦,不成看相。(一百〇六)

【不成看相(—xiàng)】意思是不成样子、不像样子。看相:样子,脸面。"南园没个遮拦,不成看相"之"看相",上图本作"看像",义同。《大宋宣和遗事》亨集:"师师接着问:'陛下缘何来晚?'徽宗曰:'朕恐街市小民认的,看相不好,故来迟也。'"《醒世姻缘传》第二十回:"却说晁住媳妇一觉睡到黎明时候方才醒转,想到正房的当面有他昨晚狼藉在地下的月信,天明了不好看相。""看相不好""不好看相"都是指脸面上不好看。聂绀弩《韩康的药店》:"韩康把玳安请到柜台后面一个小房里坐好,斟了一杯茶奉上,口里说:'寒舍窄小,不成看相;药臭冲天,有冒大叔贵体,大叔休得见怪!'"

不成人

我今儿听说你很不成人,我若不告诵学生几句正经话,我就是没良心的人。您是有根基的人家,比不得俺这庄农人家。(六十三)

若论起兴官亲事,我一向不成人,不敢见我爹爹相处的老朋友,这回若是进个学,便好见这几位老人家。(九十三)

像我这大儿子不成人,几乎把家业董了一半子,休说咱娘不爱见我,我就自己先不爱见我。你肯读书,娘也该偏心你。(一百〇二)

【不成人】原指不像个人模样,引申为行为乖劣,不走正道,不像一个正经人的样子。《敦煌变文集新书·晏子赋》:"使者晏子,极其丑陋,面目青黑。且唇不附齿,发不附耳,腰不附踝,既貌观占(瞻),不成人也。"《醒世姻缘传》第三十一回:"谁知那天地的心肠就如人家的父母一样,有那样歪憋儿子,分明是一世不成人的。"《红楼梦》第七十二回:"我原要说来着,听见他这小子大不成人,所以还没说。若果然不成人,且管教他两日再给他老婆不迟。"

不对头/不兑头

不知怎的梅二爷听了闲言核月账,这一月适少了七两八钱四分银子不对头。大少爷你想,银子整出碎使,那秤头上边,怎能没个兑搭?自古道攒金会多,分金会少。这一月五七百两,如何能一个卯眼儿下一个楔子哩?(一百)

【不对头】不相符,有差异。上图本作"不兑头",义同。赵树理《邪不压正》:"元孩听见他们这些话,跟在区上开会那精神完全不对头。"这种意思还说"对不住头"。赵荫棠《影》:"她还不服气,一笔一笔报着,他一笔一笔的算,无论如何对不住头。"现在河南话仍有这种说法。

不各/不合

赵大儿道:"……你看不见,奶奶的意思,也嫌你性子太直,不会委曲奉承人。万一进去再不各起来,再赶出来,一发不好看。"(三十六)

梁氏道:"好处在那里?如今将入土的时候,子息艰难,今日才有这一点根儿,家下不合,出乖弄丑,扬了半个省城都知晓。"(上六十七)

【不各】又写作"不合"。不和,合不来。"家下不合",栾校本作"家下不和"。"不合"之"合",字或作"佮"。《说文·人部》:"佮,合也。"《二刻拍案惊奇》卷十七:"不想安绵兵备道与闻参将不合。"入声消失后,河南方言里"合"与"各"读音同,所以"不合"的"合"常写作"各"。本书第一百〇八回:"谁家嫂嫂有各不着小叔道理,图什么美名哩?都是汉子各不着兄弟,拿着屋里女人做影身草。""各不着"与"不各"义相当,即合不来。字又写作"不搁"。张果夫编《中国民间故事丛书·河南南阳唐河卷·峨眉山的来历》:"从前有对小夫妻,脾气不搁,常为些鸡毛蒜皮的事,闹得鸡飞狗上墙。"原注:"不搁,合不来。"参见"各不着"。

不好

　　咱夫妻不如守着城南菜园,卖菜度日,鞋铺子打房课,勤勤俭俭,两下积个余头,慢慢等大相公改志回头。十分到大不好的时候,咱两口子供奉奶奶与大相公,休叫受冻馁之苦。(五十三)
　　大相公是过来人,近年日子不好,思想旧年好过的时节,真正如登天之难,再没有半个梯子磴儿。(八十五)
　　王象荩道:"你是福人,刚刚到不好时候,你辞了账房。如今你见了,又略有个转身模样。可怜中间有好多年,我作那难,足有几井。"(九十七)
　　【不好】家境贫困,日子不好过。这个意思也可以说"不行"。本书第七十六回:"冰梅道:'我虽什么也不晓,却也为日子不行,心中胡盘算下三四条儿。说与大叔,看使的使不的。'"

不来

　　隆吉恐失了体面,尽力道:"有七八千光景,还不在手下,每日苏杭上下来往哩。"希侨道:"原来有限哩。"隆吉接口道:"所以周转不来。"(十五)
　　你不叫我走,我实实闲坐不来。既没有戏,也要弄个别的玩意儿,好等着吃你的饭。(二十)
　　总因心无主张,被匪人刁诱,一入赌场,便随风倒邪。本来不能自克,这些人也百生法儿,叫人把持不来。(五十六)
　　【不来】用在动词后面,表示动作行为无法完成或不能持续,"周转不来"就是无法周转,"闲坐不来"就是闲坐不住,"把持不来"就是把持不住。《醒世姻缘传》第四回:"园北边朝南一座楼,就叫是迎晖阁。园内也还有团瓢亭榭,尽一个宽阔去处。只是俗人安置不来,摆设的象了东乡浑帐骨董铺。"除了"说不来"等少量的熟语,现在河南方言动词后已很少加"不来"这样的缀了。

不耐烦

（一）

希侨道："棋我是不耐烦下的,骨牌也不好玩。再坐一会,我就闷死,这却该怎么？不然者,咱掷六色罢？"（十六）

盛希侨道："料你两个也没什么关紧话,我也不耐烦听。先把我的关紧话说说罢。"（五十）

【不耐烦】不高兴,不乐意。耐烦：即耐烦琐,原指能忍受、有耐心,引申为乐意、喜欢（做什么事情）。民国六年（1917年）铅印本《洛宁县志·风俗志·方言》："爱谓之耐烦。"本书第十四回："但这位老叔,性情豪迈,耐烦看书时,一两个月,不出书房门。"《醒世姻缘传》第二十五回："我不知怎么,但看见他,我便要生起气来,所以我不耐烦见他!"参见"耐烦"条。

（二）

希侨道："贤弟一发差了。我们要看戏时,叫上一班子戏,不过费上十几千钱,赏与他们三四个下色席面,点上几十枝油烛,不但我们看,连家里丫头养娘,都看个不耐烦。"（十八）

你放心,这样公子性儿,个个都是老鼠胆。管保时刻就和处了,你只听他们句句叫哥罢,我经的不耐烦经了。（五十四）

阎楷回至书店街,众人等了个不耐烦。只等阎楷到了,把五辆车上书箱竹篓,搬在笔墨铺后边。楼上楼下,排堆到二更天,方才清白。（九十七）

【不耐烦】用在动词后面,多用于表示行为动作发生的频率高或持续的时间长、影响的程度深等等；用在形容词后面,多表示程度很深。《古今小说·杨八老越国奇逢》："当下母子夫妻三口抱头而哭,分明是梦里相逢一般,则这随童也哭做一堆,哭了一个不耐烦,方才拜见父亲。"

不能成

又想孔耘轩关切东坦,必有妥办,又想大丧未阕,如何动转?或者程嵩淑、苏霖臣、张类村诸公,代为筹划,又恐筑室道谋,不能成的。(十)

慧娘道:"你没哭也罢。你听我对你说,我这病多不过两三天光景,不能成了。"冰梅道:"全不妨事,且宽心。"(四十七)

他母亲哼着问道:"你回来了?"夏逢若道:"回来了。"母亲道:"我多管是不能成的。你回来了好,省我萦记你。"(七十)

【不能成】等于说"不行"。本书中多用来指健康状况很差,快不行了。成:行,可以。清冷佛《春阿氏谋夫案》第八回:"市隐道:'他亦实在有事,留也是不能成的。'淡然亦亟力辞谢,急急忙忙同着市隐去了。"

不胜

王中便站在门边道:"我家大相公,自从俺大爷不在之后,气局不胜从前。少时,爷们擘画几句话儿,休教失了大爷在日门风。"(十四)

谭绍闻道:"我不是赢的银子,他白送我,我还不要他哩,吃亏是赢了钱了。"冰梅道:"赢钱还弄出不好的事,不胜不赢他。"(五十五)

绍闻吆喝了几句,几个尽有不服之意。只因素怯王象荩,不过背地唧哝道:"伺候了几天几夜,不得安生,还吆喝哩。不胜拉倒杏黄旗,大家散了罢。"(八十)

【不胜】不如。"不胜"原为不超过的意思,引申为不如、比不上。三国魏曹丕《典论·论文》:"孔融体气高妙,有过人者,然不能持论,理不胜辞。"豫剧《战斗到拂晓》:"这算打的什么仗,还不胜和敌人拼一下呢!"张成材《商县方言志·句法特点》:"①不胜不去(意思是比较起来,还是不去的好);②不胜不说(意思是比较起来,还是不说的好)。"

不是

春宇说完话要回去,王氏留吃午饭,春宇道:"年近了,行里忙的了不成,不是听说外甥进了学,连这一刻空儿也没有。回去罢。"(八)

这是送上门的,你纵家休错这主意,过这村,就没这店了。不是我还不来,我是听地藏庵范师傅说,说不尽你老人家贤慧,满城人都是知道的。(十三)

那老樊坐在床边,指着小孩子笑道:"好奴才,不是遇见个师婆卦姑子干娘,还不知喂谁家狗哩。"(九十九)

【不是】表示假设,等于"若不是""要不是"。清李百川《绿野仙踪》第五十回:"苗秃子回房来,向郑三道:'不是我下这般身分,他还未必依允。当今之时,嫖客们比老鼠还奸,花几个憨钱的,到的要让他。'"现在河南方言还这么说,如:"不是老刘担保,这回说啥我也不会借给你。"

不是路/不是路头

(一)

到了半夜,后头一片说:"热的当不得!"……挨至后半夜,病体才觉清凉些。橘泉见不是路,清晨起来,对阎相公说:"我今日还要上杞县,杞县程老爷请,说今日马牌子要来。"(十一)

这萧墙街看的人,都发了火,吵将起来。说道:"青天白日,要银子不妨,为甚打人!"缘王中是街坊器重的,所以人俱不平。老贾见不是路头,话儿便柔弱上来。(四十五)

【不是路】也说"不是路头"。指情况不妙,不对头。明青心才人《金云翘传》第十七回:"掇进轿子道:'大娘落轿。'翠翘定睛一看,不象个店铺,心里转道:'又不是路了!'竟不下轿。"

(二)

绍闻一夜不曾眨眼,心中又闷,整整睡到日夕,方才起来吃了一点饭儿。到了晚上,仍自睡倒。左右盘算,俱不是路。(四十四)

【不是路】指思路不对,不是办法。清李百川《绿野仙踪》第十九回:"因拖欠下两日房钱,店东便出许多恶语。段诚见不是路,于城外东门二里地远寻下个没香火的破庙,虽然寒冷,却无人要钱。"

不是事

嵩淑立起身来一看，原是六个色子，遂摇头道："这却岂有此理，不是事了。"（二十）

绍闻到了账房，阎楷说道："我后日要起身回家，把账目银钱交与相公。"绍闻一听此言，心下想道："是我干的不是事，惹的门客见辞。"（二十三）

谭绍闻输了钱，方寸乱了，心中想躲这宗赌债，未加深思，信口应了脚户一声。转念一想，大不是事，又急切要走开，不料竟被脚户缠绞住了。（四十四）

【不是事】不是办法，不合常理。《金瓶梅》第七回："那张四气的眼大睁着，半晌说不出话来，众邻舍见不是事，安抚了一回，各人都散了。"《儒林外史》第六回："众人见不是事，也把严贡生撤了回去。"

不象团场儿/不像团场儿

夏逢若道："一个卖豆腐家孩子，先不成一个招牌，如何招上人来？即如当下珍珠串，他先眼里没有他，总弄的不象团场儿。惟有谭绍闻主户先好，赌的又平常，还赌债又爽快，性情也软弱，吃亏他一心归正，没法儿奈何他。"（五十六）

【不象团场儿】等于说不像一个正经场面，不像那么回事。上图本作"不像团场儿"，义同。

不像碟子不像碗/不是碟子不像碗

（王氏）因指着绍闻说："他舅，你看你姐夫只这一个指头儿，若是行礼娶亲，弄的不像碟子不像碗，也惹人家笑话你姐夫，还笑话我哩。"（二十八）

【不像碟子不像碗】比喻不像样子，不像那回事。上图本作"不是碟子不像碗"，义同。也说"不是碟子不是碗"。李準《春笋》："要是选不住个得力人，将来弄的不是碟子不是碗，社员们可要跟着受亏。"还可以说"筷子不是筷子、碗不是碗"。王安友《认门》："石柱有个邻居嫂子名叫张贵芬，因见石柱家里没有个娘们操持,爷儿两个过得筷子不是筷子、碗不是碗的,就托桌求友,到处张罗着给石柱说媳妇。"意思都一样。

不行

(滑氏)说道:"我有一句话对你说,你休恼我,我也知道你不恼,我也不怕你恼。咱与他伯分了罢?"惠养民笑道:"你说这话是何因由?"滑氏道:"我是怕将来日子过不行。"(三十九)

王氏道:"你不过是忧虑日子不行。像我如今也竟每日愁的睡不着,该人家一千多两利息银子,孩子们年轻,晚黑都睡了,我鸡叫时还不曾眨眼儿。谁知道呢?"(四十)

对真人不说假话,我近日光景大不行了。当初因家中贫乏,不得已开赌窝娼,原是自图快乐,也就于赌博之中,取些巧儿,充养家用。(七十四)

【不行】指日子不好过,生活艰难。"行"意谓可以,好。本书第七十六回:"冰梅道:'第二件,把这一干人,开发了,叫他们各寻投奔。当日咱行时节,个个下力做活,还个个小心;如今咱不行时节,个个闲着,却又个个会强嘴。'""咱行时节"就是咱们日子好过的时候。

不省的/不省得

侯冠玉道:"这是你昨日讲过的。你省的,你就说;你不省的,听列位老先生讲。"这绍闻是眼里说话的人,便接口道:"小侄不省的。"(十四)

绍闻道:"娄先生当日讲的书,我那省的,今日还记得;我彼时不省的,如今已不记得。"王氏道:"你就把你那省的,讲与兴官。"(八十六)

薛婆笑道:"他说笑,是另嫁主儿。我说东阿县,是熬皮胶,骂他哩。"王氏道:"我全不省得。"(上九十一)

【不省的(—xǐng—)】也写作"不省得"。不明白,不懂得。省:晓悟,明白。元佚名《渔樵记》第一折:"〔王安道云〕那礼节上便不省的,倘遇着人说起诗词歌赋来,怎生答应?"《醒世姻缘传》第六十回:"薛大爷没了,俺连忙打发姐姐家去奔丧,怎么把俺大嫂拦在家里,不叫回来与俺姑主丧?薛大娘怎么空活这们大年纪,不省的一分事!"

不省事

(赵大儿)跑向绍闻跟前说道:"大相公休与那不省事的一般见识。他说话撞头撞脑的,我没一日不劝他。理他做什么?"(三十二)

他那位老嫂虽是阀阅闺秀,谁知并不如茅蕗村姑,那个不省事、不晓理,邻舍街坊都是恨的。(上九十七)

盛希侨道:"你嫂子在我跟前撒泼哩!"盛希瑗道:"声放低些。"盛希侨道:"不省事人,家家都有,怕什么哩?爽利我对你说了。"(一百〇二)

【不省事(—xǐng—)】不明事理;也指不讲道理,爱胡搅蛮缠。明吕坤《实政录·乡甲约》:"但念你这愚人生,下来时遇着不省事的父母,少调失教;长大了时,和那不学好的亲朋乱道胡行,日日年年,把只个身子十分坏了。"现在河南不少地方仍把不讲理、爱胡搅蛮缠叫"不省事"。王洪连、习诏主编《中国民间故事丛书·河南南阳淅川卷·虎将传奇》:"李存孝从小不省事,爱打爱斗。"也写作"不醒事"。刘荣琴《滑县方言述略·滑县词语举隅》:"不醒事:(借读音)不讲理。例如:她这个人忒不醒事,白跟她共事儿。(她这个人太不讲理,不要跟她共事儿。)"

不照

夏逢若道:"贤弟呀,人生做事,不可留下后悔。俗语说:庄稼不照只一季,娶妻不照就是一世。你前边娶的孔宅姑娘,我是知道的。久后再娶不能胜似从前,就是一生的懊恼。"(四十九)

【不照】犹言不好、不行、不相宜。卢跃刚《创世纪荒诞》:"大事管不了,小事也不照。"现在河南信阳、三门峡等地仍有这种说法。如:"我觉得那货不照,往后少跟他来往。"三门峡市文化局编《中国谚语集成·河南三门峡卷·生活类》:"娶妻不照,一辈子大臊。""不照"文献中或作"不着"。照、着二字音近,常通用。宋王道父《道父山歌》:"种田不收一年辛,取妇不着一生贫。""不着"同"不照"。(见周志峰《〈明清吴语词典〉释义探讨》,载《中国训诂学报(第二辑)》,商务印书馆,2013年)

不住气

王氏道:"孩子们读一天书,全指望着下学得一个空儿跑跑,你又叫一个先生不住气儿傍着,只怕读不出举人、进士,还要拘紧出病来哩。"(六)

【不住气】不停,无间歇。现在河南方言还有这样的说法。李凖《不能走那条路》:"夜里,东山回来得很晚,见他爹噙着烟袋,不住气地吸。"魏学勤主编《中国民间故事丛书·河南南阳社旗卷·三媒六证》:"三个道人走后,王员外愁得吃不下饭,睡不着觉,不住气地后悔叹气。"

不作人

彼一时,水米无交,咱是生意人,他是主户人家,那有何妨?如今成了朋友,凡事要搭配的上。就是不怕盛大哥,也怕他那管家哩眼里不作人。(十八)

【不作人】瞧不起人,不把人往眼里放。作人:有体面、有身份的意思。元秦简夫《东堂老劝破家子弟》第三折:"你当初也是做人的来,你也曾照顾我来,我便下的要你做佣工还旧帐?""你当初也是做人的"意思是说"你当初也曾是有身份、有体面的人"。"做人"同"作人"。

猜摸

王氏道:"你是与谁家怄气来?"绍闻摇摇头儿。王氏道:"你听谁家说咱什么来?"谭绍闻道:"咱家书香旧家,清白门第,谁敢说咱什么。"王氏猜摸不着,又问道;"你或者是赌输了谁家钱么?"绍闻低头不语。(六十)

【猜摸】猜测揣摩。明陈继儒《陈眉公集·四书证义序》:"士大夫场屋较艺,如小儿斗草,皆从暗中猜摸谁假谁真,至于身荣之后,弁髦经传,亦如遗香残绿,狼藉满地,去不复省。"也写作"猜摩"。清吴趼人《二十年目睹之怪现状》第九十七回:"当时南都许多人,难道竟没有一个人认得他的?贸贸然推戴他起来,要我们后人瞎议论,瞎猜摩?"

才是

　　酒后言语亲热,这个说:"老大爷在世,见俺们才是亲哩。"那个说:"老乡绅在日,贫富高低,人眼里都有。如今相公也是这样盛德。"(三十三)

　　白日晃道:"是春宇王大叔么?我时常送他往亳州去。他落的行,是南门内丁字街周小川家。这王老叔见我才是亲哩。我就送你去。"(四十四)

　　这里事忙,本不该说请俺姑娘回家,只是今晚关帝庙唱戏,说夜间要耍火狮子,才是出奇哩。今晚回去看看,明日就送回来。(六十三)

　　【才是】副词,多用于感叹句,用法与"才"相当,表示强调确定的语气。一般要求语助词"哩""的""呢"与之搭配。《醒世姻缘传》第二十九回:"真君笑说:'这样小蝎子没有甚么疼,只是这大蝎子叮人一口,才是要死哩!'"

彩头/采头

(一)

　　孝移问潜斋道:"可是真的?"潜斋道:"嵩老秉笔,他还讨了老师一罐子酒,做润笔的采头。"(六)

　　(张绳祖)因叫李魁儿过来,一秤称明,称了一百一十两。李魁讨了三四两采头,西妮也讨了二三两。娄星辉道:"我也丢丢脸,问谭相公要个袍料穿。"捏了两个锞儿。(三十四)

　　近日新来了一位堂客,很使得,叫谭相公那边走走,赏个彩头,好轰动些。(七十四)

　　【彩头】又作"采头"。本指参加赌赛所赢得的财物,引申为得到的奖赏或所赏赐的东西。《红楼梦》第三十七回:"当着众人,太太自为又增了光,堵了众人的嘴。太太越发喜欢了,现成的衣裳就赏了我两件。衣裳也是小事,年年横竖也得,却不像这个彩头。"

（二）

我今日出去看条子,拣好班子唱热闹戏,占下座头。不请别人,就是咱三人。我亲自来请,与二位添些彩头,好做官。(十)

不然者,大富之户,直看得戏箱是壮门面彩头;小康之家,就看得赌具是解闷的要紧东西。(八十三)

悬出新彩黑髹金字两面招牌,一面是"星辉堂"三个大字,一面是"经史子集,法帖古砚,收买发兑"十二个小字。盒酌满街,衣冠盈庭,才是开张日一个彩头。(九十八)

【彩头】好兆头,荣耀的象征。元李行道《包待制智赚灰阑记》楔子:"姐姐正在门首,这也是个彩头,待我见去。"

槽口

绍闻依言,拿向一个江西银匠铺内。那银匠一看,说:"是好干银子,何处槽口?"绍闻道:"济宁衙门的。"银匠道:"相公昨日济宁带来的么?"绍闻道:"是。"银匠道:"衙门钱粮,如何这个样儿?"(七十五)

【槽口】熔铸银锭的银槽。清佚名《圆明园内工则例》:"旧斗科拆卸,改做银锭槽口、销榫,斗底开榫眼,照新做工例,准给木匠五分工。"明清时期官府将碎银熔铸成银锭,要求必须有倾铸工匠的印记字号,以便识别,防止舞弊。"何处槽口",就是问是哪里衙门铸的银锭。

查对/查兑

夏鼎笑道:"恭喜,恭喜。"绍闻道:"喜从何来?"夏鼎道:"我与你查对了一门好亲事,岂非一喜?还不知你怎的承谢我哩。"(四十八)

【查对】查验核对。上图本作"查兑",义同。《元典章·台纲二·照刷》:"每遇照刷未绝,一一查对,设或差漏,随事究治。"也作"查兑"。清孙承泽《春明梦余录·吏部》:"余于辛未观政户部,司农毕公屡委查兑钱粮;同年诸人观政刑部者,皆理部事,上本列名。"这里指访查核实。

叉儿

虎镇邦赢的几乎够一千之数,正想散场,恰好遇见这个叉儿,便掏出兵丁气象,发话道:"你那个样子,休来我面前抖威!"(五十八)

【叉儿】机会,茬口。也作"茬儿""岔儿"。常杰淼《雍正剑侠图》第四十四回:"说着,他就要动手动脚。正在这时候,老头儿袁泰进院了:'秀英啊!''哎,爹爹。'吓得林宝一哆嗦,抓个茬儿出去了。"乔雪竹《迷雾·在查干陶拉盖草原上》:"我在院子里转开了磨磨儿,眼睛瞎斜愣,想找个岔儿躲开。"河南话还说"茬口"。魏巍《东方》第六部第十二章:"齐大夯见是个茬口,也接着温声细语地说:'什么工作也是一样。'"意思一样。

缠绞/缠搅/缠扰

(一)

谭绍闻输了钱,方寸乱了,心中想躲这宗赌债,未加深思,信口应了脚户一声。转念一想,大不是事,又急切要走开,不料竟被脚户缠绞住了。(四十四)

王春宇被女兄缠绞急了,说:"咱爹不读书,姐姐先不得享谭宅这样福。"王氏道:"如今福在那里?"王春宇道:"都是绍闻作匪,姐姐护短葬送了。"(七十四)

他上去呈诗稿时,道台眉尖已有不耐之色,漫说漫应,急切推托他。他只管缠绞不清,我替他肉麻,他不觉高低。(九十)

【缠绞】纠缠。又作"缠搅"。元张寿卿《谢金莲诗酒红梨花》第三折:"那小姐阴灵,近新来则缠搅的年纪小的。"倒言之谓"搅缠"。本书第四十回:"惠养民觉着搅缠不清,忍气吞声睡了一夜。"

(二)

曹氏道:"娄先生走了,来年请谁? 隆吉去不去?"春宇道:"亲戚家缠搅

了二三年,没弄出话差,就算极好。我心里不想叫再去了。"(八)

夏逢若道:"大哥从哪里来?"盛希侨道:"就在这胡同口土地庙北赵寡妇家缠搅了半日,方落了点。"(五十)

虎镇邦撇下籰盆,瞪着眼吆喝道:"那里来这个讨食鬼,胡来这的缠搅!谁见你儿媳妇的影儿?"(上六十三)

【缠搅】打搅,搅扰。又作"缠绞""缠扰"。"缠搅了半日",上图本作"缠绞了半日"。"胡来这的缠搅",栾校本作"胡来这里缠扰"。元吴昌龄《张天师断风花雪月》第一折:"妾身乃月中桂花仙子,今因八月十五日,有这罗睺、计都缠搅妾身。"

产 行

舍二弟如今稽查着了,说我弃公产而营私积,欺弱弟而肥私囊。干证就是产行并佃户。我一周查,当约果是我的名子。(七十)

若你出头卖产,人家便以破落公子相待,那些产行地牙子,就有百法儿刁蹬你。(八十三)

那受业的,挟赢余之势,其态骄而吝,少不如其所说,便说散伙。弃产的抱艰苦之衷,其气忍而吞,少欲惬其所愿,又恐开交。唯有产行经纪,帮闲说合之人,只是锦上添花,无非坑里挖泥。(八十四)

【产行】旧时专门介绍房屋土地等家产买卖、典当,以赚取佣金的商行,略相当于现在的中介公司。民国二十七年(1938年)铅印本《西华县续志·财政志·陋规》:"房书、里书、差役、保正、乡约、牙行、产行,于新官到任之初及每年三节,例须点卯,并缴卯规,少者制钱数百文(如保正、乡约),多至制钱数十串(如房书、里书、产行)。"也叫"田产行"。本书第三十八回:"王中此时心里也有七八放得下了。单等明春延请名师,自己便宜,好与田产行经纪商量变卖市房,偿还息债。"

长

咱屯下的货,竟成了独分儿,卖了个合子拐弯儿利钱。昨伙计算了一算,共长了一万三千五百二十七两九钱四分八厘。(十)

所可虑者,闺女在娘家积私财,银钱少时,这兄弟子侄们说是某姐姐几

姑姑的,替他出放长利钱。(八十二)

这是我首饰铺子里算账,把长的一百两银子加成本钱,剩下三十多两银子,都治成礼。(八十七)

【长】赚取,获得(利润)。这种意义,当是从"长"的多余义引申而来的。南朝宋刘义庆《世说新语·德行》:"丈人不悉恭,恭作人无长物。""长物"即多余的东西。表示多、多余的"长"应读 zhàng。明周梦旸《常谈考误·长音仗》:"长字三音:平声在阳韵,上声在养韵;平上二声人多知之,去声鲜有不误者。《韵会·漾韵》注:'长音仗。度长短曰长,一曰余也。'《广韵》:'多也,冗也,剩也。'"不过,现在豫东一带方言中把表示赚、获(利)这种意义的"长"读 cháng,如说:"生意不好做,吆喝一天也长不了几个钱。"河北不少地方也把赚钱说成"cháng 钱",只不过字常写作"偿"。

长分子

绍闻未及回言,茅拔茹早已离座三揖,道:"箱钱就是谭兄哩,长分子就是夏兄哩。就是吃三五石粮饭,用十数串菜薪钱,我回来算账。我若有一点儿撒赖,再过不的老爷河。"(二十二)

从田家唱戏回来,夏逢若就中抽了写戏的长分子。后来又写了几宗山陕会馆的戏,江浙会馆的戏。绍闻只怕写成了,碧草轩便要"阒其无人"意思。(二十四)

【长分子】赢利以后得到的份子钱。长:赚,获取(利润)。本书第十回:"咱屯下的货,竟成了独分儿,卖了个合子拐弯儿利钱。昨伙计算了一算,共长了一万三千五百二十七两九钱四分八厘。"参见"长""长头"条。

长头

少年公子性情,揭债极怕人知。把这一笔债放在他身上,每年有几百两长头,难说他会赖债不成?(六十六)

难说我两个做生意,该自己坐在柜台里边,到了秋夏,自己牵着大白叫驴,往乡里亲自讨账么?不过请几个伙计经营,我们分个长头,手里闲花消而已。(六十九)

【长头】犹言赚头、利润。明佚名《天雨花》第六回:"毛成又来吃茶,称出几分银子,要陈济川去买十香糕一匣。济川贪有长头赚,买了香糕就转程。"例中"长头"指可贪没的余头,与《歧路灯》中的意义相近。参见"长"条。

唱挑(儿)的

即在贵处看戏,不过隍庙中戏楼角,挤在人空里面,双脚踏地,一面朝天,出来个唱挑的,就是尽好;你也不过眼内发酸,喉中咽唾,羡慕羡慕就罢了。(七十九)

他们这班子却有两三个出名的挑儿,如杏娃儿、天生官、金铃儿,这两三个又年轻,生的又好看,要引到京里,每日挣打彩钱,一天可分五七十两。(洛九十三)

【唱挑(儿)的】即戏班子里担纲挑大梁的主角儿,旧时多指有名的坤角演员。挑(儿):水平高的、拔尖的角儿。"两三个出名的挑儿",上图本作"两三个出名的唱挑的",栾校本作"两三个挑儿"。

朝顶

王春宇与那同社的人,烧了发脚纸钱,头顶着日值功曹的符帖,臂系着"朝山进香"的香袋,打着蓝旗,敲着大锣,喊了三声"无量寿佛",黑鸦鸦二三十人,上武当山朝顶去了。(八)

因幼年出于太和山周府庵——这周府庵就是开封藩爷建的香火院,所以这隍庙老师伯朝顶进香,就住在庵下,彼时结为道契。(七十三)

【朝顶】到山上佛寺道观朝拜。清文康《儿女英雄传》第二十一回:"我俩可就给你念了几声佛,许了个愿心:我老伴儿他许的是逢山朝顶,见庙磕头;我许下给你吃斋。"政协汝阳县第八届委员会编《汝阳文史资料合订本上·岘山庙会》:"铁顶山一上一下十五里,山路崎岖,坡势陡峭,小脚女人,八十老妪,上山朝顶,要在二道宫过夜。"《歧路灯》中特指到武当山南顶(即金顶)朝拜进香。因为武当山在南边,故称南顶。参见"朝南顶"。

朝南顶

打开春王姐夫烧香朝南顶去,隆吉在铺子里管账目,已多日了。(十一)

我昨日回来,本街上有一道朝南顶武当山的锣鼓社。他们如今生、旦、净、丑、副末脚,都学会出场儿。(六十三)

我迟一半年,指瞧弟以为名,到京城走走,不比朝南顶武当山强些么?(九十九)

【朝南顶(cháo—)】简称"朝顶"。南顶,指武当山南顶。朝南顶,就是到武当山道教圣地进香朝拜。明清时期,中原一带民间到武当山朝拜祖师爷的风气很盛,特别是春季,常结社而行,声势浩大,热闹非凡。本书第八回:"王春宇与那同社的人,烧了发脚纸钱,头顶着日值功曹的符帖,臂系着'朝山进香'的香袋,打着蓝旗,敲着大锣,喊了三声'无量寿佛',黑鸦鸦二三十人,上武当山朝顶去了。"至今洛阳一带如巩义、偃师等地的人们,还拿"跟朝南顶一样"来形容场面的喧闹。

朝山社

这宗钱,是张大哥拿的曲米街春盛号南顶朝山社的社钱,加十利息,要的最紧。贤弟你才成人儿,才学世路上闯,休要叫朋友们把咱看低了,就一五一十清白了他。(二十四)

【朝山社(cháo—)】朝山:指到名山佛寺道观进香朝拜。清翟灏《通俗编·神鬼》:"《盐铁论》:'古者无出门之祭,今富者祈名岳,望山川,椎牛击鼓,戏倡舞象。'按:俗于远方进香谓之朝山。据文,则此俗之兴,由于西汉。""南顶朝山社",即当时为到武当山金顶朝拜而民众自发结成的社团。参见"朝南顶"条。

朝廷老

夏逢若道:"好书谜子!朝廷老还不空使人,况绅士们结交官府,四时八节,也要费些本钱,若毫无所图,他们也会学古人非公不至的。依我说,这

谢礼你得二百两,尽少也不下一百之数。你若舍得你的皮肉、你的体面,舍不得钱,咱如今就告别。"(五十二)

【朝廷老】民间对皇帝的一种称呼。清蒲松龄《增补幸云曲》第五回:"闻的你家女儿好,提他嫁与周宗宝;若问月老是何人,北京皇帝朝廷老。"也作"朝廷佬"。张锋主编《中国民间故事丛书·河南南阳镇平卷·八百老虎闹北京》:"朝廷佬吓得一张脸成了黄表纸,三魂飞没影一对半儿,慌忙叫文武大臣生办法解救。"

扯倒

至于王中赤心保主,自始不二,作者岂可以世仆待之耶?把家人名分扯倒,又表其拾金不昧。(一百〇八)

【扯倒】拉倒,拉下来。元孙仲章《河南府张鼎勘头巾》第三折:"这厮也害怕,拿起一块板,上面有一个眼子,套在我脖子上,把我扯倒了。"清蒲松龄《墙头记》第二回:"二弟若还知道了,他那哄法比我能,他就有点贪心病。我先把财神扯倒,任拘他怎么相争。"比喻作罢,不再算数。

扯捞

(一)

茅拔茹道:"想是小的昨晚带着锁,被公差们扯捞的,把带的顺袋儿掉了。"(三十一)

【扯捞】拉拽,牵拉。"捞"在河南话里是拉的意思。"被公差们扯捞的"之"扯捞",上图本作"拉捞",义同。"扯捞"应当就是"扯攞"。元郑廷玉《布袋和尚忍字记》第四折:"我这里便忍不住,气扑扑向前去将他扯攞。"又写作"扯裸""扯罗"。元尚仲贤《尉迟恭三夺槊》第一折:"元帅,却是那些慌,那些忙,把一领锦征袍扯裸得没头当。"《醒世姻缘传》第三十二回:"夏驿丞只是不理,带到驿里,叫人写了公文,说他拦街辱骂,脱剥了衣裳,扯罗驿丞的员领。""攞(裸)""罗"与"捞"音近。

（二）

滑玉道："我在正阳关开了大米、糯米坊子，生意扯捞住，也没得来瞧瞧姐夫姐姐。"（四十）

谭绍闻即向宝剑儿道："你只回去。我现有一宗极不得已的事，扯捞住不能脱身。只管开戏，不必候我。"（四十八）

王氏道："你两口儿从来不争嚷一句，我极喜欢，这是为啥哩，扯捞到戏上。不叫他进来就罢，何必争吵？"（五十六）

【扯捞】牵缠，牵连。王少华《宋门》三十八："闫队长花搅道：'冇事儿，吃一堑长一智，娘儿们该玩还玩，下一次玩一次付一次钱，别扯捞恁深。'"《金瓶梅词话》第七十五回："妇人道：'可知你心不得闲，自有那心爱的扯落着你哩。'""扯落"即"扯攞"，也就是"扯捞"。

（三）

总是小家儿人家初发，还不知这官场中椒料儿，全凭着声气相通，扯捞的官场中都有线索，才是做官的规矩。（三十七）

王氏是个好扯捞的，便道："把他认到师娘跟前何如？"滑氏道："我可也高攀不起，家儿穷，也没啥给娃子。"（四十）

【扯捞】攀扯，拉关系。山东省东明县政协文史资料委员会《东明文史资料第11辑·东明民俗·生老病死》："若是富豪之家，外面的亲朋多，社会的扯捞大，'社火'多一时扎不出来等原因，至少放七天叫'一七'。"本书第七回："老爷到京，办理功名，贵省在京做官的极多，各处投上个帖儿，也是一番好拉扯，为甚的只一两处？""拉扯"与"扯捞"义同。

撤约

客商们若是刁难，说那些半厘不让的话，盛公子必吆喝他，他们怕公子性动粗。总之以撤约勾历为主，此之谓结局之道也。（八十三）

到了撤约，希侨道："火烧格子眼！"秤的完了，各包各项，盛希侨道："妙哉！真正一个大快！把元宝还完了，岂不快哉？"（上八十三）

王象荩吃了早饭，上堂楼禀于王氏道："我去南乡回赎那份地，就叫当主拿典约来，到这里收价撤约。"（九十三）

【撤约】撤销原来所立的文约。约：文约，契约。本书第九十九回："原来有两张当票，是正德十三年的，又一张废券，是成化十年的约，上有朱印一颗，中间大红笔批'销讫'二字。"有借约、揭约、赁约、卖约等称。说见"约"条。

成了款

店主叫当槽的送上茶来。九娃斟茶，奉毕，绍闻脸皮渐厚，便对九娃道："昨日有慢你。"九娃笑了一笑。夏逢若道："谭贤弟成了款了。"（二十二）

【成了款】等于说有了某种派头了。款：原指行款、款式，这里指派头、一定的做派。本书第十三回："欲待再邀隆吉上学，这隆吉已打扮成小客商行款，弄成市井派头；况王春宇每年又吃了十二两劳金，省的央人上账，也是不肯叫来的。"参见"行款"条。

成立

（一）

话说人生在世，不过是成立覆败两端，而成立覆败之由，全在少年时候分路。大抵成立之人，姿禀必敦厚，气质必安详，自幼家教严谨，往来的亲戚，结伴的学徒，都是些正经人家，恂谨子弟……若是覆败之人，聪明早是浮薄的，气质先是轻飘的，听得父兄之训，便似以水浇石，一毫儿也不入；……遇着一班狐党，好与往来，将来必弄的一败涂地，毫无救医。所以古人留下两句话："成立之难如登天，覆败之易如燎毛。"（一）

【成立】有所成就，成功。元刘埙《隐居通议·诗歌一》："观其英词杰句，真能发明古人不到处，卓然成立者甚众。"《金瓶梅》第九十三回："奈因小道命蹇，手下虽有两三个徒弟，都不省事，没一个成立的，小道常时惹气。"

（二）

潜斋兄弟送出大门，孔、谭二人登车而回。这正是：欲为娇儿成立计，费尽慎师择友心。（二）

【成立】长大成人，成长自立。《醒世姻缘传》第五十七回："这小琏哥，得一个可托的人抚养他成立，照管他那房产，庶不绝了小二官这一枝。"民国二十四年（1935年）铅印本《（乾隆）仪封县志·人物志》："族中有不能成立者，抚育之。"清光绪十八年刊本《重修卢氏县志·列女志》："且予弟稚幼，非依人不能成立。我誓将以母家终矣。"

吃

王中在一旁听着，说道："这事不妥。这是要吃钱的话头，连数目都讲明出来。"谭绍闻道："我们有个香头儿，换过帖子，难说他吃咱的钱，脸面上也不好看。"（三十）

他早已想吃咱城中绅衿秀才、宦门公子、富商大贾这一股子大钱，只吃亏他门头儿低，也没好院子做排场。（六十四）

坟垣是咱的私事，衙役虽贱，那是朝廷的官人。况且衙役督工，断没有不吃钱的。只以内宅自己人办理方可。（九十五）

【吃】侵吞，贪没。清吴趼人《二十年目睹之怪现状》第十五回："他们一年之中，吃没那无名氏的钱不少呢。""吃没"为同义连文。老舍《四世同堂》三二："我出两千五百块钱，你从中吃多少，我不管。"例中"吃"义同。

吃倒板

边公只说道："着实打！若徇私轻刑，你四个要吃倒板。"吴虎山、尚腾云各挨二十板讫。边公道："好两个受贿放人的奴才。明日早堂若是谭绍闻不到案，依旧各责二十，革去不许复充。"（六十五）

【吃倒板】旧时公差因徇私枉法而挨板子。本来是执行公务，依法拘拿人犯，但执行中却徇私受贿，宽纵疏放嫌疑人，被发现后倒过来遭责打，故称"吃倒板"。清古吴娥川主人《炎凉岸》第五回："（袁七襄）转叫手下着实打,皂隶略打轻了,就是二十倒板。故此一个个用出狠力,打完五十,两条腿上,连皮带肉,都卷一层。"

吃旧锅粥

真正是我的晦气,敝世兄为我远去投任,心余力歉,虽有所赠而归,除了来往盘费,衣服行李之需,所余不过二十金。叫了些泥水匠人,先把房子收拾了,好为下文张本。不过是还吃旧锅粥罢。(七十四)

【吃旧锅粥】比喻重操旧业。《金瓶梅》第八十回:"饶君千般贴恋,万种牢笼,还锁不住他心猿意马。不是活时偷食抹嘴,就是死后嚷闹离门。不拘几时,还吃旧锅粥去了。"赵焕亭《双剑奇侠传·小飞狐忽逢李通海赛温侯大战诸一峰》:"像你在包村,便是熬白了头发,能有这个指望么?我看你不如跟我吃旧锅粥去,闹个总管作作,那些不好?"

吃累

听说央谭绍闻到他家写讦状,绍闻方动身而往,姜氏便道:"家中既然有客,我回去好替哥款待。"夏逢若道:"诸事叫贤妹吃累。"(七十)

【吃累】受劳累,受辛苦。吃:承受,经受。《西游记》第九十一回:"每年审造差徭,共有二百四十家灯油大户。府县的各项差徭犹可,惟有此大户甚是吃累,每家当一年,要使二百多两银子。"明吕坤《呻吟语摘·射集·应务》:"君子应事接物,常赢得心中有从容闲暇时便好。若应酬时劳扰,不应酬时牵挂,极是吃累的。"

吃力

盛希侨道:"今日这事,若是舍二弟撞下的,我再也不肯与他这样吃力,叫他试试他那副榜体面。"(六十九)

【吃力】犹言用力、用劲。"再也不肯与他这样吃力",上图本作"再也不肯与他出这样力"。明胡广《性理大全书·学二》:"师友之功,但能示之于始而正之于终耳,若中间二十分工夫,自用吃力去做,既有以喻之于始,又自勉之于中,又其后得人商量是正之,则所益厚矣。"这种意思,现在河南人多说"吃劲"。

吃平和酒

细皮鲢道:"天已晌午,咱趁珍大姐来,咱们斗个分赀买点东西,一来与珍大姐接风,二来就算咱吃个平和酒。何如?"(五十六)

【吃平和酒】几个人平均出钱吃酒。也可以说"打平和吃酒"。《金瓶梅词话》第七十七回:"西门庆家中,这些大官儿常在他屋里坐的,打平和儿吃酒。"还可以说"打平和"。清乾隆三十一年刻本《新安县志·风土志·方言》:"众人无事聚饮曰打平和。"亦作"打平伙"。《二刻拍案惊奇》卷五:"众贼道:'果是利害!而今幸得无事,弟兄们且打平伙吃酒压惊去。'"

迟

却说曹氏在闪屏后,伤心起来,也低低哭了两三声儿。见姐姐闪倒在地,强搀回后边去。迟了一会,众人方才住声。(十二)

王氏忽然想起书柜中真橘红,恰恰凑手,寻着灌下去。迟了一杯热茶时,慧娘咽喉作声,冰梅用手推揉,少时吐了一口稀涎,渐渐透过气来。(四十六)

三声炮响,大人进了北门。迟了半晌,又九声连珠炮响,满城都知是大人进了衙门。这衙门前蜂屯蚁聚,纷纷攘攘。(一百〇七)

【迟】停,等。用于时间方面。《醒世姻缘传》第十六回:"迟了一两日,晁夫人又差晁书押了四盒茶饼,四盒点心,二斤天池茶,送到寺内管待那诵经的僧人。"清蒲松龄《寒森曲》第四回:"二相公忽然醒来,异样之极。又迟了一迟,爬起来,便说去叫大相公说梦。"现在河南话还这么说。

虫蚁儿

你家只少一个贤内助。若是我那干妹子到你家,性情和平,识见活动,再也不拗强你。可惜嫁与马九方,每日弄网,弄鸟枪,打虫蚁儿,把一个女贤人置之无用之地。(六十四)

孙五秃扯住杨三,到南屋,低声说道:"第三的,你憨了?好容易罩住的

小虫蚁儿,你都放飞了,咱吃啥哩!"(五十四)

【虫蚁儿】泛指小型的鸟类动物。清嘉庆二十二年刻本《密县志·风土志·方言》:"鸟曰虫蚁。"金董解元《西厢记诸宫调》卷一:"不惟道生得个庞儿美,那堪更小字儿得惬人意,虫蚁儿里多情的,莺儿第一,偏称缕金衣。"清蒲松龄《蓬莱宴·喜成佳偶》:"天上的虫蚁喂不活,任是甚么你都嫌,往后咱可待怎么过,往后咱可待怎么过?"河南不少地方现在还把鸟儿叫"虫蚁儿",把麻雀称作"小虫儿"。参见"小虫儿"条。

稠密

说了些婆娘琐碎家常,亲戚稠密物事,随便就提起隆吉从娄先生读书的话。(三)

那在京时,也不知怎的亲热,怎的稠密,今日酒,明日席,今日戏园子,明日打挡子。(一百)

留别同乡搢绅,酒宴笔帕往来稠密。州县借朝贵为异日之照应,朝绅借州县为当下之小补。这一切杂用,俱是盛希瑗换的黄金以资花销。(上一百○三)

【稠密】来往频繁,关系亲近,亲热,亲密。明瞿佑《剪灯新话·寄梅记》:"朱端朝,字廷之,宋南渡后,肄业上庠,与妓女马琼琼者善,久之,情爱稠密。"清名教中人《好逑传》第八回:"却喜他又与铁公子往来的稠密,虽说彼此敬重,没有苟且之心,我想也只不过是要避嫌疑,心里未尝不暗暗指望。"

出官

(一)

王氏骂道:"这窦家小短命羔儿,输不起钱,就休要赌,为什么吊死了,图赖人!"焦丹道:"这话如今也讲不着。只讲当下怎的生法,不叫谭姐夫出官就好。"(五十一)

城内去了个泥水匠,说大相公因问姓窦的一家要赌博账,把窦家打的吊

死了,央的城内郑翰林体面,许了一千两银子谢仪说的人情,才免得大相公不出官。(五十三)

吴虎山道:"您只说谭家这促寿儿,不肯出官,累了俺吃这顿'竹笋汤'。明早不到案,还了得成么?"(六十五)

【出官】到官府受审,经官府审问。《元典章·刑部》:"【军官诈死,同狱成不叙】百户祝脱脱木儿所犯,自知罪重,不敢出官,诈称身死,诓谩官司,钦遇赦恩,却行还职。"《醒世姻缘传》第十回:"论你两事,都是行止有亏,免你招部除名,罚银一百两修理文庙。珍哥虽免了他出官,量罚银十三两赈济。"句中"出官"意思相同。

(二)

本来是虚事,若要认真做起来,少不得惊官动府,那时节出乖弄丑,老嫂子要出官说强奸,他要说旧日有账,落下口供、定案,你要后悔起来,还怕迟了。(六十)

我想这些游棍哄骗人家子弟,惟家有厉害父兄,开口说出官首赌,到街上胡喊乱骂,这些光棍,怕的是见官挨打带枷,就歇了手。(六十)

【出官】到官府申诉。《醒世姻缘传》第七十四回:"(太守)随将素姐叫将上去,问道:'你丈夫是甚么人?'素姐说:'是个监生。'太守道:'你丈夫因何不告,叫你这少妇出官?'"

出魂

娄潜斋道:"这出殃,俗下也叫做出魂。"耘轩道:"自古只有招魂之文,并无躲殃之说,人死则魂散魄杳,正人子所慕而不可得者,所以僾见忾闻,圣人之祭则如在也。奈何弃未寒之骨肉,而躲的远去,这岂不是'郑人以为伯有至矣,则皆走,不知所往'么?"(十二)

【出魂】旧时人以为人死后其魂魄要在某一时辰出走,家里人到时候要躲避,否则要遭厄运。清光绪二十一年刻本《(道光)辉县志·地理志·风俗》:"又始死即请阴阳生推出魂时日,至期弃尸床上,合家避出,不留一人,逾时始归。"因称人死后的魂魄为"殃"或"殃煞",所以"出魂"也叫"出殃"。参见"出殃"条。

出脚

逢若接口道:"九娃,你下去罢,将次该你出脚了。明日少不了你一领皮袄穿哩。"(二十一)

须臾,戏子吃饭回来,又开了戏。不叫九娃出脚。把残席赏了德喜、邓祥。叫当槽的速去如意馆取五六盘小卖,叫九娃吃了。(二十二)

【出脚(—jué)】演员登场演出。脚:角色。清刘省三《跻春台·比目鱼》:"藐姑有个脾性,在内台不与男子交言,只有女旦问字领教方才说话;在外台不与别人当妻,必谭楚玉方才出脚。"

出奇

少顷,宝剑拿茶上来,茶杯也是家人皮套带来的。众人喝茶时,也不知是普洱,君山,武彝,阳羡,只觉得异香别味,果然出奇。(十六)

孙四妞道:"他仗着他的鹌鹑是六两银子买的。"戏子笑道:"不在乎钱,是要有本事哩。那鹌鹑明腿短些,便不见出奇了。"(三十三)

这里事忙,本不该说请俺姑娘回家,只是今晚关帝庙唱戏,说夜间要耍火狮子,才是出奇哩。(六十三)

【出奇】出色,好于一般。不好、一般化,叫"不出奇"。清光绪二十一年刻本《(道光)辉县志·地理志·方言》:"不出奇,言不佳也。"民国二十六年(1937年)铅印本《封邱县续志·地理志·风俗》:"不佳曰不出奇。"

出像

小弟叫他伺候堂戏,一些规矩也是不知道,倒惹的亲朋们出像。我一怒之间,着人去苏州聘了两位教师,出招帖,招了些孩子,拣了又拣,拣出一二十个。(二十二)

【出像】显出丑态,露出丑相,也指引起别人嘲笑、戏谑。也作"出相"。《二刻拍案惊奇》卷三:"何不配与他了,也完了一件事,省得他做出许多馋劳喉急出相。"何祚欢《养命的儿子》:"我们弟兄不和,二哥这是出我的相。"现在河南话还这么说,如:"她本来就好笑话人,这一回还不知道咋出我的像哩。"

出殃

娄潜斋道："这出殃,俗下也叫做出魂。"耘轩道："自古只有招魂之文,并无躲殃之说,人死则魂散魄杳,正人子所慕而不可得者,所以僾见忾闻,圣人之祭则如在也。奈何弃未寒之骨肉,而躲的远去,这岂不是'郑人以为伯有至矣,则皆走,不知所往'么?"(十二)

【出殃】旧时民间称人死后的魂魄为"殃"或"殃煞",以为人死后其魂魄要在某一时辰出走,家里人到时候要躲避。清乾隆二十六年刻本《太康县志·风俗志·丧礼》:"始死,焚纸人马曰倒头马。阴阳家写列禁忌出殃日曰殃状。"李家瑞《北平风俗类征·语言》:"出殃:人死后回煞之说,南方谓之'回煞',京城谓之'出殃'。"也叫"出魂"。参见"出魂"条。

楚结

王中又讨了卖市房文券二纸,自寻主儿,以图楚结息债。但急切不得有兑主儿。(三十六)

息是不能完的。俗话说,本到利止。余下息银,改日再为凑办,一次楚结。(四十八)

况我今日自老师衙门回来,人人以为当有厚赠。我也筹度怎还他们,一定要楚结些尖嘴账目。(七十三)

【楚结】指还清(欠项),结清(债务)。"楚"有结清、完了的意义。本书第八十六回:"正以路近豫省,得以登堂拜瞻,而浙抚以宁波军需行伍银两未楚,咨部以赴浙报销事竣,即沿江驰赴新任为请。"《初刻拍案惊奇》卷十三:"便是褚家那六十两头,虽则年年清利,却则是些货钱准折,又还得不爽利。今年他家要连本利多(都)楚,小人却是无说话回他。"句中"楚"都作结清讲。

触

这柏公因说起"当革的书办",便触起三十年宿怨,说:"这京城各衙门

书办,都是了不得的。我这小功名,就是他们弄大案蹭蹬了。"(七)

这一句话,不过是料程公念谭绍闻是个童生,受刑之后,难以应考,少不得往借债上推问的意思。不料这一句话触的程公大怒。(四十六)

王中道:"是小的言语无道理,触大相公恼了,自觉安身不住,向城南种菜度日。"(五十五)

【触】惹,冲犯。清名教中人《好逑传》第一回:"若一味耿直,不知忌讳,不但事不能济,每每触主之怒,成君之过,至于杀身,虽忠何益?"清李百川《绿野仙踪》第十九回:"依我的主见,他若是劝你改嫁,不可回煞了他,触他的恨怒,他又要另设别法。"例中"触"义同。

揣

(一)

把灯点上,只见谭绍闻蹲在墙角里,揣成一团儿。皮匠道:"那是谁?"妇人直答道:"谭大叔。"(二十九)

这杜氏竟是一递一口的厮嚷。总因梁氏平日是个柔性儿,杜氏渐渐的话儿竟唐突起来。那杏花儿上楼来,吓的揣做一团儿,只推温姑娘下楼去劝。(六十七)

夏逢若在地下觑得分明,裤裆撒尿。额颅流津。心里想道,人人说鸡叫狗咬鬼难行。谁知此时喔喔响沉,猖猖声寂,身上只是筛糠的乱揣乱抖起来。(七十)

【揣】抽搐,缩。清蒲松龄《禳妒咒·花烛》:"多少妇女门口看,伸头揣脑,乱说胡吧,见的见的,欣羡他那荣华,都说道不知谁是他丈人家。""伸头揣脑"等于说"伸头缩脑"。新郑市地方史志办公室编《新郑年鉴 2004·裤子轶事》:"但一见面,一看到他那高高提起的裤(尽管是那一条新的)和裤腿下面的'脚镯'套子,心就凉了一半,再看他憨憨地一笑,把脸揣成一个小核桃,说:'没啥,我没啥。'"

（二）

荆公笑道："你还强口,你带这东西为何呢?"夏鼎道："小的是错搿了别人的带子。"荆堂尊道："胡说! 真赃俱在,本县先问你一个暗携赌具上公堂的罪。"(三十一)

荆堂尊笑道："适才打的,会错搿了人家的顺袋儿。你这个奴才,就会丢掉自己顺袋儿。也罢了。把戏箱掀开,本县亲验。"(三十一)

走了大半日,腹中又渐渐空了起来,委实难受。少不得将系腰带儿搿了几搿,曳着身子忍饿而行。(四十四)

【搿】束,扎,系。明朱有燉《香囊怨》第四折："怎生这香囊儿尚不燃,越烧得颜色新鲜,绒线依然？莫得俄延,细看根源,彩绳儿还系着,搿口儿尚周全,莫是他自化显？"现在河南不少地方仍把束叫"搿"。河南省巩义市白沙志编纂委员会编《白沙志·村民生活·衣》："腰间束蓝色长而宽的粗布腰巾,以供攥劲,求暖和(俗语:腰里搿根绳,强似穿三层),塞旱烟袋。"

传单

谭绍闻道："我也不管你这话。就是一个字号,你又不曾遭上牌来,发上传单来,说北京货到河南,某日要银天。就是朝廷皇粮,也是一限一限的征比。何况民间私债？"(六十六)

【传单】即传票。官府传唤相关人员到案的凭证单子。清平江不肖生《侠义英雄传》第五十三回："我犯了什么罪？要传要拘,传应有传单,拘应有拘票,国家没有王法了吗？"朱瘦菊《歇浦潮》第六十二回："你若不到公堂,公堂便要出传单传你。传你不着,就要出牌票捉你。"

串

我一怒之间,着人去苏州聘了两位教师,出招帖,招了些孩子,拣了又拣,拣出一二十个。这昆腔比不得粗戏,整串二年多,才出的场,腔口还不得稳。(二十二)

俺家大爷说了,谭爷近来遭际不幸,在家必是不舒坦,邀往俺宅里散心。

请的还有陪客,今日要演新串的戏。小的随带有车来,就请坐上同去。(四十八)

那一日章丘县公送自己做的一部传奇,我听二公极口夸好,说串来就是一本名戏。却还说内中有几个不认的字样,有许多不知出处的典故。(七十八)

【串】指"串戏",就是排练剧目。戏是要一段一段、一场一场、一出一出地排练的,最后要把所排好的内容完整地串起来演练数遍,以至于成熟,因此叫"串戏"。串,原指从头到尾把它串起来,引申为排演,排练的意思。明张岱《陶庵梦忆·不系园》:"是夜彭天锡与罗三与民串本腔戏,妙绝;与楚生素芝串调戏,又复妙绝。"明东村八十一老人《明季甲乙汇编》卷三:"丙戌,百官进贺,上以串戏忙不视朝。""串戏"并非指一般的演戏,而是排演或者彩排戏曲。

一说串戏的"串"当作"爨"。清翟灏《通俗编》卷三十一"爨戏"条:"《辍耕录》:'国朝院本用五人般演,谓之五花爨弄;或云宋徽宗见爨国人来朝,其衣装巾裹举动可笑,使优人效之以为戏焉。'按院本只般演而不唱,今学般演者,流俗谓之串戏,当是爨字。"俟考。

闯世道

咱省城第三巷丁家,是走过京的,听说他是闯世道哩,到处有他的朋友……那在京时,也不知怎的亲热,怎的稠密,今日酒,明日席,今日戏园子,明日打挡子。(一百)

【闯世道】指奔走于官府衙门,往来于宦友年谊,送礼请托,以谋求私利。也说"走世道"。本书第七十一回:"次日出门,皮箱货箱煞在车上,褡裢被窝装在一旁,谭绍闻或坐或走,公然是个走世道、串衙门的行径。"参见"走世道"。

唇翻舌搅/唇翻舌掉

梅克仁尚未回答,只听他唇翻舌搅说道:"蒸肉炒肉,烧鸡撕鸭,鲇鱼鲤鱼,腐干豆芽,粉汤鸡汤,蒜菜笋菜,绍兴木瓜老酒,山西潞酒……"一气儿说了几百个字,又滑又溜,却像个累累一串珠。(八十八)

【唇翻舌搅】形容口齿十分伶俐,说话快而吐字清晰。上图本作"唇翻舌掉"。

从

我当日做秀才时,卷皮原写习《诗经》,其实我只读过三本儿,并没读完。从的先生又说,经文只用八十篇,遭遭不走。(七)

只是端福落得快活,今日从先生赶会,明日从先生玩景。不然,便在家中百方耍戏。(八)

进了大厅,见了些小和尚,自七八岁以至十四五岁,有八九个,从一个半老优婆塞念经正字。(四十四)

【从】师从,跟从某老师(师傅)。《儒林外史》第四回:"就如前月县考,把二小儿取在第十名,叫了进去,细细问他从的先生是那个,又问他可曾定过亲事,着实关切!"

促寿

这滑氏不听则已,一听此言,抱着四象儿,坐在院里一块捶布石上,面仰天,手拍地,口中杀人贼长、杀人贼短、促寿、短命、坑人、害人,一句一句儿数着,号咷大哭起来。(四十一)

这一起赌犯虎镇邦、夏逢若、小豆腐、张二粘竿、秦小鹰都带着铁锁,慌来道苦问疼。吴虎山道:"您只说谭家这小促寿儿,不肯出官,累了俺吃这顿'竹笋汤'。明早不到案,还了得成么?"(六十五)

【促寿】促寿命,促寿限,使寿命缩短。宋魏野《哭钱观察》诗:"岳既孕灵偏有意,天何促寿太无情。"清徐颂尧《天乐集》第2部分:"内乐足以养生,外乐足以促寿。……外乐乃动与悦合一,声色味香等当前之际,未有不心动而神驰者,所以能耗丧精神而促寿命也。"后来用为骂人话。《醒世姻缘传》第九十四回:"龙氏骂道:'贼砍头!强人割的!不得好死的!促寿!'"民国二十三年(1934年)铅印本《井陉县志料·风土志·方言》:"促寿:邑俗有以'促寿'二字詈人者,意盖谓其所行有损,依旧日积不善有余殃之说,理应夭折也。""小促寿儿",等于说"小短命羔子"。

醋谈

因说及孔耘轩选官上任与否,并张类村得子之事,娄潜斋不胜代喜。但绍闻把卖房一事隐起,只说是借住的。至于张宅醋谈,绍闻也不敢过详。(七十一)

【醋谈】有关家里女人相互妒忌生怨的闲言碎语,闺帷中的传闻。

蹿圈

戏子取将出来,果然精神发旺,气象雄劲。王紫泥道:"就是这个。"绳祖道:"紫老心里只图一等一哩。"王紫泥道:"你单管着奚落人,我只怕到场里,一嘴不咬,把我弄的蹿了圈哩。"(三十三)

【蹿圈(—quān)】从围起来的圈栏里跑了出来。现在河南话里多用来表示疾速逃脱。卫东区地方史志办公室编《平顶山市卫东区年鉴(2012)·附录·平顶山方言词汇》:"蹿圈:①走。②溜掉;逃脱。"中国民间文学集成全国编辑委员会主编《中国歌谣集成河南卷·小寡妇上坟》:"惊动哥嫂忙起身,秃头和尚蹿了圈。"

攒凑

这街头有个三官庙,是众家攒凑的一个学儿,他娘怕人家孩子欺负他,不叫上学,我没奈何,自己教他;我的学问浅薄,又不得闲,因此买了几张《千字文》影格儿,叫他习字,不过将来上得账就罢。(三)

刘旺与他说了本街三官庙一个攒凑学儿,训蒙二年。只因做生日,把一个小学生吃得酒醉了,只像醉死一般,东家婆上三官庙一闹,弄的不像体统,把学散讫。(八)

他们怕大哥做甚么?正是今日这个光景,揭账动则千金上下,他们几家攒凑,写上一张揭约,本大利宽,又不赖债,说讨就还,是省城上号第一家主户。(上八十三)

【攒凑(cuán—)】凑集,聚积。攒:聚集。《文选·张衡〈西京赋〉》:"攒珍宝之玩好。"薛综注:"攒,聚也。""几家攒凑",栾校本作"几家积凑"。

意思相同。"攒凑学儿",就是几家集资合办的学堂。清旅生《痴人说梦记》第二回:"再不然,遇了几个同志,只要攒凑起几千银子,我们好自己开个学堂,成就几个志士,岂不更好。"清李百川《绿野仙踪》第三十六回:"又见有几个人高叫道:'戏法儿不是白看的,客人们到此,我们多凑几千钱做盘费罢!'于冰连连摆手道:'我们路过贵庄,见地方风俗淳厚,所以才顽耍顽耍,攒凑盘费何用?'"

攒脸

这西蓬壶馆却每日有出传单,约远客,搭彩棚,叫昆戏,都是俗下街坊凑趣、朋友攒脸的市井话儿。(九十四)

【攒脸(cuán—)】犹言给面子、赏脸。攒:凑集,聚集。"街坊凑趣、朋友攒脸","凑"与"攒"义相当。也作"撺脸"。郏县文化局编《郏县戏曲志·轶闻趣事》:"这时,扮老翁的王仲彦上场,唱道:'小孙孙,你真不撺脸,奶抱着你就屙一滩(摊),叫儿媳你快把屎布看,抱去擦洗换衣衫。'"

攒忙/撺忙

王氏也心下少动,向王象荩道:"大相公楼下生了一个小学生儿,到后日请客吃面,叫你家赵大儿来撺撺忙。把小女也引来我瞧瞧。"(七十六)

却说绍闻回家安顿午饭,叫双庆提茶来,斟了分送。绍闻道:"双庆你回去罢,厨下攒忙。"(九十)

【攒忙】亦作"撺忙"。帮忙,助忙。本书第四十回:"恰好爨妇老樊来送蒸糕,滑氏道:'多谢大奶奶费心。——你闲不闲?替我厨下助助忙儿。'""助忙"与"撺忙"义同。河南地方风俗,某家举办红白喜事或庆典活动的时候,邻里乡亲前去帮忙,也叫"撺忙"。白启明《河南婚姻歌谣的一斑》:"一边里鼓儿阆,二位贤妹把忙撺。高点银灯,不知为的哪一端。"柴振群等《嘎子压轿》:"张家办喜事,请我来撺忙。"

攒谋定计

且不说这一起攒谋定计。单讲耿葵把貂鼠皮的话,述于智周万,智周万

叹道:"这是那的缘故?耿葵,你不必提起。"(五十六)

又叫张绳祖、王紫泥这些物件,公子的公子,秀才的秀才,攒谋定计,把老乡绅留的一份家业,弄的七零八落。(八十七)

【攒谋定计】(一伙人)聚在一起设计谋。攒:聚。本书第三十回:"这茅拔茹出来站到当街说:'姓谭的也像一个人家,为甚拦住我的箱,扭我的锁,偷我哩衣服?那里叫了一个忘八蛋,朋谋定计,反说我借他二百两银!'""朋谋定计"与"攒谋定计"义相当。参见"朋谋定计"条。

村气

只见一个粗蠢大汉,面目带着村气,衣服却又乔样,后头跟着一个年幼小童,手拿着不新不旧的红帖,写着不端不正的字样,递于王中。(二十二)

舍弟平安,没甚意思,不用说的。令尊脸儿吃的大胖,那些平日油气村气,一丝一毫也没有了。读哩满肚子是书,下科定然有望。(一百〇三)

【村气】即粗俗气。栾注:"谓土气或粗野。"是。村:粗俗,土气。本书第四十回:"第二的,你是有前程的人,穿些不妨,休要叫人家笑话,说咱乡里秀才村。"《醒世姻缘传》第一回:"若是那等目不识丁的人,村气射人的,就是王侯贵戚,他也只是外面怕他,心内却没半分诚敬。"

撮合

荆堂尊道:"这宗事已前后了然。谭绍闻少年子弟,必是夏鼎撮合,将戏子与戏箱托与谭宅。"(三十一)

夏鼎道:"娶不娶由你。你去看一看,谁就强撮合么?你全作看戏散散闷儿。"(四十八)

边公道:"金镯买卖,必有成交之地,撮合之人,谭福儿果系安静肆业,何由与赵天洪相遇?临潼县关文,录的赵天洪原供,系在夏鼎家哄赌讹骗,则谭福儿之不安分可知。"(五十四)

【撮合】从中说合使成其事,常指在男女之间牵线说媒。清许秋垞《闻见异辞·扪虱新谈》:"吴感其情,即遣媒撮合缔姻。"媒人又叫"撮合山"。本书第九十回:"惟有教书的好说媒,是最不可解的。人家结亲是大事,他偏在学堂里,看成自己是撮合山。""撮合"当即"作合"。《诗经·大雅·大明》："文王初载，天作之合。"后因以"作合"指男女结成夫妇。晋潘岳《南阳长公主诔》："肇自弱笄，有馥其芬，言告言归，作合于荀。"引申指牵线做媒。清俞樾《春在堂随笔》卷二："适丧耦，县令为作合，遂成二姓之好。""作合"与"撮合"同。又引申为从中说和以促成其事之义。见"作合"条。

挫顿/挫败

官场所经甚多，见有营钻刺、走声气者，原有一两个爬上去的，而究之取厌于上台，见嗤于同寅，因而挫顿的也就不少。（上七十）

【**挫顿**】挫折，挫败。栾校本作"挫败"，意思相同。明罗懋登《三宝太监西洋记》第二十四回："汉王百战百败，一胜而得天下，岂可以此小挫顿失大事？"清郭麐《灵芬馆诗话·续诗话》卷六："王仲瞿孝廉本名昙，后改名良士。恃才放纵，议论俶诡，有达官以谰言上闻者，遂挫顿不振，然其奇气逸材，自是桑悦、徐渭一流人。"

搭

（一）

这夏逢若心下踌躇："这一干人我若搭上，吃喝尽有，连使的钱也有了。我且慢慢打听，对磨他。"（十六）

【**搭**】搭识，结交。《醒世姻缘传》第三十三回："拿上几百两本钱，搭上一个在行的好人伙计，自己身子亲到苏杭买了书，附在船上，一路看了书来，到了地头，又好赚得先看。"字又作"答"。《水浒传》第二十一回："自从和那小张三两个答上了，他并无半点儿情分在那宋江身上。"参见"搭识"条。

（二）

只听皮匠家门儿响了一声，皮匠出来说："我把门朝外搭了罢。"……绍闻遂将自己后门开了，径向皮匠家来。开了外边搭儿，进门搭上里搭儿。（二十九）

滑氏见两仪走了，又将芹姐与樊婆也打发各回家去。把院门搭了，回来坐下。(四十)

进了退思亭坐下，吩咐道："拿暖壶注一壶茶，炉中添上香。不用你们一个人伺候，把门向外搭了，着一个人看着门，不许闲人进来。"(六十八)

【搭】把门钉锦扣上。《二刻拍案惊奇》卷九："见了他兄弟两个，且不施礼，便随手把门扣上了。道：'室中无火，待我搭上了门，和兄每两个坐话一番罢。'"参见"搭儿"条。

(三)

王中道："揭债要忍，还债要狠。此时不肯当卖原好，若再揭起来，每日出起利息来，将来搭了市房，还怕不够哩。那才是揭债还债，窟窿常在。"(三十)

俗语云：千里投任只怕到。怕的是碰到这四个字，搭了盘费扑了空，少不得回来时住堂庙，穿学馆，少做一年庄稼，得典出十亩田地。(八十六)

"你妗子说：'我在家也操了心。若不是我生的好儿子，依我擘画，他在外，儿子在家乱嫖乱赌，把他的苦瞎搭了，还气出病来。'"(一百)

【搭】赔上，白搭上。《醒世姻缘传》第九十二回："夫妻彼此埋怨了一场，使那一千钱，用了四百，买了一口薄皮棺材，装在里面，扛抬埋葬，把一千钱搅缠得一文不剩，搭上了一个大儿。"周立波《暴风骤雨》第一部："这会想透了，叫我把命搭上，也要跟他干到底。"现在河南一带还常常这么说，如："为你操恁多心，都搭了！"

搭儿/搭子

只听皮匠家门儿响了一声，皮匠出来说："我把门朝外搭了罢。"月色如昼，只看见皮匠慌慌张张走了，像是怕大人出城，依旧锁城门意思。绍闻遂将自己后门开了，径向皮匠家来。开了外边搭儿，进门搭上里搭儿。(二十九)

绍闻喜之不胜，急忙跑出，走到胡同里，开了小南院门搭儿，推开门儿。说道："这里是，这里是。"(六十七)

【搭儿】"门搭儿"的简称。门钉锦，也叫"搭子"。清祝庆祺《刑案汇览·杀死奸夫》："李得臣迎住将张氏，连扎毙命。刘汉松在房听闻，拉断门搭跑出,被李得臣砍伤手腕。"赵树理《三里湾·马家院》:"不论有几口人还没回来,总得先把门搭子扣上,然后回来一个开一次。"现在河南话一般称"门搭儿"。

搭椅

及至请日,碧草轩搭椅围桌,爇炉烹茗,专候二位老父执光降。(七十七)

到阁上,东西两间围裙搭椅,牙箸台盏俱备。一边一席,四位学师一桌,傍上偏些;五位生童一桌,傍下偏些。(九十二)

【搭椅】把椅搭(也叫"椅披")搭在椅座上。《红楼梦》第三回:"地下面,西一溜四张大椅都搭着银红撒花椅搭,底下四副脚踏。""搭着银红撒花椅搭",简称说就是"搭椅"。

答启

却说孔耘轩那日在谭宅答启,至晚而归。兄弟孔缵经说道:"今日新任正学周老师来拜,说是哥的同年,等了半日不肯去。"(四)

【答启】回复来函并亲到致函人所在答礼。启,原指公函,《太平御览》卷五百九十五引汉服虔《通俗文》:"官信曰启。"后泛指公文和私人信函、请柬等。宋沈作喆《寓简》卷八:"秦熺状元及第,汪彦章以启贺会之。"送信、请柬等称"投启"或"送启",回复的信、柬叫"回启"。本书第四回上文:"嗣后谭孝移怎的备酒奉恳潜斋、嵩淑作大宾;怎的叫王中买办表里首饰;自己怎的作了一纸'四六'启稿……怎的孔耘轩亦择吉日置买经书及文房所用东西,并'四六'回启到谭宅答礼,俱不用细述。""回启到谭宅答礼"就是到谭宅答启。

答识

他们都是本城绅衿,又方便,又有体面,我们虽是亲戚,却答识不上。(上七十一)

王象荩道:"天爷呀!咱若是陕西人,他就是关中话;咱若是山东人,他

就是泰安州话,这叫做'咬碟子'。俗话说:盗贼能说六国番语。怎的便与他答识上了。"(七十四)

【答识】 结识,结交。又作"搭识"。明朱有燉《南吕·一枝花·秦淮渔隐》:"结交些鱼虾伴侣,搭识上鸥鹭亲邻。""结交"与"搭识"互文,义亦相当。也可以单说"搭"。参见"搭"条。

打彩/打采

(柏公)又说起来道:"如今官场,称那银子,不说万,而曰'方';不说千,而曰'几撒头'……更可笑者,不说娶妾,而曰'讨小';不说混戏旦,而曰'打彩'。"(九)

他们这班子却有两三个挑儿,如杏娃儿、天生官、金铃儿,又年轻,又生的好看。要引到京上,每日挣打彩钱,一天可分五七十两。(九十五)

【打彩】 原来多指观众给卖艺的人赏发钱物,也指表演到精彩之处或有悬念的地方艺人停下来向观众讨赏。也作"打采"。"而曰'打彩'",上图本作"打采"。清佚名《乾隆游江南》第十回:"他到底是公子出身,不惯江湖事例,未曾拜候本地土棍,因此得罪了这临青地面一位姓段名德浑名小霸王。因他当场吩咐看的不许打彩于他。"清孔尚任《桃花扇·访翠》:"这几声箫,吹的我消魂,小生忍不住要打采了。"清代官僚富商中,一些人常以钱物笼络戏班里较出色的旦脚并与之厮混,也被称作"打彩"。"混戏旦",即与戏班的旦脚相狎亵厮混。

打挡子

那时在京,也不知怎的亲热,怎的稠密,今日酒,明日席,今日戏园子,明日打挡子。出的京来,没上一月,把朋友的祖宗三代以及子弟名讳,都装在腰里,还送与别人。(一百)

【打挡子】 请挡子班的艺妓来串戏。挡子:又作"档子",指挡子班。清时由女子组成的戏班,每班人数不多,又称小班,所唱的曲调叫挡调。清张焘《津门杂记·小班》:"档子班,一名小班,亦妓女之流亚也。"清李伯元《官场现形记》第三十二回:"我是江西人,七岁上就卖在挡子班里学唱戏。"打,即打戏,也就是串戏,指根据内容情节的需要,依曲牌填词成腔,配成脚色,最后串成整出戏。本书第六十二回："就把咱的戏，叫他们门前伺候——如今戏整本、散出，也打的够唱十几天了。"清时官吏士人多与梨园有交往，特别是由女演员组成的挡子班，名为"打挡子"，实则图与艺妓厮混，调笑取乐。

打兑

　　(绍闻)说道："我要走哩。"珍珠串那里肯放，谭绍闻道："我竟以实告，输的多了，委实难过。我回去去打兑银子，好还他。"(五十八)
　　一时打兑不出来，你也通前彻后知道的。我只是上紧与你凑办。若说订个日期，到临时不能全完，倒惹哥一发生气哩。咱们一向是如何的相与，我肯么？我只凑办停当，或取或送，再不得错了哥的事。(六十六)
　　【打兑】这里意思是想办法筹措现银、现钱。兑：指兑现，折换(银钱)。清姚廷遴《历年记·续历年记》："此日尚无花捉，田家窘极，米谷大贱，谷每斗粜小钱三十文，米价每石小钱七百文，兑银不满六钱。"打兑，也写作"打对"。清佚名《金钟传正明集》第三十八回："吾将此牛牵来，指着这个牛，先给他打对几串钱，叫他家办事。"

打拐

　　(夏鼎)又想道："……从来交官府的人，全指望说官司打拐，我不打拐，便是憨子。况谭绍闻这官司，毕竟也得我的力，我拐的使了，也算起一个理顺心安。"(五十三)
　　秦小鹰道："小的们都是谭宅觅的伺候赌场的帮手。俺两个原说是得头钱均分，他遭遭打拐，欺负小的是外来人。他是本城人。"(六十五)
　　【打拐】给人办事时乘机骗取钱财。拐：骗取，拐骗。清李修行《梦中缘》第十回："到了晚上回家，忽听他嫂嫂说起贼信，心下便着了一惊，说道：'我与小姐好无缘也，怎么好事方才到手，偏偏就遇着贼来打拐？'"雷恩洲、阎天民《南阳曲艺作品全集·中长篇大书(下)·红灯计》："(钱婆)心中暗说：王姑娘呀王姑娘，不叫我打拐钱，想俺这当卖婆的，不打拐谁会干这个买卖！"

打连号

他又说怎么作弊觅枪手,打连号,款款有理。我就依他去办。到揭晓,舍弟果然侥幸中个副榜。虽说没得中举,这也罢了。老满开发枪手、打连号谢仪,共花费一千有零。(六十八)

【打连号】应试者考前买通编号的人,将帮手的号码与自己的连着编在一处以便作弊。《清实录·道光朝实录》卷二百七十二:"该学政每考一棚,索加棚规。发给自刻诗赋,勒缴价钱;岁试前列诸生,传署进见,藉索赘仪银两。士子贿打连号,致多枪替等语。"连号,也写作"联号"。清戴兆佳《天台治略·杂署·科场条议》:"联号之弊宜禁绝也。……此辈惯走场屋,老奸巨猾,无弊不知,无弊不作,至于卷面所打号印,尤其执掌。不肖举子钻营贿嘱打号之人,或记名,或记号,安放一处,打成联号。""打成联号"即"打联号"。

打量

只见一个听事的门斗,慌慌张张,跑到席前说道:"大老爷传出:朝廷喜诏,今晚住在封丘,明日早晨齐集黄河岸上接诏哩。"东宿道:"这就不敢终席,各人打量明日五更接诏罢。"(四)

【打量】打算,考虑。量:有考虑、筹划的意思。《魏书·崔延伯传》:"但淮堰仍在,宜须豫谋,故引卿等亲共量算各出一图以为后计。""量算"同义连文,"量"亦算的意思。清陈少海《红楼复梦》第八十二回:"严秃子道:'我也没有什么耽搁,打量着后日下半晚儿开船,就多等你一半天也使得。'"例中"打量"意思相当。

打顺风旗

家母见小儿亲,这也是天下之通情。家母舅听了家母、舍弟的话,打顺风旗,我又不能与舍弟掂斤拨两,说那牙寒齿冷的话。任家母舅分排,我都依。(六十八)

【打顺风旗】"顺风旗"原指观测风向的小旗,清吴长元《宸垣识略·内城一》:"占风竿,亦名顺风旗,上有铁箍二十八道,以象二十八宿之数也。""打顺风旗"比喻随形势发展,倒向赢家一边。《安徽捻军传说故事·坏蛋李四一》:"他左盘右算想了一夜的点子,第二天找着杨瑞英商议商议,招了几个人,在西阳集打起顺风旗干起大捻子。"也说"扯顺风旗"。清李伯元《官场现形记》第三十五回:"每到一处,先替他向人报名,说这位就是唐观察,有些扯顺风旗的,亦就一口一声的观察。唐二乱子更觉乐不可支。"

打戏

老副末拿的戏本上来请点戏。盛希侨道:"就唱你新打的庆寿戏,看看你这串客的学问何如。明日好敬客。"(七十八)

盛希侨把副末叫上来说:"不错!不错!你缘何就会自己打戏?"副末道:"唱的久了,就会照曲牌子填起腔来。只是平仄还咬不清,怕爷们听出破绽来。"(七十八)

总因打戏的窠臼,要一个三髯,一个红脸,一个黑脸,好配脚色。唐则秦叔宝、程知节,一个红脸,一个黑脸。宋则宋太祖红脸,而郑子明是黑脸。(一百〇一)

【打戏】即根据一定的情节内容写成脚本,然后依曲牌填词组成唱腔,再分脚色排练,最后串成整出戏。本书第六十二回:"或十日半月,或八天九天,就把咱的戏,叫他们门前伺候——如今戏整本、散出,也打的够唱十几天了。""打戏",也单指编剧。萧长华述,钮骠记《萧长华戏曲谈丛·萧长华先生漫谈"打戏"》:"所谓'打戏'是指编剧而言。'打',不是打人,是创作、制造的意思。跟人们常说的'打了一件毛衣''打了一辆排子车'的'打'是一样讲法。"

打响儿

这列位老先生说趣话儿诙谐,后边赵大儿、老樊擎着碟儿,在屏后打响儿,王象荩一碟儿一碟儿放在桌面以上。(八十三)

【打响儿】弄出声响以引起别人注意或者作为指令。《西游记》第四十四回:"行者又摇手道:'不要跪,休怕。我不是监工的,我来此是寻亲的。'众僧们听说认亲,就把他圈子阵围将上来,一个个出头露面,咳嗽打响,巴不得要认出去。"刘一达《胡同根儿》第四十七章:"杠夫抬棺材的时候,杠头儿在前后左右照眼,打响儿为令,杠头儿打什么响儿,杠夫走什么步。"

打外转

王氏说道:"一个男人家,心里想做事,便一刀两断做出来。你心里既想上济宁寻你先生帮帮,他该帮你多少呢?万一你先生说:'我想替你打个外转儿,你空偏手儿来,叫我也没法。'正是俗话说,巧媳妇做不上没米粥。"(七十一)

【打外转】等于说捞外快,弄点额外收入。外转:栾星释作"外快",近是。"转"读作"赚"。《金瓶梅词话》第八十六回:"十个九个媒人,都是如此转钱养家。""转钱"就是"赚钱"。闫俊玲等编《中国民间故事丛书·河南南阳邓州卷·巧治铁公鸡》:"不该我破财,还得个大竹箩头哪,这才是拉纤拾个鳖——外赚。"辽阳市太子河区三集成编委会编《中国民间文学集成·辽宁分卷·太子河资料本·审榆树》:"他打听老头:'你今年多大岁数了?'老头说:'七十五了。'他又问:'指什么为生?'老头说:'种点地儿,没什么外赚儿。'"

打杂

绍闻道:"我去时,已唱了半截。只见一丑一旦,在那里打杂。人多,挤的慌,又热又汗气,也隔哩远。听说是《二下邗江》,我就回来了。"(二十一)

【打杂】指戏曲中丑角插科打诨,作滑稽状或调笑的行为。也叫"捣杂"。参见"捣杂的"条。

打中和

走到内邱县地方,天色将早,定到县南关打中和。谁知天气沤热的狠,骡疲人汗,大家竟得难受,急切歇头还远十里竟不能到。(上一百〇一)

【打中和】即打中火,旅途中吃午饭。《京本通俗小说·拗相公》:"约行四十余里,日光将午,到一村镇,江居下了驴,走上一步禀道:'相公,该打中火了。'"又作"打中伙"。清李渔《奈何天·筹饷》:"这里打中伙的所在,大家买些酒饭，吃饱了再走。"

大

分明是主子大了，眼中没人。依我说，我还看不见这样主户哩。你这管家，也就大的很，就是你主子不在家，也该让我到家中坐坐，吃你一杯茶，留下帖子，好不省事的要紧。(二十二)

茅拔茹道："好大的主子！明明在家，却叫家人说往乡里去了七八天。九娃儿，把帖子交了，咱走罢。这就算咱拜了客。"(二十二)

夏逢若一面走，一面说道："这样主子，比王爷还大，管家的都敢骂人！"(五十三)

【大】因有权势而傲慢。清蒲松龄《禳妒咒·秋捷》："夫人笑说我儿，这不好么？如今中了举了，你往后可些须给他点体面。江城说他大了，俺就不大么？"句中"大"意思是身份大，地位显贵。

大长

只是前日我在北道门经过，见北拐哩一个门上，贴个报条儿，依稀记的上面写着京都新到胡什么，"地理风鉴，兼选择婚葬吉日"，还有啥啥啥大长两三行小字儿。(六十一)

回到管家村，只见门前棚已搭就，尸犹未卸。管贻安看见，舌伸的大长，吓了一个倒退。(六十四)

若有车时，不拘横顺放在车上，就捞的去。又没有车，要用手拿，两挂堂帘大长，这毯子一大堆，况这两夹板灯扇子，八个架子，又怕撞坏了人家哩。(八十)

【大长】很长。大：程度副词，用在形容词前面，相当于"很""老"。李準《黄河东流去》第十一章："那个蛤蟆嘴掌柜一看来个老头：山羊胡子刀条脸，一个大长鼻子，两只明亮好斗的眼睛，戴个旧的黑绒瓜皮帽，还穿着翠蓝布破长大褂。"姚雪垠《李自成》第十八章："李信两三天来见开封城内的灾民比一个月前多得多了，想着到冬天和明年青黄不接的大长荒春，惨象将不知严重到何等地步。"除了"大长"，河南方言中还有"大高""大粗""大深"等说法。

大马金刀

夏逢若道:"骑着骆驼耍门扇,那是大马金刀哩,每日上外州外县,一场输赢讲一二千两。咱这小砂锅,也煮不下那九斤重的鳖。"(五十六)

【大马金刀】比喻大气派、大场面。夏邑县志编纂委员会《夏邑县志·社会志·方言》:"大马金刀:办事很有声势,有气派。"李準《白杨树》:"守贵老头打从分开家后,看着进明大马金刀地干起来了,他也不服气。"中国人民政治协商会议、河南省新郑县委员会文史资料研究委员会《新郑文史资料第1辑·"蹚将"的兴起与灭亡》:"民国十三年某部队拉着枪枝弹药,扬言剿匪。真是大马金刀,其势汹汹,大有与匪不共戴天之势。"

清文康《儿女英雄传》第三十二回:"将磕完了起来,褚大娘子大马金刀儿的坐在那里合他女婿说道:'还有舅母合亲家妈得认亲呢,劳动你再磕头罢!'"例中"大马金刀"用来形容人气势豪爽,大模大样,意思略有不同。

大门楼/大门楼子

但夏逢若生的聪明,言词便捷,想头奇巧,专一在这大门楼里边,衙门里边,串通走动。赚了钱时,养活萱堂、荆室。(十八)

更可厌者,他说的不出于孔孟,就出于程朱,其实口里说,心里却不省的。他靠住大门楼子吃饭,竟是经书中一个城狐社鼠!(三十九)

【大门楼】也说"大门楼子"。上面有牌楼式屋顶的大门。清蒲松龄《增补幸云曲》第六回:"顺大街往北走,转过隅头向东一座木牌坊,路北里新盖的大门楼,那门上有匾,匾上有字,字字写的明白,那就是宣武院。"有牌楼的一般都是富贵人家的大门,故"大门楼"常借以指富贵人家。

大米

这孩子太小,念的脚本不多。一连唱两本,怕使坏了喉咙。这孩子每日吃两顿大米饭,咸的不敢叫他吃一点儿,酒儿一点不敢叫见的。(十八)

滑玉道:"我在正阳关开了大米、糯米坊子,生意扯捞住,也没得来瞧瞧姐夫姐姐。"(四十)

这是你爷爷上坟去后一二年,这家亲戚一发穷了,推了一小车杂书,要卖与咱家,只要两千大钱。我念亲戚之情,与了四两纹银,两口袋大米,他推回去度日。(九十二)

【大米】稻谷的米粒。清乾隆三十一年刻本《新安县志·风土志·方言》:"稻米曰大米,糯曰糯米,粟曰小米。"清吴趼人《二十年目睹之怪现状》第七十四回:"请他开一顿大米饭(原注:南人所食之米,北方土谚谓之大米,盖所以别于小米也)。"

大母

滑氏道:"他伯也还罢了,他大母各不住人。"惠养民道:"咱嫂也是个老实人,有啥不好呢?"(三十九)

张正心遵命,命老仆拿两千钱,不多一时,赁了一架盒子,水礼已备。梁氏命抬到谭宅:"说我不时就到。两家本是旧交,我也去看看你谭大母去。"(六十八)

【大母】伯母,大妈。"母"音读与"嬷"同,也单称"嬷"。清同治六年刻本《(乾隆)河南府志·礼俗志·方言》:"伯母亦谓之嬷嬷,上声。本为母母。吕东莱《紫薇杂记·记言》:'吕氏母母受姻房婢拜,姻见母母房婢拜,即答。'"现在河南不少地方仍称呼伯父的妻子为"大嬷"。

大统书

法圆便拿过新颁大统书,说:"我爽利为菩萨看一个移徙、上学的好日子。恰好二十日就是'宜上官,冠带,会亲友,入学,上梁,安碓碾'的吉日,十九日便是'宜移徙'的好日子。"(八)

【大统书】即"大统历",原为历法名,为明初刘基进所进。明洪武十七年(1384年),朝廷于南京鸡鸣山设观象台,召令博士元统修历,仍名之曰"大统"。而其后因推算日食不准确,治历者纷进新历,要求改制,但明朝一直沿用"大统历"。见《明史·历志一》。清陈兆仑《五朝历法因革后序》:"自元世祖授时书出而前书尽废,其时史官郭守敬所造诸仪表悉诣精妙,创用二线推测,八十年间遵用之。及明,大统书虽易其名,实仍其法。"泛指历书。

大眼看小眼

我如今存留了一点后手,他只是贪着顾他的声名,每日只是问我要。没想孩子们多,异日分开家时,没啥度用,只该大眼看小眼哩。(四十)

【大眼看小眼】你看看我,我看看你,意谓在场的人谁都拿不出办法。略等于"面面相觑"。《醒世姻缘传》第八十三回:"光棍们听见这话,大眼看小眼,挽起头发,坎上帽子,披上布衫,就待往外跑。"河南话也说"大眼瞪小眼"。张果夫主编《中国民间故事丛书·河南南阳唐河卷·郝介甫妙对惊皇上》:"举子们一看,大眼瞪小眼,对不上来,变得老实了。"

担杜

其次只有弄三五百两银子,请个有担杜、敢说话的人,居中主张,叫他们让些,不能如数,不过是没水不熬火而已。(六十)

【担杜】担当,担待。"有担杜"等于说能够承担责任。栾注:"担杜,豫语谓担得起、擎得住。"是。

单管

(一)

俺后门上有个薛家女人,针线一等,单管着替这乡宦财主人家做鞋脚,枕头面儿,镜奁儿,顺袋儿。(四)

前年县里老爷,赏了我一名差,单管押女人的官司。闲时与人家说宗媒儿,讨几个喜钱,好过这穷日子哩。(十三)

道士喜道:"此是府中第一聚财之处。天生盖的合了天库星。"绍闻道:"旧日原系账房,单管出入银钱。"(七十五)

【单管】专管,专门负责。清李百川《绿野仙踪》第五十四回:"老爷子同大爷送了那姓王的客人回来,才打听出今日是温大爷的寿日,午间没有预备下酒席,数说了老奶奶几句。老奶奶说:'你是当家人,你单管的是甚么?'"

（二）

这王氏急的没法儿，背地里让道："你两个单管在东楼下恋着，万一多嘴多舌，露出话来，人家一个年轻娃子，知他性情怎样的？"（二十八）

王氏见王中单管大爷长大爷短，忍不住插口道："王中少说一句罢，你让大相公一句儿也好。"（三十二）

这德喜大声哭起来，说道："我是该死的人，我两三番见过大爷，想是我不得活了！"老樊道："小孩子家，张精摆怪的，单管着胡说！"（五十九）

【单管】只顾，只管，一味地。《金瓶梅》第九十五回："薛嫂道：'你且拿了点心，与我打个底儿着。'春梅道：'老妈子，单管说谎！你才说吃了来，这回又说没打底儿。'"《今古奇观·蔡小姐忍辱报仇》："我想你平日在家，单管吃酒，自在惯了，倘到那里依原如此，岂不受上司责罚？"

单寒

希侨道："管得学门里，管不得学门外。我当初从卢老头读书，在学门里就不怕他，他还有几分怕我哩。"夏逢若道："富贵子弟读书，原不比单寒之家。"（二十）

昔日有个前辈，原是单寒之家。后来中了进士，做到湖广布政司。（六十二）

【单寒】贫寒卑微。《后汉书·文苑传下·高彪》："家本单寒，至彪为诸生，游太学。"清陈廷敬《与刘提学书》："今进学额数人耳，而贵富有力之家辄攘之以去，单寒之子淹抑坐叹，白首无聊，或至改业，身为工贾，苟且自活。"

单门

舍表侄虽说极好念书，因家道殷实之故，未免招些富者贫之怨。况且又是个单门，往往为小人所欺骗、诬赖。（五十二）

咱是祥符单门，愚侄每见人家雁行济济，叔侄彬彬，心下好生羡慕。回

顾自己，却是独自一个。伯又年尊，近日轻易不到世故上走动，侄子好生孤零。（六十七）

【单门】门户（家族）孤单，没有近亲在一地居住。清黄景仁《移家来京师》诗之六："单门余我在，万事让人多。"也可以说"单门独户"。本书第六十回："原来老豆腐单门独户发了家，专管小心敬人。夏鼎移成近邻，老豆腐极为奉承。从来小人们遇人敬时，便自高尊大，一切银钱物件只借不还，又添上欺降凌侮之意。"

汉赵壹《刺世疾邪赋》："故法禁屈挠于势族，恩泽不逮于单门。"南朝梁任昉《〈王文宪集〉序》："弘长风流，许与气类，虽单门后进，必加善诱。"句中"单门"《汉语大词典》释云"犹言单寒的家族"，与此"单门"意义不同。

淡薄/淡泊

这是我几年卖布零碎积的钱，原就防备婆婆去世了，急切没钱买办棺木，遮不住身子。因此我婆婆在世日，就受了多少淡泊。（四十一）

近日谭绍闻风声不佳，各客商已默忖几分，所以各讨各债，遂致不约而同。要之作客商离乡井，抛亲属，冒风霜，甘淡薄，利上取齐，这也无怪其然。（六十六）

家中淡薄，靠着砚田挣饭吃，这也是秀才本等。争乃他有两宗脾气最出奇，一宗好管买卖房产，一宗好说媒。（九十）

【淡薄】清苦贫寒。也写作"淡泊"。"甘淡薄"上图本作"甘淡泊"。宋陆游《雨后复小雪》诗："贱贫安淡薄，老钝耐讥嘲。"《警世通言》卷二十五："吾有桑枣园一所，茆屋数间，园边有田十亩，勤于树艺，尽可度日。倘足下不嫌淡泊，就此暂过几时何如？"

淡话

姚杏庵道："……尊驾既有要紧的事，尊驾自去叫去。况且尊驾在谭宅来往是极熟的，我岂没见么？不妨自己叫一声儿。"原来夏鼎被王中打狗一句把胆输了，不敢叫门，只得说道："只是一句淡话，改日说罢。"起身就走。（三十七）

【淡话】无关紧要的话。元谢应芳《与姜天定书》："少暇，可过潞城，与小孙同到横山啜清茶,说淡话,就烦删择旧稿,类抄别帙。"现在河南还有不少地方这样说,多指没有什么实际作用、不着边际的废话。李準《李双双》:"喜旺哥,你的淡话咋恁多哩,拿住吧。"豫剧《朝阳沟内传》第三场:"淡话,谁不知道早睡早起身体好,睡不着呀!"

当不得/当不的

吃完了酒,董橘泉便在账房里睡。到了半夜,后头一片说,"热的当不得!"(十一)

只见胡其所向徒弟道:"如鹇,你看这个,正是我常对你说的,犯了那了。叫人家子孙当得当不得。"(六十一)

我从家走到这里,两腿已是疼的当不的,如何能从前边转?(六十六)

【当不得(dāng—)】受不了,禁受不住。也写作"当不的"。当:承受。本书第四十四回:"这五百两银子,只那假李逵将不知怎样撒泼催逼哩,那个野相,实叫人难当。""难当"即难以承受。《水浒传》第三十一回:"冬月天道,溪水正涸。虽是只有一二尺深浅的水,却寒冷的当不得。"清钱德苍《卷堂文》:"几番欲发愤辞归,受不过儒家清淡。若待要屈志且留,当不得客馆凄凉。""受不过"与"当不得"对举,意思相当。

当不住

饭酒中间,夸一阵怎的衙门得权;说一阵明日对审怎的回话……王中实实的当不住,顾不得少主人嗔责,暗地里顿了几顿脚,硬行走讫。(三十)

孔耘轩也怕惠养民说些可厌的话,程嵩淑是爽直性情,必然当不住的,万一有一半句不投机处,也觉不好意思的。(三十八)

须知这个选择,要论化命,要论纳音,要合山向,八下凑拢来,都是有吉无凶,这才使得。若有一处不好,葬后便当不住了。(六十一)

【当不住(dāng—)】承受不住,禁受不了。当:抵挡,承受。《水浒传》第四十八回:"两个追将向前去,不到半山里时,药力透来,那大虫当不住,吼了一声,骨碌碌滚将下山去了。"明洪应明《菜根谭》:"盖世功劳,当不得一个矜字;弥天罪过,当不住一个悔字。"这种意思也可以说"当不得"。参见"当不得"条。

当官

那天杀的,跟俺小叔子贼短命的,就趁着你的岁数大,只是争价钱。偏你也就娶哩热,你若放松一点儿,只怕二十两,他也依了。再迟迟,我就要当官自主婚嫁哩。(三十九)

(裴集祉)说道:"咱出门的人,就这样难!窦哥不必恓惶,只告下他们诱赌逼命,好当官出这场气。"扯住窦丛,径上祥符县署,便要挝堂鼓。(五十一)

王象荩道:"你还强口!你说是每年积攒的,如何这样新,这样涩?咱们只宜当官去说。你不跟我去,我就喊起乡约地保来。"(七十六)

【当官】到官府,经官方。明安遇时《包公案》第十五回::"兴福不合与之试马,亦量情责罚,当官领马回归。"《醒世姻缘传》第八回:"你那闺女倒是正经结发,可干这个事!请了你来商议,当官断已你也在你,你悄悄领了他去也在你。"

当头

(夏逢若)兑了银子,再找明铺家,赎回当头。背地里与那人七八两,自己得四十多两,各人自去花费去了。(二十三)

掌班的见了绍闻,说道:"谭相公休把借的银子、粮饭钱放在心上,戏房里还撒下四个箱、两个筒。一来脚重了,路上捞不清,二来就是相公的一个当头。"(二十四)

绍闻道:"你去屋里看去,有四个箱,两个筒,说是当头。"逢若道:"有这当头,不愁咱的银子。"(二十四)

【当头(dàng—)】用作抵押的东西;典押物品。当:质当、押抵的意思,也指典押品。《西游记》第四十二回:"这个箍儿是个金的,却又被你弄了个方法儿长在我头上,取不下来。你今要当头,情愿将此为当,你念个松箍儿咒将此除去罢,不然将何物为当?"清鸳湖渔叟校订《说唐全传》第二十回:"咬金一直来到当中,大叫道:'当银子的来了!走开,走开!'把那些赎当头的人一齐推倒都跌在两边地。"

荡费

这赌博场中,富了寻人弄,穷了就弄人。你也是会荡费家产的人,难说不明白么?(四十二)

王中携妻女住下。自此与姓朱的园户,同做那抱瓮灌畦之劳,为剪韭培菘之计。却仍每日忧虑少主人荡费家产,心中时常不安。(五十四)

【荡费】无节制地花费。荡:恣纵。宋司马光《投壶新格》:"荡而无度,将以自败。"元永嘉书会才人《白兔记》第十二折:"先君在日,资财颇积,常念你保守艰难,忍被他人荡费。"清魏象枢《答刘勉之书》:"生平所见居官之家,祖父丧心取钱,欲为子孙百世之计,而子孙荡费只如粪土,不旋踵而大祸随之。"也写作"荡废"。《醒世恒言·杜子春三入长安》:"我杜子春……宁不知感老翁大恩!只是两次银子,都一造的荡废,望见老翁,不胜惭愧。"

刀尖药

总之,人生不告状、不打官司,便是五福外一个六福。总有好刀尖药,何如不割破的更好。(上七十九)

【刀尖药】一种专门治疗由刀剑等兵器所造成的创伤的中药,即金创药,有止血、镇痛、消炎等功效。刘锁《蟾宫图》138:"庞汉关说:'你说得不错。的确,刀尖药是治疗创伤的理想药物,然而,并不是每一例外伤都非用刀尖药不可!'"也作"刀剑药"。陈忠实《白鹿原》第三十三章:"白嘉轩拄着拐杖佝偻着腰走进来,向他讨要一包刀剑药。冷先生随口问:'谁有伤了?'"

叨

冰梅与樊家捧了四器放在桌上,谭绍闻举箸一尝,却也极为适口,争乃心中有病,仍然咽不下去,只胡乱叨几箸儿,强逗嬉笑而已。(上五十八)

【叨】用筷子夹。清蒲松龄《墙头记》第三回:"当时饿死没人理,酒肉而今大口叨,不懂的这是甚么窍。"曹宝泉主编《中国民间故事丛书·河南南阳新野卷·傻女婿吃酒席》:"吃饭叨菜要有个样儿,我在隔壁哄娃儿,拿个小锣,敲一下你叨一下,可不能叫亲戚们笑话。"也写作"叨"。《汉语方言大词典》(第1109页):"叨,dāo,<动>用筷子夹。……葛世钦《河南黄河歌谣初探》:'动动筷,叨个驴粪蛋。'"用筷子夹,河南有的地方还说"搛"。本书第五十九回:"只胡乱叨几箸儿,强逗嬉笑而已。"栾校本此段文字为:"只得拣一块鱼肉,抽了刺,给兴官吃;寻一个鸡胗肝儿,强逗着嬉笑而已。""拣"即"搛"之假借。参见"拣"条。

捣杂的

巫氏道:"……今日办成送的去,说明日娘送我时,就与亲家母道喜。那边日子近来不行,娘的贺礼,就是雪里送炭,省的我异日'马前覆水'。"巴氏道:"好一张油嘴,通成了戏上捣杂的。"(八十七)

【捣杂的】戏曲中插科打诨的丑角。捣杂:在戏中调笑戏谑或做出滑稽可笑的动作。今洛阳一带称戏曲中丑角为"捣糟儿"或"捣糟儿哩"。孙明和《伊洛词话·语汇》:"捣糟儿:对传统戏曲丑角的俗称。引申为爱闹笑话的人:你在这里净是捣糟儿哩。""捣糟儿"应是"捣杂儿"之音变。也叫"打杂",本书第二十一回:"我去时,已唱了半截。只见一丑一旦,在那里打杂。"参见"打杂"条。

道儿

(一)

王氏看了道:"果然磕了一道儿,一发随时即肿的这样儿。你肚里还疼不疼?"(五十一)

进的门来,却见二房下泪流满面,把脸上粉都冲成道儿,揉着眼乱嚷乱吵。(六十七)

【道儿】痕迹,印痕。清蒲松龄《翻魇殃》第九回:"姜娘子气儿平,叫姐姐你是听,泪道儿教我洗不净。""泪道儿"就是泪痕。也说"道子"。本书第七十回:"自己灯笼照着,那阎王脸上,被雨淋成白的,还有些泥道子。"

（二）

　　我因先祖未做藩司时，在正德十四、五年间，做过荆州太守，所以开卷便看荆州府。猛然看见，就像贤弟名子一般，细看比贤弟少了几道儿，却是个衣字。（八十四）

　　谭道台忽的发怒道："一派胡说！你先说你不大识字，如何会写官名县名？"供道："小人写药方，看告示，那道儿少些的字，也就会写了。"（九十一）

　　【道儿】笔画，笔道。"道儿少些的"，就是笔画少一些的。本书第十一回："如今考试，那经文，不过是有那一道儿就罢。临科场，只要七八十篇，题再也不走。""有那一道儿"犹言有那一画儿，意思是说，就算是有那一回事。

得法

　　说未完时，那人已进来，腰里插着一把短杆皮鞭子，原来是个牛马牙子。看见酒肴，便道："得法呀！"（三十三）

　　夏逢若前后左右指着说道："你这客厅中，坐下三场子赌，够也不够？两稍间套房住两家娼妓，好也不好？还闲着东西六间厢房，开下几床铺儿，睡多少人呢？西偏院住了上好的婊子，二门外四间房子，一旁做厨房，一旁叫伺候的人睡，得法不得法？"（六十四）

　　【得法】惬意，舒心，舒服。清张春帆《九尾龟》第六十回："要晓得如今世上，凭这良心天理是万万行不去的。只好把你这个良心暂时收拾起来，或者将来还有得法的日子。"豫剧《唐知县审诰命》："本县一阵笑哈哈，这一阵我心里可真得法！"郝焕斌编《大冶镇志·民间歌谣传说与其他》："东庄订轿夫，西庄订唢呐，嘀嘀嗒嗒到俺家。日子过得真得法。"

得窍

　　谭绍闻极口道："有！有！有！我有一个盟友夏逢若，这个人办事很得窍。"（五十一）

　　【得窍】懂窍门，有办法。窍：指窍门儿，主意。本书第五十回："你不说罢,我明白了。这全是谭贤弟心上没窍,恰又遇了你。你当我看不出形状么?"清曾朴《孽海花》第三十回:"看到得意时,和爷儿们一般在怀里掏出红封,叫丫环们向戏台上抛掷。台上就有人打千谢赏,嘴里还喊着谢某太太或某姑娘的赏;有些得窍一点的优伶,竟亲自上楼来叩谢。"这种意思,现在河南话常说成"得门儿"。

得时

那快头是得时衙役,也招架两班戏,一班山东弦子戏,一班陇西梆子腔。他给了四十两银买的去。(七十七)

【得时】兴时,走红。唐李涉《六叹》诗序:"清江、白云、孤山、远屿,皆得时之人吟咏性情耳。"《中国古代民歌鉴赏辞典》编委会编《中国古代民歌鉴赏辞典》:"与那些得时的二爷们把帖换。"

灯消火灭

孝移道:"兄在北门僻巷里住。我在这大街里住,眼见的,耳听的,亲阅历有许多火焰生光人家,霎时便弄的灯消火灭,所以我心里只是一个怕字。"(三)

譬之猛虎当道,吃的路断人稀,必有个食肉寝皮之日。这些弄权蛊国的人,将来必有个灯消火灭之时。我若有冯妇本领,就把虎一拳打死,岂不痛快?(十)

一个年轻的说:"山厚着哩,急切还放不倒。"老者道:"你经的事少。我眼见多少肥产厚业比谭家强几倍,霎时灯消火灭,水尽鹅飞,做讨饭吃鬼哩。"(三十二)

【灯消火灭】灯火熄灭,没有光亮。元李文蔚《张子房圮桥进履》第一折:"俺那里人烟稀,鸟声绝,灯消火灭,伴了些树梢头晓星残月。"比喻原来昌盛红火的景象一下子覆灭、消亡。清天花才子《快心编全传》第三十一回:"那知几年来,丁家灯消火灭,连自身不知去向。"

滴流

嚷闹中间,听的车夫添草声,马索草声,车夫张冻口,唱《压压油》:"乡里老头儿,压压油,出门遇见山羊,吓了一跤。两根骨头朝上长,四只蹄子,一根尾巴,望着我咩咩叫。瞧,下嘴唇底下,滴流着一撮毛。"(一百〇一)

【滴流】悬挂,倒垂着。元曾瑞《哨遍·羊诉冤》:"我如今刺搭着两个蔫耳朵,滴溜着一条粗硬腿。""滴溜着"就是悬着,表示因伤而无法着地。也写作"滴溜""提溜"。《醒世姻缘传》第七十七回:"那丫头开了门,一只脚方才跨出,嗳哟的一声大喊,随说:'不好!一个人扳着门上框打滴溜哩!'"杨朔《三千里江山》:"我直长直长也长不大!志愿军爷爷告诉我说,大年五更捽着门栓打提溜,就拔高了。"北方话里,"打滴(提)溜"就是悬空挂着晃荡。

的确

(一)

惠观民笑道:"等饭中了,我到家多会了。我走罢。我承许下滕相公,日夕见的确话哩。"(四十)

原是敞东写书来,要起一标足色的。若不是敞东书子上写的确,咱这一号至交,自然将就些。(八十四)

据大哥所述,有八九分是不错的。但我前日在盛宅看过爵秩本,丹徒家兄是湖广荆州府太守,我如今再查个按季爵秩本头,便见的确。(八十八)

【的确】确实,真切。清李百川《绿野仙踪》第九十回:"不但亲友,即本县远近有贫不能葬、壮无力娶者,查访的确,无不帮助。"《儒林外史》第四十七回:"方家那一日请人,请的是那几个,他都打听在肚里,甚是的确。"

(二)

当日同窗时,你就是我行秘书,有疑必问,你宗宗说个元元本本。今久

不见面,又不知如何博雅哩。的确老子所乘是什么车?(七)

将近良乡,车夫喊道:"老爷们看见昊天塔了?这是杨六郎盗他达杨继业骨头地方。"盛希瑗道:"听后边车夫也是这般喊,这的确是怎样的?"娄朴道:"是胡说的。"(上九十九)

【的确】究竟,到底。明金日升《颂天胪笔·召对》:"上曰:'你先说采访的确如何?又说传闻。'"清张沐《溯流史学钞·嵩谈录》:"搆思问:'鬼神的确是有是无?'仲诚曰:'先明得鬼神二字,然后可与言有无。'"

敌手/敌首

这王中是奴仆中一个大理学,若以他之女为我作媳,他看他与先君便成了敌手亲家,不是事儿不行,是他心里不安。(一百〇三)

【敌手】对等(的),平起平坐(的)。洛阳本作"敌首",义同。这个意思明显是从它的"对手、能力水平相等的人"延伸而来的。

抵不住/敌不住

大商的席面,就是现任官也抵不住的,异味奇馔,般般都有;北珍南馐,件件齐备。(三十)

如今咱有近两千两行息银子,咱的来路抵不住利钱,将来如何结局?(三十六)

【抵不住】犹言不及,比不上。上图本作"敌不住",义同。抵:比得上,与……相当。唐杜甫《春望》诗:"烽火连三月,家书抵万金。"本书第四十四回:"醒时正打五更。二目闪闪,直到天明。这一夜真抵一年。"又第九十回:"苏霖臣道:'《金瓶》《水浒》我并不曾看过,听人夸道,笔力章法,可抵盲左腐迁。'"现代河南方言常把比不上、不及说成"不抵",如说:"你们仨也不抵他一个,不信试试!"

底本(儿)

东宿道:"寅兄居此已久,毕竟知道几个端的行得,咱先自己商量个底本,到那日他们秉公保举,也好承许他,方压得众口。"(五)

东宿道:"看来还是谭忠弼、孔述经罢。"乔龄道:"待祭祀时看秀才们怎么举动,咱心里只商量个底本儿罢。"(上五)

【底本(儿)】即底稿。比喻作基本意见、基本想法。《续资治通鉴·宋哲宗元祐二年》:"枢密院与文彦博、三省同议降旨戒约。昨日臣已书底本进入,蒙画'依'降出。""只商量个底本儿罢",栾校本作"底稿儿"。参见"底稿"条。

底稿儿

乔龄道:"待祭祀时,看秀才们怎么举动,咱心里只商量个底稿儿罢。"(五)

【底稿儿】原稿,最初的稿子。比喻作基本意见、基本想法。明毕自严《度支奏议·四川司》:"户部并未发分毫银两于职,职又未曾请帑金分毫,此在户部一查本衙门之底稿而可知也。""商量个底稿儿",上图本作"商量个底本儿",义同。参见"底本"条。

掂斤拨两/掂斤磨两

盛希侨道:"……家母见小儿亲,这也是天下之通情。家母舅听了家母、舍弟的话,打顺风旗,我又不能与舍弟掂斤拨两,说那牙寒齿冷的话。任家母舅分排,我都依。总之,与靳宅贤慧姑娘毫无干涉,一句昧良心的话,我不能说。"(六十八)

【掂斤拨两】原指仔细估量轻重,后来多用来形容在钱财方面过于仔细、认真、斤斤计较。上图本作"掂斤磨两"。也作"拈斤播两""掂斤播两""颠斤播两"。明无名氏《梁山五虎大劫牢》第一折:"也不索昼夜思量心内想,也不索拈斤播两显耀我这英雄猛将。"《醒世姻缘传》第二十六回:"虽是那主人家黑汗白流挣了来,自己掂斤播两的不舍得用,你却这样撒泼,也叫是罪过。"清李百川《绿野仙踪》第四十四回:"起先不过房里院外吐些颠斤播两的说话,讥刺几句,使如玉知道。"

典庄卖地

　　再下,惟有典庄卖地,如数全完,叫他们口称汉子,心中暗算第二遭如何下手。你弄到一贫如洗,好与他们合伙哄人:这便是将来的下场头。(六十)

　　谭绍闻道:"穷遮不得,丑瞒不得。我近来负欠颇多,不过是典庄卖地,一时却无受主,心里急,事体却不凑手。望贵昆仲另商量个良策,办了上京的事。"(六十六)

　　【典庄卖地】典当房屋,出卖田地。庄:指住宅、宅院,方言称"庄子"或"庄头儿"。本书第九十三回:"读成了举人、进士,情愿将几处庄子陪送作脂粉地。"建房子叫作"修庄子"。中国人民政治协商会议、河南省巩义市文史委员会编印《巩义文史资料第30辑·巩义民居的变迁》:"在深山区耕地少,人们修庄子不想占耕地。"许昌县志编纂委员会编《许昌县志·职工生活》:"一遇灾年,贫穷者更是挣扎在饥饿线上,或逃荒要饭,或卖儿卖女,或典庄卖地,甚或人相食。"雷恩洲、阎天民主编《南阳曲艺作品全集·大调曲子·刘伶醉酒》:"你三声叫活奴的夫,典庄卖地还酒钱;三声叫不活奴的夫,奴家与你见当官。"

点

　　不说那管贻安在酒席上妆那膏粱腔儿,抖那纨绔架子,跳猴弄丑。这张绳祖早把王紫泥点出门,寻个僻地儿,商量说……(三十四)

　　【点】示意,暗中指使。元关汉卿《赵盼儿风月救风尘》第三折:"周舍,你好道儿,你这里坐着,点的你媳妇来骂我这一场。"例中"点"与《歧路灯》中的用法相近似。这种意义应是从"点"的指点、启示义引申来的。《金瓶梅词话》第五十二回:"不想孟玉楼在卧云亭栏杆上看见,点手儿叫李瓶儿说。""点手儿"就是打手势示意。

点儿低

　　那两个差头,白白的又发了一注子大财,只以"查无实据"禀报县公完

事。这店小二全不后悔,只笑道:"点儿低,说什么呢?"(一百〇一)

【点儿低】与"点儿背"意思相同,时运不济,运气不好。清刘省三《跻春台》第四部分:"这是我点儿低正行霉运,撞在他罗网内恳祈原情。"老舍《四世同堂》第65部分:"别以为这是件小事!要是赶上'点儿低',咱们还许把脑袋耍掉了呢!"

店口

二人出的大门,德喜、邓祥在后,一直向同喜店来。到了店口,戴君实看见,与夏逢若作了揖,与谭绍闻也作了揖。(二十二)

这秀才虽名列胶庠,却平生嫖赌,弄到"三光者"地位,此时专借开场诱赌,招致流娼,图房课以为生计。因雇个刁猾当槽,开设店口。(七十二)

单说到邯郸县,恰遇京上下来钦差上钟祥去,将关厢店口占了一半。这盛希瑗五辆车,自南而北,因看店的人到的早,已经讲明牲口草料、主仆饮食,店主与家人门前等候。(一百〇一)

【店口】旅店,客栈。清文康《儿女英雄传》第十四回:"一进街来,南北对面都是些栈房店口,也有烧锅、当铺、杂货店面。"清佚名《绿牡丹》第十一回:"但恐前边没有大店,此地店口稍宽,不如在此住了,明日再行。"

垫舌

谭绍闻道:"到底王中牢靠,德喜孩气。"王氏道:"王中见了你先生,他垫上舌,你先生还要给你气受哩。你还想银子么?"(七十一)

【垫舌】背地里说坏话、进谗言。上图本作"垫上话"。也叫"垫舌根"。《金瓶梅》第五十一回:"想必两个不知怎的有些小节不足,哄不动汉子,走来后边戳无路儿,没的拿我垫舌根。我这里还多着个影儿哩!"

吊坎

夏鼎道:"这是官场老爷们时兴吊坎话,一千是'一撇头'。像这里大老爷,那时做布政使,每年讲一两'方'哩。"(八十四)

【吊坎】谓搬弄隐语,讲行话。吊:或作"调",搬弄的意思。坎:又作

"侃",指隐语行话。常杰淼《雍正剑侠图》第一回:"童林将褡裢往炕里边一推,坐在炕沿上,将要与掌柜的说话,旁边过来一人,说:'老合吗?由哪儿过来?'童林听不明白暗中代言,这是江湖的吊坎儿。"崔蕴华《说唱、唱本与票房——北京民间说唱研究》第四章:"北京公案说唱中出现了北京的'市语'——吊坎。吊坎即调侃,是江湖人士常用的内部语言。"

碟儿

谭孝移便叫德喜儿,到厨下讨一桌碟儿,送至园中,禀师爷说,今日王相公上学哩,刻下就到。(三)

这张绳祖忽叫白兴吾道:"存子呀,你先回去对你大奶奶说,预备一桌碟儿,我与谭爷久阔,吃一杯。快去!"(四十三)

言未已,王象荩已到楼门,说道:"少时有客来。不用备午饭,奶奶只摆出十一二个碟儿,好待茶。"即叫赵大儿速向厨下烹茶。(八十三)

【碟儿】用碟子盛的下酒菜肴或者就茶的果品点心。明佚名《梼杌闲评》第七回:"店家收拾了四个碟儿,小二拿上酒来,店家走来陪他。"也说"碟子"。清钱钖宝《梼杌萃编》第七回:"不一会,店伙烫了酒拿了几个下酒的碟子来。"

碟酌

谭孝移自丹徒回来,邻舍街坊,无不欢喜,有送盒酒接风的,有送碟酌洗尘的,也有空来望望的。(二)

少顷席完。嵩淑盼咐王中:"你不必另钉碟酌,只用拿酒来,我要痛饮一醉。大家不必起席。"(二十)

这姜氏喜之不胜,洗手、剔甲,办晚上碟酌,把腌的鹌鹑速煮上。(七十)

【碟酌】酒和下酒的菜肴、果品。碟:指酒碟,即用碟子盛的下酒菜或果品。本书第二十四回:"红玉,你去伺候谭爷去。俺们的还早哩,你奉陪一盅罢。叫小厮把夜酌碟儿分六个去。""夜酌碟儿"就是夜里吃酒的下酒菜。"酌"指酒,唐王勃《圣泉宴》诗:"兰气熏春酌,松声韵野弦。"参见"碟儿""酒碟"条。

饤/酊

少顷席完。嵩淑盼咐王中:"你不必另饤碟酊,只用拿酒来,我要痛饮一醉。大家不必起席。"(二十)

王象荩去不多时,拿了一篓茶叶、十来包果子,递与赵大儿作速饤碟子,说程爷、孔爷、张爷、苏爷、娄少爷就到。……却说赵大儿不敢怠慢,急将买的果子,一色一碟饤成。(八十三)

【饤】把食品码放在盘碗盏碟之类的食器中。也指摆放酒食。唐慧琳《一切经音义》卷七十六:"饤饳,上丁定反。顾野王:饤谓置肴馔于盘榻之中也。《考声》:施食于器也。"唐韩愈《赠刘师服》诗:"妻儿恐我生怅望,盘中不饤栗与梨。""另饤碟酊",上图本作"另酊碟酊"。现在河南一些地方仍把装盘子叫"饤盘"。"饤"读阴平。

顶当/顶挡

(一)

原来这惠养民五年前曾丧偶,后又续弦了一位三十多岁的再醮妇人……况且连葬带娶,也花费了四十多金,正苦旧债不能楚结,恰好有这宗束仪可望顶当,所以内外极为愿意。(三十八)

如今张采琪孙子,在朱仙镇开了粮食坊子,有三千家当。自己做了个衙道前程,兄弟又住了西司的书办,这就是预备顶当家主的意思。(八十)

【顶当】谓抵充,抵替。顶:抵。明天然痴叟《石点头》第三回:"官府唤邻舍来问,知道王珣果真在逃,即拿甲下人户顶当,自此遂脱了这役。"这种意思也可以说"抵当"。宋苏轼《论积欠六事并乞检会应诏四事一处行下状》:"后来违法赊散过钱物,并府界县分人户抵当亏本糯米。""抵当"与"顶当"义同。

（二）

夏逢若道:"我比你想的周到:营兵有你顶当,祥符差人叫盛宅里顶当。"(上六十三)

夏鼎道:"老伯坟上有百十棵大杨树,若是衙役号了,把树杀倒,还要木主寻车送县。贤弟你身上没有功名,顶挡不住。"(八十一)

【顶当】又作"顶挡"。抵挡,承受压力。"顶挡不住",上图本作"顶当不住"。明戚继光《练兵实纪·练兵杂纪·登坛口授》:"若与他马对冲,万无胜理;如下马地斗,能舍命顶当,须要盔甲。"周天籁《浪漫浪漫集·危险太太》:"但是,她的喷火,我们四人,委实顶当不住,老友前,说实话,今后不能放她一人出外,台北似我们君子不多……"

定

（一）

(孔慧娘)心中委的难受。兼且单薄身体,半天不曾吃点饭儿,所以眩晕倒地。定了一会,吃了半杯茶儿,自己回房睡去。(三十二)

那马早倒退了两步,鼻出粗气,又作惊驰之势。老叟怎敢近傍。绍闻定了一会,慢慢温存住马,方才滚跌下来。身软手颤,胡乱拴在一旁一根桩上。(七十二)

【定】平静,安定。清佚名《五美缘全传》第三十二回:"钱林道:'他是老人家,想必一路跑急了,你且喘喘气,慢慢的再将事情说来。'那老人定了一会,喘气才平。"也可以说"定省"。本书第二十二回:"把一个蔡湘竟是看呆了,只像梦里一般……蔡湘定省一大会,方才往宅下飞报军情。""定省"与"定"的意思一样。参见"定省"条。

（二）

酒酣之后,说的无非是绸缎花样,骡马口齿,谁的鹌鹑能咬几定,谁的细

狗能以护鹰,谁的戏是打里火、打外火……说的津津有味。(二十一)

又咬了两定,只见一个渐渐敌挡不住,一翅儿飞到圈外。那戏子连忙将自己的拢在手内。只见那少年满面飞红,把飞出来的鹌鹑绰在手内,向地下一摔,摔的脑浆迸流,成了一个羽毛饼儿。(三十三)

【定】量词。回合,盘。多用于斗鸡、斗鹌鹑的场合。

定帖

少顷,只见孝移满面流汗如洗。略定帖了一会,也就不能言语,间作呻吟之声而已。(十二)

【定帖】安静,安定。明王守仁《王文成全书·牌谕都指挥冯熏等振旅还师》:"既行申严十家牌谕,互相保障,仍量留九姓义勇,分班守县,候事体定帖,以渐散回。"帖:有平静、安定的意思,其字或作"怗"。《南齐书·幸臣传·刘系宗》:"百姓安怗。"《敦煌变文集新书·伍子胥变文》:"天兵不动,征马停鞭,四塞归临,八方安怗。""安怗"与"定帖"义相当,即平静、安定的意思。

定省/定醒

(孝移)只叫了一声,腮边珠泪横流,这第二句话,就说不上来了。定省了一会,问道:"你娘哩?"(十二)

(韩氏)第二句就哭不上来了。邻妇搀起定省一会,又点一把纸锞儿在丈夫墓前,哭道:"你在墓里听着,咱的事完了——"(四十一)

老叟道:"相公失了事的,那行李咱就近不得。况且马厉害,我也不敢去。等相公定省过来,自去收拾。"(七十二)

【定省(一xǐng)】从惊异、恐慌或悲痛的情绪中恢复过来并趋于平静,安定下来。"定省过来",上图本作"定醒过来"。《西游记》第二十九回:"那国王见他丑陋,已是心惊,及听得那呆子说出话来,越发胆颤……国王定性多时。""定性"即"定省"。白话小说中"省"与"性"常通用,《醒世姻缘传》第五十八回:"那狗死过去了半日,蹬挃蹬挃的,渐渐地还性过来。"《醒世姻缘传》第六十三回:"正乱哄着,素姐才还省过来。""还省"与"还性"同。

丢谎

假李逵交与了七两，拿一张纸儿说道："谭大叔，你写个借帖，久后做个质证。"谭绍闻道："我是汉子，不丢谎，不撒赖就是。"（四十三）

【丢谎】撒谎，说谎。清乾隆三十一年刻本《新安县志·风土志·方言》："言无信曰丢谎，又曰说白话。"清刘璋《斩鬼传》第七回："伶俐鬼问他四个，道：'你们知道掐抠鬼与丢谎鬼死的缘故么？'四个道：'只因他两个掐抠丢谎，所以被钟馗斩了。'"白话作品中又作"调谎""掉谎""吊谎"等。《金瓶梅》第二十一回："没羞的货，丫头根前也调个谎儿！"《醒世恒言·独孤生归途闹梦》："此乃两下精神相贯，魂魄感通，浅而易见之事，怎说在下掉谎？"《醒世姻缘传》第十四回："你没的说！曾见那小鬼也敢在阎王手里吊谎来！""丢"与"掉""调""吊"音近。

董

（一）

一日，王中到楼门前说道："……大相公何不每日到后书房中静坐看书哩？"绍闻道："后书房原叫戏子们董坏了，还得蔡湘着实打扫打扫。"（二十六）

方欲东边祠堂院去，只听内边有人说道："你方才赔了他一盆，这一盆管保还是个叉。"一个说道："我不信。"谭绍闻便不欲进去。张绳祖扯了一把说道："咱不赌，由他们胡董。"（四十三）

王隆吉道："我近来只是在生意上翻弄，自幼儿咱那事体，都是憨董的，提不起来，不说他了。只是近来怎的还不省事儿，弄下这个大窟窿？"（六十）

【董】董理、办理，引申为闹腾、折腾、乱搞。谷庆书《云江情雨》第三部104："当时一林叔给老师灶做饭，他给我熬的喝了多半两蓖麻油，倒屙下了。把裤子董的不像样子，把我刚是没怪死。"

（二）

张绳祖笑道："我把你这傻东西，亏你把一个小宦囊家当儿董尽。你还不晓赌博人的性情么？"（四十二）

他如今央邻居朋友说，一定要与我合户。我不依，我说我是个匪人，把家业董破了些，你全全一份子，合什么哩。万一合二年再要分开，这才是开封府添出一宗大笑话。（八十六）

盛希侨道："咦——，像我这大儿子不成人，几乎把家业董了一半子，休说咱娘不爱见我，我就自己先不爱见我。你肯读书，娘也该偏心你。"（一百〇二）

【董】挥霍，无节制地耗费。多指家业而言。民国二十七年（1938 年）铅印本《新安县志·社会志·方言》："挥霍曰董家（家儿音），曰浪荡鬼，曰败家子（子儿音）。"民国二十三年（1934 年）刻本《西平县志·故实志·方言》："家有财产而子弟任意挥霍以致倾家荡产者曰董干。"侯书凡等口述《河南传统曲目汇编三弦书（第一集）·拉襄衣》："他的儿越过越富裕，他女婿吃喝嫖赌不争气，过了三年并二载，小家业董个净净哩。"

动粗

白兴吾劝说道："有文约在你手里，迟早少不了你的，为什么动粗？"（四十五）

盛公子道："若是晓得老先生们不嗔，就早已动粗了。"（七十九）

况且性情亢爽，客商们若是刁难，说那些半厘不让的话，盛公子必吆喝他，他们怕公子性动粗。（八十三）

【动粗】做出粗鲁野蛮的事情，撒野。《醒世姻缘传》第三十五回："宗光伯看了点头说：'有理的事慢讲，不必动粗。'"清佚名《野叟曝言》第二十一回："只见屋里跑出一个人来骂道：'你又是有眼睛的？敢开口骂人么？'就是一拳，望着又李劈面打来。又李侧过头脸，说：'不要动粗，我也没有骂哟。'那人道：'咱学动这一遭儿粗！'又是劈面一拳。"

斗行

原来刘守斋祖上是个开封府衙书办,父亲在曹门上开了个粮食坊子。衙门里、斗行里一齐发财,买了几处市房,乡里也买了八九顷好地,登时兴腾起来。(三十四)

【斗行】经营粮食生意的店铺,即粮食坊子。明吕坤《实政录·民务·收放仓谷》:"斗行人等开仓之日,每日报价,价长则粜增,价退则粜减。斗行如有扶同虚捏,重则枷号革役。"清乾隆十二年刻本《陈州府志·人物志·忠义孝悌》:"张以占,居东堤口,有睢州客刘玉挟赀投斗行。赵魁自遗银三十五两,为占所获,反以诬魁,争执喧诉,适占至,出银归之,乃解。"

抖能

这是一个隔行的经纪提起,一个抖能的婆娘举荐,尼姑择取的日子,师娘便当了家子;这侯先生也就可知。(八)

【抖能】逞能,显示自己能干。抖:亮出,夸示。本书第五十八回:"虎镇邦赢的几乎够一千之数,正想散场,恰好遇见这个叉儿,便掏出兵丁气象,发话道:'你那个样子,休来我面前抖威!'""抖威"就是逞威风。孟津县地方史志编纂委员会编《孟津县志·民情民俗·方言》:"抖能:卖弄。"郑夫川《晋城方言民俗集·方言词汇》:"抖能:指故意在众人面前显示自己。"

陡症

只见茅拔茹把膝上拍了一下,说道:"咳!你说气人不气人,家叔竟是死了!"逢若道:"什么陡症?如何得知?"(二十二)

驸马驽骀,不惯鞍辔,或致有乖驱策。况去役以陡症即旋,未得送至祥符,大人甚为忧心,屡告弟辈,未知曾否奔逸。(七十三)

【陡症】陡然而得的病症,等于说"急症"。清乾隆四十九年刻本《韩城县志·闻人·义行》:"(陈瑄国)以嗜酒得陡症,口不能语而卒。"枣庄市山亭区地方史志编纂委员会编《山亭区志·方言》:"陡症:急性病。"夏润和《三十晚上大月亮·后话》:"书记辞职仅仅过了半年,不明不白地死了。他老婆说是半夜得急痧陡症死的。"

逗

张类村道："损阴骘的话少说些儿，你还想你身边有好处哩。"杜氏道："我没什么想头。"捏住鼻子呜呜咽咽，喉咙中一逗一逗的哭将起来。(六十七)

冰梅放下茶，把头抵住门扇不言，泪满衫襟，鼻涕早流在地下一大摊，咽喉逗着，直如雄鸡叫晓，只伸脖子却无声。(八十五)

冰梅将欲出来，争乃喉中一逗一逗，自己做不得主。难说合家欢喜，我一个婢妾独悲，是什么光景？因此倒在床上，蒙上被子，越想越痛，暗自流泪。(九十三)

【逗】哽咽抽泣的时候，颈喉部位肌肉随之上下抖动。多指女性。

度用

我如今存留了一点后手，他只是贪着顾他的声名，每日只是问我要。没想孩子们多，异日分开家时，没啥度用，只该大眼看小眼哩。(四十)

只因王紫泥老了，告了衣衿，家无度用，把儿子挂出招牌来，上边写着"官代书王学箕"，门上垂个帘儿，房内设三四个座儿，单等着乡里婚姻田产人，写衙门遵依甘结纸。(九十)

你如今在京受苦，吃的不成饭，我是曲体母亲的心，与你送来度用，只要好好用工。(上一百)

【度用】花费，支出。《新唐书·李德裕传》："今所须脂碣妆具，度用银二万三千两，金百三十两，物非土产，虽力营索，尚恐不逮。"民国二十二年(1933年)铅印本《太康县志·职官表(附宦绩略)》："高上桂，字月峰，邓州进士。天性淳朴，平易近人，长县时轻徭赋，一切度用皆随市价，不一毫取民。"这种意思，也可以说成"用度"。《红楼梦》第一百〇六回："问起历年居家用度，共有若干进来，该用若干出去。""用度"与"度用"义同。

断截

王氏道："那的有果子哩，是前几年时，自已做的油酥四五样子，桔饼、

糖仙枝、圆梨饼十来样子。这几年就断截了。"(八十三)

【断截】原为截断、阻绝的意思。《汉书·谷永传》:"发人冢墓,断截骸骨,暴扬尸柩。"晋张华《博物志》卷二:"人有病将死,便有飞虫大如小麦,或云有甲,常伺病者在舍上,候人气绝,来食亡者,虽复扑杀,有斗斛而来者,如风雨前后相寻续,不可断截。"河南一些地方话中的"断截",指某种东西彻底见不到了,绝迹了。

对门直户/对门值户

我这几日,通不好意思在前柜上。对门值户的,怪不中看。(十八)

这裴集祉,郑州人,一向与窦丛同乡交好。兼且对门直户,看见这个光景,心下好不气忿。(五十一)

【对门直户】两家门相对,住对面。直:也是对着的意思。"直户"上图本均作"值户",义同。《史记·樗里子甘茂列传》:"至汉兴,长乐宫在其东,未央宫在其西,武库正直其墓。"司马贞索隐:"直犹当也。"民国二十二年(1933年)铅印本《灌县志·礼俗纪·方言》:"值,当也。读若释,如云对门值户。"现在河南话常说成"对门舍户"。孙明和《伊洛河畔·凉快》:"但实际上说是说,乡里乡亲对门舍户的,坐在一块儿,用用别人的扇子扇会儿,也是很正常的事儿。"也可以说"对门对户"。明周清原《西湖二集·吹凤箫女诱东墙》:"那吴二娘原与黄府对门对户,时常进见小姐。"

对磨

这夏逢若心下踌躇:"这一干人我若搭上,吃喝尽有,连使的钱也有了。我且慢慢打听,对磨他。"随时也自去干他的营生去了。(十六)

【对磨】对付,应对。今洛阳等一些地方仍有这种说法。也写作"对摸"。《汉语方言大词典》(第1504页):"对摸(动),对付。中原官话。河南洛阳。"

兑搭

大少爷你想,银子整出碎使,那秤头上边,怎能没个兑搭?自古道攒金会

多,分金会少。这一月五七百两,如何能一个卯眼儿下一个楔子哩?(一百)

【兑搭】将就,凑合。这里指不足数,欠少。李剑华《解放者》第二十二章:"俊秀喊道:'没啥好东西,兑搭着吃点儿吧!可别嫌妗子做得劣!'"徐东晓主编《孟津文史资料第27辑·白鹤高中纪事(上)》:"那年月,师生们就是这样兑兑搭搭,度过了一个个漫长的寒夜,造就出一茬茬的好学生。"或写作"对打""对搭"。《汉语方言大词典》(第1500页):"对打,勉强对付;凑合。(一)中原官话。河南汝南。(二)晋语。河南获嘉:'我的眼还对打能看清。'"又(第1503页):"对搭(动),对付;凑合。中原官话。河南洛阳。"

兑主

王中又讨了卖市房文券二纸,自寻主儿,以图楚结息债。但急切不得有兑主儿。(三十六)

【兑主】对象,特指买主。又写作"对主"。清曹九锡辑《易隐·贸易占》:"经云,用爻最怕立时空也。本宫亥财,伏辰土兄下,本宫世应俱持兄弟,日辰又是兄弟,必有对主承买。但因亥财自刑,其货必背时不佳,买主见货散去也。"

多分

孝移满眼噙泪,点着头,喘着说道:"我这病多分是难望好了。我别无牵挂,只是一个小儿,是潜老的徒弟,耘老的女婿,你我一向至交,千万替我照料。"(十二)

【多分】多半,很可能。表示一种倾向于肯定的推测。元郑廷玉《看钱奴买冤家债主》第三折:"我儿,我这病觑天远,入地近,多分是死的人了。"《初刻拍案惊奇》卷三十五:"秀才正走在门外与浑家说话,安慰他道:'且喜这家果然富厚,已立了文书,这事多分可成。'""多分是难望好了",上图本作"多管是不能成的了","多管"与"多分"意思一样。

躲殃

只见德喜儿从后边来,说:"奶奶说,请二位爷各自归宅,今晚二更要躲殃哩。"潜斋道:"近来竟有这宗邪说恨人!岂有父母骨肉未寒,合家弃而避去之理?"……娄潜斋道:"这出殃,俗下也叫做出魂。"耘轩道:"自古只有招魂之文,并无躲殃之说。"(十二)

两县合笼看来,宝丰县到葬后不知躲殃,不见有凶煞打死人的;新安县初丧不知躲殃,也不曾见有打死的。(十二)

【躲殃】旧时称人死后的魂魄为"殃"或"殃煞",以为人死后其魂魄要在某一时辰出走,家里人到时候要躲避,否则会遭厄运。清和邦额《夜谭随录·回煞》:"人死有回煞之说,都下尤信之,有举族出避者,虽贵家巨族,亦必空其室以避他所,谓之躲殃。"政协河南省项城县委员会、文史资料委员会编《项城文史资料第6辑·人死"出殃"的骗局》:"据说余营村的前辈人吃过出'殃'的亏,很早以前的余营人也和周围村庄的人一样迷信,每次人死,家人躲殃后,都发现财物丢失。"河南有的地方称作"躲魂"。参见"出殃"条。

恶口

杜氏道:"你平白把这院丫头窝在您家,将来生的这孩子,叫你叫甚么哩!"这张正心年轻性躁,怎当得这一句恶口,直是怒如火起,竟张开手来打耳刮子。(上六十六)

貂鼠皮道:"智师爷五六十年纪,况且在外教书,总不该老有少心。俺家小媳妇子,上中厕,为啥该伸着头儿向里边望?俺家媳妇子才想恶口,认的是智师爷,不好意思。"(五十六)

【恶口】恶口,佛教以为十恶行之一。后秦鸠摩罗什译《大智度论》卷十六:"或有饿鬼,先世恶口,好以粗语加被众生。"引申为言语粗暴,常指恶声恶气地叫骂。《醒世姻缘传》第九十七回:"听得管家们说老爷有些混帐,不等奶奶略有些温存,恨不得将外边没有的事都与奶奶说了,叫奶奶将人恶口的咒骂。"

发村捣怪

巫翠姐说道:"我听清了。您这一家子人家,我也看透了。一个使用的人,这样放肆,见了客,公然发村捣怪的与客人还口厮骂,偌大一个省城,谁家有这样的事?明日怎的见人?为啥不赶他出去?"(五十三)

【发村捣怪】发疯撒野,使性子。发村:撒野,言行粗鲁。元关汉卿《杜蕊娘智赏金线池》第一折:"我老人家如今性子淳善了,若发起村来,怕不筋都敲断你的。"《红楼梦》第七十五回:"说着,大家都笑起来。邢德全也喷了一地饭,说:'你这个东西!行不动儿就撒村捣怪的。'""撒村捣怪"与"发村捣怪"义同。

发富发贵

且如祖、父在世之日,心中打算能为子孙筹画安全,口中训教能为子孙指示门路,手中持杖执梃能向子孙督责严禁,偏偏子孙不能富,不能贵。及至到了死后,魂升于天,形归于土时候,把棺材往东调上半寸,这便合着来龙水口,子孙此时该发富发贵……请问天下有此理否?(六十二)

【发富发贵】由贫贱而变得富裕显贵。阴阳先生用语。旧时阴阳家为人卜葬看坟地,常以风水好坏、方向正误来推断该户人家后世子孙将来能否发达兴旺,用"发富发贵"之说来骗取钱财。清陆燿《切问斋集·附禁风水惑人示》:"为此示谕通省士民,当思骨肉归复于土之理切,勿为阴地一线发富发贵之说所误。"《儒林外史》第四十四回:"只要地下干暖,无风无蚁,得安先人,足矣。那些发富发贵的话,都听不得。"

发话

只听得赌场中一人发话道:"好不识趣的狗攮哩!什么王孙公子么?"(二十六)

只听阶砌下石碑边,一人高声道:"好贼狗肏的,看戏徒躁脾,休要太惹人厌了。再迟一会,两个忘八肏的,也不知该谁肉疼哩。"……那石碑边发话的人,口中兀自不休歇。(四十八)

这姚荣只是发话,众人只是劝解……珍珠串被强不过,向姚荣道:"你要把那场气儿丢开手,我就唱曲子儿奉敬。"(五十八)

【发话】 情绪激烈地高声说话,说些厉害的话语。《水浒传》第二十四回:"那妇人推开酒盏,一直跑下楼来。走到半胡梯上,发话道:'你既是聪明伶俐,恰不道长嫂为母!'"清石玉昆《三侠五义》第十四回:"众恶奴发话道:'你这些好大胆的人,竟敢拦挡侯爷不放!'"本书第六十回:"现今舅爷是大相公嫡亲母舅,就到街上发些厉害话头,只说要首外甥的赌博到官,说是寡妇、孤儿被人哄骗,以致现今应考高取的童生悬梁自尽……""发些厉害话头"与"发话"表义相当。

发脚

王春宇与那同社的人,烧了发脚纸钱,头顶着日值功曹的符帖,臂系着"朝山进香"的香袋,打着蓝旗,敲着大锣,喊了三声"无量寿佛",黑鸦鸦二三十人,上武当山朝顶去了。(八)

潜斋道:"这个如何使得?前代以选举取士,这是学者进身正途。异日展布经纶,未必不由此发脚。"(十)

【发脚】 出发,起步,起程。宋吴泳《答严子韶书》:"若只从正心诚意处做起而不向致知格物上发脚,譬犹人之行路不识路头而便欲从半路里截去,其得免夫颠冥幸矣!"《醒世姻缘传》第一回:"讨出一本历日,拣了十一月十五日宜畋猎的日子……卯时俱到教场中取齐发脚。"这种意义,原先多用"发足"表示。三国魏刘劭《人物志·七缪》:"骥士发足,众士乃误;韩信立功,淮阴乃震。"宋释普济编《五灯会元》卷八:"问僧:'发足甚处?'曰:'闽中。'"后来用"脚"取代了"足",遂有"发脚"一语。

发落

(王中)因向赵大儿道:"你发落我起去,扶我到东楼下,请大相公说话。我这病会染人,不可叫大相公到这屋里来。"(二十六)

原来年节间,酒饭多是现成的,因命双庆、德喜切些冷肉,拨些凉菜,发落的吃讫。(五十)

万一说成了,王中发落女儿上桥,王中若是眼硬不流出泪来,这自然顺

顺当当娶过来。(一百〇三)

【发落】打发,安排。元王实甫《西厢记》第五本第三折:"这是姑夫的遗留,我拣日牵羊担酒上门去,看姑娘怎么发落我。"《警世通言》卷三十八"妈妈老儿互相埋怨了一会,只怕亲戚耻笑……央王嫂嫂作媒:'将高就低,添长补短,发落了罢。'"例中"发落"与《歧路灯》中的义略同。

发旺

今日在圣贤炉前成了八拜之交,有福同享,有马同骑。那个若有三心二意,叫周将军监察。阿弥陀佛!好好保佑他们,保佑财源发旺,子孙兴隆。(十六)

戏子道:"这黑缎袋子内,就算一等一了。"王紫泥道:"就是这个罢,取出来瞧瞧。"戏子取将出来,果然精神发旺,气象雄劲。(三十三)

张类村道:"风水之说,全凭阴骘。总是积下阴德,子孙必然发旺;损了阴骘,子孙必然不好;纵然葬在牛眠吉地,也断不能昌炽。"(六十二)

【发旺】兴旺,旺盛。宋廖中《五行精纪·并论干神·七禄》:"以上七禄全一气者,更有归宿,主及第,为人超越,无归宿,只作门阴之人,若破败不作福,行运到禄干得地,必发旺。"中国人民政治协商会议灵寿县委员会、文史资料委员会《灵寿县文史资料第3辑·生活风俗专辑·丧葬习俗》:"传说,如果'哭丧棒'用得树枝条长活了,说明坟地好有'风水',死者后代人丁发旺。"

乏剌剌

端福哭将起来。孝移喝声:"跪了!"王氏道:"孩子还小哩,才出去不大一会儿。你到家乏剌剌的,就生这些气。"(一)

【乏剌剌】指十分的疲乏劳累。也写作"乏拉拉"。乏:疲惫,倦乏。冯金堂《红姑娘桂兰是个巧姑娘》:"母亲看说不服桂兰,气得将灯一吹说:'去吧,想到那儿画到那儿画去,我不叫你在我脸前摆弄。人都忙了一天,乏拉拉的,你就不嫌累。'"

翻转面皮

他们还好,把我的衣饭碗儿也打破了。我如今也不说这话,只认个前生造化低。但求你只把我的本分道儿给了我,休要翻转了一向面皮,到底也当不了银子。(六十六)

【翻转面皮】犹言翻了脸,彻底改变了以前的态度。翻转:变换、改变。宋释大观《栖真身长老请赞》:"我无我,奈这个。眨得眼,话已堕。翻转面皮,放人不过。摇碎连城之璧,大肆秦人之祸。"也写作"反转面皮"。清佚名《金石缘》第二十四回:"老妈情急,反转面皮,不说亏她趁了多少银子,反说白养了她三年,将她衣服首饰尽行拿去。"

翻嘴掉舌

巴氏道:"那日你婆婆来,我被你翻嘴掉舌,失了待亲戚情面。我昨夜睡不着,盘算了一夜,没脸儿去。"(八十七)

【翻嘴掉舌】传递闲言碎语,搬弄口舌。掉:搬弄、耍弄的意思,字也作"调"。元王实甫《孟德耀举案齐眉》第三折:"走将来磕牙料嘴,陪着笑卖查梨,调弄他舌巧口疾。""调弄"同义连文。卫东区地方史志办公室编《平顶山市卫东区年鉴·平顶山方言词汇》:"翻嘴调舌:搬弄是非。"段荃法《鬼地·瓜园轶事》:"明明我看出你心里有事,还瞒着我。我是那号翻嘴调舌的女人?你当支书以来,啥时候话从我嘴里跑过风?"也可以说"翻嘴弄舌"。明周清原《西湖二集·李凤娘酷妒遭天谴》:"那妻子若是个老实头便好,若是长舌妇人,翻嘴弄舌,平地上簸起风波,直弄得一家骨肉分离,五伦都灭绝了,岂不可恨。"

翻嘴学舌/翻口学舌

趁两仪不在家——不是避着他吃东西,他大了,怕翻嘴学舌的,我又落不是。(三十九)

【翻嘴学舌】喜欢传递闲言碎语,搬弄口舌,制造是非。上图本作"翻口学舌",义同。河南话里把喜欢加油添醋地传消息、说闲话叫"好翻嘴"。

明吕得胜《女小儿语》:"休要搬舌,休要翻嘴。招对出来,又羞又悔。""学舌"与"翻嘴"意思相近。明魏校《庄渠遗书·世说》:"闻人谈外王父短长,退而以告,外王母惊曰:'儿莫如是。此之为学舌。'"苏金伞《我的母亲》:"人口多,日子很不好处。小姑子没有不翻嘴学舌的,母亲为了不使小姑子翻嘴,就得特别谨慎小心,但我的母亲从来没跟姑姑们吵过嘴。"

反面

(一)

谭孝移洗了风尘,换了行装,即叫开祠堂门,行了反面之礼。(十一)

全淑到各楼下,与王氏奶奶、巫氏婆婆、冰梅姨娘,通行了反面之礼。(一百〇八)

【反面】外出返回时,在祖先牌位前禀告。也指返回后拜见长辈。汉班固《白虎通义·巡狩》:"王者出必告庙何?孝子出辞、反面,事死如事生。"清省三子编《跻春台·东瓜女》:"道光时,汉州城内何车夫,名天恩,家贫如洗,靠推车奉母,性极孝顺,凡温清视膳、出告反面之礼,自祖辈即已遵行,至天恩更加尽道。"

(二)

等他来了,料他欠童生银子连粮饭钱将及二百两,以实相告,必无异说。谁知他反面无情,倒说童生盗他戏衣。(三十一)

(荆堂尊)又叫谭绍闻道:"你既系正经人家子弟,如何这样不肖?本该重处,怕与你考试违碍,从宽免究。来春定赴义塾读书,如敢再有什么不守规矩之处,休怪本县反面无情。"(三十一)

【反面】翻脸,变脸。元高则诚《蔡伯喈琵琶记》卷上:"他和你甚相爱,不应反面,直恁的乖。"明陆人龙《型世言》第二十回:"一日定交,不以权势易念,真乃贱见交情。若石不磷非知人之杰,亦何以联两人之交?三人岂不足为世间反面寡情的对证!"也作"翻面"。清佚名《永庆升平》第九回:"休将心腹事,说与小人知。翻面无情日,反成大是非。"

泛常

（绍闻）忙赶上说道："到底少你的不少你的，为什么直走呢？"茅拔茹道："少我不少我的，既扭了锁，须得同个官人儿验。扭锁的事，到底是个贼情，不比泛常。"（三十）

王象荩道："大爷今日入土，若非当年契交相送，大爷阴灵也不喜欢。况程爷们也非是泛常相交，岂有惮劳之理。"（六十二）

【**泛常**】平常，一般。元无名氏《冻苏秦衣锦还乡》第三折："因此上我心中自酌量，这交情非比泛常。"《水浒传》第六回："且说菜园左近，有二三十个赌博不成才破落户泼皮，泛常在园内偷盗菜蔬，靠着养身。"宋俞文豹《吹剑四录》："四局所卖者，惟泛常粗药。""泛常"当即"凡常"。北魏贾思勰《齐民要术·炙法》："色同琥珀，又类真金。入口则消，状若凌雪，含浆膏润，特异凡常也。"

饭时

娄、孔二人又料理了六品冠带，到了饭时，二人要回去，王中那里肯放。娄潜斋道："午后便到。看了含殓，还要都住下，明日好料理送讣，开吊的事。"（十二）

王氏道："那病染人。你既要去，到饭时去。你吃些饭儿，再吃两盅酒儿，叫大儿把他叫出来……"绍闻道："就依娘说，饭时看他罢。"（二十六）

夏逢若点头道："赌博到头终有打，只争清早与饭时。"（六十五）

【**饭时**】犹言食时。指吃上午饭的那段时间。旧时一日两餐，上午一餐在辰时（7—9时），下午一餐在申时（15—17时），所以辰时又叫食时，申时又称餔时。河南农村过去把上午饭叫"饭时饭"，下午饭叫"晌午饭"，并且习惯于上午9时左右吃上午饭，所以方言中的"饭时"实际上指上午9时左右。"只争清早与饭时"，"饭时"与"清早"都是一天中特定的一段时间。《醒世姻缘传》第八回："遂将小青梅牵着个白胖齐整和尚，大饭时进去，大晌午出来，人所共见的话说了一遍。""大饭时"与"大晌午"对待，也是作为一个特定的时间名词来用的。"大饭时"指辰时少过的那段时间。"饭时"不能理解为一般吃早饭的时候。

方

谁知这柏公老来性情,谈兴正高,伸着两个指头,又说起来道:"如今官场,称那银子,不说万,而曰'方';不说千,而曰'几撇头'。这个说:'我身上亏空一方四五,某老哥帮了我三百金,不然者就没饭吃。'"(九)

夏鼎道:"这是官场老爷们时兴吊坎话,一千是'一撇头'。像这里大老爷,那时做布政使,每年讲一两'方'哩。"(八十四)

又其甚者,某缺一年可以几方,某缺一年可以几撇头。方者,俭笔万字也;撇头者,千字上一撇儿也。以方为万,这隐语在宋时已有之,今则为官场中俳场话矣。(上一百〇三)

【方】旧时官场中称论银两时的隐语。一方就是一万两。明陆深《俨山外集·中和堂随笔上》:"刘瑾弄国,日纳赂其门者谓万为方、千为干,宋时以万为力、千为撇,至今尚有谓千为撇头者,俚语亦有从来哉。"清吴趼人《二十年目睹之怪现状》第七十六回:"不免我又要央及老头子设法。前几天拜了门,是我给他担代的,只送得三撇头的贽见。"今北京话里有这种说法,可见其由来已久。

方便

乔龄道:"他两个家里方便,也保举得起。这也是很花钱的营生。"(五)

那两边站的,都是他家丫头养娘。是俺曲米街新发的一个大财主,近日一发方便的了不成。(四十九)

他那门儿穷,咱家方便,心里恨不的怎样了,他好过继哩。(六十七)

【方便】指资财丰裕,生活条件优越。凡富有人家,生活诸方面都舒适、便利,故以"方便"表示富裕。民国二十六年(1937年)铅印本《封邱县续志·地理志·里谚》:"富曰方便。"清醉月山人《狐狸缘全传》第二十二回:"这银两本自不多,但此刻宅内不甚方便,求道爷暂且收下。俟老奴主人身体健壮,请他亲身到观里来布施。再多奉补可也。"

房户

孟嵩龄笑道:"少爷恭喜多时,小弟们想治一杯水酒,请来坐坐。陆二爷、郭三爷,也要随喜。生意人忙,通是不得整齐,今日择了一个空儿,少尽尽小弟辈房户之情。"(三十)

俺是朝邑人,家父来河南做这个生意,后来就住在惠家庄,是惠圣人房户。(三十八)

梁氏道:"正心,你说啥呀?这楼这厅,都是他的,却不叫他住,早早的就叫他做人家房户。你心何安?"(六十七)

【**房户**】房客,向房东租赁房子的住户或者商家。萧红《呼兰河传》第七章:"井台,井台旁边的水槽子,井台旁边的大石头碾子,房户老周家的大玻璃窗子,我家的大高烟筒,在我一溜烟地跑起来的时候,我看它们都移移动动的了,它们都像往后退着。"北京市地方志编纂委员会编著《北京志·综合结管理卷·财政志》:"民国初期,京师房东房户,为铺底之事屡起纠葛。"

放松

休说相公不该赌,休说相公不该在他家赌,只赢这钱大出奇了。或者有强似相公的好家儿,把相公放松了一步。若不然定是与相公一个甜头儿,一本万利的出着,后来陆续的还他。(三十六)

那天杀的,跟俺小叔子贼短命的,就趁着你的岁数大,只是争价钱。偏你也就娶哩热,你若放松一点儿,只怕二十两,他也依了。(三十九)

单讲夏逢若寻着虎镇邦,商量在谭宅共开赌场,好吃那城中丢体面的顽皮秀才,少管教的憨头公子,没主意的游荡小商,有智谋的发财书办这宗美项,只得把谭绍闻所输的银子,暂行放松些。(六十四)

【**放松**】追得不那么紧,使情况宽松和缓。《古今小说·沈小霞相会出师表》:"贺知州分付,打开铁链,与他个广捕文书,只教他用心辑访,明是放松之意。"明罗懋登《三宝太监西洋记》第六十一回:"我奉元帅的国书,欲待不投递之时,违了元帅军令,欲待投递之时,却又瞒不过这四个全真,他肯放松了我半毫罢?"

放速

希侨道:"暂且放住。"因说道:"约会的人,贤弟放速些就是。"隆吉道:"是。"一拱而别。(十五)

让在东门房坐定,面前放下一杯茶,说道:"夏爷少坐,小的到后边说一声。"夏鼎道:"放速着些,话儿要紧。"(三十七)

巴氏见女婿毫无情绪,心下有些着急,因吩咐丫头道:"把席放速些,吃了饭,好街上走动。元宵佳节,也看个故事,看个戏儿。"(五十)

【放速】快些进行,抓紧处置。与"放慢"相对。本书第二回:"二人茶毕,同出登车。孝移道:'宋禄,将马儿放慢着些,我们还商量些话儿。'"湖南省戏曲研究所主编《湖南戏曲传统剧本·花鼓戏第四集·潘金莲裁衣》:"〔王婆〕既有金银,我王婆慢慢帮你想主意。〔西门庆〕妈妈,要放速些想。"湖北省戏剧工作室编《湖北地方戏曲丛刊(四十六)·湖北越调·双花配》:"〔马鸾姣白〕这是银子二十两、小书一封、衣衫一套,放速前去。"

费心

只见那人从厢房出来,早换了风尘衣服,擎着毡包,说道:"这是小的大爷孝敬太爷的土物。"孝移道:"我们叔侄虽是三世不曾见面,本是一家,何必这样费心。"(一)

恰好䜣妇老樊来送蒸糕,滑氏道:"多谢大奶奶费心。——你闲不闲?替我厨下助助忙儿。"(四十)

宝剑道:"……小的拿这毡包内,乃少爷送谭爷的人情:沂州茧绸两整匹,张秋镇细毛绒毡两条,阳谷县阿胶一斤,曲阜县楷芽一封。全不成什么东西,少爷叫谭爷胡乱收了,聊表远行回来的人意罢。"绍闻道:"费心,费心。"(七十七)

【费心】耗费心力。常用作感谢别人帮忙、馈赠的客气话。清乾隆三十一年刻本《新安县志·风土志·方言》:"谢人馈物曰费心。"清吴毓恕《仙卜奇缘》第三十六回:"刘升道:'谢过船家。'又格外给了水手们些酒钱,彼此说些多谢费心,然后刘乔二人同店主小二挑夫一路进城。"

费油盐的

皂役道:"狗忘八杀的,少要撒野! 今晚老爷还回不来哩。我给你一个地方儿,黑底里休要叫爷叫奶奶聒人。小姚兄弟,先把这两个费油盐的押到班房去。"(三十)

【**费油盐的**】白白浪费油盐的人。用作骂人的话,意思是活着没用,该死的东西。《嘉兴大藏经·天台通玄寺独朗禅师语录·晚参》:"终日与流俗阿师打哄度日,枉费油盐。"李凖《黄河东流去》第二十二章:"一看便知道是个专门来找事的,心里说:'又碰上个烧不热、煮不烂、费油盐的家伙!'"

分排

如今娶过媳妇子来,一心要与我分。每日在家母上边唧啾,写书叫家母舅来分排。算了几天,说我还该找他一千二百有零。我一切让他。(六十八)

家母舅听了家母、舍弟的话,打顺风旗,我又不能与舍弟掂斤拨两,说那牙寒齿冷的话。任家母舅分排,我都依。(六十八)

【**分排**】分配,安排。明余邵鱼《春秋列国志传》:"却说太公升帐,分排已定。次日,两阵对圆,门旗开处,东兵抢出先锋彭举与西兵南宫适二马相驰,斗上十合,不分胜负。"清吴璿《飞龙全传》第二十三回:"暗将机阱分排定,等待豺狼逐群来。"句中"分排"义略同。

分儿

咱不欠粮漕,没有官事,一步三摇的进去,说完了话,打个躬儿出来。不走他的仪门,不穿他的暖阁,是咱弟兄们没有恁大的分儿。(九十六)

每日见出京做官的长随,身上穿绸帛,咱家烧火捧茶的孩子,也就想升上一级;见了阁部台省老爷往来,觉自己主人分儿小,强几句是有的。(一百〇三)

抚台太太分儿大了,王氏平日颇有话头,今日全没的答应。(一百〇八)

【分儿(fèn—)】"分"有位份、身份的意思。《礼记·礼运》:"故百姓则君以自治也,养君以自安也,事君以自显也,故礼达而分定。"孔颖达疏:"分谓尊卑之分……尊者居上,卑者处下,是上下分定也。"清郭则沄《红楼春梦》第五十七回:"晴雯指前面另一座宫门道:'那就是赤霞宫。'五儿道:'二爷在这里是什么分儿?住的都是宫殿。'"清吴趼人《糊涂世界》第六回:"像你大爷这样分儿,大人面前很可以说得进话,你大爷就发发善心,给他弄点事。"参见"身分"条。

分金

隆吉道:"我与舍表弟议定,在地藏庵范师傅那边。每人二两分金,叫他摆席。"(十五)

当店戏已开本,众客下位相迎,绍闻秘地将分金交明,便道:"宋爷,有小事相商。"宋绍祈看拜匣张着口儿,露出银封,遂引至密室。(三十五)

此下,街坊比舍另出约单,各攒分金,约在十天以后送绫条对联,治礼奉贺,不在话下。(九十八)

【分金(fèn—)】作为凑份子送礼的礼金。也指一般的份子钱。明孙高亮《于少保萃忠传》第三回:"当日众友初集,各出分金,治酒于西湖舟中。"也作"份金"。清陆应旸《樵史演义》第二十一回:"到明日,果然刘国龙、李过,每人出份金三钱,交与道士。"

分子/分赀

前日睢州有宗候选文书,把里头分赀稍的歧差,文书就驳回去了。如今三四个月,还不见上来。(五)

却说张升一日讨咨文投递礼部投咨分赀,孝移只得与了。投咨回来,说:"休要误了下月初一日过堂。"(七)

那门包规礼,以及内茶房、内上号分子,跟他讨多少气。全不晓的做官的银子是"天鹅肉",大家要分个肥;就是不吃大块儿,也要撕一条小肉丝儿。(七十九)

【分子(fèn—)】也作"分赀"。原指共同送礼或筹办事情,每人分摊的钱财。引申指为办成事而送给官员吏役的贿金。宋赵彦卫《云麓漫钞》卷五：“随州有后汉修义井记,悉列出钱人姓名,云五大夫某郡某钱若干,凡六七十人,下列分子,某郡钱若干。”明海瑞《吏书参评》：“京官有分赍之费,是以外官书帕不得已受焉。孟子谓'乡为身死而不受,今谓所识穷乏者得我为之',分赍是亦不可以已乎！”

风势

那唱净的劈面一指,把谭绍闻指了一个趑趄,说道："走了不是汉子！"王中见风势不好,一把扯住谭绍闻由后院走开。(三十)

役道："狗忘八禽的,少要撒野！今晚老爷还回不来哩。我给你一个地方儿,黑底里休要叫爷叫奶奶聒人。小姚兄弟,先把这两个费油盐的押到班房去。"那年轻的皂役笑向茅拔茹二人道："来罢。"茅拔茹见风势不顺,不敢发拗,须得跟的去。(三十)

【风势】风向。比喻势头、情势。《醒世姻缘传》第九十五回："这素姐若是个通人性的东西,乍到的时节,也略看个风势,也要试试浅深,再逞你那威风不迟。"清苏同《无耻奴》第三十五回："余重雅见于这般风势,更加把他吓得闭口无言,几乎要哭将出来。"

飞撒/飞洒

(一)

幸而谭绍闻连年弃产,把大注子欠债,已经按下些；又亏张正心百方在伯母上边运用,又交了一百两,因此飞撒在众债主身上,少觉退些。(六十八)

【飞撒】原为飘飞散落的意思,引申指造账册时将巨量资财化整为零地分布于不显眼的地方,以图作弊。上图本作"飞洒",义同。郑天挺、谭其骧主编《中国历史大辞典》："飞洒,亦称飞走、洒派、飞派、活晒。明代富家巨室逃避徭役之手段。明制,凡民田二十亩以下,不得编佥徭役。巨室购置田产,遇攒造黄册时,贿通里胥书手,将应纳米粮数析分合、勺,分洒于百户之内。"这里指让把不多的银钱分散到众人身上,使他们都沾点利益。

（二）

后来先君先母去世。一日胆大似一日，便大弄起来。渐次输的多了，少不得当古董去顶补。岂没赢的时候？都飞撒了。（四十二）

回思挥金如粪日，随意飞撒不知数。此日囊空羞涩矣，半文开元陡生慕。（五十六）

【飞撒】将钱财不当回事儿地挥霍靡费掉。此"撒"即抛撒、靡费之义。本书第六十六回："王纬千向王经千道：'这是你相与的好主户，叫你拿着财东家行李胡撒哩！'"

匪

孔耘轩一向怕女婿匪了，今日自己择师从学，心里未免喜欢。又心中打算，此老虽是迂腐，却也无别的毛病，便急口应道："极好。"（三十八）

【匪】指在社会上不务正业，结交坏人，胡作非为。"匪了"等于说堕入匪流，变坏了。本书第七十二回："我今以师赠弟，亦属理所当然。但你不可浪用，或嫖或赌，于我谓之伤惠；于你爹爹相与之情，反是助你为匪。""为匪"就是吃喝嫖赌干坏事。现在河南不少地方仍把年轻人不走正路、胡作非为说成"匪了"，如："家里娇惯太狠，那孩子这二年匪了。"

匪场

堪惜书愚入网罗，悔时只唤未如何！殷勤寄语千金子，可许匪场厕足么？（五十八）

这绍闻不守庭训，滥入匪场，既不能君子上达矣，此中岂有个中立之界乎？（八十一）

这绍闻回家安顿款待席酌，原是怕二人拉扯再入匪场。但既以礼来，也难叫他二人空过。殊不知二人来意，并不是仍蹈前辙，原来二人身上有了急症。（九十）

【匪场】指行为不端的人经常出入的场所，也指行为不端、好为非作歹者的社交圈子。匪：匪流，匪人。中国人民政治协商会议涪陵市委员会《涪陵鸦片百年考·何元干》："要找这钱必须要有过硬的人际关系,不论商场、官场还是匪场上,皆要有大人物撑起才能捞这毒玩艺的钱,玩鸦片这行当才搅得转。"也说"匪流场"。本书第二十七回："原来盛希侨在匪流场中,有财有势,话又说的壮,性子又躁,所以这一般下流都让他。"

伏酱

及至到了花园,日色下午。柏永龄差人送伏酱一缶,腊醋一瓶,下饭咸菜四色,以表东道之情。（七）

百姓们鸿雁鸣野,还不知今夜又有多少生离死别,我们如何下咽呢？至尊闻之,亦必减膳。而一二守土之臣,公然大嚼满酣,此心如何能安？可速拿下去。伏酱一碟,时菜二盘,蒸饭二器足矣。（九十四）

庙祝道："声律素所不谙,只这字写的龙飞凤舞,待墨迹稍干,即当敬悬蓬室,俟知音来赏。"娄朴道："不堪疥壁,俟收贮伏酱,糊罐口罢。"（一百〇一）

【伏酱】伏天最宜做酱,所以把伏天用豆、面等发酵酿制的酱叫"伏酱"。清袁枚《随园食单·须知单》："善烹调者,酱用伏酱,先尝甘否;油用香油,须审生熟。"河南地方素有农历六月六日汲水做酱的习俗。清康熙二十九年刻本《汝阳县志·舆地志·风俗》："六月六日,曝衣服,晒书画;造曲做酱,曰伏酱、伏曲。"民国二十三年（1934年）铅印本《淮阳县志·舆地志下·风土》："六月六日,曝书晒衣,虫不侵蚀;伏日汲水造曲、伏酱。"

扶拔

绍闻道："……我原是祥符一个旧家,先世累代仕宦,只因少年心嫩,错为匪人所诱,今日渐入窘乏,不知还可扶救否？"道士道："原属不难。但贫道此时,心厌省城烦嚣,意欲上江西匡庐、浙江雁荡两处名山游玩一番,不能讨暇。等待他年再遇缘罢。"绍闻道："燃眉正急,全赖及时扶拔。"（七十五）

【扶拔】救拔,解救。"拔"有拯救义。《史记·孟尝君列传》："始孟尝君列此二人于宾客,宾客尽羞之,及孟尝君有秦难,卒此二人拔之。""扶拔"与"不知还可扶救否"之"扶救"义相近。《三国演义》卷三："奉主以从人望,大顺也;秉至公以服天下,大略也;扶拔仁义以致英雄,大德也。"明宋濂

《故吉安府安福县主簿潘景岳甫墓铭》:"危则我扶拔于水火兮置诸康衢;一身之弱兮心雄万夫。"

扶援

绍闻道:"……我原是祥符一个旧家,先世累代世宦,只因少年心嫩,错为匪人所诱,今日渐入穷乏,不知还可救药否?"道士道:"原属不难。但贫道此时心厌省会烦嚣,意欲上江西匡庐、浙江雁荡两处名山游玩一番,不能讨暇。等待他年再遇缘罢。"绍闻道:"燃眉正急,全赖及时扶援。若待他年,未免枯鱼之肆。"(上七十四)

【扶援】扶持,援助。托名周鬼谷子《命书》卷中:"大抵年为本则日为主,月为使则时为辅。"唐李虚中注:"年为日之本,日为命主,如君之有臣,父之有子,夫之有妇,国之有王,是胎月生时为主,本之扶援,欲得以序相承顺也。"宋黄震《处士张君孺人林氏墓志》:"处士居乡急义,有患难必竭力扶援,孺人叶助唯谨。"栾校本作"扶救",义相近。参见"扶拔"条。

负欠

(一)

谭绍闻道:"穷遮不得,丑瞒不得。我近来负欠颇多,不过是典庄卖地,一时却无受主,心里急,事体却不凑手。"(六十六)

总因绍闻负欠已多,有找过息的,有还一半的,有本息已完微有拖欠的,有新债未动毫分的,二百五十两,除了承许夏鼎三十两外,大有杯水车薪之状。(七十四)

只是目下负欠太多,索讨填门。济宁这宗银子,又被人拐了。盛大哥还欠咱一百二十两,他又不在家。这当下该怎的一个处法?(七十六)

【负欠】亏负,亏欠。唐玄宗《逃户田宅官为租赁敕》:"逃人归复,宜并却还,所由亦不得称负欠租赋,别有征索。"元元好问《冠氏赵侯先茔碑》:"忠显君讳林,喜宾客、好施予、负欠之家有贫不能偿者,率折券以贷之。"本书多指欠人钱款。

（二）

绍闻接帖在手，看了说道："盛情心领，万不能去。一来远归，尚有许多冗务，未曾拨脱清楚；二来我的近况，你所深知，街上有些负欠。"（七十三）

却说绍闻得了杨树木价，盛公子家业原厚，一同抵消负欠，把一宗神社大债还讫。（八十一）

恰恰谭宅卖田地，典房屋，清负欠，上学念书，投卷应考，再没一日闲空，所以巫宅门内，再不曾有谭家半个人影儿。（八十七）

【负欠】指所欠下的银钱。清端方《壬寅销夏录·五代时人画揭钵图卷》："其施于乡党丧葬婚嫁之资、茕独之恤，所及甚众；与人交，劝规不少假而遇事济其缓急，代偿负欠至二三千金，于中毫无芥蒂。"

改过

夏逢若道："谭贤弟主户人家，怎好去央一个门役。咱去央他去，他是太爷改过的门役，他就未必敢胡喊。"（五十八）

【改过】革退过（的役隶）。河南话里"改""革"音同，此"改"为"革"的别字。本书第五十八回："正挪的热闹，忽然来了一个府堂革退老门役名叫姚荣。""革退老门役"就是"改过的门役"。"革"又与"该"音近。本书第七回："孝移又问道：'适才避雨之家，说是姓柳。长班呼为"当该的书办"，这个称呼，是怎么说？'柏公道：'老朽是宣德年生的，彼一时，弄权招见有的房科，人恨极了，叫做"当革的书办"，到成化年间，又把这斥革字样，改为"该"字。'"可为旁证。

改畦

王氏道："叫你家费心。小女儿长的高了？"王象荩道："也会改畦薅草。大叔哩？"（七十六）

原来王象荩移在南园，绍闻总不曾来过一次。今忽而到了，急唤女儿改畦，自上屋里搬出一张小桌……女儿出来改畦，向绍闻笑道："大爷今日闲了么？俺奶奶好呀！"（八十五）

【改畦】园子浇水时,随着水的流动适时地挖开畦埂,让水流改向,进入该浇的地方,就叫"改畦"。畦:打有土埂的成块的田地。孙犁《白洋淀纪事·齐满花》:"她帮着大伯改畦上粪,瓜菜熟了,大伯身体不好,她替大伯挑到集上去。"徐东晓编《孟津文史资料第29辑·县里安装的第一台解放式水车》:"人们忙着堵水龙道、改畦。一会功夫,把两块要浇的地给浇完了。"

改志

王氏恐怕疫症传染,站在门外说道:"你出来罢,王中也当不的再劳碌了。不过你改志就罢。"(二十六)

咱夫妻不如守着城南菜园,卖菜度日,鞋铺子打房课,勤勤俭俭,两下积个余头,慢慢等大相公改志回头。(五十三)

梅克仁道:"如今他这相公却怎么样?"老者收账,收完又续说道:"如今这相公却也改志。现今县考,取了案首。引了儿子,在这西边一个小书房念书。……"(八十八)

【改志】转变志向。多用于积极方面,意为改过向上。《抱朴子·用刑》:"且刑由刃也,巧人以自成,拙者以自伤,为治国有道而助之以刑者,能令慝伪不作,凶邪改志。"元张国宾《罗李郎大闹相国寺》第二折:"上长街百十样风流事,到家中一千场五代史。自寻思,全不肯改志。"

干动

夏鼎道:"你休拿狠心肠拒绝我,我也是识抬举中用的人。我只是吃茅家要约人打我的亏。若不是胙城撞见他时,茶银讨完,今日也犯不着干动贤弟。"(四十二)

法圆笑道:"……还有普度庵里智老师傅,他是临济派,也要来。准提阁惠师傅,也要来,他是一堆灰儿家。共六个人。"王氏道:"只是太干动些。"(六十三)

况现今薄收,街坊也难破费,一推谢,说待下科干动盛情,为街坊留下有余的话头,街坊也好一笑歇手。(九十七)

【干动】扰动,侵扰。《后汉书·朱浮传》:"臣闻日者众阳之所宗,君上之位也。凡居官治民,据郡典县,皆为阳为上为尊为长;若阳上不明,尊长不足,则干动三光,垂示王者。"清李百川《绿野仙踪》第四十回:"他们都游走去了,止有那何公子在金妹子房中睡觉。我头前来看大爷,见大爷睡觉了,不敢干动。"用作敬辞,等于说"烦劳""烦扰"。

干骨匣(儿)

若发开墓,当年棺木不曾朽坏,就原封不动,只挪移在新穴,不过相离三尺之远。若是旧棺已沤损了,须用新棺启迁——就是时常人家说的干骨匣儿。(六十二)

【干骨匣(儿)】迁葬时装遗骸的棺材,比一般的棺木要小、薄一些。河南不少地方把迁葬收拾遗骸叫"起干骨",盛敛遗骸的小薄棺材叫"干骨匣儿",2015年4月3日《东方今报》载《豫鲁联手护英烈"回家"》:"鲁山县民政局主管副局长孙丹丹安排工作人员为移坟购买了国旗、干骨匣、白手套等工具。"白话作品中多称"灰骨匣"或"骨匣"。元朱凯《孟良盗骨》第二折:"你牢背着亲爷的灰骨匣,孝名儿传天下。"明佚名《小孙屠》第十四出:"背着个碜可可骨匣相随定。"也有用石头做的,清陈少海《红楼复梦》第十四回:"见是二尺长一尺宽的一个石匣。梦玉叫他们取了起来,众人道:'这怕就是林小姐的骨头匣子⋯'梦玉道:'断不是林小姐的骨匣,你们只管给我取了上来。'"

干拍嘴

盛希侨道:"不胡说罢。您三个商量现在的事,我去东院看看这两个孩子吃了饭不曾。老满,你把银子交明,那东西是办事的'所以然',离了它,不拘怎的说,俱是干拍嘴。"(七十七)

【干拍嘴】说了等于白说,不起任何作用。这里意思是光说好听的而不拿出真金白银来,一切都是百搭。

干研墨儿/干研墨墨儿

王中道:"⋯⋯依我说,把他的账承当下,他就说正经话。若是干研墨儿,

他顺风一倒,那姓茅的就骗的成了,要赔他衣服,还不知得多少哩。"(三十)

(夏逢若)回到厢房对谭绍闻道:"邓老爷说了,人命大事,要说个人情,想着干研墨墨儿是不行的。除一分拜门生虚觃之外,还得二百多两银子的实惠。"(上五十一)

【干研墨儿】 也说"干研墨墨儿"。砚台里不加水而研墨。比喻光说不见实际行动,多指只拿好听话打发而不奉上钱物等实惠东西。栾星注:"豫语把有言无行,叫干研墨。"近是。民国二十年(1931年)刊本《禹县志·谣俗志》:"云彩往南,河漫潭;云彩往北,干研墨。"谓无雨。

赶嘴

如今当了三四亩园子,夏天浇园卖菜,到冬天做些生意儿,好赶这穷嘴。(三十八)

我们虽是亲戚,却搭识不上。况且每日在外边赶嘴,也就到不了亲戚分上。(七十二)

薛婆道:"天生的伺候人的奴才命,天爷再不肯叫断了这口气儿。家里人口又大,每日东跑西跑赶这张嘴。"(九十三)

【赶嘴】 忙忙碌碌地挣饭吃,为糊口而奔忙。"赶"谓赶趁,"赶嘴"即为了吃饭而赶趁。"赶这张嘴",上图本作"攥这张嘴",义略同。明陆云龙《清夜钟》第七回:"老周这老狗头在这里帮闲、赶嘴不消说了,我看还有那几个忘八羔子,在这里哄他!"民国二十四年(1935年)铅印本《续修莱芜县志·礼乐志·里谚》:"十里路赶嘴,不如在家喝凉水。"

刚帮硬证/干帮硬证

见戏箱扭开了锁,他便借端抵赖,无非想兑了欠账,白拉的箱走。——这是我看透的。大叔一到,刚帮硬证,他还说什么?(三十)

夏鼎见铜匠走了,便道:"你说出首,有何凭据?"王象荩道:"这二百钱就是刚帮硬证。"(七十六)

【刚帮硬证】 原作"扛帮硬证",指数人结成帮,指无为有,捏造事实,做成铁证,以图赢得官司,从中渔利。后演变为铁一般无可辩驳的证据之意。"这二百钱就是刚帮硬证",上图本作"这二百钱干帮硬证",义同。清郭琇

《华野疏稿·请禁八弊疏》:"此皆由各属不逞之徒,往来省会,结交在省讼棍,狼狈为奸,遇事生风,代人架捏情词,包告包准,扛帮硬证,而愚民无知,信若神明,甘心健讼,往往倾家破产而不悔。"现在河南一些地方还有这种说法。

煪

妇人道:"大叔不看看戏箱?每日大天白日里老鼠乱跑,门又锁着,没奈何他。大叔也该看看,怕咬坏了什么。俺家男人今日上朱仙镇煪裁刀去了,说明日才回来。要捎老鼠药治哩。"(二十九)

【煪】在兵器、农具锋刃上加点儿钢,重新淬火打造,使更锋利。宋本《玉篇·火部》:"煪,古浪切,刃也。"应作"坚刃"。《字汇·火部》:"煪,坚刃也。凡兵器经烧则坚,故今铁工烧刃曰煪。"字又作"钢"。金韩道昭《五音集韵·宕韵》:"钢,炼也。"谓锻炼,锻打。元郑廷玉《看钱奴冤家债主》第三折:"若使我家斧子剁卷了刃,又得几文钱钢。""煪"实为"钢"用作动词的音变字。

高抬

一声谣出,一连数日之内,也有说跑马卖解送殡的,也有说扎高抬送殡的,也有说拉旱船送殡的。(六十三)

走旱船的,走的是陈妙常赶船、于叔夜追舟,不紧不慢,恍如飘江湖水上。绑高抬的,绑的是戟尖站貂蝉、扇头立莺莺,不惊不闪,一似行碧落云边。(六十三)

【高抬】流行于河南民间的一种艺术形式。演出时,十数个七八岁男女儿童装扮成戏曲中的人物,站立在装饰好的桌子上,做出各种造型,由四人一组青壮年抬着巡游。据说高抬兴起于明代,现在河南南阳等一些地方春节期间还有高抬演出。

高兴

(滑氏)哭的高兴,肚里又有了半壶酒,一发放声大嚎起来,声声只哭

道:"我——那——亲——娘——哇,后——悔——死——了——我——呀!"(三十九)

若要说上山陕庙去,他固然不敢拦阻,但只是他脸上那个不喜欢的样儿,叫人去也不是,不去也不是。不如瞒他,省的他扫人的高兴。(四十九)

这绍闻出去,自恳礼宾。适萧墙街前后左右,早有新进生员,恰恰够了四个礼相。这新秀才们,正有怀才欲试之高兴。(九十七)

【高兴】兴致浓,情绪高。既可用于积极方面,也可用于消极方面。民国二十二年(1933年)铅印本《高邑县志·风土志·方言》:"高兴:兴趣盛也。杜甫诗:'青云动高兴,幽事亦可悦。'"《三刻拍案惊奇》第二十六回:"两个睡得高兴,等了半日才起来,如今正在厅上与个徽州人说话。"清鸳湖渔叟校订《说唐全传》第二十六回:"秦叔宝也叫道:'老匹夫!你上来,俺与你战两下!'正骂得高兴,后边十二家太保兵将赶到了。"

告乏

却说谭绍闻将王中赶出,自己到街头去寻这二十两银子。将欲问自己的房户铺家,借欠累累不好开口;要寻面生铺家,也难于突然告乏。(三十三)

兔儿丝告乏得银惠,没星秤现身说赌因。(四十二)

【告乏】向别人诉说生活窘迫,缺乏钱财,以希求资助。乏:缺少,欠缺(银钱)。明许自昌《水浒记》第十出:"〔丑〕保正,不要说劫将来可以肥家,就是供我们的酒资,亦是好的。我每苦杖头告乏,取供潦倒。"民国二十三年(1934年)铅印本《淮阳县志·列女志》:"王氏,秦宗圣妻……一生怜贫恤苦,亲邻告乏,求罔不应。""告乏"也指出现窘困的状况。清李渔《奈何天·攒羊》:"若待雪消路现之后,又是他精还力复之时,彼势方张,我军告乏,天下事不可为矣。"

告先

孝移进了后院楼下坐了,赵大儿已送上盆水。孝移告先情急,洗了手脸,吩咐开了祠堂门,行了反面之礼。(一)

至纳币之日,两位媒宾,王春宇以舅代父,共是三位。这些告先、呈币的

仪节,不必琐述。(二十八)

茶毕,张正心便问榆次公神主何在,礼应率新郎告先。薛公子答道:"客边难以载主而来,写的先榆次公牌位在书房院北轩上。一说就当全礼,不敢动尊。"(一百〇八)

【告先】到先人牌位前禀告。《南史·张稷传》:"(稷)自幼及长,数十年中,常设刘氏神座。出告反面,如事生焉。""出告反面"就是出门时候对神主告禀,返回时禀报。民国三年(1914年)铅印本《清丰县志·风土志》:"冬至前夕,民家渍酒告先,亦有行拜贺礼者。"

合伙计

盛希侨道:"不叫你合伙计,你便说出扫兴话来。"满相公酒已微醉,便侃侃说起来道:"不是因为我不得入伙,便说扫兴话。总之,揭账做生意,这先就万万不可。"(六十九)

满相公走到盛希侨跟前,附耳道:"王府街姚二相公,与二少爷合伙计做六陈行哩。"(七十一)

南京发书回来,想到咱祥符开铺。原是与表兄笔墨纸张砚台铺子合伙计,已将苏家星黎阁旧存笔墨兑下。(九十七)

【合伙计(gē—)】合伙,特指结伙做生意。元佚名《朱砂担滴水浮沤记》第一折:"〔邦老云〕你是个货郎儿,我也是个捻靶儿的,我和你合个伙计,一搭里做买卖去。"这种意义河南话念 gē,字或写作"搁"。冯金堂《黄水传》第二十四回:"耩地需要人拉耧,一俩人顾不过来,武强、二怪、三喜就商量着搁伙种。"俗语有"生意好做,伙计难搁"的说法。现在常指搭帮做事,一起共事。

割产

王中道:"其实我这几天替咱家前后打算,想了四个要紧的字,只是'割产还债',再无别法。相公细想。"绍闻道:"割产二字如何行得?你大爷去世不久,我就弃产业,脸上委实不好看。"(三十六)

【割产】割弃产业,也就是变卖家产。清同治十年刻本《叶县志·人物志·孝义》:"范作梁,监生。癸酉岁大侵,族邻多乏食者。作梁出谷以赡之,不继则典质衣物,继而割产,继而称贷,终不少吝,贫人多赖以全。"也叫"弃产"。本书第八十三回:"但弃产之时,也要有个去此存彼的斟酌;某一宗是上关祖宗,下系儿孙的,虽有重价不可轻弃。""弃产",就是例中说的"弃产业"。见"弃产"条。

隔墙

(一)

他先把新来拐夫和女人隔墙递出去逃跑。又领起他贩的那两个女人,也要翻墙逃走。(四十五)

却少一个人不够场儿,夏逢若道:"我这北邻王豆腐儿子,听说极好赌,是个新发财主,我隔墙喊过来,何如?"(五十三)

正与簣初说文字,又听的一声说:"开门来。"绍闻细听是张正心声音,即走向门内,把钥匙隔墙扔过去。(八十九)

【隔墙】隔着墙壁。《醒世姻缘传》第九十七回:"一定打秋千的时候,隔墙摔过个衫子到他那边,如今差人送过来了。"清蒲松龄《禳妒咒·殴姊》:"骂一声泼贱人,我合高蕃也不亲,各人家汉子各人打,怎么隔墙过了身?"

(二)

细皮鲢道:"若是十分急了,隔墙这一宗何如?"夏逢若道:"一个卖豆腐家孩子,先不成一个招牌,如何招上人来?"(五十六)

店邻有个泼妇,夜间凌辱婆婆,隔墙听的明白,合店人无不旁忿。(一百〇三)

【隔墙】隔壁邻居。清蒲松龄《禳妒咒·私会》:"喜重重,喜重重,离别年余又相逢。隔墙是卖酒家,不愁没杯水奉。"红酒《花千树·跑龙套》:"隔墙儿他二叔早先在个草台班子里唱花脸,听这孩子嗓门大,模样虎虎实实还透着股灵气,就说这孩子是块儿唱戏的材料。"这种意思,现在河南话里一般要儿化,念成"隔茬儿"。孙明和《伊洛词话·语汇》:"隔茬儿——指隔壁邻居:他在俺隔茬儿住。"

各不着/合不着

你姑娘叫你在这里读书,休要淘气,与你那端福兄弟休要合不着。(上三)

原是第三房下,在家下各不着,我也再没个法子。因此想起老侄这里房院宽绰,赁一处院子,叫我这一点根穰儿保全残生。(六十七)

嫂嫂有合不着小叔道理?图甚么贤名哩!都是汉子合不着弟兄,拿着屋女人做影身草儿。(上一百〇六)

【各不着】合不来,不和。上图本作"合不着",义同。本书第三十六回:"奶奶的意思,也嫌你性子太直,不会委曲奉承人。万一进去再不各起来,再赶出来,一发不好看。""不各"与"各(合)不着"表义相同。入声消失以后,河南话里"各"念阴平,与"合"同音。现在河南、河北等地把合伙做事叫"合(gē)伙儿",字也写作"搁",实际上就是"佮"字。赵金昭编《洛阳传统儿歌·见哥哥》:"哥哥见我心欢喜,我见哥哥泪如梭。叫声妹妹哭啥哩,哭哩妯娌搁不着。"参见"不各"条。

各气/合气

本夜即留在堂楼,叫冰梅拴了门,王氏问道:"福儿,你毕竟是为着啥来?"谭绍闻无言可答。王氏道:"你是与谁家各气来?"绍闻摇摇头儿。(六十)

(绍闻)脚踢拳殴,打将起来。王氏急忙吆喝道:"小福儿,你要打下祸么?"这绍闻一声喊道:"我是不要命了!"王氏急劝道:"您小两口子,从来不各气,为甚的这一遭儿,就如仇人一般?"(八十二)

您两口子各气,我叫回来消消气儿。再住一半月,接你回去,或是这边送去。我做婆婆的不曾错待了你,为甚的奚落起我来。(八十五)

【各气】斗气,斗架。"从来不各气""两口子各气"之"各气",上图本均作"合气",义同。明清小说中多作"合气"。《金瓶梅》第七十五回:"你姐妹们欢欢喜喜,俺每在这里住着有光。似这等合气起来,又不依个劝,却怎样儿的?"也作"搁气"。崔方廷《母亲的阳光》:"有时我和弟弟妹妹与人搁气,不管怨谁她总是先嚷我们,还主动给别人赔不是。"字当作"佮"。"各气"的"各"河南话念阳平。两人斗架,河南话叫"各斗","各"也念阳平。

"各斗"就是"合斗"。参见"各不着"条。

各人

只是想一想,怕坏了祖宗的清白家风,怕留下儿孙的邪僻榜样,便强放下了。各人心曲里,私欲丛杂的光景,只是很按捺罢了。(六)

荆县尊道:"……你还该知道,他并不是敢留戏子在家的人,都是你撮弄的。"夏鼎道:"是他各人本心情愿,不与小的相干。"(三十一)

谁知你上了这个天来大当。如今也不知出那门去了,此时保管六十里外。自己拳打了牙,各人咽下罢。(七十五)

【各人】犹言自己、自个儿。明冯从吾《少墟集·语录·疑思录》:"中间即有丢过义,只为势利出仕的,是他各人自家见不到,各人自家做了小人,非概以仕途为势窟、为利薮也。"《红楼梦》第六十七回:"昨儿他妹子各人抹了脖子了。"现在河南不少地方还说"各人",如:"个人的难各人作。"

根脚/跟脚

我想娄潜斋为人,端方正直博雅,尽足做幼学楷模。小儿拜这个师父,不说读书,只学这人样子,便是一生根脚。(二)

至于子弟初读书时,先教他读《孝经》及朱子《小学》,此是幼学入门跟脚,非末学所能创见。(上十)

【根脚】原指建筑物的基础、根基。清乾隆三十一年刻本《新安县志·风土志·方言》:"墙基曰根脚。"也作"跟脚"。"入门跟脚",栾校本作"入门根脚",义同。引申为事物的根底、基础。《朱子语类》卷一百二十一:"须尽记得诸家说方有个衬簟处,这义理根脚方牢。"明冯梦龙编《喻世明言》卷三十九:"(汪革)却也自恃没有反叛实迹,跟脚牢靠,放心得下。"

根究/跟究

那时我真怕弄出人命官司来,又怕跟究出范姑子那一番情节——范姑子上了堂,只用一拶子,定会满口承招。(四十六)

杜大姐前日穷究了我一夜,我没敢承当。次夜又根究个不了,我原据实

说了。(六十七)

本该查拿土娼,根究店主,但黑夜之间,恐怕有失尊客的行李,误了上京公干。(上九十九)

【根究】从根源上究查,彻底追查。唐韩偓《开河记》:"帝大怒,令根究本处人吏姓名。"《朱子语类·缉略》卷五:"在漳州押下县簿,付磨算司及审计司,限到满日,却不见到。根究出乃是交点司未将上。"又作"跟究"。明冯梦龙编《喻世明言》卷一:"你丈夫回来跟究出情由,怎肯干休?"参见"跟究"条。

根穰

张类村叹了一声道:"一言难尽。原是第三房下,在家下各不着,我也再没个法子。因此想起老侄这里房院宽绰,赁一处院子,叫我这一点根穰儿保全残生。"(六十七)

【根穰】等于说根苗。穰:就是秧、幼苗。河南人读"秧"同"穰"。"根穰"喻指后代。"根穰儿"上图本作"根芽儿",义同。山西省雁北行政公署文化局戏剧研究室《剧本选第二集·花堂误》第一场:"想前生也未曾作虐行狂,却为何生下这果呆傻傻,傻傻呆呆的独根秧!"还可以说"根苗。"清刘鹗《老残游记》第十四回:"可怜俺田家就这一线的根苗。""根穰"与"根苗""根芽"义同。

跟问

惠养民心中有事,见这个光景,更慌更疑,越是要靠实跟问。(四十)

谭绍闻便觉吃惊,王氏便跟问原由,焦丹道:"姐夫前日在巴大哥家那场赌,如今弄成人命大事。姓窦的吊死了,他大告在县衙,巴大哥、钱贤弟,都拿去下了监。"(五十一)

【跟问】追问,寻问根由。《三国演义》卷七:"赵云入见曰:'云夜来回县,寻不见,连夜到此跟问。'"也写作"根问"。宋徐梦莘《三朝北盟会编·靖康中帙》:"前尝恳恳上禀,乞差官管伴使命前来根问。"元无名氏编《居家必用事类全集·吏学指南·推鞫》:"根问,究其本末。谓虽有告言,事尚隐讳而合问者。"《醒世姻缘传》第八十七回:"怎么不去?爷回说明日去就是了,可只顾的根问!"

恭喜

　　王春宇看那稳婆,笑道:"这不是一丈青么?"那宋婆道:"谭奶奶恭喜了,得了孙孙,王大爷吃面罢。大爷你是几时回来的?刚刚赶上送米面。"(二十七)

　　慧娘抱过怀中,片时又呼呼的睡着。慧娘慢慢放在床上,脸偎脸儿拍的睡了。绍闻道:"你今日见孩子这样亲,到明日你恭了喜,更该怎的。"(三十五)

　　【恭喜】特指家里有了添丁的喜事,也指怀上了孩子。"你恭了喜"意思就是"你有了孩子"。清邗上蒙人《风月梦》第十四回:"明先生向那武官说:'小姐不是盘胀,是恭了喜了,是个男胎,已有七个月了。'"也可以说"喜了"。本书第九十九回:"王氏掀开橱子软帘一看,笑道:'王中喜了,好!好!'"参见"喜了""看喜"条。

供戏

　　既在同席,少不得问姓道名,方知他正是今日席前戏主,姓茅名拔茹,河北人。因自己供戏,带来省城,今日唱的就是茅拔茹的戏。这一等供戏的人,正是那好事、好朋友的,就封上一份礼,也来随喜。(二十一)

　　王中道:"难道俺家偷你不成?俺又不供戏,要他何用?"茅拔茹道:"您家就不用,您家不会换钱使?"(三十)

　　王少湖道:"这供戏的名叫茅拔茹,戏子姓臧。是他旧年引了一班戏到省城,同着瘟神庙邪街夏鼎,把戏箱寄在本街谭绍闻家。"(三十一)

　　【供戏】经营戏班子,以演出盈利为生。民国二十三年(1934年)铅印本《井陉县志料·风土》:"'想生气,供一班戏',注:至供戏一事,邑民亦颇有此嗜好。"兰建堂主编《中国民间故事丛书·河南南阳宛城卷·两好搁一好》:"你没听人说,若想生气,娶小供戏。要是再娶一个,以后要生气的。"

勾绞星/狗绞星

逢若看见绍闻着了药儿,因笑道:"这有何难。我先问你,你家那个勾绞星家人王中,在前院里住,是在后院里住呢?"(二十六)

若是向丈夫说,"爹妈固是该事奉的,也要与咱的儿女留个后手。兄弟们没有个百年不散筵席,嫂嫂婶婶气儿难受,我是整日抱屈的",这便是离间骨肉的狗绞星。(上三十五)

梁氏道:"只为一个勾绞星,把他送在别人家房子里,叫我如何不气。任凭他多睡一会儿,我且不看他。"(六十八)

【勾绞星】古代术数家所谓的凶辰之一,现则有凶灾发生。《旧唐书·吕才传》:"今检《长历》,庄公生当乙亥之岁,建申之月……又犯勾绞六害,背驿马三刑,当此生者,并无官爵。"明许仲琳《封神演义》第九十九回:"勾绞星,费讳仲;卷舌星,尤讳浑。"比喻为处处惹是生非、经常带来祸患的人。"一个勾绞星",上图本作"一个狗绞星"。"勾"也写作"钩"。明谢肇淛《五杂俎·天部二》:"一日之中,则有白虎、黑杀……河魁、钩绞、焦坎、游祸、灭门、的呼等凶神。"

孤丁子

(盛希乔)转身又到书房,还不曾坐下,便说道:"贤弟呀,你是孤丁子,好不快活!我想人生在世,万万要不得是这个兄弟。"(上六十七)

【孤丁子】独子,没有兄弟的男子。也说"孤丁"。明熊廷弼《辽中书牍·与赵太室纳言》:"虽有存者,孤丁独口,既弱不能自振,而富有力者又以贿脱去。"清顾炎武《肇域志》卷五十:"而我国朝之民,则惟于其丁而不于其户,故每图一百一十之数,未尝减绝则析而补之,所不析者军与匠,余则畸零而带管之,所畸零者,孤丁寡妇也。""孤丁子",栾校本作"寡丁子",义同。

古董

（一）

贻安摇手道："我不信。家兄当日因为这个宗儿，化了二百两以外。亲口许陈老师五十两，陈老师依了，老周执拗不依。那老周是个古董虫，偏偏他如今升到江南做知县了。"（三十四）

盛希侨道："胡诌的话！你家埋人，也不是他家埋人；我来送戏，也不是送与他家唱。那年在你这书房里，撞着一起古董老头子，咬文嚼字的厌人。我后悔没有顶触他。这一遭若再胡诌驳人，我就万万不依他。"（六十二）

【古董】迂腐守旧，不谙世事。明王衡《郁轮袍》第四折："唐天子，汉百官，皇帝忒时样，百官忒骨董些。""骨董"同"古董"。清光绪二十一年刻本《（道光）辉县志·地理志·风俗（附方言）》："㥏懂，糊突也。""㥏懂（古董）"与"糊突"，意思相近。

（二）

依我说，把他的账承当下，他就说正经话。若是干研墨儿，他顺风一倒，那姓茅的就骗的成了，要赔他衣服，还不知得多少哩。休说这种古董事体，当初大爷举孝廉，还要使银子周旋哩。（三十）

我对你说，古董混账场中，帮客不可要两个，有了两个帮客，就如妻妾争宠一般，必要坏事；光棍不可只一个，有了两个光棍，暗中此照彼应，万不失了马脚儿。（三十四）

夏逢若道："都是自己几个人，休歇了场儿，谭贤弟输的多了，捞一捞轻欠些儿。"虎镇邦把色盆一推，说道："他跟你是一家人，这些古董话，叫我听哩！"（五十八）

【古董】猥琐龌龊。现在河南不少地方的"古董"表示事物质地差，不上档次，应是从这个意义引申而来的。如说："好的人家都挑了啦，剩下的都是些古董货。"洛阳一带还常说"古董玩器"，也表示同样的意思。这些情况下"古董"的"古"读"故"。"古董"加以儿化，则用作名词，表示质地差的东西。例如:"人家拣掉的古董儿,俺不要!"

雇觅

(一)

孝移叫王中向账房取了十两银,赏了梅克仁。便自己收拾行囊、盘费,雇觅车辆头口,置买些土物,打算到丹徒馈送。(一)

两顶驮轿,我已置办停当。六头骡子,我亦雇觅妥贴。(十)

绍闻命德喜取出鞋袜自己穿上,脱下蹬靴旧袜叫德喜穿。即雇觅本铺磨面驴子,德喜骑了西行。(七十三)

【雇觅】出钱让别人的车船、牲口等给自己服务。清康熙三十四年刻本《河南通志·艺文志·疏》:"目今传旗报捷,日无停晷,每用二三十骑或四五十骑,前差未发,后差踵至,额马有限,雇觅不周。"这个意思,也可以单说"雇",但较少说"觅"。本书第四十二回:"谭绍闻不晓得路上觅脚力、雇车船要同埠头行户,觅人捎行李,也要同个饭馆茶肆才无差错。"脚力用"觅",车船用"雇",区别是比较明显的。

(二)

倒是孋妇老樊,自幼儿雇觅与本城旧宦之家,闺阁中闹赌,老樊伺候过场,抽过头儿,牌儿色子还懂哩些。(五十)

夏逢若怀内藏着银子,雇觅十数个闲人抬盒,抬酒,挟毡包,捧礼匣,一径上祥符县署而来。邓三变骑着马跟着。(五十二)

我雇觅他原是以做饭为名,近来家里住不得,我明日暗地送来。(六十四)

【雇觅】出钱雇请别人为自己做事。这个意思,可以单说"觅"(河南话读阴平),偶尔也说"雇",本书第八十回:"拿不清,街上再觅两个闲人帮一帮何如?""雇觅"后加"与"表示受雇于人,如本书第五十回:"倒是孋妇老樊,自幼儿雇觅与本城旧宦之家。""觅"也可以这样用,但"雇"一般没有这种用法。

寡丁子

盛希侨转身又到书房,还不曾坐下,便说道:"贤弟,你是个寡丁子,好不快活。我想人生在世上,万万要不的是这兄弟。"(六十八)

【寡丁子】等于说独生子,唯一的男孩。上图本作"孤丁子",义同。明熊廷弼《辽中书牍·与赵太室纳言》:"虽有存者,孤丁独口,既弱不能自振,而富有力者又以贿脱去。"清嘉庆十八年刻本《续济源县志·人物志·孝义》:"居无何,母病痿痹,动止辄需人。自维孤丁无可托,因编荆器二具,肩母以丐食。凡所得先俯伏进母,母食余乃食。"

挂案

兴官也挂了案,越外四匹喜绸,两匹绫,笔十封,墨两匣,新靴,新帽,大围带,顺袋瓶口,锦扇囊……今日办成送的去,说明日娘送我时,就与亲家母道喜。(八十七)

【挂案】案:指考案,公布的考生名次的榜。本书第九十回:"苏霖臣道:'老侄呀,你这位好学生,考案也取得极高。'""十四五岁的人,县考挂了名子,也是稀松平常的事,不是礼部门口放了榜文。""挂了名子"即名字上了榜,也就是"挂了案"。挂案,也叫"挂榜"。本书第九十六回:"九月朔日挂榜,祥符城内中了五名举人。这副榜之首,张正心中了第二名,副榜之末,谭绍闻也中了第二名。"

挂板

王中道:"当初大爷临终之时,赏了小的鞋铺一座,菜园一处。列位爷也是知道的。小的想着就中营运,存留个后手,却万万不是为小的衣食。"这句话内滋味,却照孔耘轩心坎里打了个挂板儿。原来当日孔耘轩爱女之情,早已把绍闻看到必至饥寒地步。(五十五)

这绍闻当不住鸦心鹏舌的话,真乃是看其形状,令人能种种不乐;听其巧言,却又挂板儿声声打入心坎。(七十二)

【挂板】"板"即钟板,"挂板"就是悬挂的钟板。旧时禅寺或大户人家多以敲击钟板来报时或集众,寺内说法时常击以警众。宋刘过《呈王山父》诗:"钟板不鸣山寺静,闭门人在月明中。"《嘉兴大藏经·费隐禅师语录·小佛事》:"挂板。钟板既然挂起,法幢早已建立。衲子纵有千差,据令自然条直。点即便到一句又作么生。遂击板云:'大家在者里。'"

拐夫

　　这宗命案,是有两个拐夫伙拐了一个女人。两个拐夫,一个年纪大些,一个年纪轻些。到了河阳驿,那年纪大些的硬把那年纪轻些的勒死了,挂在一棵桑树上……恰被乡保撞见,拿住禀了那县里老爷。老爷验尸,轰的人山人海来看,说那年轻些的拐夫和被拐女人本是奸情。(四十五)

　　【拐夫】拐卖人口的人。中共锦屏县委宣传部、锦屏县文化馆、锦屏县民族事务委员会组编《中国民间故事集成·贵州黔东南州锦屏县卷·苗知县巧断两案》:"接着审理拐妻案。被告,原告被带上堂来,按吴师贤事前的吩咐,让拐夫跪前,原夫跪后,妇人跪在中间。"也叫"拐子"。本书本回:"谁知孽贯已满,邵三麻子把腿跌坏。料事不脱,不知怎的半夜摸到这桑树上吊死了。那个拐子到河阳驿西,也拿住了。"清名教中人《好逑传》第九回:"看见铁公子人物秀美,不象个拐子,因问道:'你甚么人,为何拐他?'"

关紧

　　中有把头微摇了一摇。又说道:"阳宅是养命之源,阴宅乃定命之根。宅子还不甚关紧,你的祖茔在何处哩?"(八)

　　夏逢若道:"那也不必说。如今俺两个这宗话,正要大哥批排。"盛希侨道:"料你两个也没什么关紧话,我也不耐烦听。先把我的关紧话说说罢。"(五十)

　　希侨道:"……我说他们可恶时,打他们几鞭子就好了。你家爷是心慈面软的人,情面下不来。只有这一点儿不好。却也没甚关紧。"(一百〇三)

　　【关紧】事关紧要,要紧。元陈天祥《四书辨疑·孟子》:"语意关紧处,正在'足以'二字,注文却特删去不用。"曹禺《北京人》第一幕:"他们认得我不认得我不关紧,他们不认识这门口,真叫人生气。"李準《李双双小传》七:"外边孙有说着:'我,喜旺,跟你说个关紧事。'"现在豫西、豫南等地仍有这种说法。

官打的现在

谭绍闻渐也隐藏不住，只得请巴庚到了后厅商量计策。巴庚道："三十六策，走为上策。官打的现在。赌博场中闹出事，只有个闻风远扬是高着。"（六十五）

【官打的现在】当官的责打的是在现场之人，意为逮着谁是谁。现在，指正在场的当事人。又作"官打见（现）在"。《二刻拍案惊奇》卷十八："况且平时提了罐、着了道儿的，又别是一伙，与今日这个方士没相干。只为这一路的人，众恶所归，官打见在，正所谓张公吃酒李公醉，又道是拿着黄牛便当马。"也指当下只说当下事。清花月痴人《红楼幻梦》第十六回："黛玉道：'人要知足，今儿玩够了，下次再来。'凤姐道：'我是官打现在，不问下次。'"

官伙里

滑氏道："……即如现今有几两学课，一心要拿回家里，打在官伙里使用。他舅呀，你是外边经见的多了，凭再好的筵席，那有个不散场？你看，谁家弟兄们各人不存留个后手？且是他自己挣的，又不是官伙里出产。"（四十）

难说我就没见，俺家二老爷在福建做官回来，把皮箱放在客厅里，同我家大老爷眼同开锁，把元宝放在官伙里。（一百〇八）

【官伙里】属于家庭或集体共同拥有的财产里。官伙：公有的，伙用的。民国二十七年（1938年）铅印本《新安县志·社会志·歌谣》卷九："'粗灯大捻头，点是官伙油。'言居家人人宜知俭者也。"陈忠实《白鹿原》第二十四章："村子北巷有一座官伙用的青石石碾，一年四季有人在碾盘上碾除谷子的外壳。"

官人

（绍闻）忙赶上说道："到底少你的不少你的，为什么直走呢？"茅拔茹道："少我不少我，既扭了锁，须得同个官人儿验。扭锁的事，到底是个贼情，不比泛常。"（三十）

他把这拐夫女人隔墙送出,官人却到他屋去搜。(上四十)

观察道:"坟垣是咱的私事,衙役虽贱,那是朝廷的官人。况且衙役督工,断没有不吃钱的。只以内宅自己人办理方可。砖瓦椽檀,石灰土坯,公买公卖。"(九五)

【官人】等于说公家人,多指官府差役或地方保正。唐长孙无忌等《唐律疏议·捕亡》:"本罪不合囚禁,枉被官人禁留,虽即逃亡,不合与囚亡之罪。"清刘鹗《老残游记》第二十回:"幸亏许大身边还有几两银子,拿出来打点了官人,倒也未曾吃苦。"

官司/官词

前年县里老爷赏了我一名差,单管押女人的官词;闲时与人家说宗媒儿,讨几个喜钱,好过着这穷日子哩。今日午堂,我还要带一起女官词上堂,忙的要不的。(上十二)

薛婆道:"不好了,老爷将近坐午堂,我还要押官司上堂哩,我去罢,奶奶自己打算打算。"(十三)

小女人如今老了,不当官媒婆了。这官差是第四巷老韩家顶着哩,县上女官司,都是他押的。(九十三)

【官司】指人犯。"女人的官词(司)"即"女官司(词)",也就是在押的女案犯。这一意义当是从"诉讼"引申来的。这种意义的"官司",上图本均作"官词",义同。清姜廷铭《保德州志·艺文志》载高冈凤《劝民歌》:"劝尔民,勿刁顽。大事小事莫告官,会打官词也使钱。"

官燕

少有一点不至诚的人,官礼使费,用了一两,账上写上二两;香蕈一包,开上官燕一匣;乌绫三尺,开上摹本半匹;宅门茶房门包赏钱,随意开销,不曾见财主到衙门内去照验。(六十九)

不多一时,摆上席来。上了一碗官燕,观察只顾商量办赈事宜,不曾看见。(九十四)

睡到将近五更,忽听院内一片嚷声,只听店小二说:"八两银算那一样儿罢,江瑶柱,沙鱼翅,好官燕碟子,够那一样儿钱?"(一百〇一)

【官燕】色洁白无杂质的燕窝。清吴震方《岭南杂记》下卷："燕窝有数种,白者名官燕。斯之丝缕如细银鱼,洁白可爱,黄色者次之,中有红者名血燕……能治血痢。"清徐珂《清稗类钞·饮食类·燕窝》:"燕窝……有红、白、黑三色,红色最难得,益于小儿痘疹。色洁白者谓之官燕,能愈痰疾。"

管许

这个好孩子,迟二三年扎起头来,便值百几十两。你老人家若肯卖与人家做小时,我还来说媒,管许一百二十两。(十三)

端砚与端砚不同,你没看上面有年月款识,是宋神宗赐王安礼的。当日是十两银买的。你只管当去,管许只多不少。(四十二)

这个吉星,分明就应在邓老爷身上。管许你这场官司,有吉无凶。你若不信,事后才服我的高见哩。(五十二)

【管许】保管,十分有把握。明佚名《演禽通纂·吞啖歌》:"嘴火猴猿心月狐,斗木獬共氐合虚。若逢娄狗来相遇,管许其人死罹诛。"清李世忠《梨园集成·因果报》第四段:"吹口气顷刻间改头换面,出家人少不得去见权奸。管许他万千人看不破眼,有谁人参透这殿下机关。""管许只多不少""管许你这场官司"之"管许",上图本作"管情",义同。

光昌

这县主,正是董主簿超升的。缘程公已升任昌平州而去,抚宪将董主簿提署。虽部复未下,但这一番掌印,比不得前一番摄篆,仅仅奉行文移。此番气象便分外光昌起来。(五十一)

【光昌】光明昌盛。多指人的精神饱满、光彩照人,或事物的情状态势明朗宏盛。清阿克敦《圣驾亲诣太学大礼庆成颂并序》:"臣目睹皇风之翔洽,躬逢至治之光昌;拟议无穷,形容莫罄。"清鄂尔泰《鄂尔泰奏稿》:"不但臣身体强健,精力倍增,即随从二百余人并无一人疾病,而人情和悦,气象光昌。"

光打光

大哥若失了肥业厚产,与我一样儿光打光,揭账揭不出来,他们怕大哥做什么?(八十四)

【光打光】原指赤身裸体,一丝不挂。借指贫穷至极,一无所有。明陈汝元《金莲记》第四出:"〔章〕禅师既然不罪,我要个上头光。〔黄〕削发除烦恼,却不是上头光。〔章〕我要个下头光。〔黄〕江边赤脚僧,却不是下头光。〔章〕我要个中间光。〔黄〕裸体坐松风,却不是中间光。〔章〕我要个光打光。"清朱素臣《十五贯》第九出:"昨日将棉袄脱下来,当了五百文,指望翻本。骰子没眼睛,几掷幺二三,输得光打光。"

广锡

东边一张方桌,一个神龛,挂着红绸小幔子,也不知是什么神。但见列着广锡方炉,两个方花瓶,一对火烛台盘,俱有二尺高,一个小铜磬儿,放着碎帛编的磬锤。(七)

到启行之日,宋云岫来。跟的人提两把宽底广锡茶壶,说到轿内解渴便宜,省的忽上忽下。(十)

这卦姑子一发恼了,大拍窗棂而去。又到厨房,叫赵大儿烧茶吃。赵大儿方欲应允,提了一把广锡壶儿下茶叶,卦姑子道:"我有茶叶。"接锡壶在手,扬长出门而去。(四十七)

【广锡】旧时广东、广西盛产锡且质量上乘,世称"广锡",因而,一般的锡器也冠以"广锡"之名。明方以智《物理小识·铜矿》:"矾硝等药制炼为青铜,广锡参和为响铜(铜八、广锡二)。"清雍正九年刻本《广东通志·物产志》:"大抵广东地不产铜,而广锡、广铁甲于天下,贸易金银。今广锡多从广西贺县而来,其广东长乐、兴宁、河源、永安亦皆产之。"

滚

前五六年头里,黄河往南一滚,把他哥的地都成了河身,他哥也气的病死了。(五)

十年前黄河南徙,把胡家村滚作沙滩。胡其所日子难过,遂把所捆载书籍翻阅演习起来。(六十一)

【滚】原意是翻滚、翻转,引申指河水改道,河床移迁。清光绪十七刻本《陕州直隶州志·建置志·陕州》:"当年城崖南距河身尚有四十余丈,自河势北滚,坍塌直至城下根基,出门即是河滩,城基高居崖上,危如累卵矣。"民国二十二年(1933年)刊本《孟县志·人物志下》:"光绪初,黄河北滚,县西沿河一带田产塌没者无数。"

滚算

日积月累,渐渐的息比本大,待他想起来时,便平不下这坑了。少不得找利息留本钱,胡乱的医治起来。咱便坐收其利,川流不息了。咱又不曾得靠他,他又不能说咱滚算。(六十六)

夏鼎道:"息上加息,是滚算盘剥违禁取利的罪名。听说京城放官利债,三个月一算,专门剥取做官的银子。若是犯了,朝廷治罪。"(八十四)

黄昏吃夜酒,说起这一宗官利债,三个月一滚算,作官的都是求之不得,还要央人拉纤的。(八十四)

【滚算】把利息打入本金再计算利息。"三个月一滚算",就是三个月一个周期,把利息算入本金来计利息。清曹去晶《姑妄言》第十四回:"人若不来还,他也不催,穷人家见债主不紧,乐得且捱,不想数年后,被他本利滚算,房地人口都属了他,真是个为富不仁,杀穷人做富汉的恶物。"清黄六鸿《福惠全书·保甲·严禁赌博》:"某人输,彼为垫钱起发,还则重利滚算。"

锅口

老妪道:"这四五天,他何尝到家吊个影儿。家中米没米,柴没柴,不知他上那去了。"只听院里,像是少妇声音,说道:"叫他去汤驴的锅口上问信去。"(二十五)

虎镇邦看见局阵宽敞,正是宰杀浮浪子弟的好锅口。(六十四)

夏逢若道:"你看北边那一块火,又是那里呢?"苏拐子道:"那是教门里回子杀牛锅口上火。"(七十)

【锅口】大锅。明徐昌治《昭代芳摹·光宗贞皇帝》:"一应军中箱棚帐锅口斧镬绳钉之类,已檄诸将秘办停当。"清贺长龄辑《皇朝经世文编·兵政四·设腰站议》:"法宜于本站适中之地,或赁民房店宇,有隙地可以牧晾马匹之处设为腰站,安置槽枥、锅口、草料、晾桩等项。"特指屠宰牲畜时烧水用的大锅,也指屠户或屠场。李朝群《一个老西藏的故事》第二章:"牛是个很好的劳动帮手,喂了好几年,不忍心将它卖到锅口上。""杀牛锅口上火",上图本作"牛肉锅上火"。

国项

至于交代盘查,案件未结止者,催科未完缴者,国项未完足者,旧令无一毫欺饰,新令受过藩司嘱咐,五日之内,即出具印结。(一百〇六)

【国项】公款,国库里的银钱。项:款项,特指帑项。本书第八十一回:"绍闻道:'这修理衙门,你不说在布政司库中领有帑项,难说不发与百姓物料钱、车价、工价么?'"又同上:"绍闻是经过官司的人,本来怯官,又怕把盛希侨给的银子,再赔垫了官项,急向夏鼎道:'这该怎的处?'""官项"与"国项"义同。

国学

我来说一宗戏。柳树巷田宅贺国学,要写这戏,出银十五两。掌班的不敢当家,等你一句话儿。说停当了,后日去唱去。(二十三)

刘守斋名叫刘用约,因做了国学,挂帐竖匾,街坊送了一个台表,就叫起刘守斋。(三十四)

【国学】指国子监,隋至清代的国家教育管理机构和最高学府。明陆人龙《型世言》第十二回:"一个国学,弄得灯火彻夜。英国公闻得他规矩整饬,特请旨带侯伯们到国子监听讲,李祭酒着监生把'四书''五经'各讲一章,留宴。"入国子监做监生也称之为"国学"。"做了国学"就是成了国子监监生。

果然

(一)

(中有)说道:"初七日才芒种,尚属四月生人。这便无子午相冲;冲则主破伤。我前此看你的面相团聚,料无破损八字,今竟果然。"(八)

盖人道尽人而具,欲心尽人而有,一加于君子之身,辨白不得;人口如风,俱是以己度人,一传十,十传百,真如果然一般,而本人尚不知也。(五十六)

不是我一定要多说,就作你老有少心,真正果然的很。你看堂楼哩说的话,叫人好不难受,登时把两三个月小孩子,做了家主,别人该赶出去。(六十七)

【果然】 确然无疑,真确。宋朱熹《文公易说》卷二十:"严州王君仪能以《易》言祸福,其术略如徐复、林瑀之说,以一卦直一年。尝言绍兴壬戌太母当还,其后果然。"明张大复《醉菩提传奇·托募》:"〔生〕咳,我曾说过十万金钱并不短少。〔末〕果然。〔生〕真个。〔末〕若果然,真真活菩萨了!请上受老僧三拜之礼。"

(二)

因命班役,另寻一处清净房宇,到第三日搬运迁移。果然在悯忠寺后街上有一处宅院,第一好处两邻紧密,不怕偷儿生心,这便是客边栖身最为上吉要着。(七)

希侨尝了尝,骂道:"这是前日东街的送来一坛南酒,我说不中吃,偏偏你们要拿来亵渎客。你们这些狗攮的,单管惹人的气!快换了咱家新做的'石冻春'来。"果然又换了酒。(十五)

(窦丛)看见儿子正低着头掷的火热,且耳朵内又有一百三十两的话儿,果然怒从心上起,恶向胆边生,不由分说,望着儿子劈头就是一棍。(五十一)

【果然】 表示承接,指由前面事情引发或者导致的结果,可以理解为"结果(就)",与表示果真如此、指事实和原来的预料相同的"果然"意义不一样。

过烟楼

张正心道:"贤弟并不曾修下'过烟楼',叫这贤侄也没什么去撞,将来是绳厥祖武的人。现在县里小考,就该与他投本卷子。那箕初二字也好像是个表字,不像个名子。不如改名绳祖,以存灵宝公待后之意。"(八十七)

【过烟楼】也叫烟楼,即烟囱。宋胡继宗《书言故事·子孙》:"烟楼,灶上烟窗也,言子过父,犹如跨灶撞破烟楼也。"本书第八十七回:"张正心道:'呸!那张绳祖是个什么东西,那才是"撞破烟楼"的人。昨日泥水匠还寻家伯,说张宅要拆楼卖砖瓦椽檀,叫家伯买。家伯听的,只是咳了几声,难过的了不得。'"

过载行

原来巴庚,是个开酒馆的。借卖酒为名,专一窝娼,图这宗肥房租;开赌,图这宗肥头钱。钱可仰开了一个过客店,安寓仕商;又是过载行,包写各省车辆。(五十)

【过载行】专门经营运输业的商行,负责把商客的货物运发到各地以赢利。载:指车船等运输工具所装载的货物。元郑廷玉《宋上皇御断金凤钗》第三折:"问甚乘船跨海,管甚推车搬儎。""儎"同"载"。清李星沅《审拟纠抢拒捕各犯折子》:"犯案夏朝珍即夏维周,籍隶江浦,由廪生捐监,以吴德大出名,在浦口镇开张过载行。"有的地方叫"高脚柜"。民国二十二年(1933年)刊本《孟县志·社会志·商业》:"按孟境商业,清光宣间尚有票号三家,当典三家,总盐店一家,钱店三家,高脚柜(原注:即过载行,代客雇脚转运者)三家。"

过早

又一日早晨,到赵州桥,坐在饭铺过早。对门一座画铺,画的是张果老骑驴过桥……三人用了早膳,来看张果老驴蹄迹、鲁班手掌印儿。(一百〇一)

【过早】吃早饭。清慵讷居士《咫闻录·阴鹭地》:"自思昨晚宿而食,心已不安,兹晨不可再在此过早也。遂出门进饭肆食之,再来作谢。"现在除信阳一些地方外,河南其他地方已经很少有人这么说了。

海底泡

走不上十五里,肩已压的酸困,脚下已有了海底泡。只得倒坐在一座破庙门下歇了。……二人同坐一会,那人仔细端相了绍闻,开口说道:"相公呀,我看你是走不动的光景,是也不是。"谭绍闻道:"脚下已起泡了,委实难挨。"(四十四)

【海底泡】行走时因摩擦而导致脚底起的水泡,即脚泡,也叫足底泡、脚底泡。河南话叫"海底泡"。

害

天冷了,他还不回来。戏娃子害冷,借了谭绍闻一百四十九两四钱八分银子,买衣服——(三十一)

滑氏道:"还有一句话,我本不该牙寒齿冷的说,咱既成了亲戚,我一发说了罢。剩下的学课,爽快交与我……省的到他们弟兄们手里,零星去了。这话我说出害口羞,只是咱如今是亲戚,一发瞒不的。"(四十)

正在书斋中徘徊,打算适情遣怀之资,只见乌龟拿伞穿皮靴进来,说道:"谭爷不害心焦么?还独自一个在此纳闷。"(五十七)

【害】怕,嫌,感觉(不适、不舒服)。元张国宾《相国寺公孙合汗衫》第二折:"〔正末云〕我咬你这一口儿,你害疼呵。想着俺两口儿从那水扑花儿里,抬举的你成人长大,你今日生各支的撇了俺去呵,你道你疼,俺两口儿更疼哩!"《醒世姻缘传》第八回:"那海会师傅他有头发,不害晒的慌。"河南驻马店一带人常用"不害赖"表示不怕羞的意思。

憨瓜

满相公道:"您这些读书的憨瓜,出了门,除非是坐到车上,坐到轿里,人是尊敬的;其余若是住到店里,走到路上,都是供人戏玩摆布的。"(四

十四)

倘是你借端想再讹诈几两,你便真没一点人气哩。你再不用提这一嘴话。这些话只好哄谭贤弟那憨瓜,能哄得过我么?(五十)

自从搬到这里,眼见得是个好营运,几家子小憨瓜,却也还上手。偏偏杨三瞎子把管九打了,那管小九虽说当下和处,其实他何尝受过这没趣?(五十六)

【憨瓜】等于说"傻瓜"。清蒲松龄《增补幸云曲》第二十一回:"万岁爷会装憨,叫王龙你听言……那王龙鼓掌大笑道:'庄家不识木梨,好一个香瓜!'万岁自思:'作死的王龙,真果拿着我当个憨瓜。'"张锋主编《中国民间故事丛书·河南南阳镇平卷·野鸡脖的传说》:"王家是富豪大家,二子一女都不太能,大儿子简直是一个憨瓜。"

憨实

我酌度再三,不能以上京。一者家伯春秋已高,举动需人,家边内里不和,诸事我心里萦记;二来舍弟太小,家伯母照顾不到,舍弟生母憨实些,我也着实挂心。(九十九)

【憨实】憨厚老实。王宝成《喜鹊泪》:"'你说罢。'双锁憨实地笑了笑,刚一接触到对方的目光,羞得赶紧又把头低下。"贾平凹《浮躁》第十三章:"她终于顿悟到了她自己失去了金狗,并不是金狗遗弃了她,她就要在现在从另一个男人,她并不看重的憨实的蠢笨的丑陋的福运身上补回自己的过失。"

憨水

张绳祖道:"你就是一时着急,该寻别个与你周章……为甚的低三下四,向这些家人孩子口底下讨憨水吃?况且你将来少了他们一个字脚儿么?"(三十三)

盛希侨道:"呸,你还胡乱教儿子罢,不必上人家衙门嘴唇下求憨水。你上的好济宁,如今置了几顷地,买了几处市房呢?你对我说。"(八十六)

【憨水】涎水,口水。符春绿《叶县人文历史钩沉·叶县方言土语锦集》:"憨水:口水。涎水。"清曹去晶《姑妄言》第十一回:"形状痴痴蠢蠢,倒也还不十分丑恶。却两管鼻涕大长的拖在口唇上,口吻边不住淌憨水。"现在河南不少地方还把口水叫"憨水"。

憨头狼

但夏逢若生的聪明,言词便捷,想头奇巧,专一在这大门楼里边,衙门里边,串通走动。赚了钱时,养活萱堂、荆室。这一日,正遇着这三位憨头狼,早合了那日晚上打算。(十八)

争乃这样人,下愚不移,心中打算另置一处房屋,招两个出色标致的娼妓,好引诱城内一起儿憨头狼子弟赌博,每日开场放赌,抽一股头钱,就够母妻三口儿肥肥的过活。(五十三)

盛希侨笑道:"我去虎豹,贤弟也去豺狼一回,好趁场儿。"夏鼎道:"我只算一只豺,狼是谭贤弟占了。人人都说他是个憨头狼。"(八十四)

【憨头狼】指愚蠢的人、大傻瓜。词语唐五代时就有。张锡厚《全敦煌诗》卷六十七《无名氏诗四首》之二:"学郎汉□郭会昌,看看一似憨头狼。"也作"憨头郎"。清蒲松龄《寒森曲》第六回:"那鬼说:'我没有大号,有一个名是憨头郎。'"王兆仪编《陕北区域方言选释》:"憨头郎儿:hān táu lóngr,①喻指傻子或头脑不精明的人:人家都精得不说话,你这憨头狼儿则把实情直说完。"憨头,即傻瓜、蠢货。本书第六十四回:"单讲夏逢若寻着虎镇邦,商量在谭宅共开赌场,好吃那城中丢体面的顽皮秀才,少管教的憨头公子,没主意的游荡小商,有智谋的发财书办这宗美项。"

憨砖

貂鼠皮道:"憨砖!你到那里也装个不喜欢腔儿,只说你家哭的了不成。再对你说句要紧话,他不来,你休走。"(五十七)

【憨砖】等于说不通一点窍的十足的傻瓜。现在河南一些地方还有这种说法。

寒脸

盛希侨道:"就兑上老婆孩子。你掷上一个快,就把银子拿的走,我不

寒寒脸儿;你掷上一个叉,是孩子给我伺候十年客,是老婆给我做上十年饭。"(六十九)

【寒脸】谓脸上呈现出畏惧退缩的神情。"寒"有畏惧的意思,《新唐书·席豫传》:"乃上疏请立皇太子,语深切,人为寒惧。""寒惧"同义连文。"不寒寒脸儿"意思是说脸上毫无惧色。董尧、赵杰《黄河故道人家·官姑夫李老庭》:"要是共产党有王法说单干得杀头,我一定把脖子伸得长长的,等着你把刀磨快,省得到时候锩了刃!缩缩脖子寒寒脸儿都是大闺女养的!"

汉仗

(老者)又问:"当年府学秀才,大汉仗,极好品格,耳后有一片朱砂记儿,是谭哥什么人?"(二)

这位头脑,汉仗太大,我见了就要热起来,不住的出汗。请到下边躲躲,我这里有人伺候。(六十九)

娄潜斋笑道:"这个像是双庆,长的竟成大汉仗了。"(八十)

【汉仗】指身量、个头。一般指男子。清梁章钜《退庵随笔》卷十三:"选将之法,与选士不同,智勇固所在先,而汉仗亦须兼顾。"清文康《儿女英雄传》第十五回:"放着你这样一个汉仗,这样一分臂力,去考武不好?"例中"汉仗"都指人的身量、个头。现在河南一些地方还这么说,如:"你二爷我见过,大汉仗,能吃能干。""他不仿他伯,没恁大汉仗。"

汗气

绍闻道:"我去时,已唱了半截。只见一丑一旦,在那里打杂。人多,挤的慌,又热又汗气,也隔哩远。听说是《二下邳江》,我就回来了。"(二十一)

【汗气】"汗气"原指出汗时散发出的难闻气味。唐王焘《外台秘要方》卷三引《养生方》"导引法"云:"清旦初起,以左右手交互从头上挽两耳,举,又引鬓发,即流通,令头不白,耳不聋。又摩手掌令热,以摩面,从上下二七止,去汗气,令面有光。"用作形容词,指汗臭味很重。

旱

喝了晚汤,张绳祖说道:"再不赌牌了,只是输,要弄色子哩,只是旱了新客。"逢若道:"正妙。谭贤弟会了牌,不会色子,只算'单鞭救主'。爽快今晚再学会掷。"(二十四)

【旱】冷落,晾在一边不予理睬。《金瓶梅词话》第六十八回:"伯爵道:'你每说的只情说,把俺每这里只顾旱着,不说来递钟酒,也唱个儿与俺听——俺每起身去罢!'"于霰夫《草根》第三篇:"俺醉了倒没事,你要是喝过了头那就麻烦了,你睡不了春子,把她旱着,她还不拿剪子铰了你那个?"

行款

欲待再邀隆吉上学,这隆吉已打扮成小客商行款,弄成市井派头;况王春宇每年又吃了十二两劳金,省的央人上账,也是不肯叫来的。(十三)

【行款(háng—)】原指文字书写的顺序和排列的形式,包括字序和行序。明王世贞《答李驹书》之一:"梓法依《献吉集》行款大小,得二十四卷。"比喻作某种标准或规格,《金瓶梅词话》第三十一回:"伯爵道:'这个有甚行款,我们怎么估得出来。'"引申为某种派头或行为方式。

行户

谭绍闻不晓得路上觅脚力、雇车船要同埠头行户,觅人捎行李,也要同个饭馆茶肆才无差错。(四十四)

【行户(háng—)】掮客,经纪人,即牙子、牙人。符春绿《叶县人文历史钩沉·叶县方言土语锦集》:"行户:经纪人。"民权县地方史志编纂委员会《民权县志·方言·词汇》:"行户:交易员。"清张我观《覆瓮集·严禁奸牙霸棍等事》:"即如各牙行户,每年例收牙帖而外,本县日用淡泊自甘,固无所取。"付春杨《清代工商业纠纷与裁判——以巴县档案为视点·行户资格取得及其权义》:"行户有官牙、私牙,官牙须由官府认可,发给执照。"

薅毛子孙

却说王象荩与主母说话,绍闻为甚的一声也不言语?总因自己做了薅毛子孙,一心只怕母亲与王象荩提起坟树两个字,所以一辞不敢轻发。(八十二)

【薅毛子孙】旧时富家子孙穷困潦倒后,很多人打先人的主意,以至于靠卖祖先坟茔中的树木来济急。于是,民间把这类人讥之为"薅毛子孙"。"薅毛"喻指刨去祖坟上的大树。本书第八十一回:"争乃君子不斩丘木,到了不肖子孙,连祖宗坟头翎毛,都薅而拔之矣。""毛"即"坟头翎毛"。

好过

(一)

滑玉道:"姐姐呀,你见哩极是。像咱三叔跟咱爹分开时,咱三叔就好过,咱就穷。"滑氏道:"可说啥哩。"滑玉道:"咱三叔好过,都说是有好丈人家帮凑他哩。"(四十)

只是至今以后,我再不敢往那街走了,只要你细细打探,那看俺老婆的智老头走也不走;他走了,咱就好过,他不走,我也没福。(五十六)

我如今与舍弟分开,这弟兄们是八仙过海,各显神通。我叫舍弟看看我的过法。……叫他看看我每日大风大浪,却还要好过。(六十九)

【好过】日子过得顺心,无难处,常指家境富裕。《醒世姻缘传》第五十一回:"程谟驳了三招,问了死罪,坐在监中,成了监霸,倒比做光棍的时候好过。"曹禺《北京人》第一幕:"她的家里如今倒是十分地好过。"

(二)

孔耘轩起来剔灯,娄潜斋也起来,口中念道:"物在人亡无见期。"孔耘轩道:"心中不好过的很。天已多半夜,咱也睡不成了。"(十二)

绍闻道:"可怜那圣人书上,我省的书,句句说着我的病痛。圣人何尝

与我有仇来,省一句,一句为敌,不如不省的,还好过些。所以不敢多讲。"(八十六)

【好过】好受,舒畅,与"难过"相对。清李百川《绿野仙踪》第八十二回:"蕙娘道:'一夜不见面,不知怎么心上不好过,我昨日已领教过了。'"

喝晚汤

到日落时,偏偏的绍闻赢够五六千……喝了晚汤,张绳祖道:"再不赌牌了,只是输,要弄色子哩,只是旱了新客。"(二十四)

【喝晚汤】犹言吃晚饭。中原一带旧时一日两顿正餐。一顿在上午九时左右,叫饭时饭;一顿在下午两点左右,叫晌午饭。此外晚上上灯后加一餐稀饭,即所谓的"汤"。清嘉庆二十二年刻本《密县志·风土志·方言》:"晚饭曰喝汤哩。"民国二十二年(1933年)刊本《孟县志·社会·方言》:"晚饭曰喝汤。"本书第五十三回:"到了晚上,老樊送的汤来,邓祥将马房屋里灯送来一盏。"此"汤"就是晚饭。所以晚饭无论吃什么,习惯上都叫作"喝汤",黄昏以后见面时的问候语常常是:"喝汤了没有?"

合板

滑氏道:"那睡不着,也是由不的人。真正咱们当这内边家是了不成的,没头说去。"真正两个说的如蜜似油,好不合板。(四十)

【合板】本指演奏时乐器与板所表示的节奏相一致。明王世贞《艺苑卮言》卷五:"薛君采如宋人叶玉,几夺天巧;又如倩女临池,疏花独笑。胡孝思如骄儿郎爱吴音,兴到即讴,不必合板。"比喻意气相投,想法一致。也可以说成"合板眼"。参见见"合板眼"条。

合板眼

(孝移)少时又说道:"好!好!"王氏疑心道:"又是什么事儿,合了你心窝里板眼,这样夸奖?"(四)

谭绍闻道:"你说的也是,就请这几位老人家。我写成帖束,你就逐门送去。"这句话正合了王象荩的板眼。(六十二)

想是古人将死时，先请下一个好阴阳先生，拣定了下葬吉日，然后商量好这易箦之期，好去病故么？若不然死的不合板眼，定怕子孙贫贱时，埋怨祖宗死的不成化命。(六十二)

【合板眼】 戏曲音乐中的节拍，每小节中最强的拍子叫"板"，其余的叫"眼"。与节拍相合叫"合板眼"。本书第二十二回："逢若哼哼的接着腔儿，用箸敲着碟子，却也合板眼。"比喻想法、心思相契合，相一致。《金瓶梅词话》第六十八回："这西门庆听了，见粉头所事合着他的板眼，亦发欢喜。"

合户

（一）

女儿生得略有才智，便硬说"俺这姐儿，是合户中第一个有道理有本领的姑娘"。(八十五)

【合户】 合家，合门，整个家族。清谷应泰《明史纪事本末》卷七十七："庚午，献忠、汝才合兵陷随州，知州徐世淳死之，合户被杀，吏民屠戮不遗，血流成沟浍。"也写作"阖户"。清顺治十六年刻本《卫辉府志·杂志·积储议》："但今灾伤重，大小民饥馑，且瘟疫传染，阖户沿门死者相踵。"

（二）

他如今央邻居朋友说，一定要与我合户。我不依，我说我是个匪人，把家业董破了些，你全全一份子，合什么哩。万一合二年再要分开，这才是开封府添出一宗大笑话。我断断不合户。(八十六)

【合户】 已经分开单过的家庭重新合起来过日子。宋窦仪《刑统·户婚律·相冒合户》："又云：'即于法应别立户而不听别、应合户而不听合者，主司杖一百。'议曰：应别，谓父母终亡，服纪已阕，兄弟欲别者；应合户，谓流离失乡，父子异贯，依令合户而主司不听者，各合杖一百。"现在河南一些地方，家里遇有婚丧嫁娶的大事，同族近门的几家都过来帮忙，吃住在一起，也叫"合户"。这个意思是引申义。

合气

希侨道:"这就是了。要之,咱三个人,也就够了。久后遇见合气的,再续上也不迟。你且说结拜定于何日,我好送帖相请。"(十五)

【合气】旨趣相同,意气投合。清和邦额《夜谭随录·高参领》:"高访之,相与较谈,言多不合气,复不相下。"二月河《雍正皇帝》第十七回:"康熙原也知道他们间有不合气的,原想不过为有的受信用,有的没差使,互相不服。不料竟是事关国策,旗鼓鲜明冰炭不能同炉!"

合子拐弯儿利钱

到了天津,谁知伙计们大发财源。买了海船上八千两的货,不知海船今年有什么阻隔,再没有第二只上来,咱屯下的货,竟成独分儿,卖了个合子拐弯儿利钱。昨伙计算了一算,共长了一万三千五百二十七两九钱四分八厘。(十)

【合子拐弯儿利钱】旧时把本利相侔即对半利钱叫"合子钱"或者"合子利钱"。元秦简夫《东堂老劝破家子弟》第一折:"等我卖了做本钱,您孩儿各扎邦便觅个合子钱儿。"《醒世姻缘传》第三十三回:"买了来,叫解匠锯成薄板,叫木匠合了棺材,卖与小户贫家,殡埋亡者,人说有合子利钱。""合子"也称"对合""对合子"。《醒世恒言·徐老仆义愤成家》:"正遇在缺漆之时,见他的货到,犹如宝贝一般,不勾三日,卖个干净,一色都是见钱,并无一毫赊账,除去盘缠使用,足足赚对合有余。""拐弯儿"等于说多出,有余。"合子拐弯儿利钱"与"对合有余"意思一样,就是比合子利还要多些的利钱。

和处

一遭打怕了,再遭还要敬咱们。你放心,这样公子性儿,个个都是老鼠胆。管保时刻就和处了,你只听他们句句叫哥罢。(五十四)

自从搬到这里,眼见得是个好营运,几家子小憨瓜,却也还上手。偏偏杨三瞎子把管九打了,那管小九虽说当下和处,其实他何尝受过这没趣?

(五十六)

盛希侨道:"我昨日已处明了。这种事若请人和处,不说我的亲戚都隔省,就是央本城朋友街坊,我就羞死了。"(七十一)

【和处】和解,和好。处:相处,相与。《醒世姻缘传》第三十五回:"众人叫汪为露出了三两贿赂,备了一桌东道,央出无耻的教官闵善请了程乐宇去,确要与他和处。"清王彦威《西巡大事记·河南巡抚于荫霖电信》:"辉县境,夏间仅有民阻汲水之事,早已民教自行和处,余未滋事。"

核桃枣一例儿数

盛希侨道:"……呸!狗杀才,吃人吃的眼红了,核桃、枣,一例儿数起来。这是我的盟弟,要不是我知道,你把他囮住了。前后事他已对我说明。呸!你全是不货!"(二十七)

【核桃枣一例儿数】核桃和枣不拣区别地数起来。比喻把不同的人或事不加区分地一样看待。上图本作"核桃蚤一例儿数"。也说"枣儿核桃一例数"。民国二十年(1931年)铅印本《安东县志·歌谚》:"枣儿核桃一例数,言优劣不分也。"这种意思,现在河南方言多说成"核桃枣儿一例(儿)查"。查,也是数的意思。政协新郑市委员会《新郑文史资料第9辑·刘致中智斗蹦跶》:"谁家卖个牲口,谁家当的地人家回了,都有被起票和遭抢劫的危险。真是户不论穷富,人无分善恶,核桃、枣一例查。"

盒/盒儿/盒子

又一日,有两个人抬了架漆盒儿进门,王中告于家主。揭开盒儿一看,无非是鸡、鸭、鱼、兔,水菜之类。(二)

范姑子方晓得,食盒也是盛宅的。抬盒人去了,范姑子与徒弟揭开看时,原是一桌全席,茶皿酒具箸匙俱全。(十六)

张正心遵命,命老仆拿两千钱,不多一时,赁了一架盒子,水礼已备。(六十八)

【盒】特指盛礼品的盒子,用以盛放食品、食具或其他礼物。也说"盒儿""盒子"。《金瓶梅》第七十八回:"不一时,秋菊用盒儿掇着菜儿,绣春提了一锡壶金华酒来。"《醒世姻缘传》第二十一回:"晁夫人都把他们送粥米的盒子里边满满的妆了点心肉菜之类。"

盒酒

话说谭孝移自丹徒回来,邻舍街坊,无不欢喜,有送盒酒接风的,有送碟酌洗尘的,也有空来望望的。(二)

却说谭孝移黄河已渡,夜宿晓行。过邺郡,历邢台,涉滹沱,经范阳,到良乡住下。收了一个长班,手本上开张升名子,就店内送了盒酒,磕下头去。(七)

谭绍闻定期辞署上省。这城乡百姓连夜做万民伞,至日盒酒摆了四五里,父老子弟遮道攀辕,不忍叫去。(一百〇六)

【盒酒】就是果盒酒肴。"盒"指盛放菜肴果品的果盒或食盒。元贾仲明《吕洞宾杨柳升仙梦》第二折:"〔李云〕员外,既然柳景阳相请,咱再安排茶饭果盒酒肴,回敬与他。"《醒世姻缘传》第六十九回:"宋魁吾治了盒酒,预先在那里等候与众人接顶。这些妇女一齐下了轿子,男女混杂的,把那混帐攒盒,酸薄时酒,登时吃的风卷残云。"

黑底里

皂役道:"狗忘八禽的,少要撒野!今晚老爷还回不来哩。我给你一个地方儿,黑底里休要叫爷叫奶奶聒人。小姚兄弟,先把这两个费油盐的押到班房去。"(三十)

【黑底里】原指黑暗处、夜色中。字多写作"黑地里"。《水浒传》第五回:"那大王推开房门,见里面黑洞洞地。大王道:'你看我那丈人是个做家的人,房里也不点碗灯,由我那夫人黑地里坐地。明日叫小喽啰山寨里扛一桶好油来与他点。'"《醒世姻缘传》第六十回:"相于廷黑地里摸将出来,对了素姐的脸,悄悄说道:'孝子是不敢进房的,你自己往屋里挨疼去罢。'"引申指晚上、夜间。清乾隆三十一年刻本《新安县志·风土志·方言》:"夜曰黑地。"清嘉庆二十二年刻本《密县志·风土志·方言》:"夜曰黑地哩。"现在河南不少地方把夜晚叫"黑地"或"黑地里"。

黑丧

那不曾妆扮的,架子上卸纱帽,摘胡子,取鬼脸,扯虎皮,衣服那顾得叠,锣鼓那顾得套,俱胡乱塞在箱筒里面。抬的抬,背的背。巡绰官犹觉戏主怠慢,只顾黑丧着脸督促,好一个煞风景也。(九十五)

【黑丧】严厉地绷着(脸),板着(脸)。也指给人脸色看。赵树理《登记》一:"张木匠拿上这件得劲的家伙,黑丧着脸从他妈的房子里走出来,回到自己的房里去。"李準《白杨树》:"守贵老头儿黑丧着脸说:'就你会给他吹!满共给他拉了二十七小车,我早就数过了。'"现在河南不少地方仍有这种说法。

黑汁白汗

惠养民道:"你说这也有点傍墨儿。但只是咱欠人家四十多两行息银子,俱是我埋前头的带娶你花消哩。咱哥地里一回,园里一回,黑汁白汗挣个不足,才还了一半,还欠人家二十五两。"(三十九)

【黑汁白汗】指劳动流出的汗水。形容劳作十分辛苦。李準《孟广泰老头》:"这不比从前,给地主顶地,黑汁白汗干一年,到末了粮食都叫他扛走了。"黑汁,等于说"黑汗",指因干脏活重活流淌的汗水,所以也说"黑汗白汗"。李準《不能走那条路》:"他又想起在朱家扛活时,掌柜们在大麦天,看着别人黑汗白汗干活,王老三也是摇着扇子站在一边看。""黑汗白汗"与"黑汁白汗"意思相同。

横顺

德喜道:"凭他怎的跳,也要生个法子拿得。若有车时,不拘横顺放在车上,就捞的去。又没有车,要用手拿,两挂堂帘大长,这毯子一大堆,况这两夹板灯扇子,八个架子,又怕撞坏了人家哩。你来把这几样收拾妥当,俺们情愿拿去就是。"(八十)

【横顺】等于说纵横。顺:纵直,竖(的)。民国七年(1918年)刻本《商水县志·丽藻志》载明万历十年知县张德崇《清丈地亩申文》:"其东西之区,皆以中夹直线为准,横顺成行;区如棋布,亩如栉比,庶区有定数,地有定亩矣。"萧红《看风筝》:"老人的眼泪在他的有皱纹的脸上爬,横顺的在黑暗里爬,他的眼泪变成了无数的爬虫了。"河南俗语有"不知道颠倒横顺"之说。徐玉诺《农夫贾林的死》:"他近来是有点疯症的,他天天东跑西跑,不知道寒温饥饱,不知颠倒横顺,嘴里也不知道说些什么。"参见"顺"条。

横跳黄河竖跳井

管老九那个孩子,少调失教,横跳黄河竖跳井,是任意的。(三十六)

【横跳黄河竖跳井】形容嚣张骄横、不可一世的样子。政协山东省东明县文史资料委员会编《东明文史资料第十二辑·东明地方戏曲选编·珍珠塔(第四场)》:"〔黄氏唱〕我任你横跳黄河竖跳井,拼命打架我可不让别。"还有"横跳黄河竖跳海"的说法。常杰淼《雍正剑侠图》第六回:"他弟兄两个,都是横跳黄河竖跳海,万丈高楼用脚踩,日走千家夜进百户,偷富而济贫,做了很多善举的人。"此用于褒义,谓武艺高强,敢作敢为,无人敢抵挡。

轰

(一)

妇人道:"你不叫他走,谁给你银子?"皮匠道:"我生法儿叫他家来人。"妇人道:"黑天半夜轰一屋子人,我嚣的慌。"(二十九)

老爷验尸,轰的人山人海来看。说那年轻些的拐夫和被拐女人本是奸情。(四十五)

【轰】惊动了很多人,使很多人受到惊动。

(二)

这刘守斋从祖、父殁后,自嫌身家寒微,脸面低小,专以讨些煮茗酿酒方子,烹鱼炒鸡的法儿,请客备席,网罗朋友,每日轰赌闹娼。(三十四)

昨日有新下水的,自来投充,却也好招牌儿。争乃无人走动,仍轰不起来。我心里想着,你毕竟是此道中有体面的,我虽说不通,也该还记得有个'伯乐一顾,马价十倍'的话。万望贤弟念老叟无路之人,不惜屈尊。你但一到,自然一传十,十传百,或者轰起来,我再胡吃几年饭死了,把一生完账。(七十四)

隆吉道:"你舅断断乎不依的。才自汉口回来,街坊就有此一轰,你舅不敢承当。街坊只管出约单。你舅知道了,黄昏里热了一钴酒,把我叫到账房里,说起这宗话。"(一百)

【轰】聚众哄闹,闹腾。本书第三回:"我在会上,从来没见有一个正经读书人,也没见正经有家教子弟在会上;不过是那些游手博徒,屠户酒鬼,并一班不肖子弟,在会上胡轰。"胡轰,就是胡闹腾。

轰药/烘药

(王紫泥)遂叫假李逵到了面前,一五一十说明,笑道:"炮内轰药已填满,只用你这一点儿就响。"(四十六)

这黄盖船与曹操船有一根绳儿,穿着一个烘药马子。烘药马子下带一个将军,手拿一把刀,烘药走到曹船,一刀把曹操船头砍了。又一个马子带一个将军,到许褚船上杀许褚,到张辽船上杀张辽。这两个将军,还用烘药马子带回来,到孔明七星台上献功。(上一百〇二)

【轰药】旧时用木炭屑、硫黄等制成的火药。上图本作"烘药",义同。烘:烧燎。《诗经·小雅·白华》:"樵彼桑薪,卬烘于煁。"郑玄笺:"烘,燎也。"这种火药见火即燃,所以称"烘药"。本书第七十五回:"你这话若在丹炉边,登时房子就烘了。"清乾隆三十二年刻本《续河南通志·艺文志·序跋》:"有朱呈祥者,先以多柴悬洞口,加烘药火之,贼无以存。"民国三十八年(1949年)铅印本《新纂云南通志·军制考·清代军制》:"火药局:火药为武器之要素,所需数量亦甚巨……其造药方法则用木碾,兼用石碓,制出火药分为加工药及轰药两种。"

后晌

该人家一千多两利息银子。孩子们年轻,后晌都睡了,我鸡叫时还不曾眨眼儿,谁知道呢!(上三十九)

【后响】晚上。"后响都睡了",栾校本作"晚黑都睡了",义同。《醒世姻缘传》第四十五回:"我到了厨屋里,狄周媳妇告诉说:'昨日后响,姐姐把姐夫撵出去了,关着门,自家睡哩。'"成刚《桃花满园》中篇:"夜儿后响从李望彦那里回来,马家旺就一头扎在炕上睡了,儿子走后他似乎精神头垮了。"

厚程

启行之日,绍衣又独送一份厚程,叔侄相别,挥了几行骨肉真情泪。(一)

【厚程】程:即下程,本指款待行人的酒食。清西厓《谈征·事部》"下程"条:"世谓下马饭也。夫登途曰上路,则停骖当曰下程,必有归饩以食,故有谓归饩曰下程也。"借指馈赠给行人的川资、物品。本书第九十七回:"恰恰谭绍闻此日回看阎楷,并送下程。因阎楷出门,只得回来。""送下程"即赠送川资路费。厚程,丰厚的下程。清赵士麟《读书堂集·抚浙条约·禁滥差》:"到则迎风置馆,厚程丰席;坐则盛供,乞恩求情;去则重礼送行。"

候

谢豹道:"这二位是县爷堂上捕快,往元城关口供。前月同船过渡。"卢重环道:"咱们走罢。"背了包袱,径自前行。谢豹说候二人饭钱,二人不肯。(七十二)

店饭已毕,德喜讨钱沽酒买鸡,与那谢豹等夜酌。绍闻道:"请到上房,好答今日候早饭之情。"德喜道:"俺们自便罢。大相公可以独酌。"(七十二)

【候】为别人付饭钱。清光绪七年刻本《宜阳县志·风俗志·方言》:"众人聚饮食一人出钱谓候。"老舍《茶馆》第一幕:"李三,这儿的茶钱我候啦!"周原《覆灭》四:"这时,三个挑夫从街上回来了,店掌柜候了一顿饭,双方交割了生意。"

忽

论起来各样起手歌诀,我还记得,只怕一时忽了半个字,就了不成。(六十一)

【忽】忘,忘记。《说文·心部》:"忽,忘也。"汉王符《潜夫论·叙录》:"中心时有感,援笔纪数文,字以缀愚情,财会不忽忘。""忽忘"为同义连文。现在河南方言中还有把忘记、一时想不起来说成"忽记"的。翟作正《山阳城民间故事·卢曰书的传说》:"连心肝一手拿锤,一手拿钉,把轴夹在腿裆里,钉好钉,一时忽记,寻不着了轴。连谋厚三分带气地说:'你腿裆里是啥?'"

胡轰

(一)

我在会上,从来没见有一个正经读书的人,也没见正经有家教子弟在会上;不过是那些游手博徒,屠户酒鬼,并一班不肖子弟,在会上胡轰。(三)

你只说孔耘轩今日大事,他是个有门第、有身家的,若是胡轰的人,今日之事,漫说数郡毕至,就是这本城中,也得百十席开外哩。(六)

【胡轰】胡闹腾,聚众胡闹。也作"胡哄"。《二刻拍案惊奇》卷四十:"看长灯火照天红,似俺这老苍头也大家来胡哄。"明陈有年《与姜明岳》:"大都近世讲学者,多相聚胡哄,作一场话说。"参见"轰"条。

(二)

正是太阳一照,爝火自熄。这胡轰之说,就先松后淡,渐渐的由小而至于无。(九十四)

【胡轰】没有根据的众口传扬。轰:轰(哄)传。本书第八回:"话说谭绍闻、娄朴出的学院,一时满城轰传,谭、娄两乡绅的儿子,都是十二岁就进了学,一对小秀才,好不喜人。""轰"或作"哄"。乔典运《欢天喜地》:"姐姐怕吓坏了弟弟,还是支支吾吾地说:'听说,花花病了,这可能是外人胡哄的,你回去看看吧!'"

胡赖

(一)

希侨道:"说笑话,正要人笑,怎么不叫人笑?你快说罢。"满相公道:"我说完了。"希侨道:"你没说哩。"满相公道:"我说不许你笑,你们现今笑了,那就是我的笑话儿。"希侨把满相公头上打了一下儿,笑道:"单管胡赖,也罢。该王贤弟掷。"(十七)

貂鼠皮笑道:"我前年在吹台会上,看中了一个女人,我已定下来生的夫妻。"夏逢若道:"呸!你胡赖说话,看人家耳刮子打脸!"貂鼠皮道:"他打不着我,我先没脸。"(五十六)

【胡赖】耍赖。也指无赖的作风和行为。明汤显祖《牡丹亭·闹宴》:"本院自有禁约,何处寒酸,敢来胡赖?"闫俊玲、王正豪主编《中国民间故事丛书·河南南阳邓州卷·巧断钱袋》:"州官一听,受了启发,连声说:'对,对。这钱袋暂给割草娃,去另等失主,等不来失主,本官断给你自用。二赖子另去找你的钱袋,不准胡赖。'"

(二)

这夏鼎家原是蒙头土娼,小人为他家把家业丢穷了。如今他见小人没钱,所以胡赖小人,无非欲把小人开发远离之意。(上五十九)

【胡赖】诬赖,诬枉。清李渔《连城璧》巳集:"主人家道:'有你这样呆客人!他既偷了去,难道不会换几张纸包包,写几个字混混?如今银子查出来了,随你认不认,只是不要胡赖我家小厮。'"清李渔《连城璧》酉集:"一卿要教丫鬟抬他进去,又怕醒转来,自己不晓得,反要胡赖别人;要丢他在那边,自己去睡,心上又不忍。"

糊浓

这兄弟伯侄坐下,捧来午馔,器不多而洁,品不杂而腴,全不似官场中饭,艳缛难以注目,糊浓难以充肠的那个派头。(九十五)

【糊浓(hū—)】稀软粘烂。多用于形容食物、土地。开封市饮食公司革命委员会编写小组编《开封食谱·炒桂花山药泥》:"(四)特点:糊浓,山药泥香甜。"苗培时《五月的鲜花·秋雨》:"冀南无边的大地,湿得糊浓透,下了及时雨。"河南话还说"糊浓浓"。郑州市文化局剧目组创作《金龙河水浪滔天·王大娘送饭》:"〔王大娘唱〕左等右等还不来,一会儿面条变成糊浓浓。"字或作"忽浓"。元孟汉卿《张孔目智勘摩合罗》第一折:"怎当他乞纽忽浓的泥,更和他匹丢扑搭的淤。"

糊涂汤

茅拔茹走到仪门,听的打人叫喊之声,心中想道:"人人说祥符县是个好爷,比不得俺县绰号叫做'糊涂汤'。我今番出门只怕撞见五道神了。"(三十一)

【糊涂汤】比较黏稠的糊状稀饭叫"糊涂汤",也简称"糊涂"。汤:指稀饭。柯岩《奇异的书简·追赶太阳的人四》:"河南农村有个习惯,一到饭时就好拿着馍,端着'糊涂'到饭场圪蹴着,三个一群,两个一伙,连说话带喝汤。"清坑余生《续济公传》第二百〇七回:"金丞相一听,暗暗发笑道:委实做了皇帝,就吃下糊涂汤了。这些差使倒没处再好,他偏偏还要说苦!""吃下糊涂汤了"等于说"变得糊涂了"。"糊涂汤"比喻头脑不清楚,不明道理。符春绿《叶县人文历史钩沉·叶县方言土语锦集》:"糊涂:稀饭。不清楚。"

花糕

王氏道:"你吃了饭回去,把上坟花糕捎一篮子与闺女吃。"王象荩道:"是。"及王象荩饭后走时,王氏又把来的酒壶,灌了一壶醋。王象荩手提一篮花糕,酒壶中陈醋,又喜又悲。(八十二)

【花糕】一种上面点缀有枣、栗的花瓣形的馒头。原为重阳节时民间盛行的一种食品。明刘侗、于奕正《帝京景物略·春场》:"九月九日……面饼种枣栗,其面星星然,曰花糕。糕肆标纸彩旗,曰花糕旗。父母家必迎女来食花糕。"后来成为四时常见的一种普通食品,年节祭祖、上坟扫墓也常用它作供品。现在中原一带农村仍常可见到。民国二十二年(1933年)铅印本《续安阳县志·社会志·礼俗》:"宾客来吊,具馒首、花糕、牲醴、联幛以奠亡者,出银钱以赙丧;家丧家具筵款客。"

花供

及至到致祭之日,程公先差礼房摆列猪羊花供香烛。……礼毕,程公坐在棚下,说道:"官不拜民,况是妇女。只为此妇能振纲常,乃拜纲常,非拜人也。"即刻奖赏邻翁邻妪以及收殓节妇的女人。又将猪羊花供交与保正,以为埋葬之用。(四十一)

【花供】原指摆放在佛像前的鲜花之类的供品。《徐霞客游记·西南游日记·云南》:"其室三楹,乃新辟者。前甃石为台,势甚开整,室之轩几无不精洁,佛龛花供皆极精严,而不见静主。"明伏雌教主《醋葫芦》第十二回:"妙音便将香烛、佛像、花供、纸马铺设停当,等得一行人到,即便敲钟打鼓。"后来民间把用果蔬(雕刻)、面粉(蒸制)、酥油(捏塑)等做成的仿真花卉、猪羊鸡鱼、珍禽异兽等各种供品统称为花供。

花婆/花婆子

巫翠姐道:"你一个男子汉大丈夫,买一件圈圈子,就弄下一场官司。像我当闺女时,也不知在花婆手里,买了几十串钱东西,也不觉怎的。我到明日叫花婆子孟玉楼,与我捎两件钗钏儿,看怎的!"王氏道:"咱也打造起了,花婆子从来未到过咱家,我从来不认的,何必叫他捎呢?"(五十五)

【花婆】也称"花婆子"。旧时走街串巷专门向妇女售卖花儿和钗钿珠翠首饰的女人。清南北鹖冠史者《春柳莺》第三回:"却说花婆别过石生,手提花篮,夹带诗笺,竟往毕小姐先春园来,谋为此事。"也叫"卖花婆"。《儒林外史》第五回:"想起一年到头,逢时遇节,庵里师姑送盒子,卖花婆换珠翠,弹三弦琵琶的女瞎子不离门,那一个不受他的恩惠?"旧时河南山东一些地方称之为"卖婆(儿)"。民国十六年(1927年)铅印本《济宁县志·故实略·方言》:"卖婆,女贩也。"

话说

大家又叙了些支派源流的话说,合族就在享厅上享了神惠。日落而归。(一)

这谭绍闻在盛宅吃了一个大醉,晴霞相陪,尼姑代掷,赢了两千钱……你传我添出些话说,我传你又添出些确证,不知不觉传到耘轩兄弟耳朵里。(二十)

娄朴道:"先生在馆陶捎来家书,没一次没有叫弟劝世兄一段话说。我取出书来你看。"(六十三)

【话说】话语,言语。《醒世姻缘传》第四十一回:"次日清早,魏才领了四五个人要抬那棺材去庙里寄放,亏不尽徒弟金亮公来奔丧,知道小献宝昨晚方回,汪为露的尸首半夜里被雷震碎,合成的棺材,魏才又要抬去,魏才又告讼他这些嚷骂的话说。"

话头

(一)

嵩淑笑道:"'四六'呈子做了半天,孝老还说不知道,是怕我吃润笔酒哩。"孝移见话头蹊奇,茫然不知所以。因问道:"端的是什么事?"(六)

吃了一会饱了,丢了乳穗;扭身过来,看桌上果盘,便用小指头指着,说出两个字儿的话头:"吃果。"慧娘接将过来,剥了几个松子、龙眼、瓜子儿。(三十五)

(张正心)看了前半篇,说道:"清顺的很。"看到后半本整篇,不觉夸道:"天分高的很。"及至看将完时,说:"竟是能发出议论来。话头虽嫩,理却醇正。难得!难得!"(八十七)

【话头】话语,言辞。《红楼梦》第二回:"雨村看了,因想到:'这两句话,文虽浅近,其意则深。我也曾游过些名山大刹,倒不曾见过这话头,其中想必有个翻过筋斗来的亦未可知,何不进去试试。'"

（二）

谭绍闻在赌场已久,也听出众人俱是圈套话头,只说不赌。众人见谭绍闻赌情不酽,心想酒上加力。(五十七)

希侨道:"你不说罢,他能强似我爷做过布政司么?"说着说着,车马在门,大家也一轰儿散了……王中跟着回来,悄声说道:"大相公,听见盛公子话头么?"绍闻道:"我心里何尝不明白。"(二十)

义昌号来说,财东有字,要收回生意,算账不做。两个依旧逼债,朝夕来催。催了几回,话头一层紧似一层,一句重似一句。(四十)

【话头】话音,言外之意。清文康《儿女英雄传》第三十九回:"安老爷讲到这里,不但仲、冉、公西三个听不出这句话头,便是那位名士曾瑟庵也认不清这条理路,便道:'水心先生,你这话就叫人无从索解了!'"

（三）

(孝移)择吉起程,带了德喜儿、蔡湘;吩咐王中看守门户;请阎相公商量了账目话头;又对王氏说了些家务,好好叫端福在家,总之不可少离寸地,常在眼前。(一)

(惠养民)自此"诚意正心"的话头,"井田封建"的经济,都松懈了。后来也与孔耘轩会谈两次,已兴减大半。(四十)

谭绍闻终日在家,愁闷不已,措办无术。一日,正在楼下与母亲王氏商量典当市房话头,忽听德喜儿说道:"南马道张大爷在后轩等着说一句紧话。"(六十七)

【话头】话题,谈论内容。《醒世姻缘传》第二十二回:"那晁思才又没等晁夫人说完,接着:'嫂子叫了俺来是说这个么?'又不知待要说甚么。晁无晏道:'七爷,你有话,且等三奶奶说了你再说不迟。'把晁思才的话头截住了。"

换帖子/换帖

谭绍闻道:"我们有个香头儿,换过帖子,难说他吃咱的钱,脸面上也不好看。"王中道;"大相公还说换帖的朋友么？如今世上结拜的朋友,官场上不过是势利上讲究,民间不过在酒肉上取齐。若是正经朋友,早已就不换帖了。"(三十)

是咱城里,我们五六个自幼儿相与,实实在在的是正经朋友,不是那换帖子以酒食嫁游相征逐。(九十)

谭绍闻道:"我与盛公曾有个换帖子厚谊,近日也觉少疏些,明日定扰他高酒。"(九十九)

【换帖子】也说"换帖"。结拜异姓兄弟。结拜时,要在神前焚香起誓,并交换写有姓名、年龄、籍贯、家世的柬帖,故称。清陈少海《红楼复梦》第五十六回:"你的哥哥是咱们的大伯子,你听见古今来有几个弟媳妇同大伯子换帖子的古典没有？"清文康《儿女英雄传》第二十九回:"这梅少爷是公公的门生,又合玉郎换帖,所以去年来了,公婆还叫我见过。"现在河南一些地方还称结拜的兄弟为"换帖"。

慌

薛婆道:"彼一时,此一时。彼时老太爷在时,便罢了。如今老太爷归天,你老人家也孤零的慌,不说支手垫脚,早晚做个伴儿,伏侍姑娘们,也好。"(十三)

只是我看你那个光景,着实气哩慌。咱往盛大哥那里晃晃罢。我一来好回盛大哥,说戏子走了,二来替你散散闷。(二十四)

王中道:"老兄没听的人说,是那里人？"那人道:"那个被拐的女人,像是黄河南,咱这边那一县的人。人多,挤的慌,也没听真。"(四十五)

【慌】常用在形容词和动词后,用"的(得)"或"哩"连接,表示程度深,相当于"厉害"。《西游记》第五十九回:"沙僧只叫:'脚底烙得慌！'"《醒世姻缘传》第七回:"拿到外头,叫挑箱的送了家来。人见了的,可不也都希诧的慌！"也写作"荒"。明天然痴叟《石点头》:"那些穷人,饿得荒了,没奈何收拾那道路上弃下的儿女,煮熟了救命。"现在河南话还经常这么说。

黄昏

贾李魁在夹棍眼内,疼痛难忍,只得把地藏庵范姑子怎的送信,王紫泥、

张绳祖得信怎的要酒,绍闻怎的吃醉,黄昏怎的哄赌,临明怎的写票画押,供了个和盘托出。(四十六)

白日里有客,俺在后边替你老人家帮忙。晚上人脚儿定了,内眷烧黄昏纸儿,俺才去念经,替你老人家超荐亡灵。(六十三)

(夏逢若)却望见一团明火,自城隍庙后小路迎面而来,心中忖道:"好了!好了!这一定是卖元宵汤圆担子,不则是馄饨、粉汤挑儿,黄昏做完生意回去。我还怕啥哩。"(七十)

【黄昏】夜晚,晚上。《敦煌愿文集·建窟发愿文两篇》:"乃有往来瞻礼,见灯炎于黄昏;去返巡游,睹香云而(于)白日。""黄昏"与"白日"相对,即夜晚。民国十三年(1924 年)石印本《河阴县志·风俗物产考·言语》:"夜谓之黄昏。白居易诗'独坐黄昏谁是伴'。"现在河南不少地方仍把夜晚叫"黄昏",把白天的事一直干到夜里叫"捎黄昏",夜里加班叫"搭黄昏"。

黄金入柜

一个说道:"或者韩大姐,一向是要把婆婆奉事到老,今日黄金入柜,他的事完,各人自寻投向,也是不敢定的。"(四十一)

【黄金入柜】古指把父母双亲事奉终老,安葬已毕。黄金:喻父母尊贵的身体。《敦煌变文集·搜神记》:"昔孔子游行,见一老人在路,吟歌而行,孔子问曰:'验(脸)有饥色,有何乐哉?'老人答曰:'吾众事已毕,何不乐乎?'孔子曰:'何名众事毕也?'老人报曰:'黄金已藏,五马与绊,滞货已尽,是以毕也。'孔子曰:'请解其语。'老人报曰:'父母生时得供养,死得葬埋,此名黄金已藏……'""黄金已藏"也就是"黄金入柜",表示人生一世,孝道已尽,事亲之事告成。《金瓶梅词话》第七十八回:"到明日你老人家黄金入柜,五娘他也没个贴皮贴肉的亲戚,就如死了俺娘样儿。"清文康《儿女英雄传》第十七回:"这是你老太太'黄金入柜',万年的大事,要有一点儿不保重,姑娘,我可就对不起你了。"与《歧路灯》中"黄金入柜"义同。

清翟灏《通俗编·服饰》:"黄金入柜。《明一统志》:金柜山在扬州府南七里,山多葬地。谚云:葬于此者,如黄金入柜。故名。"此当为另一说。黄金为贵重之物,古人常以喻尊贵者(包括佛)的身躯。

谎信儿

亳州有个谎信儿,说是东街谁家行里走了点火儿,烧了七八座房子,现今行里寄放着一千二百两货物,小伙计苏第三的年轻,也不知是咱行里不是咱行里的。(六十)

【谎信儿】不确切、不可靠或者没有得到证实的消息。明施绍莘著、黄公辑《瑶台片玉(甲种)》上编:"恨则恨,是我当初一念差,丢开罢。恨则恨,传来谎信,说便归家。"符春绿《叶县人文历史钩沉·叶县方言土语锦集》:"谎信:不可靠的消息。道听途说的话。"也写作"荒信儿""晃信儿"。姚雪垠《李自成》第十六章:"但是一问,他们是南阳府来的逃荒的,对潼关大战的消息仅仅听到一点荒信儿,十分模糊。"《河南省志·方言志·语汇》:"晃信儿,尚未证实,可能不太准确的消息。"

活便

谭绍闻现有一千五百银产价,手头活便,脸上下不来事体自然会多,也自然会办。那个华丽丰厚,两下的俱可意揣。(五十)

【活便】经济宽裕,支出灵活方便。清蒲松龄《俊夜叉》:"生意虽然不算大,三日挣了二百九。家里有了活便钱,柴米油盐般般有。"王钢《野花瓣儿》:"几年的债一板儿还,就是比冷妞手头活便的人立时三刻也凑不够的。"

活动

(一)

夏鼎笑道:"二两银子,叫我今日可真难起办,你就穷了,也易处。你看家中有什么穿不着的衣服,拿一两件子,拿在当店,就当够了。待我手中活动时,赎出来还你。"(四十二)

【活动】钱财宽裕,能够周转得来。《醒世恒言·大树坡义虎送亲》:

"(单裁缝)因见韦家父子本分,手头活动,况又邻居,一夫一妻,遂就了这头亲事。"《喻世明言·李秀卿义结黄贞女》:"黄善聪假称张胜,在庐州府做生理,初到时止十二岁,光阴似箭,不觉一住九年,如今二十岁了。这几年勤苦营运,手中颇颇活动,比前不同。"

(二)

如今程公不在衙,老董署理印务,他是与咱极相好的,性情活动,极听人说。不如咱如今备下一份礼儿,说是与他贺喜,说话中间就提起这事。(四十六)

你家只少一个贤内助。若是我那干妹子到你家,性情和平,识见活动,再也不拗强你。(六十四)

【活动】灵活明敏,不呆板。《古今小说·蒋兴哥重会珍珠衫》:"间壁有个张大嫂,为人甚是活动。"清张杰鑫《三侠剑》第五回:"方成耳闻蒋伯芳一条棍纵横十四省,这一见面倒有点不甚相信了,方成虽然是蠢材,心眼还算活动,口中叫道:'你就是飞天玉虎蒋伯芳?'"

火签

我那日回家,将班子托于哥照看,原说几日就回。不料本县老爷做生日,一定要我这戏。原差火签催了几回,误了便有弄没趣之处。(二十四)

【火签】旧时官府遣差役拘拿人犯所发的凭证,因为事关紧急,因称"火签"。《儒林外史》第五十一回:"祁太爷立即拈了一枝火签,差原差立拿凤鸣岐,当堂回话。差人去了一会,把凤四老爹拿来。"清黄南丁《杨乃武与小白菜》第二十九回:"锡彤便在朱签筒内,批下火签,遣差人阮德、李禁,立即到仓前镇去,提小白菜到案。阮、李二人领了火签,飞也似的去了。"参见"雷签"条。

火焰生光

孝移道:"兄在北门僻巷里住。我在这大街里住,眼见的,耳听的,亲阅历有许多火焰生光人家,霎时便弄的灯消火灭,所以我心里只是一个怕

字。"(三)

张类村道:"也难得这位老哥,只是一个真字,把一个人家竟做得火焰生光的昌炽。"(三十九)

婿家小康,也不管翁姑之勤俭,夫婿之谨饬,俱是女儿到了他家,百方调停,才渐渐火焰生光起来。(八十五)

【火焰生光】火焰腾起,放出光辉。常用来形容日子红火,家业兴旺。清魏文中《绣云阁》第二十一回:"灼燃香木,置诸炉内。一时火焰生光,射入半天。"西岭雪《宝玉传》第十七回:"宝钗倒先想起来了,知道是那日刘姥姥在贾母座前讲古记时说的一段典故,念及以前多少火焰生光,如今都化灯消烟灭。"

伙

希侨再三只是让,绍闻道:"心里跳个不住,怎么行得?"希侨道:"也罢么。谭贤弟你与老慧伙着,叫他替你掷。"(十六)

人家请你,是一个主家,你两个伙备一桌请人家,人家不笑话么?到底要自己备个席面,改日请人家一请。(十九)

这宗命案,是有两个拐夫伙拐了一个女人。两个拐夫,一个年纪大些,一个年纪轻些。(四十五)

【伙】共同,伙同。也指合伙做事。清李百川《绿野仙踪》第五十四回:"苗秃子和萧麻子每人凑了二钱半银子,他们也自觉礼薄,不好与如玉送,暗中与郑三相商,将这五钱银子买些酒肉,算与郑三伙请。"清王鑨《洛阳谣》:"洛阳虽大,城已三破,终日打鼓堂上坐。两个头,十只手,十人伙着一个口。只吃茶,不吃酒。"

回奉杯

慧娘手拿两双箸,一双放在自己面前,又递与冰梅一双儿。绍闻笑着举手道:"我与你两个看个回奉杯儿。"慧娘笑了笑,推回手去。冰梅笑道:"我年轻,担不起。"(三十五)

【回奉杯】回敬别人的杯酒。回奉:回敬,奉答。《西游记》第三十四回:"你看他端葫芦,殷勤奉侍。二魔接酒吃了,也要回奉一杯,老魔道:'不消回酒,我这里陪你一杯罢。'"《金瓶梅》第七十一回:"西门庆也没等他递酒,只接了杯儿,领到席上,随即回奉一杯,安在何千户并何太监席上,"

回寒倒冷

绍闻笑道:"娘,还把王中叫进来罢。"王氏道:"才赶出去,又叫进来,回寒倒冷的事情。就是叫他进来,再迟两天儿,煞煞他两口子性儿。"(三十六)

【回寒倒冷】指天气本应趋于和暖,却倒退至寒冷的状态。比喻转变得太快、太突然。也指反复无常、变化频繁。回:回转。倒:翻转。

毁炉

德喜儿回复虎镇邦,虎镇邦道:"你说啥呀?你的主子去南乡里去?少时你的主子出来了,我先把你这小东西儿毁炉了!"(六十六)

【毁炉】把旧的、坏的器具投放火炉熔化,经再打造成新的。这里是骂人话。多写作"回炉"。清佚名《伊江集载·铸钱》:"兹因当百、当五十二种大钱民间不能行使,吁请变通,议将此二项大钱一律回炉改造。"丰村《北方·回炉货》:"谁不知道俺是个老老实实的庄稼人?俺到这里没过五天,俺可落个'回炉货'。"

毁造

到了小南屋里,貂鼠皮道:"咱今日要弄赌,你怎的说那一号正经话?你竟是一个活憨子!"细皮鲢道:"我忘了!我忘了!该打我这嘴,再不胡说了。"……貂鼠皮回来道:"我今日把细皮鲢毁造了,改成撅嘴鲢儿。"(五十八)

【毁造】把旧的销毁改造成新的。《清实录·道光朝实录》:"至包皮铅丸,是否系道光十年改造,有无情弊,著向前任游击马天锡等查询明确,照例核办,并将现在包皮铅丸,赶紧毁造实在铅丸贮库。"黄河水利委员会黄河志总编辑室编《黄河志·黄河人文志·禹王台》:"殿中央原有禹王铜像一座,高 2.66 米,民国十六年毁造铜元。"俗语中常用为詈辞。

积

（一）

张类村请了个本街文昌社，大家捐资，积了三年，刻成一部《文昌阴骘文注释》版，昨日算刻字刷印的账，一家分了十部送人。（四）

这乜相公他娘，是自幼守寡，纺花车上积的家当。见了这个光景，粘了一口子气，害蛊疾死了。（十三）

程公道："你不知他有什么紧事，就借与他么？我且问你，你怎的有了这五百两银子呢？"贾李魁道："小人零碎积的。"（四十六）

【积】积攒，积蓄。明沈泰编《盛明杂剧二集·有情痴》："〔末白〕后来子孙生出一个撒漫来，把祖宗苦积的东西，就如汤消雪的一般，弄得干干净净。"《儒林外史》第四十回："自蒙老先生青目，教了两年书，积下些修金，回到家乡，将小女许嫁扬州宋府上，此时送他上门去。"这个意思也说"积攒"。本书第七十六回："夏鼎道：'这是我每年积攒的。'王象荩道：'你还强口！你说是每年积攒的，如何这样新，这样涩？'""积攒"为同义组合。

（二）

这位老爷，当年做过司务厅，后来又转到吏部。为人极是好的，专一济贫救厄，积的今年八十多岁，耳不聋，眼不花。总是一个佛心厚道的人。（七）

夏逢若道："你今生不如人，积下来生。这真真叫个没良心的人。"（五十六）

德喜说了怎的五更出店，怎的强盗掀大叔腿，怎的塞他的口，怎的要拿刀捌他。从头至尾，说个分明。王氏骂道："杀人的贼，一定要积的世世子孙做强盗！"（七十三）

【积】等于说"积作"，可以指积善作德，也可以指积恶作孽。《古今小说·裴晋公义还原配》："说话的，你只道裴晋公是阴德上积来的富贵，谁知他富贵以后阴德更多。"《醒世姻缘传》第二十二回："阿弥陀佛！真是女菩萨！我只说这新添的小孩子是他老人家积下来的！"

即不然

你就是一时着急,该寻别个与你周章。即不然,你到这里一商量,也不见什么作难。(三十三)

真正把得罪人全不当个什么。就是不能赴他的席,或亲身辞他一番,即不然,事后也告个罪儿,怎的直直的放下？(三十七)

谭相公,你的辗转大些,就借与我几百两打发这人回高邮。即不然,或代我转揭一千两,我改日一本一息奉还。(上六十三)

【即不然】即便不这样,假若不这样。明毕自严《转饷画一疏》："将洁己奉公者固因以明素心,即不然者,而法行已久,难以私更,如蓬之在麻,不扶自直。"清黄钧宰《吴门秀士书》："阁下试为上剀切敷陈,幸而听从,社稷苍生之福也；即不然,乞骸归里,优游林下,以终余年,不亦光昭简册哉！"

即如

（一）

我立方不比别人,一定要有个汤头,不敢妄作聪明。即如适才立那个方,乃是张仲景治汉武帝成方。(十一)

为甚的不守规矩,竟乱来了呢？即如前月关帝庙唱戏,我从东角门进去看匾额。你与一个后生,从庙里跑出来,见了我,指了一指,又进去了。(十四)

总之做生意的人,只以一个钱字为重,别的都一概儿不管他。即如我们生意人,也有三五位先世居过官的。因到河南弄这个钱,早已把公子公孙折叠到箱角底下,再不取来拿腔做势。(六十九)

【即如】用于举例子,相当于"就像""就好比"。《儒林外史》第三十四回："小弟遍览诸儒之说,也有一二私见请教。即如《凯风》一篇,说七子之母想再嫁,我心里不安。"清徐珂编《清稗类钞·序》："然官书不足征信,私书或误传闻,即如钱衎石氏之《碑传集》,李次青氏之《先正事略》、李黼堂氏

（二）

今日事已清白，咱一毫没事，就把他忘了，人情上如何过得去？即如不为咱的事挨打，朋情上也该周济他。（三十二）

邓三变心里盘算，这二百两银子已同谭绍闻称过，即如抽回不交，只要官司清白，也不怕谭绍闻不认。（五十三）

只要大叔叫兴官念书，即如做豆腐卖，生豆芽卖，我也情愿在厨下劳苦。（七十六）

【即如】连词，即使，即便。表假设的让步。清乾隆三十一年刻本《重修伊阳县志·风俗志》："雀鼠细事，尽可乡里调停，语言消释，何必匍匐公庭，废时失业；即如争产争继，经官案断，惟理是凭。"清陈其元《庸闲斋笔记》卷十二："嗟呼！慷慨赴死，从容就义，不图于弱女子中见之，惜不知姬之姓氏也，即如老伶者亦人所难能也。"这种意思也可以说"即作""就作"。参见"即作""就作"条。

即作

妇人道："放心，我去与他开门去。他若把褡裢摸的去，就没事；即作他看见你，不过是几两银子。那忘八头只是图这哩，总弄不出事来。"（上二十八）

无论你不赢，即作赢了他，你只拿一个元宝儿在你家放上一夜，他次日即要告你盘赌兵饷；急忙原封彻回，他们还说你夜间偷了元宝边儿。（上六十八）

舍二弟又说我弃了许多祖业，背地里化公为私，所瞒并不止这两项。即作地止此两项，入私囊的银子还不知有多少哩。叫我白张嘴没啥说，真冤屈死了人。（七十）

【即作】就算（是），即便（是）。表示让步。"作"，等于说"算是"。字也写作"做"。元王实甫《西厢记》第二本第四折："〔末云〕夫人且做忘恩，小姐，你也说谎也呵！"这种意思也可以说"即如"。"即作赢了他"，栾校本作"即如你赢了他"。也说"就作"。参见"即如""就作"条。

急

薛婆道:"一发是该买的。你老人家没个姑娘,夜头早晚,也得个人说句话儿。况且价儿不多,他大如今正急着,是很相应的。"(十三)

贤弟既在急中,家母舅前日在湖广任内,寄来三百两银子,我已化了二百五十两,还有五十两,我拿出来,咱两弟兄分用了。你暂济燃眉,我再生法子。(八十一)

若说是帮,咱四五个尽着力量,凑上一百两,这燎原之火,也不是杯水可灭的。只怕一家大急,牵连的几家俱小急起来。只除了娄厚存还不愆的急,是宦囊,不是修金。只恐也不济事。(八十三)

【急】困难。《管子·问》:"举知人急,则众不乱。"尹知章注:"急,谓困难也。"特指经济拮据,生活窘急。明高拱《高文襄公集·论语直讲》:"'君子周急不继富',周是周济,急是窘急,谓贫难之人也。"清坐花散人《风流悟》第四回:"莫拿我道:'……若果然要,你不要管我,只顾拿了个口袋随着我,包你就有。'那老何正在急中,真个拿了口袋出来道:'果有门路,望莫阿哥扶持我则个。'"现在河南不少地方还把经济状况窘迫说成"急"。

急紧

(一)

次日,又拜兵马司尤公。尤公适有闲时,急紧接入内书房。看了家书,这久别渴慕,细问家况话头,一笔扫过。(七)

谭绍闻道:"急紧收拾场儿,再迟一会,我就要走了。"假李逵急紧点蜡烛、铺氍毹。派定谭绍闻、金尔音、王学箕,张绳祖换了堂侄。(四十三)

夫妇二人把这一牌斗完,将饭排开,急紧吃完,就叫老樊配场儿。但只是一个又丑又老的孀妇,兼且手中没钱,也就毫无趣味。(五十)

【急紧】急忙,赶紧。宋徐梦莘《三朝北盟会编·炎兴下帙》:"沿江一带数百里,关津渡处最多,无人拒守,恐即泄漏与敌指路,遂急紧把断两道河口要处。"明刘侗《帝京景物略·首善书院》:"昔吾友陶石篑赴京,客曰:'在仕途且勿讲学。'石簣笑应曰:'仕途更急紧要学使用着。'"

(二)

日已西舂,城中有急紧公事,送的信来,那几个做老爷的等不得席,终早已慌慌张张走讫。(上二十)

【急紧】紧急,不容拖延。"急紧公事",栾校本作"紧急公事",义同。明佚名《骗英布》头折:"多应是边关急紧,要将这社稷商量;既不是,可怎生两三番累累的将俺这群臣叫。"清李百川《绿野仙踪》第三十七回:"众人听知是叛案,一个个躲了个精光,说害病的一半,说不在家的一半,街上遇着的,又以有急紧事故推辞。"

急切(的)

(一)

谭绍闻输了钱,方寸乱了,心中想躲这宗赌债,未加深思,信口应了脚户一声。转念一想,大不是事,又急切要走开,不料竟被脚户缠绞住了。(四十四)

绍闻唯唯。生法儿见了薛甥女,心中甚喜,急切办了表礼八色,行了纳彩礼,得了回启。(一百〇六)

【急切】急着,急忙。元马致远《吕洞宾三醉岳阳楼》第四折:"俺急切里要回去,您当街里缠师父。""急切里"与"急切"同。《古今小说·蒋兴哥重会珍珠衫》:"大郎道:'急切要寻一件救命之宝,是处都无,只大市街上一家人家方有,特央干娘去借借。'"

(二)

白兴吾笑道:"我不信。就是少二百两,也值不得府上什么……相公是瞎话罢。"绍闻道:"委实一时手乏,急切的弄不来。"(三十三)

(韩氏)向几位邻翁说道:"这是我几年卖布零碎积的钱,原就防备婆婆去世了,急切没钱买办棺木,遮不住身子。"(四十一)

这谭绍闻怎知自己名子,早已挂在边公心窝里面。只因祥符是个省会首邑,冲繁疲难相兼,边公应接不暇,急切不得到谭绍闻身上。(六十四)

【急切(的)】仓促中,一时间。元关汉卿《关大王独赴单刀会》第四折:"百忙里趁不了老兄心,急切里倒不了俺汉家节。""急切里"与"急切的"用法同。清落魄道人《常言道》第四回:"时伯济道:'他神通广大,变化不测,急切不能取胜。将军你且三思。'"《歧路灯》中多省去了"里"或"的",只作"急切"。

急症

这绍闻回家安顿款待席酌,原是怕二人拉扯再入匪场。但既以礼来,也难叫他二人空过。殊不知二人来意,并不是仍蹈前辙,原来二人身上有了急症。只因王紫泥老了,告了衣衿,家无度用,把儿子挂出招牌来,上边写着"官代书王学箕"……全凭这一管软枪头子,一条代书某某戳记印板儿,流些墨水,籴米买菜。(九十)

【急症】指经济极为拮据困窘的状况。河南方言中,"急"指经济状况困窘。本书第七十六回:"谭绍闻此时是个急人……回言道:'王爷,我是出息揭你的,一天还不到,有一天的利息,不是白拖拉的,休要恁的苦逼!'""急人"就是经济上陷入困顿之人。参见"急"条。

记

焦丹是山西一个京货铺的人,幼年记在巫凤山膝下,拜为干子。(上四十九)

【记】当作"寄",即"寄名"。旧时人家怕小孩早夭,认异姓夫妇为义父母,并用其姓氏命名;也把拜寺院僧尼为师而不出家称作寄名。明陆人龙《三刻拍案惊奇》第二十八回:"不期立愿将半年,已是生下一个儿子。生得满月,夫妻两个带了到精舍里,要颖如取名,寄在观音菩萨名下。"清黄生《义府·寄名》:"今俗有生子不利,而寄名于他人者。其事已起汉世。按《后汉·何后纪》:'后生子辩,养于史道人家,号曰史侯。'注云'灵帝数失子,不敢正名,寄养道人史子眇家',即其事也。按'道人'二字亦如此,注谓'道术之人'。今俗亦有寄名于僧道者。"也叫"寄姓"。"幼年记在巫凤山膝下",栾校本作"幼年记(寄)姓在巫凤山膝下"。

家第

及点到谭箕初时,县公细看,年纪不过十四五岁,品格风度,竟是大家儿女,略问了些家第。出下题目《吾与点也》。作完纳卷。(八十七)

【家第】家庭方面的有关情况,包括原籍、祖父辈的仕宦品阶以及经济状况等。明胡直《赠贺毛白山公八十寿序》:"其冢子白山先生,矫然若独翔寥泬,略不以家第世赀淬其腹臆。"

家里

细皮鲢道:"你当我不想膺你么?只吃亏没修下你这个福,一般赌钱、吃嘴,不胜你手头宽绰。你还去,你就说你家里哭哩。"(五十七)

谭绍闻道:"你先行一步,一路走着不好看。"乌龟回头道:"你老人家就来。若是哄我,俺家里就亲来了。"(五十七)

(乌龟)早已吃的醉醺醺的,跳在院里发话道:"俺虽说走了下流,俺伺候的俱是王孙公子、儒流相公,难说不拘什么人,叫唱就唱?我一会跑到他家里,坐到他堂屋当门,叫他家里唱着我听哩!"(五十八)

【家里】内人,妻子。清同治六年刻本《(乾隆)河南府志·礼俗志·方言》:"妻谓之家里。……亦称屋里。"也单说"家",称自己老婆为"俺家",别人老婆为"你家"。本书第五十七回:"乌龟道:'你听俺家在后院笑哩,怎的说哭?'貂鼠皮道:'憨砖!你到那里也装个不喜欢腔儿,只说你家哭的了不成。再对你说句要紧话,他不来,你休走。'"

尖嘴账目

况我今日自老师衙门回来,人人以为当有厚赠,我也筹度怎还他们,一定要楚结些尖嘴账目。因他们未知我回,所以不来打搅。街上一为走动,万一有人请算账,就是个煞风景的事。(七十三)

【尖嘴账目】急待偿还的欠账。尖嘴:比喻让人难以忍受。司马许《四川白毛女》一:"锡朋诉苦说:'保长,上了捐,还点尖嘴账——油钱、盐钱、药钱,就没剩了。保长好歹再让一年。'"

坚执

我不知他别的,只知文庙里拜台、甬路、墙垣,前年雨多,都损坏了,他独力拿出百十两银子修补。我说立碑记他这宗好处,他坚执不肯。(四)

饭完,把酒席收讫。隆吉要辞别起身,希侨不肯,还要耍骨牌。隆吉说:"铺子里没人。"坚执要去。(十五)

许头儿、张头儿请俺两个到馆吃饭,王中叔不肯去,坚执的狠。夏叔也不敢多让。我独自一个去了。(上九十三)

【坚执】坚决。表示态度、主张坚定不移。《金瓶梅》第六十一回:"西门庆坚执不认,笑道:'怪小奴才儿,单管只胡说,那里有此勾当?今日他男子汉陪我坐,他又没出来。'"

拣

冰梅与樊家捧了四器,放在桌上。绍闻举箸一尝,却也极为适口。争乃心中有病,仍然咽不下去。只得拣一块鱼肉,抽了刺,给兴官吃;寻一个鸡脓肝儿,强逗着嬉笑而已。(五十九)

【拣】即"揵",用筷子夹。《集韵·沾韵》坚嫌切:"揵,夹持也。"明兰廷秀《韵略易通·廉纤》:"揵,箸夹食也。"宋元以后北方话语音系统中韵尾—m归入—n,咸摄字读同与山摄字,所以作品中或以"拣"代"揵"。河南话念阴平。《金瓶梅》第四十六回:"只见贲四嫂说道:'大姑和三姑怎的这半日酒也不上,菜儿也不拣一箸儿,嫌俺小家儿人家整治的不好吃也怎的?'"与例中"拣"义同。上图本此段文字为:"冰梅与樊家捧了四器放在桌上,谭绍闻举箸一尝,却也极为适口,争乃心中有病,仍然咽不下去,只胡乱叼几箸儿,强逗嬉笑而已。"河南话中"叼"也是用筷子夹的意思,正与"拣"相照应。

见话

春宇道:"我那得有功夫赶会。只因有一宗生意拉扯,约定在会上见话。其实寻了两天,会上人多,也撞不着,随他便罢。"(三)

惠观民笑道:"等饭中了,我到家多会了。我走罢。我承许下滕相公,日夕见的确话哩。"(四十)

两人商议已定,夏逢若便要与虎兵丁见话。谭绍闻送出二门,说道:"我街上客未谢完,不便出门。"夏逢若道:"谁叫你送我?"二门外一拱作别。(六十四)

【见话】当面说话,也指当面给予确切的答复或者肯定的信息。清刘璋《斩鬼传》第二回:"那鬼兵连忙逃进营去,禀道:'钟馗又调了一个肥和尚来了,要与三位大王见话。'这三个鬼道:'是甚么肥和尚敢来见俺?俺们正喜的足肥的。'遂洋洋得意而出,向和尚道:'你是何处野僧,敢来与俺们见话?'"陈忠实《白鹿原》第七章:"(鹿三)说着把三份传帖接过来,扎进蓝布腰带里,又在腰里缠了三匝,外边再套上一件夹衫,说:'我走了,你睡去。明早见话。'"

见亲

柏公大笑道:"嘻!二公,我今年八十七岁,我还要这东西做啥呢?我自幼儿就不晓的见钱亲,只晓的见人亲。"(十)

这王氏一起妇女,看了杏花儿,又看这小相公,真乃方面大耳,明目隆鼻。王氏忍不住道:"怎的叫人不见亲哩。"(六十七)

绍闻道:"……我是少调失教。娘呀,你又见我太亲,娇惯的不像样。"王氏道:"我见你亲倒不好么?"绍闻道:"天下为娘的,没一个不见儿子亲。必定是有管教才好。像我爹爹这样人,学问好,结交的朋友都是正人,教儿子又严又密。娘见亲,就是慈母,若是单依着母亲一个老的——"(八十六)

【见亲】对某人或物亲近、疼爱,喜欢某人或物。见:看待,对待。明丁前溪《南商调山坡羊·代马妓送别赵若泉回家》:"除了我冤家谁见我亲?伤心。怕只怕恩多成怨深。"民国二十二年(1933年)《续安阳县志·民间文艺·歌谣》:"我生我儿我见亲,我儿又见他儿亲。他儿娶妻生下子,他儿饿断我儿筋。"现在河南平顶山、漯河等地还有这种说法。

将主

夏逢若心下又膺记小豆腐送的银子,说道:"也罢么,我就回去,尽着我

跟他缠。他再说打的话,我就要见他的将主哩。"(五十九)

(虎镇邦)说道:"贤弟呀,你要救我。如今将主将我的头脑目丁也革退了,钱粮也开拨了,就如死人一般。"(六十六)

【将主】对军队头领的称呼。明余瑞紫《张忠献忠陷庐州纪》:"将主有令,叫来的百姓随营后走,不可杂在中间,恐防奸细。"清江左樵子《樵史通俗演义》第二十八回:"李自成、罗汝才虽善骑射,实不曾遇大敌,惯厮杀,只官推高闯道:'高爷是将主,还须你亲临本阵,咱兄弟们自当帮助成功。'"

交价

(王中)忽闻少主母病故,顿时成了一个哑子。跌脚叹道:"败的由头来了!"少不得与房地行经纪,同了买主吴自知,另订进城交价日期。(四十七)

王中忽到跟前道:"南乡里那个买主吴自知,同经纪来交价。还有吴自知儿子。我已让到轩上。须得大相公与他面言。"(四十八)

【交价】买卖讲定成交,买主正式付款给卖家。多用于土地房产交易。明吕坤《新吾吕先生实政录·改复过割》:"凡买地卖地交价已完,买主卖主甲正同到县堂税契讫,县官即将买地里分注云:某年月某里某人买本里几甲地若干。"清乾隆五十三年刻本《杞县志·人物志三》:"同邑宋氏有城宅一区求售,宅约四分,既交价矣,赴宅看验,瞿然曰:'彼亦宦裔也,何遽无立锥地乎!'"

浇臀

盛大哥前日顺便过我,言指日为贤弟压惊,为我浇臀,治酒相请,以春盛号王贤弟为陪客。(三十二)

千难万难,瞒了簣初?独自骑一匹马,说往娄宅问个上京信儿,径上道衙而来。恰逢一群衙役拥着夏鼎上酒馆吃浇臀酒。(一百〇一)

【浇臀】臀部挨了棍棒,吃了苦,他人以酒食慰劳,谑称"浇臀"。用酒食犒劳为自己出力做手工的人叫"浇手"。本书第十六回:"慧照起身要走,希侨扯住道:'那里走,就在此陪客。你扎的枕头,我就当与你浇手哩。'"

椒料儿

张绳祖道:"……总是小家儿人家初发,还不知这官场中椒料儿,全凭着声气相通,扯捞的官场中都有线索,才是做官的规矩。"(三十七)

【椒料儿】原指以花椒为主制成的调味佐料。明陆人龙《型世言》第三十四回:"只见他两手拿了两件,道:'我来与你下些椒料儿。'两只手一顿捻,捻在这两个锅里,却是两撮干狗屎。"比喻作滋味、感受。现在河南话里仍有这种说法,如:"叫他出去闯一闯,也就知道这里头啥椒料儿。"

脚重

掌班的见了绍闻,说道:"谭相公休把借的银子、粮饭钱放在心上,戏房里还撇下四个箱、两个筒。一来脚重了,路上捞不清,二来就是相公的一个当头。"(二十四)

【脚重】运费贵。脚:指运费、脚钱。唐张鷟《朝野佥载》卷三:"又问车脚几钱,又曰:'御史例不还脚钱。'""车脚"就是用车拉货的费用。《宋会要辑稿·食货七》:"陕西都转运司将辖下人户夏税支那,于隔蓦州、军仓分送纳。盖路遥脚重,其人户多将见钱就籴斛。"《清史稿·王庆云传》:"寻奏定清查亏空章程,并会山西巡抚那苏图奏言:'晋商赔累,一在盐本巨,一在浮费多,一在运脚重。'""运脚重"就是"脚重"。

脚踪

王中又着双庆儿细查夏鼎脚踪,却见每日在街头走动,他家里又不是窝藏住人的所在。(四十五)

贲浩波或者这两日就上来,只是他赌的不酽。谭绍闻如今又重新上了学,改邪归正,竟不来丢个脚踪。(五十六)

我在先人齿录上依稀记得,开封保举的是一位姓谭的,这个谭绍闻莫非是年伯后裔?但宗宗匪案,都有此人脚踪,定然是个不安本分、恣意嫖赌的后生。(六十四)

【脚踪】原指足迹、脚印。元关汉卿《温太真玉镜台》第二折:"我只见小姐中注模样,不曾见小姐脚儿大小。沙土上印下小姐脚踪儿。早是我来的早,若来的迟呵,一阵风吹了这脚迹儿去,怎能勾见小姐生的十全也呵!"前面说"脚踪",后面说"脚迹",意思一样。引申指行踪、行迹。《二刻拍案惊奇》卷十一:"(郑生)死后数月,自有那些走千家管闲事的牙婆每,打听脚踪,采问消息。"《红楼梦》第六十四回:"做诗不论何题,只要善翻古人之意。若要随人脚踪走去,纵使字句精工,已落第二义,究竟算不得好诗。"

搅混

满相公走到盛希侨跟前,附耳道:"王府街姚二相公与二少爷合伙计做六陈行哩。"盛希侨哈哈笑道:"发财,发财!咱就看咱的戏,不必搅混二老爷的贵干。"(上七十)

【搅混】搅扰,扰乱。明冯应京《经世实用编·利集·任人》:"开院之日,如有目壮男希望食宿、在此搅混者,老人报官,重责枷号院前。"《金瓶梅》第八十六回:"有几句双关,说得这老鼠好:你身躯儿小,胆儿大,嘴儿尖,忒泼皮。见了人藏藏躲躲,耳边厢叫叫唧唧,搅混人半夜三更不睡。"

搅料棍

(窦丛)一怒撞入巴家酒馆。恰好院内驴棚下,有一根搅料棍,拿在手中。看见儿子正低着头掷的火热,且耳朵内又有一百三十两的话儿,果然怒从心上起,恶向胆边生,不由分说,望着儿子劈头就是一棍。(五十一)

【搅料棍】喂牲口时拌和草料用的木棍。上图本作"搅草棍"。陈忠实《白鹿原》第三十章:"白嘉轩也发现鹿三继续退坡,动作越显迟疑和委顿,常常在原地打转转寻找手里拿着搅料棍子或是水瓢。"孙明和《伊洛河畔·饲养院》:"有的人很勤快,隔一会儿帮饲养员捧些铡碎的草放进槽里,用葫芦瓢舀些麸子倒进槽里,用铁瓢舀些水泼在上面,拿起搅料棍搅拌,牲口很爱吃。"也叫"搅料棒"。《朴通事》卷上:"这家主人好不整齐,搅料棒也没一个。疾快取将咱们的拄杖来搅料。"

搅家不贤

盛希侨道:"我何尝不是说,爽利分给他一半。争乃老婆虽是个旧家之女,却是一个天生的搅家不贤,抵死的不依。"(七十)

我到戏上再叫他加上些做作,好劝化那搅家不贤的人。(七十一)

我也是进士做官的孙女儿,你赖我不省事我不依。都是你想分,他想分,把我当中做坏人,落个搅家不贤。我再不依这事。(一百〇八)

【搅家不贤】指已婚妇女在家里制造事端,惹是生非,致使家庭不和睦。明张萱《西园闻见录·闺范》:"莫忤逆不孝,莫搅家不贤。莫唆挑夫主,莫欺瞒夫主。"孙明和《伊洛词话·语汇》:"搅家不贤——不断在家里生事,使家庭不安宁;有功夫了就出去干点正事,别老是搅家不贤。"也说"搅家不良"。《醒世姻缘传》第五十七回:"这们个搅家不良、挑三豁四、丈二长的舌头,谁家着的他罢?"

搅手

阎相公道:"这是恭喜的事,还有什么搅手么?"潜斋道:"搅手多着哩。你没见前日送匾时节,若是别人就不知怎样的喜欢荣耀;你看前日虽是摆席放赏,他面上不觉爽快。如今这宗事,上下申详文移,是要钱打点的,若不打点,芝麻大一个破绽儿,文书就驳了。"(五)

【搅手】即"绞手",意思是缠手,比喻事情麻烦。明清小说中"搅""绞"音同互借的例子不少。本书第五十回:"就在这胡同口土地庙北赵寡妇家缠搅了半日。""我昨夜吃了酒,缠绞了这半天。""缠绞"与"缠搅"同。周学忠《楚天浩歌》第七章:"杨保东终于下了决心:丁三,亏你就这一次了,下辈子遇上这绞手事,我再不亏你了!"

教门

久仰谭相公大名,今日听二位贤弟说尊驾在此,无物可敬,割了五斤牛肉——是教门的干净东西,略伸薄敬。(三十三)

夏逢若道:"你看北边那一块火,又是那里呢?"苏拐子道:"那是教门里

回子杀牛锅口上火。"(七十)

【教门】 原指宗教教派。唐李华《荆州南泉大云寺故兰若和尚碑》:"或问南北教门,岂无差别?"特指回族所信仰的伊斯兰教。清曹庭栋《老老恒言·便器》:"肾气弱则真火渐衰,便溏溺少皆由于此。《菽园杂记》曰:回回教门调养法,惟暖外肾,夏不着单袴,夜则手握肾丸而卧。"

揭

那王经千见绍闻这样肥厚之家来说揭银,便是遇着财神爷爷,开口便道:"如数奉上。"还说了几句:"只算借的,这样相厚,提利钱二字做什么。"一面笑着,却伸开揭票:"谭爷画个押儿,记个年月就罢。"(三十)

傍午时,来的是隆泰号孟嵩龄,吉昌号邓吉士、景卿云,当铺宋绍祁,绸缎店丁丹丛,海味铺陆肃瞻,煤炭厂郭怀玉等。此中也有欠揭债的,也有欠借债的,也有欠货债的,也有请来陪光的。(四十八)

一时手困,还要仗旧体面东拉西捞。面借券揭,必要到借而不应、揭而不与地位,方才歇手;又定要到借者来讨、揭者来索的时候,徒尔搔首;又定要到讨者破面、索者矢口的光景,不觉焚心。(八十一)

【揭】 揭债,贷款。"揭"不同于"借","揭"是要付利息的,"借"则不要求出息。《醒世姻缘传》第三十五回:"他父亲把几亩水田典了与人,又揭了重利钱债,除还了人,剩下的,打发儿子上京。"姚雪垠《长夜》二八:"前几天人家债主逼的紧,我跑到姐家去,央着姐夫求爷告奶地又揭了十几块,拿回来把利钱还上。"姚自注:"揭高利贷叫做揭债、揭借,简称'揭'。"

揭票

绍闻得了这宗银子,摆席请众客商清账,不必细说。惟有当店九十多两尾数不能全兑,又写一张揭票,三分行息。(三十)

因向王经千道:"王二爷账底,想不曾带来。就差贵价到宝号里,问伙计们,把谭爷这宗账抄的来,或把原约捎来。爽快还完时抽了这张揭票,也是快事。"(四十八)

谭绍闻只得驾轻就熟,晚间上王经千铺子写揭票,又揭了六百两。(五十三)

【揭票】借贷的票据。揭：贷款。清梁溪司香旧尉《海上尘天影》第二十一回："珩坚道：'取揭票来看。'老妈子呈上，只见上写着：尊帐本年十二月起初二日：辇本雪厌四匹，每匹协计捌拾捌两捌钱正……"也叫"揭约"。本书第四十八回："王经千在腰间纸袋内，掏出来一张揭约，王中早把算盘放在桌上。"参见"揭"条。

揭账

满相公酒已微醉，便侃侃说起来道："不是因为我不得入伙，便说扫兴话。总之，揭账做生意，这先就万万不可。将来弄的山岗看放荒，再不能扑灭了火哩。"（六十九）

大哥若是守这肥产厚业，一点也不妄动，他们就不怕了。你为你，我为我，井水流不到河里边，总不揭账，他们怕大哥做甚的？大哥若失了肥业厚产，与我一样儿光打光，揭账揭不出来，他们怕大哥做什么？（八十四）

【揭账】贷款。揭：举债。中国人民政治协商会议濮阳市委员会文史学习委员会《濮阳文史资料第 12 辑·豫北鲁西一带解放前地主的剥削形式》："贫苦农民一旦遇到天灾人祸，只有高利贷款，当时也叫'揭钱'或叫'揭账'。"焦作市政协学习文史资料委员会《焦作文史资料第 4 辑·一个悲惨的童养媳》："特别是灾荒年，穷家父母为了儿子订婚，揭账卖产。"参见"揭"条。

接手

孝移道："这学生自幼儿就好，先岳抱着常说是将来接手。"（三）

谁知到了任所，恰遇敝世兄告了终养要回籍去，接手是个刻薄人，百般勒掯，城池仓库，一概不收。（七十四）

【接手】接替，继任。清钱锡宝《桯杌萃编》第十六回："王梦笙接到章池客的回信，才晓得范星圃因为他岳家母那位老管事的靳忠甫上年身故，接手的同那萧氏姨太太是姘头，处处偏着萧氏。"也指事业的继承者、接班人。明佚名《英烈传》第二十四回："我的刀枪并矛戟的手法都是天下第一手，谁想这耿家儿子都一一相合；倘得他做个接手，也是天生一对好汉。""做个接手"，即做个继承人。

节仪

谭孝移便叫王中拿护书来,取出一个全帖。只见上面写着:"谨具束金四十两,节仪八两,奉申聘敬。"(二)

孔耘轩道:"弟虽未暇与小婿订明束金多寡,大约二十金开外,节仪每季二两,粮饭油盐菜蔬柴薪足用。若不嫌菲薄,关书指日奉投。"(三十八)

直到五月端阳,要完束金节仪,算了粮饭油盐钱,谭家送了角黍,滑氏又看了冰梅,方辞别王氏而去。(四十一)

【节仪】原指节日馈送的礼物。宋吴自牧《梦粱录·十一月冬至》:"冬至岁节,士庶所重,如送馈节仪,及举杯相庆,祭享宗祼。"旧时聘请老师,除束金外,每到端午、中秋等重要节日还要奉送一定的礼金,也叫"节仪"。明隆庆三年刻本《登封县志·宦绩志》:"崔仲和,山西襄垣县监生,嘉靖四年教谕。素以孝称,不受节仪,教规甚严;捐俸铸祭器,师范之足称者。"也称"节礼"。清佚名《戏中戏》第三回:"文卿出来道:'西席呼声急,东家愁闷深。不因催节礼,定是索束金。'"

结场

县上老爷岂能容以仆凌主,乱了上下之分?一顿好板子,何难出相公这口气。只是打下来,次后怎的结场?(八十)

抚台太太分儿大了,王氏平日颇有话头,今日全没的答应。抚台太太看是难以结场,吩咐请弟妇巫氏。(一百〇八)

【结场】收场,结局。明杨寅秋《征播与子嘉祎书》:"各将官如拽牛不前,小大老少皆怯懦无比,事事可笑,不知此事作何结场也。"清王廷灿《哭内父徐丽天先生》八首之二:"逊谢宏词不肯当,出身又耻自赀郎。穷经八十布衣老,片纸蒙头是结场。"

捷要

满相公方才想起,大惊道:"好天爷呀!你如何到此!"绍闻遂把寻母舅到亳州,回来路上拐行李,如今以韩善人为依的话捷要说了一遍。(上

四十三)

夏逢若道:"大哥少坐一坐,我三言两句说完,我就跟大哥去。难说大哥见爱,我肯不去么?"盛希侨道:"也罢!你捷要说,我批评批评。"(上四十九)

【捷要】 简明扼要。"你捷要说",栾校本作"你就捷说"。明朱载堉《乐律全书·乐学新说》:"必欲穷究古乐未亡之理,莫若先自今乐所易知者以发明之;其理既明,一通百达,举而措之,斯无难矣。乃捷要之法也。"也指简捷重要。清李百川《绿野仙踪》第五回:"我还有一句捷要话嘱咐于你:将来陆总管百年后,柳国宾可托家事,着陆永忠继他父之志,帮着料理。"

截

王氏急接口道:"咱到底算是男人家;像那皮匠拿着老婆骗银子使,看他怎么见人。拿咱那银子,出门怕没贼截他哩。到明日打听着他,只有天爷看着他哩。"(三十)

德喜道:"还有一说,娄师爷赏我二两银,路上被贼截去。彼时大叔说过一两给二两,如今给我四两银,我好做盘费。"(八十)

【截】 阻拦,拦截。《水浒传》第一百一十七回:"四下里伏兵齐起,前有石宝军马,后有邓元觉截住回路。"引申为拦路抢劫。清陈墨涛《海上魂》第十四回:"张弘正领令去了,少顷,逃出来只剩得六七只小舟,其余都被崖山背后的守兵连船连人截去了。"冯金堂《黄水传》第二十七回:"他知道大楼营附近有八路军的岗哨,就转到大楼营,到一个要道口边等着截小车。"《汉语方言大词典》解释例中的"截"为"劫夺",是。本书第七十三回:"绍闻道:'到路上遇见截劫,险些干系性命。'嵩淑道:'出门自宜小心。'""截劫"同义连用。

截近

绍闻道:"话儿太长,怕劳着你,我只截近说了罢。我一向干的不成事,也惹你心里不喜欢。我如今要遵你大爷临终的话,'用心读书,亲近正人'八个字。"(二十六)

夏鼎道:"说起来话长,截近说了罢。这一年,因你立志读书,我也不便

相近。盛大哥公子性儿,也不大理人。东门内王贤弟,只顾他的生意,我也不好干动他。"(四十二)

【截近】指说话直截了当,不绕弯子。马烽、西戎《吕梁英雄传》第六十回:"你那些过去的事,老武早知道了。不用说那些,你截近些说碉堡上的事吧!"亦作"捷近"。清李百川《绿野仙踪》第十九回:"文魁也等不得说完,忙问道:'只要捷近说,银子与了他没有?'文炜道:'若不是与了他,他夫妻如何完聚?'""捷近"原指路途近便直捷,不迂曲。明王元翰《辟便道以利万世疏》:"由广西府入广南府,由广南府径入粤西田州,由田州至富州,至三江口……不惟宽夷,足容九轨,且较之走贵州者捷近数百里,诚为至便也。"《歧路灯》中为其引申义。

解救

假李逵冷笑了一声,只管抱着钱,口中唱着数目,说二十五串,三十串,往外硬闯。王氏看见没有解救,只得躲开身子回去,上的楼来,皇天爷娘一场大哭。(二十五)

谁料这老人说了就土遭殃凶兆,兼且又说是十三日,心内反又慌了七八分。又说道:"我再说一个字儿,烦老先生仔细测测,看有个解救没有?"(四十五)

只见标营一个书办手执名帖,一个兵丁牵着虎镇邦,一步一拐的来了。那书办到宅门说:"虎镇邦马粮已开拨讫,任凭老爷这边执法。"众人看见,只叫道:"苦也!这官司没了解救。"(六十五)

【解救】解决问题、解除危难的办法或手段。《水浒传》第二十回:"做公的都不肯下手拿他,又不信这婆子说。正在那里没个解救,却好唐牛儿托一盘子洗净的糟姜来县前赶趁。"清吴趼人《痛史》第二十七回:"太子真金,知道此事,也吓的魂飞魄散。还望元主回来,可以同两个辅佐对质,分辩得明白,父皇知道不是出于我意,还有解救。"

解心焦

原是俺姐夫前日到巴大哥家,不过闲解心焦,掷色子玩耍,不料同场的那个窦孩子吊死,如今弄成赌博人命,把巴大哥、钱贤弟都下到监内,还没审

哩。(五十一)

夏逢若笑道:"不成赌,满场中不够四十文,俺们在此解心焦哩。"(五十六)

薛婆道:"闲打牙,与你老人家解心焦,连正经要紧话还没说哩,真正是小女人活颠倒了。原来是一宗亲事,我来提提。"(九十三)

【解心焦】犹言解闷。心焦:心里烦闷、焦虑。宋苏辙《王君贶生日》诗:"周旋穷政体,出入解心焦。"清刘璋《斩鬼传》第五回:"低达鬼道:'有了做的了。我见那些骨头还未啃尽,我再溜溜搓搓,一者不可惜东西,二来又解心焦。'"民国二十五年(1936年)铅印本《寿光县志·方言》:"烦恼曰心焦。"本书第五十七回:"只见乌龟拿伞穿皮靴进来,说道:'谭爷不害心焦么?还独自一人在此纳闷。'""害心焦"即嫌烦闷。

紧

彼此行了礼坐下。献罢茶,绍闻道:"今日众位爷台这样齐备的紧。"(三十)

夏逢若道:"窄狭得紧,你也不笑我。并没外人,不妨摆将上来。"(七十三)

所以檐柱上悬着"奇石堪当笏,古桐欲受弦"木雕一副联儿,字书遒劲得紧。(九十)

【紧】副词,表示程度高(深),相当于"很"。元孟汉卿《玎玎珰珰盆儿鬼》楔子:"遇着一个打卦先生,叫做贾半仙,人都说他灵验的紧。"《儒林外史》第三回:"众邻都拍手道:'这个主意好得紧,妙得紧!'"。也说"要紧"。本书第七十回:"天黑的要紧,你独自一人难走。你我两个走着胆大些,就到碧草轩住下罢。"用法略同。参见"要紧"条。

紧趁

若是千金在一个野菜园中放着,怕有泄露。墙有缝,壁有耳,银子就是贼!王哥要紧趁办,今晚就催当主,明晨拿原约来,我明早即到。(上九十六)

【紧趁】赶紧,紧急。"要紧趁办",栾校本作"要赶紧办",意思相同。蒲松龄《禳妒咒·双戏》:"着我找到二门外。正争瓜子闹垓垓,一行叫着还不待来，两个还要胡厮赖。若不是我找的紧趁，他也就忘了书斋。"清褚人获《隋唐演义》第六十六回："我家郭、刘二妹还好些，那张、尹与这班都紧趁着帮衬他，晓得秦府智略之士，心腹可惮者，如李靖、徐勣之俦，皆置之外地。"

紧账

我目下有二十两紧账，人家弄没趣。你回去多拜上，就说姓夏的在家打算卖孩子嫁老婆还账哩，顾不得来。（三十）

王中道："先才请夏大叔商量茅家戏箱的话，听说夏大叔有紧账二十两，顾不的。俺家大相公说，这一二十两银子何难，情愿奉借大叔。"（三十）

【紧账】期限已近、催要得急的欠账。本书第三十回："家中还该有几百银子，不如尽紧的打发。"例中"紧的"即限期须还的要紧账目。清归锄子《红楼梦补》第十六回："还有一句话和你商量，这两天有几注要紧帐必得开发，这里头我先挪三千两去打个饥荒，可使得吗？""要紧帐"就是"紧帐（账）"。丘铸昌《戊戌变法一志士——刘光第评传》第六章："后来，光第得悉'少云师身故之后，其家境况极窘，又为紧账所逼'，于是，便带头发起募捐。"

紧着

春宇道："咱姐问候你哩。街上都谣着外甥进了学，我紧着上西街去道喜。见了姐姐，才知道没这事。又说了半天来年请先生的话，才回来。"（八）

只见隆吉把脸白了，说了一声："不好！"紧着向外边跑，早已未出而哇之。（十七）

谭绍闻看见，心中有了三分放下些儿。紧着起身让座，姚荣气忿忿的坐下。（五十八）

【紧着】急忙，赶紧。《醒世姻缘传》第二十二回："阿弥陀佛！真是女菩萨！我只说这新添的小孩子是他老人家积下来的！咱们紧着收拾银子给他，千万别要辜负了人的好心。"

紧症

旧日年泰隆号掌柜的孟三爷得了紧症,用银五十两,买了王知府坟里一棵柏树,做成独帮独盖一具寿木,漆的现成的。(十二)

只因谭绍闻是巫家娇贵之客,满座都是瞩目的,看见这个光景,都有些诧异。却早帘内老岳母疑是什么紧症儿,着人请谭姐夫到了后厅,问:"是恶心?头疼?"(六十五)

【紧症】突然发作的严重病症。顾善忠主编《明清秦腔传统曲目抄本汇编(第16卷)·奇合姻缘(后本)》第四场:"〔段维乾白〕就是这位何老先生的公子,娶的这位陈老夫人的千金,过门三天谁料得了紧症就死了。"赵焕亭《奇侠精忠全传》第十二回:"那知君佐自接到武师讣闻,多年老友,十分伤感,偏搭着木行中亏折了一桩生意,丢掉了十余万金,一郁闷得了风痰紧症,半日工夫竟自死掉。"河南方言也叫"紧病"。本书第二十七回:"(谭绍闻)左盘右算,要去寻表兄王隆吉去。他今日在生意行经的事多,或者有个什么法子,先可以哄过母亲,把诈言紧病一事说明了,久后也好遮掩。"

尽少

你说这几套印结,不是一道衙门的,却又有钤印骑压纸缝。这翻手合手,尽少说也得一两个月,才得上来的。(五)

依我说,这谢礼你得二百两,尽少也不下一百之数。你若舍得你的皮肉、你的体面,舍不得钱,咱如今就告别。(五十二)

谭绍闻面有难色,胡其所道:"尽少也要把令祖这墓头,调一调向。"(六十一)

【尽少】至少,起码。用来表示最少限度,或者最小可能。尽有极限、(力求达到)最大限度的意思。《吕氏春秋·明理》:"五帝三皇之于乐,尽之矣。"高诱注:"尽,极也。"又表示足、最等义,除"尽少"外,还有"尽多""尽足"等说法。清冯桂芬《复应方伯论清丈第二书》:"夫自种田有隐匿,管业田无隐匿,人所共知。即如薄产,但所缺仅百中之二三(此尚尽少说。司账者则云所缺一二成),愿全数充公,决不食言。"

京货铺

焦丹是山西一个小商,父亲在省城开京货铺,幼年记姓在巫凤山膝下,拜为干子。(五十)

(梅克仁)心内说:"这是我们老太爷名子。如何不是倒座向内的对厅,却成了大京货铺子?"梅克仁上的铺子台级,说买一条手巾。……梅克仁又道:"取一匹蓝绸子看看。"(八十八)

谁知天随人愿,三日后京货铺恰逢着闲铺面,又迁移了三日,竟搬移个干干净净。(九十八)

【京货铺】京货,指明清以来指从北京发运过来的绸缎、布匹、毛巾以及各类日用杂货。清允裪等《大清会典则例·户部·关税上》:"凡水陆货物皆计价科税,伏地货每价一两征银八厘,起京货每价一两征银三厘。"民国二十四年(1935年)石印本《齐东县志·实业·商业》:"京货店。售货以绸缎绫绉为主,兼售细洋布,货由济南周村运来。"旧时河南洛阳、开封等地把卖绸缎布匹的店铺称作"京货铺"或"京货店",开封朱仙镇、安阳等地有专门经营京货的"京货街"。

经见

这五人说了一阵闲话,晴霞到了。见有客,磕下头去。绍闻是从没经见的,勿论说话,连气儿也出不上来。(十七)

他舅呀,你是外边经见的多了,凭再好的筵席,那有个不散场?(四十)

谭绍闻忍不住,竟是望西大放号咷起来。这大路边上住的人,这样的事是经见的,那个管他。(四十四)

【经见】经历过,见识过。明陆容《菽园杂记》卷五:"(葡萄)世谓得之大宛,归种汉宫,皆未之考。意者初不经见,而博望、贰师之所得者,又将特异,遂附会之,此说有见。"杜鹏程《在和平的日子里》第六章:"老工人们因为经见得太多,总是把感情压在心底,只有那像石头雕刻成的脸上,罩着严肃和沉默。"

精能

王春宇见儿子精能,生意发财,便放心留他在家,自己出门,带了能干的伙计,单一在苏、杭买货,运发汴城。(十五)

夏鼎道:"你说的逼真。你既这样明白,又这样精能,怎的把产业也弄光了?"(四十二)

【精能】精明能干。"儿子精能",上图本作"儿子精明",意思略同。清王无生《述庵秘录·刚毅之贪诈》:"刚毅由清文翻译,历官部郎巡抚。不识汉文,好琐屑,自谓精能。"清乌有先生《绣鞋记》第六回:"他虽是个男子,却无半点机谋,但伊妻运筹握算,甚是精能,甚夸女中丈夫。"现在河南话还有"透精透能"的说法。

精穷

王春宇回心欢喜道:"我的心,只有一个人知晓,就叫他们唱去。省的人不明白,还说我是舍不的钱,只是胡搅。可怜我王春宇若仍是当年精穷,谁做生日哩?何况于戏。"(一百)

【精穷】极为贫穷,家里一无所有。明谢谠《四喜记》第四十一出:"自家唤作渔翁,一身弄得精穷,有人问我缘故,只是饮酒三盅。"二月河《雍正皇帝》第二十九回:"这几个顶着不肯出血的丘八总爷、提督将军,明儿就和他们打擂台。不怕欠债的精穷,就怕讨债的英雄!"清嘉庆二十二年刻本《密县志·风土志·方言》:"大富曰财主,极贫曰净穷。""净穷"即"精穷"。

井井条条

这犒从席面分层列次,俱是王象荩调停,井井条条,一丝不乱,无不醉饱。(一百〇八)

【井井条条】犹言井井有条。比喻十分有条理。清秦笃辉《经学质疑录》卷十五:"大学之文,明暗互用,顺逆相参,读破时却井井条条,一丝不走。"清魏禧《魏叔子文集外篇·明右副都御史忠襄蔡公传》:"传中叙事最密而不厌其繁,头绪最多而井井条条,一线到底,此等法度力量真为杰构。"

竟是

（一）

到了小南屋里，貂鼠皮道："咱今日要弄赌，你怎的说那一号正经话？你竟是一个活憨子！"细皮鲢道："我忘了！我忘了！该打我这嘴，再不胡说了。"（五十八）

张二粘竿捧了一壶茶上的厅来。盛希侨笑道："把你腰里水裙去了，你那跑堂的样子，我竟是吃不上你的茶来。"（六十四）

这程嵩淑酒助谈兴，谈助酒兴，不觉得酩酊，向苏霖臣道："我竟是醉了，咱走罢。"（九十）

【竟是】实在是，确实是。表示对现实情状的确认和强调。清李百川《绿野仙踪》第十八回："还有那位夺刀的，又是你令夫人大恩人，假若不是他眼明手快，令夫人此时已在城隍庙挂号了。今日这件事，竟是缺一不可。"

（二）

那些家人正趁着角门锁了，外边又叫了两个房户，竟是大赌起来。王中只得旁边呆着，等着内边消息。（十七）

（谭绍闻）猛然床上坐起，说道："罢了，我竟是上亳州寻我舅舅去。天下事躲一躲儿，或者自有个了法。猛做了罢。"（四十四）

夏逢若道："邓老爷妙策，竟是当面指示。"邓三变笑道："老朽既已勉允，不妨径直说明，好请二位放心。"（五十一）

【竟是】干脆，索性。《红楼梦》第九十三回："明日你求老爷，也不用问那些女孩子了。竟是叫了媒人来，领了去一卖完事。果然娘娘再要的时候儿，咱们再买。"

（三）

王中道:"把个破褥子放在地下,我侹着罢。大相公坐远些。"绍闻坐下道:"王中,你竟是瘦的这个样儿。"(二十六)

现今你爹未埋,实指望你上进一两步,把你爹志愿偿了,好发送入土。你竟是弄出偷跑事来,叫你爹阴灵何安？(四十九)

(张正心)看到后半本整篇,不觉夸道:"天分高的很。"及至看将完时,说:"竟是能发出议论来。话头虽嫩,理却醇正。难得！难得！"(八十七)

都是我为哥的不成心肠,多承贤妻调停。我糊涂,竟是在鼓中住着一般。(一百〇八)

【竟是】副词,居然,竟然。《醒世姻缘传》第三十二回:"一张状递将上去,不管有理没理,准将出来,差人拘唤要钱;听审的时候,各样人役要钱;审状的时候,或指了修理衙宇,竟是三四十两罚银。"

久惯牢成

德喜儿取出钥匙,一同出前门,转入胡同口,来到小东院。拆去砖头,开门一看,四个箱上锁都扭了。这茅拔茹是久惯牢成的,见景生刁,开口便说道:"这箱不验罢！"(三十)

这个脚户姓白,外号儿叫做白日晃,是省城一个久惯牢成的脚户。俗语说,"艄、皂、店、脚、牙"——艄是篙工,皂是衙役,店是当槽的,脚是赶脚的,牙是牛马牙子。天下这几行人,聪明的要紧,阅历的到家,只见了钱时,那个刁钻顽皮,就要做到一百二十四分的。(四十四)

【久惯牢成】狡黠老练,谙于世故。久惯:即"积久惯熟",指某种事情做得多、做得久了,养成习惯并且老道熟练。宋朱熹《晦庵集·书·答邓卫老》:"横渠先生之意,正要学者将此题目时时省察,使之积久贯熟而自得之耳。"本书第二十一回:"但绍闻虽然有酒,一时良心难昧;况且游荡场里,尚未曾久惯,忽然一定要走。"牢成:奸猾,滑头。元无名氏《步步娇》曲:"不带酒番番佯推醉,擎着个笑脸儿将人瞒。我知就里,不放了牢成可憎贼。"也作"久惯劳成"。明薛论道《桂枝香·俗语》曲:"争名夺利,千方百计,用不尽久惯劳成,卖不了精细伶俐。"也可以说成"牢成久惯"。《金瓶梅词话》第二十八回:"妇人笑道:'好个牢成久惯的短命,我也没气力和你两个缠。'"意思一样。

酒碟

吃完茶,院中闲散了一会。每桌又是十二个酒碟,安排吃酒。(十四)

绍闻吩咐酒碟。王中去不移时,酒碟到了。皂役首座,让王少湖次座。(三十)

掌柜的回来,还要与你摆酒碟哩。我们掌柜的虽是个秀才,极爱相与你们衙道中人。(七十二)

【酒碟】酒桌上用来盛下酒小菜、果品的碟子,也指用碟子盛的下酒菜,多为凉拌的荤素小菜,也可以是一些果品。也指酒和下酒的小菜、果品。清佚名《乾隆游江南》第四十八回:"小二答应下楼,顷刻间搬上七八件酒碟,暖了两壶酒,摆在面前。"2014年11月03日《天水日报》载《天水酒碟》:"天水酒碟,在我看来,是全国各地、各色下酒凉拌菜中最上品的凉菜了。"参见"碟儿"条。

救护

本街士民,挑水救护。井边挨挤不上,一个大池塘,人都排满了,运水泼火。妇女搬移箱笼,哭、喊之声,也无分别。各官率领衙役,催督救护。(六十五)

这焦新因突然火起,跑进自己房内救护箱笼,早被火扑了门,不能出来。多亏他兄弟舍死捞出,如今七分死,三分不望活了。(六十五)

今日赌犯一案,老爷大怒,看看打在谭绍闻身上,偏偏仓巷失火,老爷救护去了。(六十五)

【救护】原为救助保护的意思。《后汉书·南匈奴列传》:"往者,匈奴数有乘乱,呼韩邪、郅支自相仇隙,并蒙孝宣皇帝垂恩救护,故各遣侍子称藩保塞。"《醒世姻缘传》第六回:"源儿近来甚是作孽,凭空领了娼妇打围,把个妖狐射杀,被他两次报仇,都是我救护住了,不致伤生。"《歧路灯》中专指发生火灾时参加灭火、保护生命财产的行为。

就作

不是我一定要多说,就作你老有少心,真正果然的很。你看堂楼哩说的话,叫人好不难受,登时把两三个月小孩子,做了家主,别人该赶出去。可把你发落上那里去?(六十七)

【就作】就算是。清袁于令《西楼记》第十三出:"〔小净怒介〕嗳哟!不要与你强辨,就作是我赶去一妓,也有何妨!"清李渔《奈何天·计左》:"就作才思极高,不过像邹小姐罢了;就作容貌极美,不过像何小姐罢了。"例中"就作"与《歧路灯》中的用法相同。

局阵

这夏家赌娼场儿,真正就成了局阵,早轰动了城内、城外、外州、外县的一起儿游棍。(五十四)

虎镇邦看见局阵宽敞,正是宰杀浮浪子弟的好锅口。(六十四)

这夏鼎因想叫绍闻助赙,好容易设下姜氏局阵,备下酒席,方有了许诺,若要没星秤勾引的去了,岂不把一向筹度,化为乌有?(七十四)

【局阵】局面,阵势。明曹履泰《海上近事与黄东崖、颜同兰、丁哲初、林让庵》:"擒回贼船八十余只、贼四百余名,此从来未有之快事也。然穷凶未剪;将来局阵,正未可测。"清沈云《广沪上竹枝词》:"潮声沸市夕阳阑,夜夜元宵收复弹。设得迷人新局阵,烟楼添有女堂倌。"这种意思也可以单说"局",本书第六十四回:"盛希侨到了,笑道:'竟是弄成个酒饭馆款式,好不中看的要紧……何如您叫个狗肉案子、驴肉车子,一个个扯住一片狗腿啃,一个个切一盘驴板肠?不成局!不成局!'""不成局"就是不像那种局面。

开

谭爷说了,与你一向厮跟的好,见你开了粮,心下不忍。我借与他十两银子周济你,你有啥说没有?(六十九)

【开】除去,去掉。"开了粮"即被除去了粮饷。上图本作"开拨"。"开"与"开拨"义同。本书第六十六回:"如今将主将我的头脑目丁也革退了,钱粮也开拨了,就如死人一般。"参见"开拨"条。

开拨

虎镇邦道:"淡事。四个板子,枷号四个月,把我这份马粮开拨了,我正要脱身不当这户长哩。"(五十八)

老爷昨晚送的赌犯兵丁虎镇邦,书办的本官按法究治,打了四十杠子,革退目丁,开拨了钱粮。(六十五)

惟我这个衙门,纱帽下还是一个书生,二堂后仍然是个家居。迂腐两个字,我舍不得开拨了。(七十一)

【开拨】除掉,去掉。"开"有除去的意思。唐杜甫《赠太子太师汝阳郡王琎》:"何以开我悲,泛舟俱远津。""开我悲"即除却我心中的悲伤。元李行道《包待制智赚灰阑记》第三折:"则我这身上罪何日开除,腹中冤向谁诉与?""开除"同义连文。"拨"也有除去的意思。宋叶适《周君南仲墓志铭》:"文祠拨去今作,脱换骚雅,欲以力自成家。""拨去今作"就是去掉今作。"开拨"是两个意义相同的语素构成的词。这种含义,也可以单用"开"来表示。参见"开"条。

开场

大凡赌博场中,老子打儿子,妻子骂丈夫,都是要气死的事。开场的人,却是经的多了,只以走开后,便算结局完账,依旧又收拾赌将起来。(五十一)

可惜我的造化太低,到那里大雨下了两三天,江水大涨,心焦闷极,闲赌一赌,就输了四百多两。前日回来时,那开场的就跟上来,要这宗赌账。(六十四)

边公道:"既有赌具,又有赌伙,也不怕开场之人飞上天去。"遂吩咐牢役,将一干人犯锁拿,到衙审理。(六十五)

【开场】设赌局,开赌场。明清溪道人《禅真逸史》第二十四回:"相公写状,要把令尊老爷出名,先去府中呈告,说有虎棍积赌杜某叔侄二人,专一妆局骗人,开场肆恶。"清乾隆三十一年刻本《重修伊阳县志·风俗志》:"律载:开场诱赌,初犯杖一百,徒三年;再犯流三千里。"

开祥

(苏簟篸)一力担承,携夫人、公子到了祥符,将灵宝公薄薄的宦囊,替公子置产买田,分毫不染;即葬灵宝公于西门外一个大寺之后,刊碑竖坊。因此,谭姓遂寄籍开祥。(一)

学院道:"你的业师是谁?"娄朴难言父名,东宿代禀道:"是娄昭。今科中第十九名,是开祥一个名宿。"(七)

这父子兴会淋漓,已牌末脱稿,午初至未刻誊写于净,送到大堂。这开祥四学师,是认得箴初的,接了卷子,大家传观,莫不极口称赞。(九十三)

【开祥】指祥符县。宋大中祥符二年(1009年),真宗改原浚仪县为祥符县,与开封县同为开封府治所在。明洪武元年(1368年),太祖朱元璋将开封县并入祥符县,结束了一城二县分治的局面。1913年,民国政府又将祥符县改名为开封县。由于明以后直至民国初年祥符县包含原开封、祥符二县,所以明以来人或称祥符县为"开祥"。清乾隆二十年刻本《邓州志·人物志》:"黄玵,字廷重,康熙丙子举人……改授开封府儒学教授,课士惟勤,开祥诸生□之。"

开销

王氏即向楼上取了钱,交于王中。原来账房自从阁楷去后,银钱出入,俱在楼上支使、开销。(二十八)

盛希侨道:"满相公叫他骂的如今要辞账房。说他吃一家饭,如何偏兄陷弟,平日弄鬼开销假账,如今我独留他,正是通同一气。他如今定要打这没良心的门客。"(七十)

这修理衙署,也是上司大老爷,照看属员的法子。异日开销清册,砖瓦木料石灰价,泥木匠工价,桐油皮胶钱,小宗儿分注各行。(八十一)

【开销】开列支出的款项,登记支用账目。明昌坤《新吾吕先生实政录·收养孤老·存恤》:"每岁春三四月,每人加给谷三斗,谷准开销;其酒肉麦柴,有司设处可也。"清张春帆《九尾龟》第三十五回:"看筱舫如何回答,然后将他的局帐当面开销,大大的给他一个没趣。"

看病

夏逢若道:"一发定个日子,治一分礼,一来与谭兄看病,二来与伯母行礼,何如?"(十九)

绍闻道:"我要去看王中去。"王氏道:"他是出汗的病,怕染着你。"绍闻道:"我不怕。这王中是咱家一个好家人。他如此时不病,我断然没有这事。我要去问他病去。"……赵大儿回房,把大相公要来看病的话述于王中。(二十六)

【看病】探望病人,问候病情。看:看望,问候。清随缘下士《林兰香》第三十六回:"再说梦卿自先秋坐蓐以后,直至八月,病势有增无减。……一时外亲内眷,来看病者门庭若市。冉安人亦看病来,因私向香儿说道:'燕家姑娘这样一个人,如何得此不起之症?可惜可惜!'"

看唱/看场

若说是众人皆到之地,何苦太为迁执?其实幼学、少妇赶会看场,弄出的事体,其丑声臭闻,还有不可尽言的。(四十九)

小家妮子少体没面,专在庙里看唱,学的满口胡柴!(上八十一)

王氏道:"我家孙孙哩。"巫氏道:"他小舅背的看唱去。回来时,叫他同兴官跟你回去。"(八十五)

【看唱】河南不少地方把去看戏叫"看唱",或作"看场"。"赶会看场",上图本作"赶会看戏";"在庙里看唱",栾校本作"在庙里看戏",意思一样。清刘璋《斩鬼传》第十回:"楞睁大王昨日使小人打探钟馗,小人昨日在这边看唱,就忘了。"豫北一些地方也说"瞧唱"。清光绪二十一年刻本《(道光)辉县志·艺文志·杂著》:"照得民间演戏,所以事神,果其诚敬聿修,以崇报赛,原不必过为禁止。惟是瞧唱者多则游手必众,聚赌者出则祸事必生。"

看成

他们情愿唱几天闹丧戏,助府上这个喜丧。诸事不用你管。若说戏钱,

是把他们当梨园看成,他们就恼了。(上六十二)

【看成】看待,对待。"当梨园看成",栾校本作"当梨园相待",意思一样。清佚名《绣像红灯记》第十五回:"想当初姊姊一日把府进,我何从另眼把你轻看成……看待你如同亲生亲姊姊,咱二人好似同胞一母生。""看成"当即"看承"。元施惠《拜月亭记》第二十折:"〔夫白〕既然肯同去,我把你做孩儿一般看承。"本书六十九回:"夏逢若道:'金砖何厚,玉瓦何薄,一般都是兄弟,如何两样看承?我一定要插一分儿。'"

看好

老婆子不暇回答,笑道:"看好,姑夫也在家哩。"因向王氏道:"我是巫奶奶差来的,叫问谭奶奶好。还有一句话商量:这里事忙,本不该说请俺姑娘回家,只是今晚关帝庙唱戏,说夜间要耍火狮子,才是出奇哩。"(六十三)

【看好】正好,恰好。李準《白杨树》:"他正预备去找大发,看好碰着进明。"洛阳市文化局编《朝阳似火·润春》:"常有不在,看好你来了。社员们都说你讲得透彻、好懂。""看"在河南话里有正、恰的意思,"正对"也可以说成"看对","正得"也可以说成"看得"。

看课

大相公读书,可约娄少爷、张少爷,再寻一两位不拘童生、秀才会课。孔爷如今回来了,就央这老人家看课,好应考试。(八十五)

这正心又看了簧初新课,说:"稳进,稳进。"绍闻道:"何敢多奖。"正心道:"是真老虎,乳号便有食牛之气。咱们世交,我虽不知晓什么,却还略认得成色。"(八十九)

男家打听女儿,他说我曾见过,真正出众标致;女家打听学生,他说是我的徒弟,再不然就说我曾与他看过课。三言两语,就想坐会亲酒的首席。(九十)

【看课】检查、批阅学生的课程作业。《醒世姻缘传》第三十五回:"他即教学起家,买田置屋。起先讲书的时节,也还自己关了门,读那讲章;看课的时节,也还胡批乱抹,写那不相干的批语。"民国二十六年(1937年)铅印本《封邱县续志·人物略·文学》:"边佑,字锺毓,封邱名宿也……晚以明经司训荥泽，抵任后，多士踵于其门，俱求看课，遂于学署内设讲席焉。"

看条子

宋云岫接茶在手，说道："我今日出去看条子，拣好班子唱热闹戏，占下座头。不请别人，就是咱三人。我亲自来请，与二位添些彩头，好做官。我异日路过衙门，唱堂戏回敬我，不准推辞。"（十）

【看条子】 条子：指长方形的纸张。本书第八十七回："本县新老爷贴出一个条子来，写着本月二十日县试，限初八日投完册卷。"特指戏园张贴的写有剧目及演员名字的报单，即所谓的"报条"。看条子，就是去看"报条"、现在河南人常说的"戏报"。于建刚《中国京剧习俗概论》第五章："《梦华琐簿》记载：'《都门竹枝词》云："某日某园演某班，红黄条子贴通衢。"今日大书，榜通衢，名"报条"，曰："某月、日，某部在某园演某戏。"尚仍其旧俗。'清代人李绿园作的《歧路灯》第十回描写到戏园里看戏，宋云岫说：'我今日出去看条子……'次日宋云岫来说：'我今日来请看戏，江西相府班子，条子上写《全本西游记》。'这里所说的'条子'，就是张贴在大街上的海报。"

看喜

却说巫翠姐免身得了一个头生男胎，合家无不欢喜……少时翠姐之母巴氏同巫守敬来看喜。（上七十六）

邓祥把新马套在车上，铺上褥垫，王氏坐上，老樊坐在前头搅住用相公。一路转街过巷，到了园门。王象荩急忙来接。但面无喜气，却现忧色。王氏道："我来看喜。"（九十九）

【看喜】 看望、庆贺有喜事的人家。特指看望新生儿。看：探望，探视。旧时家有添丁之喜，称"恭喜了"，简称"喜了"。本书第二十七回："王氏道：'你屋里恭喜了，大相公也喜了，一天生的，真正双喜临门。'"峻青《看喜》："天刚闪亮，院子里石榴树上的喜鹊刚刚亮起了喉咙，村庄里看喜的邻舍们就陆续地来了。……她们一进门，就兴冲冲地嚷道：'……老五奶奶，你可真有福呀！一添就是一双！'"

看行

到了次日黎明,合家都起来,车夫催着上行李,说:"那五辆车都走了,约定今晚一店住哩。"娄先生与王隆吉等已从过道里过来,到前门看行。(七)

到了次日,柏公送到一席,说不能亲往奉杯。晚夕,戚公差人送路菜一瓮,随带包封家信,说不能看行。(十)

【看行】送行。看:有料理、照应的意思,如"看茶""看座"等。"看行"从字面上看是照料出行,实指送行。也说"看乘"。本书第六回:"吃完了酒,一同起身。娄、谭送至胡同口,说道:'明晨看乘。'"

看语

那书办说:"这是咱县的一件很好事,我们也是有光的。只是学里文书未到。文书到时,发了房,我们即速传稿,加上禀帖,催出看语,连夜写细,不过一天就到府太爷那边。"(五)

王抚台依浙江宁波府定海寺事实,撮四句二十字的看语:"密访通倭逆贼,复筹火攻良策,肤公首捷,端由硕画。"书办装封文袋,发于谭绍闻收执。(一百〇五)

【看语】公文审阅后的批语,判语。清黄六鸿《福惠全书·刑名·释看语》:"看语即审单也,亦曰谳语。其法或先断一语而后序事,或先序事而后断,必须前后照应……大约据招供以序事,依律例以断罪,辩论精详,使无驳窦,能事毕矣。""谳语"乃看语之一端而已。其实凡公文后面或者前面批注的评判性的词语都可以叫"看语",不一定都是审断案子的文辞。

杠夫

又将猪羊花供交与保正,以为埋葬之用。土工杠夫,仍向衙门领钱。岂知至诚所感,不惟土工杠夫情愿白效劳,本街士民又各出钱钞,他日自将节妇葬讫。(四十一)

杠夫一声喊,黑黝黝棺木离地。孝眷两队分,乱攘攘哀号动天。(六

十三)

那些铺子里小伙计,顷刻置买包裹,饭后各色俱全。说是喜礼,那红签儿封,朱丝儿捆,办的千妥万当。当下即到轿铺里雇觅十个杠夫,抬到谭宅。(八十七)

【杠夫(káng—)】旧时称给人搬运东西做粗笨活的佣工,或特指送葬时抬棺材的人。《杜骗新书·盗劫骗》:"催十八人往江边杠货,果抬九杠入店。赍发杠夫去讫,闭上外门,贼将锁匙将九杠锁都开讫。"清梁溪坐观老人《清代野记·旗主旗奴》:"每有旗主贫无聊赖,执贱役以糊口,或为御者,或为丧车杠夫,或为掮肩者,若途遇其奴,高车驷马翎顶辉煌者,必喝其名使下车代其役。"

犒从

夏鼎回来,哈哈笑道:"小家子从来待不惯客,并没个犒从席儿。可笑,可笑。"(七十三)

德喜正发放犒从喜封,忽见宝剑夹个大毡包来到。(七十七)

谭绍闻西向相陪,张正心坐了西席,谭箕初向东北陪座。山珍海错,烹调丰洁,自不待言。这犒从席面分层列次,俱是王象荩调停,井井条条,一丝不乱,无不醉饱。(一百〇八)

【犒从】表示犒赏客人的随行仆从、下人。语出《左传·僖公三十三年》:"寡君闻吾子将步师出于敝邑,敢犒从者,不腆敝邑,为从者之淹,居则具一日之积,行则备一夕之卫。"明王同轨《耳谈类增·谛义篇上·鹅毛莲花》:"赴人之招,则主人设素,仍具银五分置案傍,亦收之以犒从,遂为定例,以尽人情。"

克化

即是所生的那个表侄,如今也是丁酉举人,将来原可以大成。总是外甥多像舅,他秉的他外祖那一宗种气,断断乎克化不了。家表兄老而惜子,惟有付之无可如何而已。(一百〇三)

【克化】消解,消化。《朱子语类》卷十七:"又有人极温和而不甚晓事,便是贤而不智。为学便是要克化,教此等气质令恰好耳。"金李杲《脾胃论·脾胃胜衰论》：“若饮食不节，损其胃气，不能克化，散于肝，归于心，溢于肺，食入则昏冒欲睡。”

刻下

　　谭孝移便叫德喜儿，到厨下讨一桌碟儿，送至园中，禀师爷说，今日王相公上学哩，刻下就到。（三）
　　谭绍闻道：“我这脸叫衣架头儿磕肿，怎好街上行走？”夏逢若道："人命大事，只讲顾头，就顾不得脸了。”绍闻不敢怠慢，刻下写帖。（五十一）
　　绍闻只管催督，说：“盛爷性子你们是知道的，必是刻下要唱堂戏，你们只管挨迟，他在家下就要跳的。”（八十）
　　【刻下】即刻，当下。明汤显祖《牡丹亭还魂记》第十七出："俺仙家有禁方，小小灵符带在身傍，教他刻下人无恙。"《醒世姻缘传》第二十九回："薛施主一个极好的人，可惜除了他的令爱，合家都该遭难，只在刻下。"

肯依

　　班役袖着银子，藏过两个锞儿，交与税桌十四两。那小马仍然不肯依。但欲已满了八分，也就渐渐收下。（七）
　　兴官与巴氏、巫氏作下揖去，俱都不甚瞅睬，王氏心中大有不肯依之意。（八十五）
　　那五六位老者，一发不肯，说道："一发俺们不肯依。我们太爷才来时，是一个胖大的身材，只因连年年成不好，把脸瘦了一多半子，俺们怎舍得叫他升哩！"（九十四）
　　【肯依】依允，答应，也表示同意、接受的意思。《水浒传》第二十三回："王婆道：'若是大官人肯使钱时，老身有一条计，便教大官人和这雌儿会一面。只不知官人肯依我么？'"《红楼梦》第九回："他既和贾蓉最好，今见有人欺负秦钟，如何肯依？"本书第九十七回："况父子同案，略占年伯之分，新中副榜，又是出众之员，没有那个不依，那个不肯的。于是绍闻到一家，允一家，央一人，应一人。""依""肯"义同。"肯依"为同义复合词。

恳

（一）

隆吉道："俺两个何尝是吃酒的人。只是盛大哥酒太壮,让的又恳,因喝醉了。管情再一遭,就不敢了。"（十八）

昨晚皂班头儿宋三奎承我了一宗人情,请我吃鱼,我说不敢吃,他说不忌口,眼就会好了。我又忍不住,他又让的恳,吃不多些儿,这一夜几乎疼死了。（四十三）

盛希侨道："……'姑爷既不知晓,爽快姑爷收存。并不必叫舍妹知晓,省却葛藤。'他说的恳,我只好收下。"（一百〇二）

【恳】恳切,真诚。这种意义的"恳",书中常常作补语。《红楼梦》第五十六回："李纨等见他说的恳切,又想他素日赵姨娘每生诽谤,在王夫人跟前亦为赵姨娘所累,亦都不免流下泪来。"句中"恳切"与"恳"用法相同。

（二）

酒至半酣,孝移一事上心,满斟一杯酒儿,放在娄潜斋面前,说道："我将有一事奉恳,预先奉敬此杯。"（二）

这王中见他说的数目,与娄潜斋所说不甚相远,又在外走动这几日,怕家主知觉,遂起身道："我竟一客不烦二主,就恳钱老师包办何如？"（五）

从来官场中尚质不尚文,先要一份重礼相敬,若有要事相恳,还要驾而上之些,才得作准。（五十一）

到了次日,绍闻道："前日未见老师,所以不敢禀师母安。今已见过老师,恳世兄到三堂代禀,说小弟拜见师母。"（七十一）

【恳】恳请,乞求。宋赵善璙《自警编・接物类・厚德》："时鲁简肃公宗道方为司户参军,家贫,食众,禄俸不给,每贷于王,犹不足,则又恳王预贷俸钱。"清李百川《绿野仙踪》第十七回："本城的绅衿铺户,念他父居乡正直,前后捐助了三百两,尚欠四百五十两无出,大家同去恳冯剥皮,代他报家产尽绝。"

（三）

王中半日之间，串通了孔耘轩、张类村、程嵩淑、娄朴、苏霖臣，恰好惠养民也在城中，也恳了。俱集孔耘轩家，写了连名公呈。（五十四）

这绍闻出去，自恳礼宾。……于是绍闻到一家，允一家，央一人，应一人，四位礼生，不用柬邀席恳，俱言至日骑马早到的话。（九十七）

（张正心）前日见过四位礼生，也投了眷弟请帖。恳了谭绍闻父子初六日陪客，谭绍闻又叫补了张正心请帖。（九十八）

【恳】延请，邀请。《醒世姻缘传》第十四回："实告，因连日要备些孝敬之物，备办未全，所以还不曾敢去奉渎，容明早奉恳。"清褚人获《坚瓠五集》卷四："数月后，里中某忽至，馈遗殷勤，恳邀至家。初峻拒而请益力，不得已赴之。治具中堂。""恳邀"同义连用。

空

到了客室，希侨道："庵里日子清淡么中？"范姑子道："行常断了顿儿。"希侨道："不打紧。明日我送十两灯油钱、一石米来。二位贤弟也休空了。"（十六）

王氏道："一定该与他二十两么？些须打点下他也就罢了。他替咱受一场屈，不空他就是。"（三十三）

一个班子厅前唱，闪下街心没戏，岂不空了街坊？太太荣寿，俺们情愿尽这一点穷心，只用现成台子，其余一切饭食戏钱，灯油蜡烛，府上只如不知晓一般。（七十八）

【空】白，徒。用来表示没有施惠或没有款待。《金瓶梅》第七回："西门庆作辞起身。婆子道：'老身不知大官人下降，匆忙不曾预备，空了官人，休怪。'"参见"空过"条。

空过

庙祝又请入一座客室，邀留过午。潜斋道："我来时已说今日有客，不能过午。不如少坐一时，我们一同回去。"庙祝不敢过强，只得说："空过三

位老先生,不好意思的。"(二)

这绍闻回家安顿款待席酌,原是怕二人拉扯再入匪场。但既以礼来,也难叫他二人空过。殊不知二人来意,并不是仍蹈前辙,原来二人身上有了急症。(九十)

【空过】 原意是虚度、白白经过。引申指未能拿钱物酬谢或用酒食款待,意谓白白用了别人或者让人家白来一趟而无所得。明冯梦龙《三遂平妖传》第九回:"你也没早晚,日中出来解厌,晚些出来怕鬼捉了你去?我没零碎钱,且空过这一遭。"清梁溪坐观老人《清代野记》卷中:"尔舅舅以为我有旨蓄,不知我寡妇孤儿之苦也。今既来,不可使其空过,尔将嫁衣捌一件与之,免我母子受惊也。"

口尖舌快

盛希侨道:"贤弟,你小了一辈儿?假如你今日拨了贡中了举,做个官,登时就'老爷'了;这品级在身份上取齐,大小是争不得的。你遭遭是口尖舌快的,惹小厮们轻薄你。"(八十四)

【口尖舌快】 形容人说话轻率而又尖刻。明西湖渔隐《欢喜冤家》第一回:"那周裁缝是个口尖舌快的人,他道:'我这几时不管人间事。若是十年前生性,早早教他做出来了。'"也说"嘴尖舌快"。《金瓶梅》第四十三回:"不看世界面上,把你这小揸剌骨儿就一顿拳头打死了。单管嘴尖舌快的,不管你事也来插一脚。"

口角

(一)

孔耘轩口角未免微劝读书,以绍先泽之意。绍闻灵人,不用细说,便躬身道:"岳父见教极是,愚婿自当谨遵。"(二十九)

正上马时,夏鼎已到,一面挡箕初上马,一面又来扯住绍闻牲口,前引出辕,细声说:"口角牙缝恩典。"(九十五)

咱是弟兄,我把老实话对你说,我还有央你的去处;见了我们大老爷,口

角吹嘘,就是把为弟的扯了一把。(九十六)

【口角(—jiǎo)】本指嘴边,这里指言语间委婉透出,言谈中流露。清李百川《绿野仙踪》第四十回:"他的旧伙计都与新财东做了生意,如玉取点物事,也还支应,未免口角间就有些推调的话传来。"

(二)

这冰梅、赵大儿两个,慧娘只当家人媳妇看待。到晚来夫妻闲话,绍闻把冰梅兴官儿话露了口角,这慧娘便把冰梅另样看起来了。(二十八)

到第三日夜酌,这荀药阶善饮,莫、谭、娄三位少年相陪。谭绍闻略露一点销货口角。(七十一)

【口角】口气,话音,言外之意。清娥川主人《世无匹》第一回:"权一庵向只道他与秀玉同做了逝水桃花,谁知听他口角,宛转多情,也垂泪道:'不佞何敢负卿雅爱!因沟壑之状,无颜见江东耳。'"

(三)

谭绍闻系名门子弟,少年英慧,谁不晓他是谭绍闻。但赌博场中,俱是轻忽口角,且俱是粗汉,也不知考名为甚,不过就众人口中称个谭福儿,管九儿。(五十四)

【口角】指说话的语气、措辞或格调。清刘璋《斩鬼传》第六回:"钟馗看毕,道:'此卷才质虽好,但口角轻狂,必放达不羁之人也。'"《红楼梦》第七十八回:"众幕宾看了便皆大赞:'小哥儿十三岁的人就如此,可知家学渊深,真不诬矣!'贾政笑道:'稚子口角,也还难为他。'"

口语

潜斋道:"你两个同去料理。"阎相公道:"我的口语不对,如何去得?"原来这阎相公名楷,是关中武功人,随亲戚下河南学做生意……所以他说他的口语不对。(五)

周小川道:"谭爷差了。你说你是春宇王爷的令甥,我不过因是口语相投,故此少留申敬,图日后王爷自苏州回来好见面的意思。"(四十四)

张二粘竿道:"秦哥,你会学邓祥的口语。不如与班上人商量,叫他跟着咱到巫家,哄出来,一把锁上了。"(六十五)

【口语】指某地方口音,也指某人的话音特征。清佚名《天雨花》第五回:"仙姑差矣,难道小生口语听不出么?"陈忠实《白鹿原》第二章:"秦地浑重的口语与南方轻俏的声调无异于异族语言,往往也被他们讪笑取乐。"

扣

(一)

二人扣定,依旧又入残酌。管贻安道:"你两个一道巷口住着,想是商量机关要下手我们么?"(三十四)

王紫泥依旧掩着眼听盆。这一起儿出门外假装解手,又都扣了圈套。果然吆吆喝喝掷将起来。双裙儿乒乒乓乓打比子,张瞻前高高低低架秤子,果然一场好赌也。(四十三)

【扣】本指将绳索打成环套或者用绳套套住。比喻作商定(计谋),设下(圈套)。唐陆龟蒙《奉和袭美太湖诗二十首·孤园寺》:"幡条玉龙扣,殿角金虬舞。"《警世通言·金令史美婢酬秀童》:"卢智高着了忙,跌上一交,被众人赶上,一把拿住,也把麻绳扣颈。"

(二)

谭爷上京,只要到骡马厂扣几头好骡子,将驮轿坐上,又自在,又好看。(七)

(智周万)即令耿葵到转脚行内扣了一乘驮轿,收拾了书籍行囊,两日内自回灵宝而去。(上五十五)

我看隔省远亲戚,着实没要紧,扣了一头脚驴,跟了个老家人,来回两千多里,有啥事哩……过了一日要走,我与他扣马车一辆,盘费银三十两,送的回华州去。(一百〇二)

【扣】订下,雇觅(牲口、车辆等)。"扣了一乘驮轿",栾校本作"雇了一乘驮轿"。清文康《儿女英雄传》第十四回:"当下商量完了,一面收拾行李,一面遣人过黄河去扣车辆。"扣车辆"即雇车辆。"扣"有询问、探询的意思,唐元稹《授杜元颖户部侍郎依前翰林学士制》:"授之以诏而益办,扣之以疑而益明。"字或作"叩"。清鸳湖渔叟《说唐全传》第一回:"走到一条僻静小巷,已是黄昏时候,家家闭户,听得一家有小儿啼哭,遂连忙叩问。""扣""叩"并与"讴"音同相通。《广韵·厚韵》:"讴,先相讴可。""讴可"者,征询而得到许可之谓,因引申为说定、定下的意思。今河北石家庄一些地方,把租房所交付的定金叫"讴租";宁波等地把事情讲好了叫"讴好",把说亲时要求对方将婚事确定下来叫"讴定",即取此义。"说定""定下"衍生出雇觅的意思是很自然的。

挎/胯

荆县尊接道:"这茅拔茹拜过你么?"夏逢若道:"不曾。"荆县尊道:"他不曾拜你,你如何回拜他呢?"夏逢若道:"是谭绍闻一定挎小的去。"(三十一)

【挎】原指用手臂勾着。引申为强迫、胁迫。上图本作"胯",义同。这个意思现在河南话仍读上声。

快头(儿)

少爷把那粗糙东西——虎额、龙头、龟盖、蟹壳、天王脸、弥勒头、旧头盔、枪、刀、锣、鼓、喇叭,以及一些旧蟒、旧女彩、旧头巾、破靴,分成四个箱,卖与历城县一个快头儿。那快头儿是得时衙役,也招架两班戏,一班山东弦子戏,一班陇西梆子腔。(七十七)

县公差快头,押令速办速结。众人好不痛快。(八十)

【快头(儿)】即"快班头"的省称。本书第六十五回:"王象荩带了,径上衙门来,寻刑房书吏、得力快班头儿,暗行苞苴。"快班,也叫马快、马快手,旧时官署衙门中担任缉捕事务的役隶,为首的就叫"快班头"。清鄂尔泰《分别流土考成疏(雍正四年)》:"而捕快之中,亦有奸良不一,能否不齐。又须每十人立一快头,如缉盗不获者,捕快与快头一同治罪。"清石玉昆《三侠五义》第五十二回:"谁知那些衙役快头俱与他熟识,众人一见,彼此顽顽笑笑,便领他到监中看视。"

款

（一）

谭绍闻道："你且回去，我自有酌夺。难说你没本事对虎兵丁说，叫他款我几天么？"（五十九）

【款】延缓，推迟。唐元稹《冬白纻歌》："吴宫夜长宫漏款，帘幕四垂灯焰暖。"元关汉卿《温太真玉镜台》第三折："为甚我今日媒人跟前做小伏低，教他款慢里劝谏俺夫妻和会，兀的是罗帏中用人之际。"例中"款"作徐缓讲，"延缓""推迟"义是其引申。

（二）

那一个丫头，一个孷妇，见有客来，嘻嘻哈哈的跑了。那一个十来岁的姑娘，丢下线头，从容款步而去。这谭、娄二人退身不迭。（四）

不意老先生久等。现今泥泞甚大，老先生不必急旋，少留款坐，幸尔攀谈。（七）

道士道："敝乡原是湖广郧阳，一向在武当焚修……今日特便道过访，不料已物故几年。众师兄留贫道款住几日，不久仍回武当。"（七十三）

【款】从容舒缓。宋毛滂《访郑叔详回得花满盘作短诗以寄》："剩取必知丛蝶恨，款行聊许路人看。"清松云氏《英云梦传》第十五回："梦云道：'母亲就款住些时，必定要撇却孩儿回去？'吴夫人道：'不是为母的撇你前去，古云"长安虽好，不是久恋之家"。'"

款洽

（隆吉）因把盛公子怎的一个豪迈倜傥，风流款洽，夸奖了一番；怎的一个房屋壮丽，怎的一个肴馔精美，夸的不啻口出。（十五）

此时，盛公子把结拜一事，久已忘在九霄云外了。就是谭绍闻此时来访，未必就肯款洽，何况夏鼎。（三十七）

见了同号诸友,说明江浙山陕籍贯,问明子午卯酉科目,有前辈,有同年,有后进。或叙祖上年谊,或叙父辈寅好,好不亲热,好不款洽。(一百〇二)

【款洽】亲切和合,相处融洽。《元史·儒学传一·侯均》:"均貌魁梧,而气刚正,人多严惮之,及其应接之际,则和易款洽。"字又作"款浃"。《宋史·昝居润传》:"居润与太祖同事世宗,情好款浃。"

旷外

话说朝廷喜诏贴于各署照壁,这些钻刺夤缘的绅士,希图保举,不必细述。只说学中师爷多收了几分旷外的厚礼;学中斋长与那能言的秀才,多赴些"春茗候光"的厚扰,这就其味无穷了。(五)

【旷外】额外的,超出常规的。澎岛《隔邻》:"洋烟卷儿,本来是卢老槐极端反对的,尤其是自己的儿子抽……自从三元儿加入农民协会,更其是将要当村副的现在,他让步了,以为就只抽一抽烟卷儿,也不算十分旷外。"陈劳生编《武当诗联·人间气象》:"前川风紧远空晴,后山雪映旷外明。"也作"框外"。符春绿《叶县人文历史钩沉·叶县方言土语锦集》:"框外:超越范围。"

亏

绍闻无奈急忙跪下道:"我原不成人,怪不的娘心里难过。娘只要开一点天恩,把我打一顿,就打死了,也不亏我。娘只休哭,留下我改志成人的一条路儿。"(八十三)

【亏】委屈,冤枉。姚雪垠《长夜》十五:"既然决心出去蹚,该早点告我一声;现在屎憋到屁股门边你才来解裤带,叫你'二蛋'真不亏你!"李準《黄河东流去》第二章四:"小孬说:'转运哥,你说咱们两个挨这一顿揍亏不亏?瞧!把我的牙都打流血了。'"

亏乏

小的一路小心,平安无事。及到了家,却因小的少主人近日光景亏乏得

紧,说小的们人多,养活不过来;打发去别处,又不放心,叫小的两个来伺候大老爷。(八十)

【亏乏】欠缺,亏欠。"光景亏乏"意谓生活资用缺乏,日子艰难。宋度正《性善堂稿·奏疏·条奏便民五事》:"数十年来,课利亏乏,所在皆然。大额虽存,其实已废,州县无所收,朝廷无所取,亦已久矣。"《红楼梦》第五十七回:"凡闺阁中家常一应需用之物,或有亏乏,无人照管,他又不向人张口。"

亏累

王氏道:"不用叫他妗子牵挂,我的侄儿就与我的儿子一般。"春宇道:"我也不肯白白的亏累姐。"(三)

(绍闻)道:"这是我助埋殡伯母银子,待夏哥回来交明。"妇人道:"真是亏累谭叔,等他回来我说就是。"(七十五)

总为大人做道员时,驿上草料豆子,公买公卖,分毫不亏累民户。(一百〇七)

【亏累】亏欠,亏负,使受损失。明毕自严《度支奏议·山东司》:"每引纳课三钱三分,止准增盐一石,使盐无旁溢之患,商无亏累之虞,似当仿为定议,而各属不得援引者也。"郑观应《盛世危言·银行下》:"其实在无力贫民亦有报穷之举,乃始归之折阅。是以银行虽有亏累,为数无多。"

拉扯

(一)

孝移道:"连日少会。老弟今日是赶会哩?"春宇道:"我那得有功夫赶会。只因有一宗生意拉扯,约定在会上见话。其实寻了两天,会上人多,也撞不着,随他便罢。"(三)

【拉扯】牵扯,牵缠。清归锄子《红楼梦补》第四十六回:"湘云问道:'为什么不见二哥哥,那里去了?'鸳鸯道:'早上在老太太屋里,说要到襄阳侯府里拜寿,想被他们拉扯住了。'"

（二）

　　班役道："老爷到京，办理功名，贵省在京做官的极多，各处投上个帖儿，也是一番好拉扯，为甚的只一两处？"（七）

　　这绍闻回家安顿款待席酌，原是怕二人拉扯再入匪场。但既以礼来，也难叫他二人空过。殊不知二人来意，并不是仍蹈前辙，原来二人身上有了急症。（九十）

　　【拉扯】攀扯，交往。《中国歌谣资料·太平军快到苏州城》："挨六阶，会拉扯，结交囚衙人，乡勇乱哼哈。"河南话现在仍有这种说法。姚雪垠《长夜》三一："咱家里两根大烟枪，又好拉扯，地里出产的包缠不住，不出地有啥法子。"自注："拉扯，即交际。"

拉倒

　　盛希侨摇头道："野地里拾的柴薪，将就些儿罢，休要嫌湿。从前话，一切拉倒。"（六十九）

　　我欠你一百二十两，今日先与你二十两，拿回去，且济手乏。你做满月我再送过一百两，把咱两个的账拉倒。你不做满月，我就不欠你的了，算助我买箱，也一切拉倒。（七十七）

　　【拉倒】原指把立起来的东西用力拉使之倒下。本书第八十回："不胜拉倒杏黄旗，大家散了罢。"比喻为扯平、不再算数，再引申为作罢、算了。清李百川《绿野仙踪》第五十四回："苗秃子道：'与他做什么寿？拉倒罢！'"民国二十三年（1934年）铅印本《井陉县志料·风土志·方言》："拉倒：邑俗谓事之了结曰'拉倒'，犹云'一笔抹煞'也。"

拉倒杏黄旗

　　绍闻吃喝了几句，几个尽有不服之意。只因素怯王象荩，不过背地唧哝道："伺候了几天几夜，不得安生，还吃喝哩。不胜拉倒杏黄旗，大家散了罢。"德喜道："且耐过这几天，把这宗事打发清白。天也冷了，不能像往年不受屈，各人寻下投向，好散伙。"（八十）

【拉倒杏黄旗】传统戏曲、小说中称绿林好汉聚义起事的杏黄色的旗帜为"杏黄旗"。旗倒人散,"拉倒杏黄旗"等于说散伙。

腊醋

及至到了花园,日色下午。柏永龄差人送伏酱一缸,腊醋一瓶,下饭咸菜四色,以表东道之情。(七)

【腊醋】旧时河南有腊月间用酒糟酿醋的习俗,所酿制的醋称"腊醋"。明嘉靖刻本《光山县志·风土志·习尚》:"腊月。八日,畜水作酒、醋,夏月不生虫蛆。"也叫"腊脚醋""糟醋"。明嘉靖刻本《尉氏县志·风土类·物产》:"腊脚醋,腊酒糟为之。"清康熙二十九年刻本《汝阳县志·舆地志·风俗》:"十二月……二十四日扫舍宇、贮水作糟醋。"

揽宽

夏逢若道:"他家惟有个家人王中,好揽宽管主子,别的小厮没有管闲事的。你只顾去。"(五十七)

【揽宽】揽事过宽,管不该管的事。《党建与人才》2000年第4期第39页唐秦榛、常君《好人郭云亮》:"群众都说他不像个书记,倒像个勤务员,还给他起了个绰号叫'三揽宽'。"邢桂轮、张桂珍《河南新文学大系·通俗文学卷·兰建堂:夺算盘(琴书)》:"白天干活只恨少,忙上忙下揽的宽,割罢麦,套碌碡,又打场来又掌鞭。一袋一袋过了秤,从早起忙到漆黑天。今晚上我要再不管,准把你熬成烂眼圈。"这种意思,河南有的地方也叫"揽闲"或者"揽闲事"。

劳复

那王中昨日才出汗,就听着唱旦的娃子楼下来往的话,夜间又冒风寒,厅房又恓惶一场,外感内伤,把旧病症劳复,依然头疼恶心,浑身大热,动不得了……绍闻又道:"王中呢?"王氏道:"病又劳复了,在屋里哼哩。"(二十五)

【劳复】病症初愈,又因劳累或伤感而复发。复:重也,再也。字又写作瘦、瘦。《方言》卷三:"瘘、瘦,病也。东齐海岱之间曰瘘,或曰瘦。"晋郭璞注:"谓劳复也。"《广雅·释言》:"瘦;瘶也。"清王念孙疏证:"《伤寒论》有大病差后劳复治法。"《广韵》:"瘦;病重发也。"可见"劳复"这一词语,至迟在晋代就有了。姚雪垠《李自成》第二卷上第一章:"但是她害怕闯王会劳复,所以近几天总是尽力阻止闯王骑马。"今河南方言"劳复"的"复"读轻声 fa。

老道长

程嵩淑道:"老兄们看不见王象荩满面急气,比少主人更觉难堪。今日请我们一起老道长,无非陈曲做酒——老汉当家之意。孝移兄去世,他的家事,我们不能辞其责。"(八十三)

【老道长】明清时,大僚们对各道御史尊称为"老道长"。也用于对年长且资历深的男性或家族中长辈的称呼。明沈德符《万历野获编·吏部·四衙门迁客》:"魏前亦台臣,曾以言事外谪,许疏中所劾大僚,魏亦一人也。相晤时,魏留款欢然,称老道长,慰劳有加。"符春绿《叶县人文历史钩沉·叶县方言土语锦集》:"老道长:宗教里的头儿。对家族中长辈的尊称。"

老干淡素

王氏道:"小手儿还算巧,扎的花儿老干淡素,是我这老年人穿的。配的线儿也匀,针脚儿也光。怎的把我的鞋样子偷的去了?这小妮子,也算有心。"(九十一)

【老干淡素】指适合年龄较大的人的那种既朴素淡雅又比较庄重的格调。老干:式样或颜色不俏丽,不时髦。现在北京话里还有这种说法,如:"这褂子挺老干。"淡素:淡雅净素。宋毛滂《玉楼春·红梅》词:"当日岭头相见处,玉骨冰肌元淡素。"

老官板

媒婆道:"老爷们想小老婆想的会疯,张二爷想老官板想的会聋。"张美把媒婆肩上拍了一掌,道:"王大娘想老官板想的脚也会肿了。"二人大笑。

(上一百〇三)

【老官板】指铜钱。清光绪十年刻本《玉田县志·舆地志·方言》:"官板儿:钱也。又曰老官板。"亦作"老官版"。清俞樾《茶香室续钞·版儿》:"《雨航杂录》云:铸钱之模谓之版。宋时铸钱,每版六十四文,故俗有'版版六十四'之语。今江北各省称大钱为'老官版',亦是此义。称'官版'者,别于私铸;称'老官版'者,别于近来之官版也。"

老黄脚

(夏鼎)进门来,看见张绳祖、王紫泥便哈哈笑道:"妙呀!你两个有什么厮咬的事儿,请我逢老与您泼水解围呢。"王紫泥道:"豆地里有片兔儿丝,叫你割了,俺好放鹰,拿个老黄脚哩。"(三十六)

【老黄脚】原指难以逮住的野兔,借指阅历广、见识多、老于世故、性情狡猾的人。据说野兔长到一定时候,脚部发黄,性情狡猾,围猎的人很难捕获,因而河南一些地方称之为"老黄脚"。邵文杰主编《河南大辞典·方言》:"老黄脚:是郾城对老奸巨猾者的称呼,本指狡猾的兔子,指人时含贬义。"王耀辉《农民兄弟》6:"这一带把长老了的兔子叫黄脚,称黄村长老黄脚,自然是指他精能圆滑。也是,不精不滑,村长职务能当30多年?"

老苗/老苗子

如今到了没蛇弄的地步,才寻着书本儿。已经三十多岁的人,在庄稼人家,正是身强力壮,地里力耕时候;在书香人家,就老苗了,中什么用里。(八十七)

绍闻道:"案首也取过,误了大考。如今老苗了,未必还能干事。"(九十)

二哥年内去,我就年内起身,开春去,我就春天去,老苗子举人,随得便宜。(九十九)

【老苗】也可以说成"老苗子"。原指因缺乏营养和水分而发育不良、又小又老、结不出果实的禾苗。喻指年岁已大而没什么前途了。现在河南乡村里说"老苗",仍多指因缺肥水而显得小老,难以结出籽粒来的庄稼苗。

老像

茶毕,程嵩淑道:"贵老师容颜何如?"绍闻道:"比在家微觉老像了。"嵩淑点头道:"也该老像了。你在济宁,何时起身?"绍闻道:"前月二十四日。"(七十三)

【老像】相貌显得苍老。也写作"老相"。《醒世姻缘传》第五十一回:"张寿山说:'……这人模样相似的也多,就果真是小珍哥,这又过了九年,没的还没改了模样?就认得这们真?'于桂等众人说道:'就只老相了些,模样一些也没改。'"现在一般指面容看起来比实际年龄大。

老爷河

绍闻未及回言,茅拔茹早已离座三揖,道:"箱钱就是谭兄哩,长分子就是夏兄哩。就是吃三五石粮饭,用十数串菜薪钱,我回来算账。我若有一点儿撒赖,再过不的老爷河。"(二十二)

【老爷河】即黄河。清刘廷玑《在园杂志》卷三:"'老爷''奶奶'之称,乃仕宦家儿女之呼其父母也。汤临川《还魂记》内游园一出,杜丽娘云'这般景致俺老爷奶奶再不题起'。近俗称诸神道亦曰'老爷''奶奶',玄天上帝曰真武老爷,关夫子曰关老爷……称河曰老爷河。"柳青《烽火边的人民》:"我们十五个村子的农民分子斗争宋家川。哎呀!那人群就同老爷河(黄河)的水平一样,一涌就冲进宋家川。"

雷签

出的后门,到了胡同口,那人道:"县上老爷,请你哩。"一面拿出一根雷签,上面朱笔两行:"仰役即唤谭福儿当堂回话。火速飞速,少迟干咎。限刻下缴。"谭绍闻一惊非小。(五十四)

【雷签】旧时衙门火急催缴钱粮或拘传人犯的一种签牌。清朱樟《催租行》:"催租吏,不出村,手持官票夜捉人。今年官粮去年欠,不待二麦田头春。衙鼓三声上堂坐,又发雷签急于火。"原注:"新例,发风火雷签追。""风火雷签",即风签、火签、雷签。雷签为最急。清王又槐《刑钱必览·钱谷要则·第三条立法催科以清拖欠》:"凡卯期俱要依限完数。如全完者,当即奖赏激励;如顽梗者,设风火雷三号内签,完少一分者出风签,少二分者出火签,少三分以上者出雷签。里差各责二十板,雷签不到,栲责枷示。"参见"火签"。

垒堆

话要爽捷,书忌垒堆。当晚便烧起来。原来道士叫徒弟把自己银子称准一两,配些丹砂、水银,封在八卦炉内。(七十五)

【垒堆】堆加,堆叠。引申为臃肿、累赘之义。明冯梦龙《山歌·汤婆子竹夫人相骂》:"长弗伶仃,壮弗擂堆。""擂堆"即"垒堆"。也作"累堆"。《二刻拍案惊奇》卷三十七:"归来搬到下处,哥子程案看见累累堆堆偌多东西,却是两味草药。"明方以智《通雅·谚原》:"磊﨣:长笺曰□磊﨣,重聚也。丁罪切。今吴方言有之。凡事物烦积而无条理曰磊﨣。智按:今方语皆作累堆,累字平声。"这里指文字繁复,语言啰唆。

擂

果然王中跟着,杏庵跳进半半堂柜台里边,扯开药厨,这斗子一捏,那包子一撮,又在臼子里擂了一味,早攒了一剂承气汤。(十一)

【擂】把东西放在臼或钵里舂捣。"擂了一味",上图本作"捣了一味",义略同。宋本《玉篇·手部》:"擂,力堆切,研物也。"宋无名氏《异闻总录》卷一:"永新州林行可,医士也……且起擂药。"河南有的地方擂药的铁臼也叫"擂臼"。"擂"的这种意义应是从它的敲击、击打义引申而来的。字或作"礌""礧"。三国魏曹操《船战令》:"雷鼓一通,吏士皆严。再通,什伍皆就船。"元王祯《农书》卷十五:"礧谷器,所以去谷壳也,淮人谓之䃡(力董切),江浙之间谓之䃡(卢东切)。"

冷清可淡

夏逢若、虎镇邦、谭绍闻坐在厅上,单等知会的赌友"临潼大会"。只听得二门外嚷道:"怎么冷清可淡的?"三人出厅相迎,早是管贻安到了厅上。

(六十四)

【冷清可淡】十分冷清,很少有人来往。冷清:冷落寂寞。

离庙

夏逢若道:"我在街上远远望见过,走路时也戴着眼镜。"貂鼠皮道:"这是近视眼,这就有法了。他是正经人,我便生个法儿叫他离庙。"夏逢若道:"井水不犯河水,怎的开发他的先生?"(五十六)

【离庙】原指出家人离开了所在的寺庙宫观。清李斗原著、王媛编著《扬州画舫录·静慧寺》:"【解读】扬州解放时,住持松山离庙,其他僧侣也都走散或迁往其他寺庙。"比喻离地方,走人。河南不少地方现在还有"老和尚卷铺盖——离庙"这样的歇后语。侯发山《三十八个葫芦·山妞》:"不照刘老板说的去做,就得卷铺盖离庙。若离开这地方,又得去劳务市场遭人白眼。"也可以单说"离庙"。多用于迫于现实压力、无可奈何的场合。

理论

王氏见儿子白日睡着不起,也忘了气,只怕弄出病来。看儿子时问茶问饭,绍闻自答道:"我这一号人,娘还理论他做什么!"(三十)

众人把乌龟关在南小屋里,任他打门撞墙,不理论他。(五十八)

张绳祖道:"你还不晓的我的近况,夏逢老呀,我比不哩当日咱在一处混闹的时候了。老来背时,没人理论。"(七十四)

【理论】关注、注意之义,引申为理睬。明汤显祖《紫钗记·节镇宣恩》:"如今卢府着忙,不暇理论到此事。"清李百川《绿野仙踪》第八十五回:"我既待你好,你女婿又待你好,那何氏媳妇如今还有谁理论他。"

连利

双庆又来说:"南马道张爷,引的旧年刻《阴骘文》的刻字匠,说要加人,连利刻字哩。"绍闻须得到轩上,与张类村说话。(六十三)

【连利】等于说急速、赶紧。唐河县地方史志编纂委员会《唐河县志·方言》:"连利:利索,敏捷。"意思与此相近。字又写作"连里"。《河南传统曲目汇编·三弦书》第一集:"吩咐骡把儿把车套,连里套车咱回去。"现在洛阳有的地方读音作"年溺",声母变成 n。

帘儿酒

孝移遍看亭台园篱,泉涓木欣,春花争放光景,却也甚饶清兴。买了肆中几碗茶,吃了点心。这仆役三人,也沽了两瓶帘儿酒,热的棉衣都沾了汗。(七)

【帘儿酒】酒店自酿的酒。帘儿:旧时酒店门前悬挂的酒幌。也叫"青帘",借指酒家。《集韵·盐韵》力盐切:"帘,青帘。酒家望子。"宋辛弃疾《鹧鸪天·游鹅湖,醉书酒家壁》词:"多情白发春无奈,晚日青帘酒易赊。"清刘青藜《昆阳怀古》诗:"浇寒买得村帘酒,指点兴亡话夕阳。"

凉浆水饭

少时,前边回了神,烧过送神纸马,无非神许打救,王氏许地藏庵神前龙幔宝幡的话。还说,今夜黄昏,要办面人、桃条、凉浆水饭,斩送的事。(十一)

【凉浆水饭】凉浆:祭祀用的冷酒。元关汉卿《窦娥冤》第三折:"念窦娥伏侍婆婆这几年,遇时节将碗凉浆奠;你去那受刑法尸骸上烈些纸钱,只当把你亡化的孩儿荐。"水饭:凉的汤水。清同治六年刻本《(乾隆)河南府志·礼俗志·方言》:"凉饮谓之水饭。"祭祀用凉不用热,所以指祭奠时用的酒、饭称"凉浆水饭"。《西游记》第七十三回:"但见一个妇人,身穿重孝,左手托一盏凉浆水饭,右手执几张烧纸黄钱,从那厢一步一声哭着走来。"

粮

夏逢若向谭绍闻道:"这可是街上所说的虎不久儿,赌的很低,所以把一分产业,弄的精光。又吃了粮,遭遭领下饷银,尽少要输一半儿。"(五十八)

盛希侨道:"谭爷说了,与你一向厮跟的好,见你开了粮,心下不忍。我借与他十两银子周济你,你有啥说没有?"满相公说:"二十两,二十两。"(六十九)

【粮】兵丁的口粮,即"钱粮""马粮"的简称,实指饷银。本书第五十八回:"把我这份马粮开拨了,我正要脱身不当这户长哩。"又,本书第六十六回:"(虎镇邦)说道:'如今将主将我的头脑目丁也革退了,钱粮也开拨了,就如死人一般。'"清天花才子《快心编传奇三集》第十一回:"差四名军牢,分付押解裘自足夫妻子母四名,前赴吴淞总兵衙门交收。当将裘自足开了粮,上了锁杻,另着一个内丁,赍了书信护批,凌驾山也送了书来,即便起身。""开了粮"等于说除了名,取消了领饷银的资格。参看"马粮""钱粮"条。

粮饭

王氏道:"你姐夫不在家,凡事我就要作主哩,只是供粮饭的我请,管饭的我不请。"(八)

这算是折礼盒一架,娘都收了罢。他们吃粮饭、菜薪,越外还要与钱哩。(二十三)

等他来了,料他欠童生银子连粮饭钱将及二百两,以实相告,必无异说。(三十一)

【粮饭】指粮食,各种杂粮。元完颜纳丹《通制条格·田令·农桑》:"课河泊创立课程,以致人民不敢增修。各备粮饭器具并力耕种,锄治刈,俱要依时辨(办)。"清光绪十三年刻本《光州志·善行列传》:"龚朝祥,字蒲亭……咸丰五年,发贼扰乱,朝祥奉谕团练,独出资筑寨垣,乡民守寨,均发粮饭。"民国五年(1916年)铅印本《重修临颍县志·赋役志·差役》:"此外尚有告助礼收粮饭,种种需索,稍不遂意,即挟差骡以恣其讹诈,蚩蚩之民何以堪此!"

了不成

(一)

孝移道:"还有一句话,日色晚时,总要叫福儿常在你跟前;先生若回家住几天,你只要无早无晚,常常的见福儿。这城市之地,是了不成的。你不

懂的,你只要依着我说。"(六)

滑氏道:"那睡不着,也是由不的人。真正咱们当这内边家是了不成的,没头说去。"(四十)

夏逢若道:"他若喊了汪太爷来,这就了不成。汪太爷性如烈火,就要滚汤泼老鼠哩。"(五十八)

【了不成】等于说"了不得"。表示事态严重,或者情况超乎寻常。《金瓶梅》第五十二回:"李铭道:'爹这里不管,就了不成。俺三婶老人家,风风势势的,干出甚么事!'"《河南传统曲目·三弦书》:"劝师父当金钗可莫在此地当,刘全夫知道了不成。"

(二)

春宇说完话要回去,王氏留吃午饭,春宇道:"年近了,行里忙的了不成,不是听说外甥进了学,连这一刻空儿也没有。回去罢。"(八)

王氏道:"真正的好。他妗子前日来吊纸,也痛的了不成。我心里一发丢不下。罢了么,已是死了,叫人该怎的。"(四十九)

这个坟是旧年发过的。只看大势儿,就好的很。这个龙虎沙,也就雄壮的了不成。(六十一)

【了不成】表示程度很深。常作句子补语。清陆应旸《樵史演义》第十四回:"前日咱被这些官员不容我进宫,涂搭得了不成。"清鸡林冷血生《英雄泪》第十二回:"日本听说中国与他来开仗,他们一个一个乐的了不成。"

领戏

逢若道:"有这当头,不愁咱的银子,尽少也值千把两。他异日有银子,赎与他;没银子,你再添几两,招一班好子弟,我就替你领戏。"(二十四)

【领戏】掌管戏班子,管理剧社、剧团。民国二十七年(1938年)石印本《新安县志·社会志·谚语》:"生外气,弄煤窑、领戏;生内气,娶小婆、过继。"2017年08月19日《邳州日报》载朱群英《乡戏》:"逢年开戏,领戏的长辈,要洗净手,在祖宗庙前燃炷香,方敢令人从庙里抬出几个红漆大柜,亲自启封。"旧时不少地方把戏班班主称为"领戏的"。也可以说"领戏班(子)"。《儒林外史》第三十一回:"南京一个姓鲍的,他是领戏班出身。他这几年是在外路生意,才回来家。"

流脓搭水/流浓搽水

汉子家干事,一是一,二是二,明日我就在此处等这宗银子。若是流脓搭水的,我这驴性子,有些粗莽,千万休怪。(五十八)

【流脓搭水】比喻做事拖沓,不爽利。现在河南洛阳一些地方,把邋遢、不利落叫"流脓",如说:"恁大个人,流流脓脓的,惹人不待见!""流"念阴平,音同"熘"。"流脓"与"流脓搭水"义近。上图本作"流浓搽水"。

六陈行

盛希侨道:"二爷哩?"宝剑儿道:"二爷去王府街说一宗紧话哩。"满相公走到盛希侨跟前,附耳道:"王府街姚二相公,与二少爷合伙计做六陈行哩。"盛希侨哈哈笑道:"发财!发财!咱就看咱的戏,不必搅二老爷的贵干。"(七十一)

【六陈行】粮行。这里指贩运粮食的生意。陈:久,陈旧。六陈:指稻谷、大麦、小麦、大豆、小豆、芝麻等六种粮食(也有说稻、谷、菽、麦、黍、稷为"六陈"),因其可以久藏,故称"六陈"。六陈行不同于一般的粮坊、粮店。六陈行经营规模比较大,而且一般不做成品粮生意。明周清原《西湖二集·张彩莲来年冤报》:"且说镇江府一个姓张的人,开个六陈行,且是好过。"也写作"陆陈行"。清贪梦道人《彭公案》第十三回:"姚广智连忙说:'小人与他男人黄永有交情。他男人在通州作买卖,是陆陈行。'"

龙道

王象荩回到园中,于龙道中——菜园行常浇水之沟,名曰龙道——又拾了一个古钱。向来也拾过古钱,但不甚留意。年内拾了十几个,用麻绳穿着,率以为常。今日偶然注意,便拾了四五个,缘龙道当夏秋之时,日日流水,水过成泥。今九月住了辘轳,龙道已踏成路,钱在细土末中,一为细寻便得。(九十七)

【龙道】田里浇灌庄稼、蔬菜的沟渠。也指排水的沟渠。也叫"龙沟"。

《河南省志·方言志·语汇》:"龙沟(儿),亦称龙道,指灌溉时流水的小沟,水流弯曲,波光闪闪,似龙行水中,故有此名。"张石山、鲁顺民《礼失求诸野·民居的礼法秩序》:"给水的水井,排水的龙道,公共通道的街巷,无论是山间一姓村落,还是动辄千户的大镇,那种严整的规划性与秩序感往往让人瞠目结舌。"又称"水龙道"。徐东晓主编《孟津文史资料第 29 辑·县里安装的第一台解放式水车》:"看热闹的一个接着一个推,水哗哗的流着,推快一点,水龙道都溢了。人们忙着堵水龙道、改畦。一会功夫,把两块要浇的地给浇完了。"

笼养

王氏见女娃儿心底明白,口齿伶俐,并且面庞淑秀,举止安详,心中叹道:"巫家媳妇,如何能及;若是孔家媳妇在时,将来可以笼养成一个好闺女。"(八十三)

【笼养】悉心调教,教养。"笼养"原指以笼子畜养禽鸟虫蚁儿,明顾起元《客座赘语》卷一"笼养"条:"自段柯古有《肉攫部》载养鹰喇漱之法,今白下富豪之家,侠少之士,往往笼畜禽虫以供耳目,代博弈。"清李斗《扬州画舫录》卷九:"米景泉住河东岸,于天宁门街开糕铺。工诗,好笼养。是时盐务商总以安绿村为最,一日过其铺,闻笼中八哥言曰:'安公买我。'绿村喜,重值购之。"引申为调教、教养之义。

潞酒

冯三朋道:"在理不在理,回来不吃你这宗酒。你去南酒局里弄一坛子去,搀些潞酒、汾酒吃。"(三十三)

梅克仁尚未回答,只听他唇翻舌搅说道:"蒸肉炒肉,烧鸡撕鸭,鲇鱼鲤鱼,腐干豆芽,粉汤鸡汤,蒜菜笋菜,绍兴木瓜老酒,山西潞酒……"一气儿说了几百个字,又滑又溜,却像个累累一串珠。(八十八)

【潞酒】山西省的传统名酒,以高粱为主要原料酿制而成,因产于潞州(今山西省长治市)而得名。清梁章钜《浪迹续谈·烧酒》:"今各地皆有烧酒,而以高粱所酿为最正,北方之沛酒、潞酒、汾酒,皆高粱所为,而水味不同,酒力亦因之各判。"清刘廷玑《在园杂志》卷四:"小瓶潞酒亦曰人参酒,在西边亦平常无奇,至南方则醇美,所云'胭脂红滴潞州鲜',人多艳称之,岂真物离乡贵耶?"

乱

把一个清雅书房,妆成一派华丽气象,铺张了大半日。又叫几个尽好的厨役办理席面,头一日整整的或燔或炙,乱了半夜,还未歇手。(二十)

王氏道:"儿呀,你只会说话就罢了。我见你亲,你休死!我老了,你为我,你再休死了!"说的满屋人无不呜咽。又乱了一会,谭绍闻全魂已复,离了邓祥怀中。(五十九)

细皮鲢到小南屋,唤貂鼠皮道:"有了贼人,乱了半夜,你还睡么?"貂鼠皮揉着眼,问道:"谁赢了?"口中只管说话,还打了两个呵欠,伸了一伸懒腰。(六十)

【乱】忙乱,慌乱。《金瓶梅词话》第四十八回:"况西门庆又因巡按参了,和夏提刑在前边说话,往东京打点干事,心上不遂,家中孩子又不好。月娘使小厮叫刘婆子来看,又请小儿科太医,开门阖户,乱了一夜。"

罗索/络索

王氏也因久病惹厌,楼上埋怨道:"人家说百日床前无孝子,着实罗索人。"(四十七)

绍闻叫老樊道:"速与王中他两个造饭。"……王象荩道:"我在石狮子跟前,吃了三个炊饼,一碗豆腐脑儿,我不饥,不用再罗索了。"(九十五)

【罗索】谓麻烦,给人增添负担。上图本、洛阳本作"络索"。清光绪二十一年刻本《(道光)辉县志·地理志·方言》:"络索,不爽快之意。"民国二十六年(1937年)铅印本《封丘县续志·地理志·里谚》:"多事曰络索。""不爽快""多事"都指麻烦。现在多写作"啰唆""啰嗦"。

骡头

次日早晨,当主牵了两个骡头,鞍子上带有褡裢,迳到南园。(上九十六)

两个骡夫架上骡头,两边扶着,脚下踏泥,伺候到内邱县南关店。(上一百〇一)

缘王中不识字之学问乃自阅历中来的。出的会馆,骑上骡头,十二日进省,断乎不误一刻,岂不快哉!(上一百〇二)

【骡头】骡子。栾校本均作"骡子",义同。清曾国藩《已革喜峰路都司李振海疑窃致卖骡人投井身死一案拟结折》:"(五月二十二日)傍晚时分,有不知姓名卖骡人牵一青色骡头进店投宿。李振海听其口音不对,行迹可疑,当向盘问骡头来历。"民国二十七年(1938年)铅印本《新安县志·杂记·捐置新浧两县车马章程》:"车马按月由局董验试一次……每验一次,骡头即为打鬃,马匹则打半鬃,庶易辨认而杜蒙混顶验之弊。"

落场

两个拿住一管笔,彼此不放。众人见事不落场,评了三个月为限,过期不还,二分半行息。王经千兀自不依。众人语意已有几分重浊,王经千才放开手。(四十八)

【落场】了结,收场。清文康《儿女英雄传》第十六回:"这场恶斗,斗到后来,怎的个落场呢?"清李伯元《官场现形记》第三十回:"羊统领一想,姨太太的话很有理,而且自己出去,事情反不容易落场,便亦听其自然。"

落倒

王中调理事体,有来有去,委实你爹在世用人不错。先难得这个始终如一。你往后只依他而行。不像别的人,咱日子落倒了些,个个都东奔西逃。(八十六)

【落倒】败落,没落。又作"落道"。《汉语方言大词典》(第5942页):"落道,潦倒;没落。北京官话:改了民国以后,他家就落道了。"

落点

夏逢若道:"拿人家汗巾,这事不见落点的话,你说使的使不的?你若执意等不的话完,你须撇下个质当儿,我才放你走。"(四十九)

夏逢若道:"大哥从哪里来?"盛希侨道:"就在这胡同口土地庙北赵寡妇家缠搅了半日,方落了点。"(五十)

【落点】完结,了结。李庆藩《拖拉机开进高家村》:"这句话还没落点,一群年轻的男女举着拳头挤上来啦。"现在河南话还这么说。

落阁

你二位既是托我,我以实说,这大院里写本房还得五两。我不是要落阁的。你问弟姓钱,名叫钱鹏,草号儿钱万里,各衙门打听,我从来是个实在办事的人。(五)

【落阁】经手钱财而趁机私自克扣一部分。栾注:"豫语犹如说从中渔利。"是。俗语中"落"常用来表示私自扣取、贪没之义。本书第十五回:"隆吉道:'师傅也还落些,落的有限。'王氏道:'他出家人,怎好落你的。'隆吉道:'姑娘不知,凡住堂庙的,干一件事,先算计落头哩。'"现在粤语有这种说法。林夕《任你行·梦想咖啡店》:"况且,《秋天的童话》也没演到海滨餐厅闹出大厨落格那一幕啊,港童。"原注:"落格:粤语,私吞公共财产。""落格"同"落阁"。

落人轻嘴

滑氏道:"你这男人家,多在外少在家,像我受了屈,想对你说,又怕落人轻嘴。只等憋的急了,才说出来。他大母实不是良善人,你可知道,你那前头媳妇子,是怎死哩?"(三十九)

【落人轻嘴】等于说被人轻佻尖刻地奚落、嘲讽。轻嘴:等于说"轻嘴薄舌"或"轻口薄舌"。《红楼梦》第三十五回:"袭人听了话内有因,素知宝钗不是轻嘴薄舌奚落人的,自己想起上日王夫人的意思来,便不再提了。"

落头

隆吉道:"咱与盛公子共事,轻薄不好看,每人二两头罢。"王氏道:"也不多。每人跟一个人,上下两席,只够罢。"隆吉道:"师傅也还落些,落的有限。"王氏道:"他出家人,怎好落你的。"隆吉道:"姑娘不知,凡住堂庙的,干

一件事,先算计落头哩。"大家又笑。(十五)

隆吉道:"我与舍表弟议定,在地藏庵范师傅那边。每人二两分金,叫他摆席。"希侨道:"二两太少。他出家人,不图落些余头,该白伺候咱不成?况且二两银子,除了落头,也摆不上好席面。"(十五)

【落头】就是替人办事时私下从经费中扣取的那部分钱财。"落"有留下的意思。宋严羽《沧浪诗话·诗辩》:"所谓不涉理路,不落言筌者,上也。"《金瓶梅词话》第二十二回:"只落下春梅一个,和李铭在这边。"从所经手的钱财中私下扣取一部分也叫"落"。元刘唐卿《降桑椹蔡顺奉母》第一折:"与了俺十两银子,着我买办,我倒落下他七两九钱八分半。"现在河南话中,把除去开支后的剩余部分也叫"落头"。

驴板肠

盛希侨到了,笑道:"竟是弄成个酒饭馆款式,好不中看的要紧。当真的晌午时,撕您那烧鸡子卷薄饼?何如您叫个狗肉案子、驴肉车子,一个个扯住一片狗腿啃,一个个切一盘驴板肠?不成局!不成局!谭贤弟,你竟胡闹起来!"(六十四)

【驴板肠】板肠:大肠。驴板肠是用驴大肠卤制的一种风味食品,名虽嫌粗俗,但味道鲜美,故民间有"能舍孩子娘,不舍驴板肠"的俗语。明陆容《菽园杂记》卷六:"丁酉岁,予有考牧之役,至迁安,适同年刘御史廷圭按其地,遣人招饮。予戏语云:'馔有驴板肠即赴。'盖京师朋辈相戏,各有指斥风土所讳以为谑者……河南人讳偷驴,廷圭南卫辉人,而旧传有'西风一阵板肠香'之句,故以戏之。日暮归,县官率吏人捧熟馔以进,问之,云:'闻公嗜驴板肠,故以奉也。'予以实告而谢之。既而自悔,自是不敢戏言。"可见由来已久。

旅吟

嵩淑问希侨:"令祖老先生《挹岚斋诗稿》《秣陵旅吟》《燕中草》,近日刷印不曾?"希侨道:"不知道。"(二十)

闭了上房门,品评起墙上的旅吟来。说这一首苍老奇古,笔力不弱。又说这首闺秀诗,婉丽姿态,淡雅辞采,自是一首好诗,惜题于店壁,令人有芳

卿之呼,是自取没趣。(一百〇一)

【旅吟】旅途作诗。也指旅途中的诗作。唐钱起《江行无题》诗之四一:"旅吟还有伴,沙柳数枝蝉。"宋释用文《经泗上有寄》诗:"秋色动离襟,相思寄旅吟。河分隋树尽,路入楚云深。"

屡年

屡年咱家在孝服中,不曾请客。如今孝已换了,该把娄爷、孔爷、程爷、张爷、苏爷们请来坐坐,吃顿便饭。(十四)

难说绍闻屡年在街上,或由夏鼎家到王紫泥家,或自白兴吾家到盛公子家,岂无遇见科场年份?只用事不关心,视而不见。(九十五)

【屡年】累年,连续多年。宋李纲《靖康传信录》卷一:"余为上力陈所以不可去者,且言唐明皇闻潼关失守,即时幸蜀,宗社、朝廷碎于贼手屡年,然后仅能复之。"民国二十八年(1939年)重印本《(乾隆)南召县志·人物志·义士》:"张振生,屡年修理鸦河桥,乐善不倦。"

滤

且说虎镇邦、夏逢若、小豆腐儿一班带在衙门,并秦小鹰、张二粘竿,略滤了一堂口供。边公意在谭绍闻,暂且将这五个赌犯押在捕役班房。一面出差拿谭绍闻,俟到案时,一齐发落。(六十五)

【滤】从头至尾作逐一浏览、审阅、熟识之类的处理。现在河南话还有这种说法,如:"这几宗儿账我看过了,你再滤一遍,看有啥差误没有。"栾星注云:"豫语把逐一问口供叫滤口供。""滤"不限于口供,概括似嫌过窄。

妈

又向袖中掏出一只,递与王氏道:"娘,你要这一只。"王氏道:"兴官,你过来,把这一只送与你妈去。"兴官接在手中,送与姨妈,冰梅道:"送与大姊子,做一对儿。"(五十四)

【妈】《歧路灯》中"妈"也指母亲,但在与"娘"同时出现的时候,则指"姨妈",即父亲的妾。清同治六年刻本《(乾隆)河南府志·礼俗志·方言》：" 母谓之娘，小娘谓之妈。" " 小娘"即父妾。清同治二年刻本《鄢陵文献志·土地志·风俗》：" 母曰娘，父妾曰妈（音姥，读若马平声）。"又可以称之为"姨妈"。见"姨妈"条。

麻姑爪

这就如疥疮挠的流出了血，害疼起来，所以再不敢去挠。及至略好了些，这心窝里发出自然之痒，又要仍蹈前辙。况且伶俐不过光棍，百生法儿与他加上些风湿，便不知不觉麻姑爪已到背上，挠将起来。（四十二）

【麻姑爪】形如手而弯其指，有长柄，背部发痒时用以挠抓。唐李白《西岳云台歌送丹丘子》："明星玉女备洒扫，麻姑搔背指爪轻。"宋苏辙《赠吴子野道人》诗："道成若见王方平，背痒莫念麻姑爪。"亦名"如意"，也叫"爪杖"。宋吴曾《能改斋漫录·事始》："齐高祖赐隐士明僧绍竹根如意，梁武帝赐昭明太子木犀如意，石季伦、王敦皆执铁如意。三者以竹木铁为之，盖爪杖也。故《音义指归》云：'如意者，古之爪杖也，或骨角竹木，削作人手指爪，柄可长三尺许。或脊有痒，手所不到，用以搔抓，如人之意。'"

马脚下／马脚底下

范姑子敲了三声磬，也跪下，往上说道："阿弥陀佛！这是圣贤菩萨马脚下住的三位信士：一个盛公子，一个王相公，一个谭公子。今日在圣贤炉前成了八拜之交，有福同享，有马同骑。"（十六）

俺在你老人家马脚底下住，大叔做下这一号无才之事。我待说声张起来，俺这皮肉本不值钱，争乃干系着大叔。我待说忍了，心里委实气的慌。（二十九）

邓吉士道："当年老太爷在日，就是这样多情。总之，咱们住在府上马脚下，竟是常常的托庇洪福。"（四十八）

【马脚下】马脚：马的蹄脚。在某某的马脚下，犹言在某某的府第近旁或者管辖范围，是一种表示谦敬的措辞。也说成"马脚底下"。

马粮

他学的有一身半好的拳棒,每日在车厂中开场赌博……日消月磨,把一份祖业,渐渐的弄到金尽裘敝地位。爹娘无以为送终之具,妻子无以为资生之策,不得已吃了标营下左哨一分马粮。(五十八)

只见标营一个书办手执名帖,一个兵丁牵着虎镇邦,一步一拐的来了。那书办到宅门说:"虎镇邦马粮已开拨讫,任凭老爷这边执法。"(六十五)

【马粮】马军人员的粮饷,即"马军粮",与"步军粮"相对。这里泛指军饷。《钦定大清会典则例》卷一百七十九;"优恤养廉名粮。步军统领给营额马军粮九分,左右翼尉二人各给营额马军粮四分,步军协尉二十四人各给步军粮三分……三营参将三人每人各给马粮八分、步粮十有二分,游击三人各给马粮六分、步粮九分。"

卖业

舍二弟又提起一千二百银子,说是我旧日卖业偷剩下来的。我懒得与他分辨,也不提山陕社、贤弟银子那话。(七十一)

今日讲弃产,只靠定王象荩去办。管家卖地,原是宦族恒规。但人家仆人,求田问舍以及卖业弃产,俱是作弊的。你家这个王象荩,我们是出得甘结写得保状的,断断无一毫欺瞒。(八十三)

【卖业】变卖产业。清光绪三十年刻本《南阳县志·杂记》:"嗣后卖业之人,须令未卖之先报明该处地方官请示,应否准其卖给,由官酌定,不得径将已业私行卖给。"也说"卖产"。本书第八十三回:"若你出头卖产,人家便以破落公子相待,那些产行地牙子,就有百法儿刁蹬你。""卖产"与"卖业"义同。

猫挤狗尿/猫脐狗尿

王紫泥掩着眼,急说道:"谭相公要赌就赌,但还须一个安排。他们这场中三五串钱,猫挤狗尿的,恶心死人。"(四十三)

【猫挤狗尿】即猫呲狗尿,猫、狗吐叫"呲"。上图本作"猫脐狗尿",义同。现在河南方言常说成"猫沏狗尿"。"沏""挤""脐"都是"吣"的音讹。"猫吣狗尿"常用来形容数量少,龌龊琐碎。卫东区地方史志办公室编《平顶山市卫东区年鉴(2012)·附录·平顶山方言词汇》:"猫挤狗尿:极言分量小,不济事。"

毛虫

端福儿只得拿了一笼。……王中便道:"大相公,往后休要买这宗无用的东西。俗话说的好,'要得穷,弄毛虫'。"(十三)

那戏子道:"你老人家把俺们看的下作了。这不过是个毛虫,值什么。只是他老人家手不熟,拿坏了可惜,我回去再取一个,把两个一齐奉送。只要爷们眼角里把俺们看一星儿就够了。"(三十三)

【毛虫】指包括牲口在内的走兽。清乾隆十二年刻本《陈州府志·风俗志·物产》:"毛虫类:牛、马、骡、驴、猪、犬、羊、猫、兔、獾、鼠、狐、狸、鹿、狼、野豕。"河南方言中常指牲畜。李凖《不准走那条路》一:"'要得穷,翻毛虫。'张拴本来日子倒也能过,四口人种着十几亩地,要是不胡捣腾牲口,地种好,粮食也足够吃。"

冒猜

只见顾家家人说道:"东县姑娘昨晚就有信来了,今日俺大爷好不差俺四下里寻鲍大叔。这是冒猜的,不料果然在此。"(三十四)

盛希侨道:"你是听风冒猜的。昨日家表兄去常德府上任,到这里住了半天一夜。黄昏吃夜酒,说起这一宗官利债,三个月一滚算,作官的都是求之不得,还要央人拉纤的。"(八十四)

【冒猜】没有什么根据地猜测。冒:原是贸然、轻率的意思,引申为没有任何把握或根据(地)。清刘一明《修真辩难参证》前编:"问曰:'……上阳子谓"贫者患无财,有财患无侣",张三丰谓"金花朵朵鲜,无钱难修炼",此又何意?'答曰:'此中机秘,非师罔知,不得冒猜。'"不少地方把没有根据、没有把握地试着做什么事称作"冒",如"冒碰""冒撞""冒诈"等,如周原《覆灭》九:"他总认为这玩艺行不行,全靠冒碰。碰对了,群众确实解决问题;碰不对,你咋找咋不行。"

没材料/没才料

　　重斟入席,四象儿啼哭起来,兴官儿瞪着小眼儿只是看。滑氏道:"你看你这小舅没材料,就该叫外甥儿按住打你一顿才好。"(四十)

　　王纬千向王经千道:"这是你相与的好主户,叫你拿着财东家行李胡撒哩!像你这样没材料,还在大地方装客商哩,只可回咱家抬粪罢。"(六十六)

　　"陈老爷一连点了三出,那席上老爷们,都恼那个陈老爷不知心疼你。你两个唱了一出,爽利就硬不出来,陈老爷也自觉的没才料哩。"(七十七)

　　【没材料】不成材料,能力差,不中用。"小舅没材料",上图本作"小舅没才料",义同。《金瓶梅词话》第二十八回:"都是你这没才料的货平白干的勾当!教贼万杀的小奴才把我的鞋拾了,拿到外头,谁是没瞧见。"民国二十五年(1936年)铅印本《阳武县志·方言志》:"无才,没材料。"符春绿《叶县人文历史钩沉·叶县方言土语锦集》:"呒(mu)材料:能力低下,不会办事。"

没的

　　王氏问:"隆吉心疼好了?"曹氏茫然不知,没的答应。(二十七)

　　久后连本带息一一清还,俺舅也不得知晓,即令知道,也没的说。(上五十九)

　　原来貂鼠皮只有一只鞋,出不的门。日已高上,把后边的鞋做了赃证,貂鼠皮没的支吾,只得磕头求免。(六十)

　　【没的】没有什么,没啥。"也没的说",栾校本作"也没啥说",所表达的意思一样。这种用法,后面要求带动词。《金瓶梅》第五十六回:"西门庆被伯爵说的他恁地好处,到没的说了。"或作"没得"。《今古奇观·转运汉巧遇洞庭红》:"看的人见没得卖了,一哄而散。"

没得

(一)

水只管涨,船只管高,忽尔水落了,把船闪在岸上,再回不来,风耗日晒,久之船也没得了。(八十九)

【没得】等于说"没有",表示对存在的否定。明安遇时《包公案》第四十六回:"那三十里程途都是山僻小路,没得人烟。"或作"没的"。清朱素臣《十五贯》第七出:"据你说,奸情事一些也没的了。这金环是何处得来的?"现在河南信阳、南阳等地仍有这种用法。

(二)

我在正阳关开了大米、糯米坊子,生意扯捞住,也没得来瞧瞧姐夫姐姐。(四十)

满相公上的厅阶,口中"恭喜!恭喜!"说:"先忙着哩,没得作揖。"到了绍闻面前作揖坐下。(七十七)

内边一个家人,急忙出来道:"我们老爷说了,事忙没得亲敬,简亵得很。请各自尊便。"(九十二)

【没得】未能,不能够。表示因条件限制而没有完成。《醒世姻缘传》第八回:"我从头里要出去看看,为使着手拐那两个茧,没得去。"清文康《儿女英雄传》第三十九回:"老爷子怎么也不赏个信儿,悄默声儿的就来了,也没得叫你女婿接接去。"

没啥意思

及至弟到家时,家兄喜极,却笑出几点眼泪。弟说:"我已是回来了,哥恓惶什么?"家兄说:"我也极知道没啥意思,只为前日,我胸中有一道河,由不的只是急。"(二)

王氏接口便问道:"你隆哥好了不曾?"绍闻道:"没啥意思,是来人说的

太张致。"王氏道:"叫宋禄套车,我去瞧瞧去。"绍闻道:"只管说没啥意思,何必去看?"(二十六)

才开门缝儿,本街保正王少湖,带了两个守栅栏更夫,一齐进来,早把貂鼠皮用绳子拴了。夏逢若慌了,说道:"俺们并没啥意思,王哥,这是做甚的?"(六十)

【没啥意思】等于说"没什么大不了的""不要紧",表示情况并不严重。民国二十七年(1938年)铅印本《新安县志·社会志·方言》:"问病曰:'你好些(些儿音)吧?'或曰:'没啥意思吧?'"也说"没甚意思"。本书第一百〇三回:"盛公子不待开言,便道:'娄公中了进士,点了兵部。报子到省,想已共知。舍弟平安,没甚意思,不用说的。'"乔厚民《远去的乡愁·后记》:"一来觉得自己写的东西水平和分量不够,二来觉得自己写东西纯属慰籍(藉)心灵,出不出书的没啥意思。"

没蛇弄

一日,小貂鼠、白鸽嘴、细皮鲢齐集于夏逢若家,没蛇可弄。四个围住一张桌子,一注一文钱,闲掷色盆,以消白昼。(五十六)

关口还多着哩,到明日不拘那一道关口挡住了,还叫堂楼上没蛇弄哩。(六十七)

又叫张绳祖、王紫泥这些物件,公子的公子,秀才的秀才,攒谋定计,把老乡绅留的一份家业,弄的七零八落。如今到了没蛇弄的地步,才寻着书本儿。(八十七)

【没蛇弄】谓事情陷入窘境,没有条件再继续下去,无法可想了。《初刻拍案惊奇》卷二十二:"那江湖上走的人,拼得陪些辛苦在里头,随你尽着欺心算帐,还只是仗他资本营运,毕竟有些便宜处。若一下冲撞了他,收拾了本钱去,就没蛇得弄了。""没蛇得弄"与"没蛇弄"意思一样。清集芙主人《生绡剪》第八回:"那干人见杜小七病倒,没蛇弄了,乌羞而散。只有陆氏母女两人,暗地拜谢神明。"

没头(儿)

谭孝移洗了风尘,换了行装,即叫开祠堂门,行了反面之礼。吃了午饭,

这一切家间事务,也没头儿问起。(十一)

滑氏道:"那睡不着,也是由不的人。真正咱们当这内边家是了不成的,没头说去。"(四十)

学生,你休把你那肥产厚业,当成铜墙铁壁,万古不破的。今日损些,明日损些,到一日喇的一声倒了,就叫你没头儿捞摸。(六十三)

【没头(儿)】无处,没地方。头:处所,所在。《金瓶梅词话》第六十二回:"奶子如意儿,既是你说他没头奔,咱家那里占用不下他来。""没头奔"就是没处投奔。现在河南话中"没头"一般要儿化。河南省新蔡县民间文学集成编委会编《中国民间文学集成·河南新蔡县卷·小老鼠真坏蛋》:"慌忙点灯逮老鼠,引着柴火烧了屋。缺吃少穿没头儿住,一家老少抱头哭。"

没阳气

虎镇邦把色盆一推,说道:"他跟你是一家人,这些古董话,叫我听哩!"姚荣道:"我是天阴了,闷的慌,闲来这里走一走,就落了这个没阳气!"(五十八)

【没阳气】阳气:与"阴气"相对,原指生长之气,大地回暖之气。《淮南子·天文训》:"阳气胜则散而为雨露,阴气胜则凝而为霜雪。"引申指活人的生气、精神头。没阳气:等于说精神萎靡,缺乏阳刚之气。清李渔《意中缘》第六出:"既做新郎,岂有两处宿歇之理?你总则是没阳气的人,料想没有实事,便摸摸奶子,亲亲嘴儿也无妨。"也指灰溜溜地,很没趣。清蒲松龄《增补幸云曲》第二十二回:"王龙输的没阳气,拿起钱来就战战,用上心来只跌个断。"

没有

隆吉道:"范师傅,你也来坐坐。"范姑子道:"厨下离了我一发上不来。"希侨道:"你来往乱跑也不好。"范姑子道:"我顾不哩。没有教小徒陪陪罢。"(十六)

绍闻道:"儿心里也久有全姑这宗事,与母亲一样,只说不出口来。万一王中不从,就不好见面了。没有么,娘见王中,硬提一句,他不依时,娘是

女人家,只说娘老的糊涂了,丢开手,话就忘了一般。"(一百〇六)

【没有】起关联作用,表示如果前面那样的方式、做法不行,那么就改换另外一种方式、做法。与"要不""要不然""不然的话"用法基本相同。现在河南话还有这样的说法。

每日

王氏叫绍闻道:"你舅久不在家,咱也该备份水礼,看看你妗子。每日咱费他的礼太多,我心里也想着到东街走走。"(十八)

他家也觉良心难昧,只等一个读书人家子弟,等年同辈的,情愿把旧妆奁陪送。每日曾托家母,家母叫我留心。今日恰好遇着贤弟这个宗儿。(四十八)

宝剑送梅汤过来,夏鼎笑道:"好娃娃,长的刁了,每日'夏爷'今日'夏大叔'起来了。真正品级台前分贵贱,免了我一辈儿。"(八十四)

【每日】往日,以往。《醒世姻缘传》第三十二回:"你每日架落着七叔降人,你在旁里戳短拳!你如今越发自己出来降人哩!"清蒲松龄《磨难曲》第十三回:"每日嗔你唱的四季曲儿,今日可用着了。"

门第

他是个有门第、有身家的,若是胡轰的人,今日之事,漫说数郡毕至,就是本城中,也得百十席开外哩。(六)

(孔慧娘)及见丈夫回来那个样子,心中气恼。正经门第人家,却与那一班无赖之徒闹戏箱官司,心中委的难受。(三十二)

王春宇道:"官可以不做,书不可以不读。像姑爷这样门第,书更不可以不读。"(七十四)

【门第】指家庭的社会地位等级和文化教养程度等。也指社会地位、文化教养程度高的高门世家。清乾隆十二年刻本《陈州府志·风俗志》:"婚者,唯论男女门第,不论聘财多寡。"清王韬《淞隐漫录·蛇妖》:"褚欲求世俊作主择人,不特可得快婿,兼有好门第,以是因循未果。"

门户子弟

大凡赌娼场中，一切闲杂人走动，人见了就如不曾见一般。惟有门户子弟一厕足，不知那门缝里，墙孔里，就有人看见了。(五十七)

左难右难，忽然一个短见上来。拍着桌子道："不如死了罢！我见许多欠赌债的寻死上吊，想必就是我今日这个光景。只可惜我谭绍闻门户子弟，今日也走了这条路径。"(五十九)

贤弟呀，我们门户子弟，穷是穷了，千万不可丢了这个人。(八十一)

【门户子弟】社会地位高、有声望人家的子弟。门户：指有名望的家庭。"我谭绍闻门户子弟"，上图本作"我谭绍闻名门子弟"，义相当。清吴敏树《桦湖文集·郭依永传》："予闻少年人，席华胙，无门户子弟之习者，盖鲜矣。若脱身富贵，不知在其中者，未之见也。"中国人民政治协商会议黑龙江委员会文史资料研究委员会《黑龙江文史资料第 16 辑·忆抗联的艰苦岁月》："目前伪靖安军正在集贤招兵，专门要有点势力的门户子弟，一般人不要。不过，这不要紧，不少有钱人买人当兵，你冒充刘忠举(当地地主)的儿子去，改名叫刘井新。"

门事

王氏道："师傅也识字？"云氏接道："庵里门事，也顶一大家主户，他不识字，也顶不住。"(八)

【门事】家庭与外界往来的各种事项。河南方言把亲戚朋友间的往来应酬也叫"门事"。臧献延《甜到悲伤·筑巢引凤》："一个月补助几百元，还有门事，三朋四友人来客去的招待，就没有办法。"应付家里与外面交往的各种事宜叫"支门事"。张健莹《刘庄》第 5 章："这你也知道，我这个家生了 6 个闺女，不是你让招个女婿，说句不好听的，连个支门事的人也没有。"

门头

（一）

孔宅门头、家教，毕竟都好。只是如今病故，少不的再打算后来的事体。（四十九）

他早已想吃咱城中绅衿秀才、宦门公子、富商大贾这一股子大钱，只吃亏他门头儿低，也没好院子做排场。（六十四）

又想盛公子回来，此事有八九分必做，他的门头儿大，宅院深邃，满相公又诸事通融精乖。（七十六）

【门头】门庭，门户。《红楼梦》第八十三回："周瑞家的道：'真正委屈死人！这样大门头儿，除了奶奶这样心计儿当家罢了。别说是女人当不来，就是三头六臂的男人，还撑不住呢。还说这些个混帐话！'"借指门第，主要指家庭的社会地位等级和文化教养程度等。"门头儿低"是说家庭的社会地位低下；"门头大"即门第显赫。

（二）

法圆笑道："他是师兄师弟。俺是曹洞，他是贾菩萨派下，原与俺不一门头。"（六十三）

咱家族大，如今已有光字辈人了。这里灵宝一支，如今几多门头？（九十五）

【门头】犹言门派，谓派系，支派。宋释普济《五灯会元》卷十三："师曰：'恁么道即易，相续也大难。'遂示颂曰：'嗟见今时学道流，千千万万认门头。恰似入京朝圣主，只到潼关便即休。'"这种意思，又说成"门儿"。本书第六十七回："他那门儿穷，咱家方便，心里恨不的怎样了，他好过继哩。""那门儿"等于说"那一门头"。

闷怅/闷胀/闷账

（孝移）心中有些闷怅。又觉胸膈间疼了一会儿。吃了一碗茶,已不能似旧日爽快。念及家事,虑潜斋开春来京,必要别请先生,王氏倘或乱拿主意,如何是好。心中闷怅,又添了几分。（九）

王中心中闷闷,数了二十文钱,放在桌上,郁郁回店而去。自己说道:"料定是宽心的话,反弄了些闷胀到心头。或者大相公有几分不妥,也未见得。"（四十五）

况咱丹徒一族,半城士大夫,岂不心里添个闷账？我看着,该把簦初、用威写在你的名子底下,用威写'继嫡母巫氏出',簦初注'生母某氏',圣人云'必也正名乎',圣人如神龙变化,万不迂阔。（一百〇七）

【闷怅】郁闷,烦恼。又写作"闷胀""闷账"。"心中有些闷怅",上图本作"心中有些闷胀";"闷胀在心",上图本作"闷账在心",义同。顾颉刚《孟姜女故事研究及其他·吴歌研究》:"我是一个欢喜翻书弄笔的人,这个时候,书也不能读了,字也不能写了,说不尽的闷怅。"也说"怅闷"。清高秉《指头画说·钟进士朱像》:"先严珍藏数幅,应人请者过半,仅余三幅,秉兄弟五人分之。稷弟未得,端然叩头向余乞去,余怅闷十载,如婴痼疾。"

萌心

前日看大叔娶亲,才见了大叔,因萌自荐之心。大叔往后保重,千万休犯了他的圈套。（二十九）

我今年三月里,也是欠他们几两银子,为一向礼节往来,杯酒交好,也备了一席参鱼席儿。不过算完了账,交割清白,晌午吃一杯儿,原不萌心叫他们让。（八十四）

【萌心】动念头,起意。萌:萌发,产生。唐穆员《相国义阳郡王李公墓志铭》:"呜呼！使公将步,王公将骑,以征四方,以奖王室,乱臣贼子,谁敢萌心。"《宋史·孙何传》:"今大驾既驻邺下,契丹终不敢萌心南牧,所虑荐食者,惟东北无备之城,缮完周防,不可不慎。"这种意思还可以说"生心"。见"生心"条。

蒙头盖脑

原来王中自前日有些感冒,此时已发热,头痛恶心,蒙头盖脑在屋里睡着,所以不知。赵大儿知他丈夫性情,瞒的风也一丝儿不透。(二十三)

杜氏道:"我没什么想头。"捏住鼻子呜呜咽咽,喉咙中一逗一逗的哭将起来。回房倒在床上,蒙头盖脑的卧了。(六十七)

【蒙头盖脑】形容将头脸捂盖得十分严实。刘香英《生存故事园·露营一点也不简单》:"但蚊子仿佛并没有减少,耳朵旁边还是'嗡嗡嗡'的。她们已经非常困了,只得蒙头盖脑地窝在薄被中睡着了。"孙方友《陈州笔记·老郎庙》:"白师傅为此极伤心,蒙头盖脑睡了三天之后,发誓再不登台。"

觅

绍闻一看,正是夏逢若。说:"那叫门的人呢?"逢若道:"那是我一百钱觅的,他的事完了,自己走开。"(二十六)

谭绍闻不晓得路上觅脚力、雇车船要同埠头行户,觅人捎行李,也要同个饭馆茶肆才无差错。(四十四)

次日绍闻早起,方欲差邓祥向南园叫王象荩,恰好王象荩觅人挑了一担菜蔬来了。(九十七)

【觅】买劳动力,雇用。《儒林外史》第八回:"分别去后,王惠另觅了船只到太湖,自此更姓改名,削发出家为僧去了。"这种意思,应该是从"觅"的寻找义引申而来的。《红楼梦》第三十三回:"众人听这话不好听,知道气急了,忙又退出,只得觅人进去给信。"句中"觅人"是找人、寻人的意思。

秘地

当店戏已开本,众客下位相迎。绍闻秘地将分金交明,便道:"宋爷,有小事相商。"宋绍祈看拜匣张着口儿,露出银封,遂引至密室。(三十五)

内中却有最难为情的,冰梅睹新念旧,想起孔慧娘一向姘䌹之恩,秘地里抱着兴官儿到无人处,便偷下许多眼泪。(上四十九)

梁氏望子情切,少不的不得已而思其次,意中便想把杏花儿作养了罢……秘地里也与张类村商量过几次。(六十七)

【秘地】暗中,背地里。又作"密地"。明佚名《龙图公案》第二十三回:"唤狱司就狱中所有大辟该死之囚,将他密地剃了头发,假作僧人,押赴市曹斩首,称是洛州大悲寺僧。"清褚人获《隋唐演义》第七十九回:"宁王惊得魂不附体,猛然想起驸马杨回,足智多谋,又是圣上宠爱的,密地差人请来商议。"

免

夏鼎笑道:"好娃娃,长的刁了,每日'夏爷'今日'夏大叔'起来了。真正品级台前分贵贱,免了我一辈儿。"盛希侨道:"贤弟,你小了一辈儿?假如你今日拔了贡中了举,做个官,登时就'老爷'了;这品级在身份上取齐,大小是争不得的。"(八十四)

【免】减少,除去。"免了我一辈儿",上图本"小了我一辈儿",义同。王国谦主编《禹州文史第18辑·禹州方言例释》:"免:低,一般指辈分。"政协许昌县学习宣传文史资料委员会编《许昌县文史资料第9辑·婚嫁旧俗中的帖式》:"若比对方高一辈的称'姻侍生'或'眷侍生'。若免一辈对长一辈的称'眷晚生'。免两辈的称'愚再晚'。"

免人意儿

夏逢若道:"班上的,这是我两个送你们一顿粗饭。"老生道:"不敢讨赏。"逢若道:"见笑,免人意儿罢。"(二十二)

【免人意儿】等于说只是有这个意思而已。人意:犹言心意,意思。本书第七十七回:"小的拿这毡包内,乃少爷送谭爷的人情:沂州茧绸两整匹,张秋镇细毛绒毡两条,阳谷县阿胶一斤,曲阜县楷芽一封。全不成什么东西,少爷叫谭爷胡乱收了,聊表远行回来的人意罢。"中共商丘地委党史资料征集编纂委员会编《中共商丘党史资料选·张贾庄行政村是如何解决赔偿中农问题的》:"多少孬好赔他一点,免免人意,尽尽人情,水过地皮湿的思想。"

面情软/面软

论起绍闻本非匪人,只因心无主张,面情太软,遂渐渐到了下流地位。今日柩前行礼,触动本心,一场好恸也。(六十三)

满相公道:"本地人原做的本地的小生意儿。二公却万万做不的。是什么缘故呢?门户高,身份重,面情软,气概豪。这四样是怎的做不的呢?赊出去讨不上来,撇的去气不动他……况且谭爷犯了面情软,少爷犯了气概豪。俗语说,'面软的受穷',谭爷能在钱字上硬了面皮么?"(六十九)

【面情软】面情:情面。明金日升辑《颂天胪笔·召对》:"上又问阁臣:'近来诸臣本内多有情面二字,何为情面?'臣道登对曰:'情面者,面情之谓也。'""面情软"过于顾及情分、面子而拉不开脸,该拒绝的不能拒绝。李準《李双双小传》:"食堂管理员金樵的老爹孙有看喜旺随和,请他帮忙做五碗大菜,实际只提来一只鸡。喜旺面情软,只得用食堂的东西往里填。"

妙相

惠观民叫妻郑氏,暗中吩咐道:"第二的轻易不回家,你去把架上鸡捉一只来杀了,妙相着些,休要捉的乱叫唤。"(四十)

依我说,要上绸缎店赊些绫罗缎匹,打造炉上赊些赤金凤冠,珍珠店赊大珠子穿金冠的牌子,药室内赊些人参,只值钱的东西,又妙相,又当出价钱来。(五十九)

趁你站门上未久,人还不认得你,你改装出署,到老太爷那边先请请安。你诸事妙相,我讨回话。(八十八)

【妙相】做事审慎,行动悄密。民国二十二年(1933年)铅印本《高邑县志·风土志·方言》:"妙相:梁简文帝文'降兹妙相'。今俗谓作事巧妙曰妙相。"

明流

说合停当,酒肴已熟。又到街上打了二十壶明流烧刀子,并了两个方桌,叫出瑶仙、素馨、珍珠串来一条鞭坐下,你兄我弟的称呼,大嚼满酣的享

用,把一个厮打臭骂抛在东海之外。(上五十三)

【明流】一种用高粱或者稻米酿制的蒸馏酒,酒精度略低于烧酒。清代河南一些地方也叫它烧酒。清尹会一《禁止躧曲疏》:"民间取用,惟明流居多,其色类于烧酒,其味稍淡,亦用高粱作成。大概饮烧酒者十之二三,饮明流者十之八九,此酒家常率能自造,随处俱可零沽,几于比户皆然。"清康熙十八年刻本《鹿邑县志·方舆略·物产》:"黍类,曰白黍,曰红黍,曰黑黍,曰黄黍(有大小二种),民间以为酿酒之用,呼为明流。"清同治六年刻本《(乾隆)河南府志·礼俗志·方言》:"烧酒谓之明流。《饮膳正要》:烧酒之法自元始。"民国二十五年(1936年)铅印本《重修信阳县志·食货志·物产》:"酒:信阳以米酿酒,曰明流酒,即醇酒也。"

明透

却说王氏一向糊涂,怎的忽然明透?原来妇人性情,富厚足以养其愚,一经挫折,因悔知悟,竟能说书籍笔墨是传家宝贝。(八十三)

【明透】透亮。指心里清楚明白。明钱德洪《与宁国诸友》:"明透之人,无醒无觉,天则自着,故耳目聪明,心思睿智,于遇无触,于物无滞。"清西湖居士《狄青演义》第十九回:"庞太师自言道:这小畜生焉能斗得过王天化,吾也明透了王天化之意,到底碍着狄太后怪责,故不敢将狄青伤害。"

茗碗

王象荩将茗碗散开,众客呷了几口,便问王象荩道:"你今日知会我们到此,说有要紧话商量,是什么话呢?"(八十三)

【茗碗】茶碗。唐孟郊《宿空侄院寄澹公》诗:"雪檐晴滴滴,茗碗华举举。"宋卢祖皋《木兰花慢》:"谁知,未去心期,慵酒更慵诗。算可人惟有,光浮茗碗,香浸梅枝。"

墨字板/墨子板

一位大公祖官,三拱三邀,敬咱做什么哩?咱又无功名,又没学问,道台衙门要咱摸卵子不成?不过是敬咱爷爷、敬咱爹爹是两辈进士,也还是敬咱

爷爷有学问,留下了几块墨字板。(九十九)

【墨字板】印刷用的雕字木版。洛本作"墨子板"。义同。也叫"墨板(版)""字板(版)"。宋朱翌《猗觉寮杂记》卷下:"雕印文字,唐以前无之。唐末,益州始有墨版;后唐方镂《九经》。"明陈文衡《〈居业录〉跋》:"《居业录》旧有刻,岁久字板漶漫。"明刘仕义《新知录摘抄·碧光》:"予一日晚如厕,见后室有梨木字板二片,合置几上,侧缝有碧光一道,射出寸余。"

默重

有一等中正淳朴,实心为民的官,因为不能奉承上司,原有几个吃亏的;内中也极有为上司所默重,升转擢迁的。(七十一)

【默重】暗地里看上并倚重。明傅珪《礼部左侍郎掌鸿胪寺事杨公宣墓志铭》:"公举劾奸蠹,无所避忌,风裁凛然,上默重之。"明李维桢《赠鸿胪署丞朱公暨配王孺人何孺人墓碑》:"公虽不操令权,识者固默重之,愈自诎,不傅时。"

拿手

(一)

谭绍闻道:"不敢。请问高姓?"白兴吾道:"他姓张,外号叫'云里雕'。是一把好拿手,荆老爷新点的头役。"(三十三)

【拿手】缉拿手,捕役。拿:捉拿,缉捕。《永乐大典》卷一万九千七百九十二引《金史·仪卫志》:"金初国制,凡朔望常朝日,置锦衣拿手百人,分立两阶。"

(二)

贤弟审问官司,也要有一定的拿手,只以亲、义、序、别、信为经,以孝友、睦姻、任恤为纬,不拘什么户婚田产,再不会大错,也就再不得错。(一百〇五)

【拿手】本谓掌握在手,引申为做事成功的把握性。拿:握,掌握。《红楼梦》第十回:"吃了我这药看,若是夜间睡的着觉,那时又添了二分拿手了。"

拿稳

大相公我拿稳是不敢打人的人,城内翰林也没姓郑的。我起初心中不信,但因他说的有夏鼎,且说出绰号儿兔儿丝,我心下十分疑影。(五十三)

我听的这话,心里说,狗嘴里如何吐出象牙来?到底拿不稳他的心。(一百〇八)

【拿稳】犹言拿定,把握定。表示肯定的意思。稳:稳定,一定。本书第三十三回:"坐到那里,心里只是上下跳个不住,凡赌博心里不舒坦,是稳输的。"清李百川《绿野仙踪》第四十回:"尤魁已看透了如玉主仆率皆浮浪有余,都是些不经事的痴货,十分已拿稳了九分,不怕不得几百两;若托他两人兑货,又在几千两上下了。"

纳会

(钱万里)恭恭敬敬把咨文放在桌上。王中道:"自然有一杯茶仪,改日送上。"钱万里道:"不消,不消。我见你事忙,我也有个小事儿。今日晌午,还随了一个三千钱的小会,还没啥纳,我要酌度去。"……王中便走到里间,取出三千钱,说道:"这个纳会够么?"(六)

【纳会】就是在会成员交纳份金。会:一种小规模经济互助形式,入会者按期平均交纳份金,分期轮流使用。《儒林外史》第十九回:"正在各书店里约了一个会,每店三两。"老舍《骆驼祥子》八:"我给你个好主意:起上一只会,十来个人,至多二十个人,一月每人两块钱,你使头一会。"孔祥毅主编《民国山西金融史料》:"所谓'纳会',即一个村庄数十家相约,选定会头,每月每季或每年各交一定数量的钱或粮,由会头掌管,谁家有事谁家使用;每年由会头召集一次会议,宣布所集的资金和使用情况。"参见"随会"条。

纳进奉

虎镇邦哈哈大笑道:"就是三十日,谁说迟了么?当下他只要不撒赖,久后他只要不断赌,东山日头多似树叶儿,叫他慢慢的纳进奉。"(五十九)

【纳进奉】进献贡品钱财。进奉:原谓进献、奉献,引申为进献的财物。本书第十四回:"比及三年,仍了旧贯。这德喜、双庆都有小进奉儿,也每日在王氏面前,夸先生好工夫。""小进奉儿"指小小的礼物。《水浒传》第五十七回:"不如写一封书,使小喽啰去那里求救。若解得危难,拼得投托他大寨,月终纳他些进奉也好。""纳他些进奉"就是向他进献些钱财。

耐烦

也不说程大叔家道殷实,无需馆谷;但这位老叔,性情豪迈,耐烦看书时,一两个月,不出书房门。有一时寻人吃起酒来,或是寻人下起围棋,就是几天不开交。(十四)

希侨道:"棋我是不耐烦下的,骨牌也不好玩。再坐一会,我就闷死,这却该怎么?不然者,咱掷六色罢?"(十六)

盛希侨道:"料你两个也没什么关紧话,我也不耐烦听。先把我的关紧话说说罢。你两个猜,我是做啥来了呢?"(五十)

【耐烦】乐意,喜欢。清光绪七年刻本《宜阳县志·风俗志·方言》:"令人爱者曰耐烦人。"民国六年(1917年)铅印本《洛宁县志·风俗志·方言》:"爱谓之耐烦。"清曹寅《题史蕉饮春泉洗药图二首》之二:"菩提坊里耐烦人,青琐门前给假身。"

南酒

单讲宋云岫,邀谭、娄二公到晋郁馆,点了几碟子菜儿,不过是珍错鸡鱼、熏腊腌糟等物,吃了数瓶南酒。德喜儿、邓祥、多魁及宋宅跟的,共成醉饱。(十)

把酒斟开,希侨尝了尝,骂道:"这是前日东街的送来一坛南酒,我说不中吃,偏偏你们要拿来亵渎客。你们这些狗撞的,单管惹人的气!快换了咱

家新做的'石冻春'来。"（十五）

冯三朋道："在理不在理,回来不吃你这宗酒。你去南酒局里弄一坛子去,搀些潞酒、汾酒吃。"（三十三）

【南酒】南方江浙一带所酿造的酒,包括黄酒、陈酒;也指料酒。徐珂《清稗类钞·饮食类·京师之酒》："京师酒肆有三种,酒品亦最繁。一种为南酒店,所售者女贞、花雕、绍兴及竹叶青,肴核则火腿、糟鱼、蟹、松花蛋、蜜糕之属。"1982年11月9日《新民晚报》："北方人称为'南酒',我们江南家乡,叫陈酒和料酒,是每家必需调料之一。"

难说

云岫掏出两封,放在桌面上笑道："我本意是为中进士拿来,难说未曾中进士,就不拿出来么?"（十）

王氏问："隆吉心疼好了?"曹氏茫然不知,没的答应。王氏道："端福儿三天跑了三回,说是瞧隆吉儿,难说就没见么?"（二十七）

绍闻转念想道："我家一个仆人,他也不是管我的人,我怕见他怎的?难说总不见他么?"（三十）

【难说】犹言难道说,表示反诘的副词。《醒世姻缘传》第四十八回："龙氏在旁,气的那脸通红,说道:'这也怪不的孩子!他姓龙的长,姓龙的短,难说叫那孩子没点气性?'"清蒲松龄《寒森曲》第三回："他也是诗礼家,怎么就说出这句话? 设或他家有丧事,他那闺女十七八,难说就把汉子嫁?"

内造

贻安便问厨役是谁,守斋含糊答道："胡乱寻个人做做。"贻安用箸取起一块带骨的肉儿道："这个狗肏的,就该把手剁了!"守斋原是内造,一句话骂的脸红,再也不敢多言。（三十四）

惠养民笑道："府上内造极佳,甜酥入口即化。只为这个小儿资性颇觉伶俐,每日可念《三字经》七八句,不给他点东西儿,就不念了。来时已承许下他。"（三十八）

【内造】府内造作,家里制作。《红楼梦》第四十二回："这是一盒子各样内造小饽饽儿,也有你吃过的,也有没吃过的,拿去摆碟子请人,比买的强些。"清文康《儿女英雄传》第三十二回:"便把他素日爱的家做活计,内款器皿,以及内造精细糕点路菜之类,备办了些。"用作名词,多指家里烹制的菜肴点心之类。

恁些/您些

孝移道:"小孩子赶会,有什么好处,不去罢。"王氏道:"这个说不好,那个说不好,如何会上有恁些人?"(三)

宝剑儿把茶铛边冷水舀了一盏儿,放在绍闻面前。绍闻道:"这还不苦人。"方伸手取冷水盏儿,晴霞拿过来泼在地下,说:"就算了罢,真个喝恁些做啥哩。"(十七)

夏逢若道:"病有四百四病,药有八百八方。我方才说的这话,只把他搭上伙计,这银子未必就还他恁些,不过只叫没水不煞火就罢。"(六十四)

【恁些】等于说那么多。"还他恁些",上图本作"还他您些",义同。"恁"作代词,表示那、那么,音 nèn。《金瓶梅》第六十一回:"你我被他照顾,挣了恁些钱,也该摆席酒儿请他来坐坐。"张果夫主编《中国民间故事丛书·河南南阳唐河卷·小麦结穗为啥是歪的》:"哪料经过天河的时候,巡河神见狗带恁些种子,很不平,骂道:'带恁些种子下去,老百姓一吃饱,又要作孽!'"

能以

貂鼠皮笑道:"俗话说,破人生意,如杀人父母一般。他把谭福儿能以教的不再赌博,就是破了咱的生意,这就是杀了咱的父母,还说没冤没仇么?"(五十六)

前日贤弟约我,说国子监肄业一段话,我酌度再三,不能以上京。一者家伯春秋已高,举动需人,家边内里不和,诸事我心里萦记……(九十九)

【能以】能够。清乌有先生《绣鞋记》第十一回:"叔台乃衣冠之辈,非同寻常可比,据你说来,割我田禾,伐我果木,也是理所本当,易地相处,未必能以安然。"现在河南话里仍有此语,如说:"光自己说不算,能以叫人家服气,才算是本事!"

泥屐

要验箱子却好了。那衙役小班,再也是不验的,只说是赏酒饭钱,开口要几十两。这个饭价,是确切不移的。要不照他数目,把车儿来一辆停一辆,摆的泥屐儿一般。(七)

谭绍闻道:"只是雨太大,我也难出街。"乌龟道:"一箭之地,或穿泥屐,或披雨衣,有甚难出?只是你老人家,狠心肠就罢了,还说啥呢。"(五十七)

像那张绳祖,听说他把他老人家的印板,都叫那些赌博的、土娼们,齐破的烧火筛了酒。又如管贻安家朱卷板,叫家人偷把字儿刮了,做成泥屐板儿。(九十六)

【泥屐】屐:供泥泞道路上行走时穿的一种木制鞋子,底部前后有两木齿。《急就篇》"屐屩絾粗嬴窭贫"唐颜师古注:"屐者,以木为之而施两齿,所以践泥。"后来也指一般的木鞋,而专门践泥的"屐"前面则冠以"泥"以示区别。宋陈造《次韵何符山人二首》之一:"独烦客子冲泥屐,屡到衰翁听雨楼。"《醒世姻缘传》第二十五回:"狄员外打了伞,穿了泥屐,别了薛教授回家,分付安排早饭伺候。"

念诵

今日即恳老师,为门生作以箴铭,不妨就为下等人说法,每日口头念诵几遍,或妄念起时,即以此语自省,或有人牵诱时,即以此语相杜。(五十六)

【念诵】诵读,朗读。元胡祇遹《紫山大全集·贺丁适之得教授职序》:"居是任者,不自知耻,以念诵注解为通经,以剽窃陈言为文章,以记问为博学。"清褚人获《隋唐演义》第六回:"只见灯下坐着一个美少年,面如傅粉,唇若涂殊,横宝剑于文几,琅琅念诵,却不是孔孟儒书,乃是孙吴兵法。"

尿泡

谭绍闻主仆在班房内,连尿泡也不甚便宜。(四十六)

【尿泡】撒尿,解小便。民国二十五年(1936年)铅印本《鄢陵县志·地理志·方言》:"小便曰尿泡。"现在河南、河北、山东等地还这么说。孙犁《山地回忆》:"你们一个饭缸子,也盛饭,也盛菜,也洗脸,也洗脚,也喝水,也尿泡,那是讲卫生吗?"

捏饰

单讲到了读画轩,验了万全堂包丸药儿票儿,取具"原任吏部司务厅、房主柏永龄,同乡、河南举人娄昭,结得保举贤良方正、正六品职衔谭忠弼,委系患病,并无捏饰规避情弊"甘结,司官回部禀明,大人即于谭忠弼名下,吩咐注"患病回籍"四字,交与经承书办收存呈词、甘结备案。(十)

【捏饰】编造(事实),虚构(情节)。捏:虚构,编造。饰:造假,伪装。明沈德符《万历野获编·督抚·海忠介被纠》:"以小过而饰成极恶,以虚诞而捏作实情。""饰成"与"捏作"对举,义相当。清乌有先生《绣鞋记》第十六回:"虽未承招,但恐动刑锻炼,难受熬煎。这便如何是好?不若自作呈词一纸,捏饰情节,自掩其非,或者邀恩,汤开一面,也未可定。"

捏言

头陀问自何而来,绍闻道:"河南开封人,因上毫州找寻母舅,路遇强人被劫,进退无路……"头陀上下打量,不是捏言,告于职客和尚。(四十四)

【捏言】编造谎言。捏:编造,虚构。元马致远《江州司马青衫泪》第三折:"这厮捏写假书,妄称人死,骗人之妻,自有罪犯慢慢治他。"明许仲琳《封神演义》第五回:"乃此子之妖术,欲害美人,故捏言朕宫中有妖气。"参见"捏饰"条。

牛毛细丝

夏鼎掏出一个纸封儿放在桌上,说:"你看看,二两松纹牛毛细丝,一毫一忽儿也不短。"张绳祖拆开一看,果然成色顶高。(四十二)

尤要紧者,牛毛细丝称准二百两,就是师旷也睁眼;最热闹的小楷写满十二幅,总然陈仲亦动心。(五十二)

【牛毛细丝】古称成色高的纹银为"细丝"。《醒世恒言·卖油郎独占花魁》:"时光迅速,不觉一年有余。日大日小,只拣足色细丝,或积三分,或积二分,再少也积下一分。"牛毛细丝:指纹理非常细、成色非常高的银子。本书第七十五回:"绍闻出门,只觉抛却牛毛足色的宝货,那曾见蛾眉半扫的佳人,四外一望,好不寂寞。""牛毛足色"与"牛毛细丝"义略同。

扭拗

原来妇人性情,全跟着娘家为依归。二十年闺阁,养成拘墟笃时之见,牢不可破,坚不可摧。若嫁与同等人家,这婆子家兑上半斤,娘家配上八两,便不分低昂。若嫁与名门盛第,样样都看为怪事,如何不扭拗起来。(八十二)

【扭拗(—ào)】别扭,违拗。陶真典等《武当剑》第九回:"严儿不敢扭拗,哪敢怠慢。只见她天天忙得两头见月亮,日日累得腰酸筋骨痛。"

扭窍

春宇道:"王中是你家家生子,那人却极正经。"王氏道:"正经原正经,只是好扭别人的窍。那个拗性子最恨人。"(八)

谭绍闻道:"你不知道,王中单管着扭人的窍儿。若要说上山陕庙去,他固然不敢拦阻,但只是他脸上那个不喜欢的样儿,叫人去也不是,不去也不是。"(四十九)

明知王中好说扭窍扫兴的话,你偏偏又叫他回来商量,弄的你三心二意图啥哩?(七十一)

【扭窍】违拗别人的想法,提出相反的意见。窍:指心意,主意。本书第五十回:"这全是谭贤弟心上没窍,恰又遇了你。你当我看不出形状么?"扭:往相反的方向使劲,本书中多指打别(biè),违拗。本书第二十八回:"他们有做咱的生意哩,有住咱的房子哩,他不敢扭咱。"

拗强

你家只少一个贤内助。若是我那干妹子到你家,性情和平,识见活动,再也不拗强。可惜嫁与马九方,每日弄网,弄鸟枪,把一个贤惠女人置之无

用之地。(上六十三)

【拗强(—jiàng)】 倔强,执拗。《朱子语类·孟子·离娄下》:"或云:'看得匡章想是个拗强底人,观其意属于陈仲子,则可见其为人耳。'先生甚然之,曰:'两个都是此样人,故说得合。'"清西泠野樵《绘芳录》第八回:"小熊即要进去,众人拗强不过,只得先进去说明。"

弄戏

掌班道:"俺倒不想回去。只是弄戏的规矩,全要奉承衙门。如今州、县老爷,也留心戏儿,奉承上司大人,又图自己取乐。如何敢不回去?要不回,就有关文来了。"(二十四)

王中道:"依我看,那戏箱果然有关系。大约弄戏的人,多是些破落主户,无赖棍徒,好打官司,才显得他是扎实人。"(三十)

咱每日弄戏,有个薄脸儿,三班六房谁不为咱?到底咱胸膛不曾沾堂台儿土。(三十)

【弄戏】 经营戏班子。也指从事戏曲编导、演出等各方面的活动。向阳《搬布袋戏的姐夫》诗:"阿姊彼时犹是/十七八岁的姑娘,有一日/走去剧团找弄戏的头师/娇声柔语,东南派拍赢西北派。"曹禺《日出·跋》:"一个弄戏的人,无论是演员,导演,或者写戏的,便须立即获有观众,并且是普通的观众。"

女娃

(薛婆)因向赵大儿说道:"好嫂子,你把这女娃引到厨房下坐坐,我与奶奶好说句话。"赵大儿见这闺女生的好模样儿,得不的一声,扯着向厨下问话去。(十三)

若论这巫家,不过与我一样,是生意上发一份家业,如何胜的孔宅?我所以提这宗亲,只为这女娃生得好模样儿。(四十九)

王氏见女娃儿心底明白,口齿伶俐,并且面庞淑秀,举止安详,心中叹道:"巫家媳妇,如何能及;若是孔家媳妇在时,将来可以笼养成一个好闺女。"(八十三)

【女娃】 小姑娘。也指一般的女孩儿。清乾隆三十一年刻本《新安县志·风土志·方言》:"幼女曰闺女,亦曰女娃。"清王韬《淞隐漫录·白素秋》:"妇指谓女曰:'此秀才中之翘楚也。闻其文才必作状元郎,不知谁家多福女娃,得以消受耳。'"

藕瓜子

只见兴官儿动了动儿,把绿袄襟掀开,露出银盘一个脸,绑着双角,胳膊、腿胯如藕瓜子一般,且胖得一节一节的。绍闻忍不住便去摸弄。(三十五)

【藕瓜子】成节的藕,藕块。清天虚我生《泪珠缘》第二十回:"银雁听见,忙去把日间秦珍带回来的白玫瑰,开了一瓶进来。又装了两盆鲜荔枝和藕瓜莲子等类。三人便坐下,一块儿吃了。"山东省戏曲研究室、济南市文化局戏研室编《说书赋赞选·古瓷赞》:"梳抓髻,带刘海儿,细眉大眼白脸蛋儿。四肢白嫩如藕瓜儿,大红兜兜胸前戴。"北方不少地方把植物的块茎、根实叫"瓜儿"或"瓜子",如"一瓜儿(子)红薯""一瓜儿藕"。

沤热

走至内丘县地方,天色将午,定然到南关打尖。谁知天气沤热的很,骡疲人汗,大家觉得难耐,急切歇处,还有十里竟不能到。忽听雷声殷殷,只见东北上黑云遮了一角。(一百〇三)

【沤热】湿而闷热。明李梴《医学入门·外感·伤寒》:"寒热厥证,忽两手或一手无脉,是为重阴,如欲雨沤热,必然大汗而解。"陈忠实《白鹿原》第十六章:"白孝文屈从于那只手固执坚定的暗示,装作不堪沤热从人窝里挤出去,好在黑咕隆咯的戏场上没有谁认出他来。"

爬角

这女儿已长成了一个半女半媳的身材,脸儿好看,脚也缠的小了,头发梳的光光哩,爬角上绑了一撮菜子花儿,站在门边,睁着两只黑白分明的眼,望着贴的画儿观看。(八十三)

【爬角】小女孩儿头上盘的两个发髻。也泛指小孩的法式。清蒲松龄

《日用俗字·杂货章》："通草细花宝石坠,初扎妃角未上头。"清光绪二十一年刻本《(道光)辉县志·地理志·风俗(附方言)》："妃角,女子髻名。""妃角"即"爬角"。有的地方叫"爬爬角儿"。清佚名《善恶图全传》第三十六回："一个胖登登的小孩子,头扎爬爬角,四肢俱全,扑入他的怀中坐下。"

拍手扬脚

薛婆哈哈笑道："说起来,你老人家笑话。我是县衙门前一个官媒婆,人家都叫我薛窝窝。你老人家也该听的说。"说着薛婆早已自己拍手扬脚,大笑起来。(十三)

那人拍手扬脚,一面吃酒,一面说将起来："这宗命案,是有两个拐夫伙拐了一个女人。两个拐夫,一个年纪大些,一个年纪轻些。"(四十五)

【拍手扬脚】形容说话时手舞脚动,十分张扬的样子。河南不少地方有这种说法。贺巍《获嘉方言研究·方言词汇》："拍手扬脚:人高兴时手舞足蹈的样子。"也可以说"拍手拍脚"。《醒世恒言·金海陵纵欲亡身》："那女待诏便拍手拍脚的笑起来,说道:'好个乖乖姐姐!像似被人开过聪明孔了,一猜就猜着。'"

排场

(一)

明日你看看正经赌罢。好没星秤这个杀才,明日要约他来,叫他赴赴正经大排场。(二十七)

管贻安道："你真是个下作鬼!卖豆腐儿子,纵有银钱矗着北斗,不是主户人家,如何上的排场?"(五十三)

管九儿又放肆起来,说道："你弄的这原不是排场儿。"夏逢若道："九宅哩,比前几月在我家的那排场何如?你怎的不嫌呢?"(六十四)

【排场】场面。元曾瑞《斗鹌鹑·风情》："无嫌,大排场俺占,乔风月咱兼。"《儒林外史》第二十四回："岂止像知府告老回家,就是尚书、侍郎回来,也不过像老爹这个排场罢了。"

（二）

孝移道："别无可奉，聊作别敬。"柏公大笑道："别敬乃现任排场，弟已告休，二公尚待另日，何必为此？"（十）

我今日饯行，不似北京城中官场内酒席，以游戏征逐为排场；仁者赠人以言，方谓之真朋友。（一百〇五）

但好官则温厚和平，不改儒素旧风；俗吏则趾高气扬，显出光棍排场。（一百〇五）

【排场】风格，做派。清石成金《十反说》："本系贫寒人家。勉强费用。要装出富贵人家的排场。"清文康《儿女英雄传》第二十三回："姑娘此时一则乍到故土，所见的都合外省那怯排场儿两样。"

盘锅垒灶

今日侄子还去，带人收拾院子，盘锅垒灶，安置床铺。总要事事妥当，万不叫伯母挂心。（六十七）

【盘锅垒灶】盘锅台、垒灶火。盘：垒、砌。《西游记》第五十六回："呆子丢了钯，便把嘴拱，拱到软处，一嘴有二尺五，两嘴有五尺深，把两个贼尸埋了，盘作一个坟堆。"高志升《封神别传·甥舅结怨》："日久天长，他垒灶手艺名声远播，十里八乡都有人来请他。这样一来，他得了一个绰号——张老灶。张单本人也喜欢这个名字，因为他觉得这是人们对他盘锅垒灶手艺的肯定。"

盘绞

（一）

（那人）递与端福儿，道："这是一笼百样会叫的。不是贵东西，连笼只要一千钱。"端福道："五百钱不卖么？"那人道："不够盘绞。"（十三）

我来时，家叔病原沉重，原说不叫我来。我想在家一干人空空盘绞，也

是难事,因此硬来了。如今果然不在了。(二十二)

【盘绞】花费,盘缠。也作"盘搅""盘缴"。明冯惟敏《仙子步蟾宫·十劣》:"俺如今这样时光,又无接手,不比常年。虽然是答腊些残汤剩饭,却不道盘缴的少米无盐。"《金瓶梅词话》第六十回:"教常二哥门面开个小本铺儿,月间撰的几钱银子儿,勾他两口儿盘搅过来就是了。"

(二)

这货岂是一两天就消售哩?还要住着等哩。火食盘绞,京城又比不得河南,是个消金窝儿。(上六十五)

我不得已,把上京盘缠添上些,自己买完庄,指望到河南取这宗盘绞花消。将来未必发财,只求够本就算还好哩。(六十六)

俗话说:做小生意休买吃我的,做大生意休买我吃的。假如贩牛贩马,张口货儿,一天卖不了他,就草料上有盘绞,吃折了本钱。(六十九)

【盘绞】盘缠,所需的花费。"火食盘绞",栾校本作"火食盘缠",义同。亦作"盘缴"。明冯惟敏《僧尼共犯》第一折:"不上西天不成佛也非小可,咱们焉敢指望;若是不念经、不应付,那里有盘缴来也?"《醒世姻缘传》第六回:"晁大舍每日托了坐监为名,却常在京居住,一切日用盘缴,三头两日俱是通州差人送来。"

袍料

李魁讨了三四两采头,西妮也讨了二三两。娄星辉道:"我也丢丢脸,问谭相公要个袍料穿。"捏了两个锞儿。(三十四)

【袍料】做袍子用的衣料。清陈朗《雪月梅》第三十回:"不如买两套好缎子的裙袄料,再买两件缎袍料、两件绫衬袍料,只说是母亲送他娘儿两个的,他便不好不收。"清黄世仲《廿年繁华梦》第六回:"所有拜把兄弟,共十一位官绅,和关里受职事的人,与一切亲友,有送金器的,有送袍料的,都来逢迎巴结。"

陪光

孔耘轩道:"还有一个生客哩。"张类村便问道:"是谁?"孔耘轩道:"小婿业师惠人老。原是弟说成的,今上学已经两月,弟尚无杯水之敬,所以并请三位陪光。"(三十八)

傍午时,来的是隆泰号孟嵩龄,吉昌号邓吉士、景卿云,当铺宋绍祁……此中也有欠揭债的,也有欠借债的,也有欠货债的,也有请来陪光的。(四十八)

【陪光】客套用语,意谓因陪坐而使场面增添光彩。多指虽非邀请的主要客人,但因与主人或客人有一定关系而应邀出席。清释印光《印光法师文钞·寿康宝鉴序》:"择于初八,与其妾至太平寺,同受三归五戒。又请程雪楼、关䌹之、丁桂樵、欧阳石芝、余峙莲、任心白等诸居士,陪光吃饭。"

赔累

即令你有功名,这省会地方,衙役们把绅衿当成个什么!他们掏出他那催讨河工木料的面孔,贤弟除搭了树,还得几两银子赔累。(八十一)

【赔累】亏累,亏损。明杨时乔《马政纪·各边镇奏讨银买马》:"自二十一年起,或减骑益步,或照数兑与寄养马匹,务令妥当,毋致贫军,仍前赔累。"清吴伟业《芦洲行》诗:"州县逢迎多妄报,排年赔累是重粮。"《儒林外史》第二十九回:"我因近来赔累的事不成话说,所以决意返舍。"

配场

希侨道:"也罢么。谭贤弟你与老慧伙着,叫他替你掷。宝剑儿,你把你的钱拿来,配上一家儿。顺便把厨下瑶琴叫来,替你伺候客。"宝剑果然叫的瑶琴来,自己拿了两串钱配场。(十六)

管贻安道:"我在小刘儿家见过他,你就速去叫去。再迟一会,我急了,就要你老婆配场儿。"夏逢若笑道:"这两个还配不得场么?"(五十三)

只见乌龟口中唧哝道:"我配上一家罢?"夏逢若道:"你要配场也不妨,只是爷们在这里耍,你站着不是常法,你坐下却又不中看。"(五十八)

【配场】赌博时找人搭配成整局。场：赌博的场局。本书第五十回："夫妇两个时常斗骨牌,抢快,打天九,掷色子,抹混江湖玩耍。巫翠姐只嫌冰梅、赵大儿一毫不通,配不成香闺赌场。"

朋谋定计

这茅拔茹出来站到当街说："姓谭的也像一个人家,为甚拦住我的箱,扭我的锁,偷我哩衣服？那里叫了一个忘八蛋,朋谋定计,反说我借他二百两银！"（三十）

【朋谋定计】勾结在一起定计策,出主意。朋：勾结。《世宗宪皇帝上谕八旗》卷六："从前屡降谕旨,令文武大臣各将家人严行约束,无得听其朋谋结党,串通生事,反复训诫,至再至三。"也可以说"攒谋定计"。本书第八十七回："又叫张绳祖、王紫泥这些物件,公子的公子,秀才的秀才,攒谋定计,把老乡绅留的一份家业,弄的七零八落。""攒谋定计"与"朋谋定计"义相当。

朋谋伙骗

王中不知所以,跑上去抱住谭绍闻问道："这是为的啥？要那一宗银子？"……白兴吾接道："是借的贾大哥五百银子。我是保人。"王中道："您明明是朋谋伙骗。"（四十五）

【朋谋伙骗】几个人串通一气,设计坑骗。朋谋：一起谋划。本书第八十八回："倘敢任意收留,甚至朋谋撞骗,或经本道访闻,或被旁人首发,本道务必严刑重惩。"也可以说"同谋伙骗"。清樊增祥《樊山政书·批西安府详》："开设铺面,无一文本钱,东掌数人,同谋伙骗,七不堪也。"

批排

夏逢若道："那也不必说。如今俺两个这宗话,正要大哥批排。"……盛希桥说："也罢。你就捷说,我批评批评。"（五十）

【批排】评判,评论。例中"我批评批评","批评"与"批排"相照应,"批评"也是评判的意思。清毛先舒《答应嗣寅书》："得足下手书,所批排莫不中理。"吕新江主编《洛阳神话传奇·潘岳传奇》："潘岳才把双方叫到一块,招待顿饭吃,然后批排是非曲直,协商解决办法,这时纠纷就很容易解决了。"

霹雷火闪

前日先生说我还留情,程大叔接着霹雷火闪,好吆喝哩。我脸上虽受不得,心里却感念。(上十三)

【霹雷火闪】又打雷又闪电。比喻势头猛烈。火闪:霍闪,闪电。栾校本作"霹雷闪电",义同。王俊义主编《中国民间故事丛书·河南南阳西峡卷·穷人画家》:"到了下午,狂风大作,霹雷火闪,倾盆大雨下了起来。"也作"劈雷火闪"。西峡县志编纂委员会编《西峡县志·方言·词汇》:"劈雷火闪:打雷扯闪;形容性情急躁说话办事武断,不容人争辩。"也作"霹雳火闪"。中国曲艺家协会河南分会编《河南曲艺第一辑·拆墙记(大调曲子)》:"他媳妇吵架红了眼,看见我总把脸黑丧;一天又霹雳火闪吵一架,院当中才打了一道墙……"

皮薄

白鸽嘴道:"你输的没了钱,不干这事,你会做啥?只怕再迟几年,连这事还不能干哩。"大家又是轰然。夏逢若道:"院子皮薄,若听见了,要骂你哩。"(五十六)

【皮薄】等于说"面皮薄"或"脸皮薄",形容易害羞。清郑方坤《全闽诗话·林希元》:"林希元作《面皮薄歌》,其题曰:利见斋分巡自称面皮薄,不会做无廉耻事,深契予心,歌以自慰:'人生莫得面皮薄,皮薄一事做不着。心头才有半分亏,十分面赤害羞辱。'"

皮罩篱

夏逢若道:"这老脚货是皮罩篱,连半寸长的虾米,也是不放过的。"(五十六)

【皮罩篱】罩篱:即笊篱,一种有网眼的捞饭用的炊具,多用竹篾、柳条编制成。"皮罩篱"取其滴水不漏之意,比喻吝啬而又贪婪的人,也指过于节俭的人。《西游记》第三十九回:"老官儿,既然晓得老孙的手段,快把金丹拿出来,与我四六分分,还是你的造化哩;不然,就送你个皮笊篱,一捞个罄尽。"郭进拴《闪光的足迹·山里人的儿子》:"有人说山高村的干部们是'皮笊篱',汤水不漏。从我的采访中可以证明:此话一点不假。"

片瓦根椽

只听得窗儿外两个提茶的小厮唧哝道:"个个输的片瓦根椽的,都会说这个'我不服'。"(四十三)

咱家大相公,我看将来是个片瓦根椽的下场头,咱夫妻不如守着城南菜园,卖菜度日,鞋铺子打房课,勤勤俭俭,两下积个余头,慢慢等大相公改志回头。(五十三)

这些光棍,不惟一次哄骗,早已安下第二遭诱赌的根子,将来不到片瓦根椽,光棍们再不歇手。(六十)

【片瓦根椽】一片瓦、一根椽,指宅院凋敝、破败。民国二十二年(1933年)刊本《孟县志·社会志·方言》:"住宅凋零曰片瓦根椽。"也可是说成"根椽片瓦"。元张国宾《公孙汗衫记》第二折:"铜斗儿大院深宅,火烧的无根椽片瓦!"常形容家业败落,穷得到了一贫如洗的地步。元李直夫《便宜行事虎头牌》第二折:"我也曾有那往日的家缘,旧日的庄田;如今折罚的我无片瓦根椽,大针麻线。"

撇白

周小川道:"您是甥舅不是甥舅,我也不能知道。你这样像是撇白的撇嘴吃、撇钱使。俺这开行的替买看吃,也管不了许多闲事。"(四十四)

假李逵见了谭绍闻,开口便骂道:"没良心的撇白贼,借人家银子想撇赖,到来生变牛马填还人。"(四十六)

【撇白】谓行骗,诈骗。明吾邱瑞《运甓记》第二十五出:"我乃李偷儿的便是……撇白剪绺,当做顽皮;走脊飞檐,视同儿戏。"明天然痴叟《石点头》第十回:"有了这般做买卖的,便有偷鸡、剪绺、撮空、撇白、托袖拐带有夫妇女,一班小人,丛杂其地。""撇"即骗的意思。《元典章新集·刑部·骗夺》：" 余云六等先犯撒包骗钞,累断不悛。" 现在河南方言里仍称"骗"为"撒",如"我还能撒了你"。现在河南、河北（邯郸）有些地方还把骗子叫"撒子""撒手""撒子手"。

撇头

（柏公）又说起来道："如今官场,称那银子,不说万,而曰'方'；不说'千',而曰'几撇头'。这个说：'我身上亏空一方四五,某老哥帮了我三百金,不然者就没饭吃。'那个说：'多蒙某公照顾了一个差,内中有点子羡余,填了七八撇头陈欠,才得起身出京。'"（九）

夏鼎指桌上爵秩本儿道："我看看先君的缺如今是那个做着的。那个缺就是好缺,官虽小,每年有'一撇头'。"绍闻道："什么是'一撇头'？"夏鼎道："这是官场老爷们时兴吊坎话,一千是'一撇头'。"（八十四）

曾记得前人有一绝句,写来博看官一笑：满口几方几撇头,民沸又贮满腔愁；淳风只有朱循吏,身后桐乡土一丘。（九十四）

【撇头】旧时官场中称论银两时的隐语。一撇头就是一千。明陆深《俨山外集·中和堂随笔上》："刘瑾弄国日,纳赂其门者谓万为'方',千为'干'；宋时以万为'力',千为'撇'。至今尚有谓千为'撇头'者,俚语亦有从来哉！"乃指"千"字上头一笔为一撇而言。本书第一百〇五回："方者似减笔万字,撇头者千字头上一撇儿。"

瓶口

（春宇）见了那人,开口便称亲家,瓶口内掏出二两银子与了,又承许越外三十两,以后作亲戚来往,就留下吃汤饼。（二十七）

夏鼎道："你先说明白谢仪,我方对你说。那一头已承许下瓶口顺袋儿,你且说你的罢。"（四十八）

唯有这山东新来苏旦,未到丁年,正际卯运,真正是蕊宫仙子一般。把一个盛公子喜的腮边笑纹难再展,心窝痒处不能挠。解了腰中瓶口,撒下小银锞儿三四个。（七十八）

【瓶口】旧时系在腰间装银钱的小囊袋,其状如瓶口,多用丝线绣成。也叫绣瓶口、腰瓶。清同治六年刻本《宁乡县志》："钱囊曰钞袋,又曰瓶口。"清李百川《绿野仙踪》第八十回："庞氏打开箱笼,寻了几件瓶口、茶包、香袋之类,算蕙娘的人情。"本书第二十二回："夏逢若便向绍闻道:'我们备一顿饭钱。'便向绣瓶口掏出一个锞儿,绍闻掏出四个锞儿。"也写作"平口",清高静亭《正音撮要·杂货》:"平口,腰瓶。"

泼

希侨骂了两句,叫厨下照料泼茶去。这范姑子方晓得起初进门,盛希侨把茶尝一尝便放下的缘故。(十六)

惠养民只推身上不好,口中不想吃啥。惠观民急命另泼姜茶。撤了鸡酒,明晨再用。惠养民啜了姜茶,只说怕听人说话。(四十)

只听的院里有三四个人走的响,一片声说:"作速拿茶来,渴坏了。"进的轩来,却是盛希侨。见了哈哈笑道:"你两个说什么哩?叫盛价作速泼一大碗茶来。"(五十)

【泼】以滚水冲沏或者稍加烹煮。唐张又新《煎茶水记》:"过桐庐江至严子濑,溪色至清,水味甚冷,家人辈用陈黑坏茶泼之,皆至芳香。"宋苏轼《东坡志林·修养·论雨井水》:"时雨降,多置器广庭中,所得甘滑不可名,以泼茶煮药,皆美而有益,正尔食之不辍,可以长生。"蒲松龄《禳妒咒·买妓》:"泼泼茶,烧烧汤,唱唱昆腔,双陆棋儿解解闷,要你在行。"

婆子

王中道:"银子还有,但只恐这闺女有了婆子家。'媒婆口,无梁斗。'奶奶与他们做不得交易。我如今领这闺女到账房盘问,看有妨碍没妨碍。"(十三)

王氏道:"哎哟!别人是为你的事,你也会说这号话。到明日娶过你媳妇来,掀开箱柜,都是几件菜叶子衣裳,我做婆子的脸上也受不住。"(二十八)

你只看你家媳妇子,咱日子好时,我像他的婆子;日子歪了些须,便把我不当人待。(八十六)

【婆子】原指老年妇女。元张国宾《公孙汗衫记》第三折:"【快活三】风捎得手倦抬,冻饿死怎挣揣。一场天火送了家财!婆子,我问你那少年儿今何在!"方言里指婆婆,婆母。清同治二年刻本《鄢陵文献志·土地志·风俗》:"夫之母曰娘,亦曰婆子。"现在河南很多地方已婚女子对别人仍称婆婆为"婆子"。

破

谭绍闻引着王象荩到木厂看了樟板,果然其坚如石,其油如浸。讲明价钱,就着马师班师徒破木做将起来。(六十二)

像那张绳祖,听说他把他老人家的印板,都叫那些赌博的、土娼们,齐破的烧火筛了酒。(九十六)

【破】劈开。唐法海《六祖坛经·自序品》:"惠能退至后院,有一行者,差惠能破柴踏碓。"元周达观《真腊风土记·舟楫》:"巨舟以硬树破版为之。匠者无锯,但以斧凿之开成版,既费木且费工也。"民国十七年(1928年)铅印本《汜水县志·艺文志·灾荒纪实》:"每见箱柜棹凳床机门窗以及梁栋等件,俱属成器,售主难觅,不得已,破开作薪,论斤卖出。"现在河南不少地方还把劈柴叫"破柴火(禾)"。

破面

面借券揭,必要到借而不应、揭而不与地位,方才歇手;又定要到借者来讨、揭者来索的时候,徒尔搔首;又定要到讨者破面、索者矢口的光景,不觉焚心。(八十一)

【破面】撕破脸面。清杨潮观《治平汇要·驿站》:"然而按临者或为势要权门,则州县岂敢开罪;经过者或为亲知故旧,则当事又谁忍破面?"也说"破面皮"。清李光地《榕村语录续集·治道》:"熊窘极,托张语予云:'老先生到底存师生之分,不要破面皮。'为是予遂许之。"

破上/泼上

这九娃又有绍闻与的银子,外边唱一棚戏回来,必定破上两数银子买人施(事)送奶奶。双庆、德喜儿都有些小东西赠送,所以人人喜他。(上二十三)

赌博账有甚关系?不与他就白不与他了。这混帐场儿,不拿出钱来的

就是有本领的人。甚么叫光棍？输了与人家撕打，赢了破上死要而已。（上六十）

冰梅此时进了堂楼，向王氏道："王中总是一个向主子热心肠。若是别个，出了咱家门，就不肯再管闲事。看他为咱的事，破上偿命，岂不是一个难得的么？"（七十六）

【破上】拼上，豁出。"破上死要"，栾校本作"泼上死要"，义同。破：拼，豁上。《金瓶梅词话》第二十四回："破着这命摈兑了你，也不差甚么。""破着这命"就是拼着这条性命。蒲松龄《墙头记》第四回："这丧事待整齐，每人破上十亩地。坟合棺材都有了，扎些棚彩与幨，台前一个猪羊祭。"周同宾《皇天后土——俺是农民·虎背》："不几天，贺全兴死了。死的时候眼还瞪着。死前，牛套对他说：'叔，泼上命干，我也要把虎背买回来。你放心。'"河南话"泼上"的"泼"读与"破"同。

破孝

（王春宇）又因问成服破孝的话，孔耘轩道："此是咱这里陋俗。我当日先慈见背，就不曾破孝。盖古有大孝、纯孝，孝之一字，乃是儿子事亲字样，岂可言破？即本族弟侄，姻戚甥婿，或期年、大功、小功、绸麻，还各有个定制，如何邻舍街坊来吊，敢加于他人之首？"（十二）

【破孝】丧主将整匹白布撕开散发给前来吊唁的亲朋，即开丧。明顾起元《客座赘语·礼制》："而大家复有破孝送帛之事。破孝，毋论何人，但入吊者，即赠以布或绢。"民国二十二年（1933年）刊本《孟县志·社会志·礼俗》："且因物价腾贵，不过五七而葬则不再破孝。"原注："俗谓分散孝布曰破孝。"

扑

后来渐渐厮熟，这兴官儿偏要扑孔慧娘，慧娘忍不住抱在怀里，由不的见亲。（二十八）

乌龟道："在这里住，并没个人理会，少滋没味的做什么？你看，谭爷还不肯赏俺个脸儿，俺还扑谁哩。"（五十七）

【扑】原指全身伏向，靠过去。引申为投靠，依靠。

欺降

那赵大儿一个粗笨女人,心里不省的,自然听的不入耳,瞌睡虫便要欺降上眼皮,早已梦入南柯。(五十四)

从来小人们遇人敬时,便自高尊大,一切银钱物件只借不还,又添上欺降凌侮之意。(六十)

女儿蠢愚,说是女儿厚道,"俺家这个女儿,是噙着冰凌,一点水儿吐不出来。女婿想着欺降,叫族间几个小舅子,抬起来打这东西!"(八十五)

【欺降(—xiáng)】欺凌,欺负。降:降服,使屈服。明方汝浩《东渡记》第四十三回:"后有夸孟光之贤,因何授她女将之职,只因世有悍妇恶过罗刹,故授她个武勇专制一方欺降男子之妇。"清刘智《天方至圣实录·起降生九年至四十年事实》:"又古来氏人累次欺降,欲谋杀之。"

歧差

但是谭乡绅这宗恭喜的事,不得轻薄了他,且是托人要托妥当。前日睢州有宗候选文书,把里头分赀稍的歧差,文书就驳回去了。如今三四个月,还不见上来。(五)

钱书办道:"……只怕得三十两左近。若要有人包办时,连大院里,学院里,都包揽了,仗着脸熟,门路正,各下里都省些,也未见得。约摸着得五十两开外。我看二位也老成的紧,怕走错了门路,不说花费的多,怕有歧差。"(五)

【歧差】原指歧出、差互。元虞集《送见心上人之径山》诗:"台山蓦直勿歧差,双径峰前路不赊。"引申为相差、差错、不一致。徐旭生《徐旭生陕西考古日记·一九三四年六月》:"大家全以为接吾等之车已来,余固不信,乃未几时,又返,问之,果系昨日动身今日来到者。且均系载一吨半车。信函电报,明明白白,而竟歧差如是!"也写作"起差"。《汉语方言大词典》(第4664页):"起差,相差。中原官话。河南洛阳:你读那点儿书,还起差远着哩,骄傲啥哩!"今河南话用来表示"相差"之义的较多,如:"掂一掂,忖着两下不歧差多少。"

起办

每日叫他那老贾上门索讨。说的言语,我对你也说不出来,只是很不中听就是。我万分无奈,承许今日完他,只是我再没法起办。(四十二)

且说谭绍闻坐在轩上,心中左盘右算,这宗赌债难完。若说撒赖,那虎镇邦是个鲁莽兵丁,时候儿还不许迟,可见数目儿也不能短少。且这宗银子,无处起办。(五十九)

虎镇邦道:"有啥不依。我当初为赌博把一个家业丢了,少不得就在这城内几家憨头狼身上起办。"(六十四)

【起办】筹措,筹办。清龚炜《巢林笔谈》卷六:"汉顺帝时,河南吴雄家贫,丧母,营葬于人所弃地。丧事起办,不问时日。有言当族灭者,雄亦不顾。"清宣统元年刻本《濮州志·武烈传》:"咸丰初,南匪土寇相继蹂躏州境,夔龙起办团练,歼除寇贼无算,众赖以安。"

起场

掷到晚上,两个学生起了场儿,自回家去。窦又桂不想就走,巴庚道:"你也须得回去,若叫窦叔知道,你倒不得再来,不如明日早来。"(五十)

大家掷将起来。这夏逢若一时财运亨通,正是小人也有得意时,起场时又现赢了八十两。喜喜欢欢,包裹而归。(五十三)

【起场】完局,收场。场:这里指赌场、赌局。本书第二十四回:"这五个人洗了脸,吃了点心,依旧上场斗起牌来。到午饭时,绍闻又赢了七八千。"也说"揭起场"。明佚名《梼杌闲评》第十一回:"掷到鸡叫时,进忠输了二百两,尔耕赢了,说道:'天快明了,揭起场来睡睡罢。'"

起动

(一)

孝移道:"我只拣实有相与的走走,别的素日无交,不敢妄为起动。有翰林戚老爷,那是旧日同窗,极相好的。有兵马司尤老爷,是同街的乡邻,也极相好。我带着他两家平安家信,这是一定要拜的。"(七)

【起动】动身,行动,动作起来。《金瓶梅词话》第三十二回:"说毕,递过酒去,就是韩玉钏儿,挨着来递酒。伯爵道:'韩玉姐起动起动,不消行礼罢。你姐姐家里做什么哩?'"

(二)

范法圆后边跟送,张绳祖道:"范师傅,太起动了,改日送布施四两。"范法圆道:"阿弥陀佛!"作别而去。(四十三)

二人进庙观壁上图画,庙祝就让卷棚旁边吃茶。谭绍闻辞道:"大会事忙,各自照理,不敢起动。"(四十八)

原是第三房下,在家下各不着,我也再没个法子。因此想起老侄这里房院宽绰,赁一处院子,叫我这一点根穄儿保全残生。不过跟随一个老仆,一个老妪做饭,我供米供柴,万般都不敢起动着老侄。(六十七)

【起动】敬辞,等于说"麻烦""烦劳"。《金瓶梅词话》第三回:"王婆道:'既是娘子肯作成,老身胆大,只是明日起动娘子,到寒家则个。'"

起来欠去

绍闻见吴自知是个村愚,无可与言。心中又想着盛宅,便出来叫王中,低声道:"这是那里一个乡瓜子,起来欠去的,厌恶人。并不像个财主腔儿,难说他会有银子么?"(四十八)

【起来欠去】形容神态过于谦恭。欠:指欠身,身体稍微向前弯曲。这种姿势常表示对人的尊敬。《醒世姻缘传》第二十八回:"他坐了一把醉翁椅子,仰天跷脚的坐在上面,见真君出入,身子从来不晓得欠一欠。"徐安伟、李楠编《中国民间故事丛书·山东枣庄台儿庄卷·老头的烟袋》:"屋里有个学生,也不管有二十多岁,手端个书本,脸不是脸的,起来欠去,长吁短叹。"

起去

　　(王中)因向赵大儿道:"你发落我起去,扶我到东楼下,请大相公说话。我这病会染人,不可叫大相公到这屋里来。"……赵大儿果然扶持丈夫起来,吃了些须东西。(二十六)

　　却说谭绍闻正在碧草轩上看书,一人进门跪下求救。……绍闻忙搀道:"起来,起来。"夏鼎道:"须你承许下,我才起去。"(四十二)

　　(夏鼎)一面说,一面早扯着谭绍闻,一同跪下。邓三变急拉住道:"请起来商量。凡弟之所能者,无不效命。"夏逢若道:"既是邓老爷开恩,咱就起去。"(五十一)

　　【起去】犹言起来,起身。"去"与"来"均为表趋向的词缀。《醒世姻缘传》第九十一回:"望见狄希陈座船将到,各役一字排开,跪在岸上,递了手本。船上家人张朴茂分付起去,岸上人役齐声答应。"姚雪垠《李自成》第二十二章:"他深恨孙传庭,恨得咬牙切齿,忽地从龙椅上跳起来,把跪在地上的宫女踢了一脚,喝道:'起去!'"

气长

　　做官只留下自己人品,即令十年不擢何妨?后来晚生下辈,会说清白吏子孙,到人前气长些。若丧了自己的人品,即令一岁九迁,到卸却纱帽上床睡时,只觉心中不安;子孙后来气短。(七十一)

　　【气长】底气足,气势壮。与"气短"相对。元李寿卿《伍员吹箫》第一折:"〔芈建云〕'将军你早知有这今日,当初临潼关上,便不立的功劳也罢了。'〔正末唱〕'则俺这做元戎的不气长。'"《金瓶梅词话》第七十六回:"常言道:贱里买来贱里卖,容易得来容易舍。趁将你家来,与你家做小婆,不气长。"现在河南不少地方,乡间俗语仍有"有儿长长气,没儿不气长"之说。

弃产

　　王中道:"相公要妆大爷门面,只在读书不读书,不在弃产不弃产。况且行息之债是擎不住的,看着三分行息没啥关系,其实长的最快。往往人家

被这因循不肯还债,其先说弃产不好看,后来想着弃产时,却又不够了。"(三十六)

盛公子道:"今日发财。"绍闻道:"见笑之极。"盛公子道:"你说见笑,这却可笑了。那弃产收值,是我近日的常事,稀松平常,关什么哩。"(六十八)

但弃产之时,也要有个去此存彼的斟酌;某一宗是上关祖宗,下系儿孙的,虽有重价不可轻弃;且拣那不起利息、无关食用的卖了还债。(八十三)

【弃产】割弃产业,也就是变卖家产。清道光十八年刻本《伊阳县志·礼俗志》:"乃有吊者日数十起,起各十余人或数十人,恣意饮啖,丧家所费不赀,或至弃产以应,家是以落。"清李百川《绿野仙踪》第三十七回:"飞鹏日日替如玉跪恳,哭诉了好几次,细说卖房弃产,家中折变一空,止凑了七千两。"也说"割产",本书第三十六回:"割产二字如何行得?你大爷去世不久,我就弃产业,脸上委实不好看。""弃产业"即"弃产",与"割产"义同。参见"割产"条。

千能百巧

今日眼中看着汗巾,耳内听个哭字,好生不安。因央夏逢若道:"你是千能百巧的人,替我想个法子。只去这一遭,安慰了红玉,往后我就再不能去了。"(二十六)

【千能百巧】形容极为聪敏灵巧。清乾隆十二年石印本《新乡县志·丘墓志上》:"补稽勋,历验封,庭无私谒,常揭壁曰:'千能百巧都不济事,只无欲为高。'"也说"百能百巧""千伶百巧"。奎章阁本《朴通事》上:"那女孩儿生的十分可喜?俊如观音菩萨。好刺绣生活,百能百巧的。"清浦琳《清风闸》第十九回:"他来到四岔路口,瞧见一位老爹,姓潘,名彩臣,是定远县一个老翁,千伶百巧,为人惯走衙门。""百能百巧""千伶百巧"与"千能百巧"义相当。

千万

（一）

（绍闻）因向慧娘说道："昨夜你说的收王中那话，叫我仔细想来，王中毕竟没啥不好的意思，千万为的是我。我如今一定要把他收留回来。"（三十六）

王象荩道："小的再往那里去！只是大相公年轻，是个心中无主意的人，小的就是作难些，千万只为俺大爷归天时，嘱咐了小的一场。小的再无二心。"（六十二）

【千万】归根结底，说到底。《醒世姻缘传》第四十三回："这不我又替他做着冬衣裳哩？我可为什么来？千万只为着死的！他既不为死的，我因何的为他？"

（二）

（谭绍闻）忽的又想道："父亲临终时节，千万嘱咐，教我用心读书，亲近正人。我近今背却父命，弄出许多可笑可耻的事，这样人死了何足惜！"（五十九）

【千万】犹言千遍万遍（地），表示一再恳切（叮咛嘱咐）的意思。《醒世姻缘传》第十三回："哭了一场，两个勉强吃了几杯酒，千万央了差人许他两个在一床上睡了。"清逍遥子《后红楼梦》第十四回："可怜见，林姑娘羞得很，在那里千万央及我，又哭又求叫我告诉你，且不要去看她，罪过得很。"现代汉语用于告诫、叮嘱场合的"千万"，当是由此发展而来的。

迁就

从来狱贵速理。人命重情，迟此一夜，口供就有走滚，情节便有迁就。（七十一）

【迁就】变卦，变化。迁：变更，变化。《文选·晋陆机〈文赋〉》："其为物也多姿,其为体也屡迁。""屡迁"就是一次次地变更。宋周必大《二老堂杂志·郊坛行礼》:"夜行礼,天气晴和,上喜,令内侍谕太史局,寻常行礼大宴,不应丑后。自今依时,勿得迁就。"

前窝子儿

滑氏道:"你不说罢!你哥是老成人?适才我说,咱进城来比不得在乡里,孩子们也要穿戴些,省的秃尾巴鹌鹑似的,也惹人笑话。你哥就把你那前窝子儿,上下看了两眼,真正看了我一脸火。我难说会唱《芦花记》么?你还说他不会曲流拐弯哩。"(四十)

滑玉道:"……依我说,姐,你手里若几两银子,递与我,我捎到正阳关去与你营运着。"滑氏瞅了一眼道:"休叫他那前窝子儿听的。"(四十)

【前窝子儿】前妻所生的孩子。民国二十四年(1935年)铅印本《莱阳县志·人事志·方言》:"先妻所生曰前窝,后曰后窝。"《醒世姻缘传》第四十一回:"要不就是后娘;要是亲娘,可也舍不的这们降发那儿,那儿可也不依那亲娘这们降发。就是前窝里这们大儿也不依那后娘这们降发。""前窝里",前妻生下的。

钱粮

(一)

那银匠一看,说:"是好干银子,何处槽口?"绍闻道:"济宁衙门的。"银匠道:"相公昨日济宁带来的么?"绍闻道:"是。"银匠道:"衙门钱粮,如何这个样儿?"绍闻笑道:"自来衙门银子,大半不许人究所从来。你只管剪碎,分成十锭就是了。"(七十五)

【钱粮】田赋所征银钱和食粮的合称。唐代施行两税法,经宋、元、明,田赋或征收米谷,或折征银钱,故称田赋为"钱粮"。亦泛指各种税银。《宋史·舆服志六》:"六部印藏于官,以牌出入,而胥史用于户外,或借用于他厅。近有伪为文符、盗印以支钱粮者,有伪作奏钞、盗拆御宝而改秩者,皆慢藏有以诲之。"《醒世姻缘传》第三十一回:"但库中久不征了,钱粮分文也不能设处,尚有守道存养弃孩剩的十四两银,盐院赈济贫生剩的十三两银,刑厅捐助的二十两银,自己设处了二十两银,共有六十七两。"例中"钱粮"即指银子。

(二)

只见标营兵书,领定虎镇邦跪下禀道:"老爷昨晚送的赌犯兵丁虎镇邦,书办的本官按法究治,打了四十杠子,革退目丁,开拨了钱粮。差书办领来回明。"(六十五)

虎镇邦哼哼的从地下爬起,随谭绍闻穿过宅院,至前厅坐下。说道:"贤弟呀,你要救我。如今将主将我的头脑目丁也革退了,钱粮也开拨了,就如死人一般。"(六十六)

【钱粮】指薪水。本书第五十八回:"虎镇邦道:'淡事。四十板子,枷号四个月,把我这份马粮开拨了,我正要脱身不当这户长哩。'""马粮"指军饷,与此"钱粮"意思相同。这一意义还可以单说"粮"。本书第六十九回:"盛希侨道:'我面前休说这些话!来来来,我兑上一百两,你兑上啥哩?咱就来一场子何如?'虎镇邦道:'我如今把粮开拨了,没啥兑。'"

腔儿

逢若道:"既不往盛宅去,我同你再寻个散闷去处。"绍闻道:"我不去。"逢若起来,一手扯住袖子道:"走罢,看气的那个腔儿。你赖了?"(二十四)

貂鼠皮道:"憨砖!你到那里也装个不喜欢腔儿,只说你家哭的了不成。再对你说句要紧话,他不来,你休走。"乌龟笑道:"我装不上来不喜欢的样子。"(五十七)

谭绍闻此时是个急人,况且世故渐深,也不是书生腔儿,回言道:"王爷,我是出息揭你的,一天还不到,有一天的利息,不是白拖拉的,休要恁的苦逼!"(六十六)

【腔儿】原指腔调,引申为情态模样,派头。《金瓶梅词话》第七十二回:"想着一来时,饿答的个脸,黄皮寡瘦,乞乞缩缩那个腔儿!吃了这二年饱饭,就生事儿,雌起汉子来了。"《红楼梦》第六十八回:"凤姐冷笑道:'既没这本事,谁叫你干这样事?这会子这个腔儿,我又看不上!'""这个腔儿"就是"这么一副模样"。也说"腔样"。见"腔样"条。

腔样

梅克仁拣了一个座头坐下。向轩上一看，一桌像是书吏衙役们请客，一桌子四五个秀才腔样，也还有一桌子长随打扮。(八十八)

【腔样】模样，派头。《初刻拍案惊奇》卷二十："世上只有一夫一妻，一竹竿到底的，始终有些正气，自不甘学那小家腔派。""腔派"与"腔样"义相当。也说"腔儿"。参见"腔儿"条。

跷奇/峣崎/乔奇

坐定时，类村道："恭喜呀！"孝移道："喜从何来？"嵩淑笑道："'四六'呈子做了半天，孝老还说不知道，是怕我吃润笔酒哩。"孝移见话头跷奇，茫然不知所以。因问道："端的是什么事？"(六)

滑玉取的铁器来，滑氏点上灯，叫兄弟照着，把床移开，在床脚下挖开一个砖儿，盖着一个罐儿，连罐儿取出。滑玉道："如何埋得这样跷奇？"(四十)

【跷奇】奇怪，不平常。"话头跷奇"，上图本作"话头峣崎"；"这样跷奇"，上图本作"这样乔奇"。义同。或作"跷蹊"。《京本通俗小说·错斩崔宁》："小娘子与那后生看见赶得跷蹊，都立住了脚。"明汤显祖《邯郸记·外补》："禀老爷，跷蹊了，原来老爷朦胧取旨，驰驿而回，被宇文老爷看破了奏上，圣旨宽恩免究。"现在河南话多说"蹊跷"。

敲

邓吉士道："当日原银，弟们也不曾见过，但既是得过息的，也不得太为执一。就照这样敲了罢。岂有弃产价银，倒还不上息债之理。"遂敲了一千五百两。(四十八)

他们敲了一阵子，还说差二两不足平。我腰中又摸出二两多一个锞儿，丢在盘子里，他们却说使不清。(八十四)

当年藩库解得国帑，今日起不得你们财东的标。也罢么，只抬过天平，随你们敲就是了。(八十四)

【敲】用天平称重量。天平非常灵敏,称量时常常用精巧的小锤子轻轻地敲击以精确刻度,因而把用天平称量叫"敲"。《醒世姻缘传》第六十六回:"狄希陈将二十两合二两的两个法马放在天平一头,从袖中取出那封银来,解开,放在天平一头,将天平两头稳了一稳,用小牛角椎敲了两敲,高高的银比法马还偏的一针。"

瞧

(一)

王氏道:"你在家里睡,我坐车到你妗子家,央范师傅神前祷告祷告。"绍闻道:"娘只说瞧妗子,休叫王中知道。"(十九)

两仪唧哝道:"伯,我跟你回去呀。"惠观民道:"你娘手下无人,你中用了,支手垫脚便宜些。"两仪道:"伯,我跟你家里去瞧瞧俺大娘、俺元哥。"(四十)

我想叫舍弟随着老哥们上京肄业,好中那北闱举人,乘便会试。我迟一半年,指瞧弟以为名,到京城走走,不比朝南顶武当山强些么?(九十九)

【瞧】看望,探视。《红楼梦》第十回:"今日正遇天气晴明,又值家中无事,遂带了一个婆子,坐上车,来家里走走,瞧瞧嫂子和侄儿。"民国十二年(1923年)刊本《新乡县续志·风俗志》:"俗云:拍罢麦,打罢场,谁家闺女不瞧娘。"现在河南多数地方的"瞧"还表示这种意义,常说"瞧闺女""瞧病人"等等。

(二)

潜斋吩咐家童道:"瞧两位相公陪客。"家童道:"大相公往乡里料理佃户房子去。二相公就来。"(二)

王春宇坐了一会,心上恼了,说道:"叫端福去!"双庆儿瞧的回来,进了楼下。(上二十六)

王少湖道:"谭相公,这当日怎的寄放在此?同的是谁?"谭绍闻道:"同的是夏逢若。"王少湖道:"这须得瞧夏逢若来方得清白。"(三十)

【瞧】把某人叫来,去唤某人来。"双庆儿瞧的回来",栾校本作"双庆儿叫的回来",义同。现在河南话里很少这样说。

瞧料

及到门口,一发改换了门户,一个小木牌坊上,写了四个大字"西蓬壶馆",下赘"包办酒席"四个小字。坊柱上贴了一个红条子,写的本馆某月某日雅座开张。梅克仁瞧料了七八分,径入其内。(八十八)

但好官则温厚和平,不改儒素旧风;俗吏则趾高气扬,显出光棍排场。此中分流别派,只在神气微茫之间,早不出奸胥猾吏瞧料,亦跑不掉饱于阅历者的眼睛。(一百〇五)

【瞧料】料:忖度,估量。《文选·左思〈吴都赋〉》:"夫上图景宿,辨于天文者也;下料物土,析于地理者也。"刘逵注:"料,度也。""瞧料"谓看出,料到。清张春帆《九尾龟》第八十二回:"章秋谷看了这样的一种情形,又听了那般的一番言语,虽然还没有知道是怎么一回事情,心上早瞧料了五六分,不由得怒从心起。"

巧

(一)

我见世上这一号儿人,葬送家业,只像憨子疯子一般,惟有摆布丈人时,话儿偏巧,法儿偏险。(二十)

娄翁道:"我是个村庄农人,说不上来什么巧话儿,我就把你爷教训我的话,我常记着哩,今日学与你听。"(六十三)

【巧】乖巧,机灵。《绿野仙踪》第五十八回:"那几件衣服,丢院外、房内,虽是你的极巧处,却是你的极愚处。……这等鬼诈,连小娃子谎不过,敢欺本州?""巧"与"愚"意思相反对,"极巧处"就是极明的地方。

(二)

貂鼠皮道:"你这话傍点墨儿。依我说,也不必对串儿说。你看天阴的

很,雨点儿稠稠的,不如咱替串儿做了天阴的花费。慢慢的等个巧儿,这谭相公自然还要生法子弄的来。"(五十七)

【巧(儿)】机会,赶巧碰到的机遇。《金瓶梅》第三十七回:"你闲了到他那里,取巧儿和他说,就说我上覆他,闲中我要到他那里坐半日,看他肯也不肯。"

(三)

掌过灯来,摆上碗,抖出色子,开上钱。若再讲他们色子场中,何取巧弄诡之处,真正一言难罄,抑且挂一漏万。(三十四)

知府打躬道:"大人命巡捕押送枪手,审讯之下,口角微露科目字样。卑职怕是同人们穷极生巧,或者可以宽纵? 未敢擅便,禀候大人钧夺。"(九十三)

【巧】诈伪,诡诈。《金瓶梅》第七十五回:"妇人骂道:'贼牢,你在老娘手里使巧儿,拿这面子话儿来哄我! 我刚才不在角门首站着,你过去的不耐烦了,又肯来问我?'"

巧说

滑氏道:"扰的多了,竟是不好意思的。"大儿道:"没啥好的吃,闲坐坐说话儿罢。"滑氏道:"你也会这般巧说。"(四十)

王氏是个好扯捞的人,便道:"把他认到师娘跟前何如?"滑氏道:"我可也高攀不起,家儿穷,也没啥给娃子。"王氏道:"师娘巧说哩。"(四十)

【巧说】言辞机巧,善于辩解。宋苏轼《论积欠六事并乞检会应诏四事一处行下状》:"臣尝谓二圣即位已来,所行宽大之政多被有司巧说事理,务为艰阂,使已出之令不尽施行。"《三国演义》第一百回:"式曰:'此事魏延教我行来。'孔明曰:'他倒救你,你反攀他! 将令已违,不必巧说!'"也指善于随人心思来说话。明罗懋登《三宝太监西洋记》第八十三回:"王明只在想着瞌睡虫儿,认不得是个苍蝇,问说道:'哥,你是哪个?'那苍蝇又巧说道:'你寻哪个?'王明心是急的,顾不得是不是,说道:'我寻个瞌睡虫儿。'"

怯

况且揭的这宗银子,文书上写的成色,其实包瞒着不足,秤头也怯,每月十几两利息,何苦一定使他？（六十一）

【怯】少,不足。"怯"有弱的意思,宋苏轼《乞降度牒修定州禁军营房状》："营房大段损坏,不庇风雨,非惟久不修葺,盖是元初创造,材植怯弱,人工因循。""怯弱"同义连文。引申为欠少、不足之义。清包世臣《再与杨季子书》："魏叔子颇有才力,而学无原本,尤伤拉杂。方望溪视三子（指侯朝宗、汪钝翁、魏叔子）为胜,而气力寒怯。""怯"即不足之意。

侵蚀

如本州有一毫侵蚀干没之处,定然天降之罚,身首不得保全,子亦遭殄灭。（九十四）

却说夏鼎责革之后,追缴七两八钱四分银子完款。他还有一向干没侵蚀银两,尚可度日。（一百）

【侵蚀】侵吞,侵占。清李鹏年等编《六部成语·户部》："侵蚀银:侵,盗也、吞用也。将经手官银自行吞用也。"清昭梿《啸亭杂录·孔王祠》："盖有岁修祭田为祠官所侵蚀,故不敢揭报,恐破其奸也。"

轻

关口还多着哩,到明日不拘那一道关口挡住了,还叫堂楼上没蛇弄哩。这南院大叔,也就轻的三根线掂着一般,外边就像自己有了亲兄弟,那不过哄你这老头子瞎喜欢哩。（六十七）

【轻】轻佻,轻狂。"三根线掂着",意思是只用三根细线就能掂得起来,几乎没有重量,极言其"轻"。现在河南话里有"轻得没四两"的说法,意思一样。

轻薄

钱书办想了一想道:"是礼科窦师傅管的……但是谭乡绅这宗恭喜的事,不得轻薄了他,且是托人要托妥当。前日睢州有宗候选文书,把里头分赀稍的歧差了,文书就驳回去了。"(五)

王氏道:"拿定主意,在那里罢。分赀得多少呢?"隆吉道:"咱与盛公子共事,轻薄不好看,每人二两头罢。"(十五)

【轻薄】不厚重,菲薄。"不得轻薄了他"等于说,不要在人情银钱上少了他的。元无名氏《冻苏秦衣锦还乡》第三折:"你看这白银二锭,春衣一套,鞍马一副,赍发贤士。权为路费,休嫌轻薄。"明汤显祖《紫钗记》第四十五出:"〔浣〕有人收得者,谢银一钱;报信者,银二钱。〔侯〕忒轻薄了。"

轻忽

(一)

观察道:"我意中已有其人,甚为妥协。婚姻是关系宗祧门第的大事,不可轻忽。此时尚难骤及,待科场完后,我再细心筹度,那时八面稳合,方可一言而决。"(九十五)

【轻忽】轻视,怠慢。忽:简慢,不重视。《汉书·孔光传》:"臣闻师曰,天左与王者,故灾异数见,以谴告之,欲其改更。若不畏惧,有以塞除,而轻忽简诬,则凶罚加焉。"《三国演义》第五十七回:"孙乾曰:'庞士元乃高明之人,未可轻忽。且到县问之。如果于理不当,治罪未晚。'"

(二)

谭绍闻系名门子弟,少年英慧,谁不晓他是谭绍闻。但赌博场中,俱是轻忽口角,且俱是粗汉,也不知考名为甚,不过就众人口中称个谭福儿,管九儿。(五十四)

盛宅各仆从,莫不肃然。这不是因举人、副榜到宅,别立体统,总因赌博

之场,儓耷也有八分轻忽,所谓"君子不重则不威"也。(九十九)

【轻忽】轻慢,不庄重。明王守仁《阳明先生文录·序记说·示弟立志说》:"学苟无尊崇笃信之心则必有轻忽漫易之意。"清黄宗羲《宋元学案·横浦学案·横浦心传》:"或问:'教小儿,以何术为先?'曰:'先教以恭谨,不轻忽,不躐等,读书乃余事。若不先以此,则虽有慧黠之质,往往轻狂,后亦难教。'"

轻欠

夏逢若道:"都是自己几个人,休歇了场儿,谭贤弟输的多了,捞一捞轻欠些儿。"(五十八)

【轻欠】轻松,松活。栾校本注:"轻欠,轻松、负担小。"近是。西峡县地方史志编纂委员会编《西峡县志·方言·词汇》:"轻欠:肩上担子轻,病情减轻。"现在河南不少地方仍有这样的说法,如:"吃了点小药儿,睡起来,浑身轻欠了不少。"

轻样

可怜数日后,班上人见绍闻年幼轻佻,也就没个良贱光景了……一日绍闻在轩上与那唱正生的小娃子调笑。那唱正生的却是掌班的侄子,掌班的一声吆喝道:"尊贵些罢,休要在少爷面前轻样!"绍闻满面通红。(二十四)

【轻样】轻佻、不庄重的态度。轻:轻佻,轻浮。

清白

(一)

荆县尊道:"你不曾亲交,如何件数这样清白?"茅拔茹道:"小的有原单,照着少了这些。"(三十一)

我这偌大村庄识字人少,只有一个考过的,他如今住了房科。我的字儿一发不深,上的布施簿儿俱不清白。(四十四)

程公道:"我只问你,何处交付?"白兴吾道:"小人酒馆内。"程公道:"可是酒馆内,你记得清白么?"(四十六)

【清白】清楚明白。《红楼梦》第四十二回:"宝玉早已预备下笔砚了,原怕记不清白,要写了记着。"清陈朗《雪月梅》第七回:"恰好老家人已将银子取到,当面一封一封交付清白,共是八大封。"

（二）

我开了一个小店儿,有座闲房,到那里坐坐,慢慢商量。天下没有不了的事,杀人的事也有清白之日,何况这个小事。(三十)

邓三变心里盘算,这二百两银子已同谭绍闻称过,即如抽回不交,只要官司清白,也不怕谭绍闻不认。(五十三)

秦小鹰把张二粘竿捏了一把,两个一根铁绳走至墙角下,商量道:"第二哩,你看呀,这谭福儿不出来,咱这官司再不能清白。"(六十五)

【清白】完毕,了结。《儒林外史》第二十六回:"看着太太两只脚足足裹了有三顿饭时才裹完了,又慢慢梳头、洗脸、穿衣服,直弄到日头趖西才清白。"前面说"完了",后面说"清白","清白"即完了的意思。

（三）

逢若道:"咱一发就寻他去。不用等他来说话。况且我的事紧,承许下明日早上与人家二十两清白哩。"(三十)

如今咱该把煤炭厂房子或当铺房子,相公写出两张文券,我慢慢寻个售主,成了交,还这宗利息银子。连当铺宋爷那宗尾欠,也清白了他。(三十六)

到了楼上,问母亲要银一两,大钱五百,说是笔墨书籍的账目,人家来讨,须是要清白他。(五十七)

【清白】特指清还(欠项),结清(账目)。清佚名《绣像红灯记》第二十三回:"(刘保)遂把银信拿着,到馆头交于京报报子,打发报子去了。又清白了馆钱。""清白"的这一用法,与"清楚"相同。本书第四十八回:"绍闻道:'……昨日弃了一宗薄产,得了千把卖价。今日通请列位,索性儿楚结一番。'当铺宋绍祁道:'少爷今日,只管把王二爷这宗息银清楚。'""楚结"

"清楚"都是还清、结清的意思。

清减/清俭

王纬千道:"大抵人动了揭字一款,便不是没病的人了。若果然没病,再不肯上药铺内取一付平安药吃吃。现在这谭家何如?"王经千道:"近来大动了赌,日子渐渐清减。"(六十六)

所以巫氏在谭宅,饮食渐渐清减,衣服也少添补,不如回家照料自己银钱,将来发个大财,也是有的。(八十二)

【清减】清淡歉少。多用来指家境渐入贫寒。"饮食渐渐清减",上图本作"饮食渐渐清俭",义同。清王浚卿《冷眼观》第二十三回:"你自从进我理门,须守我规矩,酒色财气四门,须戒去头尾各半,一切饮食,均须清减。"例中"清减"义相近。

情

茅拔茹道:"少我不少我的,既扭了锁,须得同个官人儿验。扭锁的事,到底是个贼情,不比泛常。"(三十)

(裴集祉)扯住窦丛,径上祥符县署,便要挝堂鼓。看堂的人拦住吆喝,窦丛说了人命重情,宅门家人听了原由,回禀县主。(五十一)

从来狱贵速理。人命重情,迟此一夜,口供就有走滚,情节便有迁就。(七十一)

【情】情状,特指案情。"重情"就是重大案情。《世说新语·言语》"颍川太守髡陈仲弓",南朝梁刘孝标注:"按实之在乡里,州郡有疑狱不能决者,皆将诣实。或到而情首,或中途改辞,或托狂悖。皆曰:'宁为刑戮所苦,不为陈实所非。'""情首"就是自首供出有关案件的情状。《京本通俗小说·菩萨蛮》:"郡王大怒,将新荷送交府中五夫人勘问。新荷供说:'我与可常奸宿有孕。'五夫人将情词覆恩王。""情词"即有关案情的供词。

请客

当槽的打量一番,便说道:"相公今晚请个客罢?"绍闻道:"我出门的

人,请什么客?"当槽笑道:"堂客。现成的有,我先引相公相看,拣中意的请。"(七十二)

走到张家集,又住在卖过鬼店里。德喜要完旧日请客的心愿,少不得也与双庆请了一位堂客。(八十)

店小二提一壶水,到少年住房,笑道:"爷请客罢?"少年道:"我这里没朋友,请什么客?"店小二道:"请堂客。"(一百○一)

【请客】即请堂客。堂客:指娼妓。"请堂客"就是招妓女。民国二十二年(1933年)刊本《孟县志·社会志·方言》:"妓女曰堂客,曰出门人。"说见"堂客(二)"条。

曲流拐弯/曲流拐湾

惠养民道:"咱哥是个老成人,不会曲流拐弯哩。"滑氏道:"你罢么!他方才说,他把四五里路只当耍哩,咱进城将近一年了,不要银子时,就没有多耍几遭儿。"(四十)

【曲流拐弯】比喻为人不坦诚,心里鬼点子多。曲流:弯弯不直。上图本作"曲流拐湾",义同。或作"曲偻拐弯""曲溜拐弯"。清佚名《金钟传正明集》第十八回:"弟秉性过直,曲偻拐弯的话,说不上来,大家总要畅快。"于敏《风雨入华年》三九:"曲溜拐弯的心对着坦诚正直的心,他羞愧了,更加内疚了。"也说"曲里拐弯"。薛小战主编《修武民俗与方言·修武正反方言》:"直心肠——曲里拐弯心。"

屈气

这做酒的老张,少爷说他不小心,也打了二十木板子。老张虽做酒,不会喝酒,人又老实。受了这场屈气,又染了一点时气,前日死了。(十九)

巴氏道:"你速向衙门去办理,但凡可以救得姐夫的,用多用少,就是谭宅不出,我都拿出来,也不怕你姑夫不肯。我只在你身上落的姐夫不受一点屈气儿。"(六十五)

【屈气】委曲,冤屈。明罗贯中《粉妆楼全传》第六十五回:"柏爷叹了口气道:'只是这场屈气如何咽得下去?'小姐道:'目今的时世,是忍耐为尚。'"清陈少海《红楼复梦》第十四回:"他听见人家受了委屈,就气的连饭也吃不下,一定要替人出了这点屈气他才舒服。"

拳套

隆吉吃完了,希侨道:"该离座起舞。"隆吉不肯。希侨道:"违令谱者,罚一大碗酒。"隆吉少不得离座,站在一旁,把手伸了一伸,说:"算了罢。"希侨道:"一定该打个拳套儿。"(十七)

【**拳套**】打拳的套路。也指完整的一套拳。王芗斋《拳学要义》:"拳学之基本原则究为何物,虽人言人殊,但习拳套,讲招法,练拍打,皆属于表面者,套路流行既久,实属误人太甚。"阚男男《高手林立的民间武术·陈式太极拳》:"从陈王廷起,经过300多年的传习,积累了不少经验,对原有拳套不断加工提炼,终于形成了近代所流传的陈式太极拳第1路和第2路拳套。"

裙垫

屋内裙垫不设;桌上碟著已备。这兄弟伯侄坐下,捧来午馔,器不多而洁,品不杂而腴,全不似官场中饭,艳缛难以注目,糊浓难以充肠的那个派头。(九十五)

【**裙垫**】围桌子的围裙和垫在椅子上的垫子。本书第九十八回:"又替绍闻把当的桌椅春凳、围裙垫子回赎出来。""围裙垫子"即"裙垫"。参见"围裙""围桌"条。

让

走了二三日,要在荥泽河口过黄河,偏偏大北风刮起,船不敢开,只得回到南关住下……王中进城,见街市光景,大让祥符。(四十五)

绍闻附耳道:"可惜了,这个贤慧人。你这个婶子,人材也略让些,心里光景,便差位多着哩。"(七十六)

【**让**】栾注:"豫语次于或低于的意思。"近是。河南话里把"弱"叫"让"(与"硬"相对),如身子骨不硬朗就叫"身体让"。这种意义的"让"读阳平,音同瓤。弱义与差、逊色义相接近。后来字多写作"瓤"或"穰"。贾芝等

《中国民间故事选·叛徒李四一》：“说起这个人呀,可真不穰,你说是'抠打写算,无一不通'。”童边《新来的小石柱》第十一章：“王达力称赞道：'石柱,你的插秧技术真不瓢嘛！'”

扰

茶罢了酒,酒罢了席,须臾席完。……绍闻道：“虚诳见笑。”孟嵩龄道：“好说。今日既扰高酒,有甚见教的事请吩咐,再没个不遵命的。”(二十八)

赵大儿笑嘻嘻进房说道：“俺大奶请师奶明午西院坐坐哩。”滑氏道：“扰的多了,竟是不好意思的。”大儿道：“没啥好的吃,闲坐坐说话儿罢。”(四十)

话说阎仲端宴客之次日,绍闻引着儿子篑初前院谢扰,阎仲端那里肯受。(九十九)

【扰】叨扰。感谢别人请吃饭的客套话。清乾隆三十一年刻本《新安县志·风土志·方言》：“谢人馈物曰费心；谢饮食曰扰。”《醒世姻缘传》第五十八回：“狄员外道：'不消去,情管是往那里做甚么,顺路访访你,好扰你的酒饭。'”参见“叨扰”条。

惹下

珍珠串道：“俺家他吃几盅烧刀子,便撒起野来,惹下街坊,安身不牢。”(五十六)

王氏道：“你近来不在家中住,大相公开了赌场。不知怎的惹下堂上边老爷,一直到前院,把他虎大哥及夏家,还有卖豆腐家孩子,俱锁的去了。”(六十五)

他小时只知他家姓赵,他祖与内官儿争气,惹下正德皇上,打了一顿棍,又杀了。(一百〇七)

【惹下】触怒,得罪。郭明勋编《雍熙乐府·端正好》：“谁教你娶了个天魔,惹下这鬼师？你疾快打与他手模子,写与他休书字。”清李百川《绿野仙踪》第九十回：“果不出所料,老仙师定是追赶妖精去了。只是此番若不斩草除根,惹下他,我一家断无生理。”

热合

(一)

王氏道:"我与你针线,你自己缝。"九娃见光景不甚热合,接过针线,说道:"等等送针来。"(二十三)

先生教的好,比不得旧年侯先生,每日只是抹牌,倒是那师娘却很好,与亲家母一样热合人。(四十)

【热合】热和,关系亲密,亲热。清钱锡宝《栲栳萃编》第十七回:"我们太太呢,也不能说他贤德呢,同我身上总是淡淡的,就是你们在通州走的那几时,总算稍为热和些。平常同我似乎不关痛痒的光景,这其间也就难说。"或作"热火"。清文康《儿女英雄传》第十五回:"我才听老哥儿俩一见就这样热火,我都预备妥当了。"

(二)

这昆腔比不得粗戏,整串二年多,才出的场,腔口还不得稳……谁想小地方,写不出价钱来。况且人家不大热合这昆班。(二十二)

【热合】对某种事物有热情,感兴趣。也作"热活"。司马中原《狂风沙》九十六:"他喃喃地说:'咚咚,咚咚,你瞧那种热活劲儿!'石二矮子说得一点儿也不错,江防军的赵团这样展开时,连小米桶似的赵团长也热活得浑身发痒。"

人家

其实人家兴败,由于男人者少,由于妇人者多。譬如一家人家败了,男人之浮浪,人所共见;妇女之骄惰,没有人见。(四)

我小弟在家,也算一家人家,国初时,祖上也做过大官。只为小弟自幼好弄锣鼓,后来就有江湖班投奔。(二十二)

观察道:"我们士夫之家,一定要有几付藏板,几部藏书,方可算得人

家。所以灵宝公遗稿,我因亲戚而得,急镂板以存之。"(九十五)

【人家】指有身份有地位的家庭。清艾衲居士《豆棚闲话·范少伯水葬西施》:"一个杭州地方,见得如花似锦,家家都是空虚,究其原来,都是西湖逼近郡城,每日人家子弟大大小小走到湖上,无不破费几贯钱的。"

人脚儿定

俺的经棚,就搭在客厅前檐下,白日里有客,俺在后边替你老人家帮忙。晚上人脚儿定了,内眷烧黄昏纸儿,俺才去念经,替你老人家超荐亡灵。(六十三)

【人脚儿定】晚上人们停止了活动。意谓夜深人静,没有了白日的嘈杂。河南南阳等地把一更时分叫"人脚定"。兰建堂编《中国民间故事丛书·河南南阳宛城卷·莽将庄与刘秀营》:"两个村的雄鸡报晓时间却截然不同。刘秀营的老公鸡人脚定(即一更天)就开始打鸣;莽将庄的老公鸡老天大光时才啼叫,时差整整一夜。"

人窝子

那老人道:"是这南边邵家庄邵三麻子,四十多岁,专一兴贩人口,开人窝子。那一日有个男人拐了一个女人,被他看见了,他本是那一道的人,便知道是拐带,三言两语盘问住,就哄到他家。"(四十五)

【人窝子】专门买卖人口(多为妇女)的地下交易场所。人贩子将被拐卖来的人幽禁在这里,进行交易。

人物头儿

希侨笑道:"那日北街戴秃儿家,新来一个人物头儿,约我瞧去。还有一场子好赌。我想往那里去。"(十八)

【人物头儿】本指一方或某一团伙中有声望、有地位的首要人物或领头人。这里指妓女之色艺出众者。赵树理《小二黑结婚》:"人家把他选成青年队长,我就说过不叫他当,小杂种硬要充人物头!"李凖《大河奔流》:"你是哪个山坳里蹦出来的?还想来赤杨岗当人物头。"

任意

人家一个少年翰林,自己任意儿,还以不谦惹刺;我一个老生儿子,还不知几时方进个学,若是任他意儿,将来伊于胡底?(七)

柏公又说道:"人臣进谏,原是要君上无过。若是任意激烈起来,只管自己为刚直名臣,却添人君以愎谏之名,于心安乎不安?"(九)

管老九那个孩子,少调失教,横跳黄河竖跳井,是任意的。(三十六)

【任意】恣意,由着性情(去做)。任:恣纵,不加约束。明佚名《明珠缘》第八回:"程中书带了这班恶棍,一路上狐假虎威,虚张声势,无般不要,任意施为。那些差上的内官,奉承不暇。"清心青《新茶花》第九回:"那上等稍须有些姿色,也不过矫揉造作,并非天然,却只要生意一好,便自尊自大起来,任意的慢客,姘戏子、轧马夫,无所不为。"

日子薄

冯健道:"我先有一句话,相公休恼。俗话道:邻居眼睛两面镜,街坊心头一杆秤。大相公近来日子薄了,养不哩许些人,不如善善的开发了几个,何必强留他们,生相公的气?"(八十)

【日子薄】等于说家景贫寒,生活拮据。薄:不富厚,贫寒。本书第六十七回:"却说谭绍闻负债累累,家业渐薄,每日索欠填门,少不得典宅卖地,一概徐偿。"冯德英《迎春花》:"老东山妻子兴奋地笑起来:'俺儒春属龙。他婶子,俺有意咱老姐妹俩结亲家,不知你嫌不嫌我家日子薄?'"

日子浅

慧娘道:"人有脸,树有皮,赶出的人,再进来脸上也支不住。只是我到咱家日子浅,赵大儿两口子作弊不作弊。"(三十五)

这夏鼎早在东角门口嚷道:"出来罢,不必推三阻四的。"巫氏听见,叫老樊对说:"小孩子日子浅,不用惹生人喊叫,你出去答应他,就在前边说话罢。"(七十六)

西平是个青年进士初任官,且日子浅,诸事糊糊涂涂。内中强盗攀了一

个良民,西平硬夹成了案。人家不依,告到府里。(七十九)

【日子浅】天数少,时间不长。浅:短,不长。常用来指时间,有"日浅""时浅""时日浅""日子浅"等说法。司马迁《报任安书》:"书辞宜答,会东从上来,又迫贱事,相见日浅,卒卒无须臾之间得竭指意。"《红楼梦》第六十八回:"这一进去,凡事只凭姐姐料理。我也来的日子浅,也不曾当过家事,不明白,如何敢作主呢?"姚雪垠《李自成》第一章:"高夫人含笑回答说:'虽是吉元来咱们这里的日子浅,却是秉性诚实,不是那种心怀二意、朝三暮四的人。'"

日昨

谭绍闻如今回来了,这才把心装到肚里。日昨我叫贾李魁去问他要这宗银子,这老贾全不晓得,问主户人家子弟要赌账,不过是将将就就,哄到手中便罢。(四十六)

谭绍闻道:"我本意愿行。日昨我舅与母亲一权主定,承许了曲米街巫家的事。一个是舅,一个是娘,叫我也没法。"(五十)

娄贤弟已中了进士,俺两个日昨见过面了。他说济南府还没人来,大约数日内必到。(一百〇二)

【日昨】昨天。明瞿佑《剪灯新话·金凤钗记》:"生至门,防御闻之,欣然出见,反致谢曰:'日昨顾待不周,致君不安其所,而有他适,老夫之罪也。幸勿见怪!'"《金瓶梅》第四十三回:"夏提刑见了,致谢日昨房下厚扰之意。西门庆道:'日昨甚是简慢。恕罪,恕罪!'"

毧

孔慧娘桌角儿斜签相陪。滑氏道:"奶奶真正有福,娶的媳妇人有人才,肚有肚才。"王氏道:"可惜只是一个毧。"(四十)

【毧】原指纤细柔软的毛羽。《集韵·钟韵》:"毧,鸟兽细毛也。"唐韩愈、孟郊《会合联句》:"块然堕岳石,飘尔胃巢毧。"清陈元龙《格致镜原》卷二十七引元俞琰《席上腐谈》:"北方毛段细软者曰子毧。子,谓毛之细者。毧,温柔貌。"河南话里"毧"常用来形容东西纤细柔软,也指体质差,孱弱多病。

如蜜似油/是蜜似油

王中直是急得心里发火,欲待另请先生,争乃师娘在主母跟前,奉承的如蜜似油,侯冠玉领过闪屏后的教,又加意奉承。(十四)

滑氏道:"那睡不着,也是由不的人。真正咱们当这内边家是了不成的,没头说去。"真正两个说的如蜜似油,好不合板。(四十)

【如蜜似油】话语像蜜像油一般,形容极为甜蜜、融洽。民国二十六年(1937年)铅印本《封邱县续志·地理志·风俗》:"君子之交淡如水,小人之交甜似蜜。蜜调油,不到头。""蜜调油",蜂蜜加入香油调和;"不到头",亲密的关系维系不到最终。"说的如蜜似油",上图本作"说的是蜜似油",意思一样。

如桶脱底

谭孝移道:"弟之相请,原是连令侄都请去的。"老者道:"一发更妙。我是一个极有主意,最爽快的人,只要明春正月择吉上学。我虽是见我的兄弟亲,难说正经事都不叫他干,终日兄弟厮守着不成?"一阵言语,大家痛快的如桶脱底。(二)

【如桶脱底】就像桶底脱掉一样。"桶底脱",原为禅宗用以比喻悟脱之境的说法。比喻彻底领悟。《朱子语类·孟子尽心上》:"凡接物遇事,见得一个是处,积习久自然贯通,便真个见得理,一禅者云'如桶底脱相似',可谓大悟到底。"变言之,也说"桶脱底"。这里用来比喻十分透彻、痛快。参见"如脱桶底"条。

如脱桶底

这一片话,直把个谭绍闻说的如穿后壁,如脱桶底,心中别开一番世界了。不觉点头道:"领教。"(二十一)

【如脱桶底】比喻领悟得极为彻底。禅宗用"桶底脱"一语比喻悟脱之境。《五灯会元·青原下十三世·长芦清了禅师》:"师一日入厨看煮面次,忽桶底脱。众皆失声曰:'可惜许!'师曰:'桶底脱自合欢喜,因甚么却烦恼？'"变言"脱桶底"。王亨彦《普陀洛迦新志·禅德门·正明》："一日见僧读万峰语录，闻万法归一，恍然大悟。后嗣法五峰。每当入室，如脱桶底，如灭烛光。种种密印，皆悟后事。"参见"如桶脱底"条。

入目

前日少爷花烛大喜，老太太吩咐小弟们买的衣服，也不知如意不如意，想是都海涵了。但只是彼时所用银两，原有清单缴进，想已入目。（三十）

只见一个小孩子，拿着一封小书札儿，送到轩上。谭绍闻接拆一看，上面写着："字启谭贤弟入目。套言不叙。昨日那宗事，此人已索讨两回……"（五十九）

却说谭道台烧了妖党送银簿子，正欲检点连日公出未及入目的申详，梅克仁拿了许多手本，说是本城小老爷们请安。（九十二）

【入目】犹言寓目、过目。清归锄子《红楼梦补》第十九回："如今紫鹃远隔数千里，不知作何归结，自己反把这些东西带回南来，犹及检点入目，恍如丁令威化鹤归来，有隔世重逢，是耶非耶之景象。"

"入目"还可以表示看上眼、看着中意的意思。明伏雌教主《醋葫芦》第六回："李春赚出翠苔，早被老熊瞧见。老熊十分入目，便问道：'尊婢实是要货么？'李春道：'岂敢谬言。'"

软处

绍闻挂牵着夏逢若索银来人，本不欲去，却因"白大哥"一称，被张绳祖拿住软处，不得不跟的走。（三十三）

【软处】柔软不坚硬的地方。喻指弱点，不足之处。清陈龙昌《中西兵略指掌·军防·海战分队各阵式》："此阵行驶时，最合以收缩不散、不留软处以示人。相机调换阵式时，九艘一同齐转，且有一定旋周，无参差失序之弊。"李宗吾《厚黑学·厚黑传习录·求官六字真言》："凡是当轴诸公，都有软处，只要寻着他的要害，轻轻点他一下，他就会惶然大吓，立刻把官儿送来。"

撒白话

惠养民道:"我的心在银子上。我并不曾换钱,你怎的说我换的钱都花尽了,哄咱哥呢?"滑氏道:"你既然把你哥直当成一个哥,你方才为啥不白证住我,说:'我不曾换钱,他婶子说的是瞎话。'昂然把银子拿出来,交给他带回去。分明你也是舍不的银子,却说我撒白话。"(四十)

【撒白话】撒谎,说瞎话哄人。白话:假话,谎话。河南省孟津县史志编纂委员会《孟津县志·风土编·方言》:"白话,谎言。"本书第四十六回:"程公大怒,连拍着醒堂木儿,高声道:'你与这一起光棍厮混,也学会这一种不遮丑的白话。'""不遮丑的白话"就是"遮不住丑的谎话"。也可以说"说白话"。本书第八回:"这做大官的,还如此说白话。无怪乎今日生意难做,动不动都是些白话。"参见"说白话"条。

三尖瓦绊倒人

他休要把人太小量了。三尖瓦绊倒人,我若不把他告下,把我姚荣名子颠倒过来!(五十八)

虎镇邦也恼了,高声道:"不用如此作践我,三尖瓦儿也会绊倒人!"(六十九)

【三尖瓦绊倒人】比喻身份低微的弱者有时也能把有权势的强者击败。三尖瓦:指有尖楞的小瓦片。清东山云中道人《唐钟馗平鬼传》第十六回:"只见钟馗人马围了上来,无二鬼往前一跳,被三尖瓦绊倒。"也说"三角瓦绊翻人"。元佚名《刘千病打独角牛》第三折:"可不道三角瓦儿阿可赤可兀的绊翻了人,则我这一对拳到收赢了你个飑。"意思一样。

散

进的大厅,为礼预谢,柏公那里肯依。内边捧出点茶,主客举匙对饮。柏公道:"虚诓台驾。料老先生也未免客居岑寂,请到这边散一散儿。"(九)

夏鼎道:"娶不娶由的你。你去看一看,谁就强撮合么?你全作看戏散散闷儿。"绍闻道:"若说看戏散闷,咱就去走走。"(四十八)

窦丛提着棍赶回店中,又是一顿好打。街坊邻舍讲情,窦丛执意不允。对门布店裴集祉,同乡交好,拉的散气而去,方才住手。(五十一)

【散】消解,排遣。南朝宋鲍照《蜀四贤咏》:"玄经不期赏,虫篆散忧乐。"《金瓶梅词话》第二十四回:"爹嫌你,管我甚事?你如何拿人散气?"

涩

绍闻尚有不肯遽走之意,德喜已把牲口拉出马棚。衙役道:"即是要走,也不可这时候起身。路上涩,起不得早。"(七十二)

【涩】原指道路险阻、不通畅。晋潘尼《迎大驾》诗:"世故尚未夷,崤函方岨涩。"《初刻拍案惊奇》卷五:"趋赴嘉礼,江行舟涩。"引申指路途凶险,不靖。栾注:"豫语,路途不安宁叫涩。"(韩)郑光编《原本老乞大》:"'你十分休要早行,我听得前头路涩。''为甚么有这般的歹人?你偏不理会的?'……'既这般路涩呵,咱每又无甚忙勾当,索甚么早行?等到天明时,慢慢的去,怕甚么?'"

啥牌名

我岂不知绸子红定你也不曾买、不曾送,银子是你诓使了。你硬说送过,我问你,送时你讲个啥牌名儿?就是你送过去,也只算遮羞钱。(五十)

【啥牌名】等于说啥名堂,啥名目。牌名:曲的调子的名称。本书第九十五回:"再拣几个好脸儿旦脚,叫他掺在内,就是唱不惯有牌名的昆腔调,把他扮作丫头脚色,到筵前捧茶下酒,他们自是熟的。"引申为名目、名堂的意思。姚雪垠《李自成》第十六章:"咱老子造反了十来年,纵横好几省,闯过些大风大浪,谁不说咱八大王是英雄,如今低三下四来迎接一个狗官,这是闹腾的啥牌名!"

厦房

这端福下学时,把这话学说一遍。王氏喜不自胜。饭后叫王中把二门外厦房安置酒盘,叫绍闻到学中请先生看八字,到后厦坐。(八)

【厦房】厢房,正房旁边的房屋。清乾隆三十一年刻本《新安县志·风土志·方言》："两旁曰厦房。"清李百川《绿野仙踪》第六回："于冰走到里边,见有正房三间,东西各有厦房,是众学生读书处。"也单称"厦"。本书第八回："不一时,中有随绍闻到二门外。绍闻驻足,让先生进厦。"河南有的地方还叫"厦子"。民国六年(1917年)铅印本《洛宁县志·风俗志·方言》:"厢房谓之厦子。"

山陕庙

俺曲米街东头巫家,有个好闺女,他舅对我说,那遭山陕庙看戏,甬路西边一大片妇女,只显得这巫家闺女人材出众。有十一二岁了,想着提端福这宗亲事。(四)

谭绍闻与王隆吉中表弟兄,与妗母说些家常,耳朵内只听得锣鼓喧天,谭绍闻道:"那里唱哩?"王隆吉道:"山陕庙,是油房曹相公还愿哩。"(四十九)

王隆吉笑道:"你近来新学会说瞎话了。你就说咱上山陕庙看戏,王中敢拦阻不成?"(四十九)

【山陕庙】山陕会馆。会馆内有供奉关公的殿堂,民间又称之为"关帝庙"或"关爷庙"。本书第五十九回:"作速去姚先生药铺,取点吹鼻散来。前日关爷庙戏楼上吊死那卖布的,是姚先生吹鼻子药吹过来的。"因此民间也把山陕会馆叫"山陕庙"。赵逵、邵岚《山陕会馆与关帝庙》第六章:"河南社旗山陕会馆,又名关公祠、山陕庙。"

山陕社

这一千两,是我昨日揭到关帝庙山陕客人积的修理拜殿舞楼银。每月一分行息,利钱轻。原只许他山陕社中人使着做生意,我硬要一千。(六十九)

黄道官道:"我前日在关帝庙,见娘娘庙街盛山主,好大派头,真正是布政使家。"因说起怎把山陕社银子拿了一千两,说下一会还要拿哩。(七十)

【山陕社】社:民间组织。山陕社指明清时期在开封经商的商人们结成的社团,社里有互助性基金会,基金用于会馆的活动和社里成员的资金流转。每家商户按照社里规定交纳若干银钱作为本金,需用时可以向社里申请借贷,期满连本带息偿还,但利息要比市价低。韩顺发《关帝神工:开封山峡甘会馆·〈歧路灯〉与山陕会馆》:"山西、陕西的富商大贾的最初组织叫山陕社。他们在明代'开国元勋第一家'的中山王徐达裔孙奉敕修建的徐府旧址上,集资建成了一座规模宏伟的山陕会馆。"

闪损

若是主户好时,嘴里加上相与二字,欠他的也不十分勒索。倒像是怕得罪主顾的意思,其实原图结个下次。若是主户颓败,只得把相与二字暂行注销,索讨账目少不的而于此又加紧焉,只是怕将来或有闪损。(六十六)

【闪损】损失,闪失。"闪"有落空、丢失的意思。本书第七十回:"谭绍闻怕二百两银子有闪,即叫冯健到厢房,说了原委详悉。""有闪"与"有闪损"意思一样。

善善的

自古云,添粮不如减口。他们又不愿跟咱,不如善善的各给他们几句好话,打发他们出去。(七十六)

冯健道:"我先有一句话,相公休恼。俗话道:邻居眼睛两面镜,街坊心头一杆秤。太相公近来日子薄了,养不哩许些人,不如善善的开发了几个,何必强留他们,生相公的气?"(八十)

【善善的】心平气和地,和顺地。《醒世姻缘传》第九十七回:"吕德远道:'是刚才两个老婆子得去的银绸,小人着人问他要回来了。'狄希陈吃了一惊道:'你怎么问他要得回来?他就肯善善的还与你不成?'"清西泠野樵《绘芳录》第五十一回:"横竖人都死了,还怕他们么!不能善善的就这么放他们过去,我的心也不甘。"

上边人

上号吏就站起来道:"那县呢?"阎楷道:"就是祥符。"上号吏道:"在城在乡?"阎楷道:"萧墙街谭乡绅。"上号吏道:"你怎的是上边人口语?"阎楷道:"我是那里账房里相公。"(五)

【上边人】旧时河南人习惯上以为陕山甘一带地势普遍高于豫省,所以称那一带的人为"上边人"。本书第五回上文:"阎相公道:'我的口语不对,如何去得?'原来这阎相公名楷,是关中武功人,随亲戚下河南学做生意,先在宝兴当铺里写票,后来有人荐他谭宅管账……所以他说他的口语不对。"武功人是"上边人",所以到河南来是"下河南"。

上不哩口号/上不的口号

绍闻道:"这是啥话。我目下紧得二十两银子,日夕就要,我一时凑办不来。我要去办去。"白兴吾笑道:"我不信。就是少二百两,也值不得府上什么;若说二十两,就如我们少两个钱一般,也上不哩口号。相公是瞎话罢。"(三十三)

【上不哩口号】口号:指俗谚、顺口溜或者口头禅等。"上不哩口号"等于说不值得一提,不当成一回事。上图本作"上不的口号"。

上天摸呼雷

这程嵩淑酒兴正高,拦住大笑道:"众秀才请脱措大故套,且把谭兄高酒多吃一盅罢。谭兄总不是叫娄兄上天摸呼雷。"(二)

【上天摸呼雷】呼雷:雷,霹雳。清光绪七年刻本《宜阳县志·风俗志·方言》:"雷曰呼雷。"或写作"忽雷"。唐顾况《险竿歌》诗:"忽雷掣断流星尾,曭晱划破蚩尤旗。"上天摸呼雷,比喻根本不可能做到的事情。李凖《石守虎》:"他只要看见农庄比初级社有好处,上天摸呼雷他们也要干。"

少皮没毛

这大的行径,并不像门第人家子弟,直是三家村暴发财主的败家子儿。下流尽致!不知谭世兄怎的就被他勾引去了?我看这盛公子是一把天火,自家的要烧个罄尽,近他的,也要烧个少皮没毛。(二十)

【少皮没毛】原意是表皮受伤,毛发稀疏,常用来形容外表损伤严重。清茧叟《瞎骗奇闻》第四回:"(奶奶)戟手指着赵友道骂道:'……本来像你们这般少皮没毛的下流东西,算什么,你还强嘴,我今天就刷你两个嘴巴。'"马永红《我的村庄·我家的几辆自行车》："那时村子里兴起学车热，男女老少都在村南的打麦场里学，'咚'的一声摔地的声音是常听到的，个个摔得少皮没毛的。"也是"少皮无毛"。清蒲松龄《富贵神仙》第十回："李家人个个少皮无毛，七损五伤，各逃性命而去，不在话下。"

少天没日头

谭绍闻面如土色，说道："王中！王中！你也该与我留一点脸。胜如你骂我，你爽快把我扎死了罢！"王氏道："真正不像一家子人家了，少天没日头的。"（五十三）

【少天没日头】意谓天昏地暗，也表示无法无天、胆大妄为之义。张德光《三情两曲·嫂娘情》："〔雪国唱〕嫂子你千万可不能走啊，你一走赵家少天没日头。"也说"无天无日头""无天无日"。元祖柏《赋盖》："一朝撑出马前去，真个无天无日头。"明杨嗣昌《御前发下红本疏》："请加职衔之奏，亦似明挟朝廷不得不与。何物幺庶，无天无日，敢于如是！"也说"有天没日头"。本书第六十五回："公然打到我轿前，岂不是有天没日头的光景？"义同。参见"有天没日头"条。

设备

问几日起身，得多少盘费，王中道："盘费不用这里设备。把菜园的事酌夺清白，三日后即便起身。"（上一百〇一）

【设备】预备，准备。栾校本作"预备"，义同。明嘉靖刻本《兰阳县志·官师志》："王政，陕西扶风县人，由举人成化中在任。廉明有为，大得民心，吏役人等，畏而爱之。凡有兴作，素必设备，故一时取办，人莫能测。"清同治六年刻本《（乾隆）河南府志·艺文志·重修周公庙记》："凡一木一石一匠一夫，皆余设备，约费千金，未尝敢以丝粒扰民。"

涉意

话说阎楷、王中，料理保举文书，连日早出午归，谭孝移也不涉意。（六）

王春宇当是众人讲起书来，推解手去看姐姐，走讫。——席上走了不足着意之人，众人也没涉意。(十四)

谭绍闻这一向在轩中读书，白日在轩上吃饭，晚间就在厢房睡。因而这一夜外出，家人并不涉意，母亲妻妾以为仍旧在书房，邓祥只说偶然在家中睡了。(四十四)

【涉意】在意，留心。唐释道宣《续高僧传》卷二十六："释道嵩，姓刘，瀛州河间人。十三出家，游听洛下，访讯明哲，终日恓遑，衣服粗单，全不涉意。"明郑麟趾《高丽史·赵浚传》："是以古者上自公卿，下至胥徒，莫不重禄。凡仕于朝者，未尝涉意于营私，专心乎公务。"

身分/身份

柏公大笑道："……若是没了我，只望到门前一问，不敢求脱骖之赠，也不敢望出涕之悲，但曰：'此吾故馆人之丧也。'那时节老店家九泉之下，就平白添上无数身分。"(十)

话说夏逢若自从结拜了盛宅公子、谭宅相公，较之一向在那不三不四的人中往来赶趁，便觉今日大有些身份，竟是簸片帮闲中，大升三级。(二十一)

【身分】指身价。又作"身份"。清梦花馆主《九尾狐》第三十七回："那班做官的却不然，平日向上司献媚，也是这个样儿，此刻我身份大了，别人拍我马屁，亦属应该之事。"这种含义，还可以说成"分儿"。本书第九十六回："咱不欠粮漕，没有官事，一步三摇的进去，说完了话，打个躬儿出来。不走他的仪门，不穿他的暖阁，是咱弟兄们没有恁大的分儿。"参见"分儿"条。

身腰

这个说"亲家母恭喜"，那个说"孩子好长身腰"，这个问"乳食够吃不够吃"，那个笑"明日没啥给小相公"。(七十七)

【身腰】身材。多用于指身体的高矮长短。明丁耀亢《续金瓶梅》第十八回："忽见一个中年的妇人出来，但见：水鬓斜拖，面皮黄白。年纪有四十多岁，唇上抹两溜胭脂；身腰儿三尺多高，脸上搽一堆腻粉。"清蒲松龄《日用俗字·走兽章》："駏驉头尾如驴大，骡子身腰似马长。"

深远

春宇道:"不是这样说。俺姐夫与娄先生,他们那个讲读书的事,我一毫不在行,只像他们有些深远。这侯先生我认真他没有娄先生深远……"王氏道:"娄先生中了举,你不说深远些。"春宇道:"不是为他中了举,便说深远。只是那光景儿,我就估出来六七分。兄弟隔皮断货,是最有眼色的。"(八)

【深远】指思虑深刻,学识渊博。"深远"常用以形容智虑、谋略、学识等。清徐松《宋会要辑稿·崇儒·武学》:"文武并用,废一不可,宜复此科。分为三等。上等:取其学识深远、策对优绝。次等:取其策对优长、骑射兼有。下等:取其击刺抛射、翘杰魁俊。"在此基础上被直接用以表示思想学问的深广渊博。

婶子

王氏道:"兴官,你过来,把这一只送与你妈去。"兴官接在手中,送与姨妈,冰梅道:"送与大婶子,做一对儿。"(五十四)

王象荩道:"是殡埋俺家大爷,大婶子灵柩随着也葬。还听说请了一个阴阳胡先生,讲老太爷的坟头向法错了,还要发开旧墓,另行移穴调向。"(六十二)

冰梅道:"我是咱家一个婢女,蒙大叔抬举,成了咱家一个人。这个兴官儿,也还像个好孩子。前边孔大婶子待我好,没有像张大爷家,弄的出乖露丑。我虽说是大叔二房,却也年纪相当。"(七十六)

【婶子】妾、奴婢等对小主母的称呼。清乾隆十七年刻本《林县志·风土志·方言》:"(奴仆)呼小主曰叔,亦称小当家;小主母曰婶子。"又见清嘉庆二十二年刻本《密县志·风土志·方言》。

生心

果然在悯忠寺后街上有一处宅院,第一好处两邻紧密,不怕偷儿生心,这便是客边栖身最为上吉要着。(七)

边公要动夹刑,管九见官长发怒,少不的将刘狗岂夫妻逃荒,见雷妮生心,雇觅在家,不容刘春荣见面,刘春荣写招帖,自缢身死,一一供明。招房飞笔写了口供。(六十四)

【生心】起了念头,萌生了想法。《今古奇观·怀私怨狠仆告主》:"恰好渡口原有这个死尸在岸边浮着,小的因此生心要诈骗王家。"清赵国麟《请甄别期满贡生疏》:"若非人品学问实在超越出众之士,臣等徒以循例保荐塞责,于心实有未安;且恐希图躁进者皆得生心侥幸,殊非所以养士品重名器也。"这种意义,还可以说"萌心"。见"萌心"条。

失备

谭绍闻道:"事体仓猝,失备的极多,怕临时照应不到。"(六十三)

(抚台)发出喜礼四两一个红封。到了上号房,号房定索传递劳金,阴阳官失备,逼令解封捏了一块,方放去讫。(一百〇七)

【失备】没来得及准备,准备不充分。《宋史·食货志下·盐中》:"钞法遂废,商贾不通,边储失备;东南盐禁加密,犯法被罪者多。"明程开祜《筹辽硕画》卷十:"臣切惟:辽左屡次失利,总由军纪未明,故有失备而骤陷者,抚顺之役是也。"

失马脚

古董混账场中,帮客不可要两个,有了两个帮客,就如妻妾争宠一般,必要坏事;光棍不可只一个,有了两个光棍,暗中此照彼应,万不失了马脚儿。(三十四)

【失马脚】失手,因操作不当而失败。杨景民《绿色的碉堡·云游》:"早听说内地小偷高明,他们先把钱分散开,以免在内地失了马脚。"周鸿俊主编《河南文化艺术年鉴(1996)·中州名镇·虞城县利民镇》:"叉撂得高了,脱手飞进了一家门里,眼看失了马脚,便急忙一飞步窜(蹿)去,从门那边将叉利索地接住,挽回了险局。"

失迷

这是府上一宗东西,舍妹寄放我家。今年我将出仕,不交付明白,恐怕失迷。只可惜二贤弟不在家,不能眼同交付。(一百〇二)

【失迷】原指意识模糊,糊涂,弄不清楚。元关汉卿《邓夫人苦痛哭存孝》第二折:"怕失迷了你本性,着你出姓,还叫做安敬思。"引申为丢失,忘记了下落。清文康《儿女英雄传》第三十三回:"大概从占过来的时候便有隐瞒下的,失迷掉的,甚至从前家人庄头的诡弊,暗中盗典的都有。"梁斌《播火记》第一卷十五:"他们缺钱找我,缺枪找我,失迷了东西找我,把我当成了什么了?"

失眼

春宇道:"死生有命,不算姐夫失眼。孔宅门头、家教,毕竟都好。只是如今病故,少不的再打算后来的事体。"(四十九)

【失眼】没看准,判断错误。此"失"与失口、失手、失足等"失"的意义、作用同。明陆人龙《三刻拍案惊奇》第四回:"店中喜得掌珠小时便在南货店中立惯了,又是会打吱喳的人,也不脸红;铜钱极是好看,只有银子到难看处,盛氏来相帮,不至失眼。"清名教中人《好逑传》第九回:"侄女若要辨说,是一时失眼错看了他,实实出于无心,这不使得。"

十分

(一)

少时又来请时,绍闻又怕得罪希侨,十分要去。想了一想,母亲祷告回来,若说赴席去了,太难遮掩。(十九)

绍闻道:"我心里有事,还要问你领个教儿。你要十分去,我就走了。"(二十七)

那老掌锅的直埋怨他年轻,出门不晓事体,十分是被人拐了,又添出

"没法"两个字。(四十四)

【十分】等于说一定。表示态度坚决或情况确定。"十分要去"就是"一定要去","十分是被人拐了"就是"一定是被人拐了"。明青心才人《金云翘传》第十七回:"宦氏晓得此计原是丈夫定的,如今人已去了,十分要追究,恐怕伤了夫妻情义。"清李春芳《海公案》第三十五回:"文桂见他十分要去,便道:'既要同去,快些收拾行李。'"

(二)

惠观民怕滑氏吵闹,添了胞弟病势,十分没有法了,应道:"第二的,你只管养你的病。只要你的病好了,就分了也罢。"(四十一)

你一定留心兴官读书。十分到那没吃穿的时候,也只得罢休;少有一碗饭吃,万万休耽搁了读书。(四十七)

细皮鲢道:"若是十分急了,隔墙这一宗何如?"(五十六)

【十分】犹言实在。表示没有回转的余地,达到了十足的程度。《金瓶梅词话》第三十八回:"若十分没银子,看怎么再拨五百两银子货物儿,凑个千五儿与他罢。"清刘鹗《老残游记》第四回:"所以这一席间,将个老残恭维得浑身难受。十分没法,也只好敷衍几句。"

石板上钉钉

议亲之事,这三位老伯,并儿的外父一并说好,那就石板上钉钉,就如我爹订的一般。这是一定主意。(九十三)

【石板上钉钉】俗语常用"板上钉钉"来比喻事情不可能更改,不可能变动。清简斋主人《冤狐情史》第十一回:"京营官兵即日将去剿灭,只因将官不和,俱盯那正印先锋官眼红,俱心道他等乌合之众,只要当得先锋官,这回立功标名是板上钉钉的事。""石板上钉钉",表示比"板上钉钉"更加确定无疑。也说"青石板上钉钉"。岳亚东《黄龙川》第四章:"老掌柜张连升的话,那是青石板上钉钉的事,根本无法更改,摆在他面前的只有一条路,那就是硬着头皮画。"

时常

隆吉道:"他说持戒,是对人说的。时常在俺家,还叫你妗子与他买烧鸡吃哩。"(十五)

若是旧棺已沤损了,须用新棺启迁——就是时常人家说的干骨匣儿。(六十二)

我时常在省下与同僚相会,见有几个恁的光景,自谓得意官儿。我今日也不忍把他那形状,述之于子侄门人,伤了您类村伯所说的"阴骘"两个字。(七十一)

【时常】时间副词,平常,平时。唐袁郊《红线传》:"嵩乃返身闭户,背烛危坐。时常饮酒,不过数杯,是夕举觞十余不醉。"《水浒传》楔子:"真人禀道:'这代祖师虽在山顶,其实道行非常:能驾雾兴云,踪迹不定。贫道等时常亦难得见,怎生教人请得下来?'"

时刻

希侨道:"叫我闲坐,时刻我就瞌睡了。一定玩。谭贤弟,你只说你会啥罢。"(十六)

说未完时,走堂的已下了小菜。时刻上的席来。珍错罗列,这也是馆中尽力办的海味上色席面。(十八)

盛希侨道;"你说太奇?我说起来,时刻把你肚子也要气破。你说恨人不恨人,偏偏我就有这号儿兄弟。"(六十八)

【时刻】表时间的副词,立刻,马上,不一会儿。《水浒传》第三十四回:"知府听得飞报军情紧急公务,连夜升厅,看了黄信申状:'反了花荣,结连清风山强盗,时刻清风寨不保。'"清佚名《郭公案》第八编:"尔兄弟可将父手分关及家中各项簿帐,所置器皿物件,诸般锁钥,并两家亲丁,不论男女、老小、婢仆,俱要到司一审,时刻即放回去,便可绝尔数年之争。"

实落

德喜儿在窗外说道;"夏叔昨日那人又在门上问话哩。说昨晚等到更

深不见音信,今日委实急了,刻下要讨个实落。"(三十三)

不如就事论事,单着管九儿一人承抵,真赃实犯,叫他一人有罪一人当,久后好细细追查谭绍闻的实落。(六十四)

【实落】用作名词,犹言实底。指确凿的情况、落在实处的事情。清黄宗羲《明儒学案·诸儒学案中》:"间因学者有问,不得已而言之,只是枝梧笼罩过,并无实落,良由所见不的,是诚不得于言也。"明佚名《英烈传》第五十回:"那六只渔船,摆来摆去,不住在东西打探实落消息。"例中"实落"是确切、确实的意思,用如形容词。

实确

却说谭绍闻眼中看戏,心中有账,遂不觉背上有芒,毡上就有针了。意欲挨至晚上,那满相公日夕见回信的事,必有实确,只得强坐着。(七十一)

漫道持家是等闲,老臣谋国鬓同斑。要知实确真经济,正在竹钉木屑间。(上九十一)

【实确】确实,真实;确实可靠的消息。清张杰鑫《三侠剑》第三回:"就听说是在杭州地界,实在不知他那山的名字及什么所在。胜老达官,你老人家以德待人,我们要是知道实确,决不能不告诉你老人家。"清王作镐《续水浒传》第十七回:"伍元劝着道:'相公勿伤,这事还未定真假,且派妥人细去打探,如果实确,我们再设法报仇。'"

拾粪

吴自知作别,到了门口旁边,取了他的粪筐、粪叉,其子背着盛银子口袋。王中道:"吴大哥太不像了。"吴自知道:"圣人爷书上说过,万石君拾粪。"(四十八)

王纬千向王经千道:"这是你相与的好主户,叫你拿着财东家行李胡撒哩!像你这样没材料,还在大地方装客商哩,只可回咱家拾粪罢。"(六十六)

【拾粪】搜捡人畜粪便作肥料。借指务农,做庄稼。张力文《关中记忆·拾粪》:"天还黑着呢,爷爷腰带一勒,棉帽一戴,挎着粪笼出门了。出去晚了,粪就让别人拾走了。拾粪的人多着呢,有拾下的,也有没拾下捡几根干硬柴回家的,关键是一个'早'字。"文登市政协文史资料委员会编《文登文史资料第8辑·我的大哥——于烺》:"有的人曾背后讥笑他:'放着好好的区长不干,回家拾粪种地!'他都漠然置之。"

使哩

王氏道:"我若知道,再不叫你们干这小家寒气的营生。……这都是你隆吉哥,今日学精处。就是精,要看什么事儿。盛宅是咱省城半天哩人家,你说使哩使不哩?你隆吉哥来,我还要让他哩!"绍闻道:"今日盛大哥听说在蓬壶馆,就不想去。俺隆吉哥,大着了一会子急。"王氏道:"我说哩,我一个女人家见识,还知道使哩使不哩。"(十九)

【使哩】即"使得(的)",能行,可以。《歧路灯》不同抄本、印本中作"哩"作"得(的)"互有出入,但总体上以"得(的)"为主。"你说使哩使不哩",上图本作"你说使得使不得";"还知道使哩使不哩",上图本作"还知道使的使不的"。

使钱

茅拔茹发话道:"不怕你使上钱,把官司翻了。讲不起,谭家是有钱的主子。"谭绍闻实实也听不见,王中毫不睬他,一路搀回家去。(三十一)

这是他两个在监内写在旧封条上,送出来的信儿。叫谭姐夫打点,他两个受苦,谭姐夫使钱。若惜钱不照应他两个,便当堂供出姐夫。(五十一)

帮之一字,乃是官场中一个送风气使钱的陋习。我们穷措大,袖中一个小纸包儿,也说一个帮字,岂不令人羞死。(八十三)

【使钱】拿钱打通关节,行贿。明范受益《寻亲记》第六出:"〔末白〕筑河的事,只消员外一个帖儿,或府或县,说一说就罢了,何须使钱?"张鹏举、丁云岸《鹿邑民俗志·方言土语》:"贿赂:使钱。"也说"使银子"。本书第五十三回:"夏逢若道:'有钱使的鬼推磨……若不是使银子,这事还不知弄的啥样哩!'"

世故上

咱是祥符单门,愚侄每见人家雁行济济,叔侄彬彬,心下好生羡慕。回顾自己,却是独自一个。伯又年尊,近日轻易不到世故上走动,侄子好生孤零。(六十七)

【世故上】人情往来方面,世俗交往上。清佚名《红楼春梦》第四回:"她那人另是屈原、贾谊一流人物,那性情专挚,我们都不如她,只不过世故上差点。"清白眼《后官场现形记》第二回:"是我在世故上阅历了这么多年,眼睛里看的,耳朵里听的不算,单是保府这些亲戚故旧,数一数,哪一家做官的有个好结果?"

世故场上

不说我授经之耻,正是使你谭伯蒙羞于地下。我若是依世故场上,胡乱给他周旋,岂不是幽冥之中,负我良友?(七十一)

【世故场上】世俗社交场合(的那一套)。上图本作"世路场上",义略同。一般指俗下通行的人情往来惯例。世故:人情世事。本书第六十六回:"谭绍闻此时是个急人,况且世故渐深,也不是书生腔儿。"也可以说成"世故上"。见"世故上"条。

市房

原来刘守斋祖上是个开封府衙书办,父亲在曹门上开了个粮食坊子。衙门里、斗行里一齐发财,买了几处市房,乡里也买了八九顷好地,登时兴腾起来。(三十四)

门外市房四间门面,两间开熟食铺子,卖鸡、鱼、肠、肚、腐干、面筋,黄昏下酒东西;两间卖绍兴、金华酒儿,还带着卖油酥果品、茶叶、海味等件。(六十四)

却说王象荩承主母之命,遵依程公条例,东央西浼,托产行寻售主,碧草轩是卖与开酒馆的,要立死契;前半截院子、账房及临街市房,是典与商家,要立活契。(八十四)

【市房】临街可以开设商店的房屋,铺面房。明佚名《崇祯记闻录》卷二:"维九多市房,其胞弟亦乘乱往各租房减额折数,以会其租,欲攘其产为己有。"清蘧园《负曝闲谈》第二十四回:"春大少爷这回得意非同小可,回到家中坐下,便叫人把田地房产契券的箱子搬来,掏出钥匙把箱子开了,翻出一搭市房的契纸来。"

事件

迟了两三个月,苏州箱子到了。恰好宋绍祈自京中回来,首饰俱全……又连各色小事件,扣算只费二千金。(二十八)

你已是把人家汗巾子收了。我已是把那银子买了两匹绸、八色大事件、八色小事件儿,下了红定。只说瘟神庙一道街,谁不知道?(五十)

【事件】饰物,装饰品。宋周密《癸辛杂识后集·向氏书画》:"古玉印每纽必缀小事件数枚。"《宋史·舆服志六》:"其法物有……连珠环玉束带一,垂头里拓,上有金龙,带上玉事件大小一十八;又玉靶铁剉一,销金玉事件二,皮茄袋一,玉事件三。"清张南庄《何典》第四回:"到得好日,凡属喜事喜日应用的事件,尽皆千端百正。"例中"事件"的意义与《歧路灯》中的相同,都指装饰用的物品。现在河南洛阳一带仍有这种叫法,特指箱柜上的铜饰。河南话中这种意义的"事件"一般要加以儿化。

势法

大叔往后保重,千万休犯了他的圈套。他已是骗过了两番人,得过了二百两,都输干净。我一定把势法看稳当,才敢叫大叔。大家看颜色行事。(二十九)

隆吉道:"照你舅那一说行不下去。你舅说的是内心苦楚,你妗子说的是外边势法;你舅说的是自己一个人的话,你妗子说的是众人众话。"(一百)

【势法】情势,情况。元尚仲贤《尉迟恭三夺槊》第一折:"他猛观了敌军势况,忙拨转紫丝缰。""势况"与"势法"义同。

适然

一日惠养民之兄惠观民进的城来,到了兄弟私寓,拿了十来根饴糖与侄儿们吃。惠养民适然不在家中。(四十)

况夏逢若更是此道中人,岂有苍蝇不闻腥的道理。正想厕入其中,寻混水吃一口儿,适然遇着双庆来请,心肝叶、脚底板两处,都是痒的。(五十一)

把碧草轩打扫干净,摆花盆,安鱼缸,张挂字画。适然盛希侨亲来送伊弟问候书札,即刻督送雕漆围屏一架,妆饰点缀,以为娶日宴客之所。(一百○八)

【适然】恰好,恰巧。《二刻拍案惊奇》卷三十二:"那朱景先忽然得孙,直在四川去认将来,已此是新闻了;又两处取名,适然相同,走进门来,只消补荫,更为可骇。"《醒世姻缘传》第五回:"九月间,适然有一班苏州戏子,持了一个乡宦赵侍御的书来托晁知县看顾。晁知县看了书,差人将这一班人送到寺内安歇,叫衙役们轮流管他的饭食。歇了两日,逐日摆酒请乡宦、请举人、请监生,俱来赏新到的戏子。"

收拾

(一)

锁了门要走。妇人道:"俺住的屋子漏的要紧,大叔看看,好叫匠人收拾。"绍闻跟的看屋漏,偏偏走扇门儿,自会掩关。(二十九)

这原是蔡湘在街上收拾旧鞋,两个说起闲话。皮匠要赁房子,蔡湘说:"我主人就有两间房子。"(二十六)

锡匠道:"担子在观音阁前,与仙佩居里打水火壶,工已将完,我来街上再招生意哩。"王中道:"你就挑来我家,有几件粗糙东西烦整理一下,还收拾一两件新生活。"(三十八)

【收拾】修理,修整。也指修建、打造(新的东西)。清褚人获《隋唐演义》第十五回:"佛殿的屋脊便画了,檐前还未收拾。月台下搭了高架,匠人收拾檐口。"现在河南话还这么说,如"三叔搁家收拾庄子哩""那抽斗桌紧中收拾啦"。

(二)

你去后对说,把午时待客东西,拣快的分一半做早饭,我与谭叔吃。午时,把那一半收拾成午饭。(三十三)

慧娘对绍闻道:"你在这里看兴官,我与冰梅姐去厨房收拾面来。天已四鼓,只怕饥了。你休要摆布醒了他。"(三十五)

你要吃酒时,现成的酒。若是饿了,叫厨下收拾东西你吃。总不许你说银子的话。(六十九)

【收拾】整治(饭食),做(饭菜)。明汤显祖《紫箫记》第二十三出:"李老爷明日行,可收拾酒肴,今夜老身与他话别。""收拾"的这一意义应是从整理、整治之义引申来的,"整""整治"也都可以表达这个意思。本书第八十五回:"冰梅整饭,无非是不曾下箸的鸡鸭,糯米蒸糕。"《儒林外史》第一回:"彼此争论一番,秦老整治晚饭与他吃了。"

(三)

后来遵着那老人家话,遂即收拾了那生意。乡里有顷把薄地,勤勤俭俭,今日孩子们都有饭吃,供给舍弟读书,如今也算得读书人家。(二)

张绳祖道:"贤弟说行不得,咱就收拾了罢?"谭绍闻心中想兑却欠账,不肯歇手。(四十三)

启迁时,只能拾其骨,那血肉之融化于土中者,势必不能收拾起来。(六十二)

【收拾】收起,收敛。清褚人获《坚瓠集·布袋和尚》:"见壁间画一布袋和尚,墨痕猷新,旁题偈云:'大千世界浩茫茫,收拾都将一袋藏。毕竟有收还有散,放宽些子又何妨。'盖以讽也。"

(四)

惠养民强翻出两个小锞儿,问道:"别的呢?"滑氏又怒又急,便冲口说

道:"别的我与了俺兄弟了。"惠养民道:"你的兄弟你是知道的,你怎肯给他呢。端的你收拾在何处?"(四十)

(绍闻)向袖中摸出一只金镯儿,递与母亲。灯光之下,愈觉璀璨夺目,好不爱人。王氏道:"这是那里东西?"谭绍闻道:"我赢的,你老人家收拾着。"(五十四)

夏逢若撩衣向顺袋中,取出五个钱一树,递与谭绍闻。绍闻接手袖了,说:"你不送罢,我回家再想。"夏逢若道:"仔细收拾,万不可令人见,不是玩的。"(七十五)

【收拾】收藏,保藏。《二刻拍案惊奇》卷十七:"撰之喜道:'得兄应承,便十有八九了。谁想姻缘却在此枝箭上,小弟谨当宝此以为后验。'便把来收拾在拜匣内了。"《醒世姻缘传》第九回:"我别的零碎东西,待我收拾在柜里,您明日着人来抬。"

手段

滑氏道:"我就不信。他妗子上好的人材,又是好手段,他舅也必舍不的。"(四十一)

大相公是化费惯了的手段,万一化费了这个钱,是聚者易散,散者难聚。到那时候后悔起来,干急没法儿。(八十五)

这谭绍闻原是正经人家子弟,浮浪时耗过大钞,一旦改邪归正,又遇见兄藩台是个轻财重义的手段,面软心慈,也晓的前令瞒哄,曲为包涵,希图斩截。(一百〇六)

【手段】指气派、派头。多用于对待钱财方面。《醒世恒言》卷三十七:"怎当得子春这个大手段,就是热锅头上,洒着一点水,济得甚事!"《醒世姻缘传》第六十七回:"这们一个有体面大手段的人家,不会拿着体面去使他的钱,小见薄德的按着葫芦抠子儿!"

手乏

明日回拜,那里有戏子,我衣服不新鲜,脸上不好看。也还得二两赏银,一时手乏,还得帮凑帮凑。(二十二)

绍闻道:"委实一时手乏,急切的弄不来。"冯三朋道:"一文钱急死英雄

汉,也是有的。"(三十三)

昨日宝剑回来,说贤弟恭喜,我已算计就了,我欠你一百二十两,今日先与你二十两,拿回去,且济手乏。(七十七)

【手乏】手头紧,缺钱花。清郭广瑞《永庆升平前传》第六回:"铺纸一张,起广遂代写道:立字人白德,因手乏,借到马成龙名下纹银一百两整。"本书第六十四回"谭绍闻手头空乏"、第七十一回"夏逢若虽日日着人来请欲求帮助,争乃手头乏困","手中空乏""手头乏困"都与"手乏"义相同。

受难过

这王氏若不是近日受了难过,如何能知王象荩是个好人。这也是俗话说的好,"饿出来的见识,穷出来的聪明"。(八十二)

婿家小康,也不管翁姑之勤俭,夫婿之谨饬,俱是女儿到了他家,百方调停,才渐渐火焰生光起来;婿家堕落,便说女儿百般着急,吃亏权不已操,到如今跟着他家受难过。(八十五)

这王中是奴仆中一个大理学,若以他之女为我作媳,他看他与先君便成了敌手亲家,不是事儿不行,是他心里不安。说到此处,我又不忍叫他心里受难过。(一百〇三)

【受难过】遭受艰辛苦难。也指(心里)难受,痛苦。郝忠锋编《商州民间歌谣·讨饭歌》:"你也难,我也难,你难我难不一般,你难舍不得一个馍,我难路上受难过。"雨录《唾沫和稀泥》第二部:"王石榴责骂完,利落地出了门,李木墩一个人自言自语地说:'假装啥哩嘛,和人家置气,却叫我受难过,这不是折腾人?'"

受屈

王氏看见王中搀着儿子,面无血色,腿僵脚软,只当是当堂受屈,几乎把一家子吓得魂飞天外。(三十二)

韩氏点了一把纸锞儿,跪在墓前,哭了一声道:"我那受屈的娘呀——"第二句就哭不上来了。(四十一)

德喜道:"且耐过这几天,把这宗事打发清白。天也冷了,不能像往年不受屈,各人寻下投向,好散伙。"(八十)

【受屈】吃苦头,受罪。清郭小亭《济公全传》第二百二十七回:"现在那位雷鸣、陈亮爷,还有一位马兆熊,一位秦元亮,四个人打了官司,你给托托里外多照应,别叫他们受屈。"清石玉昆《三侠五义》第五十九回:"且说张老见韩爷给了一锭银子,连忙道:'军官爷,太多心了。就是小相公每日所费无几,何用许多银两呢。如怕小相公受屈,留下些须银两也就够了。'"

书谜子

夏逢若道:"好书谜子!朝廷老还不空使人,况绅士们结交官府,四时八节,也要费些本钱,若毫无所图,他们也会学古人非公不至的。"(五十二)

你通是书谜子,他们有多大家私,就赖你输了八九百两。(六十九)

【书谜子】犹言书呆子,指只会死啃书本而不通世故的读书人。"谜"原作"迷",谓糊涂、痴愚。《尚书·梓材》:"王惟德用,和怿先后迷民。"伪孔传:"今王惟用德和说先后天下迷愚之民。"所以糊涂人又称"迷人"。唐萼岭书生《示边洞元》诗:"拟将剑法亲传授,却为迷人未有缘。"

书愚

欲将回去,又想保举一事,乃是皇恩广被,因儿子读书小事,辄想放下,那得一个穷庐书愚,竟得上觐龙颜,这也是千载一遇的厚福,如何自外覆载?(十)

又迟了一会,依旧上场,轰轰烈烈的掷将起来。谭绍闻少年书愚,那晓的就里,只说是赌场争执,后来又说好了,另掷起来。(二十六)

那前令是个积惯猾吏,看新令是个书愚初任,一凡经手钱粮仓库诸有亏欠之处,但糊涂牵拉,搭配找补,想着颟顸结局,图三两千金入囊。(一百〇六)

【书愚】不谙世事的读书人,也就是书呆子。清佚名《野叟曝言》第十五回:"素臣暗自好笑,只得改口道:'小生是个书愚,不谙出门的事体;如今承教,以后留神便了!'"《清实录·乾隆朝实录》:"是其人乃一迂陋书愚,假附道学,文理本属肤庸。"

疏纵

两个小游手儿竟是吃醉了,公然打到我轿前,岂不是有天没日头的光景?问起来,就是谭家赌场中小伙计。我若是疏纵了这谭绍闻,便是宽的没道理了,且将来正是害了他。(六十五)

【疏纵】指宽容放纵,疏于管束。《今古奇观·女秀才移花接木》:"过不多时,兵备道行牌到府,说是奉旨,犯人不宜疏纵,把闻参将收在府狱中去了。"《儒林外史》第五十回:"本犯万里,年貌与来文相符,现今头戴纱帽,身穿七品补服,供称本年在京保举中书职衔,相应原身锁解。该差毋许须索,亦毋得疏纵。"

熟串

须臾投了速帖,五位客各跟家人到了。序齿而坐,潜斋、孝移相陪,杯觥交错。有说展布经纶有日的,有说京都门路熟串的,有说先代累世簪缨的,有说资斧须要多带的,大家畅叙了一日。(六)

【熟串】因经常接触而熟悉。栾注:"熟串,犹熟悉。"是。王元《白云深处·奶奶是朵山兰花》:"可住不上十天半月,她就急着回去,说自己住惯山里,那里空气新鲜,人熟串,有乡亲们一起'啦呱'比城里强。"唐明文、彭泽柏编《山高路远·公路主席》:"她仍眷恋着南化西河那地方,那山,那小溪水,那水边的牛羊,那雨后的田野,都是她熟串不过的景场。"

树果

女婢手托一盘油果、树果,荤素碟儿,站在屏柱影边,虾蟆一碟儿、一碟儿摆在桌面。(九)

五碗果子,树果有摊子,面果有铺子。点心今夜蒸,大米饭明日捞。(九十七)

【树果】树上所结的果子。民间常把水果与糖食糕点之类的东西统称为"果子"(后者或写作"馃子"),若需要加以区分时,把树木的果实叫"树果",以有别于油果、面果之类的糕点。元揭傒斯《寄题胡氏园趣亭》诗:"日与世情远,学人聊治生。畦蔬多品类,树果各生成。"《西游记》第八十八回:"树果新鲜,茶汤香喷。三五道闲食清甜,一两餐馒头丰洁。"

爽快

(一)

遂向潜斋道:"这事与大兄商议何如?"潜斋道:"商议也不行。家兄的性情,我所素知。"耘轩道:"商议一番何妨?爽快请出大兄来面决,或行或止,好杜却谭兄攀跻之想。"(二)

话犹未完,绍闻请的侯冠玉到。众人离座相迎。行礼毕,让座,程嵩淑道:"天色过午,盘盏早备,爽快一让就坐罢。"(十四)

谭绍闻面如土色,说道:"王中!王中!你也该与我留一点脸。胜如你骂我,你爽快把我扎死了罢!"(五十三)

【爽快】干脆,索性。清张杰鑫《三剑侠》第二回:"我们大人不对,孩子怎么得罪于你?你哥哥三十余岁,就有这么一个男孩。你爽快把我也杀了吧。"

(二)

邓祥接口道:"去年八九月,原有两三次胸中不爽快,入冬以来,再也不曾犯着。"潜斋道:"这样说,乃是偶尔小恙,何足介意,为何遽然告病?"(十)

隆吉自悔多言,又生出一段枝节。过了午后,只得回去。只是这四百两银,同了姑娘说明,私揭弄成官债,心中也有几分爽快。(六十一)

依我说,睡下歇歇罢。身上爽快了,拿着那一封书,见太爷再说上几句哄话,就把这宗公干,完其局而了其账。(七十二)

【爽快】指身体或精神上感到舒服畅快。明高濂《遵生八笺·心书九章·静通章》:"当此之时,气脉调和,精神爽快,俨如浴之方起,睡之正酣,夫妇之欢会,子母之留恋。"清佚名《婆罗岸全传》第二十回:"想是日间受了凉,回家的时节,就有些不爽快,头重眼胀心里觉得闷昏昏的了。"

（三）

惟有谭绍闻主户先好,赌的又平常,还赌债又爽快,性情也软弱,吃亏他一心归正,没法儿奈何他。(五十六)

只见珍珠串出来,让乌龟道:"咱还不走么？时刻闹出官司来,咱走着就不爽快了。"(五十八)

【爽快】爽利,利索。清光绪二十一年刻本《辉县志·地理志·方言》:"络索:不爽快之意。"清姚廷遴《历年记》下:"余因想时刻要出恭者,因大便不爽快,正所谓里急后重故也,余竟用当归、泽泻、黄芩、木通四味煎服。只一帖,腹中宿粪泻出,适意异常。"

水菜

揭开盒儿一看,无非是鸡、鸭、鱼、兔,水菜之类。拜盒内开着一个愚弟帖儿,上写着张维城、娄昭、孔述经、程希明、苏霈。抬盒人道:"五位爷刻下就到。"谭孝移吩咐王中,将水菜收了,交与厨上作速办席;赏了抬盒人封儿,打发去讫。(二)

【水菜】原指新鲜蔬菜。清佚名《小五义》第三十七回:"冬至月十三日,即将后面酒坛搬出,算好每人该有多少。杀猪宰羊,下山置买干鲜水菜,多添厨役。"也指包括鱼肉禽蛋在内的活鲜菜蔬。本书第二回:"献茶毕,孝移躬身致谢道:'诸长兄空来一望,已足铭感,何必赐贶！'五位道:'远涉而归,公备水菜局软脚,恕笑。'""水菜局"就是包括"鸡、鸭、鱼、兔,水菜之类"做成的席面。

水浆泡子

这水浆泡子,未必能成人；即会成人,这两根骨头,也土蚀烂了。如今不过是个眼气儿,那像老嫂子,儿长女大,孙子也该念书了。(六十八)

【水浆泡子】等于说水泡。比喻为极为脆弱的小生命。《金瓶梅》第五十七回:"(潘金莲)就骂道:'没廉耻、弄虚脾的臭娼根,偏你会养儿子！也不曾经过三个黄梅、四个夏至,又不曾长成十五六岁,出幼过关,上学堂读书,还是个水泡,与阎罗王合养在这里的,怎见的就做官,就封赠那老夫人?'"例中"水泡"与"水浆泡子"义同。

水礼

于是张绳祖办了十二色水礼,王紫泥街上买了一个全帖,央人写讫。各人戴了新帽,穿了新衣,脱了鞋换上靴。老贾挑礼盒,竟上主簿衙门而来。(四十六)

(梁氏)又叫张正心道:"你带人去街上治一分水礼,咱成了人家房户,少不的与主人翁致敬致敬。"张正心遵命,命老仆拿两千钱,不多一时,赁了一架盒子,水礼已备。(六十八)

所以张王两人,趁着绍闻县考案首,父子前列的光彩,治一份水礼,只求居间缓颊,批到县衙,这县衙书吏衙役,是他们喂熟的,就不怕了。(九十)

【水礼】肉类禽蛋酒食和鲜果蔬菜之类的礼品的统称,与"干礼"即用作礼物的金钱相对。清雪樵主人《双凤奇缘》第八回:"员外便命家人将干礼、水礼及赏赐银两抬出到厅。"周立波《翻古》:"每年还要送他一只鸡、一只猪蹄膀、一斤红枣、一斤荔枝、两瓶加皮酒,这叫做水礼。"

税口

若是穷戚友、白汉子,说是亲戚、本族,门上看见,心下早说,又是一个讨马号、求管仓、想管厨、要把税口的货,谁爱见瞅睬哩!(八十六)

【税口】收税的关津卡口。"把税口"就是在卡口负责收取过往商客的税金。明马麟《续纂淮关统志·乡镇·阜宁县境》:"按庙湾向有税口,属清江厂管辖,征收工部梁头钱粮,是以至今尚名工部厅。"《清史稿·食货志·征榷》:"福建糖船至厦门者,赴关纳税,其往江、浙贸易者免征。设横城税口,归山海关监督监收,增税千两,作为定额。"

顺

谭绍闻这一百两银子竟无法可拿。假李逵拿了一条战袋,一封一封顺在里面,替他掀开大衣,拴在腰间。(三十四)

绍闻洗脸吃茶,报了食品。少顷吃毕,算了钱数,那谢豹早把钱顺到进宝钱笼竹筒内,说道:"俺三人敬了罢。"(七十二)

【顺】与"横"相对待,竖,纵直。田野《火烧岛·爱与死的搏斗》:"孤零零一个小岛,横十里,顺十里。"本书第四十回:"若有车时,不拘横顺放在车上,就捞的去。""不拘横顺"就是不管横竖。顺,作动词,指竖着放进去或使垂下。王小柔《乐意·人生就是五花三层》:"人家大师傅会做,能让那些肥肉欺上瞒下地用美味包装自己,然后顺进食客的肚子里。"

顺便

程嵩淑道:"王中这样好,我们常叫他的名子,口头也不顺便,况且年纪大了。不如咱大家送他一个字儿,何如?"(五十五)

我把老伯请来,白日教小儿念书,黄昏就在东院里住。一来老伯爱这个贤弟,省的来往隔着几道街,太不顺便;二来老伯夜头早晚就有这杏姐伺候,省的磕跌绊倒,要个茶水儿也便宜。(上九十七)

【顺便】顺当,便利。宋苏辙《乞罢修河司札子》:"候冰冻消释,相地形顺便,随宜开导,务令深阔。"清刘献廷《广阳杂记》卷五:"初五日午刻,乘北风顺便,又发沙船战船三十余只。""太不顺便",栾校本作"太不便宜",义同。

顺和

这孩子极聪明,念脚本会的快,上腔也格外顺和,把两个老师傅喜的没法儿说。我也另眼看他。(五十)

【顺和】婉顺和畅,谐调无生硬滞涩之感。

顺手

既而又说到现交手三百多银子,八十千钱,想今日却也顺手便宜,省的再来账房支讨,有多少阻隔。(二十三)

争乃谭绍闻手中窘乏,正图目前顺手,遂说道:"既然拿的来,怎好骤然送回去,翻来复去,不成一个事体。"(六十一)

【顺手】手头方便。顺：顺便，方便。"顺手便宜"，"顺手"与"便宜"意思相当。本书第六十一回："因此把王隆吉送来的四百两银子，视为己有，且图手头便宜。""图手头便宜"与"图目前顺手"意思相当。

说

（侯先生）不得已，引起董氏，逃走省城，投奔他的亲戚，开面房的刘旺家。刘旺与他说了本街三官庙一个攒凑学儿，训蒙二年。（八）

我前年与西街孙奶奶说了一个丫头，使的好几年，前日卖人做小，孙奶奶得了一百银子。（十三）

昨日巫家请我，一来软脚洗尘，二来托我说一宗亲事。就是我旧年说的那个闺女，姐夫说先与孔宅有话。如今巫凤山还情愿与咱绍闻结这门亲。（四十九）

【说】介绍，从中说合。《红楼梦》第五十七回："我原要说他的人，谁知他的人没到手，倒被他说了我们一个去了！"清道光十三年刻本《扶沟县志·风土志·风俗》："如窝赌、窝娼、私宰、私铸，以及豪贼分赃，或容留外来流棍并说卖来历不明妇女，一切犯法之事，向来犯者甚少。""说卖"即介绍卖出。

说白话

王春宇道："甘罗十二为宰相，有智也不在年高。这做大官的，还如此说白话。无怪乎今日生意难做，动不动都是些白话。"（八）

【说白话】说谎，撒谎。白话：假话，谎话。本书第四十六回："程公大怒，连拍着醒堂木儿，高声道：'你与这一起光棍厮混，也学会这一种不遮丑的白话。'"清乾隆三十一年刻本《新安县志·风土志·方言》："言无信曰丢谎，又曰说白话。"这种意思也可以说"撒白话"。本书第四十回："你方才为啥不白证住我……昂然把银子拿出来，交给他带回去。分明你也是舍不的银子，却说我撒白话。"参见"撒白话"条。

说笑(儿)

姚荣道:"虎将爷好轻薄人,我不过说句笑儿,谁问你要钱么?你就当真的赏人一般,难说我住衙门人,从不曾见过钱么?"(五十八)

王氏道:"你两个说的,我不省的。老樊说他要跳门限儿,想是不愿意在我家做饭了?"薛婆道:"他说笑,是另嫁主儿。我说东阿县,是熬皮胶,骂他哩。"(九十三)

【说笑(儿)】说玩笑话,玩笑打趣。"说句笑儿"就是说句玩笑话。《西游记》第九十一回:"行者笑道:'这日把儿那里便得饥!老孙曾五百年不吃饮食哩!'众僧不知是实,只以为说笑。须臾拿来,行者也吃了。"赵树理《邪不压正》四:"聚财说:'我是跟你说笑。这回补我那个觉着很满意!'"

私积

(一)

此是我一向私积,用他不着,交与大相公作还债之资。明知勺水无益大海,但向来欠债俱有利息,将来本大息重,恐倾产难还。(五十六)

王氏道:"他每日卖菜有了私积,也不肯进来。况且家中也万万养不起这一干人。"(七十四)

却说巫氏本性自居聪明,又仗着己有私积,娘家小饶,与丈夫话不投机,吵闹起来。(八十三)

【私积】私人的积蓄,私财。《左传·襄公五年》:"相三君矣,而无私积,可不谓忠乎?"清李百川《绿野仙踪》第十八回:"小弟家乡还有些须田产,尚可糊口。先君虽故,亦颇有一二千金私积,小弟何愁无衣无被。"

(二)

咱三叔好过,都说是有好丈人家帮凑他哩。咱岂不知若不是咱三叔当家时,每日赶集上店,陆续偷送到丈人家点私积,如今人,谁肯帮凑亲戚哩。

（四十）

盛希侨道："我全一字不知。只是老婆不是人，背地里叫手下家人，偷当了两顷地。舍二弟如今稽查着了，说我弃公产而营私积，欺弱弟而肥私囊。"（七十）

【私积】克扣大家庭钱物私下积攒的体己。元关汉卿《包待制智斩鲁斋郎》第一折："只待置下庄房买下田，家私积有数千，那里管三亲六眷尽埋冤。"清光绪二十一年刻本《虞城县志·人物志·孝子》："丁家藻，邑廪生，廉敏贞洁，至性孝友，与兄弟居不置私积。"

私窝子

不知怎的惹下堂上边老爷，一直到前院，把他虎大哥及夏家，还有卖豆腐家孩子，俱锁的去了。前院那两个私窝子，从后门也金命水命没命的跑了。（六十五）

【私窝子】私娼。上图本作"私窠子"，义同。清唐芸洲《七剑十三侠》："原来，韦妈的勾栏却是私窝子，并无多少粉头，只有个亲女云娘，今年一十九岁，生得风流俊俏，书画琴棋件件都能。"清韩邦庆《海上花列传》第五十六回："俚赛过私窝子，夠去喊俚。"

厮跟

（一）

不说那个不看额血龙王的人死在良乡。且说王象荩别了路遇厮跟，各奔前程。（一百〇三）

【厮跟】相随，结伴行走。也指一路相随的人。元王仲文《救孝子贤母不认尸》第二折："【滚绣球】儿呵，咱子母们紧厮跟，索与他打簸箕的寻趁，恨不得播土扬尘。"清光绪九年刻本《文水县志·民俗志·方言》："相随曰厮跟。"李準《耕耘记》："她气的也不和我厮跟了，赌气从前边走了。"现在河南不少地方还有这种说法。

(二)

我当初也是汉子,也不叫你格外助我,只把前日输我的赌欠,让过的不用再提了,只把不曾让的给了我,救我一家性命。也不枉向来好厮跟一场。(六十六)

盛希侨道:"谭爷说了,与你一向厮跟的好,见你开了粮,心下不忍。我借与他十两银子周济你,你有啥说没有?"(六十九)

【厮跟】指相处,交往。民国二十三年(1934年)铅印本《井陉县志·风土志·方言》:"邑俗谓交友曰'厮跟朋友'。按,厮,相也。厮跟即'出入相友'之义。"

撕布

老樊看见,接在手里道:"哎哟!我明日央这小姐也与我做一对。"冰梅道:"你需与他撕下布,人家娃娃,陪起工夫,赔不起布。"老樊笑道:"只是鞋样子去不得。"巫氏道:"也不用撕布,也不用送鞋样,只叫王中在鞋铺取一对就是。"(九十一)

【撕布】扯布,零买布料。购买布帛,要从整匹上撕下来,所以把买布叫"撕布"。清陈少海《红楼复梦》第三十四回:"说起来要叫大爷笑话,前日撕了点儿布做鞋,要三十大钱也借不出来,真是可笑。"中国民间文学集成河南确山县卷编委会《中国民间歌谣集成·河南确山县卷·好嫂子》:"九月里秋风凉,你给她姑撕衣裳。裤子布衫都做起,绣花小鞋我给她做两双。"河南话至今仍把扯布料做衣服叫"撕衣裳"。

死相/死像

还得人把北京正经金银首饰头面,捎几付来,正经滚圆珠翠,惟京里铺子有。不想要咱本地的银片子,打造的死相,也没好珠翠,戴出来我先看不中。(二十八)

【死相】(款式、式样)呆板,不活泼。上图本作"死像",义同。今浙江金华、丽水、江山等一些地方称"不好,令人讨厌的"为"死相",如"这双鞋这么死相",意思相当。张鹏举、丁云岸编《鹿邑民俗志·方言土语》:"不灵活:死相。"

死眼子/死眼儿

谭绍闻道:"你就对他说,我也是个死眼子,他多管是必来的。"谭绍闻这句话几乎把白鸽嘴咥的笑出来。(上五十七)

王隆吉道:"赌博场里膺汉子,便是一百二十四分死眼子。难说万岁爷知道了,御赐你'仗义疏财'的牌坊不成?你今日怕招没趣,久后弄到穷时,抬手动脚,都是没趣哩。"(六十)

【死眼子】俗语中,"光棍"与"眼子"是相反的两种人。横霸狡黠、坑蒙成性的是"光棍";缺心眼儿,容易被欺侮、受捉弄的是"眼子"。民国二十四年(1935年)铅印本《续修莱芜县志·礼乐志·里谚》:"光棍一点就是,眼子棒打不回。"民国二十九年(1940年)铅印本《沙河县志·志余上·方言》:"光棍:又为土豪横霸之名,引伸谓占便宜者曰光棍,反是曰眼子。""死眼子(儿)"就是眼子中之最甚者。"是个死眼子",栾校本作"是个死眼儿",义同。

四叉五片

程嵩淑道:"那些假道学的,动动就把自己一个人家弄得四叉五片,若见了这位老哥岂不羞死。尚恐他还不知羞哩。"(三十九)

【四叉五片】等于说四分五裂。叉:叉开,破裂。卫东区地方史志办公室编《平顶山市卫东区年鉴(2012)·附录·平顶山方言词汇》:"四叉五片:损毁作许多块儿。"

松

(一)

且不说众人拥挤而出,这娄潜斋看谭孝移眉目和怡,神致舒畅,不似前日颦蹙之态。宋云岫道:"人松了,咱也该走罢。"(十)

偏偏戏本做阕,满院人都轰轰走动。谭绍闻不肯出庙,说道:"且等一等,人走松些再走。"(上四十八)

【松】稀疏,松散。"人走松些再走",栾校本作"待人松散些再走",表意相同。鹿桥《未央歌》二十七:"梁崇榕、梁崇槐姐妹本来坐在靠后边一点的,此刻趁乱,人松了些,也走上前来加入这热烈的鼓掌集团。"

(二)

还了二两陈欠,又开发二两柴米钱,余交张绳祖打发茶叶店,下欠二两。茶叶店全相公到还松。只这二两银子,我却像欠下张绳祖的皇粮了,每日叫他那老贾上门索讨。(四十二)

那个说:"赌博事有了屌大的相干,只是休要心疼钱,衙门中是少不哩这个的。只要你好好的打点,哄过朝南坐的那个老头儿,就天大事也松了。"(六十五)

(王象荩)心中暗道:"大人果是个内外如一心貌相符的人,不是口头谦、脸上恭那种浮薄气象。大相公跟的去,自然再无可忧之事。"把一向挂牵少主人心肠,松了八分。(一百〇四)

【松】放松,(使)松弛,舒缓,不紧张。《醒世姻缘传》第九回:"若是冬月,咱留着尸别要入敛,和他慢慢讲话。这是什么时月?只得入了敛。既是入了敛,这事也就松了好几分。"清唐芸洲《七剑十三侠》第八回:"信中之言,大略相同,只是银子偷去了一万……那李家同扬州府,皆不敢追究,只得把此事松了下来。"

(三)

赶了二三十里,望着就在前边不远,果似一个老者。飞也似赶上。担箱子的,乃是一个自省发货摇小鼓子的,那担篓子的,乃是一个卖柿子的。邓祥好不怅然,只得松了回来。(七十六)

要知双庆敢于如此嘲笑者,一来夏鼎人品可贱;二来见王象荩打了客,也没甚的意思;三来是自己想出笼,也就不怕主人烦恼。不言夏鼎洗了脸上的血,捏了衣上赖痕,自己松松的去讫。(七十六)

【松】无精打采,有些失意的样子。常重叠为"松松(的)"。

（四）

张绳祖道："这也不打什么要紧，就是迟三五天，也是松事。不过完了他就罢。"（二十四）

盛希侨道："叫小厮他们也都坐上车，到外城走走。这方家胡同也松的很，没啥瞧头。"（一百〇二）

【松】稀松平常，平淡无奇。本书第一百〇二回："这与外州县的书院一般，学正、学录与书院的山长一般，不过应故事具虚文而已。要出去住五七天，稀松的事。""稀松的事"就是"松事"。

松活

侯子曲意先迎，兼能悦容。一宗宗打入王氏心窝里，信真这个学问，上通天文，下察地理；这样先生，天上少有，地下难寻。这绍闻也觉娄先生严明，不能少纵，不如这先生松活。（八）

这道台状榜上批的严厉，两人早吓的终夜不寝。不料夏鼎亲口送个信儿说："前日观风时，我亲眼见把谭绍闻请到内宅，待了席面，还与了兴相公纸笔银二十两。或者能进后堂替你说一说，松活些也是有的。"（九十）

【松活】指宽缓灵活，不严苛。清光绪十年刻本《玉田县志·舆地志·市集》："若概从禁绝，恐市面太形枯寂；然使其过于松活，则又易致大意而诓骗之祸即因以生。"《红楼梦》第十七回："才他老子拘了他这半天，让他松活一会子罢。"例中"松活"表示放松、舒展的意思，与此义相近。

松散

（一）

谭绍闻尚不肯出庙，说道："且等一等，待人松散些再走。"王隆吉道："若是曹相公看见，我又不曾与他贺神封礼，脸上不好看像。"（四十九）

【松散】疏散，不稠密。清陈少海《红楼复梦》第六十五回："此刻火烟

（二）

这四个小后生听着,有几句犯了他们的病,把脸红一阵;有几句触动他们的良心,把脸又白一阵。日夕时,说得高兴,评诗论文,又把他四个忘了。他四个心中稍觉松散些。(二十)

惠观民虽说年内找了滕相公、义昌号利息,毕竟本钱不动分毫。这就如人身上长了疮疖,疼痛得紧,些须出点脓血,少觉松散,过了几日,脓根还在,依旧又复原额。(四十)

【松散】轻松,舒展。《红楼梦》第十六回:"李贵忙劝道:'不可不可,秦相公是弱症,未免炕上挺扛的骨头不受用,所以暂且挪下来松散些。哥儿如此,岂不反添了他的病?'"

送饭

绍闻道:"事成自有重谢。你先说是谁家?"夏鼎道:"说成了咱还是亲戚哩,我还少不了送饭行馂敬礼儿。原是我的干妹子,姓姜,婆子家姓鲁。"(四十八)

【送饭】河南风俗,女子出嫁后三日(或二日),女方母亲与其内外亲戚之女眷携酒食看望新妇,仿古时馂女之礼,即文中所谓的"行馂敬礼",民间俗称"送饭"。明嘉靖三十七年刻本《新修清丰县志·风俗志》:"及其既娶,女家偕诸亲友内眷各具馂食往送之门,俗曰送饭。"清嘉庆十五年刻本《渑池县志·礼俗志》:"三日庙见拜舅姑。婿往拜岳,曰认亲,亦曰会面。岳家亦择日以壶榼往婿家,曰送饭。"也叫"馂饭""送馂"。参见"送馂"条。

送米面

那宋婆道:"谭奶奶恭喜了,得了孙孙,王大爷吃面罢。大爷你是几时回来的?刚刚赶上送米面。"(二十七)

春宇去叫绍闻回来,到了楼下,说道:"没别的话,作速写帖备席,请人洗三吃面。我后日来陪客,叫你妗子送米面来。你别要把脸背着,写帖子

去罢!"(二十七)

【送米面】河南地方风俗,女子婚后生子过三日(或九日、十二日,各地不等),娘家女眷携小衣服饰及米面、红糖、蛋、菜等物品前往瞧看,叫"送米面",或称"送菜""送粥米"。明嘉靖刻本《太康县志·礼乐志·婚礼》:"育子:……既生后九日,母家备卓馔十余,赶面至数斗,外粟稻米麦面各斗,猪首、鸡类数品,共食盒数抬,甥小衣衾,请女客数十,各馈面米肉物。男家亦备卓馔数十请客,亦馈物,皆曰送粥米。"民国二十七年(1938年)铅印本《新安县志·社会志·礼俗》:"汤饼筵:……分娩之三日,婿以四色礼向岳家通知,名曰报喜;待十二日,母家以褓衣面粉米菜等品送之,名曰送菜。婿家款以面饭,名曰吃喜面。内亲邻右亦皆送菜。"

送馂

孔宅送馂之后,满月之时,绍闻夫妇并诣孔宅拜见岳翁岳母。(二十八)

此后,启冰人,过聘礼,安床,亲迎,合卺,送馂之事,若逐一铺述,未免太费笔墨。(五十)

次日,薛太太与薛澐跟的女从男役,来萧墙街送馂。老太太一席,谭黄岩一席,巫亲家母与冰梅一席,新郎一席,女儿点心十二色,共五架食盒。(一百〇八)

【送馂】河南风俗,女子出嫁后三日,女方母亲与伯叔母及姑妈、姨母等亲戚携食物看望新妇,即古时的馂女之礼,俗称"送馂"。唐段公路《北户录·食目》:"媤女,《字林》曰:'馈女也。'音乃管反。《证俗音》云:'今谓女嫁后三日饷食为馂女也。'"也称"馂饭""送饭"。清乾隆十年刻本《重修洛阳县志·风俗志》:"三日,新妇具鞋袜、杂珮、脯果贽见舅姑及同室尊卑。是日婚家族党各脯一、鸡一或二脯诣姻家,曰馂饭。"民国二十七年(1938年)石印本《重修汝南县志·社会考·礼俗》:"次日,新妇母家备有盛馔送至婿家,新妇之伯母、婶母或姑母、表嫂往看新妇,古名馂女,今名送饭。"见"送饭"条。

送喜盒

却说巫氏分娩,得了一个头生男胎……此日已过三朝,巫宅方才来送喜盒。少时,巫氏之母巴氏同晚子巫守文来到。王春宇家喜盒也到,王隆吉跟母亲来了。巴庚、钱可仰、焦丹也攒了一架盒子抬来。(七十七)

及第三日,果然女眷纷纷而来……今周无咎已长,娶了新妇,算与绍闻有渭阳之谊,所以前日来送喜盒,今日不得不至。(七十七)

【送喜盒】遇有喜庆之事,亲朋好友馈送礼物以示庆贺的礼盒,称"喜盒"。本书第八十七回:"小厮说了明日巫奶奶送姑娘的话。谭宅收了喜盒酒坛,放了重赏。"清夏敬渠《野叟曝言》第九十回:"开了喜盒,素臣看是二十四色水礼,二十四盒绸缎纱绫、袍帽衫袄、裙裤靴鞋、带袜扇帕等物,六十两黄金,六百两白金。"河南一些地方风俗,妇女生小孩后第三日,娘家和其他亲戚带着米面、鸡蛋、红糖以及小儿鞋帽、玩具等来庆贺、探望,称之为"送喜盒"。

搜根揭底

绍闻被一派搜根揭底的话,说的心如凉水一般。一路回来,着实动了自立为贵的念头。(八十六)

【搜根揭底】形容从根本入手,分析得十分透彻。清张沐《溯流史学钞·嵩谈录》:"今人动则夸纲常、称伦理,都囫囵说了,便是不曾会做;他那古训上却不只如此说,便一一教你搜根揭底去做,都有绝妙方法。"

搜寻

若毫无他故,只因儿孙欲图富贵,却不肯自己读书,自己节俭,祖宗在泉下,不能再来世上搜寻儿孙,儿孙在世上,却要去地下搜寻祖宗,这还不是一个岂有此理之甚么?(六十二)

此时先自己搜寻家当以杜羞辱,但其间也有个次序:先要典卖旧玩,如瓶、炉、鼎、壶、玉杯、柴瓷、瑶琴之类。(八十一)

【搜寻】原指寻求,搜索。特指寻求财物,搜刮钱财。《红楼梦》第七十二回："今儿外头也短住了,不知是谁的主意,搜寻上老太太了。明儿再过一年,各人搜寻到头面衣裳,可就好了!"清光绪二十一年刻本《(道光)辉县志·地理志·风俗(附方言)》:"刮刷,搜寻净尽也。""刮刷"是彻底的搜寻。

俗下

娄潜斋道:"这出殃,俗下也叫做出魂。"耘轩道:"自古只有招魂之文,并无躲殃之说,人死则魂散魄杳,正人子所慕而不可得者,所以僾见忾闻,圣人之祭则如在也。"(十二)

程嵩淑道:"……这'欠债还钱'四个字,休说是俗下谚语,那是孔圣人为鲁司寇时,定下的律条。"(八十三)

小说家言,原有此一说。但卢是范阳之卢,这梦在长安地方。俗下扯在这里,加上些汉钟离、吕洞宾话头。(一百〇一)

【俗下】一般世俗(的),当下民间流行(的)。唐韩愈《与冯宿论文书》:"小称意,人亦小怪之;大称意,即人必大怪之也。时时应事作俗下文字,下笔令人惭,及示人,则人以为好矣。"清江南随园主人《绣戈袍全传》第二十四回:"夫人素是个立心救济难人的,闻众人说出如此可怜,又见素兰婀娜动目,不类俗下钗裙。"

宿笼

夏逢若道:"这连我才够四家儿,还赌不热闹。况我与谭贤弟,烧香拨火的,也难过注马。怎的再生法一把手才好。只是雨太大,料这些小虫儿,都各上的宿笼。却该怎的?"(五十八)

【宿笼】栖止的窝笼。笼:养家禽、虫鸟的笼子。北魏贾思勰《齐民要术·养鸡》:"鸡栖:宜据地为笼,笼内著栈。"有的方言里把鸡鸭窝叫作"宿笼",为名词,如谢忠告、万立煌编《一毛不拔·提笼鸡》:"反骂他不该把宿笼的鸡惊散了。"一些地方则把鸡鸭黄昏回窝也称"宿笼",如余毅中《谎言》诗"月夜鸡宿笼,安眠且无忧",为动词性的。"都各上的宿笼",比喻都各自回家了。

酸恶水

这慧娘身上软了,麻了,一口痰上了咽喉,面部流汗如洗,四脚直伸不收,竟把咽喉被痰塞住,不出气儿……赵大儿慌了,寻酸恶水灌着利痰。(四十六)

【酸恶水】有酸臭味的泔水。旧时河南民间拿来作利痰、催吐用。恶水,栾注云"泔水"(第425页),是。北方不少地方把泔水叫"恶水"。《金瓶梅》第五十一回:"自古宰相肚里好行船。当家人是个恶水缸儿,好的也放在心里,歹的也放在心里。"恶水缸,用来盛泔水的器皿。王俊义编《中国民间故事丛书·河南南阳西峡卷·周木匠做官》:"(大姐夫)又拍手叫道:'云得好!云得好!二姐夫!这盆恶水你也不得喝啦!'扭过头眼一斜,脚踢着那盆酸恶水,问周木匠:'咋整?下雨你不戴帽,"淋"着你啦!'"

酸耍戏

戏主又点了几出酸耍戏儿,奉承谭绍闻。绍闻急欲起身,说道:"帘后有女眷看戏,恐不雅观。不如放我走罢。"逢若道:"本来戏都不免有些酸处。就是极正经的戏,副净、丑脚口中,一定有几句那号话儿,才惹人燥得脾。"(二十一)

【酸耍戏】指内容充满色情、趣味低下的小戏,其宾白唱词和插科打诨,常有不堪入耳、入目之处。河南方言中"酸"有黄色的、色情的意思,所以也说"酸戏"。姚雪垠《李自成》第二十三章:"城上城下互不放箭,也不打炮,谁也不伤害谁。城上唱的多是酸戏,逗得曹营的将士们常常忍不住大笑起来,大声叫好。"作者自注:"酸戏,淫戏。"

随

(一)

到了次日,柏公送到一席,说不能亲往奉杯。晚夕,戚公差人送路菜一

瓮,随带包封家信,说不能看行。(十)

谭爷近来遭际不幸,在家必是不舒坦,邀往俺宅里散心。请的还有陪客,今日要演新串的戏。小的随带有车来,就请坐上同去。(四十八)

年底,谭绍闻坐轿上盛宅,说:"小儿公车北上,府上家书、物件,着小儿带的去,好交盛二哥。我也随一封问候信儿。"(一百〇八)

【随】顺便,附带。明张国维《抚吴疏草·太望城全贼退疏》:"又人马两日疲劳,随带粮料有限,只得暂撤回营。"

(二)

智周万随了一个老家人,名叫耿葵,就收拾厢房为下榻之处,仍旧立起外厨,伺候师爷吃饭。(五十六)

张正心承命,随了一个老仆,携了两千钱,不多一时赁了一架盒子。水礼已备,梁氏命抬进谭宅。(上六十七)

【随】使跟从、跟随。清文康《儿女英雄传》第四回:"公子只随了一个店伙、两个骡夫,合那些客人一路同行,好不凄惨!"清李百川《绿野仙踪》第一回:"再说于冰到第二年七月,同王献述入都下乡试场,跟随了四个家人起身。"例中"跟随"的意义用法相同。

(三)

娄朴道:"恐背诵不熟,有辱师爷荐举。"乔龄道:"咱先考一考,试试何如?"东宿拿过案头《御颁五经》,各抽几本,随提随接,毫无艰涩之态。(七)

(虾蟆)说道:"谭老爷呀,俺老爷叫你过去说话哩。跟我来罢。"孝移笑道:"我就过去,你在门上等着。"虾蟆喜喜去讫。孝移更衣,随叫德喜儿跟着,向北院而来。(九)

谭绍闻执书请教,随问就随答,语亦未尝旁及。这也无非令其沉静收心之意。(五十六)

【随】即时,随即。清李百川《绿野仙踪》第四回:"于冰道:'门生行李下在西河堰店内。'献述道:'岂有此理,这该罚你才是。'随吩咐家人搬取行李。"

随便

曹氏要商量孩子读书的话,也就应允道:"住是不能住,晚些坐姑娘的车回去。"说了些婆娘琐碎家常,亲戚稠密物事,随便就提起隆吉从娄先生读书的话。(三)

原来满相公领了盛希侨之命,下苏州买办戏衣,随便请了昆班两个老教师,路绕亳州看看生意,故从此而过。(上四十三)

道台只得吩咐些"连日星夜,案牍堆积,委的不暇接见,请各老爷回署办公"的话头。随便看了十来本提塘邸报,再欲拆阅文移申详,争乃身体困乏,上眼皮的睫毛,有个俯就下交的意思。(九十二)

【随便】顺便,趁便。"随便请了",栾校本作"顺便请了",义同。《醒世恒言·张廷秀逃生救父》:"且说王员外因田产广多,点了个白粮解户,欲要包与人去,恐不了事,只得亲往,随便带些玉器到京发卖,一举两得。"清佚名《金钟传正明集》第五十一回:"弟明日起身赴天津,办点随时货物,到山东走走。德州还有办下的货,即随便带回。"

随会

(钱万里)恭恭敬敬把咨文放在桌上。王中道:"自然有一杯茶仪,改日送上。"钱万里道:"不消,不消。我见你事忙,我也有个小事儿。今日晌午,还随了一个三千钱的小会,还没啥纳,我要酌度去。"(六)

【随会】会:也叫"钱会""积钱会",是旧时民间自发成立的一种经济互助组织,入会的人平均缴纳一定数量的资金,积成一笔基金,之后按照会员协商的规定轮流使用。刘半农《瓦釜集·第十二歌》:"我里下月初十还要抻小会。"自注:"小会,积钱会,其积钱总数不甚大者。""随会"就是缴纳会金入会。《醒世姻缘传》第六十八回:"起初随会是三两银子的本儿,这整三年,支生本利够十两了。"参见"纳会"条。

随人穿鼻

大凡人走正经路,心里是常有主意的。一入下流,心里便东倒西歪,随

人穿鼻。(二十四)

【随人穿鼻】比喻听任他人操控。随：有听凭、任凭的意思。穿鼻：原谓给牛扎上鼻桊，以便控制。《资治通鉴·后梁纪》："天子愚暗，听人穿鼻。"胡三省注："谕之以牛，为人穿鼻旋转，前却一听命于人，以鼻为所制也。"本书上图本第六十一回："我看你既不是目不识丁的乡曲间农夫，事事听人穿鼻。"清周亮工《尺牍新钞·与高康生》："不能作官，随人穿鼻，终日作此没要紧事，每每自笑。""听人穿鼻"与"随人穿鼻"义同。

随时

(一)

长班道："……若说是个官员，一发他不理。俗说道：'硬过船，软过关。'一个软字，成了过关的条规。"孝移道："明日随时看罢。"(七)

【随时】依照当时情形，到那时候。《醒世姻缘传》第九十七回："他的姓是随时改的：到的时候姓薛，不多时改了姓潘，认做了潘丞相的女儿，潘公子的姊妹；如今又不姓潘，改了姓诸葛，认了诸葛武侯的后代。"

(二)

这夏逢若心下踌躇："这一干人我若搭上，吃喝尽有，连使的钱也有了。我且慢慢打听，对磨他。"随时也自去干他的营生去了。(十六)

谭绍闻道："……我急问南乡失火的话，合着眼出来开门，不防，撞在衣架头上。这新衣架，是方头儿，有棱子。"王氏看了道："果然磕了一道儿，一发随时即肿的这样儿。"(五十一)

这原是娄潜斋做青州知府时，属县有烈女綦氏，被紧邻一个少年黑夜跳墙欲奸綦氏，被綦氏声唤。少年逾墙而走，遗鞋一只，綦氏随时自缢。(上一百)

【随时】随即，即时。"一发随时"，上图本作"一发随即"，义同。《西游记》第四十五回："祷雨随时布雨，求晴即便天晴。这才是有灵有圣真龙像，祥瑞缤纷绕殿庭。""随时"与"即便"对举，都是即刻、随即的意思。

抬

惠观民向三才道:"你一年只往家里走了一回,你今日跟我回去,就跟我睡,你大娘与你抬搁了好些饤柿哩。"(四十)

我想,俗话说,"天下老哩,只向小的"。你是咱娘的小儿子,全当咱娘与你抬着哩。(一百〇二)

【抬】存藏,收藏。元马致远《江州司马青衫泪》第三折:"那单俫正昏睡,囫囵课,你拿只;江茶引,我抬起,比及他觉来疾。"现在中原官话、冀鲁官话、晋语等方言都还有这样的说法。清光绪十年刻本《玉田县志·舆地志·方音方言附》:"抬起来,收藏物也。犹云阁起。"唐河县地方史志编纂委员会编《唐河县志·方言》:"抬起,藏起来。""抬搁"为同义连文。

抬重

后边孝眷听的起灵,一拥儿哭上前厅来。双庆扯住王象荩,令其躲开。少时一班儿抬重的土工,个个束腰拴鞋而来,好不吓煞人也。(六十三)

【抬重(—zhòng)】送殡时抬棺木。重:指灵柩。现在河南一些地方仍这么说。2012年03月21日《新华每日电讯》载刘剑飞《农村难找"抬重"人》:"因为条件限制,老家还实行土葬,堂哥却在为没人'抬重'(原注:将棺材从家里抬到坟地)而发愁。抬重是件出力的活儿,需要的是棒劳力。"也指抬重的人。清坑余生《续济公传》第一百五十七回:"你家哥哥就三千多钱买了一口薄皮材,连身打连身的衣服,把你的爹向棺材里面一纳,定了四条钉,叫了两个抬重抬了望义冢地下一埋。"

太平车儿话

谭绍闻道:"你说的是太平车儿话。我如今诸事窘迫,是要借娄师爷做官体面,把东西出脱。或是同僚属员,或是盐店当商,或是本地交官绅衿,送他些东西,价一偿十,得了银子济急的意思。"(七十一)

【太平车儿话】指看似平安稳妥但不能解决实际问题的话语。太平车:一种老式载重大车,车两侧有拦板,前有多头牲畜牵引,较一般的马车深且阔，乘人坐卧自如，还能装载行李。这种车运行平稳，但是比较缓慢。清顾炎武《日知录》卷三："车战之利见于历世。然古人所谓兵车者，轻车也。五御折旋，利于捷速。今之民间辎车重大，日不能三十里，故世谓之太平车，但可施于无事之日尔。"

坦慢声儿

到了次日，二人径投布政司来。走到上号房门边站下，只见上号吏，身也不动，手也不抬，坦慢声儿问道："有什么话说么？"（五）

【坦慢声儿】语调平直舒缓。坦慢：平缓，缓慢；也指性子平易不急躁。清费经虞《雅伦·琐语》："近体绝句与古诗歌行迥然不同，盖调短音促，不能坦慢说来，然急不得。"夏清《清漳骄子·"沙河"飞变》："俩人从小一起长大。尽管一个性格坦慢，一个脾气急躁，但在工作上两人却很合得来。"

堂客

管贻安一把扯住道："叫素馨（一妓女名——作者注）出来，与我缀个扣子。先时我下马来，忽的扯掉了扣门儿。"夏逢若道："今日初会，还不曾请上堂客来。"（六十四）

其实大老爷廉明公正，每日稽查，谁敢容留土娼？即如今日住下的客，真真的要个堂客要要，就拿出五十两、一百两，我也不能与他讨去。（七十二）

近日新来了一位堂客，很使得，叫谭相公那边走走，赏个彩头，好轰动些。（七十四）

【堂客】指娼妓。民国二十二年（1933年）刊本《孟县志·社会·方言》："妓女曰堂客。"清华广生《白雪遗音·马头调·窝娼》："有一位吴太爷，一到就把堂客断，刑法儿新鲜。妓女儿，剃去了头发；包家子，削去了眉尖。"此"堂客"即妓女。河南南阳等地现在仍有这种说法。

堂庙

隆吉道："师傅也还落些，落的有限。"王氏道："他出家人，怎好落你

的。"隆吉道："姑娘不知，凡住堂庙的，干一件事，先算计落头哩。"（十五）

怕的是碰到这四个字，搭了盘费扑了空，少不得回来时住堂庙，穿学馆，少做一年庄稼，得典出十亩田地。（八十六）

【堂庙】泛指佛教、道教的寺庵宫观。唐释义净译《根本说一切有部目得迦》卷七："作斯祈愿，得称所求，即于其所造立堂庙。时诸商旅往来至此，咸以衣物劫贝毛等奉施天尊。"元郑光祖《程咬金斧劈老君堂》第一折："〔程咬金赶到科，云〕是一座老君堂庙。此人躲在这庙里，他也逃不出命去。"清裩襕道人《妆钿铲传》第一回："他妻看经好善，背着弓伯子，这里盖堂庙，那里修寺院，济急恤贫，斋僧饱道，大约一年也捕三五十金。"

堂上

东宿道："昨日年兄若在家时，弟已安排戴月而归，自己弟兄，不客气罢。我有堂上荆父台送的酒，你我兄弟，小酌一叙。"（四）

乔龄道："监生们都是好与堂上来往的，学中也不大知道。若说贡生，这拔贡就是沈文焯、谭忠弼，一个府学、一个县学。"（五）

这女人短见，一条绳儿吊死了。他娘家告起来，堂上老爷验尸，又验出来许多伤痕，把一干人一齐带进城来。（十三）

【堂上】指衙署，衙署的大堂上。也指衙署中长官。清唐英《巧换缘》第十二出："禀老爷！今有钦差大人从此经过，堂上太爷差人来请老爷，与阖城文武官员到十里长亭迎接。"《红楼梦》第九十五回："凡有品级的，按贵妃丧礼进内请安哭临。贾政又是工部，虽按照仪注办理，未免堂上又要周旋他些，同事又要请教他，所以两头更忙。"

叨欠

珍珠串笑道："我不吃那东西。"即叫乌龟向褡裢中取出三百钱，交与细皮鲢街上置买。白鸽嘴道："怎好叨欠你的？"（五十六）

【叨欠（tāo—）】对别人的施惠表示承情感恩。叨：犹言忝，谦敬用语。欠：亏欠，欠情。栾注"叨欠"为"用于受人财物时的承情感谢语"，是；说"豫语谓贪欠"，则未妥。

叨扰

（惠养民）又与孔耘轩兄弟二人为礼，说道："弟有何功，敢来叨扰，预谢。"孔耘轩道："请来坐坐，不敢言席。"（三十八）

这张绳祖忽叫白兴吾道："存子呀，你先回去对你大奶奶说，预备一桌碟儿，我与谭爷久阔，吃一杯。快去！"……谭绍闻道："实告张兄，我近日立志读书，实不敢遵命，改日府上叨扰谢罪。"（四十三）

谭绍闻谢了前日光吊，众客谢了目下叨扰，为礼坐下。孟嵩龄道："今日谭爷有召，叫小弟辈却了不恭，领扰自愧。"谭绍闻道："杯酒闲谈，聊以叙阔。"（四十八）

【叨扰(tāo—)】客套话。打扰，不好意思添麻烦。俗语中为感谢别人请吃饭的用语。明周履靖《锦笺记》第五出："〔小生〕同坐一坐。〔丑〕小弟不该。也罢！常言道：见食不抢，到老不长。若固辞，似不流利了。叨扰了。"清光绪七年刻本《宜阳县志·风俗·方言》："谢饮食曰道扰；谢馈物曰费心。""道扰"即"叨扰"。

讨愧

潜斋道："士农工商，都是正务，这有何妨？"春宇道："少读几句书，到底自己讨愧，对人说不出口来。"（三）

谭孝移道："这是叫我讨愧，潜老想个法子，辞了这宗事。况且周先生我还没见哩，也少情之甚。"（四）

【讨愧】抱愧，感到惶愧。《醒世姻缘传》第七十九回："买了人家孩子来，数九的天不与棉衣裳穿，我看拉不上，努筋拔力的替他做了衣裳，不自家讨愧，还说长道短的哩！"《红楼梦》第三十回："宝钗再要说话，见宝玉十分讨愧，形景改变，也就不好再说。"

体贴

慧娘道："到底你要体贴咱爹的意思。我想咱爹在日，必是爱见他哩。"（三十五）

【体贴】体会,领悟。《朱子全书》卷五十五:"乃知明道先生所谓'天理'二字,却是自家体贴出来者。"清顺治十六年刻本《新郑县志·杂志·课士序条》:"窗下看题,固当遵传注,尤当于此内细为体贴,另出新裁,不死守章句,动笔方游刃有余。"

替买看吃

茅拔茹道:"倒也不在这些。只是如今这一伙子人,主人家,你承许下,我就不作难了。"戴君实道:"我是赁的这座店,不过替买看吃罢了。茅爷你撒下,我实实摆布不来。"(二十二)

周小川道:"您是甥舅不是甥舅,我也不能知道。你这样子像是撒白的撒嘴吃、撒钱使。俺这开行的替买看吃,也管不了许多闲事。你走开罢,我忙着哩,要算账去。"(四十四)

【替买看吃】原意是替别人买、看别人吃,表示自己不过经经手而已,并没有实际利益在里边。这里指替别人经营照看(生意),自己并不当家,无权处置。明王錂《春芜记》第十三出:"〔丑〕只是一件,倘日后把宋玉打断了,老爷与季小姐好了时节,难道我是替买看吃的? 我只让老爷尝了头套汤,等我也括个粥碗罢。"山东省戏曲研究室编《山东地方戏曲传统剧目汇编·两夹弦第二集·大铁山》:"〔胡四伦〕哎! 老天爷,我是替买看吃,到至久后大事不犯到还罢了,大事犯了找我家大哥,千万不要找我,"

天旋地磨

这谭绍闻酒量不大,一转动时,酒也上来了,天旋地磨,也就发起昏来。(十七)

【天旋地磨】等于说天旋地转。磨:旋转,转动。《朱子语类·论语·为政篇上》:"又曰:天转也,非东而西也,非循环磨转,却是侧转。"清陈龙昌《中西兵略指掌·军器三·临时审察》:"凡谙练之兵,能于一分时内放洋铁管两次,其撬杆人必熟手为之,庶磨动神速。""磨转"即谓旋转,"磨动"就是转动。

添箱

孟嵩龄道:"太太说话明白。但大相公恭喜大事,俺们也就该添箱恭贺,何必说到房钱支账。"(二十八)

王大哥十月里嫁闺女,他们有公约,大家要与他添箱。(七十三)

【添箱】娶妇、嫁女时,亲友们馈赠礼金、礼品以示庆贺,俗称"添箱"。有的地方只指女儿出嫁时的馈赠。清俞樾《茶香室丛钞·添房》:"按今人送嫁女家曰添箱,即古人所谓添房也。"现在河南多数地方话中"添箱"只指嫁女时的馈赠;鲁山、方城等地把娶媳妇时亲友们赠送礼金、礼物也叫"添箱"。王国谦主编《禹州文史第18辑·禹州方言例释》:"添箱:结婚时亲朋送衣物、钱财。"

调停

(一)

要之,王中若知自己一腔忠心,能感少主母——年才二十——这一番调停斡旋,婉言劝夫收留之意,也就肝脑涂地,方可以言报称。(三十五)

都是我为哥的不成心肠,多承贤妻调停。我糊涂,竟是在鼓中住着一般。(一百〇八)

【调停】调解使平息或和解。停:谓均匀、停妥。宋苏辙《颍滨遗老传下》:"吕微仲与中书侍郎刘莘老二人尤畏之,皆持两端为自全计,遂建言欲引用其党,以平旧怨,谓之调停。"

(二)

但他既不弃咱这老朽,把咱请到他家,咱就要调停他。所以免他生前之不孝,正所以成孝移兄死后之孝也。(六十二)

【调停】调理,调教。明张居正《答两广总督刘凝斋书》:"昔蜀中九丝平后,亦未有三年即征税也,似宜调停少宽之,庶招来之民,得有定居。"

（三）

婿家小康，也不管翁姑之勤俭，夫婿之谨饬，俱是女儿到了他家，百方调停，才渐渐火焰生光起来。（八十五）

夏鼎说："不用说这是盛价王中的法子，把贤弟下在这个——"住了口不说了。绍闻道："委实是家母的调停。"（八十九）

这犒从席面分层列次，俱是王象荩调停，井井条条，一丝不乱，无不醉饱。（一百〇八）

【调停】这里指安排、料理。明陆人龙《型世言》第二十一回："我们两个已约定，我娶他做小，只不好对舅母说。如今见了，要舅母做主调停了。"清文康《儿女英雄传》第一回："安太太又是个勤俭当家的人，每日带了仆妇侍婢料理针线，调停米盐。""料理"与"调停"义相当。

挑轿

希侨又叫宝剑儿道："想起来了，你去水巷胡同接晴霞来。把挑轿抬去，他不用打扮就来。"（十七）

到了次日早饭后，只见一顶二人挑轿直到碧草轩来接，绍闻只得坐了轿子，下了竹帘儿，一径到地藏庵来。（四十三）

【挑轿】一种由二人抬的轻便轿子，清代原为四品以下官员所乘，后来成了一般的交通工具。清佚名《桃花庵鼓词》："苏大人接到怀中一看，心中欢喜，说道：'天庭饱满开方圆，日后必定主贵。'遂吩咐挑轿回府。众人即忙抬起回府。"因其前多有蓝呢帷，故也称"小蓝呢轿子"。清刘鹗《老残游记》第二回："到了鹊华桥，才觉得人烟稠密。也有挑担子的，也有推小车子的，也有坐二人抬小蓝呢轿子的。"

跳猴弄丑

不说那管贻安在酒席上妆那膏粱腔儿，抖那纨绔架子，跳猴弄丑。这张绳祖早把王紫泥点出门，寻个僻地儿，商量说："老王，你没看么，姓鲍的那孩子还牢靠些，这姓管的那个孩子，是个正经施主儿，咱休要当面错过。不

如下了手罢。"(三十四)

【跳猴弄丑】比喻轻薄无知又恣肆张狂,露出许多丑态。弄丑:卖弄丑态,播弄丑事。

跳门限

争乃滑氏是个小户村姑,又兼跳过两家门限的人,一毫儿道理也不明白;欲待以威相加,可惜自己拿不出风厉腔儿来。(四十)

王氏道:"你两个说的,我不省的。老樊说他要跳门限儿,想是不愿意在我家做饭了?"薛婆道:"他说笑,是另嫁主儿。我说东阿县,是熬皮胶,骂他哩。"(九十三)

【跳门限】指女子改嫁,再醮。门限:门槛。本书第四十八回:"虽说过了一层门限儿,看着也算是再醮,其实不是再醮。""过了一层门限"就是已经嫁过一次。有的地方叫"跳门槛"。王德成主编《洪泽县志·风俗民情》:"寡妇改嫁,旧称'跳门槛',要遭指责,公婆也会百般刁难,不仅会霸占陪赠妆奁,还会乘机索取钱财。"

贴赔

学课花的余下有限,等来年人家再添些学课,好往乡里贴赔。(四十)

王氏指着冰梅道:"这娃子没娘家,没处儿行走。师娘若不嫌弃,叫他拜在跟前何如。"滑氏道:"不嫌我穷,没啥贴赔孩子么?"(四十)

【贴赔】补贴,赔补。明王崇古《议收胡马利害疏》:"北虏未贡市之前,每马一匹议支官价十二两,给军自买,必须贴赔五七两方可。"清秦子忱《续红楼梦》第二十五回:"人家托你的事情,你又转来托我,这会子我还有什么贴赔的么?只好尽着这二十两银子办了四席,刚够晚上用。"

贴头

夏逢若道:"俗话说:'先嫁由爹娘,后嫁由自身。'何况是一个男人?明明是你图巫家是个财主,有个贴头罢了。"(五十)

【贴头】作为补贴的钱物。这里指女子出嫁娘家陪送的财产。贴:贴补。河南话把亲戚间的帮补叫"贴"。如说:"这几年,她可没少贴她娘家。"

贴心贴胆

冰梅本来就是贴心贴胆于慧娘,又领了这一片吩咐,愈觉心服,果然依命而行,收拾的一了百当。(三十五)

【贴心贴胆】比喻最为知心、亲近,最为靠得住。于国颖《女兵帅克·丁香泪》:"俺跟你夫妻一场,你待俺知冷知热,贴心贴胆。只怪俺福份太浅,享不到头了。"也说"贴心贴腹""贴心贴肝"等。《初刻拍案惊奇》卷十九:"已做了申兰贴心贴腹之人,因此金帛财宝之类,尽在小娥手中出入。"清吴趼人《情变》第七回:"算来知疼知养,贴心贴肝的人,只有他一个。"

通

(一)

(春宇)又向孝移说道:"我今日有句话,向姐夫说,姐夫不可像平素那个执拗。今日先生、世兄、姐夫、外甥,我通要请到我家过午。"(三)

茅拔茹早已离座三揖,道:"……我若有一点儿撒赖,再过不的老爷河。"戴君实道:"茅爷何用赌咒。通是好朋友,何在这些。"(二十二)

遂向井池拾钱之处,用挖铲儿挖将起来。越挖越多,一发成百成千,通在井池石板之下。(九十七)

【通】都,全部。表范围。《后汉书·来历传》:"历怫然,廷诘皓曰:'属通谏何言,而今复背之?'"李贤注:"通犹共也。"《金瓶梅》第一回:"这几日我心里不耐烦,不出来走跳,你们通不来傍个影儿。"《红楼梦》第二十八回:"众人听了,都道:'说得有理。'薛蟠独扬着脸摇头说:'不好,该罚!'众人问:'如何该罚?'薛蟠道:'他说的我通不懂,怎么不该罚?'"

(二)

你明日只要看那个王中不在门首,你进来。不是我怕他,他是先父的家

人。我通不好意思怎么他。(二十二)

王中听到这里,心中更加起疑。便提壶酒儿来到桌前,说道:"我看这位老兄,通是豪爽。我敬一盅。"(四十五)

即如俺家老二,一向不省事,我通不爱见他,俺两个打官司分家,你是知道的。谁知近日,他竟收了心,一意读书,暗地用功。把我喜的了不成。(八十六)

【通】实在,真正。表示一种十分肯定的语气。现在河南洛阳等一些地方用"通""通是"表达这种语气,一般要在句尾加上语气词"哩"。

(三)

春宇道:"说起来一发惹先生见笑。贱内这两天,通像儿子上任一般,一定教我买几尺绸子,做件衣服。'"(三)

冰梅只是把兴官推与王氏,说:"你叫奶奶不哭罢。"惟有孔慧娘通成一个哑子样儿。此非是孔慧娘眼硬不落泪,正是他识见高处,早知此身此家已无所寄了。(四十五)

巴氏道:"好一张油嘴,通成了戏上捣杂的。也罢,凭你叫他们怎的办去,我明日少不得厚着脸皮儿送你。这娘家长住着,将来是何结局呢。"(八十七)

【通】犹言简直、干脆,强调完全如此或差不多如此。《醒世姻缘传》第二回:"你见他这们个胖壮身子哩,里头是空的!通像一堵无根的高墙,使根杠子顶着哩。"清李百川《绿野仙踪》第八十四回:"庞氏道:'说起来教你笑话,我日前为此事与那老怪物大闹了一场,他如今躲在书房中,通不见我。'"

通人性

(张绳祖)回来便道:"光棍软似绵,眼子硬似铁。管家这孩子,并不通人性。"王紫泥道:"悄悄的,休高声。他到产业净时,他就通人性了,忙甚的。"张绳祖道:"你这话太薄皮,看透了何苦说透。我如今就是通人性的了。"王紫泥道:"对子不字父,难说初见谭相公,开口便提他家老先生名子,这就不通人性到一百二十四分了。"(三十四)

【通人性】 人性：指正常人所具有的情感、理性。"通人性"原指动植物能理解人类的情感，与人类沟通。《醒世恒言》卷五："看时，窗棂里伸一只虎掌进来，掌有竹刺甚大。书生悟其来意，拔出其刺。明晚，虎衔一羊来谢，可见虎通人性。"俗语里常用来表示明白事理、通晓人情世故的意思。《醒世姻缘传》第九十五回："这素姐若是个通人性的东西，乍到的时节，也略看个风势，也要试试浅深，再逞你那威风不迟。"清蒲松龄《磨难曲·方氏骂官》："相公急忙上堂，作了个揖，便说道这是生员的妹子。他甚不通人性，老父师息怒。"

通声气

有一等中正淳朴，实心为民的官，因为不能奉承上司，原有几个吃亏的；内中也极有为上司所默重，升转擢迁的。即如令尊老先生，何尝晓得通声气、走门路？一般也会升转。（七十一）

【通声气】 声气：原指相知者的共同旨趣、爱好。本书第三十七回："总是小家儿人家初发，还不知这官场中椒料儿，全凭着声气相通，扯捞的官场中都有线索，才是做官的规矩。"常指当权的、上司们的兴趣所好。"通声气"就是投权贵之所好，曲心逢迎，以求荐拔。清乾隆二十六年刻本《太康县志·艺文志·传》："方（彦博）后通显，欲为先生入赀以报，数致书，卒不应。继复移治汴省，值秋试主司，方契知也，为先生通声气，复拒不受。"清玉山草亭老人《娱目醒心编》卷一："且世之拜人为师者，大抵通声气，树党援，不问其人之实行何如，依草附木，以出门下为荣。"也叫"走声气"。参见"走声气"条。

同

这供戏的名叫茅拔茹，戏子姓臧。是他旧年引了一班戏到省城，同着瘟神庙邪街夏鼎，把戏箱寄在本街谭绍闻家……谭绍闻说彼时同的有这夏鼎。（三十一）

恰好人家赶的来了，踪迹到邵家庄，得了信儿，同了河阳驿乡约地保壮丁团长，二更天到他家搜人。（四十五）

（夏鼎）又想道："内书房称银子虽未同人，那买办礼物一百九十七两，

却同着他的家人。不如把这一百九十七两银子,趁他不能言语,交与他儿子邓汝和,一清百清。"(五十三)

【同】原谓共同参与某事。《孙子兵法·谋攻》:"不知三军之事,而同三军之政者,则军士惑矣。"引申指当着某人的面或叫上某人一起。这种意思的"同",后面常带助词"着"或"了"。明陆人龙《型世言》第二十六回:"三府便掣了一根签,叫一个甲首吩咐道:'拘两邻回话。'这甲首便同了光棍,出离县门。"

铜帮铁底

王中道:"不用收拾后书房。不如把大门锁了,相公就在阁相公账房里看书,叫德喜儿、双庆儿伺候。相公是改志的人,每日在大爷灵前来往几遭,一发心头有个警教。待来春请下先生,再收拾后园上学。"绍闻道:"也是。"这一场话,主仆商量的果然如铜帮铁底相似。(三十六)

【铜帮铁底】比喻非常坚固、结实,没有丝毫的缝隙。帮:物体两旁或者周围。明王樵《方麓集·海岱记》:"谚谓此河为铜帮铁底,难于开浚,又难于通津。"清傅泽洪《行水金鉴·河水》:"今黄河南徙,至韩家道盘垒河丁家庄,俱两岸阔百丈,深逾二丈,名曰铜帮铁底故道也。"

头里

前五六年头里,黄河往南一滚,把他哥的地都成了河身,他哥也气的病死了。(五)

咱两仪、三才是两个,现今我身上又大不便宜,至晚不过麦头里。(三十九)

细皮鲢道:"他大没在家。雨头里,我听说他大在朱仙镇装四船黄豆,下正阳关去。"(五十八)

【头里】之前,以前。表示时间。《金瓶梅》第二十八回:"你这厮!头里那等头睁睁,股睁睁,把人奈何昏昏的,这咱你推风症装伴死儿。"《醒世姻缘传》第二十回:"我还承望你死在我后头,仗赖你发送我,谁知你白当的死在我头里去了!"也常指临近某件事或者某种情况发生前的一段时间,"麦头里"就是即将收麦子的一段时间,"雨头里"就是(上次)下雨之前的那几天。

头脑

不知怎的,日消月磨,把一份祖业,渐渐的弄到金尽裘敝地位……不得已吃了标营下左哨一分马粮。因膂力强盛,渐成本营头脑。(五十八)

(虎镇邦)说道:"贤弟呀,你要救我。如今将主将我的头脑目丁也革退了,钱粮也开拨了,就如死人一般。"(六十六)

这位头脑,汉仗太大,我见了就要热起来,不住的出汗。请到下边躲躲,我这里有人伺候。(六十九)

【头脑】头目,头领。清蒲松龄《禳妒咒·择偶》:"仲鸿说我是个乡瓜子,不敢攀那大头脑。"清汤颐琐《黄绣球》第四回:"却说那张先生是衙门里的刑书头脑,最有声势。""大头脑"等于说大官、大领导。

投

原是西门内宋家胡同宋宅,他老爷做过贵州毕节县知县,有一个投的家人叫张采琪。如今张采琪孙子,在朱仙镇开了粮食坊子,有三千家当。自己做了个衙道前程,兄弟又住了西司的书办,这就是预备顶当家主的意思。(八十)

【投】即投靠。旧时生活贫困无着落之人,卖身与富家为奴仆,称"投靠"。明张居正《答应天巡抚宋阳山书》:"优免核,则投靠自减;投靠减,则赋役自均。"简称"投"。其卖身契约即所谓的"投词"。参见"投词"条。

投奔

今日也非关我薄情,相公还是再寻投奔罢。如果十分没路,我可指一去处。(四十四)

冰梅道:"第二件,把这一干人,开发了,叫他们各寻投奔。"(七十六)

蔡湘道:"我是雇觅的,我不敢。叫我住,我就住;不叫我住,我就自寻投奔。"(八十)

【投奔】用作名词,指所投靠的人或地方。清徐大椿《洄溪道情·劝葬亲》："何曾见看风水的尽享高官厚禄,只见他穷得来无投奔。"也可以说"投向"。本书第八十回："德喜道：'且耐过这几天,把这宗事打发清白。天也冷了,不能像往年不受屈,各人寻下投向,好散伙。'""投向"与"投奔"义略同。

投词

县老爷到底是个慈心的官,再也不肯下大毒手。当面断了,说："这张投词,叫你出三百金,交与你主人宋秀才,算作赎身之价,投词当堂销毁。你可情愿么？"(八十)

他有这宗好处,久后咱家兴官、用威相公,谁敢错待他？良心也过不去。直是如今已不作家人相待,只还不曾退还他家投词。久之,怕他家子孙,受人家的气,说是谭家世奴。(一百)

【投词】卖身为奴仆的契约。明清时期,官宦富豪之家蓄养奴仆的风气甚盛,多者达数百,甚至千人。这些奴仆有的是用钱买来的,更多的则是农民不堪徭役赋税的重负投奔去的。这在当时称之为"投靠",实则卖身为奴。清顾炎武《日知录》卷十三："太祖数凉国公蓝玉之罪,亦曰：'家奴至于数百。'今日江南士大夫多有此风,一登仕籍,此辈竞来门下,谓之投靠。多者亦至千人。"亦简称为"投"。本书第八十回："原是西门内宋家胡同宋宅,他老爷做过贵州毕节县知县,有一个投的家人叫张采琪。"这些来投的都立有契约,这种契约就是"投词"。只有当主人家把投词退还给本人或其子孙,或者公开销毁,这些奴仆才算获得人身自由,否则就只能世代为奴。"投词"也叫"投身纸"。《儒林外史》第二十五回："这姓王的在我家已经三代,我把投身纸都查了赏他,已不算我家的管家了。"

投官

人有恒言：千里投官只怕到。到了济宁,饭铺吃饭,先问了娄太爷的官评,真正是个个念佛。(上七十)

不说娄潜斋善处。有诗单言这打抽丰之可笑,诗云：劝君且莫去投官,何苦叫人两作难？纵然赠金全礼仪,朋情戚谊不相干。(七十二)

【投官】到做官的亲朋师友任所去打秋风,谋取好处。也叫"投任""投署"。官：官署，任所。"千里投官"，栾校本作"千里投任"，义同。本回第七十二回："但既来投任，岂肯叫你自伤资本。这五十两便是物价，你连物件东西带回。"本书第八十回："德喜无可回答。只说来时忙迫，相公一时顾不的写书。娄潜斋已了然于心，晓知是背主投署，希求收用的缘故。"参见"投任"条。

投任

邻人田再续在京都做司狱司，胡其所上京投任。田再续因刑部狱内犯官自缢，遂致罢职。胡其所流落京城，每日算卦度日。（六十一）

贤契此来，我已知你有带的东西销售，一来我不销货，不荐人，从不曾开此端；二来也不肯叫你溜到这个地位。但既来投任，岂肯叫你自伤资本。（七十二）

却说盛公子一派话儿，把官亲投任的人，各色各样，形容的一个详而且尽。绍闻满心冰凉回来，不再提那荆州府投任睦族的话，唯有奋志读书，以希前进一条路径。（八十七）

【投任】投奔做官的亲朋师友，实际上多是为了到其任所打秋风，利用关系销售东西以牟利。也叫"投官""投署"。"把官亲投任的人"，上图本作"把官亲投署的人"，义同。参见"投官"条。

投署

娄潜斋道："拿你少主人书来。"德喜无可回答。只说来时忙迫，相公一时顾不的写书。娄潜斋已了然于心，晓知是背主投署，希求收用的缘故，说道："你们且歇去。"（八十）

却说谭绍闻被盛希侨一团话儿，把官亲投署的人各色各样形容得一个详而且尽，满心冰冷，惟有奋志读书以希前进的一条路径，每日引着兴官儿在书房中苦读。（上八十六）

【投署】即投官、投任。到正在做官的亲朋师友任所去打秋风，谋求好处。"把官亲投署的人"，栾校本作"把官亲投任的人"，义同。参见"投官""投任"条。

投向/头向

一个说道:"或者韩大姐,一向是要把婆婆奉事到老,今日黄金入柜,他的事完,各人自寻投向,也是不敢定的。"(四十一)

这两个人,他达都开过熟食铺子。如今没本钱赁房子,每日只粘几个雀儿、鹁鸽儿,煮成咸的在街头上卖,秦小鹰不过卖五香豆、瓜子儿,都在城隍庙后住,央我给他寻头向。(上六十三)

德喜道:"且耐过这几天,把这宗事打发清白。天也冷了,不能像往年不受屈,各人寻下投向,好散伙。"(八十)

【投向】所投靠的人或地方。或写作"头向"。《金瓶梅》第一百回:"房中两个养娘并海棠、月桂,都打发各寻投向,嫁人去了。"这种意思又可以说成"投奔"。本书第七十六回:"冰梅道:'第二件,把这一干人,开发了,叫他们各寻投奔。'"参见"投奔"条。

投症

潜斋道:"药非轻易吃的。但看好医生用药投症,直如手取一般,就知盲医生用药乖方,不用说就如手推一般了。如今不如不用药罢。"(十一)

【投症】对症。投:投合,吻合。本书第十一回:"(姚杏庵)看了一遍脉,说道:'左心小肠肝胆肾,右肺大肠脾胃门。这右关脉浮洪而散,明是脾胃之症,与尺脉何相干涉?'孝移听说脾胃二字,是说投的。""说投的"即说的与病症相吻合。明王大纶《婴童类萃·凡例·用权》:"凡用药当从王道之剂,即有偶尔不效,不至伤人。若附子、蜈蚣、全蝎诸有毒之药,不可浪用。药不投症,害儿不浅。"

土富

举凡前代盛时,姻家之陪奁,本家之妆盒,金银钗钏环镯,不论嵌珠镶玉的头面,转至名阀世阅,嫌其旧而散碎,送至土富村饶,赫其异而无所位置,只得付之炉中倾销,落得几包块玉瑟珠,究之换米易粟而不能也。(八十一)

原来张绳祖把乡里一个土富,讹诈哩受不得了……这个土富就告了拦马头一状,告的张绳祖欺弱叠骗、王紫泥唆讼分肥。(九十)

【土富】 土财主,居住在僻巷远村的富户。清佚名《庚申北略》:"有土富沙姓,世居其地,于彼不利,阴泄其谋于夷人,夷人即将所伏处一一发掘,遂登北门(塘)。"清佚名《金石缘》第五回:"你岳丈虽是个土富,也在外边要结交人。又闻得妻子是才女,无书不读,难道不知女子守一而终的道理?"

土木糊

即如张宅,你每日打搅他,人家把咱当一个朋友儿看承,下个请帖,一盅热茶时辞帖就到,把老张脸上弄的土木糊的,真正把得罪人全不当个什么。(三十七)

【土木糊】 脸上灰塌塌的无光彩,形容很没有脸面,也指神情颓丧。栾注:"土木糊的,豫语谓无情无绪的样子。"近是。现在河南一些地方还说"土木确的",意思一样。这种情况下的"土"读阴平。

土木形骸

若说绍闻把这遗嘱八个字忘了,他也不是土木形骸。只因一向做事不好,猛然自己想起这八个字,心中极为不安;强放过去,硬不去想。(三十二)

谭绍闻道:"世兄视我为何人?我岂土木形骸,不辨个是非么?我今日还要吃世兄的饭,世兄再赐良箴,方征世谊盛情。"(六十三)

【土木形骸】 形骸如同土木。比喻人麻木,缺乏情感。"不是土木形骸",上图本作"不是土木形体"。清赵怀玉《人日》诗:"家为累多添宿债,人因才尽减新诗。草堂任漏春消息,土木形骸浑未知。"

《晋书·嵇康传》:"康早孤,有奇才,远迈不群。身长七尺八寸,美词气,有风仪,而土木形骸,不自藻饰,人以为龙章凤姿,天质自然。"《汉语大词典》释曰:"形体像土木一样自然。比喻人不加修饰的本来面目。"和这里的"土木形骸"意义不同。

土牛木马

大凡败家子弟性情,俱是骄傲的。今日希侨如何不拿出公子性情来?只为嵩淑开口几句令祖,希侨也不是土牛木马,也自觉辱没先世。况在尊辈前,又难以撒野。(二十)

【土牛木马】比喻人麻木,缺乏情感,不辨是非。明史桂芳《与陈汝时书》:"终日醉饱,安逸昏睡,与圈豕何异?抱膺从容,爵位自从,人间事业百不识一,与土牛木马何异?"这个意思也说成"土木形骸"。参见"土木形骸"条。

《关尹子·八筹》:"知物之伪者,不必去物,譬如见土牛木马,虽情存牛马之名,而心忘牛马之实。"《周书·苏绰传》:"若门资之中而得愚瞽,是则土牛木马,形似而用非,不可以涉道也。"《汉语大词典》释曰:"土制的牛,木造的马。比喻徒有其名而无实用。"与此"土牛木马"意义不同。

土条子

盛希侨道:"……到明日我接个好名妓,敬贤弟一敬,黄昏要催妆诗,另日赠缠头诗,也得一首美人诗。看看何如?"把绍闻肩儿一拍:"贤弟,再休要混这土条子,丢了身份。"(二十七)

【土条子】土娼,私娼。条子:旧时特指召唤优伶、妓女的纸条。《清稗类钞·优伶类·像姑》:"客饮于旗亭,召伶侑酒曰叫条子。伶之应召曰赶条子。"清李伯元《官场现形记》第二十四回:"(贾润孙)忽然又笑着问黄胖姑道:'近来有什么好条子没有?'黄胖姑道:'有有有,明天我荐给你。'"清华广生辑《白雪遗音·马头调·养汉老婆》:"俺也曾南北二京都走到,多少的大婊子也曾在俺怀中抱。他的人才比你更好,似你这土条子媳妇,竟敢望爷们来起调!"

推活船

看来绍闻虽是年轻,若王氏有个道理,吆喝上几句,绍闻也就软下去。谁料这王氏推起活船来,几句话把一个谭绍闻真真的撮弄成了一个当家之

主,越扶越醉。(三十二)

【推活船】比喻说话、办事没有原则,随势头变化而左右摇摆。向思模《人生五转三不得》第十五章:"老大、老二你们的文化比我们多,在外面见识也广,不必推活船,该怎么办就怎么办。"还有的地方叫"推活络船"。雪屏《南门脸(下)》:"瓜儿见果儿有点儿挂脸儿,怕闹翻儿了,就赶紧推活络船:'行了,行了,别闲白六大堆了,肚子饿得都叫唤了。'"民国二十五年(1936年)铅印本《重修信阳县志·礼俗志·方言》:"推活轮船,喻圆活无一定方针也。""推活轮船"当即"推活络船"。

退头货

淡如菊道:"这都是敝处打下来的'退头货'。"只这"退头货"三字,盛公子肝花上直攒了一大针,心坎内就轰了一声雷。……程嵩淑道:"世兄不晓,他就是南方打下来的退头货。他本地方好的,不在家享福,便在外做官。惟其为退头货,所以在山东河南,东奔西跑。"(七十九)

【退头货】因质量差而被退回的货物。这里指别人挑拣后余下的不好的东西。

驮轿

酒席中间,绸缎铺的景相公道:"咱号里掌柜邓四爷,新从屋里下河南来,坐了一顶好驮轿。谭爷上京,只要到骡马厂扣几头好骡子,将驮轿坐上,又自在,又好看。"(七)

两顶驮轿,我已置办停当。六头骡子,我亦雇觅妥贴。银子已开发明白,只用二位验验他们的行契。(十)

却说谭绍衣看的王象荩走讫,梅克仁安顿驮轿车辆,俱集江南会馆门口,等候起身。(一百〇四)

【驮轿】一种放置在牲口背上的轿子,用两匹骡子驮起,既可以坐人,又可以装载行李,旧时长途旅行的人常乘坐。《醒世姻缘传》第四回:"晁大舍从此也就收拾行李,油轿帏,做箱架,买驮轿与养娘丫头坐。"由于用骡子承载,所以又叫骡骄。徐珂《清稗类钞·舟车·骡轿》:"骡轿,形如箱,长四尺弱,阔一尺强,高三尺弱,以二长杠架于前后二骡之背。杠上置轿,颇宽大,可坐卧其中,并略载行李。其行较轿车为静稳,而次于人所舁之轿,北数省旅行多用之。"

妥协

今日侄子还去带人收拾粪草,盘锅垒灶,安置床铺。总是要事事妥协,万不叫伯母挂心。(上六十六)

(观察)因趁空问绍闻道:"大侄曾议婚否?"绍闻道:"尚未。"观察道:"我意中已有其人,甚为妥协。"(九十五)

年内,盛希侨已将肄业缘由在祥符县递呈,申详学宪,知会抚台,给咨赴部,俱是旧识钱万里包办,满相公跟随酌给笔资,办理妥协,单等过年。(上九十九)

【妥协】合适,妥当。"事事妥协",栾校本作"事事妥当",义同。清乾隆三十二年刻本《续河南通志·河渠志·河防》:"如能办理妥协,而又能节省,俟事竣之日,分别等第酌与奖励。"《红楼梦》第十七回:"纵拟了出来,不免迂腐古板,反不能使花柳园亭生色,似不妥协,反没意思。"

歪

(一)

连书柜门的锁也扭了,书套书本子,如乱麻一般,也不知少的是那一册。院中花草,没有一株完全的。满院溺迹粪滩,满壁歪诗野画。(二十四)

当槽送上烛来,往墙上一照,题的诗句,新的,旧的,好的,歪的,无非客愁乡思。(四十四)

你只看你家媳妇子,咱日子好时,我像他的婆子;日子歪了些须,便把我不当人待。(八十六)

【歪】不好,质地低劣。清烟霞散人《凤凰池》第八回:"此人略略会做几句不通的歪诗,还有一个姓水名湄的,与他相为首尾,至今不知又在何方假小弟的贱名、假姑爷的尊姓以邀名射利了!"金庸《射雕英雄传》第九回:"完颜洪烈道:'岳飞无法可施,只得把那部兵书贴身藏了,写了四首甚么

《菩萨蛮》《丑奴儿》《贺圣朝》《齐天乐》的歪词。这四首词格律不对,平仄不叶,句子颠三倒四,不知所云。'"

(二)

我所以不想在家里住,他大母眼儿上眼儿下,只像我待两仪有些歪心肠一样,气得我没法儿,我说不出口来。(三十九)

王氏道:"王中,你这话我信。你大爷在世,休说白日做事,就是夜间做个梦儿,发句呓语,也没有一点歪星儿。"(八十二)

【歪】偏斜,不正。引申为品行不好,不正派。《金瓶梅》第五十一回:"不是我背地说,潘五姐一百个不及他。为人心地儿又好,来了咱家恁二三年,要一些歪样儿也没有。"《警世通言·旌阳宫铁树镇妖》:"孽龙!你如今学这等歪,却要放风,我那个听你!"

外局

纵然今日心中有些不耐,这外局儿也俱要笑面相迎。一连四五天,未免山阴道上,也有个小小的应接不暇。(九十四)

到明日十三日,只以孙娃们跟我一桌儿齐吃起来,任你摆海参、燕窝、猩唇、豹胎的席,我挣的,我的儿孙外甥儿吃,我心里自在。但说唱戏,那是外局,我不愿。(一百)

【外局】外边的情况,外边的人或事情。清吴恭亨《对联话·题署一》:"汉喜排外,光绪中世,欧美人来湘者日益多。汉懵于外局,发愤为诗文诋之,贴稿衢市,大吏惧失邻欢,捕系之。"清黄小配《洪秀全演义》第十七回:"彭玉麟因此就托亲朋,荐到这间当店。此时见人言啧啧,又因初在当店,外局少不免要慎些,故此图娶徐氏的事,就暂时按下不提了。"

完

（一）

别人也吃了,都没有隆吉吃的多。完了这个令,又抽一会状元筹,又揭了一阵子酒牌。(十七)

夏鼎进的门来,通作了一个团拜喏儿,献上寿仪,要与王春宇磕头。王春宇那里肯依,谦让半晌,一叩一答,完了来意。(三十七)

后来祥符有人命赌案,在夏鼎家起出牌版,只得按律究拟,私造赌具,遣发极边四千里,就完了夏鼎一生公案。(一百)

【完】结束,了却。《金瓶梅词话》第六十一回:"西门庆因问:'仓廒修理的也将完了?'大舅道:'还得一个月终完。'西门庆道:'工完之时,一定抚按有些奖励。'"清佚名《野叟曝言》第十三回:"到家后,耽搁两日,就要到杭州去接璇姑回来,完却一未了之事。"

（二）

逢若道:"咱走罢。明日打算与他送钱就是。我明日把先父做官撇下的八两人参,到铺子里兑了,这半股子账就完了。贤弟,你这一百四十串,也不值你什么,完他就是。"(二十六)

绍闻道:"你如今同双庆、德喜,先拿一千五百两到轩上,把本银完讫,本到利止,岂不是好?剩下一千五百两,看光景酌夺。"王中道:"一定该完了一宗大债。"(四十八)

众人又商量,趁虎不久上高邮去,再换五十两,大家分用。待虎不久回来,只说小豆腐完了一半,那一半儿央的人说让了,有何不可?(六十)

【完】偿还欠项(多指钱钞)。明陆人龙《型世言》第六回:"上司坐仓官吏员斗级赔偿,可怜王邦兴尽任上所得,赔偿不来。日久不完,上司批行监比,此时身边并无财物,夫妻两个慌做一团,倒是翘儿道:'……不若将奴卖与人家,一来得完钱粮,免父亲监比;二来若有多余,父亲、母亲还可将来盘缠回乡,使女儿死在此处也得瞑目。'"参见"完账"条。

完锁

春宇道:"因为儿女难存,生下这孩子,贱内便叫与他认个干大。本街有个宋裁缝,就认在他跟前。他干大起的名子,叫宋隆吉,到明年十二岁,烧了完锁纸,才归宗哩。"(三)

【完锁】旧时习俗,为怕小孩早夭,认异姓人家夫妇为义父母,并用其姓氏命名;或在神祇、僧道前寄名为弟子,称作"寄姓"或者"寄名"。举行仪式时要用锁形饰物(一般是银锁)挂在项间,以示将命锁住,民间或称之为"挂锁",这种锁有的地方叫"寄名锁",如《红楼梦》第三回"(宝玉)仍旧带着项圈、宝玉、寄名锁、护身符等物",即此。等小孩长到十二周岁,举行一个仪式把锁取下,这就是"完锁"。君山《月夜无声》二十六:"中原习俗:娃娃认干亲,生日、节庆要时常走动,必有仪礼奉献,直至十二岁时完锁。完锁后,孩子就是成人了,从此以后,干儿子每逢年节、生日不再走亲戚,但亲情尚可维持。"参见"寄姓"。

完账

(一)

王经千道:"叫谭爷说,几番找息银,成色、秤头并没有足的。敝伙计不依,谭爷曾说过,完账时并不求让。这是谭爷亲口吩咐过的。"(四十八)

貂鼠皮道:"适才虎不久那话,虽说的有理。但他是看透了这赌账不得三两日完账,他又上高邮去不在家,所以他叫慢慢的要。"(五十九)

我今年三月里,也是欠他们几两银子,为一向礼节往来,杯酒交好,也备了一席参鱼席儿。不过算完了账,交割清白,晌午吃一杯儿,原不萌心叫他们让。(八十四)

【完账】清账,结账。完:结清,清理。本书第四十八回:"绍闻道:'息是不能完的。俗话说,本到利止。余下息银,改日再为凑办,一次楚结。'"清李百川《绿野仙踪》第二十三回:"乔武举道:'这七两零儿,我让了你罢,止用拿出三百七十两来完账。'"参见"完(二)"。

（二）

大凡赌博场中，老子打儿子，妻子骂丈夫，都是要气死的事。开场的人，却是经的多了，只以走开后，便算结局完账，依旧又收拾赌将起来。（五十一）

万望贤弟念老愚无路之人，不惜屈尊。你但一到，自然一传十，十传百，或者轰起来，我再胡吃几年饭死了，把一生完账。（七十四）

【完账】完结，完毕。清曹去晶《姑妄言》第十二回："况是前在老主任上蒙恩赏了那大板来的尚未痊愈，这叫做雪上加霜，两人已毙杖下。那三个抬了回去，捱了几日，也就完账。"也说"了账"。本书第七十二回："依我说，睡下歇歇罢。身上爽快了，拿着那一封书，见太爷再说上几句哄话，就把这宗公干，完其局而了其账。""了帐"与"完账"义同。

晚黑

王氏道："你不过是忧虑日子不行。像我如今也竟每日愁的睡不着，该人家一千多两利息银子，孩子们年轻，晚黑都睡了，我鸡叫时还不曾眨眼儿。谁知道呢？"（四十）

【晚黑】天黑，晚上。上图本作"后晌（晌）"。明何汝宾《兵录·舟慎行泊》："未到晚黑，即当收舟，先登高山四望，虑有贼船先泊，隔山不可不防也。"马志飞《河南传统儿歌·婚嫁类儿歌》："韭菜叶，尖又尖，童养媳，实在难。白日去耕地，晚黑要磨面。"

往后去

你有脸你就出去，你没脸你就住着。往后去，我是再不见你了。（五十三）

【往后去】从今以后，与"往后"同。明罗懋登《三宝太监西洋记》第三十六回："番王大惊失色，说道：'怎么就折了这些？不知往后去，还救转得几百么？'"毛秀荣编《中国民间故事丛书·河南南阳方城卷·胡憨与胡精》："见母亲正在屋里哭哩，胡憨说：'妈，别哭了，往后去咱可要吃好的喝好的了!'"

围碟

　　(谭绍闻)睁眼看时,在自己卧房床前,摆了一张炕桌,四面放着小低椅子四把。桌上八个围碟,中间高烧着一支大销金烛。(三十五)

　　须臾盘簋前陈,惠养民屡谢了盛馔,孔耘轩谦不敢当。席完时,又设了一桌围碟,大家又同入席饮酒。(三十八)

　　张绳祖将谭绍闻让到柯堂东间,现成的一桌围碟十二器,红玉早跟过来伏侍。王紫泥掩着眼也随谭绍闻过来,一同坐下。白兴吾早提酒注儿酌酒,散了箸儿。(四十三)

　　【围碟】盛有下酒的小菜、果品或蜜饯之类的碟子,因在桌上摆成一圈,故名。围:环绕,圈。《儒林外史》第二十九回:"我做太太的人,只该坐在房里,替你装围碟、剥果子,当家料理,那有个坐在厅上的?"清乾隆二十年刻本《汲县志·风土志·俗礼》:"葬之前一夕,亲友皆辞灵。有送围碟者,有送面果者,丧家款以酒食。"

围裙

　　至于行大事时节,桌、椅、春凳、围裙、坐褥、银杯、象箸、茶壶、酒注、碗、碟、盘、匙,你要几百件就是几百件,要几十件就是几十件。(六十二)

　　家中叫厨子办珍错,料理杯盘桌椅及围裙坐垫之类。这其中便有借的,并有赁的,不似当年"取诸官中,便已美备"的光景了。(八十四)

　　到了堂楼院里,中间设一方桌,绒毡铺面,红围裙四面周绕,上面放了红纸糊的一只大斗,中盛五谷,取稼穑惟宝之意。(一百〇八)

　　【围裙】指桌围,专门用来围绕桌案四周的裙状物。明吕坤《新吾吕先生实政录·按察事宜》:"尚或为身家之奉,百事求精,不遂则恣行捶楚,民有因坐褥围裙而卖儿女者。"清顺治刻本《汝阳县志·食货志·经费》:"本县公署围裙、坐褥、案衣,原额银五两,除荒征熟,银二两三钱六分七厘五丝。"参见"桌围"条。

围桌

（一）

  单说满相公心中有搭棚一事，前五日到谭宅。那杉木长杆、苎麻细绳等粗笨物料一齐运到。并带的盛宅照灯、看灯、堂毯、堂帘、搭椅、围桌、古玩、法物，俱是一家不烦二主的。(七十八)

  【围桌】 围有围裙的桌子。《红楼梦》第六十三回："说着，一面摆上酒果。袭人道：'不用围桌，咱们把那张花梨圆炕桌子放在炕上坐，又宽绰，又便宜。'说着，大家果然抬来。"

（二）

  及至请日，碧草轩搭椅围桌，爇炉烹茗，专候二位老父执光降。(七十七)

  【围桌】 用围裙把桌案围起来。本书第九十二回："到阁上，东西两间围裙搭椅，牙箸台盏俱备。""围裙"就是给桌子围上围裙（又称"桌裙""桌披"）。

（三）

  行不半里，见道旁案垂围桌，座铺搭椅，肴核满列，酒醴俱全。旁边站着一个七品补服官，一个穿襕衫的少年诸生。(上一百〇五)

  【围桌】 又称围裙、桌裙、桌围。栾校本作"桌围"。清石玉昆《侠义传》第四回："先将两张桌子并好，然后搭了一张搁在前面桌子上；又把椅子放在后面桌子上，系好了围桌，搭好了椅披；然后设摆香炉、烛台，安放墨、砚、笔、宝剑等物。"

委转

又听说知府衙中,有请的江南名医,叫沈晓舫。谭绍闻与外父孔耘轩商量,费了许多委转,请至家中。(四十七)

【委转】曲折宛转,辗转周折。《三刻拍案惊奇》第十七回:"盘蛇委转绕村飞,紫焰腾腾连地赤。"清许仲元《三异笔谈·豪博》:"夫以名臣子弟,不自检束,喋于刑辟,著之可为炯戒。至茸城诸君子景仰前徽,委转护持,全其后嗣,可入《宋人厚德录》。"

喂眼

咱商量个众擎易举,合街上多斗几吊钱,趁谭宅这桩喜事,唱三天,咱大家喂喂眼,也是好的。(七十八)

【喂眼】让眼睛得到满足,表示只是看着得到点安慰。元郑廷玉《看钱奴冤家债主》第二折:"我数番家分付他,或儿或女,寻一个来与我两口儿喂眼。""喂眼"当作"慰眼"。宋陆游《晦日西窗怀故山》诗:"赖有小山聊慰眼,幽篁丛桂雨霏霏。"元马致远《西华山陈抟高卧》第四折:"白酒樽旁,闲慰眼金钗十二行。"也可以说"慰目"。元舒頔《木槿》诗:"慰目聊娱情,苍松在岩壑。""慰目"与"慰眼"义同。

窝

那一日有个男人拐了一个女人,被他看见了,他本是那一道的人,便知道是拐带,三言两语盘问住,就哄到他家,图卖这注子钱。他家还窝着两个女人,连新来的共是三个。(四十五)

当初因家中贫乏,不得已开赌窝娼,原是自图快乐,也就于赌博之中,取些巧儿,充养家用。(七十四)

绍闻道:"道冠、道袍丢在我家,我明日要告你窝留左道,拐骗银两!"(七十五)

【窝】窝藏,藏匿。明嘉靖刻本《开州志·地理志》:"民屯易治,军屯难治。凡民之讼其军也,有司者将治之,辄匿军屯不出,其甚有窝盗而杀人者。"民国二十一年(1932年)铅印本《重修滑县志·职官志·宦迹》:"诸事秉公,勇于捕盗,闻某处窝贼,身先兵役,直入巢穴捕捉,拿获甚众。"

卧铺/窝铺

幸而本日风微,只烧坏了四五家,那火渐渐减威。常平仓虽在下风,只烧了更夫卧铺一所,裕字号仓房椽头、门扇,已为火焰扑毁,多亏的人众水多,都泼灭讫。(六十五)

【卧铺】即"窝铺",上图本作"窝铺"。临时支搭以避风雨或者休息的棚子、草庵。元无名氏《博望烧屯》第二折:"你与我先点着粮草,后烧着窝铺。"明沈榜《宛署杂记·街道》:"如城外,则西山百余村轮守矿洞,大路数十村轮巡窝铺。"

屋里

(一)

他家屋里女人,都会抹牌,如今老爷断的严紧,无人敢卖这牌,他家还有些旧牌,坏了一张儿,这闺女就用纸壳子照样描了一张。(四)

咱号里掌柜邓四爷,新从屋里下河南来,坐了一顶好驮轿。谭爷上京,只要到骡马厂扣几头好骡子,将驮轿坐上,又自在,又好看。(七)

谭奶奶,你说该不该!且说他屋里女人,本是海来深仇,又公然娶到家中,每日惹气。这女人短见,一条绳儿吊死了。(十三)

【屋里】等于说家里;也指老家、家乡。清同治六年刻本《(乾隆)河南府志·礼俗志·方言》:"家谓之屋。"元萨都剌《过嘉兴》诗:"吴中过客莫思家,江南画船如屋里。"

(二)

这兄弟三个一个闲钱也不妄费,后来渐渐把家业弄破,外人都说他运气不好,惟有紧邻内亲知道是屋里没有道理。(四)

王氏道:"你屋里恭喜了,大相公也喜了,一天生的,真正双喜临门。"(二十七)

【屋里】屋里人,妻子。清同治六年刻本《(乾隆)河南府志·礼俗志·方言》:"妻谓之家里。……亦称屋里。"现在河南南阳、信阳、陕县等地方仍有这样的叫法。这种意思也可以说"家里"。本书第五十七回:"谭绍闻道:'你先行一步,一路走着不好看。'乌龟回头道:'你老人家就来。若是哄我,俺家里就亲来了。'"参见"家里"条。

无论

这周东宿是将来做黄堂的人,明决果断,便立起身道:"我到任日浅,无论品行不能尽知,即面尚有许多未会的。"(五)

这一声传出去,正是好事不出门,恶事行千里,亲戚朋友都是要知道的,无论师长、岳翁见不的,就是盛公子、夏逢若也见不的了。(三十)

因问潜斋政声何如,敝邻居说:"满馆陶境内个个都是念佛的,连孩子、老婆都是说青天老爷。"无论咱知交们有光彩,也是咱合祥符一个大端人。(三十九)

【无论】且不说,不要说。《儒林外史》第四十九回:"无论那马先生不可比做亢龙,只把一个现活着的秀才拿来解圣人的经,这也就可笑之极了。"又写作"勿论",见"勿论"条。

武艺(儿)

这孙海仙说了些江湖本领,不耕而食,不织而衣,邀游海内,艺不压身。谭绍闻心为少动,遂要学那"仙人种瓜""神女摘豆""手巾变鬼""袜带变蛇"的一般武艺儿。(四十四)

谭绍闻道:"也许咱俗家人吃他的饭么?"老教读道:"只要你有个武艺儿。不然者,你就与他挑水,打柴,喂牲口都行的。"(四十四)

谭绍闻解手回来,虎不久加上手段,弄出武艺,手熟眼快,不但满场的人看不出破绽,但凡各色武艺到熟的时候,连自己也莫知其然而然。(五十八)

【武艺(儿)】泛指技艺、手艺。清光绪七年刻本《宜阳县志·风俗·方言》:"习易卜、星象与拳棒皆曰学武艺。"《红楼补梦》第二十六回:"尤氏笑道:'那是姨妈让我呢,我自来斗牌武艺儿就平常,今儿亏得是手气还好,牌也上张,要不然也是要输的。'"民间有句俗语叫"学会武艺儿不压身",即指一般的技艺、手艺。

勿论

这五人说了一阵闲话,晴霞到了。见有客,磕下头去。绍闻是从没经见的,勿论说话,连气儿也出不上来。(十七)

若论夏逢若耗了父亲宦囊,也受了许多艰窘,遭了多少羞辱。今日陡然有这注肥钱,勿论得之义与不义,也该生发个正经营运。(五十三)

这父子名次,勿论城里轰传,连四乡也都究原探本,讲起谭孝移当日学问品行来了。(九十三)

【勿论】同"无论",不要说,且不说。明谢肇淛《五杂俎·人部四》:"今之人视三代当多十数倍,故游食者众。姑勿论其它,如京师阉竖、宫女、娼伎、僧道,合之已不啻十万人矣。"参见"无论"条。

物色

又有诗警少年幼学,不可物色少艾,品评娇娃,恐开浮薄之渐,惹出祸来。(四十八)

阎楷于众役之中,留心物色,只单单少王象荩一人。暗问双庆,方知王象荩病目欲瞽,在后院一个小房避明哩。(六十三)

先时点名时,道台已默默看了自己弟侄,心中有一二分尚可少慰意思。到了此时,正要细细物色,就中说几句话。(九十)

【物色】品察,相看。宋无名氏《李师师外传》:"帝于灯下凝睇物色之,幽姿逸韵,闪烁惊眸。"清刘鹗《老残游记》第十九回:"许亮又告诉老残:'探听切实,吴二浪子现在省城。'老残说:'然则我们进省罢。你先找个眼线,好物色他去。'"例中"物色"义同。

雾

单说碧草轩一起针工,把书案排开,铺上毡条,展开绸缎,雾了润水,排开熨斗,量了长短,动了剪刀,须臾裁成件子。(二十三)

【雾】用口喷出雾状的细水珠,使物体表面湿润。现在河南有些地方还这么说。

喜了

王氏道:"你屋里恭喜了,大相公也喜了,一天生的,真正双喜临门。"(二十七)

王氏掀开棍子软帘一看,笑道:"王中喜了,好!好!"王象荩道:"小的得了晚生子,与奶奶送喜蛋并合家的喜面。"(九十九)

【喜了】"恭喜了"的简称,特指家里有了添丁之喜。王国谦主编《禹州文史第18辑·禹州方言例释》:"喜了:生孩子了。"参见"恭喜""看喜"条。

喜丧

他们情愿唱几天闹丧戏,助府上这个喜丧。诸事不用你管。若说戏钱,是把他们当梨园看成,他们就恼了。(上六十二)

盛希侨道:"你的殡事且靠后些,办了一宗再办一宗。听说你还叫我帮帮,过了这事,我自有酌度。这老人家归天,真正是喜丧,丧戏一台,是不能少的。"(七十七)

【喜丧】民间称高寿者去世的丧事为"喜丧"。清梁绍壬《两般秋雨盦随笔·阴寿》:"阴寿者,生忌也。阴而系之以寿,寿而冠之以阴,奇文也。人以喜丧为对,工切无比。"自注:"杭人以福寿备而死者,俗呼喜丧。"清同治三年刻本《云和县志·风俗志》:"其老寿考终者,谓之喜丧。吊客以酒食为先。"

细狗

只见一个公子,年纪不上二十岁,人物丰满明净,骑着一匹骏马,鞍辔新鲜。跟着三四个人,俱骑着马;两三个步走的,驾着两只鹰,牵着两只细狗。满街尘土,一轰出东门去。(十五)

酒酣之后,说的无非是绸缎花样,骡马口齿,谁的鹌鹑能咬几定,谁的细狗能以护鹰,谁的戏是打里火、打外火……说的津津有味。(二十一)

【细狗】帮助打猎的狗。宋陆佃《埤雅·释兽·狗》:"凡犬,长喙上,短喙次之。传曰:'狡兔死,良犬烹。'良犬即今细狗,长喙曰獫者是,所谓不以善吠为良也。"清乾隆二十七年刻本《扶沟县志·物产志·兽》:"犬,有田犬、守犬二种。俗谓田犬为细狗。"田犬,即田猎之犬。

细密

耘轩道:"怪道,我说你平日也甚爽直,昨日忽而半吞不吐,原是如此细密珍重。如今将茶吃完,即便同往。"(二)

你可知道,他们男人家极肯花钱,咱们女人家,到底有些细密,凑到一搭儿里,好还人家账,省的到他们弟兄们手里,零星去了。(四十)

一日叫梅克仁到书房说话——原来梅克仁是谭府上家生子,其人细密妥当,极能办事,谭道台倚为心腹。(八十八)

【细密】细致周密,细心缜密。《朱子语类·论语·富与贵章》:"'君子去仁',便是不成个君子。看圣人说得来似疏,下面便说到细密处。须是先说个粗,后面方到细处。若不是就粗处用工,便要恁地细密,也不得。"清佚名《续侠义传》第五回:"因公孙策办事细密,当晚便将署内羊、杜二公祠的道士与老君庙的老道对调。"

瞎搭

若不是我生的好儿子,依我擘画,他在外,儿子在家乱嫖乱赌,把他的苦瞎搭了,还气出病来。(一百)

【瞎搭】百搭,白赔进去。周勃川《并非多嘴·不当"贵宾"》:"谁让您图那份虚荣呢？俗话说：'要想人前显贵，就得人后受罪。'除了有这份瘾的人之外，一般地说，瞎搭了工夫，您得自己找补回来；损失了钱财，您只好自认倒霉。"刘庆邦《班中餐》："连什么好吃的都说不清，真是瞎搭了你老婆的一片心意。"

下酒

须臾傍午，只见德喜儿抹桌排碟，大家掩了书本。谭孝移执杯下酒，彼此让坐。（二）

（周东宿）又吩咐自己家人下酒，不用门斗伺候。（四）

把杏娃儿、天生官、金铃儿，再拣几个好脸儿旦脚，叫他掺在内，就是唱不惯有牌名的昆腔调，把他扮作丫头脚色，到筵前捧茶下酒，他们自是熟的。（九十五）

【下酒】斟酒，倒酒。晋干宝《搜神记》卷一："（玉女）又呼侍御下酒，饮啖，发簏，取织成裙衫两副遗超。"《金瓶梅》第四十二回："春梅、玉箫、迎春、兰香，都是齐整妆束，席上捧茶斟酒。""捧茶斟酒"与"捧茶下酒"义同。

下落

我说不如寻一个正经人家——就像奶奶这样主子，卖了去，他大又得银子，这孩子也得一个好下落，也是俺做媒婆的一点阴功。（十三）

【下落】结局，归宿。清古吴娥川主人《炎凉岸》第二回："我想衙门中人，自古迄今，兴废不常。万一日后有些破败，教甥女终身如何下落？此事亦不可不虑。"清魏秀仁《花月痕》第三十回："倘认真办起来，士规是要问罪，宝书还不晓得怎样下落呢？"

先

（一）

管贻安又指着绍闻向王紫泥问道："这位是谁？先在你家见过，只顾咬

鹌鹑,没有问。"(三十四)

谭绍闻道:"粘竿呢? 你把先剩下那半个烧鸡子,与了这老头子罢。再给他几个饽饽,哄的他走了就罢。"(六十四)

满相公上的厅阶,口中"恭喜!恭喜!"说:"先忙着哩,没得作揖。"到了绍闻面前作揖坐下。(七十七)

【先】时间副词,先前,早先。指某个时候以前。元佚名《两军师隔江斗智》第三折:"〔梅香云〕小姐! 梅香先看了来。他摆设的花一攒、锦一簇,好大大的筵席也!"《醒世姻缘传》第八十八回:"这吕祥先在京师,凡是替狄希陈买办东西,狠命克落。"

(二)

那戏子也道:"我先看见他那鹌鹑是支不住了,他只管叫咬。你没见那鹌鹑早已脚软,一定要见输赢高低,弄的不好看。"(上三十二)

那人拿过行李,拴在扁担头挑将起来,一同起身西行。先还相离不远,次则渐渐看不见,喊着不应。(四十四)

孔耘轩道:"先我想说一宗旧事儿,我怕对着小婿不敢说。"(六十二)

【先】原先,起先。指事物的开初阶段。"我先看见",栾校本作"我起先看见",意思一样。清李宝嘉《官场现形记》第七回:"主人签过字,便让众人同到仇五科相好家吃酒去。陶子尧先还不肯,后来被刘瞻光、魏翩仞一边一个拉了就走。"现在偃师、巩义等地方多说"先些"。

(三)

即如当下珍珠串,他先眼里没有他,总弄的不象团场儿。(五十六)

冯健道:"绣云班如何肯给咱唱哩。那是走各大衙门的,非海参河鲂席不吃。咱萧墙街先管不起一顿饭。"(七十八)

王象荩道:"银子易昧,心难欺。你要是昧心人,今日这话,我就不说。要之,今日你先就不来了。"(九十八)

【先】首先。表示情状处于第一位。《醒世姻缘传》第四十二回:"那徒弟们没有个长进的人,我先不怕他德来感动,又不怕他势来感挟,我理他们则甚!"清朱轼《史传三编·名儒传六》:"祖谦之学,以关洛为宗而旁稽载籍,不见涯涘,尝言道理无穷,学者先不得有自足意。"

闲散

(一)

彼此称谢已毕,孝移道:"前日相订,惟恐大兄公出。"耘轩道:"前见孝老出言郑重,必非闲散事体,焉敢负约。"(二)

程嵩淑道:"娄老,你先说古人樽酒论文,原是佳事,但座间夹上一个俗物蠢货,倒不如说闲散话儿。"(三十九)

邓三变见话已透过八分机关,又些须说几句闲散话头,告辞而去。(五十二)

【闲散】无关紧要的,不重要的。元杨文奎《翠红乡儿女两团圆》第三折:"我急慌里着些闲散话儿遮。"清陈廷焯《白雨斋词话》卷二:"葛长庚词,一片热肠,不作闲散语,转见其高。"

(二)

谭绍闻住在海口集市——约有五百户人家——一个定海寺内。携定四五个家人,六名卫役。看是闲散位置,却是海汛之意,以便藩司衙门音信。(一百○四)

【闲散】职事清闲,公务不繁忙冗杂。唐元结《漫酬贾沔州》诗:"天子许安亲,官又得闲散。"元马致远《西华山陈抟高卧》第三折:"先生若肯做官,寡人与先生选一个闲散衙门,除一个清要的官职。"

(三)

少顷席毕。吃完茶,院中闲散了一会。每桌又是十二个酒碟,安排吃酒。依旧照坐。(十四)

那人道:"我今日是回拜先祖一个门生,不料到店时。他起程走了。咱同到我家闲散一天去。"绍闻道:"我有紧事,不能去。"(三十三)

程公笑道："四位少年,我眼花,也认不清,还得寻个方便地方,闲散闲散。我们这些老头儿,说话不甚合时宜,诸位虽外饰礼貌以敬之,其实颇有针毡之感。"(九十八)

【闲散】谓消闲散心。清荻岸散人《平山冷燕》第七回:"闻知闵子庙不远,遂步入庙中来闲散。""散"有消闲散心的意思。本书第九回:"内边捧出点茶,主客举匙对饮。柏公道:'虚诓台驾。料老先生也未免客居岑寂,请到这边散一散儿。'"

贤坦

耘翁贤坦,乃谭孝廉公子,即老先生所称丹徒公之后裔也。青年聪慧非凡。只因失怙太早,未免为匪类所诱,年来做事不当,弟辈深以为忧。(五十五)

孔耘轩道:"依老哥说该怎的?"程嵩淑道:"你们系翁婿,不便多言。今日不是贤坦得意的事体,做泰山的,只可恭默而已。"(八十三)

抚台心中大喜,笑道:"看哥哥作戏,与甥女择此贤坦何如?哥哥还要吃媒红酒哩。"(一百〇八)

【贤坦】对别人的女婿的敬称。坦:东坦,女婿。宋丁谓《丁晋公谈录》:"晋公尝谓:'窦二侍郎,今之师旷也。'晋公即参政之东坦也。"清安阳酒民《情梦柝》第十七回:"那沈长卿,正在家料理若素嫁资,忽报录的打进来。急问时,门上贴着:'捷报贵府贤坦吴爷讳无欲会试高中第八名。'"民国二十三年(1934年)石印本《偃师县风土志略·岁时民俗》:"凡女之戚族有欲请其婿者,先送一帖曰:'新正初二日,洁治春茗,候命贤坦光临。'"

嫌择

希侨道:"莫非嫌择我么?他是孝廉公之子,又新进了学,自然要高抬身分。依我说,先祖做过方面大僚,也不甚玷辱他。"(十五)

总之,此辈屠沽,也没歹意,不过是纵饮咴以联交好意思。绍闻初心,也还有嫌择之意,及到酒酣,也就倾心下交起来。(三十三)

【嫌择】厌恶而不欲交往,嫌弃。栾星注:"犹如说嫌弃。"是。择:有捐弃、弃除的意思。《墨子·经说上》:"取此择彼,问故观宜。""取""择"反对成文。宋张君房《云笈七签·淮南王八公》："吾等虽鄙,不合所求,故远致身,欲一见王;就令无益,亦不作损,云何限之,逆见嫌择?""见嫌择"就是被嫌弃。今洛阳等地还用"嫌择"表示嫌弃的意思。

显人情

绍闻道:"……这十五日备席,请他们来还账。月数也多了,利息也重了,我心里想着求他们让百几十两。央大哥到十五日陪他们一陪,帮我几句话儿,显个人情。不知大哥此日得闲不得闲?"盛希侨道:"……你说叫他们显个人情,这个客商们没天理,那有人情?即有人情,我们也不承他们的。"(八十四)

【显人情】表示一下情分,做人情。这里指为照顾情面债主而在最后算账时作出一定的让步。2013年10月17日《检察日报》载肖凤珍、何燃《公款一"借"就还不上了》:"初尝甜头的李某某渐渐得意忘形,频频和生意伙伴进出高档酒店和娱乐场所,为了摆阔、显人情,他常常埋单请客。"

现下

说是他的某一座房子该拆,某一道门口该改,他不能另起炉灶,就央镇宅。小人就叫他买黄纸,称朱砂,与他画了些符,现下就得他的重谢。(九十一)

【现下】当下,现在。上图本作"现在",意思相同。清郭则沄《红楼真梦》第三回:"现下我只一个人,叔叔不在京,婶娘更管我不着,那里不好住呢?"清佚名《善恶图全传》第一回:"(旗牌官)说道:'现下天色已晚,军门大人已回内宅,不便禀报。且到宾馆安歇一宵,明早大人升堂时,再请公子相见罢。'"

乡瓜子

心中又想着盛宅,便出来叫王中,低声道:"这是那里一个乡瓜子,起来欠去的,厌恶人。并不像个财主腔儿,难说他会有银子么?"(四十八)

【乡瓜子】对没见过大世面的乡下人的蔑称。瓜子:愚昧无知之人。清黎士宏《仁恕堂笔记》："(甘州人谓)不慧之子曰瓜子，殊不解所谓。后读《唐书》，贺知章有子，请名于上，上曰：'可名为孚。'知章久乃悟上谑之曰以不慧，故破'孚'字为瓜子也。则是瓜子之呼，自唐以前即已有之。"《醒世姻缘传》第八十五回："狄周干不的，他知道吏部门是朝那些开的？管了这几年当，越发成了个乡瓜子了。"句中"乡瓜子"义同。

相尸

谁知天网恢恢，疏而不漏。恰恰遇见乡保撞见，拿住禀了那县里老爷。老爷相尸，轰的人山人海来看。(上四十四)

【相尸(xiāng—)】察验尸首。相：验看。《醒世恒言·闹樊楼多情周胜仙》："开封府包大尹看了解状，也理会不下，权将范二郎送狱司监候，一面相尸，一面下文书行使臣房审实。"清和邦额《夜谭随录·邓县尹》："衡水某村，有妇人与豪右私通而谋杀本夫者，为尸侄所首，奸夫以多金略件作行人，俾其祖己。相尸无伤，官不能理，转斥其告诬妄，痛惩之。"栾校本作"验尸"。

相外

邓三变道："今日老爷与舍表侄，乃是以父母而兼师长，若聊收数色，还似有相外之意，舍表侄必不敢造次仰附。"(五十二)

【相外】不作自己人看待，见外。宋苏辙《龙川略志·与王介甫论青苗盐法铸钱利害》："介甫曰：'君言甚长，当徐议而行之。此后有异论，幸相告，勿相外也。'自此逾月不言青苗法。"《醒世姻缘传》第八十一回："既是童奶奶吩咐，俺们不敢相外，扰三钟。"

相应

薛婆道："一发是该买的。你老人家没个姑娘，夜头早晚，也得个人说句话儿。况且价儿不多，他大如今正急着，是很相应的。"(十三)

【相应】相宜，合适。常指价钱划算，便宜。《西游记》第三十三回："行者心中暗喜道：'葫芦换葫芦，余外贴净瓶，一件换两件，其实甚相应！'"《初刻拍案惊奇》卷十一：" 他就要买我白绢，我见价钱相应，即时卖了。" 南阳地区地方史志编纂委员会编《南阳地区志·方言·词汇》："相应，相当。引申为便宜。南阳方言称占便宜为'占相应儿'。"

相与

（一）

如今孝已换了，该把娄爷、孔爷、程爷、张爷、苏爷们请来坐坐，吃顿便饭。一来是爷在世相与的好友，二来这些爷们你来我去，轮替着来咱家照察，全不是那一等人在人情在的朋友。（十四）

他山、陕、江、浙，难说没有个姑表弟兄、姐夫、妹丈，难说没有个南村北院东邻西舍，一定要拣咱河南人，且一定要寻咱祥符县的人，才相与如意么？（三十六）

咱不是张家没星秤，钻头觅缝，好相与官府，咱不去学那个腔儿。（九十六）

【相与】本指相处。《史记·淮阴侯列传》："此二人相与，天下至欢也，然而卒相禽者，何也？患生于多欲而人心难测也。" 引申为交往、结交。《红楼梦》第八十回："当日有你爷爷在时，希冀上我们的富贵，赶着相与的。"

（二）

我若不为家中有客，前日殡老伯时，我岂能不来任个职事，要咱这相与做啥哩？（六十四）

这几日，咱两个只用知会赌友，约定十五日开张。本街地方、团长，以及各衙人役，都许他一个口愿，他们也自然不说闲话。咱只轰的一贺馆，就成了相与，还怕啥呢？（六十四）

像我姑夫在日，与娄、孔、程、张、苏诸老先生，活着是好相与，死了还不变心，他们何尝结拜过？（一百）

【相与】指所结交的朋友，经常有往来的人。宋罗烨《醉翁谈录·崔木因妓得家室》："每遇相与，游于市中之时，崔木独慷慨特达，用钱如泥沙。"

清文康《儿女英雄传》第十五回:"作个相与,你道如何?"例中"相与"意义用法全同。

箱

内中有个老旦,一个副净,原在咱班上唱过戏,说山东这戏今要连箱卖,这两个人从中串通,就连人带箱买过来。(七十七)

昆腔不过是箱只要好,要新,光景雅致些,不肉麻死人就够了。(七十八)

大老爷们在京中,会同年,会同乡,吃寿酒,贺新任,那好戏也不知道看了多少。这些戏,箱穷人少,如何伺候得过?(九十五)

【箱】"戏箱"的简称。本是戏班上用来盛服装道具的箱笼,例如本书第二十二回:"连脸子、鬼皮、头盔、把子,打了八个箱、四个筒,运到家里。"借指行头。"箱只要好,要新",实际上是说"行头只要好,要新"。李準《黄河东流去》第三章:"她咬着嘴唇跺了一下脚说:'嘿!你看我该死不该死!……那您们演的到底是啥戏呀?连个箱也没有,也不到戏台上去唱。'"现在河南不少地方仍把演戏的服装道具叫"戏箱"或"箱"。

响器

若是像俺这女僧,虽然是四家祖师,却合的很好,全没有一点言岔语刺。只是虔心念经,叫老山主免受十帝阎君的苦;保人家儿女兴旺,钱财足用。就如打平安醮一般,俱是小响器儿,全不聒人。(六十三)

【响器】婚丧嫁娶红白喜事时所用乐器的统称,以唢呐为主,另外还有笙、笛等其他管乐和锣、钹、鼓之类的打击乐。《金瓶梅》第六十五回:"原来坐营张团练,带领二百名军,同刘、薛二内相,又早在坟前高阜处搭帐房,吹响器,打铜锣铜鼓,迎接殡到。"张一弓《张铁匠的罗曼史》十二:"我说银锁,把铁拴他娘接回来吧,咱张庄有现成的响器班。"现在河南话中"响器"多指响器班,也指响器班里的人。

响戏

逢若道:"那唱旦的,小名叫做黑妮。前几年也唱过响戏,如今不值钱了。"(二十一)

【响戏】引起轰动或远近闻名的戏。响:指广有影响,声名远扬。于兆福、李文建编撰《尉氏故事汇·三柳村的传说》:"三柳村一代一代的共产党人,却在这块'响地'上,带领广大群众唱了一场又一场响戏,使三柳村一直走在先进村的行列。"

想头

(一)

但夏逢若生的聪明,言词便捷,想头奇巧。专一在大门楼里边,箭门里边,串通走动。(十八)

若要办这事,除非是那一等下流人,极有想头,极有口才,极有胆量,却没廉耻,才肯做这事。(五十一)

【想头】指主意、办法。《警世通言·杜十娘怒沉百宝箱》:"李公子一连奔走了三日,分毫无获,又不敢回决十娘,权且含糊答应。到第四日,又没想头,就羞回院中。"清李百川《绿野仙踪》第七十一回:"说到拔了半边胡子处,连城璧哈哈大笑道:'你处置的甚好!我没你这想头,惟有立行打死而已!'"

(二)

这话正说着孝移心思,为王氏一生未有的正经想头。(十二)

王氏方想起夫君在世,看见这女娃儿便一眼看真,拿定主意要与孔耘轩结姻,真正眼色高强,心中好不悦服。争乃今日停柩客厅,不能见了,喜极而悲,背地也掉下几点伤心泪。这也算王氏一生的明白想头。(二十九)

谭绍闻心中忽然翻起一个想头,说道:"你再找我七两,共凑成五百两。

说三天送来,也不能到五天送来罢。"(四十三)

【想头】念头,想法。明胡震亨《唐音癸签·评汇七》:"杜甫有句云:'诗尽人间兴,兼须入海求。'非深于搜索者无此想头。李克恭《吊孟郊》诗'海底也应搜得尽',正祖此意。"《红楼梦》第八十八回:"你今儿来意,是怎么个想头儿,你倒是实说。"

(三)

张绳祖见夏逢若阻挠,料这事再没想头,只说了三个字:"狗肏的!"起身就走。(七十四)

幸只幸这颗瓜子儿,虽说虫蛀了皮壳,那芝麻大的小芽儿不曾伤坏,将来种在土里,拖蔓开花,还有个绵绵的想头。(八十七)

【想头】希望,盼头。《今古奇观·沈小霞相会出师表》:"沈小霞分付闻氏道:'耐心坐坐,若转得快时,便是没想头了;他若好意留款,必然有些赍发。'"清苏同《无耻奴》第九回:"江念祖一连骗了她几回,晓得陈彩林的一生积蓄,已被自己骗去了十分之九,以后没有什么想头,便把陈彩林当作个赘瘤一样,惹厌起来。"

想望

也是谭绍闻命不该绝,口中微有哼声,邓祥道:"罢罢罢,有了想望了。作速去姚先生药铺,取点吹鼻散来。"(五十九)

张正心:"道事如可行,何在今日交约?"谭绍闻道:"原属情急,想望寸纸作准。"(上六十七)

令尊脸儿吃的大胖,那些平日油气、村气一丝一毫儿也没有了,读的满肚子是书,下科定然大有想望。(上一百〇一)

【想望】希望,指望。作动词,也用作名词。"定然大有想望",栾校本作"定然有望";"想望寸纸作准",栾校本作"望寸纸作准",表意相当。清李百川《绿野仙踪》第四十三回:"我今与你相商,趁他到咱们这地方,我那凑一分厚礼,与他送去;再拿个手本,向他门上人细说原委,或者有点想望也未可知。"

向来

况且本自独宠专房,因此诸事俱不小心。忽一日看见杏花儿腰肢粗上加粗,不像向来殷勤。(六十七)

绍闻道:"田地典卖的少了。向来好过时,全不算到米面上,如今没了地,才知米面是地上出的。傻死我了,说什么?"(八十一)

争乃前令刻薄贪渔,向来得罪于一县之士民胥吏。这书办们,或是面禀,说某项欺瞒多少;或是账稿,开某项折损若干。(一百〇六)

【向来】以前,过去。宋杨万里《晚过常州》:"人民城郭依然是,只有向来须鬓非。"清纪昀《阅微草堂笔记·槐西杂志四》:"我向来封为王,有血食之奉,故威福得行。"例中"向来"用法相同。

相法

那张书办是个精细人,见茅拔茹睁眉瞪眼,不是个好像法,便说道:"少吃一杯罢,来时祝师爷叫早些回去哩!"(上四十一)

(胡其所)因向绍闻道:"你这个盛价,论相法,是个很使得的人,你要重用他。"(六十一)

【相法(xiàng—)】又写作"像法"。原指观察相貌体态来占卜吉凶祸福的方法。汉王符《潜夫论·相列》:"人之相法,或在面部,或在手足,或在行步,或在声响。"这里指面相,即相面人所谓的人的面部长相所显示的吉凶福祸或性情特征。元陈桱《通鉴续编》卷十二:"辽主望之不似人君,臣谨画其容以进。若以相法言之,亡在旦夕,幸速进兵,兼弱攻昧,此其时也。"明严衍《资治通鉴补·晋纪·安皇帝》:"太史令黄泓善相,谓德曰:'殿下相法,当先为人臣,然后为人君。'"

相公

（一）

（梅克仁）因向端福儿道;"这是相公吗?"孝移道:"是。"梅克仁便向前抱将起来,说道:"与南边大爷跟前小相公,像是一般岁数。"孝移道:"你大爷多少岁数?"克仁道:"今年整三十岁。相公八岁,今年才上学读书哩。"（一）

孝移回家去,潜斋问耘轩道:"耘老几位姑娘、相公?"耘轩道:"你岂不知,一个小儿四岁,一个小女今年十一岁了。"（四）

王氏便问道:"这是三太太么?"厨妪道:"是。"王氏又道:"这怀内是小相公么?"厨妪道:"是。"王氏因问:"你哩?"厨妪道:"小媳妇是那边爨妇,跟来伺候相公哩。"（六十七）

【相公】本指宰相,如《文选·王粲〈从军诗〉之一》:"相公征关右,赫怒震天威。"李善注:"曹操为丞相,故曰相公也。"后来用以泛称官吏。宋元以后对一般读书人也尊称相公,再后来成为对男士的敬称。在此基础上,又引申为对别人家男孩儿的称呼,以示敬重。清嘉庆二十二年刻本《密县志·风土志·方言》:"称人卑幼曰'相公'。"民国二十七年（1938年）《西华县续志·民政志·方言》:"相公,又为对于卑幼之普通敬称。"

（二）

上号吏道:"你怎的是上边人口语?"阎楷道:"我是那里账房里相公。"上号吏听说是保举文书,早知道谭宅是个财主,来的又是管账的相公,觉着很有些滋味儿。（五）

原来里面有三个人掷色子哩。两个是本街少年学生,一个叫柴守篴,一个叫阎慎,一个是布店小相公,名叫窦又桂,都是背着父兄来寻赌。（五十）

盛希侨道:"满相公叫他骂的如今要辞账房。说他吃一家饭,如何偏兄陷弟,平日弄鬼开销假账,如今我独留他,正是通同一气。他如今定要打这没良心的门客。"（七十）

【相公】旧时对账房先生和商号伙计的尊称。旧时称读书人为相公,账房先生一般都是读过书的人,故也尊称相公。旧时河南有些地方也称店铺里的学徒为相公,在店铺里当学徒叫"学相公"或者"熬相公"。民国二十二年(1933年)《续安阳县志·社会志·方言》:"学徒:相公。"民国二十七年(1938年)《西华县续志·民政志·方言》:"商店之学徒曰相公。"王老九《王保京》诗:"小时候,家里穷,粟店里边当相公。挨打受气苦情重,好比小鸟入了笼。"

像如/象如

绍闻笑道:"岂有怕小价之理。"希侨道:"正是哩。像如舍下,有七八家子小子,内边丫头嬲妇也有十来口。我如在外一更二更不回来,再没一个人敢睡。"(十七)

象如孝移公老哥,第二个孙子,比小儿只小三四个月,岂不是他为人正直,忠厚之报。(七十七)

我还是能守的人,后世必有能刷印的人。像如张绳祖,我听说他把老人家的印板都叫赌博人土娼们齐破的烧火筛了酒;又如管贻安家,红卷板叫家人偷把字儿刮了,做成泥屐板儿。(上九十四)

【像如】又作"象如"。举例子时的用语,等于说"就像""就拿……来说"。"象如孝移公",上图本作"像如孝移公",义同。

消散

王氏道:"你往那里去?"谭绍闻道:"连阴久了,心内闷极,我去街上不拘谁家坐坐,消散消散。"王氏道:"我也愁你独自一个闷的慌,你就去走走。雨衣在楼顶棚上挂着哩,冰梅你去取下来。"(五十七)

【消散】消解,排遣。"散"有排遣的意思,元尹志平《江城子·别樊山先天观道友》词:"先天欲别意沉吟,就清阴,散幽襟。"明郭勋辑《雍熙乐府·点绛唇·亚圣乐道》:"你看万里风头鹤背高,将闲忧愁消散了,利名场上,再不去染污着。"参见"散"条。

小虫儿

夏逢若道:"这连我才够四家儿,还赌不热闹。况我与谭贤弟,烧香拨火的,也难过注马。怎的再生法一把手才好。只是雨太大,料这些小虫儿,都各上的宿笼。却该怎的?"(五十八)

【小虫儿】麻雀。清嘉庆十五年刻本《渑池县志·礼俗志·方言》:"雀曰小虫,亦曰喜虫。"清道光二十年刻本《修武县志·舆地志·物产》:"雀,一名檐雀,俗呼麻雀,土呼小虫。"

小家寒气

王氏道:"我若知道,再不叫你们干这小家寒气的营生。人家请你,是一个主家,你两个伙备一桌请人家,人家不笑话么?到底要自己备个席面,改日请人家一请。人家做过官,难说咱家没做过官么?"(十九)

【小家寒气】犹言小家子气,指处事不大方,小气寒酸。寒气:似当作"寒乞"。《宋书·明恭王皇后传》:"上尝宫内大集,而嬴妇人观之,以为欢笑。后以扇障面,独无所言。帝怒曰:'外舍家寒乞,今共为笑乐,何独不视?'"明瞿佑《归田诗话·竹雪斋》:"曳履先生太寒乞,煮茶学士真儒酸。""寒乞",《汉语大词典》释作"小家子气,不大方;寒酸",是。

小量

姚荣气忿忿的坐下。说道:"您适才可见了,我奉承他,倒奉承的不是了,满口将爷,就惹下他。他休要把人太小量了。三尖瓦绊倒人,我若不把他告下,把我姚荣名子颠倒过来!"(五十八)

【小量】过低估计了他人的能力、胆识等。量:估量,估计。元刘唐卿《降桑椹蔡顺奉母》第一折:"你意思道他两个是愚鲁之人,不知文义,小量俺两个。不是俺骗你那驴嘴,我把那五言诗八韵赋,长篇短文,我作了勿知其数!"清佚名《施公案》第三百八十七回:"若不将他请进来,显没了俺们江湖上义气,而且要被他小量了俺们。"

小敲打

夏鼎道:"还有一处大乡宦宅子,此时主人不在家。等回来时,只用俺二位举荐,大大做一番:办铜的办铜,买铅的买铅,贩钱的贩钱,那时才大发财源哩。如今不过小敲打儿,够谭贤弟每天买青菜就罢。"(七十六)

【小敲打】犹言小打小闹,小范围、小规模地做。王国谦主编《禹州文史第18辑·禹州方言例释》:"小敲打儿:小规模、凑合的。"登封县文史委员会编《登封文史资料第3辑·我对创办"崔岗果树园艺"的回忆》:"稍停一会他又说:'要是小敲打,我也给拨三亩地;要想大干就得再想办法。'"

小样

这门斗听说"极好"二字,早已把奎楼匾抬在明伦堂……遂即就请二位老爷商量。周东宿看见匾,便说道:"却不小样。"(四)

【小样】格局小,不大气。元武汉臣《老生儿》第三折:"这厮祭祖先呵,可怎生无些儿大量,则这个便上坟的小样。"《今古奇观·蒋兴哥重会珍珠衫》:"便说做不成时,这金银你只管受用,终不然我又来取讨,日后再没相会的时节了。我陈商不是恁般小样的人。"

小殷勤儿

我昨夜又与你打算下厨房火头,一个叫张家二粘竿儿,一个叫秦小鹰儿……都在城隍庙后住,央我给他寻投向。这两个很会小殷勤儿,不像白鸽嘴他们,油嘴滑舌的恁样胆大。(六十四)

【小殷勤儿】热情勤快,会讨好人;巴结讨好人的行为。《金瓶梅》第十三回:"他要了人家汉子,又来献小殷勤儿,见我老娘眼里是放不下沙子的人,肯叫你在我跟前弄了鬼儿去。"清李百川《绿野仙踪》第八十五回:"再说蕙娘自到周家月余,于冷氏前百般承顺,献小殷勤。放着许多丫环仆妇,他偏要递茶送水,不隔三五天便与公婆送针指。"现在洛阳等地还有这种说法。

小字汇儿

却说谭绍闻辞了众赌友,出的张宅门,此时方寸之中,把昨夕醉后欢字、悦字、恰字,都赶到爪洼国去了;却把那悔字领了头,领的愧字、恼字、恨字、慌字、怕字、怖字、愁字、闷字、怨字、急字,凑成半部小字汇儿。(四十四)

【小字汇儿】《字汇》为明代梅膺祚编撰的字典,收录三万三千多字,是《康熙字典》之前收字最多的字典。"凑成半部小字汇儿",等于说各种各样不好的字眼儿聚拢一起,竟如半部小《字汇》那样收录得多。比喻各种各样负面的情绪、念头一下子齐上心头,十分焦虑。

小作

本县在布政司衙门库中,领了好几千银子。出票子叫衙役在人家坟上号树,窑上号砖瓦,田地上号麻绳、号牛车。催木匠、泥水匠、土工小作,也出的有票子。(八十一)

【小作】在作坊或者工地做小工的人。作:指手工艺人。宋灌圃耐得翁《都城纪胜·诸行》:"其他工伎之人,或名为作,如篦刃作、腰带作、金银镀作、钑作是也。"一般泥瓦木工工匠称大作,帮工的称之为小作。清夏敬渠《野叟曝言》第六回:"匠人道:'尽够了。怪不的官府肯照顾你,原来是出了这样好心!'忙忙的搬砖泡灰,泥砌起来,就叫大郎帮作小作。"清如莲居士编《薛仁贵征东》第十七回:"茂生道:'兄弟,离此三十里柳家庄柳员外造一所大房子,缺少几名小作。你可肯去做?'"

些

(一)

春宇笑道:"谭姐夫不是我,单听你的调遣。"曹氏道:"你不说罢,你肯听我的话些,管情早已好了。"(三)

王氏也笑了。又问道:"隆吉病好了?"春宇道:"好些,还不壮实。"王氏

道:"他不病些,一定也要叫去的。"(八)

逢若低声笑道:"皮匠那件事,我知道你白丢了几两儿。你肯叫我知道一声些,休想使咱的半个遮羞钱。"(三十)

【些】语气词,表示假设的语气。与表假设的"时"用法相当。本书第十八回:"他遇着你姑夫那一时朋友,他偏会殷勤,若是盛大哥到我家时,我情知王中一定有些样子。"现在河南洛阳一带仍有这种说法,如:"他要(是)走大路些,也不会出这事儿!"

(二)

绍闻一片声叫看茶。茅拔茹道:"还吃茶么?"绍闻道:"啥话些!"(二十二)

绳祖道:"你们要明白,谭相公是要奉价的,若是白送,他就不要。"戏子道:"啥话些。若说与银子,俺也就不送。"(三十三)

张绳祖道:"啥话些!你没看你穿的是何等服色,口中还敢胡说白道的。"(七十四)

【些】语气词,表示对别人所言的不满或不认可的语气。现在河南不少地方仍有这种说法。

歇头

走到内邱县地方,天色将早,定到县南关打中和。谁知天气沤热的狠,骡疲人汗,大家觉得难受,急切歇头还远十里竟不能到。(上一百〇一)

【歇头】停歇的时候,休息的机会。唐寒山《世事绕悠悠》诗:"世事绕悠悠,贪生早晚休。研尽大地石,何时得歇头。"登封县文史委员会编《登封文史资料第3辑·国民党十三军在登封二三事》:"我们这三顶官轿,也不断抬上级官员游少林寺、中岳庙、石淙河、嵩顶。不过抬轿上山格外费劲,八个人没有歇头。四个人抬,四个人往前头拉,中途不能停。"也指停歇的地方、歇脚处。栾校本作"歇处",义同。政协呼和浩特市回民区委员会、《呼和浩特回族史料》编辑委员会编《呼和浩特回族史料第10集·马老红与他的三合兴》:"当年的保合少是归化城以东的一个大村庄……是归化城东最大的商品集散地,被商旅们称为歇头,也就是旅途歇脚的地方。"

写

　　柳树巷田宅贺国学,要写这戏,出银十五两。掌班的不敢当家,等你一句话儿。说停当了,后日去唱去。(二十三)

　　钱可仰开了一个过客店,安寓仕商;又是过载行,包写各省车辆。(五十)

　　前月俺家不见了骡子,值五六十两银子。后来寻着,与马王爷还愿唱堂戏,写的伺候大老爷昆班。(七十四)

　　【写】本指写(约)、立(契)。《儒林外史》第十五回:"胡三公子约定三五日再请到家写立合同,央马二先生居间。"写约立契常常是为了雇、订、租等,所以"写"就有了雇、租乃至订购等意思。《二刻拍案惊奇》卷二十一:"就央他写雇诚实车户,车运两柩回家。""写雇"实际上就是雇,明清白话小说中这种情况一般只说"写"。《醒世恒言》卷三十六:"蔡武次日即教家人蔡勇,在淮关写了一只民座船。""写了一只民座船"即雇下了一只民船。"写戏"就是订戏、包戏,"包写各省车辆"就是负责联系雇觅到各省去的车辆。总之凡经商定而雇、租、包、订等都可以叫"写"。

卸吊

　　我卸吊时,亲身见老大爷站在西墙灯影里,拍手儿,却不响。以后他回来叫你们时,我抱着大相公,听的嗟叹,仿佛是老大爷声音。(五十九)

　　【卸吊】把上吊的人举起并解下挂在脖子上的绳套。卸:摘除,解下。本书第五十九回:"(邓祥、德喜二人)说着,早已到轩内,猛的见谭绍闻吊在梁上,把德喜儿早吓的掉了魂。好一个邓祥,全不害怕,放下灯笼,心头一急,膂力添上千钧,扶起杌子,站在上边,用力一抱,往上一举,那绳套儿松了,款款抱住。"正是卸吊的情形。彭文《实用法医学知识问答》:"对于缢死尸体,在没卸吊前要进行检查,是否还有抢救的可能。若有抢救的可能,应该立即卸吊,尽力抢救。"

心肝道儿

　　及见了府里礼房,背地过了人情。初犹嫌少,及至添够书办心肝道儿,这府里礼房与县礼房话儿,如出一口。王中出了府衙,路上笑道:"阎相公,你的口语不对,他府县两房口语,怎恁的对,一字不错!"阎楷亦不觉大笑。(五)

【**心肝道儿**】如内心所希望的那样。心肝:心思,心意。栾注:"心肝道儿,豫语犹如说心思。"近是。宋苏辙《读旧诗》:"饱食余暇尽日眠,安用琢句愁心肝。""心肝道儿"就是与原来心思相合。

心肝叶(儿)

诚意正心本来无形,那得有声。惠老是画匠,如医书上会画那莫见乎隐、莫显乎微的心肝叶儿。(三十九)

况夏逢若更是此道中人,岂有苍蝇不闻腥的道理。正想厕人其中,寻混水吃一口儿,适然遇着双庆来请,心肝叶、脚底板两处,都是痒的,竟一直上碧草轩来。(五十一)

【**心肝叶(儿)**】即心肝。常比喻作心底,内心深处。也说心肝眼(儿)。肝叶(儿):肝脏。本书第一百回:"绍闻道:'舅既如此说,俱是他心肝眼儿的话,就照着这行。'"心肝眼(儿),犹言心眼儿,指心里。

心浑/心混

原来貔鼠皮只有一只鞋,出不的门。日已高上,把后边的鞋做了赃证,貔鼠皮没的支吾,只得磕头求免。说是一时心浑,忘了珍珠串昨日已去,故有此错:"若不然,咱是如何相与,我再不肯做这没廉耻的事。"(六十)

【**心浑**】心里不清亮,迷糊。上图本作"心混",义同。"浑"有糊涂的意思。宋孙光宪《北梦琐言》卷一:"(唐文宗)又问蕡曰:'卿家有何图书?'蕡曰:'家书悉无,唯有文贞公笏在。'文宗令进来。郑覃在侧曰:'在人不在笏。'文宗曰:'卿浑未晓。但甘棠之义,非要笏也。'"明方汝浩《东渡记》第九十四回:"(王阳)乃叫那酒肉冤魂,变了两三个美丽行货,走到店来。醉客见了心浑,便问道:'店主人家,我们赶路天晚,你店中可安歇得么?'"雷建政《往年雪》:"孩子们你争我抢,该到谁了由娘说了算。玉秀一时心混,本该着老大了,却允了老三,这就引来了麻烦,在孩子心里全没了以往做娘的公道。"

心嫩

我原是祥符一个旧家,先世累代仕宦,只因少年心嫩,错为匪人所诱,今日渐入窘乏,不知还可扶救否?(七十五)

绍闻本是一个心嫩面软的性情,况且利令智昏,人情难免,心中便觉前夜与冰梅所说的那话,有些过火。(七十六)

【心嫩】幼稚单纯,因阅历浅、经事少而缺少主见。

心贴意肯/心帖意肯

绍闻穿衣坐在床上,慧娘递茶一杯,绍闻接茶在手。回想昨夜慧娘所说的话,大是有理。兼且一片柔情款曲,感得心贴意肯,又添上自己一段平旦之气,便端的要收王中。(三十六)

【心贴意肯】内心服帖,真心愿意。贴:服帖。上图本作"心帖意肯",义同。清纪昀《阅微草堂笔记·姑妄听之·叟与狐》:"自是日必一两至,去后亦自悔恨,然来时又帖然意肯,竟自忘为老翁,不知其何以故也。""帖然意肯"与"心帖(贴)意肯"意思相当。也说"心愿意肯"。本书第七十回:"原来当日被夏逢若说合,这姜氏已心愿意肯,看得委身事夫,指日于飞。"

信惯

如今宦家、财主,儿子到七八岁时,也知请个先生,不过费上不多银子,请一个门馆先生,半通不通的,专一奉承东翁,信惯学生。(二)

母亲王氏,是溺爱信惯久了。侯冠玉本不足以服人,这谭绍闻也就不曾放在眼里。(十四)

小的们每常说这焦学生休要放炮,他只说:"不妨事,我看着哩。"与他老子说,他老子只是信惯他这小猴羔子,再也不肯吆喝一句儿。(六十五)

【信惯】宠惯,惯纵。信:有听任、放任的意思。北齐颜之推《颜氏家训·涉务》:"至今八九世,未有力田,悉资俸禄而食耳。假令有者,皆信僮仆为之。""信僮仆为之"即听任僮仆为之。也写作"信贯"。《汉语方言大词典》(第4257页):"信贯〈动〉,溺爱。中原官话。山西河津。"韩石山《一个"信惯"过我的地方》："信惯一词……别的地方用不用,我不知道,我老家晋南一带肯定是用的。大半辈子过去,我在为人上有许多毛病,让专家分析起来,多半会归诸社会,要叫我妈说起来就简洁得多,一句话就完了:'全是小时候信惯下的。'"今河北张家口宣化一带也把宠惯、溺爱小孩子说成"信惯",意义用法与《歧路灯》中的相同。

信真

侯子曲意先迎,兼能悦容。一宗宗打入王氏心窝里,信真这个学问,上通天文,下察地理;这样先生,天上少有,地下难寻。(八)

【信真】信得真确。真:确实,真实。《今古奇观·滕大尹鬼断家私》:"众人看见无不惊讶,善继益发信真了:'若非父亲阴灵出现,面诉县主,这个藏银我们尚且不知,县主那里知道!'"《红楼梦》第四十八回:"平儿道:'老爷把二爷打的动不得,难道姑娘就没听见吗?'宝钗道:'早起恍惚听见了一句,也信不真。'""信不真"就是不敢十分相信。

腥荤

这韩氏昼操井臼,夜勤纺绩,隔一日定买些腥荤儿与婆婆解解淡素。(四十一)

我这药不用火煎,也不是丸药,只是一撮红面儿。一口水就吞下去,才是灵验哩。不忌生冷,也不忌腥荤。(四十七)

如今咱家过活,头一件是千万休少了奶奶的腥荤。(七十六)

【腥荤】指鱼肉类食物。宋王十朋《和醉赠张秘书寄万大年先之申之》诗:"幸此同一笑,盘飧饤腥荤。"元吴昌龄《花间四友东坡梦》第一折:"既然要叙旧开佳酝,怎还说持戒断腥荤。"也可以说"荤腥"。《今古奇观·宋金郎团圆破毡笠》:"爷妈见女儿荤酒不闻,心中不是,便道:'我儿!你孝是不肯除,略吃点荤腥何妨得?少年人不要丢弱了个元气。'"

腥气

姓鲍的也是个眼孙,还不多言语,想是世道上还明白一二分儿。那姓管

的一派骄气,正是一块不腥气、不塞牙的"东坡肉"。(三十四)

【腥气】气味腥,难闻。用作形容词。清吴璿《飞龙全传》第四回:"可怜一十八名女乐,都作无头之鬼。有诗为证:欲图密计害真龙,谁料无常顷刻从。千载花楼犹腥气,应教御院绝姣容。"清何熔《何氏虚劳心传·虚劳选方·卫生膏》:"黄牛肉去皮油,浸去血水,频频换水,乃得不腥气。"现在河南商丘等一些地方还有这种说法。

行常

到了客室,希侨道:"庵里日子清淡么?"范姑子道:"行常断了顿儿。"(十六)

阎楷道:"家父有个胃脘疼痛之症,行常肯犯。我累年也捎回去几次治胃脘的丸药,我只疑影这个病。"(二十三)

却说夏逢若为甚的黄昏到盛宅?只因他行常在城隍庙道房,与黄道官闲话。(七十)

【行常】经常,时时。"行常在城隍庙",上图本作"时常在城隍庙",义同。《中国民间歌曲集成》全国编辑委员会编《中国民间歌曲集成·北京卷·买果脯》:"三包、五包行常儿买,(那)十包、八包往家捎。"原注:"行常:方言,也说'行常儿'。"

行李

王经千道:"谭爷若不讲起,小弟也不好启齿。委实敝财东前日有一封字儿,要两千两行李,往北直顺德府插一份生意。"(四十八)

王纬千向王经千道:"这是你相与的好主户,叫你拿着财东家行李胡撒哩!像你这样没材料,还在大地方装客商哩,只可回咱家拾粪罢。"(六十六)

今日当槽见绍闻是青年书生,行李重大,遂以宿娼相诱。(七十二)

【行李】栾注:"这里指银子,乃生意行中隐语。"近是。旧时远行,所携带的银钱及贵重物品一般都夹裹在行囊中,所以"行李"渐渐就被用于指称银钱、财物。清李百川《绿野仙踪》第二十八回:"这脚户见他行李沉重,又是孤身,久有下手之意。"清郭小亭《济公全传》第五十八回:"王贵本是打闷棍出身,找了绿林中几个小伙计,帮他做买卖,遇有孤单行客,行李稍丰的,他们就谋害了,大家分派资财。"

行息

这绍闻果然出去寻了一个泰和字号王经千,说要揭一千五百两,二分半行息。(三十)

如今咱有近两千两行息银子,咱的来路抵不住利钱,将来如何结局?(三十六)

况你说过,俗话说"要的有,要不的没有"。我一时没有,您有法子您使去就是,告在官府,行息的账,官府也不能定期勒追。(六十六)

【行息】计算利息。清乾隆十一年刻本《襄城县志·建置志·惠政》:"雍正十三年起,交与盐商、当商各生息银,共三百两;按二分行息,每年息银七十二两。"清吴趼人《二十年目睹之怪现状》第九十六回:"你只在借据上写得明明白白,说我借到某人多少银子,每月行息多少。"

虚捏

孝移道:"告病原非虚捏。弟自昨年进京,水土不与脾胃相宜,饮食失调,且牵挂家务,心常郁郁,因有胃脘疼痛之症。潜老不信,请问两个小价。"(十)

你这失单共三十九件子。别的软衣服不说,只这八身铠,在箱子里那一处放的下?瞎了你的眼睛,自己看看,满满的四箱,没个空星罅缝儿,你就虚捏失单,骗赖别人么?(三十一)

【虚捏】虚构,捏造。"捏"即伪造、虚构的意思。明清溪道人《禅真后史》第五回:"他与小人内外相隔,何由争闹?这裘五福是皮廿九买出来的硬证,虚捏情词,诬害贫儒。"清嘉庆八年刻本《商城县志·艺文志·说》:"词果涉虚告者,与证者并尽法惩艾,毫不宽贷。词纸列代书姓名,并治虚捏之罪。"例中"虚捏"义同。还可以说"假捏"。本书第三十一回:"你假捏失单,原为这宗银子起见,今既不提,所以不一定再难为你。"

许些

　　肚里有了先入之言，万一后来遇遗金于旷野，遭艳妇于暗室，猛然想起"阴骘"二字，这其中不知救许些性命，全许多名节，岂可过为苛求？（洛四）

　　王氏道："他不病，一定也要叫去的。"春宇道："他如何能哩，他比端福儿少读许些书儿哩。"（上八）

　　俗话道：邻居眼睛两面镜，街坊心头一杆秤。大相公近来日子薄了，养不哩许些人，不如善善的开发了几个，何必强留他们，生相公的气？（八十）

　　【许些】犹言许多。"许些性命"，栾校本、上图本作"许多性命"；"许些书"，栾校本作"好些书"，义同。《醒世姻缘传》第十六回："我们两人四个皮箱里，不算衣裳，也还有许些金珠值钱的东西，也约够七八百两。"清佚名《海公大红袍全传》第十一回："徐公道：'有甚么事情只管说来。'徐满道：'是严府的家人严二，因被张老儿赖了他许些银子，故此有个禀呈到来。'"

续女

　　及次日巳时初牌，果然程、娄、苏诸公，陆续俱到。孔耘轩后至，带了些人情儿，少不得要望望续女巫翠姐。（五十五）

　　绍闻道："前院姜妹子去了不曾？"妇人道："就是请谭叔的次日，尤家赶车来接的去。这姜妹子算是尤家续闺女，如何不去呢。"（七十五）

　　【续女】女儿过世后女婿续娶的妻子，家里仍作亲戚往来，视为女儿，称为"续女"。也称作"续闺女"。清李百川《绿野仙踪》第八十七回："他说如今没闺女了，意欲将齐宅这位令儿媳认个续闺女。"民国二十三年（1934年）铅印本《霸县新志·风土志·礼俗》："续女者，己女已嫁而殁，其婿另娶有仍欲续亲者，即认其所娶之女为续女。"民国二十九年（1940年）铅印本《沙河县志·志余上·风俗》："女为继配，诣前室母家认亲，谓之续闺女。"现在河南多数地方仍称之为"续闺女"。

悬赃

　　谭绍闻也该追比赌债悬赃——清官以之充公用，贪吏以之入私囊。争

乃程公慈祥为怀，口中虽说了"详革""开场诱赌"，传稿转申，却留下空儿，叫张绳祖、王紫泥，自行生法求免。(四十七)

盛希侨笑道："姓虎哩，收拾起罢。赌博经官，这悬赃就是该入库的。你家有库，我就缴；你若无库，俺弟兄们就不欠你一分一厘。"(六十九)

【悬赃】尚未落实的或者已经判定而尚未赔付、上交的赃物。《明史·周起元传》："狱中许显纯酷加搒掠，竟如实疏所诬悬赃十万，罄资不足，亲故亦多破家。"《清史稿·高遐昌传》："上命释遐昌，都人争赴狱舁之出，拥赴阙谢。及出都，送者填溢，醵金完悬赃。"

学

德喜只得回来，把夏逢若的话一五一十学明。王中在一旁听着，说道："这事不妥。这是要吃钱的话头，连数目都讲明出来。"(三十)

女人道："回来了。今日早晨出门去，只怕上酒馆去。客姓啥？有啥话说，我好学与他。"(三十三)

娄翁道："我是个村庄农人，说不上来什么巧话儿，我就把你爷教训我的话，我常记着哩，今日学与你听。"(六十三)

【学】原原本本地转述，转告。《醒世姻缘传》第八十五回："素姐问：'怎么说来？你学学我听。'狄周道：'这一定没有甚么好话，学他待怎么！'素姐道：'不好的话也罢，你只是学学我听。'"清冷佛《春阿氏谋夫案》第十回："你跟你玉兄弟，说什么来着？你学给我听听。"现在河南话还这么说。

学生

兴官戴着孝帽来与舅爷唱喏。王氏道："还不与舅爷磕头？"王春宇扯到怀里说道："好学生，好学生。眉目之间极像他爷爷。"(四十九)

少时，一干百姓都喘喘跪下禀道："这火是焦家一个学生好放花炮，将炮纸落在草垛上，烘的着了。"(六十五)

王氏也心下少动，向王象荩道："大相公楼下生了一个小学生儿，到后日请客吃面，叫你家赵大儿来撑撑忙。把小女也引来我瞧瞧。"(七十六)

【学生】男孩子。旧时女孩子一般是不能上学的，是学生身份的只有男孩，所以"学生"也就用以指称男孩子。清荻岸山人《平山冷燕》第十一回：

"事有凑巧,正说不完,忽见一个家人,抱着一个四五岁的小学生,从外入来。众问何人,张寅答道:'是小舍弟。'宋信道:'好个清秀学生。'"

血盆行

二人回来,把钩子靠在门旁,褡裢儿放在桌上,说道:"有贵客在此,怎好讲咱这血盆行生意?"(三十三)

【血盆行】屠行,屠宰生意。血盆:屠宰牲畜时用来接血的盆。所以把屠宰生意叫"血盆行"。

寻无常

(谭绍闻)搬了一个杌子,站在上面,分开绳套儿,才把头伸,忽的想道:"我现有偌大家业,怎的为这七八百银子,就寻了无常?死后也叫人嗤笑我无才。"(五十九)

【寻无常】旧时民间把专门勾魂的小鬼称为"无常"或"无常鬼"。寻无常:自杀,寻短见。《醒世姻缘传》第十一回:"你自己没有忍性,寻了无常。我使二三百两银子买板,使白绫做帐子,算计着实齐整发送你哩。"姚雪垠《李自成》第四十四章:"我气得几次想寻无常,可是我想着家有妻儿老小,死不得。"

牙打嘴敲

杨三道:"五哥,你不知道。放松了他们,咱就受不清他的牙打嘴敲;一遭打怕了,再遭还要敬咱们。"(五十四)

【牙打嘴敲】用刻薄的言语抨击、羞辱、挖苦人。"文艺学习"编辑部编《创作起点·我的一点体会》:"正因为这样,他骄傲得很,把别人全不放在眼里,对谁说话都是牙打嘴敲,群众关系搞的很不好。"政协巩县文史资料研究委员会编《巩县文史资料第2辑·訾逢仁的壮丁苦》:"同去的还有一个织毛巾,开工厂的新发户曹元秀,此人能说会道,牙打嘴敲,不好应付。"例中的"牙打嘴敲"意思是平时说话带刺、冲撞别人,与《歧路灯》中的意义相近。

牙寒齿冷

还有一句话，我本不该牙寒齿冷的说，咱既成了亲戚，我一发说了罢。剩下的学课，爽快交与我……省的到他们弟兄们手里，零星去了。这话我说出害口羞，只是咱如今是亲戚，一发瞒不的。（四十）

家母见小儿亲，这也是天下之通情。家母舅听了家母、舍弟的话，打顺风旗，我又不能与舍弟掂斤拨两，说那牙寒齿冷的话。（六十八）

【牙寒齿冷】话语说出来令人难堪或者感到羞耻的感觉。赵飞鹏《子午镇·瘦手》："按照电视上那些让人牙寒齿冷的说法，小伍算是我的初恋情人。"

牙酸肉麻

逢若道："我也递你一盅酒儿。"九娃星眼看着茅拔茹说道："我不会吃。"茅拔茹道："既是夏爷赏你，你吃了罢。"九娃方才接住吃了。又唱了两三个曲子。——若是将这些牙酸肉麻的情况，写的穷形极状，未免蹈小说家窠臼。（二十二）

【牙酸肉麻】说不出口，令人肉麻难耐。雪影霜魂《我的活祖宗》第六章："甄可意在一旁听得起了一身鸡皮疙瘩。不知怎的，只要听到这类只叫一个字的亲昵称呼，她就有牙酸肉麻感。"

牙用

家中淡薄，靠着砚田挣饭吃，这也是秀才本等。争乃他有两宗脾气最出奇，一宗好管买卖房产，一宗好说媒。说买卖，或可分点子牙用，虽说下流，尚是有所为而为之。惟有教书的好说媒，是最不可解的。（九十）

【牙用】给人介绍生意所获得的佣金，也作"牙佣"。也叫"牙金""牙钱""佣钱"等。牙：指牙人或者牙行。宋苏辙《论蜀茶五害状》："卖茶本法止许收息二分，今多作名目，如牙钱、打角钱之类，至收五分以上。"清乾隆四十一年刻本《新郑县志·赋役志》："今各属集镇市棍，每串通经承，或领州县私帖，或将别帖影射，凡遇民间肩挑瓜果、手携鸡粮等项微物，概抽牙用,剥削贫民。"清贺长龄、魏源编《皇朝经世文编·户政·漕运上》："乃有一种积年牙侩,专为漕船关说,引装客货,只图牙用,不畏法度。"

盐当

谭世兄或有所携的贵珍,贵老师必不肯累及同僚州县以及本城盐、当。依弟愚见,倒不如韫椟为高。(七十一)

道台送银子,那不过是一句话,你就认真起来。像如今州县官想着要绅衿盐当商的古董玩器,以及花盆鱼缸东西,只用夸夸就是要的。(九十六)

【盐当】盐店、当铺。也指盐商、当铺老板。本书第七十一回:"或是同僚属员,或是盐店当商,或是本地交官绅衿,送他些东西,价一偿十,得了银子济急的意思。""盐店当商"即盐当。清允祹等《大清会典则例·顺天府》:"演习九日,每日各给饭钱百文,于两县盐当税内动支,岁终由府奏销。"清嘉庆年二十二年刻本《密县志·风土志》:"操奇赢网市利者,皆外来之人,大者则盐当二商。"

眼大

白兴吾斟了一杯,说道:"一向想与相公吃一盅,说说话儿,只怕相公眼大,看不见穷乡党。近日见相公是个不眼大的,所以敢亲近。"(三十三)

【眼大】即眼孔大,指不把别人放在眼里。元尚仲贤《洞庭湖柳毅传书》第四折:"〔柳毅云〕我与小娘子素不相知,有什么忆旧来?〔正旦做微笑科云〕柳官人,你好眼大也。"清无垢道人《八仙得道》第五十六回:"这孩子现在还是小孩儿,不过在此附读,论理只算是客人罢了,却已经如此眼大心骄,容不得人。"现在河南南阳等地还把瞧不起人、高傲说成"眼大"。参见"眼孔大"条。

眼孔大

尤公道:"甚好,甚好。这些京官,大概都是眼孔大的,外边道、府、州、县,都瞧不着。"(七)

谭念修老爷,虽说是绅衿,真正眼孔不大,不论贫富高低人,俱看到眼

里,将来要中状元、探花。(一百)

【眼孔大】指自恃有权势而不把人放在眼里,目中无人。元薛昂夫《一枝花·赠小园春》:"眼孔大刘晨未识,脚步长杜甫先迷。"明佚名《梼杌闲评》第四十五回:"只因他有了上等姿色,又学出过人的技艺,便眼孔大了,看不上那般倚门献笑、送旧迎新的故态。"又可以说成"眼大"。参见"眼大"条。《新唐书·逆臣传上·安禄山》:"帝为禄山起第京师,以中人督役,戒曰:'善为部署,禄山眼孔大,毋令笑我。'"此"眼孔大"谓眼界高,见多识广,与《歧路灯》中的"眼孔大"不相类。

眼气儿

这水浆泡子,未必能成人;即会成人,这两根骨头,也土蚀烂了。如今不过是个眼气儿,那像老嫂子,儿长女大,孙子也该念书了。(六十八)

【眼气儿】比喻只能让人看着心里舒服,并没有实在意义或者真正有用的东西。政协东明县文史资料委员会编《东明文史资料第 11 辑·东明民俗》:"把这些纸人和物品焚烧掉,便视为到阴间可以为亡者使用,借以表达儿女们对老人的一片孝心。俗话说:'穷人不可富葬。'这些物品是'活人的眼气儿',视丧家的财力而行。"

眼色

春宇道:"不是为他中了举,便说深远。只是那光景儿,我就估出来六七分。兄弟隔皮断货,是最有眼色的。"(八)

吆喝希侨道:"你不认的,叫宝剑儿替你看。这个小狗攮的,两只眼好眼色,色子乱滚时,他就认的是叉、快。"(十六)

王氏方想起夫君在世,看见这女娃儿便一眼看真,拿定主意要与孔耘轩结姻,真正眼色高强,心中好不悦服。(二十九)

【眼色】犹言眼力,指判断是非、观察鉴别事物的能力。元杨景贤《西游记》第十三出:"〔猪八戒上,云〕今日赴佳期去。对着月色,照着水影,是一表好人物。那姐姐也有眼色。"清东山云中道人《唐钟馗平鬼传》第七回:"他别无不好,只是虽有眼珠,并无眼色,也看不出人的喜怒,也看不见人的好歹。"例中"眼色"与《歧路灯》中的义同。

眼孙

张绳祖道:"呸! 谭绍闻是个初出学屋的人,脸皮儿薄,那是罩住的鱼,早取早得,晚取晚得。姓鲍的也是个眼孙,还不多言语,想是世道上还明白一二分儿。那姓管的一派骄气,正是一块不腥气、不塞牙的'东坡肉'。"(三十四)

【眼孙】指不懂又爱充内行、常受欺负的人,也指性情直戆、不善变通的人。王延维《寒亭民间传说·常疃张》:"在早先,肩挑贸易是个眼孙营生,尤其是卖菜,'鲜鱼水菜浆豆腐'卖的时候称着够了,稍后鲜菜一蔫蔫不够秤了,碰上来找茬的就得再搭上点儿,让其赚点儿小便宜,目的是为了息事宁人好做买卖。"陈建伶编《中国民间故事丛书·河北廊坊香河卷·传说》:"这位掌柜的也是硬眼孙:'老爷! 老爷咋的?吃肉也得给钱。'……他把心一横,真上县衙门要钱去了。"与"眼子"义近。参见"眼子"条。

眼同

荆堂尊又笑了一笑,向茅拔茹道:"你这失单怎么是目今字迹? 这单上戏衣,可是你亲手点验,眼同过目,交与谭绍闻的么?"(三十一)

一面跟同本学师长,以及佐贰吏目等官,并本郡厚德卓品之绅士,开取库贮帑项,预先垫发。登明目前支借数目,弹兑天平,不低不昂,以便异日眼同填项。(九十四)

这是府上一宗东西,舍妹寄放我家。今年我将出仕,不交付明白,恐怕失迷。只可惜二贤弟不在家,不能眼同交付。(一百〇二)

【眼同】一同当面过目,一起看着(做某事)。《元典章·户部七·押运》:"今后应合起运赴都诸物,当该提调正官与所委押运官眼同点检足备。"清林则徐《筹议严禁鸦片章程疏》:"其缴到之烟土烟膏,眼同在城文武,加用桐油,立时烧化,投灰江河。"

眼硬

到了堂楼下,王氏仍哭个不住……惟有孔慧娘通成一个哑子样儿。此

非是孔慧娘眼硬不落泪,正是他识见高处,早知此身此家已无所寄了。(四十五)

这绍闻触着天性至情,一发放起声来。箕初先掉泪后来也大哭了,说:"我那不曾见面的爷爷呀!"四个礼生,唯有一个眼硬,却唱不出礼来。只哭的不能成礼而罢。(九十七)

万一说成了,王中发落女儿上轿,王中若是眼硬不流出泪来,这自然顺顺当当娶过来。(一百○三)

【眼硬】不轻易掉泪。常指人难以受感动,很少动情。元佚名《集贤宾·逍遥乐》曲:"我从来眼硬,不由人对景伤情,一哭一个放声。"赵广建《咬人的城镇·硬眼泪》:"钉子娘眼硬。自打嫁来系井村,就没见她有过愁容泪面的时候。"

眼子/眼儿

众人也没人送,惟有张绳祖送至大门。回来便道:"光棍软似绵,眼子硬似铁。管家这孩子,并不通人性。"王紫泥道:"悄悄的,休高声。他到产业净时,他就通人性了,忙甚的。"(三十四)

【眼子】指外行又不机灵,容易受欺侮、被捉弄的人。"眼子硬似铁",上图本作"眼儿硬似铁",义同。民国二十三年(1934年)铅印本《井陉县志料·风土志·歌谣》:"'穿点子,吃点子,死来不当老眼子。'注:土人谓过于忠厚之人,事事受人愚弄者为'眼子',故有'生就的眼子不用钻'之谚。"中国民间文艺家协会编《中国谚语资料·一般谚语》:"能给光棍牵马随蹬,不给眼子主谋定计。"河南省戏曲工作室编《河南传统曲目汇编》三弦书第1集:"牛大德听说是个眼子,脚后跟一磨转回来了。"又称"眼孙"。参见"眼孙"条。

厌气

日色初落,假李逵早点上两枝烛来。管贻安道:"来来来,这场赌儿,头叫老西抽了罢。即刻就弄,休要宿客误客,惹人厌气。"(三十四)

虎镇邦道:"你这忘八蛋子!嘴里七长八短,好厌气人!"这一句骂的桃荣羞激为怒,伸手将盆里六颗毒药丸捞在手中,说道:"你也不是官赌!"起

身就走。(上五十七)

盛希侨道:"凭您怎么说,我的确不去讨厌。"夏鼎道:"他们再不敢厌大哥。"盛希侨道:"是我厌气他们,作揖拱手有个样样儿,张口吐舌有个腔儿;若是他们厌气我,我也不喜欢。"(八十四)

【厌气】厌恶,讨厌。"好厌气人",栾校本作"好厌恶人",义同。《醒世姻缘传》第四十回:"他娘说:'你休只管狂气,我待打杀那后娘孩子,我自家另生哩?厌气杀人!没的人是傻子么?'"清黄小配《大马扁》第四回:"康有为又欲开言,余成各见他纠缠自己来谈,已十分厌气,即借意向徐义之周旋,明明是撇开康有为了。"

厌恶人

心中又想着盛宅,便出来叫王中,低声道:"这是那里一个乡瓜子,起来欠去的,厌恶人。并不像个财主腔儿,难说他会有银子么?"(四十八)

姚荣道:"我是天阴了,闷的慌,闲来这里走一走,就落了这个没阳气!"虎镇邦道:"你这个忘八蛋子,嘴里七长八短,好厌恶人!"(五十八)

【厌恶人】即令人厌恶。意谓惹人嫌厌,让人难以忍耐。清光绪七年刻本《宜阳县志·风俗志·方言》:"令人不耐者曰厌恶人。"清蒲松龄《禳妒咒·夸妒》:"江城低下头说常时还好来,近因着他战战得塞的,越发厌恶人了,着人说不出口来。"

砚水小厮

耿葵若是个能干家人,轻者叱喝两句,重者耳刮子就打,一天云彩散了。只因这耿葵是自幼书房中人,一个砚水小厮,今日跟出门来,智周万也只图笔床书箧便宜,全不晓得外事。(五十六)

【砚水小厮】指书童。砚水:研墨用的水。旧时研磨时往砚池中注水的瓦瓶叫砚水瓶。本书第八十九回:"名相公扯住砚水瓶上绳儿,拉过来,手提着再不肯放。"旧时读书人家的书童,主要负责给砚水瓶里添水、研墨、洗砚等杂务,因而俗语就把书童称为"砚水小厮"。

酽/艳

鲍旭回他本县里，一块好羊肉，也不知便宜那一伙子狗。贲浩波或者这两日就上来，只是他赌的不酽。（五十六）

谭绍闻在赌场已久，也听出众人俱是圈套话头，只说不赌。众人见谭绍闻赌情不酽，心想酒上加力。（五十七）

【酽】原指酒茶之类味道浓厚。《广韵·酽韵》鱼欠切："酽，酒醋味厚。"清李光庭《乡言解颐·物部下·开门七事》："'吃菜总嫌澹，喝茶嫌不酽'，饮食之非道也，皆可以醒人。"引申为在某一方面兴趣浓厚，愿望强烈。"不酽"，上图本均作"不艳"，义同。"艳"与"酽"通用。明吕坤《续小儿语·杂言》："欲心要淡，道心要艳。""艳"与"淡"相对，即浓的意思。

殃煞

请了一位阴阳先生，写了殃式："棺木中镇物，面人一个，木炭一块，五精石五块，五色线一缕；到第七日子时殃煞起一丈五尺高，向东南化为黄气而去；临时家人避之大吉。"（七十）

【殃煞】旧时方士把人死后的魂魄叫作"殃煞"，或简称"煞""殃"。谓死后数日内，殃煞要化作黑气或黄气出去，家里人要离家躲避，否则要遭厄运。五代徐铉《稽神录·补遗·彭虎子》："母死，俗巫诫之云：'某日殃煞当还，重有所杀，宜出避之。'"民国十四年（1925年）刻本《献县志·故实志·谣俗篇》："俗于初丧之夕，丧子号于庙曰报庙。又延术士书符，称某日出殃煞，至期，家人尽避所往之方。"参见"躲殃"条。

殃式

王氏叫赵大儿拿面人、面鸡儿来，孔耘轩道："这个要它何用？"王氏道："这是阴阳刘先生适才殃式上吩咐的镇物。"（十二）

请了一位阴阳先生，写了殃式："棺木中镇物，面人一个，木炭一块，五精石五块，五色线一缕；到第七日子时殃煞起一丈五尺高，向东南化为黄气而去；临时家人避之大吉。"（七十）

【殃式】旧时认为人死后魂魄为凶物，叫作"殃煞"，或简称"煞""殃"。谓人死后数日内，殃煞要化作黑气或黄气出去，届时家人须离家躲避，不然将遭厄运。因此要请阴阳先生根据死者年庚八字、去世的时辰等，写出殃煞的有关情状及禁忌，张贴于灵柩停放之处，这种文字就叫"殃式"。也叫"殃状""殃榜"。清乾隆二十六年刻本《太康县志·风俗志》："始死，焚纸人马曰倒头马。阴阳家写列禁忌、出殃日，曰殃状。"《红楼梦》第六十九回："天文生回说：'奶奶卒于今日正卯时，五日出不得，或是三日，或是七日方可。明日寅时入殓大吉。'……写了殃榜而去。"参见"殃状"。

殃状

新安朋友说，他县的风俗，停丧在家，或一半年，或十余年，总之，埋后请阴阳先生看《三元总录》，写出殃状来，说是或三日，或五日，或半夜，或当午，或向东南方，或向正西方，有化为青气而去的，也有化为黄气而去的。宝丰朋友说，他县的风俗，父母辞世，本日即请阴阳先生写殃状——也是照《三元总录》。（十二）

【殃状】旧时迷信，认为人死后魂魄化为凶物，称之为"殃煞"，简称"煞"或"殃"。死后数日内某一时刻，殃煞要化作黑气或黄气从宅内出去，届时家里人要离家躲避，否则要遭厄运，这叫"躲殃""避殃"，也叫"躲魂"。因此丧家要请阴阳先生根据死者年庚八字、去世的时辰等，写出殃煞出去的有关情状及禁忌，张贴于灵柩停放之处或者门外，这种文字就叫"殃状"。民国二十七年（1938年）铅印本《新安县志·礼俗志·丧葬礼》："出葬之日，仍用阴阳家书殃状贴大门外，载明某日出殃，意谓死者之厉气，遇之者凶。至日，合家出避，谓之避殃。"也叫"殃式""殃榜"。参见"殃式"条。

扬

梁氏道："好处在那里？如今将入土的时候，子息艰难，今日才有这一点根儿，家下不合，出乖弄丑，扬了半个省城都知晓。"（上六十七）

【扬】传播，传布。明长安道人《警世阴阳梦》第十一回："且说殷内相见歌儿们弹唱得好，时常摆酒请客卖弄，把一个教师魏进忠的名头扬出去了。"这种意思也可以说"播扬"。本书第六十一回："不多一时，就听得夏鼎因开赌场,半夜里刁卓竟成了'入幕之宾',丑声播扬,在衙门挨了二十五板。"

样银

酒不数巡,只见两个人手拿着搭猪钩子进的门来,说道:"要看你这一圈猪哩。"白兴吾道:"请坐。猪是丁端宇定下了,这桌上就是他的样银。"(三十三)

【样银】原指用作衡量银子成色的标准银子。《清实录·道光朝实录》卷四百○七:"又两淮运库,向有样银,为纳银时比较准则。该员辄行藏匿,任意高下其手。"后指大宗交易时,用作定金的银子。《金瓶梅》第三十三回:"西门庆便告说:'应二哥认的一个湖州客人何官儿,门外店里堆着五百两丝线,急等着要起身家去,来对我说要折些发脱。我只许他四百五十两银子。昨日使他同来保拿了两锭大银子作样银,已是成了来了,约下今日兑银子去。'"

吆喝

耿葵若是个能干家人,轻者吆喝两句,重者耳刮子就打,一天云彩散了。(五十六)

至于搭棚摆设,棚布、柱脚、撑竿、围屏,得几百件,凭在贤弟盼咐,就叫老满来搭。如敢弄的不合款式,我来吊纸时看见了,我吆喝他。(六十二)

盛希侨哈哈大笑道:"老满,我服了你真正说话到家。你遭遭都象这个有才料,就是好白鲞,我还肯吆喝么?"满相公笑道:"罢么,你平日吆喝过我不曾?休在谭相公面前壮虚光。"(七十七)

【吆喝】本指大声呼叫、喝叫,引申为叱责、训斥的意思。清名教中人《好逑传》第四回:"后面骑马的家人看见,忙忙加鞭,赶上前来吆喝道:'作死的奴才,这是城中水侍郎的小姐,怎敢抢抬?'"清李修行《如此京华》第五回:"却说刘其光送了王定侯走后,心里记挂着那天少年的话,便去拜访过几次。却总没有见着,反被门房中人吆喝了几次。"

窑窝

等到次日，径来相国寺后街五道庙前寻这钱书办。见一个担水的，问道："这那是钱老师家？"提水的道："那庙东边，门里头有个土地窑窝，便是。"（五）

慧照掷了一个三点，数在放生池上。令谱云："缁衣放生，合手念阿弥陀佛。"慧照道："罢，罢，不吃酒就好。"站起来，合手念了一句阿弥陀佛。希侨道："打到你那热窑窝里了。太便宜你。"（十七）

却说兴官见了这个女娃儿，原自吃乳时便是一对儿玩耍，今日又要在院里寻旧窑窝，做那滚核桃的营生。（八十三）

【**窑窝**】墙或地上的小坎窝、小坑洼。"热窑窝"喻指心窝、心坎。罗杨编《中国民间故事丛书·河南三门峡·陕县卷》："土地爷正着急，看见影壁墙上的土窑窝，心里一亮：又是门，钻进去。这一进，前面没有路，转回身，伸出头往四处看，狗又咬。走不了，下不来，土地爷只好住下。人都叫影壁墙上的土窑窝是土地庙。"赵金昭编《洛阳传统儿歌·丢窑》："二人游戏。先在地上挖两排窑窝，一排六个，两端各个为老窑。"河南周口一带称"窑窝子"。

谣

街上都谣着外甥进了学，我紧着上西街去道喜。见了姐姐，才知道没这事。（八）

你传我添上些话说，我传你又添上些确证，不知不觉谣在孔耘轩弟兄耳朵里。（上十九）

塘报一到祥符，满城都谣起来，说如今新来的抚院大人，即是旧年北道哩那位道台。这属员中君子加庆，百姓们正人皆欣。（一百〇七）

【**谣**】风传，辗转流传。所传的消息或有事实根据，或无事实根据，但与"谣传"意思不一样。"不知不觉谣在"，栾校本作"不知不觉传到"，义同。周全平《林中》："'……外面已经谣着不很好听的批评了，不要真的闹出不可收拾的把戏来？'姑母轻声地说，忧愁地颦蹙着双眉。"卢红卫《绞杀（上）》十九："渐渐地，县城及周边的人都知道李清广和队伍上的一位团长是朋友，有的还谣着俩人是换帖兄弟。"

咬

（一）

酒酣之后，说的无非是绸缎花样，骡马口齿，谁的鹌鹑能咬几定，谁的细狗能以护鹰。（二十一）

进城来赌博，带了一个鹌鹑，不知怎的遇见他三个，就到我这里趁圈子咬咬。偏偏的咬输了，一怒而去。（三十三）

管贻安又指着绍闻向王紫泥问道："这位是谁？先在你家见过，只顾咬鹌鹑，没有问。"（三十四）

【咬】禽兽咬架，斗架。特指鹌鹑斗架。鹌鹑喜斗，有的地方就把它叫作"咬鸟"。翁辉东《潮汕方言·释鸟兽》："鹌鹑，其性好斗，俗每驯养，用为赌博，故谓之咬鸟。"

（二）

德喜道："王大叔，你还不知道哩，大相公叫贼咬住，如今带进衙门去审哩。"（五十四）

【咬】扳咬，攀扯牵连他人。清静观子《六月霜》第五回："他想来想去，惟有装作不认得秋女士的，他若咬起我来，我便如此如此的办他个死，这事就不要紧了。"本书第五十五回："程嵩淑道：'如今还该进来。你看你出去，如今就弄出贼扳的事，若你在内边住着，或者不至如此。'""贼扳"与"贼咬"义同。清黄六鸿《福惠全书·刑名·总论》："公庭质对，扳咬呼号，惨震天地。""扳咬"同义组合。

咬碟子

你说那梁相公，何尝是铺子里人？原是逢若讲明了九十几两银子，买成铺子东西。为要扣除这四五十两银入私囊，街上寻了个一党儿伙计，会说山

西土语的人,俗话说是"咬碟子",妆成小客商。(二十三)

绍闻道:"口语却真是咱河南人。"王象荩道:"天爷呀!咱若是陕西人,他就是关中话;咱若是山东人,他就是泰安州话,这叫做'咬碟子'。俗话说:盗贼能说六国番语。怎的便与他答识上了。"(七十四)

【咬碟子】模仿别人口音说话的技巧。多指为达到行骗的目的,通过模仿他人的乡音土语来套近乎,骗取信任。孟庆云《中医百话·庸医与江湖医》:"江湖医的伎俩有数种。一是摇大旗,即说自己是某名医的几传弟子或多少代传人,有秘方。二是咬碟子,就是北方人弄口技说南方话,让你弄不清根底。"今豫东商丘一带把说话吐字不清也称作"咬碟子",与此义有别。

咬住牙

滑氏发急道:"我白给了人了,你不看罢。"惠养民笑道:"你一发信口胡说起来。我看一看该怎的。"滑氏咬住牙直不拿出来。(四十)

(谭绍文)又转念头:"珍珠串几番多情,我太忍绝了,也算我薄情,不如径上夏家游散一回,我咬住牙,只一个不赌,他们该怎的呢?"(五十七)

巴庚道:"姑娘也说的是。只是吩咐家中大小雇工,千万要谨言,万不可漏口,只咬住牙,说不曾到此。"(六十五)

【咬住牙】形容拿定主意,决不松口。也可以说成"咬住牙管(关)"或"咬定牙关"。明周清原《西湖二集·寄梅花鬼闹西阁》:"廷之回到家中,见了柳氏,咬住牙管,不敢说出此事。连随身小厮,廷之狠狠吩咐,不许一言泄漏,遂瞒得铁桶相似。"明李诩《戒庵老人漫笔·任兵宪家书》:"不幸而有意外之变,但臣死忠,妻死节,子死孝,咬定牙关,大家成就一个是而已。"

要紧

日已出了,看见昨日吐坏的床褥枕头,一发心中不安的要紧,少不得又要走。(十七)

绍闻道:"本拟明日有客,此时内边诸事多未停妥,通待至明日行礼罢。况且一说就有,也不敢当的要紧。"(七十八)

泥金写的斗口大喜字,贴在照壁,并新联,俱是苏霖臣手笔。墨黝如漆,

划润如油,好不光华的要紧。(一百〇八)

【要紧】副词,表示程度高,相当于"厉害""很"。清秦子忱《续红楼梦》第十八回:"只听宝玉叫道:'莺儿姐姐,你问柳嫂子有什么烧煮的大肉,给我片一盘子来,我肚里只觉饿的要紧,只怕稀粥未必中用。'"也可以单说成"紧"。本书第七十三回:"夏逢若道:'窄狭得紧,你也不笑我。并没外人,不妨摆将上来。'"用法与"要紧"相同。参见"紧"条。

野相

(谭绍闻)到了晚上,仍自睡倒。左右盘算,俱不是路。旋又想到,这五百两银子,只那假李逯将不知怎样撒泼催逼哩,那个野相,实叫人难当。顿时心中又悔又惧,大加闷躁起来。(四十四)

【野相】野蛮粗鲁的样子。司马中原《狂风沙》三十四:"面孔生,口音侉,个个又都腰里硬(意指带有短枪),新衣遮不住野相,盐市可没这种不沾盐味的人。"字也写作"野像"。清白眼《后官场现形记》第三回:"伯伯看见青云彬彬儒雅,俨然像个学生,不是从前那放牛的时候,满脸野像,十分高兴。"

夜头早晚

薛婆道:"一发是该买的。你老人家没个姑娘,夜头早晚,也得个人说句话儿。况且价儿不多,他大如今正急着,是很相应的。"(十三)

我把老伯请来,白日教小儿念书,及黄昏就在东院里住,一来老伯爱这个贤弟,省的往来隔着几条街,太不便宜;二来老伯夜头早晚,就有杏姐伺候,也省磕跌绊倒,要个茶水也便宜。(九十九)

【夜头早晚】夜头:夜里。《敦煌曲子词·南歌子》:"白日长相见,夜头各自眠。"早晚:时候,某一段时间。"夜头早晚"就是夜晚时候,夜间。《金瓶梅》第二十五回:"那厮杀你便该当,与我何干?连我一例也要杀!趁早不为之计,夜头早晚,人无后眼,只怕暗遭他毒手。"李涵秋《广陵潮》第五十七回:"主母们安心住在我家草屋里,夜头早晚只须分付网狗子拿一根门撑儿,守着门户,是再没有土匪敢到那里去打扰的。"

一般

潜斋问孝移道:"旧日为谭兄洗尘,一般是请我坐西席,为甚的当面不言,受程嵩老的奚落哩?"(四)

慧娘笑道:"再迟两天又怕住的生分了,一般是叫他进来,就叫他进来也罢。"(三十六)

王紫泥在床上翻起身来道:"老贾,你也太小心过火了,谭相公不是那一号儿人。也罢,谭相公,你看一般是给他的,就写一张借帖何妨呢?"(四十三)

【一般】犹言反正,表示事情的结果并没有什么不同。多用于反诘复句的前半句。"一般"有一样、同样的意思,《今古奇观·滕大尹鬼断家私》:"一般是老爹爹所生,怎么我是野种?惹着你性子便怎地?难道谋害了我娘儿两个,你就独占了家私不成?"上面的用法应是承此而来。

一步三摇

咱不欠粮漕,没有官事,一步三摇的进去,说完了话,打个躬儿出来。不走他的仪门,不穿他的暖阁,是咱弟兄们没有恁大的分儿。(九十六)

【一步三摇】形容走动时大模大样或悠然自得的神态。清李汝珍《镜花缘》第二十回:"赤发蓬头,两只大脚,有一尺厚、二尺长,行动时以脚指行走,脚跟并不着地,一步三摇,斯斯文文,竟有'宁可湿衣,不可乱步'光景。"

一刀两断

王氏说道:"一个男人家,心里想做事,便一刀两断做出来……明知王中好说扭窍扫兴的话,你偏偏又叫他回来商量,弄的你三心二意图啥哩?"(七十一)

【一刀两断】比喻态度坚决,处事果断。明王以悟《复李见田孙婿》:"何者为上达?何者为下达?上达处决意从,下达处决意不为,斩钉截铁,一刀两断。"清佚名《野叟曝言》第十四回:"有谋再四推扳,方准五年放赎,敬亭只肯三年。素臣道:'就是五年罢,争他怎的?'有谋赞道:'文先生真是快人!贱性也是一刀两断的!'"

一等一

绳祖笑道:"你只说那一个是尽好的?"戏子道:"这黑缎袋子内,就算一等一了。"王紫泥道:"就是这个罢,取出来瞧瞧。"戏子取将出来,果然精神发旺,气象雄劲。王紫泥道:"就是这个。"绳祖道:"紫老心里只图一等一哩。"(三十三)

【一等一】一等中的第一名。《儒林外史》第十九回:"考过,宗师着实称赞,取在一等第一。"常常用来形容那些最出众的、超乎一般的人或物。清俞万春《荡寇志》第一百回:"他便发作起来,打得你自不信自。任凭你一等一的好汉,只消四五十个回合,终打翻了。"崔复生《太行志》第二章:"这是当年农会分给他的小院子,全庄一等一的斗争果实。"现代河南不少地方还这样说。

一轰(儿)

(公子)把旧鞭子丢在地下,跟人拾了。自己拿新鞭子,把马臀上加了一下,主仆七八个,一轰儿去了。到了未牌时分,一轰儿又进了城。(十五)

原来东方日出时,蔡湘方才起来,开了园门,一轰儿抬的抬,搬的搬,不多时,一院子都是戏子。(二十二)

说着,箱筒抬完。大家说:"磕头谢扰。"绍闻说:"不用。"众人也就止了。一轰儿出胡同口,绍闻跟着看。(二十四)

【一轰(儿)】一阵哄闹,一阵喧嚷。清文康《儿女英雄传》第六回:"只听得外面果然闹闹吵吵的,一轰进来一群四五个七长八短的和尚,手拿锹镢棍棒,拥将上来。"又作"一哄"。宋陆游《群儿》诗:"须臾一哄散,无益亦何伤。"清艾衲居士《豆棚闲话》第八则:"那知这些人都是乡愚气质,听见请吃东西,恐怕轮流还席,大半一哄走了。"

一剪铰齐/一剪剪齐

惠观民心中有事,略温存了温存,便说道:"第二的,那两家要账的通是

不依，一定要一剪儿铰齐。话头都当不得，我委的没法。第二的拿个主意开发了他。"（上三十九）

孟嵩龄道："少爷命取行李来，当面把天平过了。王二爷这宗账是得过息的，今日既是一剪铰齐，王二爷想是还有个盛情。"王经千道："既是爷台们说，难说我该怎的？我让十两。"（四十八）

【一剪铰齐】一剪刀下去剪断。比喻一下子了断。常指一下子还清欠账。也说"一剪剪齐"。铰：用剪刀剪。本书第二十七回："明日再叫你那假李逵来取五十串钱去——这四十串头钱，就是谭贤弟哩。我再垫上十串，一剪剪齐。他也不欠你的了。""一剪儿铰齐"，栾校本作"一剪儿剪齐"，义同。今河南话多说"一剪儿铰齐"。

一径

立催二公各带一仆，邓祥套车送去。云岫坐在车前，一径直到同乐楼下来。将车马交与管园的，云岫引着二公，上的楼来。（十）

管贻安道："离了乡里人，饿死您城里寡油嘴。也罢么，我就讨僭。"一径坐了首席。鲍相公坐了次座。（三十四）

张正心把楼上一捆十千钱放在车上。张类村急出卧房道："那是刻字匠寄放的钱。"梁氏道："改日还他。"一径出门。（六十七）

【一径】径直，直接，也指不停顿（地）、不假思索（地）。《水浒传》第十九回："晁盖道：'小子久闻大山招贤纳士，一径地特来投托入伙，若是不能相容，我等众人自行告退。'"清曾朴《孽海花》第四回："长班要去通报，雯青说：'不必。'说着，就一径向公坊住的那三间屋里去。"

一伶百俐

夏鼎听说"这几日必要来"六个字，心中就有了八分意思，因问道："你怎么就定他必来。"王隆吉笑道："断乎无不来之理。"夏鼎是一伶百俐的人，便猜着是生辰庆寿之事。（三十七）

【一伶百俐】形容十分聪颖机灵。也说"一灵百透"。见"一灵百透"条。

一灵百透

这是送上门的,你老人家休错这主意,过这村,就没这店了……奶奶是一灵百透的,还用我细说么。(十三)

绍闻一把扯住道:"这是啥话?"茅拔茹道:"啥话不啥话,你问你门上二爷。"绍闻一灵百透的人,便说道:"想是底下人不认的,错说了话。千万休怪,我赔礼就是。"(二十二)

【一灵百透】灵透,聪明,机敏。李準《李双双小传》二:"哎,这女人心眼太灵透了,她少个心眼倒安分了!"也作"伶透"。《红楼梦》第八十三回:"他也是个伶透人,自然明白我的话。""一灵百透",意思是非常聪明,悟性极高。何小山《戏与梦·关公戏》:"在父亲何益山悉心点拨下,豆蔻年华的武小凤一灵百透,表现曹月娥痛心疾首,见曹操给予她色诱关羽的使命功亏一篑、自愧形秽的复杂心情演得十分到位。"也说"一伶百俐"。见"一伶百俐"条。

一路

孝移与潜斋一路回来,径到后园厢房坐下。(六)

王中坐车,到了半路,迎着娄潜斋步行而来,小厮提着一盒儿雪糕。一同坐到车上,一路回来。(十二)

韩仁山也见桥工将完,正想送谭绍闻回家,只虑无人作伴,今日恰好遇此同乡,可一路行走,甚觉放心。(四十四)

【一路】一同,一起(行走)。《醒世姻缘传》第九十三回:"一班道友,男男女女,也不下七八十人,三月初六日,从祠堂里烧了信香,一路进发。"

一奶吊大

滑玉道:"姐,你说的啥话些。咱两个一奶吊大,我就白替姐营运。到明日发了财,我与两个外甥拿出来,一五一十清白,也显我是他的一个舅哩。"(四十)

【一奶吊大】吃一个娘的奶长大。指一母同胞的兄弟姐妹,强调手足轻重。孙明和《伊洛词话·语汇》:"一奶吊大:吃同一母亲的奶长大,指亲兄弟姊妹。"乔典运《问天·欢天喜地》:"高兴完了忽然又数落起来:'你看看你是不是疯了,买这么多东西得花几百块吧!来了就有了,亲姐弟一奶吊大,花这钱干啥?'"

一起儿/一起子

争乃这样人,下愚不移,心中打算另置一处房屋,招两个出色标致的娼妓,好引诱城内一起儿憨头狼子弟赌博。(五十三)

遇见一起子强盗,铐锁一堂,鬼形魔状,要在他口里讨真情,岂不难甚?(七十一)

这德喜一头顶住绍闻胸膛,说:"你打死我!"顶的绍闻退了几步。绍闻道:"你两个还不扯开这个东西?"邓祥道:"打哟!"绍闻道:"您这一起儿,通是反了!"(八十)

【一起儿】也说"一起子"。犹言一伙,一帮。多用于贬义。清文康《儿女英雄传》第三回:"才来了一起子从张家口贩皮货往南京去的客人,明日也打这路走。"张果夫编《中国民间故事丛书·河南南阳唐河卷·包公降妖》:"妖怪不知是计,看天一黑,都一起儿一起儿来了。喝了大半夜,都东倒西歪。"

一遭(儿)

绍闻道:"息是不能完的。俗话说,本到利止。余下息银,改日再为凑办,一遭儿楚结。"(上四十八)

虎镇邦道:"昨年一遭输了二百两兵饷,卖了一个菜园、一处市房。我是不敢再赌了。"(五十八)

十三日你爹爹生日,有客做生,过了两天我生日,吃尸气肉,喝洗唇子酒。俺娘家几门子人,都来当客封礼,我受不哩这残茶剩水。不如一遭儿做生日,唱上一台戏,摆上一二十席菜,也不说是爹是娘。看我说的是也不是?(一百)

【一遭(儿)】原指一回、一趟。本书第三十六回:"哄人只哄一遭,谭家那山厚着哩,难说我只请他一遭么?"引申为一次性(地)、一总。"一遭儿楚

姨妈

王氏道:"兴官,你过来,把这一只送与你妈去。"兴官接在手中,送与姨妈,冰梅道:"送与大婶子,做一对儿。"(五十四)

那杏花儿上楼来,吓的搐做一团儿,只推温姑娘下楼去劝。这八九岁女娃儿晓的什么,只说道:"姨妈,你看你的花歪了。"(六十七)

兴官提一包苏州物件,说:"奶奶说,这是舅爷与娘及姨妈送的人情。"冰梅接来递与巫氏,巫氏看了一遍,俱是一色两样,说道:"兴官,都给了你姨妈罢,我不要。"(七十四)

【姨妈】指父妾。民国二十五年(1936 年)铅印本《重修信阳县志·礼俗志》:"父之妾曰姨母、曰姨妈。"也可以称作"妈"。"送与你妈",就是"送与姨妈",指冰梅。参加"妈"条。

意儿

张绳祖道:"谁想你的什么哩……不过说是谭相公到了,人的名,树的影,起个头儿。人人渐晓的张宅房子仍旧,家中留下一个好粉头,我就中吃些余光。是叫你惜老怜贫,与我开一条活路的意儿。"(七十四)

王象荩道:"小的进来,那菜园子就荒了,鞋铺子生意,也没人照看。"王氏道:"你那意儿,怕这两宗我有撤回之意?"(八十二)

却说绍闻回家安顿午饭,叫双庆提茶来,斟了分送。绍闻道:"双庆你回去罢,厨下攒忙。"并叫簧初一同回去。这也是一日被蛇咬,十年怕麻绳的意儿。(九十)

【意儿】心意,意思。"一条活路的意儿",上图本作"一条活路的意思",义同。《金瓶梅词话》第六十一回:"若是信着你意儿,把天下老婆都耍遍了罢。贼没羞的货,一个大眼里火行货子!"或不加"儿"。本书第一百〇三回:"绍闻道:'只怕王中断断不依。'盛希瑗道:'你意王中不肯叫女儿作妾?'"现在河南方言中一般说"意儿"。

阴阳

王氏道:"正好。福儿这个打算不错,埋了罢。你没听说,这城中谁的阴阳高些?叫他择个上好日子,发送你姑夫入土就是。"(六十一)

王隆吉道:"我不在行。只是前日我在北道门经过,见北拐哩一个门上,贴个报条儿,依稀记的上面写着京都新到胡什么,'地理风鉴,兼选择婚葬吉日',还有啥啥啥大长两三行小字儿。听说有许多人请他,或者是个阴阳高的。"(六十一)

【阴阳】指相宅、相墓、占卜、星相的方术。元王晔《桃花女破法嫁周公》第四折:"〔周公云〕媳妇儿!你也不要怪我了。当初一日,这洛阳城中则有我的阴阳高,谁想两番儿被你破了我的法。"明天花才子《后西游记》第二十九回:"(阳大王)暗想道:'我躲在石匣中,连神鬼也不知,他怎生倒晓得了?真也作怪!莫非这和尚未卜先知,他的阴阳比我们更准?'"

引绳批根/引绳披根

总之年老人性情,触起宿怒,定要引绳批根;娱以素好,不觉帆随湘转。(七)

但刘春荣这宗命案,罪名太重,若听任管贻安的攀扯,一一引绳批根,将来便成瓜藤大狱,怎生是妥?(六十四)

【引绳批根】典出《史记》。《史记·魏其武安侯列传》:"及魏其侯失势,亦欲倚灌夫引绳批根生平慕之后弃之者。"比喻纠合力量排斥异己(参见《汉语大词典》"引绳批根"条)。这里"引绳批根"则比喻为按其线索追究到底的意思。"一一引绳批根",上图本作"一一引绳披根",义同。清张云章《贺长洲宋公入拜内阁大学士序(代)》:"以雄刚自持,以清慎率下,事有关于军国大体,为上引绳批根,极陈其利弊。"清林时对《荷牐丛谈·陈太史明卿壬午殉难列传叙》:"而引绳披根,株连瓜蔓,泽量若焦,狐猿夜嗷,参夷之憯,于是极已,则皆孝孺十族之言有以激之也。"

印板样

求福免祸,原是人情之常,人断没有趋祸而远福者。但祸福之源,古人说的明白:"福是自求多的,祸是自己作的。"再迟十万年,也是这个印板样儿。(六十二)

【印板样】印板:用来印刷书画之类的底板。"印板样"即像印板那样子,形容不会发生变化。恽代英主编《红藏·中国青年·生活问题》第五十期:"为了这样的理由,许多青年死心塌地的去做他们印板样的功课,希望多得几个一百分,便可以解决生活问题。"也说"板样"。本书第二十一回:"逢若又说道:'人生一世,不过快乐了便罢。柳陌花巷快乐一辈子也是死,执固板样拘束一辈子也是死。'""板样"比喻刻板,不善于变通。参见"板样"。

膺/应

乔龄道:"他在我手里膺了好几年秀才,后来拔贡出去了。"(四)

巫翠姐道:"你一个男子汉大丈夫,买一件圈圈子,就弄下一场官词,像我膺闺女时,也不知在花婆子手里买了几十串钱,也不见怎的。"(上五十四)

贤弟呀,你还教你的相公罢,中举、中进士,做了官,那时你到衙门膺太老爷,吃其肉而穿其缎,喝其酒而抹其牌,人人称封乎翁乎,岂不美哉?(八十六)

【膺】谓充当(某一类角色),做(某种身份的人)。"膺了好几年秀才",上图本作"应了好几年秀才";"膺闺女时",栾校本作"当闺女时",义同。"膺"有承当、担当的意义,例如《尚书·武成》:"诞膺天命。"伪孔传:"大当天命。"《旧唐书·酷吏传》:"尝以经纬之才,允膺匡佐之委。"明方孝孺《陈希古像赞》:"出膺民社之寄,处为士子之师。""充当""做",当系"承当;担当"意义之引申。现在河南方言中使用频率仍然很高,如说:"眼看是膺奶奶的人了,头发咋能不白哩!""您这膺头儿的,也该替俺下边办事人多想想。"字或作"应"。乔聚坤《春桃借牛》:"〔兰芝白〕不不不,我是说,后天你,你就该应婆婆啦!〔祥婶白〕唉,婆婆可不是好应的。"

萦记/膺记/萦计

相公请个先生用心念书，咱这日子儿还不吃大亏。久后也像娄宅的少爷榜上有名，也不枉大爷归天时一片的萦记。(三十六)

夏逢若心下又膺记小豆腐送的银子，说道："也罢么，我就回去，尽着我跟他缠。他再说打的话，我就要见他的将主哩。"(五十九)

我回家对咱娘说你吃的大胖，对谭伯母说谭贤弟吃的大胖，我到京里一见全不认的。叫老人家喜欢，不萦计就是。(上一百)

【萦记】牵挂，惦记。亦作"膺记""萦计"。清李百川《绿野仙踪》第三十回："理该鼓动三军锐气，扫除妖孽。上慰圣天子萦计，下救万姓倒悬。"河南文艺编辑部《姑嫂赶会说唱·借扁担》："你知道俺妈多膺记你，时常里当着俺俩把你夸奖。"上图本均作"萦计"。"萦"有牵缠、牵挂的意思；"记"似当作"系"，也有牵挂之义。宋毛滂《惜分飞》词："恰则心头托托地，放下了日多萦系。"明高濂《玉簪记·促试》："不知何事苦相牵，心下常萦系。""萦系"即"萦记(计)"。现在河南方言里仍有这种说法，如："家里啥都好，对他说不用萦记。"

萦心/膺心

(一)

（王象荩）说道："未得知上坟日子，约摸明日清明，上坟必是今日。小的也来趁着烧一张纸。"绍闻也没的说，只得道："你还萦心，好，好。"(八十一)

谭绍衣道："那个中用些？"绍闻道："才从家里来的叫王中，是头一个中用的，但他微有家计萦心。"(一百〇四)

等了两个月不见回来，绍闻有些焦急，白日办事，夜间萦心。忽一日两个箭役回署叩头，不见王象荩，内心已自不安。(一百〇六)

【萦心】挂记在心。萦：牵挂，牵缠。唐段成式《闲中好》词："闲中好，尘务不萦心。"明俞弁《逸老堂诗话》卷下："天台王古直有《述怀》诗'穷将入骨诗还拙,事不萦心梦亦清'之句,李西涯称赏之。"

(二)

只要这小贤弟成人,也不枉张老伯一生忠厚,省的大家相好的,每日替他牵挂这宗事。他今既与贤弟相近,你需要萦点心儿。(七十一)

老太太春秋已高,万不可叫他为家事萦心。一面料理家务,得空就读书。(九十六)

你回去,把两院家事都交与你照管,夜间两院之门户,幼年小相公之出入,你俱膺心。(一百〇四)

【萦心】操心,费心。亦作"膺心"。清钱泳《履园丛话·臆论·不多不少》:"银钱一物,原不可少,亦不可多,多则难于运用,少则难于进取。盖运用要萦心,进取亦要萦心,从此一生劳碌,日夜不安,而人亦随之衰惫。"现在河南话中仍有这种说法,如:"到学里可要萦心学习,别跟人家搁气。"这一意义显然从"挂记在心"引申而来。

营运

(一)

当初大爷临终之时,赏了小的鞋铺一座,菜园一处。列位爷也是知道的。小的想着就中营运,存留个后手,却万万不是为小的衣食。(五十五)

滑氏道:"你与我营运,到明日除本分利,我也不肯白张劳你。"滑玉道:"姐,你说的啥话些。咱两个一奶吊大,我就白替姐营运。到明日发了财,我与两个外甥拿出来,一五一十清白。"(四十)

翠姐未出闺之时,本有百数十金积蓄。迨出嫁后,母亲巴氏代为营运,放债收息,目今已有二百余两。(八十二)

【营运】经营,经管。《元典章·户部五》:"将父李清叟原吩咐营运田土二十五亩三分卖与程潾。"《京本通俗小说·志诚张主管》:"家有十万资财,用两个主管营运。"

（二）

若论夏逢若耗了父亲宦囊，也受了许多艰窘，遭了多少羞辱。今日陡然有这注肥钱，勿论得之义与不义，也该生发个正经营运。（五十三）

自从搬到这里，眼见得是个好营运，几家子小憨瓜，却也还上手。偏偏杨三瞎子把管九打了。（五十六）

我想这一千二百两银子，先做个小营运。异日再设法添些本钱，好干那本大利宽的事。（六十九）

【营运】维持生活的门路，营生。清陈忱《水浒后传》第二十一回："我见他有义气，常看顾他做些小营运。"《醒世姻缘传》第六十八回："他的丈夫儿子，没有别的一些营运，专靠定这两个老揑辣指了东庄建庙，西庄铸钟。"

影身草

谁家嫂嫂有各不着小叔道理，图什么美名哩？都是汉子各不着兄弟，拿着屋里女人做影身草。我也是进士做官的孙女儿，你赖我不省事我不依。都是你想分，他想分，把我当中做坏人，落个搅家不贤。（一百〇八）

【影身草】影：遮挡，遮蔽。本书第六十七回："张类村指着一个过道道：'此中可做中厕，即以此砖砌个墙影影身子便好。'""影影身子"就是挡挡身子。"影身草"原意是可以遮挡身体的草，比喻作用来掩饰的人或物，挡箭牌。《醒世姻缘传》第四十三回："晁住爽利把媳妇子做了影身草，指称在里面服事珍哥，这晁住也就好在里面连夜住宿。"

忧虑

王氏道："你不过是忧虑日子不行。像我如今也竟每日愁的睡不着，该人家一千多两利息银子，孩子们年轻，晚黑都睡了，我鸡叫时还不曾眨眼儿。谁知道呢？"（四十）

我如今聆了老师的教训，心下已豁然开朗，这一班狐朋狗党，我半夜想起来，都把牙咬碎。你也不必再为忧虑。（五十六）

隆吉见姑娘说话蛮缠，也不敢过为剖析。且又忧虑父亲未回，起身要

走。王氏母子打算款待，也不丰盛，亦不敢留，相送而去。(七十四)

【忧虑】担忧，担心，为……忧愁。清蒲松龄《禳妒咒·复合》："不知文章读几遍，不知五经念几行，终朝只去闲游荡。早给他成婚另娶，也省的忧虑爷娘。"清曹去晶《姑妄言》第二十三回："除夕之夜，弘光临御兴宁宫。百官进朝辞岁，见他两眉如锁，低首沉吟，像有万千心事不能解释的一般，都以为他是忧虑国家的大事。"现在河南话还这么说，如："办完事早点回来，别叫恁娘忧虑你。"

游棍

且说谭绍闻在夏逢若家混闹，又添上管贻安、鲍旭、贲浩波一班儿殷实浮华的恶少，这夏家赌娼场儿，真正就成了局阵，早轰动了城内、城外、外州、外县的一起儿游棍。(五十四)

我想这些游棍哄骗人家子弟，惟家有厉害父兄，开口说出官首赌，到街上胡喊乱骂，这些光棍，怕的是见官挨打带枷，就歇了手。(六十)

因此偷跑至王少湖家，说知此事，暗暗的先与了十两贿赂，说明开发了这一起游棍走了，还有十两谢仪。(六十)

【游棍】游手好闲的光棍无赖。明沈德符《万历野获编·台省·按臣笞将领》："武臣自总戎而下，即为副将及参将，体貌素崇，与司道同列，近来多黜卒及游棍滥居之，日以轻藐。"清胡衍虞《居官寡过录·治盗贼》："近访各属地方，有种浪子游棍，不务耕作，专事盘游；或持鸟枪而走城市，或架鹰犬以入山林，借打猎之名为资身之策。"

游散

春宇道："他如何能哩，他比端福儿少读好些书哩。我也不是有体面的老子。可说哩，外甥那里去了？这一会不见他?"王氏道："我怕他气的慌，叫他外边街上游散去了。"(八)

(谭绍闻)又转念头："珍珠串几番多情，我太慭绝了，也算我薄情，不如径上夏家游散一回，我咬住牙，只一个不赌，他们该怎的呢?"(五十七)

【游散】闲游散闷，悠游散步。"散"有消解、排遣的意思。本书第九回："内边捧出点茶，主客举匙对饮。柏公道：'虚诳台驾。料老先生也未免客居岑寂,请到这边散一散儿。'""游散去了",上图本作"走走",表意相当。清心青《新茶花》第十二回:"当下求齐就住在元戚那里,渐渐跟着出门游散,把复仇之念忘了。"朱瘦菊《歇浦潮》第九十八回:"照你这般天天闷坐家中,血脉何由活动,所以最好还得出去游散游散,方合卫生之道。"

游手

谭孝移道:"我在会上,从来没见有一个正经读书的人,也没见正经有家教子弟在会上,不过是那些游手博徒,屠户酒鬼,并一班不肖子弟,在会上胡轰。"(三)

我昨日因过萧墙街,两个小游手儿竟是吃醉了,公然打到我轿前,岂不是有天没日头的光景?(六十五)

【游手】游荡成性、不务正业的人。宋陶谷《清异录·虫》:"唐世京城游手夏月采蝉货之,唱曰:'只卖青林乐。'"清顺治十七年刻本《归德府志·地理志》:"夫快骑壮步是为民兵,率取之市井游手。"

游游

依我说,到那日你跟先生也去游游,两个孩子跟着你两个,叫宋禄套上车儿同去,晌午便回来,有啥事呢!(三)

这隆吉来意,本欲邀娄朴结盟,见了先生,早已夺气,不敢讲出口来。坐了一会,只得邀娄朴道:"世兄外边游游罢。"(十五)

张类村道:"老哥轻易还进城来游游哩?"惠养民道:"弟素性颇狷,足迹不喜城市。"张类村道:"乡间僻静,比不得城市烦嚣,自然是悠闲的。"(三十八)

【游游】等于说闲走走,逛逛。这种意思的"游"都念阴平。清光绪七年刻本《宜阳县志·风俗志·方言》:"同往曰游游。读幽。"民国二十七年(1938年)铅印本《新安县志·社会志·歌谣》:"讲平等,讲自由,女长十八没对头。尚时髦,尚风流,公园戏场去游游。"现在河南话中还有这样的说法,如:"过罢年咱去城里游游吧?"也可以单说"游"。本书第四十四回:"谭绍闻原是省会住惯的人,见了这个轰闹,也还不甚在意。游了一会,转回店里,闷坐到日夕。"意思一样。

有个香头儿

王中在一旁听着,说道:"这事不妥。这是要吃钱的话头,连数目都讲明出来。"谭绍闻道:"我们有个香头儿,换过帖子,难说他吃咱的钱,脸面上也不好看。"(三十)

况这里捕头王大哥、张家第三的,咱们与他有个香头儿。王大哥十月里嫁闺女,他们有公约,大家要与他添箱。(七十三)

【有个香头儿】等于说是结拜的异姓兄弟或姐妹。结拜时要在神前焚香起誓,交换写有姓名、年龄、籍贯、家世的柬帖,所以把结拜的异姓兄弟或姐妹称为"有个香头"。本书第五十九回:"俺几个说话俱不入耳,你与谭绍闻有神前一炷香,换帖弟兄,说话儿分外中听。""有神前一炷香"就是"有个香头儿"的另一种说法。也叫"换帖(子)"。参见"换帖(子)"条。

有根柢

只因有一家极有根柢人家,祖、父都是老成典型,生出了一个极聪明的子弟……后来结交一干匪类,东扯西捞,果然弄的家败人亡,上天无路,入地无门。多亏他是个正经有来头的门户,还有本族人提拔他。(一)

王中引到账房,与阎相公问了来历,原是极有根柢的人家,只为父母俱亡,无所依靠,与舅氏乔寓至此。(十三)

这谭绍闻竟是一个积匪,宗宗匪案,都有他一缕麻儿。昨日我到他宅院,果然是个有根柢门户。怎的这人竟是这样不肖!(六十五)

【有根柢】等于说基础深厚。指家族教养、社会地位、经济条件等方面优越且由来已久。也作"有根底"。清刘体信《苌楚斋三笔·赵彝鼎殉难大节》:"攀亲亦须勤俭略有根底之人家,盖有识见,有规矩,则到家少着闲气也。"根柢:根基。所以"有根柢"也说"有根基"。"极有根柢",上图本作"极有根基",义同。《醒世姻缘传》第八十一回:"这是我从小同窗的兄弟,原是大有根基的子孙。"

有天没日头

王少湖道：“真正有天没日头。都休要走了，我去禀老爷去。”（三十）

我昨日因过萧墙街，两个小游手儿竟是吃醉了，公然打到我轿前，岂不是有天没日头的光景？（六十五）

【有天没日头】明尹直《謇斋琐缀录》卷六：“苏州昔有一僧能诗，颇捷给诡谲。尝途遇郡守，守以凉伞为题命赋诗。僧立成一绝，云：'众骨攒来一柄收，褐罗银顶覆诸侯。常时撑向马前去，真个有天没日头。'守闻之，颇有愧色。此僧盖善于讽刺也。”《歧路灯》中用以表示胆大妄为、无法无天之义。李伯通《西太后演示演义》第二回：“父子讲得手舞跳蹈，不提防佟佳氏走出来，啐了一口香沫说：'你俩敢是疯了，这些有天没日头的话，就可以高声朗气的讲吗？'”又有"少天没日头"一语。本书第五十三回：“王氏道：'真正不像一家子人家了，少天没日头的。'”参见"少天没日头"条。

《金瓶梅词话》第十二回：“见你常时进奴这屋里来歇，无非都气不愤，拿这有天没日头的事压柱奴。”此"有天没日头"指没有事实根据、不明不白的。清李鉴堂《俗语考原》：“有天没日头：俗谓诳语之无稽也。”这是"有天没日头"的另一种含义。

迂阔

子弟宁可不读书，不可一日近匪人。不是古人多迂阔，总缘事儿见的真。（十七）

日色西沉，娄、孔、程起身已去。这盛公子气的拍胸，向众人道：“晦气！晦气！今日偏遇着这几位迂阔老头子，受了一天暗气。我不为他们有几岁年纪，定要抢白他几句。”（二十）

圣人如神龙变化，万不迂阔。（一百〇七）

【迂阔】迂腐守旧，不善变通。清昭梿《啸亭杂录·刘药村》：“刘药村名大槐，海峰先生之弟也。馆于明太傅第，课子弟甚严，性迂阔初，不知人间有分桃断袖事者。”清石玉昆《三侠五义》第七十三回：“他却投在马强家中，无心中将端砚说出。顿时的萧墙祸起，恶贼立刻派人前去拍门，硬要。遇见先生迂阔性情，不但不卖，反倒大骂一场。”

鱼鳔

王氏道:"你真正成不得人了。每日在夏家,他家有鱼鳔、皮胶把你粘住了?几番人轮着叫你,你再不回来,还成人家么?"(五十四)

【鱼鳔(—biào)】鱼体内可以膨胀收缩的囊状器官。鱼鳔可以熬制胶,即鱼胶,也叫鳔胶,黏性很大。这里"鱼鳔"即鳔胶。清郝懿行《海错记·鳖鱼》:"鱼之美,乃在于鳔(《玉篇》:"毗眇切,鱼鳔,可为胶。")。梓人制器,黏缀合缝胜于用胶,谓之鱼鳔。"兰建堂《中国民间故事丛书·河南南阳宛城卷·鲁班与鱼鳔》:"胶的种类很多,其中黏性大、性能好、黏固力强的属鳔胶。鳔胶俗称鱼鳔,说起鱼鳔,还有一个有趣的传说哩。"

原

绍闻抱着肚子说道:"我一向原没读书,娄先生、程大叔说我的不是,是应该的。"(十四)

那夏逢若,只恨不能在《封神演义》上,学那土行孙钻地法儿,只低着头,剔指尖灰儿。这希侨尚勉强说:"原不是赌钱,只是掷状元筹行酒令的。"(二十)

几个皂隶按住,把袜子褪了,光腿放在三木之内,一声喝时,夹棍一束,那贾李魁早喊道:"小的说实话就是,原是赌博呀!"(四十六)

【原】本来,实际上,事实上。表示对事情真实性的认定。明冯梦龙《三遂平妖传》第五回:"焦员外受苦不过,哀告道:'望相公青天作主,原不曾谋死胡永儿。容小人图画永儿面貌,情愿出三千贯赏钱。只要相公出个海捕文书,关行各府州县,悬挂面貌信赏。若永儿端的无消息时,小人情愿抵罪。'"清佚名《施公案》第二十四回:"众寇一听,共说:'小的等作恶,原是不假,情愿治罪画供,求老爷免刑。'"

圆范

冰梅道:"婶子与大叔说话时,我听着极好,只是我说不圆范。咱也睡罢,夜深了。"(三十五)

(王中)心中又笑又恼又喜又悔,笑的是酒馆遇的那人,略有些影儿,便

诣的恁样圆范;恼的是测字的却敢口硬;喜的是三里无真信,此事与我家相公不相干;悔的是自己毕竟有些孟浪。(四十五)

【圆范】原指样式圆,或者圆形的。北魏贾思勰《齐民要术·饼炙》:"以竹木作圆范格四寸。"《醒世姻缘传》第五十四回:"擀薄饼也能圆泛;做水饭,插粘粥,烙水烧,都也通路。""圆泛"即"圆范"。引申为圆满、周延,完整没有纰漏。胡乃武《荡顺风船的角色》:"老资格提的问题很深奥,三西老倌答不圆范,祝长发也答不圆范。"又写作"圆番"。王国谦主编《禹州文史第18辑·禹州方言例释》:"圆番:圆满,无漏洞。"

缘头上脸

绍闻道:"休要没好气。拿不清,街上再觅两个闲人帮一帮何如?"德喜道:"谁敢没好气。"绍闻道:"你看你那说话的样儿,叫人受的受不的?是我穷了,你就要缘头上脸的。"德喜把帘子丢下道:"你穷是你穷了,与我们何相干?休要嘴打闲人。"(八十)

【缘头上脸】比喻得寸进尺,愈加放肆。上图本作"缘头上面",义同。《金瓶梅》第七十二回:"想着一来时,饿答的个脸,黄皮寡瘦的,乞乞缩缩,那个腔儿。吃了这二年饱饭,就生事儿雌起汉子来了。你如今不禁下他来,到明日又教他上头上脸的,一时捅出个孩子,当谁的?""上头上脸"与"缘头上脸"意思相近。

远门子

我外爷曹家一大户,当日并不认的远门子舅,今日都要随分子送戏。才说你舅不甚愿意,那些远门子舅,还没我岁数大,一开口便骂我:"休听那守财奴老姐夫话!"就是本门子舅,都是好热闹性情。(一百)

【远门子】犹远房。宗族中血统关系较远的支派。陈忠实《白鹿原》第一章:"嘉轩当即和族里几位长辈商定丧事,先定必办不可的事;派出四个近门子的族里人,按东南西北四路分头去给亲戚友好报丧;派八个远门子的族人日夜换班去打墓。"刘庆邦《黄花绣》:"三奶奶不是格明的亲奶奶,是远门子奶奶,远得隔着好几门儿呢。"

院子

貂鼠皮道:"人不亲行亲,只怕是后边有人领教哩。"夏逢若道:"胡说起来了。"白鸽嘴道:"你输的没了钱,不干这事,你会做啥?只怕再迟几年,连这事还不能干哩。"大家又是轰然。夏逢若道:"院子皮薄,若听见了,要骂你哩。"(五十六)

【院子】本指下人、仆从,这里借指自己的妻子。宋欧阳修《归田录》卷一:"近时,舍人院草制,有送润笔物稍后时者,必遣院子诣门催索,而当送者往往不送。"

约

老伯若念世交之情,就以卖价写成当约,待小侄转过气儿来,备价回赎。(六十七)

绍闻接约在手,说:"我到家中另写。"拿到家中,拈笔于卖约之上,写了:"八月二十三日,卖主面收二百两,余欠俟成交日全完。"年月下判了花押。拿到轩上,交与张正心。正心接住一看,说道:"这约万不敢叫家伯见。"(六十八)

我家怎得替别人做生意,你家银钱是何年何月何日,同谁立约交与我的?(八十二)

【约】契约的简称,指由双方依法订立有关买卖、抵押、借贷、租赁、委托、承揽等事项的文书。借债所立的称"借约",典当所立的称"当约",买卖所立的称"卖约"。本书第六十八回:"张正心道:'家伯见了卖约,着实很恼。说是世兄叫他负良友于幽冥,竟是陷人于不义。故叫弟一定交还与世兄。叫今日面交二百金,立为当约,上边还要写"年限不拘,半价即赎"八个字。'"

约单

昨日为他令堂生日,要做屏举贺,新盖了五间大客厅,请了职客,要约会人与他母亲庆寿。请的职客就有我。与我一个约单,我时常承他的情,不便

推托。(二十一)

此下,街坊比舍另出约单,各攒分金,约在十天以后送绫条对联,治礼奉贺,不在话下。(九十八)

才自汉口回来,街坊就有此一轰,你舅不敢承当。街坊只管出约单。你舅知道了,黄昏里热了一钴酒,把我叫到账房里,说起这宗话。(一百)

【约单】旧时人们为某人的喜庆之事奉贺而相约共同出份子的帖子,上面一般要写明所贺事由,并要求参与者署名。本书第二十一回:"绍闻道:'请出约单我看。'逢若袖中掏出来,只见一个红全幅,上面写道:'敬约者,九月初十日汉霄林兄令堂陈老夫人萱辰。公约敬制锦屏,举觞奉祝。愿同亨者,请书台衔于左。同里某某同具。'"即是当时约单的样式。

阅历

(一)

我在这大街里住,眼见的、耳听的,亲阅历有许多火焰生光人家,霎时便弄的灯消火灭,所以我心里只是一个怕字。(三)

我如今老而无成……还敢满口主敬存诚学些理学话,讨人当面的厌恶,惹人背地里笑话迂腐么?直是阅历透了,看的真,满天下没人跳出圈儿外边也。(九十)

这谭绍闻是浮浪场中阅历罄尽,艰窘界上魔难饱尝,所以今日做官,莅任之初,尚能饬雅度而免俗态。(一百〇五)

【阅历】亲身经历过、体验过。明袁宏道《袁中郎全集·监司周公实改录叙》:"盖公之才识卓而又阅历世态久,甘苦辛酸备尝之矣。"清文康《儿女英雄传》第四十回:"只因他年轻资浅,想要叫他到边疆上磨砺几年,阅历些困苦艰难,然后再加恩重用,便好造就他成个人物。"

(二)

这没学问、没阅历的臆见,再不会有是处,他又以功名佐其所见,说我断没错处。不知自以为没错处,这错处正多哩。(九十六)

众人听了盛公快论,却又是阅历之言,无不心折首肯。(九十九)

幸而绍闻幼违庭训,曾经过几番大挫折,此中有了阅历的学问,不肯自蹈新官的恶套。(一百〇五)

【阅历】指由亲身经历得来的经验、见识。清吴趼人《二十年目睹之怪现状》第七十一回:"论起来,焦侍郎是很有阅历的人,世途上、仕途上都走的烂熟的了,不知为甚么家庭中却是如此。"常杰淼《雍正剑侠图》第三十一回:"论能耐东廊下英雄侠义不少,但比你强的,愚兄我还看不出来,但是论经验、阅历、火候,你还欠点,遇见有经验、阅历的老人物,你可要吃亏。"

(三)

天下这几行人,聪明的要紧,阅历的到家,只见了钱时,那个刁钻顽皮,就要做到一百二十四分的。(四十四)

【阅历】有经验,老练。

运用

果然"舟子不费丝毫力,顺风过了竹节滩":这些到府、到司、到院、到学院,各存册、加结、知会,自是钱万里的运用了,不用细说。(六)

幸而谭绍闻连年弃产,把大注子欠债,已经按下些;又亏张正心百方在伯母上边运用,又交了一百两,因此飞撒在众债主身上,少觉退些。(六十八)

道士道:"这也不难。贫道兼通阳宅,不如以看阳宅为名,光明正大投启来请。至于烧丹之事,要夺造化,全凭子时初刻,自有运用。"(七十五)

【运用】设法处置、安排。明许仲琳《封神演义》第九十二回:"杨戬自有运用,元帅何必惊疑?"清纪昀《阅微草堂笔记·如是我闻(二)》:"今上党气竭,惟用辽参秉东方春气,故其性发生,先升上部;即以药论,亦各有运用之权,愿公审之。"

再遭

谭贤弟,你在我脊梁后坐着看罢。你那聪明,看一遍就会了,省的再遭

作难。(二十四)

杨三道:"五哥,你不知道。放松了他们,咱就受不清他的牙打嘴敲;一遭打怕了,再遭还要敬咱们。你放心,这样公子性儿,个个都是老鼠胆。"(五十四)

白鸽嘴道:"这样主户儿,输下一个不问他要两个,就是光棍家积阴功哩,那怕他走滚么?但事只宜缓,若太急了,他再遭就不敢惹咱了,岂不是咱把财神爷推跑么?"(五十九)

【再遭】再一次,再一回。也说"再一遭",本书第七十六回:"不过只是伺候大叔欢喜,便是我的事。倘若说的一遭不听,再一遭一发不敢张嘴。"现在洛阳一带仍常说"再遭",而不大说"再一遭"。参见"遭数"条。

遭数

咱两个击个掌儿,看谭家这宗银子走了么?说起你的赌,还没我断赌遭数多哩。(三十六)

巫氏道:"那道士雪白长胡子,像那太白李金星。"绍闻道:"你见过李金星?"巫氏道:"我见的遭数多哩。"(七十五)

毕节公曾孙宋三相公,如今进了学,时常到朱仙镇借贷,遭数多了,未免有求不遂,就吵起来。(八十)

【遭数】回数,次数。《红楼梦》第三十一回:"林黛玉将两个指头一伸,抿着嘴笑道:'作了两个和尚了。我从今以后都记着你作和尚的遭数儿。'"遭:回、次。本书第五十四回:"一遭打怕了,再遭还要敬咱们。"本书第六十五回:"俺两个原说是得头钱均分,他遭遭打拐。""一遭"即一回,"再遭"即再回,"遭遭"即回回、每一次。参见"再遭"条。

造厨

夏逢若道:"谁说贤弟昧了的话?但早到手一日,便有早一日的铺排;贤弟既要亲送,也要定个日期,我预备饭,好央人造厨。"(七十五)

绍闻道:"才从家里来的叫王中,是头一个中用的,但他微有家计萦心。"梅克仁插口道:"这人小的是知道的,老太爷重用的人,极会料理事体。"绍闻道:"那两个是粗笨人,赶车、造厨而已。"(一百○四)

【造厨】原指进厨房。明李开先《亡妹卢氏妇墓志铭》:"家贫,几即如卢母常为农事,一年有七八月在乡村,妹乃造厨为朝夕饔飧,奉其兄,养其二妹。"民国二十三年(1934年)铅印本《通许县新志·人物志·列女》:"顷之,氏忽造厨办羹汤一盂,跪进姑床前。"引申为制作饭菜、掌厨(比较正式的说法)。管桦《老营长轶闻》:"武英俊一面通知各连连长到营部会餐,一面像妇女那样,系上围裙,亲自下厨房造厨。"现在河南不少地方还有这种说法。

责成

亲戚们有事,近的叫福儿走走,不可叫他在亲戚家住;远的叫王中问阎相公讨个帖儿,封上礼走走。我不在家,孩子小,人家不责成。(六)

王象荩这宗获金不昧的事,若单说不做,不像咱们的事,文昌也要责成咱哩。(九十八)

【责成】责令、要求某人或机构负责完成某种事务。引申为责备、指摘。唐温大雅《大唐创业起居注》卷三:"万机百度,礼乐征伐,兵马粮仗,庶绩群官,并责成于相府。"清黄世仲《廿年繁华梦》第二十九回:"时周庸佑亦听得街外言三语四,恐丫环口唇头不密,越发喧传出来,因此听得丫环对八房姨太说,也把丫环责成一顿。"

贼头窝主

夏逢若道:"有钱使的鬼推磨。彼时老伯母与贤弟吓的恁个样儿,不过四五百两银子,直把一个塌天人命事,弄的毫不沾身。俗话说:'能膺贼头窝主,不做人命干连。'若不是使银子,这事还不知弄的啥样哩!"(五十三)

【贼头窝主】贼头:贼人的头领,《儒林外史》第三十四回:"店家道:'他原是贼头赵大一路做线的,老爷的弓弦必是他昨晚弄坏了。'"窝主:窝藏赃物或罪犯的人。《元典章·户部六·挑钞窝主罪名》:"窝主王月兴不合于至大四年九月初三日窝藏蔡软驴于本家地窖子内。""贼头窝主"常指犯罪团伙的首领。马进保《国际犯罪与国际刑事司法协助·委托调查和收集证据》:"这些书面材料大都掌握在罪大恶极的贼头窝主手里,或者隐蔽在极为秘密的地方,采取常规的办法很难收集到。"

扎

我问是谁家的,他说是巫家小姑娘的,花儿是自己描的,自己扎的。那鞋儿小的有样范,这脚手是不必说的。薛家媳妇子说,这闺女描鸾刺绣,出的好样儿。(四)

这是鞋铺子哩,我爹揽上来,我妈擘画我叫扎小针脚。做成了,拿回鞋铺里,匠人才上厚底。扎一对工价,够称半斤盐吃。(八十三)

兴官也挂了案,越外四匹喜绸,两匹绫,笔十封,墨两匣,新靴,新帽,大围带,顺袋,瓶口,锦扇囊。又不使咱家里钱……顺袋瓶口扇囊,是我扎的。(八十七)

【扎】(针)刺,刺绣。"是我扎的",上图本作"是我绣的",义同。《红楼梦》第二十四回:"黛玉和香菱坐了,谈讲一些这一个绣的好,那一个扎的精。"赵金昭《洛阳传统儿歌·扎花鞋》:"尖尖苔,溜河崖,洗白手,扎花鞋。这对花鞋谁扎哩,俺跟姑娘学扎哩。"也指用针线纳。"扎小针脚",就是纳的针脚密致。

扎眼/札眼

二来想着我一个皮匠引着一个年少妇人,虽说是正经夫妻,只是老婆生得乔样,已扎眼;况且皮货箱儿,放着一百五十两银也就碍手,再拿这戏衣,事是必犯的。(二十九)

【扎眼(zhā—)】刺眼,惹人注目。萧乾《鱼饵·论坛·阵地》:"我又把文中的扎眼语句删去。"二月河《雍正皇帝》第四十六回:"庄亲王爷说没个骑驴进出紫垣的,太扎眼了,我就换了这乘轿。"上图本作"札眼",义同。

摘

(一)

因鹌鹑正斗,主客不便寒温。斗了一会,孙四妞道:"你两个不如摘开

罢。"那戏子道:"九宅哩,摘了罢?"那少年道:"要打个死仗!"(三十三)

【摘】分离,使脱离。清张杰鑫《三侠剑》第三回:"莲花湖的喽卒呐喊:'胜三爷来啦!快把船闪开当子啊!船联在一处,摘不开呀!用解手刀将绳割断吧!'"本书第三十五回:"冰梅道:'这两日赵大儿闺女走了,兴官只是寻。他两个玩惯了,摘离不开。那闺女还到后门上寻兴官儿,大儿抱回去了。'""摘离"与"摘"意思一样。

(二)

边公即日晚堂坐了,取了谭绍闻"不知原情,误买盗赃,情愿舍价还物"的口供。并拿到夏鼎,也摘了"素不谋面,不曾开场"的口供。(五十四)

且说王象荩送走了众绅衿,二堂一声传唤,谭福儿、夏鼎各摘了口供,催令人当堂取保。(五十五)

招房飞笔写了口供。边公阅了,发令管九画了招。又摘了雷氏口供,句句与管九口供相符。(六十四)

【摘】摘录。本书第第五十四回:"(边公)因向娄朴道:'娄年兄指日就有民社之任,这事当如何处置。'娄朴道:'以治下愚见,似乎当摘录口供,送过临潼。'""摘录"与此处的"摘"意思相同。

侧歪

【侧歪(zhāi—)】身体向一边倾斜。清佚名《妖狐艳史》第三回:"桂香计较已定,又在窗外边忍气吞声,戚戚无言,呵瞅着眼,抹扶着腰,侧歪着身子,含抱肚子,细细的留神观看。"字又作"仄歪"。段荃法《"状元"搬妻》:"我的头轰了一下,身子打了个仄歪。""打了个仄歪",指身体突然失去平衡,几乎向一侧倒下。河南不少地方仍有这种说法。

粘杆/粘竿

每日打听谁家乡绅后裔、财主儿子下了路的,有多少家业,父兄或能管教或不能管教,专一背着竹罩,罩这一班子弟鱼;持着粘杆,粘这一班子弟鸟。(五十四)

【粘杆】捕鸟的工具,用来粘鸟。本书第六十四回:"一个叫张家二粘竿儿,一个叫秦小鹰儿……每日只粘几个雀儿,鹁鸽儿,煮成咸的,在街头卖。"又作"黏竿"。清乾隆三十二年刊本《嵩县志·程氏世表》:"其始至邑,见人持竿道傍以黏飞鸟,取其竿折之,教之使勿为。及罢官,舣舟郊外,有数人共语:'自主簿折黏竿,乡民子弟不敢畜禽兽。'"有的地方叫"黐竿"。孙锦标《南通方言疏证》卷三:"《绀珠集》:'黐竿,粘鸟具。'"黐:木胶。宋戴侗《六书故·植物二》:"黐,粘之甚者也。苦木皮捣取胶液,可以粘羽物者,今人谓之黐。"

张

赵大儿道:"或是大相公清早张了寒气,本来不大厉害。"王氏道:"你是胡说哩。我清早摸他的头,真正火炭儿一般热的。"(十九)

王中道:"费心,费心。但这事却怎么处?我家相公,不知怎的张了风寒,大病起来。今日医生才走了,吃过两三剂药,通不能起去。明日爷们光临,恐不能奉陪。却该怎么处?"(十九)

【张】着(zhaó),受,冒。清许克昌、毕法《外科证治全书·膝部证治·蒸膝汤》:"水煎两碗,先服一碗,即拥被而卧,觉身有汗意,再服一碗,两足如火热,任其出汗,切不可坐起张风,俟汗出到脚底涌泉之穴,始可去被。"丁墨《江山不悔》第七章:"小宗给她送午饭时,就被吓了一跳。步千洳又不在营中,他只得去寻了军医,求了张风寒的方子。"本书第二十五回:"那王中昨日才出汗,就听着唱旦的娃子楼下来往的话,夜间又冒风寒,厅房又恓惶一场,外感内伤,把旧病症劳复,依然头疼恶心,浑身大热,动不得了。""冒风寒"与"张风寒"意思一样。

张口货

俗话说:做小生意休买吃我的,做大生意休买我吃的。假如贩牛贩马,张口货儿,一天卖不了他,就草料上有盘绞,吃折了本钱。(六十九)

【张口货】指家养的畜禽类动物。因为每天都要喂食喂料,故称。清褚人获《隋唐演义》第七回:"见那几件行李,值不多银子。有一匹马,又是张口货,他骑了饮水去,怎好拦住他?"也用来比喻只会吃饭而不干活的人。

《初刻拍案惊奇》卷三十五："那泥娃娃须不会吃饭。常言道有钱不买张口货,因他养活不过才卖与人,等我肯要,就勾了,如何还要我钱?"现在河南话多说"张嘴货"。李凖《黄河东流去》第三十七章："两头牲口因为没有料喂,也饿成骨头架子了。海老清想着:人不能减,牲口是'张嘴货',无论如何不能再喂了。"

张劳

滑氏道:"你与我营运,到明日除本分利,我也不肯白张劳你。"滑玉道:"姐,你说的啥话些。咱两个一奶吊大,我就白替姐营运。"(四十)

【张劳】辛劳,劳累。东方晓《月牙河畔》第六十回："春林不在家,生活这样拮据,一个女人家照料两个孩子够她张劳的,咱老两口在家没事,不如把昭丽接到这儿来住吧,减轻一点儿媳的负担。"

张忙

绍闻跟回后边,却见母亲、冰梅在东楼下张忙成一片。原是巫翠姐临盆,闹了一晚,大有难产之苦。……绍闻自回后边,另作接稳婆、问方之事。迟了一更,生了一个小相公。这家中自是张忙。(七十五)

那德喜一班家人,当未事之先,赶趁热闹,还肯向前张忙;及既事之后,他们竟是兴阑情减,个个推委瞌睡,支吾躲闪起来。(八十)

【张忙】紧张忙碌。刘有富、刘道兴主编《河南生态文化史纲·生态习俗》:"谚称:人靠饭养,苗靠水长;有水就有粮,无水瞎张忙。"张果夫主编《中国民间故事丛书·河南南阳唐河卷·还原泉》:"我早听说你是个好心人,想来试试是真是假,果真名不虚传。从今以后,你不必再为酒店张忙,到你家屋后的泉上取酒吧。"

掌锅

吃过三天,职堂的就问愿住愿行,要走的随走,要住的便派个职事,会农务的就做庄稼,会厨子就掌锅,会针工就缝衣,会读书的与他教小和尚念经。(四十四)

草房三间,一张桌子,放了一尊小弥勒佛,靠个炊饼,乃是村间一个饭铺子。掌锅哩高声邀道:"相公歇歇,吃了饭去。"(七十二)

王象荩及四个同行的,歇在饭铺里。吃罢饭歇息闲话,只问道:"这是什么庙?"那铺中掌锅老叟道:"额血龙王庙。"(一百〇三)

【掌锅】烧饭做菜,主持烹饪。"掌锅哩"就是厨师。李準《黄河东流去》第三十章:"他认为自己每天掌锅做菜,这是做生意。家里的饭一定得由老婆来做,老婆就是'做饭的'。"洛宁县志编纂委员会编《洛宁县志·人物志》:"但他稍有空闲,就围着掌锅师傅,眼观口问,耐心请教。晚上回家,就苦练簸锅操勺基本功。3年过后,他对烹饪技术已掌握八成以上,每遇集日客多,他填空补缺掌锅做菜。"也叫"掌灶""掌厨""掌勺"等。现在河南仍有不少地方把厨师叫作"掌锅哩"。

招房

管九见官长发怒,少不的将刘狗岂夫妻逃荒,见雷妮生心,雇觅在家,不容刘春荣见面,刘春荣写招帖,自缢身死,一一供明。招房飞笔写了口供。边公阅了,发令管九画了招。(六十四)

各官身后,俱有家丁伺候,越外有门役二人。几个招房经承,拈笔伸纸,另立在两张桌边儿。(九十一)

【招房】旧时衙署内负责刑事卷宗的机构,也指招房中从事录誊口供、管理案件卷宗的书吏。明余自强《治谱·到任门·各房通弊》:"口词当堂念过,招议亲自裁决,则招房无所事事,营求之心少矣。"清何耿绳《学治一得编·例案简明·命盗审限》:"凡谳狱时,令招房书吏照供录写,当堂读与两造共听,果与所供无异,方令该犯画供。"

招架/招驾

(一)

起身告辞,右手拄着拐杖,左手把着虾蟆肩臂。孝移要送,柏公不肯。孝移叫德喜儿跟着招驾,怕有泥滑着。柏公藉点头以为回揖而别。(九)

日月如梭,早到了腊月下旬。乡间园丁佃户来送年礼,顺便儿捎了几车杂粮。遂将大门开了锁,王中看着过斗。此时阎相公回去已久,谭绍闻也不免招驾口袋数儿。(三十八)

谭绍闻道:"要同开场,也要搭上你才妥。"夏逢若道:"咱是好弟兄相与,少不得我与你招架着些,我可说啥!只是你主意定了不曾?"(六十四)

【招架】又写作"招驾"。等于说"招呼",意思是照料、照管。明袁于令《隋史遗文》第十九回:"秦叔宝这个有意思的人,难道不知主人是口角春风,如何就招架他吃酒?他心里自有个主意。"明天花才子《快心编二集》第三回:"便有一个姓王的出来招架,留佩珩住歇。"

(二)

逢若道:"茅兄是愁没房子么?"茅拔茹道:"一来没房子,二来没人招驾。"逢若道:"谭贤弟有一攒院子,在宅子后,可以住得下,我就替你招驾,何如?"(二十二)

一片声喧,已到王中耳朵里。王中踉踉跄跄爬起,挂了一根伞柄,赵大儿拦不住,出来到楼院一问,王氏才把碧草轩招架戏子一宗事,说与王中。(二十五)

那快头是得时衙役,也招架两班戏,一班山东弦子戏,一班陇西梆子腔。(七十七)

【招架】又写作"招驾"。经营管理。特指经营管理戏班子。

(三)

杜氏正欲反唇,却见张正心搬钱,心中胆怯,缩住了口。这张正心领了伯母、妹妹,又上萧墙街来。杜氏见嫡主母出门,走到院里,竟与张类村招驾起来。(六十七)

【招驾】原是抵挡的意思,引申为对抗、争斗。清佚名《守宫砂》第四回:"胡逵笑说:'俺不知道闺中女子也会玩拳,来来来,我与你们对拳。'遂撂下双斧,抡拳与四名婢女招架起来。"河北省隆尧县民间文学三套集成编委会编《中国民间文学集成·隆尧县故事歌谣卷·木匠和狗》:"木匠刚出村,大黄狗冷不丁从黑影里窜(蹿)出来咬住了木匠的腿。木匠把行李一扔,拿着锛就跟黄狗招架起来。"

着儿

(茅拔茹)因指跟的人:"就是这个唱净的,出了一个着儿,只说是拉戏的,赶在路上把他叔打了一顿,把人夺回来。后来又唱戏时,全不防他叔领了亲戚,又拴了去。"(三十)

【着儿】计谋,计策。元刘致《殿前欢·道情》曲:"此一着谁参破,南柯梦绕,梦绕南柯。"清尹湛纳希《泣红亭》第四回:"画眉想来,这个着儿虽高,香菲那样庄重的人,绝对不会依从,又想起了一个胁迫之计,与父亲将所需用具和日期暗暗商议定妥。"也作"招儿"。清文康《儿女英雄传》第二十三回:"再不想大远的从德州憋了这么一个干脆的招儿来,才使出来就乏了。"

着了药儿

逢若看见绍闻着了药儿,因笑道:"这有何难。我先问你,你家那个勾绞星家人王中,在前院里住,是在后院里住呢?"(二十六)

停了一停,绍闻不觉面发红晕,低声道:"我跟着人哩,你不胡说罢。"当槽的千灵百透,已晓的是着了药儿,便道:"我去提茶。"(七十二)

【着了药儿】犹言中了圈套,上了当。着(zháo):中(zhòng)。元无名氏《关云长千里独行》第二折:"你当日逞英雄与曹操做敌头,则被倒空营俺着他机彀。""着机彀"与"着了药"义略同。这个意思还可以说成"着道儿""着手"。元无名氏《谢金吾诈拆清风府》第一折:"我那六郎孩儿,好个性子,他若知道,怕不跑回家来,一发着他道儿了。"《水浒传》第四十三回:"带了二三十个空碗,又有若干菜蔬,也把药来拌了。恐有不吃肉的,也教他着手。"

找

惠观民虽说年内找了滕相公、义昌号利息,毕竟本钱不动分毫。(四十)

绍闻道:"我只说三千银子,完得各宗账目还有余剩,谁知泰和号一宗,

除旧日找过息,今日尚有将及三千之数。这却怎么处?"(四十八)

日积月累,渐渐的息比本大,待他想起来时,便平不下这个坑了。少不得找利息留本钱,胡乱的医治起来。(六十六)

【找】 指偿还(所借款项的利息);把不足部分补齐或退还剩余部分。明焦竑《俗书刊误·俗用杂字》:"补其不足之数曰找。"《西游记》第八十九回:"前者领银二十两,仍欠五两。这个就是客人,跟来找银子的。"不论是补不足还是退剩余,这两种情况都是相对于整数(整体)的零头(部分)而言的,利息对于本金来说,也是部分、零头,所以偿还利息也可以用"找"来表示。

找明

(一)

这回书先找明王中央众绅衿进署递呈,恳恩免解,单单的在衙门口候众人出署。(五十五)

将来姑娘的私积,入了娘家的公费;巴氏在日,还有母氏之情,巴氏去世,必有兄妹之变。家家如此,处处皆然。这一回不必详述,再几回也不用找明。(八十三)

蔡湘、双庆俱说情愿,二人遂依旧进谭宅来。理合找明,不再赘述。(八十七)

【找明】 补充说明。找:补充,补足。本书第九十七回:"昔何以因故而去,今必非无端而来。这其中有个缘故,且倒回来找说一说。""找说一说"就是作为补充来说一说。清文康《儿女英雄传》第十二回:"非这番找足前文,不成文章片段。""找足前文"就是把前文没用交代的内容补足。

(二)

原是逢若讲明了九十几两银子,买成铺子东西。为要扣除这四五十两银入私囊,街上寻了个一党儿伙计,会说山西土话的人,俗话说是"咬碟子",妆成小客商。兑了银子,再找明铺家,赎回当头。(二十三)

【找明】即找补算明。多指钱物最后结算清楚。本书第三十一回:"先叫了一起告拐带的男女,责打发放明白。又叫了一起田产官司,当堂找补算明,各投遵依去讫。""找补算明"就是"找明"。参见"找"条。

照

又想起王中回来知晓,何以见面?又想起诈说表兄紧病,将来要照出话,何以对母亲?翻来复去好不自在。(二十七)

绍闻急了,也只得走到胡同口说道:"借账以及粮饭现同着夏逢若,莫不是没这一宗,我白说上一宗不成?着人请夏逢若去,你也认的他,当面一照就是。"(三十)

这个荆县尊道:"你不曾亲交,如何件数这样清白?"茅拔茹道:"小的有原单,照着少了这些。"(三十一)

【照】照验,比照,对证。五代林罕《〈字源偏傍小说〉序》:"其时复于《说文》篆字下,便以隶书照之。"元马端临《文献通考·经籍一》:"每帙上用元写本一册校正而已,更无兼本照对。第数既多,难得精密。"《古今小说》卷二十九:"如了事,就将所用之物前来照证,我这里重赏。""照对""照证"皆同义连文。

照察/照查

如今孝已换了,该把娄爷、孔爷、程爷、张爷、苏爷们请来坐坐,吃顿便饭。一来是爷在世时相与的好友。二来这些爷们你来我去,轮替着来咱家照察,全不是那一等人在人情在的朋友。(十四)

【照察】照看,关顾。文中有问寒问暖的意思。上图本作"照查",义同。《初刻拍案惊奇》卷三:"想必未冠的那人姓李,是个为头的了。看他对众的说话,他恐防有人暗算,故在对门,两处住了,好相照察。"

照道儿描

王中道:"这个好。但不知怎么摆布?师爷必有现成主意,说与小的,小的只照道儿描。"(五)

【照道儿描】照搬,照着给出的样子或规划的方案做。道儿:原指笔道、笔画。政协许昌县文史资料编辑委员会编《许昌县文史资料第5辑·私塾学馆琐记》:"没有写自己出的蒙学,开始先'描仿',就是由老师给写一张中楷'仿影',让学生套在棉纸上,一笔一划照道描。"郭晓迎、郭铁生《往事漫忆·借靴》:"然若小年纪,很难谈上对角色的体验与创造,就是照葫芦画瓢也是歪七扭八的,谈不上人物的表达,能照道描下来就不错了。"

照客

范姑子道:"我顾不哩。没有教小徒陪陪罢。"因向阁边叫道:"慧照儿,你放下针线,照照客。"(十六)

小伙计道:"酒馆没人,又要榨酒,又要煮糜,又要照客,不能陪去。有慢相公。"(三十三)

满相公道:"这宗除了做文、写金两项,我全揽下。至于约客照席,我是隔省人,也不能办。"盛希侨道:"那是夏逢若的事。他是钻头觅缝要照客的人,爽快就交与他。"(七十七)

【照客】照管客人。张贵喜《黄土风情歌谣录·新郎行礼歌》:"抬轿的,收礼的,安席摆桌照客的。凡来的,没提的,所有看热闹的吃席的。"照:照料,看顾。本书第七十七回:"盛希侨道:'陪了礼就丢过了,不许找零账。夏贤弟,这约客照席,都是你的。'""照席"也就是照管赴席的客人。

照眼花

这虎镇邦带了所领粮饷银子,做个照眼花的本钱。进的门来,把银子倾在桌面上,乃是六个大元宝。(五十八)

看官要知,第一夜烧银十两,是照眼花,乃道士自置其中。次日换金砂石时,已将大门的锁袖出街去,配了钥匙。若不注明,恐滋疑团。(七十五)

【照眼花】照眼:耀眼,刺眼。"照眼花"原义是光芒刺眼而致使眼花缭乱,常常喻指诱骗坑蒙人的手段。栾注:"照眼花,扰乱视线,指诱惑、招徕的幌子。"是。现在洛阳一带说"耀(音 rào)眼花",意思一样。

折割

巫氏道:"从来后娘折割前儿,是最毒的,丈夫再不知道,你没见黄桂香吊死在母亲坟头上么?"绍闻道:"你是他的大娘,谁说你是他的后娘?"巫翠姐道:"大妇折割小妻,也是最毒的,丈夫做不得主,你没见《苦打小桃》么?"(九十一)

【折割】原指残害躯体、割取器官或者把活人改造成半人半兽的怪物的残忍行径。这里引申为摧残折磨。明张升《都察院右副都御史提督军务俞公生祠记》:"惟邹仕兴最酷,且久横行乡村,焚掠淫污,杀戮折割,积骸如邱,流血成河,莫可言。"

这个

冯健诧异道:"我不料盛大宅是这个厚道。我情愿替写,万不受谢。"(七十)
绍闻道:"怎的这个凑巧,人家就肯卖么?"(七十七)
苏霖臣道:"老类哥,你怎的这个会联句。偏偏请你做屏文,你就谦虚起来,只说是八股学问。"(九十九)

【这个】犹言这么、这样。指示代词,指示程度、性状或方式等,有夸张的意味;多作状语。"这个凑巧",上图本作"这样凑巧";"这个会联句",上图本作"这样会联句",义同。

争继

昨日他族间请了讼师,又在新上任的边老爷手里递下状了,又争继哩。(五十六)
又有诗美张正心覆庇幼弟,乃是君子亲亲之道,其用意良苦,其设法甚周。如张正心者,可以愧世之图产争继,遂成大案者。(六十七)

【争继】争竞过继。旧时家族中弟兄们,常为图得田产而争着过继给较为富有却无儿子的长门,遂致成讼。明沈德符《万历野获编·新郑富平身后》:"近年高继子务观、务实等争产,各交章讼言遗赀百万,分授不均,奉旨彼中抚按会勘,顷富平身后,群从争继,亦互讦于秦中。"清乾隆五十四年刻本《怀庆府志·人物志·列女》:"(邹)氏孝事舅姑,抚子成立,娶妇刘氏;年二十三,锦亡,无子,族人争继。"

蒸食

及到十五日,张二粘竿秦小鹰已将糟、熏、烹、煮等件,做的香喷喷哩,排列停当;新打的壶瓶,旋买的盅碟,涤刷洁净;定了一家卖蒸食饽饽的,早晚不许有误。(六十四)

第十对桌子,是寿桃蒸食八百颗,桃嘴上俱点红心。(七十八)

绍闻一看,乃是一盘韭菜,一盘莴苣,一盘黄瓜,一盘煎的鸡蛋,中间放了一大碗煮熟的鸡蛋,两个小菜碟儿,两个小盐醋碟儿,一盘蒸食。(八十五)

【蒸食】包括馒头、包子、花卷等蒸制而成的面食的总称。《红楼梦》第四十一回:"这盒内是两样蒸食;一样是藕粉桂花糖糕,一样是松瓤鹅油卷。"北方不少地方"蒸食"特指馒头。清同治六年刻本《(乾隆)河南府志·礼俗志·方言》:"馒头谓之蒸食,裹肉菜蒸之谓之包子。"清佚名《刘公案》第二回:"饼是荷叶饼、油酥饼、荤油饼、家常饼、花卷、包子、蒸食、饺子;饭是大米蒸饭。"例中"蒸食"即指馒头。

正诀

潜斋道:"人到那事体难以定夺,难拿主意,只从祖宗心里想一遍,这主意就有了。此是处事的正诀。……"(六)

【正诀】最主要的秘诀。引申指指导原则、最重要的方法。诀:秘诀,隐秘而不公开的方术。金长筌子《瑞鹤仙五首·风入琼林》:"辽群芳结秀,响报声闻,动用阴阳正诀。待浮生,吹散迷云,急时细说。"清陆士谔《荒唐世界·新上海》第三十八回:"品纯的手法,果然利害,他正诀、偏诀都精工。正诀是'掐''揿''抢'三个字,偏诀是'拍''捞'两个字。"

支不住

那戏子也道:"我起先看见他那鹌鹑是支不住了,他只管叫咬。你没见

他那鹌鹑早已脚软,他一定要见个输赢高低,反弄的不好看。"(三十三)

慧娘道:"人有脸,树有皮,赶出的人,再进来脸上也支不住。只是我到咱家日子浅,赵大儿两口子作弊不作弊。"(三十五)

不多时,满相公回来说道:"无水不煞火,这些人若不得一个钱,将来谭相公支不住,怕激出事来。要破个皮儿。"(六十九)

【支不住】支撑不住,难以承受、应付。支:支撑。明贾凫西《木皮散人鼓词》:"只见他油锅里的螃蟹支不住,没行李的蝎子就往南蹦。"《红楼梦》第七十二回:"这两日又比先添了些病,所以支不住,就露出马脚来了。"也说"支撑不住"。本书第五十五回:"苏霖臣见程嵩淑出言太直,谭绍闻有些支撑不住,急说道:'既往不咎,只讲自此以后的事罢。'"

支使

王氏即向楼上取了钱,交于王中。原来账房自从阎楷去后,银钱出入,俱在楼上支使、开销。(二十八)

衣服要苏杭的,头面要北京的。用的银子,或是开销房钱,或算支使账目,临时清算罢。(二十八)

【支使】支取使用。清解鉴《益智录·应富有》:"今具白金一千五百两为赆,五百赠女。五年书金支使有限,另具银若干在此,携带而归,可无恨鸡鸣之早矣。"程善之《残水浒》第七十四回:"如今山泊上钱粮支使,有人专管,公用公开。他笼络的法子已穷,暗中害人,却苦在不能揭明。"

支使账

满相公道:"海味铺,家中厨役便宜;绸缎店,家里针工便宜。今日写个条子取去,明日写个条子取去,到算账时,伙计取出支使账来,只一束红图书条子,把本钱就没了。"(六十九)

【支使账】即支账。记录平时陆续支取花费的款项的账目。山西省政协《晋商史料全览》编辑委员会编《晋商史料全览·家族人物卷》:"安尊荣坦然入席,酒至数巡,不等经理开口便先发言,让拿来支使账(伙友借款账目叫支使账),当众告朱经理将这本账谁多谁少一笔勾销,他再拿出一沓钱,让大家安心好好干!"也叫"支使账目"。本书第二十八回:"衣服要苏杭的,头面要北京的。用的银子,或是开销房钱,或算支使账目,临时清算罢。"参见"支账"条。

支手

他说济南府还没人来,大约数日内必到,这两日手头乏困。我就带一锭出外城,换了一百六七十两银,与了他一百两,叫他当下支手。(一百〇二)

【支手】犹言垫手。比喻应付临时的支付、花销。清蒲松龄《增补幸云曲》第二十一回:"几两银子看的见,些须微礼休嫌少,权且当做胭粉钱,零碎垫手也方便。"例中"垫手"与"支手"义相当。

支手垫脚

如今老太爷归天,你老人家也孤零的慌,不说支手垫脚,早晚做个伴儿,伏侍姑娘们,也好。(十三)

两仪唧哝道:"伯,我跟你回去呀。"惠观民道:"你娘手下无人,你中用了,支手垫脚便宜些。"(四十)

【支手垫脚】比喻帮着做些事情;从旁做些辅助性工作。刘锡元等编《获嘉民间故事集成·"活神仙"刘景彭》:"这小伙计又忠厚又勤快,很是讨人喜爱。刘家念他年幼,不让他干重活儿,留在家中支手垫脚地打闲杂。"也说"替手垫脚"。《醒世姻缘传》第三十九回:"只说你自家一个人,顾了这头顾不得那头,好叫他替手垫脚的与你做个走卒。""替手垫脚"与"支手垫脚"义同。

支吾躲闪

有一日先生到,学生没来;有一日学生到,先生不在。彼此支吾躲闪,师徒们见面很少,何况读书。(十三)

这德喜晚上点灯,直到东厢房说乡井话儿。总之省城中庙宇寺院,凡有名者,都说个委曲详悉;问到胡同巷口,凡不知者,自会支吾躲闪。(七十二)

那德喜一班家人,当未事之先,赶趁热闹,还肯向前张忙;及既事之后,

他们竟是兴阑情减,个个推委瞌睡,支吾躲闪起来。(八十)

【支吾躲闪】搪塞应付,刻意回避;闪烁其词,不作正面回应。明张居正《四书集注阐微直解·孟子》:"又有说得不当却支吾躲闪屡变以求胜的,叫做遁辞。此必其心屈于正理,自觉其穷理而难通故也。"清乾隆元年刻本《(乾隆)云南通志·艺文志之十》:"如止为无力捐设起见,原行令无项可动,即将应设之处、所需之费详俟核夺,并非令该属人人捐设也。何乃支吾躲闪,答非所问!"

支账

孟嵩龄道:"太太说话明白。但大相公恭喜大事,俺们也就该添箱恭贺,何必说到房钱支账。"(二十八)

总因事不是经一人的手,不如及早料理清白为好。或除房租,或扣了支账,余剩下的,或完或拖。叫他们各人与财东清算。(三十)

那屠户便道:"第二的,你去架上取五斤肉来,上了咱的支账。"(三十三)

【支账】平时支用、花销的账目。也指账目上记录的钱物。宋崔敦礼《宫教集·代江东帅臣亢旱乞米赈粜札子》:"今若候诸州差官检到实损分数,攒造支账,须是十一月初间才得圆备。"也称"支使账"。参见"支使账"条。

汁水儿

你如今把枝梢儿也干了,把汁水儿也净了,赖的你不吃,破的你不穿;叫你当乌龟,你眼前还不肯;叫你种地做土工,你没四两气力;叫你卖孩子,你舍不的。(五十六)

貂鼠皮道:"十年不拐磨子,他儿子还有什么浆水呢。"细皮鲢道:"还是他大旧年一点汁水儿。可怜这个老头子,每日不肯吃,不肯穿,风里、雨里,往家里扒捞。还不知一日合了眼,是给谁预备的。"(五十八)

【汁水儿】汤水,汁液,喻指财产、钱财。明伏雌教主《醋葫芦》第十一回:"张煊见是都飙到来,倒也不甚快乐。瞧见都飙身面上衣冠楚楚,竟不似上年光景,量来有些汁水。"略同"汤水(儿)"。《儒林外史》第二十六回:

"我方才听见你说的是个戏子家。戏子家有多大汤水弄这位奶奶家去!"句中"汤水"也指财产。

知窍

这些京官,大概都是眼孔大的,外边道、府、州、县,都瞧不着。有知窍的进京来,若有个笔帕之敬,自然礼尚往来;若白白说些瞻依暱就话头,就是司空见惯矣,不如学祢正平怀刺漫灭罢。(七)

【知窍】窍:心眼,主意。本书第五十回:"你不说罢,我明白了。这全是谭贤弟心上没窍,恰又遇了你。你当我看不出形状么?"清李渔《怜香伴·欢聚》:"不然,我也是个有窍的人,怎么就被你们欺瞒到底?"知窍:心眼灵通,懂得(别人的)心思。清古吴墨浪子《西湖佳话·断桥情迹》:"施十娘知窍,便说道:'那少年郎君是苏州人,姓文,真个好一个风流人品。'"这个意思还可以说成"识窍"。清褚人获《隋唐演义》第八十回:"阿姨风骚,姨夫识窍。大家错误,付之一笑。"

执固

你往后任凭往那里去,只对我说一声你就去。我又不是你爹那个执固性子,我不扭你的窍。(十九)

逢若又说道:"人生一世,不过快乐了便罢。柳陌花巷快乐一辈子也是死,执固板样拘束一辈子也是死。"(二十一)

王氏道:"若是他爷在世,先不得有这个兴官儿,怎的说得见不得见!啥事不吃亏他爷执固坏了。"(上四十八)

【执固】过于认真,固执,不善于变通。清光绪七年刻本《宜阳县志·风俗志·方言》:"认真谓执固。"明宋濂《苍云轩铭》:"尔宜则之,勿执固以违。""执固性子",上图本作"固执性子";"吃亏他爷执固坏了",栾校本作"吃他爷那固执亏了",表意相同。

直撞

到盛宅轻敲门环,果然满相公开门邀进去,听见盛希侨说话直撞,只得

满饮数杯。这盛希侨一个呵欠,便说道:"瞌睡了,我睡去。"那客之去留,早已置之度外。(七十)

【直戆】即"直戆"。撞:"戆"的借音。本书第三十五回:"绍闻道:'那作弊二字他两口子倒万不相干。只是王中说话撞头撞脑的,惹人脸上受不的。'""撞头撞脑"即"戆头戆脑"。"直撞"原意是憨直而愚笨,明王守仁《答聂文蔚书(二)》:"谆谆下问,而竟虚来意,又自不能已于言也。然直戆烦缕已甚,恃在信爱,当不为罪。"引申为率直粗野。《聊斋俚曲·寒森曲》第一回:"二相公说:'我出名告他。'大相公说:'你性子不好,说话忒也直戆,还是我去吧。'"

职客

(一)

你要出家,就拜个师傅,起个法名,就是他寺里和尚。你会应酬,就做职客和尚;会算计,就做当家和尚。你若道行深了,学问好,能诗能文,能讲经说法,就举你坐方丈。(四十四)

头陀上下打量,不是捏言,告于职客和尚。职客的出来,绍闻仍如前说。忽听寺内鸣钟,职客的即邀进随堂吃饭。(四十四)

【职客】即知客,寺院中专管接待的和尚。又称典客。《大唐三藏取经诗话·入竺国度海之处第十五》:"次见一寺,寺号'福仙寺'。遂入寺中参见知客。"清李伯元《官场现形记》第三十八回:"寺里有方丈,是专门只管清修,不问别事,执事的另外有人。顶阔的是知客,专管应酬客人以及同各衙门来往。"

(二)

昨日为他令堂生日,要做屏举贺,新盖了五间大客厅,请了职客,要约会人与他母亲庆寿。请的职客就有我。(二十一)

【职客】办理婚庆、丧事时聘请的负责接待宾客的人。也指酒馆旅店管接待的伙计。也作"知客"。清吴趼人《二十年目睹之怪现状》第四十三回:

"不一会,继之请的几位知客,都衣冠到了。"清海上独啸子《女娲石》第十三回:"瑶瑟下得马,将马吊在栏杆上,取下行李,行进酒楼来。即有知客前来招待,引至第二楼坐定。"

职事

王隆吉系内亲,管理内务,职掌银钱。又过两日,巫家内弟来送姐姐,王氏留下管理答孝帛。家人双庆、邓祥等各有职事。(六十三)

我若不为家中有客,前日殡老伯时,我岂能不来任个职事,要咱这相与做啥哩?(六十四)

单表十五日早晨,谭宅安排寿面待客。王象荩到了,绍闻派了碧草轩一宗职事,单管轩上的茶。(七十八)

【职事】某种任职所负责的工作,担当的某种职务。《醒世姻缘传》第四十二回:"那原旧的将军,玉皇怪他旷了职事,罚他下界托生去了。"清李修行《如此京华》第二十八回:"和尚忙道:'是宫中秘祭大行皇帝的时候了。贫衲是有职事的。请你自坐一回,倘无聊时,这《沧桑吟记》是略足解闷的呢。'"

职事厂

此后上徐州迎亲,全不说妆奁花费,但人家伞扇旗牌是簇新的,咱的红伞大扇回龙金瓜旗牌,不是烂的,就是稀旧不堪的,如何船上挒门枪,如何进城,说是河南盛宅二少爷迎亲哩?少不得又到职事厂配上些件数,换成新的。这就百十两,不在话下。(六十八)

【职事厂】古时制作官吏仪仗物品的地方。职事:旧时官吏的仪仗。《淮南子·本经训》:"饰职事,制服等,异贵贱,差贤不肖,经诽誉,行赏罚。"清阮葵生《茶余客话》卷五:"凡有品级官员婚嫁,或用本官职事……无品级人及生监军民不得僭用职事。"或作"执事"。姚雪垠《李自成》第十六章:"船舱门外摆着'回避''肃静'虎头牌和各种执事,还有一对很大的官衔纱灯笼。"原注:"执事,仪仗的俗称。"

只顾

老贾趁着往东退走,还发话道:"是你画的押不是?主子大了想白使银子,叫俺替你顶缸受气。"白兴吾推着,只顾走只顾嚷的去讫。(四十五)

夏逢若道:"他家惟有个家人王中,好揽宽,管主子,别的小厮没有管闲事的,你只顾去。"(五十七)

【只顾】只管,一味地。《金瓶梅词话》第五十九回:"他短命死了,哭两声,丢开罢了。如何只顾哭了去,又哭不活他,你的身子也要紧。"清孔尚任《桃花扇》第十二回:"舟子取了干衣,昆生脱下湿衣换了,纳头便拜,说:'幸蒙驾长捞救,得以不死,真俺重生父母。'只顾叩头。"

只好

王氏道:"他到京里,只怕也不行。他是个拗性子人,只好在家守着前院里。前院里无人,他和阎相公倒好,整日不出门。他那性子,出不的远门。"(六)

这老班子投奔了粮食坊子一个经纪吴成名,打外火供着。只好打发乡里小村庄十月初十日牛王社罢,挣饭吃也没好饭。(二十一)

你再不用提这一嘴话。这些话只好哄谭贤弟那憨瓜,能哄得过我么?像你这材料,只中跟我去,替我招架戏,我一月送你八两银,够你哩身分了。(五十)

【只好】只可,只能。宋苏轼《王巩屡约重九见访,既而不至,以诗送将官梁交且见寄,次韵答之》:"爱惜微官将底用,他年只好写铭旌。"《二刻拍案惊奇》卷十五:"我家家事向来不见怎的,只好度日。"

只是

(一)

王氏昏倒在地,把头发都散了。端福只是抓住棺材,上下跳着叫唤。王

中跪在地下,手拍着地大哭。娄、孔失却良友,心如刀刺,痛的连话也说不出来。(十二)

慧照把钱送过来。该掷希侨的。绍闻道:"我委实的不会掷,心里只是跳。"希侨再三只是让,绍闻道:"心里跳个不住,怎么行得?"(十六)

这姚荣只是发话,众人只是劝解。不多一时,白鸽嘴办理酒肉上来。这一起儿朋友,"切切偲偲",摆满桌面。(五十八)

【只是】不停地,一个劲儿地。《二刻拍案惊奇》卷九:"(杨素梅)好生不快,又不好说得出来。对着龙香只是啼哭。"清佚名《聚仙亭》第七回:"吴氏只是喊叫救人。外面家人听见,欲进去不得,急到外面喊人。"

(二)

亲家母回去,好歹撺掇再留一年。先生教的好,比不得旧年侯先生,每日只是抹牌。(四十)

我如今存留了一点后手,他只是贪着顾他的声名,每日只是问我要。没想孩子们多,异日分开家时,没啥度用,只该大眼看小眼哩。(四十)

【只是】仅仅是,除此无他。唐韩愈《镜潭》诗:"鱼虾不用避,只是照蛟龙。"宋苏轼《乞罢登莱榷盐状》:"登州计入海中三百里,地瘠民贫,商贾不至,所在盐货,只是居民吃用。"

只说

到灵前行了礼,痛哭一场。说:"我是昨晚从亳州回来,才知道姐夫不在。我只说姐夫还在京里,指望姐夫做官,谁知道遭下这个大祸。"(十二)

今早我还睡着,杜大姐就起来了,我只说他是梳头哩,谁知他是掉泪哩。(六十七)

王氏道:"你姑夫在日,常如此说,我只说他性子怪,说这咬群话儿。谁知你今日,也是这般说。"(一百)

【只说】只以为。明赵南星《笑赞·僧与雀》:"鹞子追雀,雀投入一僧袖中,僧以手搦定曰:'阿弥陀佛,我今日吃一块肉。'雀闭目不动,僧只说死矣,张开手时,雀即飞去。"《醒世姻缘传》第五回:"常日只说是个唱旦的戏子,谁知他是这样的根器?每日叫他小胡儿,奚落他,他也不露一些色相出来。"这种意思也可以说"只道"。《水浒传》第二十三回:"小弟只道他死了,因此一径地逃来,投奔大官人处,躲灾避难。"

只要

(一)

曹氏道:"你明早只要备一份水礼,叫一顶二人轿,我到姑娘家走走。"(三)

日色晚时,总要叫福儿常在你跟前;先生若回家住几天,你只要无早无晚,常常的见福儿。这城市之地,是了不成的。你不懂的,你只要依着我说。(六)

巫氏道:"今做先生的,单单好这两样儿。要叫我断,只要多添束金。"(七十四)

【只要】只需要,只用。《醒世姻缘传》第七十七回:"却说素姐做了古今的奇恶,也就犯了天下的公恶,真是'亲戚畔之','路人切齿',所以狄希陈在京开当铺,娶两头大,接了调羹母子到京,与童奶奶一伙同住,众人相约只要瞒哄素姐一人。"

(二)

孝移道:"不管人之知不知,只要论己心之安不安。这铺地盖天的皇恩,忠弼岂肯自外覆载?但'贤良方正'四个字,我身上那一个字安得上。"(六)

管贻谋慌了,紧到家中,见了雷妮,说道:"好奶奶!只要你说好话,不中说的休要说。"(六十四)

隆吉道:"王中的事,表弟慢慢的想法子。我的事,只要你紧紧的出个妙策。"(一百)

【只要】但求,只要求。宋阮槃溪《大江乘·郭县尹美任》词:"瓯茗炉香,菜羹淡饭,此外无烦恼。问侯何苦,自饥只要民饱。"明周游《开辟演义》第七十一回:"又令白有曰:'将军出阵,只要诈败,不可取胜。'"

（三）

少爷出来说声唱，就要唱。若是迟了，少爷性子不好，你们都伏侍不下。前日霓裳班唱的迟了，惹下少爷，只要拿石头砸烂他的箱。（十九）

可怜王象荩，此时正要竭尽心力，发送老主人入土，偏偏的病目作楚。心里发急，点了卖当的眼药，欲求速愈，反弄成双眼肿的没缝，疼痛的只要寻死。（六十三）

【只要】直要，简直要。《醒世姻缘传》第六十三回："把个薛夫人气的只要昏去，使性回家对了薛如卞兄弟并龙氏三个告诉素姐这些恶行。"

只作

（夏鼎）坐下自想："邓三变这个老头儿，也是个刁精不过的人，如何拿他这宗银子，如此放心，寻了一遍，再不见动静呢？我今日既没有赌博，何不打探一回。"只作闲步，到邓家对门一座裁缝铺内，打探邓三变消息。（五十三）

【只作】只当，只当作。明罗懋登《三宝太监西洋记》第十一回："侍郎坐在堂上，只作不知，故意儿叫过四个门子来，拷究他一番。"清文康《儿女英雄传》第三十回："他两个分明晓得把他两个的芳名作戏，只作不解。"

指头儿

贱内这两天，通像儿子上任一般，一定教我买几尺绸子，做件衣服。我说不必，贱内说："指头儿一个孩子，不叫他穿叫谁穿！"（三）

（王氏）因说起："……谁知道酒醉是这个模样。我从来没见过。我只指头儿守着他一个，好不怕人！"（十八）

（王氏）因指着绍闻说："他舅，他看你姐夫只这一个指头儿，若是行礼娶亲，弄的不像碟子不像碗，也惹人家笑话你姐夫，还笑话我哩。"（二十八）

【指头儿】指儿女。"指头儿一个孩子"就是"指头儿般的一个孩子"，"只这一个指头儿"犹言"就这么一个宝贝儿子"。以手指头喻其弱小娇嫩，极言对其疼爱之意。

质当

你若执意等不的话完，你须撇下个质当儿，我才放你走。——你把那银包儿全递与我。（四十九）

众人打发酒钱，因吃的壶瓶多了，还少三十文。众人笑道："把谢梅坡的诗稿，做了质当何如？"（九十）

【**质当**】抵押品。"质当"原为押抵、作人质的意思，《水浒传》第八十一回："又带了山上二人在此，却留下闻参谋在彼质当。"元佚名《前汉书平话》卷下："且教你老父权为质当，不依此事或漏泄，先斩你父，后诛全家老小。"清俞万春《荡寇志》第七十八回："正要商议要留梁世杰夫妻为质当，忽报大刀关胜领兵转来，呼延灼等都败上山来。"这些与《歧路灯》中的"质当"都用作名词。

质证

假李逵交与了七两，拿一张纸儿说道："谭大叔，你写个借贴，久后做个质证。"谭绍闻道："我是汉子，不丢慌，不撒赖就是。"（四十三）

【**质证**】证据，凭证。元无名氏《冯玉兰夜月泣江舟》第三折："不知他杀坏您父子之时，有甚么赃仗质证来？"明佚名《梼杌闲评》第二十回："问官道：'是奉旨搜出指板拿问的，那有告首！'家庆道：'无赃不拷贼，既无质证，怎见得是犯官妄造的？'""质证"用作动词，意思是作证，对质。《二刻拍案惊奇》卷二十七："所以邀请诸君到此，明日见一见上司，与汪秀才质证那一件公事。"

中厕

智师爷五六十年纪，况且在外教书，总不该老有少心。俺家小媳妇子，上中厕，为啥该伸着头儿向里边望？（五十六）

谭绍闻道："叫泥水匠在账房后边盖上两间马棚，另开一个小院子做中厕。"（六十四）

张类村指着一个过道道："此中可做中厕，即以此砖砌个墙影影身子便

好。"(六十七)

【中厕】厕所。清秦子忱《续红楼梦》第二十六回:"原来怡红院因住下宝钗,便在后院太湖石假山背后,盖了两间小小中厕,以备早晚便当。"清佚名《大八义》第四十回:"西夹道有一间小房,那是中厕。"

重浊

众人见事不落场,评了三个月为限,过期不还,二分半行息。王经千兀自不依。众人语意已有几分重浊,王经千才放开手。(四十八)

【重浊】原指声音低沉粗重,《世说新语·轻诋》"何至作老婢声",刘孝标注:"洛下书生咏音重浊,故云老婢声。"引申为言辞过重,带有怒意。

周查

舍二弟如今稽查着了,说我弃公产而营私积,欺弱弟而肥私囊。干证就是产行并佃户。我一周查,当约果是我的名子。(七十)

【周查】周密查勘,详细调查。清陶澍《缕陈办灾积弊折子》:"现在体察情形,尚知奋勉间有一二未甚得力之员,业经藩司张志绪亲往周查,立即撤换。"《清实录·道光朝实录》:"失察各官,著查取职名,交部议处。嗣后每年春秋二季,饬令该协领亲往周查,由该副都统加结呈报。"

周章

(一)

隆吉道:"庵中锅灶不便,调料菜蔬不全,有周章不来处,我再替你斡旋。"(十六)

绳祖道:"紫老,这场赌要你周章。"紫泥道:"难说我是不好赌的？只是学院两个字,这几日就横在心里,只怕'公、侯、伯、子、男'凡五等了。"(三十三)

你只替我周章了这一点子事,我再进老张的门,双腿跌折;我要再见你

进他的门,我竟仗香火之情,你脸上我定啐十来口唾沫。(四十二)

【周章】想方设法斡旋,措办。明王士性《广志绎·西南诸省》:"及其羽书一至,然后周章兵饷,徒疲内地之民,是当事者之谋国不良而自取破败也。"清王夫之《读通鉴论·后汉更始》:"以新造之邦,代莽而受赤眉之巨难,周章失措而不知所裁;及其算失事败,而后知前此之疏。"

(二)

王中道:"大相公不知,是咱只卖三千两,所以他只买三顷地、一处宅院。若是要一万两万,他也不费周章哩。"(四十八)

王氏道:"我想当下且请送喜盒的客,我心中还想请几位未送盒的女眷,都是我心中丢不下的。趁这喜事,会合会合。但家中不比前几年丰厚,还要费个周章,你看怎的料理?"(七十七)

【周章】周折,曲回运转,也指过程曲折不顺。明毕自严《岁籥更新衰庸宜退疏》:"况臣木强之性,素不谐俗,昏愆之衷,近多周章。"清陈端生《再生缘全传》卷十八:"我欲待今朝不把言词讲,他身无奈太强梁。越思越想多愁闷,半怜半恨费周章。"

轴子

董氏接口道:"我在东街住时,常见赵大娘与人家看病。神是活神,许人请轴子。"王氏道:"也罢。您妗子早些回去,替我请他,连轴子请来。把法圆师傅也请来,好替咱神前回话。"(十一)

重犯不可久稽显戮,到大人衙门过了堂,即宜恭请王命正了典刑。会同按台大人申奏时,并伊所造神像轴子,所制教主令旗呈销。(九十一)

【轴子】安在字画下端便于悬挂或卷起的圆木杆,也指装成卷轴的书画。特指画有神像的卷轴,即神轴。本书第九十一回:"同进了他的正房。见正面奉祀神轴,不男不女,袒胸露乳。"佚名《靖江宝卷·圣卷·庚申宝卷》:"观音轴子当堂挂,香炉烛台两边分。朝念千声弥陀佛,夜念救苦观世音。"

主户

（一）

今日若不下手,到明日转了主户,万一落到苏邪子、王小川、邓二麻子他们手里,他们就肥吞了,还笑我们上门猪头不曾尝一片耳朵脆骨哩。(三十四)

原来这做客商的,本是银钱上取齐。若是主户好时,嘴里加上相与二字,欠他的也不十分勒索。倒像是怕得罪主顾的意思,其实原图结个下次。若是主户颓败,只得把相与二字暂行注销,索讨账目少不的而于此又加紧焉,只是怕将来或有闪损。(六十六)

【主户】主家,主顾。吴虞公《青红帮史演义》第十六回:"那时缉私兵船早已开到别处去暂避了。保山便与当地晒盐主户论定价格,银货两交,连夜装运出口。"曾却《栖霞历史人物·从来巾帼亦英雄》:"结果,坏人是被惊跑了,不免寻主户换房搬家,以防不测。"

（二）

那人道:"相公主户人家,岂有不挂一两笼之理。"一面说着,一面起身解了一笼,递与端福儿,道:"这是一笼百样会叫的。不是贵东西,连笼只要一千钱。"(十三)

贾李魁道:"他是祥符有名主户,料想借与他不妨。不料倚势不还,还喝令仆人打小的。"程公道:"你既知他是好主户,为什么给他五百银子不图个利息?"(四十六)

我当初就是这帮客篾片么?我也是一家主户儿,城东连家村,有楼有厅,有两三顷地,一半儿是光棍吃了,一半儿是乌龟赌了,今日才到这步田地。(五十七)

【主户】有身份、有地位的富裕人家。方言里也指一般的地主家庭。姚雪垠《长夜》三:"'你家里一定有几十顷田,'瓢子九躺下去烧着大烟说,'凡是到老吴那里当学兵的都是有钱的主户。'"原注:"主户,就是地主家庭。"

助

绍闻道:"我是见相公的孝道,故助二十两。难说你替老人家辞了不成?"(二十三)

我当初也是汉子,也不叫你格外助我,只把前日输我的赌欠,让过的不用再提了,只把不曾让的给了我,救我一家性命。(六十六)

绍闻想殡父之日,盛希侨助银一百两,赙仪五十两,怎好悭吝,少不得回家去取。(六十八)

【助】在钱财上予以帮助。《醒世姻缘传》第二十六回:"若讲甚么故人,若说什么旧友,要拿出一个钱半升米来助他一助,梦也不消做的。你不周济他也罢,还要许多指戳,许多笑话,生出许多的诬谤。"这种意思也可以说"帮",本书第六十二回:"依我说,我该帮你几两银子。争乃第二的近来长大了,硬说我花消了家业。我近来手头也窘些,我只助你一百两罢。"前面说"帮",后面说"助",意思一样。参见"帮"条。

住

蔡湘道:"我是雇觅的,我不敢。叫我住,我就住;不叫我住,我就自寻投奔。"(八十)

如今张采琪孙子,在朱仙镇开了粮食坊子,有三千家当。自己做了个衙道前程,兄弟又住了西司的书办,这就是预备顶当家主的意思。(八十)

我住道台衙门,蒙门上梅二爷抬举,赏了一名买办,我真真是公买公卖,不弄官家一个钱,不强拿铺户一个钱货。(一百)

【住】较长时间在某处当差、做活。这一意义,大概引申自"住"的停留、留止义,谓较长时间地、稳定地从事某种活动。河南话把较长时间地在某处做工叫"住活"。其他方言里也有这种说法,如赵树理《李有才板话》二:"老得贵的孩子给启昌住长工。"参见"住衙门"条。

住衙门

二人去了不多一时,回来又带了一个半醉的人——是个捕役,名字叫张金山。这张金山是个住衙门的人,还向谭绍闻作了个不偏不正的揖。(三十三)

姚荣道:"虎将爷好轻薄人,我不过说句笑儿,谁问你要钱么?你就当真的赏人一般,难说我住衙门人,从不曾见过钱么?"(五十八)

后来寻着,与马王爷还愿唱堂戏,写的伺候大老爷昆班。真正城内关外,许多客商、住衙门哩,都来贺礼,足足坐了八十席。(七十四)

【住衙门】 在衙门内当差。住:较长时间在某处当差、做活。"住衙门哩",就是衙门中的胥吏衙役。本书第一百回:"我住道台衙门,蒙门上梅二爷抬举,赏了一名买办。"清刘璋《斩鬼传》第四回:"急赖鬼道:'"生衙钞短忍书房"者,且说待要做生意,无本钱;待要住衙门,又没顶手,所以忍气吞声入书房也。'"参见"住"条。

柱脚

至于搭棚摆设,棚布、柱脚、撑竿、围屏,得几百件,凭在贤弟吩咐,就叫老满来搭。(六十二)

亡女当日常对我说,这人是他家一个柱脚,不但家业仗他恢复,谭宅这个门风,也还仗他支撑。(九十八)

【柱脚】 柱子下端的础石或支垫柱子用的石、铁等硬质材料做的东西,也比喻担当重任的人。清康熙三十二年刻本《宁陵县志·祀祠志·祠庙》:"万历末年创建大奎楼一座,八方,每方一丈七尺五寸,共十四丈;砖台墙共高三寸,柱脚亮格高出城,颇称壮丽。"潘漠华《冷泉岩》:"走进庙里,把枪放下倚在柱脚。"

抓彩/抓采

谭绍闻道:"怎的叫打钻、抓彩呢?"夏逢若道:"赌到半夜时,老伯母煮上几十个熟鸡蛋,或是鸡子炒出三四盘子,或是面条、莲粉送出几瓯子来,那有不送回三两串钱的理,这个叫做打钻。兴相公白日出来,谁赢了谁不说送二百果子钱,谁不说送相公二百钱买笔墨?这个叫做抓彩。"(六十四)

【抓彩】赌场里服务的人得到赢家送给的小费。彩:指竞技或赌博赢的钱物。上图本作"抓采",义同。

转脚行

(智周万)本日又到孔耘轩家,亦说久客思归的话头,程、苏诸公不能遍辞。即命耿葵到转脚行中,雇了一乘驮轿,收拾了书籍行囊,自回灵宝而去。(五十六)

【转脚行】旧时从事运输业的商行。也叫"脚行"。转:转运,运输。清康熙三十五年刻本《唐县志·建置志·附桐何税议》:"前此,无藉之徒伙同垄断,截途邀货,倍勒僱值,名曰脚行,远人类遭剥蚀。"赵树理《三里湾·范登高的秘密》:"脚行里有句俗话说:'要想赚钱,误了秋收过年。'越是忙时候,送脚的牲口就越少,脚价就越大。"

庄子/庄头儿

他在家每日赌,连一个庄头儿也赌的卖了,本村安身不住,连孩子老婆领起来跑了。(四十)

这陪妆都是伙计们南京办货另外带的,首饰是北京捎的,不是咱布政司东街打造的银片子。单等有了女婿,情愿供给读书,读成了举人、进士,情愿将几处庄子陪送作脂粉地。(九十三)

【庄子】也说"庄头儿",宅院,住宅。豫剧《小二黑结婚》:"有了庄子地,才有好福气,没庄子没地,你去找个穷光蛋。"姚雪垠《李自成》第一卷第十六章:"他是想向妹妹要一二百两银子,趁着家乡灾荒极大,又是年残岁尾,买进一处庄子和一处非常难得的好坟地。"杨朔《"阅微草堂"的真面目》:"我见过这样的佃户庄子,一律是东倒西歪的小土房,又潮又湿。"

妆门面/壮门面/装门面

相公要妆大爷门面,只在读书不读书,不在弃产不弃产。况且行息之债

是擎不住的,看着三分行息没啥关系,其实长的最快。(三十六)

不然者,大富之户,直看得戏箱是壮门面彩头;小康之家,就看得赌具是解闷的要紧东西。(八十三)

【妆门面】也作"壮门面""装门面"。"壮门面彩头",上图本作"装门面的彩头",义同。比喻为了面子上好看而刻意地粉饰点缀,或做出不切实际的事情。门面:指面子,体面。明王衡《真傀儡》:"【鸳鸯煞尾】还了你妆门面的破衣囊,原归我乡祭酒那穷门巷。"《红楼梦》第一百〇六回:"若是统总算起来,连王爷家还不够过的呢!不过是装着门面,过到那里是那里罢咧。"高阳《胡雪岩》第六章:"有些土财主家的子弟中了秀才,请客开贺,总希望来几位有功名的贵客,壮壮门面。"

撞

二人转至大街往东正走,只见碗口大字一个灯笼,上面写着"正堂"两个字,有四五个人跟着,一位老爷骑着马。绍闻吓了一惊。逢若道:"怕啥哩!"一直往前撞去。(二十六)

(窦丛)那刚烈性子,直如万丈高火焰,燎了千百斤重的火药包,一怒撞入巴家酒馆。(五十一)

盛希侨道:"今日这事,若是舍二弟撞下的,我再也不肯与他这样吃力,叫他试试他那副榜体面。"(六十九)

【撞】同"闯",招惹,惹下。《西游记》第六十八回:"三藏只叫:'不要撞祸!低着头走!'"清刘一明《道书十二种》七十三回:"最妙处,是道土道:'你这村畜生,撞下祸来,你岂不知?'"

撞木钟

话说谭绍闻吃了这场官司,边公亲手责成,免了项擎木枷。东街岳母爱婿心切,把出钱来,交与巴庚打点,刑房受了请托,转筒也拨了机关,却俱撞了木钟。(六十六)

【撞木钟】指地方恶棍勾结衙门贪官污吏,包揽讼词,诓骗当事人钱财。民国二十五年(1936年)铅印本《重修信阳县志·礼俗志·方言》:"撞木钟,喻设词以诳人因而得财也。"清郑端《政学录·听讼》:"刁悍之地,多有保歇诈骗,私向人犯称云'我能打点衙门''我能关通相公掌稿',令之封银若干,俟事定后收用者。凡事曲直,必有胜负。负家原银虽还,胜家则被此辈哄去矣。此等到处多有之,蜀、滇、黔谓之顺风旗,中州、吴、楚谓之撞太岁,都中近日谓之撞木钟。"清张我观《覆瓮集·听讼一秉虚公等事》:"惟虑有等所谓撞木钟者,或藉父兄弟男之声势,或假交游气谊之相知,无论情之真伪、理之枉伸,一概包揽,小民误听而受其笼络欺骗者,正复不少。不幸而有讼事,遂致枉费脂膏。"木钟难以撞响。因为这一切均在暗中操作,受骗者赔上许多金钱也起不到丝毫作用,丢了钱财又不敢声张,故称之为"撞木钟"。

撞人命

夏逢若道:"说你是个书呆子,你却会嫖赌,还会撞人命。好天爷呀!官场过付贿赂,最怕人知晓,人还要知晓。你如今现有官司,若街上揭银子,是扯了一杆大旗,还了得么?"(五十二)

【撞人命】闯下人命官司。本书第五十二回:"父亲道:'你既然记得,怎的我这几年因赴南斗星位,不在家中,你便吃酒赌博,宿娼狎尼,无事不做,将祖宗门第玷辱呢?……你今日一发又撞出人命案。'""撞出人命案"就是"撞人命"。撞,同"闯"。徐哲身《汉朝宫廷秘史》第四十二回:"张氏不待后夫说完,陡地飞起一腿,可巧踢在后夫的下部,只听得哎唷一声,已没气了。张氏一见闯了人命,飞忙托人告知买臣,求他搭救。"参见"撞"条。

撞头撞脑

赵大儿听见赶他夫妻出门,急的号哭,跑向绍闻跟前说道:"大相公休与那不省事的一般见识。他说话撞头撞脑的,我没一日不劝他。理他做什么?"(三十二)

绍闻道:"那作弊二字他两口子倒万不相干。只是王中说话撞头撞脑的,惹人脸上受不的。"(三十五)

【撞头撞脑】指愚鲁刚直,莽撞。这种意义,还可以说成"直头直脑"。明冯梦龙《挂枝儿·教乖》:"在行中走,怎不学些伶俐,人面前说句话也要见机,直头直脑全不济。""直""撞"义同,所以又可连言曰"直撞"。本书第七十回:"听见盛希侨说话直撞,只得满饮数杯。""直撞"即"直戆"。"撞"为"戆"的同音借字。唐元稹《酬乐天见忆兼伤仲远》:"河任天然曲,江随峡势斜。与君皆直戆,须分老泥沙。"《西游记》第二十回:"那老儿听得这篇言语,哈哈笑道:'原来是个撞头化缘的熟嘴儿和尚。'"曾上炎《西游记辞典》(第 445 页):"撞头:犹戆头戆脑。形容鲁莽冒失的样子。"清李汝珍《镜花缘》第九十三回:"北方有句俗语叫做'戆头郎儿,增福延寿',又道'不痴不聋,不作阿家翁'。这个笑话细细想去,却很有意味。"

撞突

这张正心心里毕竟怒不能息,来至北院,找起昨日杜氏说杏花偷绸子一事,说道:"杜大姐再休要往我南院去。若去的多了,我的性子,万一撞突了你,休要见怪。"(六十七)

【撞突】撞击,冲撞。唐佚名《任公子钓鱼赋》:"若乃飞銮刀以撞突,泉为膏兮岳为骨。"引申为冒犯、触犯。明林希元《上巡按二司防倭揭帖》:"元遣家人致书求救于都御史朱秋崖,怒家人撞突,既加之罪,又不录家人得贼之功。元由是绝口不言当世事。"

准

阎楷道:"旧年泰隆号掌柜的孟三爷得了紧症,用银五十两,买了王知府坟里一棵柏树,做成独帮独盖一具寿木,漆的现成的。后来病好用不着,寄在城隍庙里。他现住着咱的房子,与他一说,他若肯时,不过准了他八十两一年房租。"(十二)

【准】原有等齐、相当的意思。《易·系辞上》:"辞也者,各指其所之,《易》与天地准,故能弥纶天地之道。"孔颖达疏:"言圣人作《易》与天地相准。"南朝梁刘勰《文心雕龙·声律》:"抗喉矫舌之差,攒唇激齿之异,廉肉相准,皎然可分。"引申为价值相抵,折合。唐韩愈《赠崔立之评事》诗:"墙根菊花好沽酒,钱帛纵空衣可准。"清赵翼《廿二史札记》卷三十:"元太宗八年,始造交钞……以贯计者,曰一贯文、二贯文。每二贯准白银一两。"例中的"准"意思相当。

桌面

却说王隆吉次日到蓬壶馆定了桌面,要占正座。又与瑞云班子定了一本整戏。(十八)

话犹未完,王象荩已领的德喜、双庆、邓祥等,摆桌面,排开酒肴。不多一时,席已完毕。(五十五)

抚台太太方晓的弟妇是个村姑,盼咐丫头道:"看太太那边有桌面没有?"丫头道:"有。"(一百〇八)

【桌面】犹言席面、筵席,也指整桌的菜肴。《醒世姻缘传》第四十四回:"一对果盒,用彩楼罩着,一副桌面、五方定肉,用食盒抬了,先用鼓乐导引,后面狄希陈衣巾乘马,送到丈人家里。"清李渔《十二楼·归正楼》第一回:"我家的伴当,个个生得嘴馋,惯要偷酒偷食,少刻送桌面过去,路上决要抽分,每碗取出几块,虽然所值不多,我家老安人看见,只说酒席不齐整,要讥诮他。"

桌围

行不半里,见道旁案垂桌围,座铺椅褡,肴核满陈,酒醴全具,旁边站了一个七品补服官,一个穿襕衫的少年诸生。(一百〇七)

【桌围】围桌案的裙状物,也称"围裙""桌裙""围桌"等。多为丝缎制品,上面多绣有花纹。本书第六十一回:"只见椅铺锦褥,桌围绣裙,胡其所满心欢喜。"明郎瑛《七修类稿·生平奇见》:"中洞狮象相峙于口,内则飞走之禽,器具之物,不可枚数,若白鹭、青鱼、黄罗伞、红桌围种种,色相宛然。"《红楼梦》第十四回:"一面又搬取家伙桌围、椅搭、坐褥、毡席、痰盒、脚踏之类,一面交发,一面提笔登记。"参见"围裙"条。

自外

孝移道:"不管人之知不知,只要论己心之安不安。这铺地盖天的皇恩,忠弼岂肯自外覆载?但'贤良方正'四个字,我身上那一个字安得上。"(六)

孝移道:"雅蒙台爱,岂敢自外。但文绣我所不愿,温饱志所弗存。况

心中又有极不得已的家事,定要归里酌办。"(九)

学台案临,本县南阳公出,只料你必蒙进取,为掘井篑山之伊始。谁料你自外栽培,被这一干不肖无赖之徒诱赌,输下赌欠,且又私自远扬。(四十七)

【自外】原谓自视为外人,自行疏远。《史记·刺客列传》:"光窃不自外,言足下于太子也。愿足下过太子于宫。"南朝梁武帝《答袁昂诏》:"朕遗射钩,卿无自外。"后来表示将自己置于(某种恩惠之)外,不愿接受(某种恩惠)。宋曾巩《上欧阳学士第二书》:"此事屑屑,不足为长者言。然辱爱幸之深,不敢自外于门下,故复陈说。"

字(儿)

(一)

谭爷若不讲起,小弟也不好启齿。委实敝财东前日有一封字儿,要两千两行李,往北直顺德府插一份生意。(四十八)

只见一个小孩子,拿着一封小书札儿,送到轩上……绍闻看完,早知是虎镇邦索债事,向小孩子说道:"我也与你写个字儿捎回去。"小孩子道:"我送这字是三十文钱。"(五十九)

宝剑道:"小的那日递字,老爷坐大堂。有许多人递状递呈子,老爷叫站东过西。点罢名,就在大堂上看一张,批一张。"(七十一)

【字(儿)】指书札、呈子、契约等文字材料。宋赵蕃《公择过门告别口占送之》诗:"邂逅有人频寄字,要知安否慰孤羁。"《儒林外史》第一回:"这一回小婿再去,托敝亲家写一封字来,去晋谒晋谒危老先生。"

(二)

我这偺大村庄识字人少,只有一个考过的,他如今住了房科。我的字儿一发不深,上的布施簿儿俱不清白。(四十四)

【字(儿)】指文字能力,水化水平。清文康《儿女英雄传》第十一回:"我本来字儿也没你的深,主意也没你的巧妙。"也可以说成"字眼(儿)"。

本书第八回:"这字眼也只怕算很深的。"参见"字眼"条。

字迹

(一)

孝移道:"你却不知我虑事深远。如今口说无凭,也难与你立个字迹,你只与大相公磕个头,久后便是作准的。"(十二)

谭绍闻道:"你休要说这话。老大爷归天时,说明与你鞋铺子、菜园,我今日若不给你,显得我不遵父命。你且少站,我与你一个字迹,叫你各人安居乐业。"即到东楼写了一张给券。(五十四)

夏鼎道:"大老爷曾差梅二爷修坟院。只用少爷一句话,或用一条字儿,就免了。"绍闻道:"衙门如何可通字迹呢?"(一百)

【字迹】犹言字据。多指书札、条据、券契等文字性材料。明佩蘅子《吴江雪》第九回:"雪婆道:'你把这小官人害得这般光景,难道要求你一个字迹儿就不值得了?'"

(二)

刑房将原文呈上,边公看了一遍,问道:"你这金镯上边,是何字迹?"谭绍闻道:"一只是'百年好合',那一只不记得了。"(五十四)

仵作报道:"尸身怀抱一纸,上有字迹。"边公取来一看,乃是一张草纸……(六十四)

【字迹】指文字,书写的内容。明安遇时《包公案》第五十一回:"日前携一丽人来游寺中,师父问得来,却是一知县夫人,容颜甚是忧戚,于廊下留得有字迹而去。"清浦琳《清风闸》第二十三回:"老太忙取了香烛、元宝,烧过磕头,把借来的钉耙往下挖,看见一块石板,取灯一照,上有字迹:'某年某月某日,皮奉山取用,窖银五窖。'"

（三）

那招复之日，儒童都在大堂上坐，因为年貌不对、字迹不符，拿住了一个枪手。（九十三）

【字迹】犹言笔迹。指每个人书写所特有的字的笔画、书写力度、书写速度以及字的形体结构特点等。清蓝鼎元《蓝公案》第二则："我让人给他纸笔，让他书写供词，字迹和原来状子上的字完全符合。"这种意义，又可以说"笔踪"。本书第七十回："盛希侨道：'舍弟认的满相公笔踪，若到了承发房查出笔踪，定骂他个狗血喷头。'"

字眼

那人甚是和气，时常到咱铺子里坐坐，我有那冷字眼上不来的账，他行常替上一两行，这字眼也只怕算很深的。（八）

【字眼】一指用在语句中的字词。《红楼梦》第六十三回："这些时，我听见二爷嘴里都换了字眼，赶着这几位大姑娘们竟叫起名字来。""冷字眼"，就是生僻字。一指文字的运用能力、文化水平，"字眼很深"实际上是说文化水平很高。这种含义，也可以单说"字儿"。本书第四十四回："我的字儿一发不深，上的布施簿儿俱不清白。"清文康《儿女英雄传》第十一回："我本来字儿也没你的深，主意也没你的巧妙。"参见"字（二）"条。

踪迹

这侯先生我认真他没有娄先生深远。咱姐妹们权且计议搁住，我再踪迹踪迹，休要办哩猛了，惹姐夫回来埋怨。（八）

若说在盛宅窝藏，已知会王隆吉去踪迹几回。况希侨这半年只是招募挑选生、旦、丑、末，不像留客在家光景。（四十五）

【踪迹】查访，追寻调查。明王秀楚《扬州十日记》："至夕，军骑稍疏，左右惟闻人声悲泣，思吾弟兄已伤其半，伯兄亦未卜存亡，予妇予子不知何处，欲踪迹之，或得一见，且使知兄弟死所。"清钱泳《履园丛话·杂记下·命中缺水》："侍郎忽念此妇养育之恩，使人踪迹之。其妇尚在，年七十余矣。"

总是

宋云岫道:"托福,托福。别的不说,总是二公盘费休愁。只要中进士,拉翰林,做大官,一切花消,都是我的,回家也不叫还。"(十)

风水之说,全凭阴骘。总是积下阴德,子孙必然发旺;损了阴骘,子孙必然不好;纵然葬在牛眠吉地,也断不能昌炽。总是人在世上,千万保守住天理良心,再也不得错了。(六十二)

卢重环道:"相公,论起来你还是我的表妹夫。我在家就认的你,相公你却不认的我。总是亲戚们穷富不等,本来近不的人前,况且我是义子呢。"(七十二)

【总是】总之是,反正是。表示总括性的判断。清刘鹗《老残游记》第十二回:"仁甫接了,说道:'在下粗人,不懂衙门里的规矩,才具又短,恐怕有累令兄知人之明,总是不去的为是。……'"

走当

夏逢若道:"若要赊东西走当,这八百两银子,就得两千多两银子东西,才当的够。若是少了,估当的先不肯出价钱。……"(五十九)

若是说街上铺子赊货走当还赌债,怎的到客商边开口?不说原情,赊货何干?说了原情,商家未必肯拿血本与别人周旋赌账。若说家里装几个皮箱走当,母亲妻妾面前说个什么?(五十九)

【走当(—dàng)】拿东西到当铺抵押换钱。当:质当,典押。唐吕岩《七言》之一〇四:"一领布裘权且当,九天回日却归还。"本书第四十二回:"绍闻想了一想,指着案上一个砚池道:'这是一个端砚,你拿去当二两银罢。'夏鼎道:'我家的端砚,只卖了五百钱,这端砚如何能当二两?'""走当"一般指大宗的典当行为。

走滚

谭绍闻道:"我是汉子,不丢慌,不撒赖就是。"假李逵道:"俺是小人们,

谭大叔明日话有走滚,俺便不敢多争执。"(四十三)

接书一看,原来是定期三日以后,貂鼠皮道:"要上紧些,怕久了走滚。赌博帐,休要太认真。"(五十九)

潜斋道:"贤契那知做官的苦衷。从来狱贵速理。人命重情,迟此一夜,口供就有走滚,情节便有迁就。刑房仵作胥役等辈,嗜财之心如命,要钱之胆如天。"(七十一)

【走滚】滚,翻转。"走滚"等于说变卦,多指对原来承认的事实予以否认、推翻。《金瓶梅》第二十八回:"我几次戏他,他口儿且是活,及到中间,又走滚了。不想天假其便,此鞋落在我手里。"《醒世姻缘传》第五十回:"亲切的座师,相厚的同年,当道的势要,都有拿不准的。只是我们讨的,一个是一个,再没走滚。"例中"走滚"的意思与本书同。

走散

(一)

所以王氏向谭孝移说道:"这吹台三月三大会,叫孩子跑跑去。读了两个月书了,走散走散,再去读书何如?"(三)

【走散】等于说闲走走,散散心。清文康《儿女英雄传》第三十四回:"晚上再静坐一刻,养一养气。白日里倒是走走散散,找人谈谈;否则闲中望望行云,听听流水,都可活泼天机。"也可以单说"散"。本书第九回:"内边捧出点茶,主客举匙对饮。柏公道:'虚诳台驾。料老先生也未免客居岑寂,请到这边散一散儿。'孝移俯首致谢。"

(二)

单说天光晴霁,那荷锄挑担的,各自走散。(一百〇三)

【走散】离去,散去。明天然痴叟《石点头》第二回:"那时卢南村家私弄完,童仆走散。莫说当大户出米平粜,连自己也想要吃官米了。"《醒世姻缘传》第八十回:"轻轻易易的照数打发了银子,大家还好好的作揖走散。"

走扇

妇人道:"俺住的屋子漏的要紧,大叔看看,好叫匠人收拾。"绍闻跟的看屋漏,偏偏走扇门儿,自会掩关。竟是"'箱'在尔室",不能"不愧于屋漏"矣。(二十九)

【走扇】指窗扇或门扇由于变形、安装不当、枢轴有毛病等原因而自动开合。清文康《儿女英雄传》第四回:"谁知那门的插关儿掉了,门又走扇,才关好了,吱喽喽又开了。"白鹤群《老北京土语趣谈》第二十九:"常自开的门窗称为'走扇'……有些门窗因安装不当,造成重心偏外或轴与合叶松动,门窗会自动开启,北京人管这种现象叫'走扇',因为门窗的量词为'扇'。"现在河南话中"走扇"意思相同。

走声气

那各司郎中、员外老先生们,尽有实心做官的,我心中虽极为歆羡,却从来不曾妄为攀援,流落到那走声气的路上,叫旁观者夸是官场一把手。(十)

荀药阶道:"弟在山左作幕已久……官场所经甚多,见那营钻刺、走声气者,原有一两个爬上去的;而究之取厌于上台,见嗤于同寅,因而挫败的也就不少。"(七十一)

【走声气】声气:原指相知者的共同旨趣、爱好,用于贬义,指相同的趋附所好。"走声气"就是专门投权贵们所好,曲心阿附,以求荐拔。清坐花散人编《风流悟》第一回:"那儿子学名叫曹成器……自做了秀才,竟是在行,又且会撒漫。在学中做秀才,甚行得通,结社、当会走声气,又有几个无耻的名士去奉承他,'曹盟翁''曹社兄',叫个不了。"也可以说"奔走声气"。清陈康祺《郎潜纪闻初笔》卷三:"一时奔走声气者,遂先期辐凑于其门,场屋中多幸进者。""奔走声气"与"走声气"义同。

走世道

次日出门,皮箱货箱煞在车上,褡裢被窝装在一旁,谭绍闻或坐或走,公

然是个走世道、串衙门的行径。(七十一)

【走世道】到社会上闯荡,在世俗圈子里混。多指不务正业,东游西荡地胡混。世道:世路,世俗社会。本书第一百回:"我前一日在铺内坐着,咱省城第三巷丁家,是走过京的,听说他是闯世道哩,到处有他的朋友。""闯世道"与"走世道"义相当。也可以说成"走世路"。参见"走世路"条。

走世路

逢若道:"贤弟,你通是书呆子话,如何走世路?这些事,全要有许多不认的客,才显得自己相与的人多哩。"(二十一)

我前日没对你说过,走世路休执着书本子上道理。(二十一)

【走世路】犹言到社会上闯荡,在世面上混。世路:指世俗,世事。本书第二十四回:"贤弟你才成人儿,才学世路上闯,休要叫朋友们把咱看低了,就一五一十清白了他。""才学世路上闯",等于说才学着在世面上混。也说"奔走世路"。清李颙《四书反身录·下论语》:"沮溺之耕,丈人之耘,栖迟农亩,肆志烟霞,较之万物一体、念切救世者固偏,较之覃怀名利、奔走世路者则高。"参见"走世道"条。

走线

早有刑房掌稿案的邢敏行打算谭绍闻这宗肥钞,使人向王象荩说署中走线的话。王象荩道:"宁可受应得罪名,衙署之内不敢用半文过付,以致罪上加罪。"(六十五)

【走线】替人做耳目以传递信息,疏通关节。也指线人。明金日升《颂天胪笔·简恤·附逆彪许显纯媚珰罗织陷杀冤招》:"又用银二百两托汪文言引进,投于左光斗、魏大中等门下作心腹,入在东林党内为走线。"线:指消息,情报。清黄轩祖《游梁琐记·王天冲》:"(邑绅某)率队勇购线觅踵,东突西奔。""购线"就是悬赏征求破案的眼线。

走衙门

（一）

　　单说这位邓老爷，我是切知的，这老头儿，是走衙门的妙手。况才做官回来，宦囊殷富，一发更有体面，管情弄的一点针脚儿也不露。（五十一）
　　还未及与夏鼎议妥，忽听二堂恭候。大凡走衙门、弄关节的绅士，只听得"老爷请"这三个字，魂灵儿都是飞的。（五十三）
　　【走衙门】指结交衙门里的官员胥吏，与其串通一气，徇私舞弊，为非作歹。清陆世仪《姑苏钱粮三大困四大弊私言》："乃更有一种棍儒，平日专走衙门，专结吏胥，专欠钱粮而以结交吏胥之故，独不在岁参之列。"清佚名《刘墉传奇》第三十四回："他在外面听详细，所以复返又进坟，要与刘爷说偏理，倚仗着头上有衣巾，出出被掐这口气，找个脸，好包讼词走衙门。"

（二）

　　（谭绍闻）到了晚上睡下，左盘右算，端的无法。忽然想起娄师爷来，现在升任济宁州，路途不远，何不弄些货儿，走走衙门？一来抽丰，二来避债，岂不两得其便？（七十一）
　　既过了三天，心中盘算，凡是走衙门打抽丰的，必有重获。况且盛宅助过他丧金一百两，我即不能如其数，没多的也该有个少的，此意非绍闻不能转达。（七十三）
　　这走衙门探亲的，或是个进士，尚可恳荐个书院，吹嘘个义学。那小人儿，就不必粘那根线。若是个秀才，一发没墨儿了。（八十六）
　　【走衙门】投奔在衙门内为长官的亲属、师友，借势兜售货物以敛财打抽丰。也叫"串衙门"。本书第七十一回："次日出门，皮箱货箱煞在车上，褡裢被窝装在一旁，谭绍闻或坐或走，公然是个走世道、串衙门的行径。"

足呛

混帐场中,闯来闯去,断乎没有什么好处。我也叫他那老贾腌臜的足呛。就是我欠他这二两银子,原是当日承情的事,老贾硬拿出讨赌账的手段,输打赢要的光景践踏人。(四十二)

【足呛(—qiàng)】犹言够呛,表示十分厉害、够受的。清尹湛纳希《泣红亭》第二十回:"这些日子大爷陪客,可累得够呛。""呛"又作"戗"。"戗"为支撑、顶的意思。《水浒传》第五十六回:"墙里望见两间小巧楼屋,侧首却是一根戗柱。""戗柱"就是起支撑作用的木柱。受不了、顶不住,人们也说成"戗不住",常写作"呛不住"。靳以《到佛子岭去》:"邻舍的人都说这么大年纪了,又没出过远门,怕呛不住。"字作"呛"者,大概是要与表示具体行为动作撑、顶义的"戗"有所区别的意思。

钻过头不顾尾

夏逢若冷笑道:"茅兄,我们走江湖的朋友,到处要留名,休要钻过头不顾尾的,惹江湖上笑话,人家还要骂狗攮的哩!"(三十)

【钻过头不顾尾】比喻只图眼前没事,不考虑后果,也指做事有头无尾。《西游记》第七十四回:"他不知怎么钻过头不顾尾的问了两声,不尴不尬的就跑回来了。"也说"顾头不顾尾"。《红楼梦》第六回:"你皆因年小时候,托着老子娘的福,吃喝惯了,如今所以有了钱就顾头不顾尾,没了钱就瞎生气,成了什么男子汉大丈夫了!"河南有的地方还说"钻头不顾屁股"。

嘴叉儿

王氏喜道:"真真爷爷的孙孙,心中有道理,极像爷爷的算计。那眼角儿,嘴叉儿,说话时,只像是一个人。就是带一点奶腔儿不像。"(九十七)

【嘴叉】嘴角。常杰淼《雍正剑侠图》第二十回:"下垂首这个寨主,个儿大,比大寨主马彪还得高上一拳,膀大腰圆,面似生蟹盖,青中透煞,花绞的眉毛,怪目圆睁,塌山根翻鼻孔,大嘴叉。"又写作"嘴岔"。清佚名《大八义》第四十回:"此贼身高九尺,虎背熊腰,肚大。面如蟹盖,棒锤眉,三角眼,蒜头鼻子,翻鼻孔,大嘴岔,大耳朝怀。"

嘴打闲人

绍闻道:"你看你那说话的样儿,叫人受的受不的? 是我穷了,你就要缘头上脸的。"德喜把帘子丢下道:"你穷是你穷了,与我们何相干? 休要嘴打闲人。"(八十)

【嘴打闲人】说话冲撞、挖苦不相干的人。闲人:与事情无关之人。俗语把用言语刺伤人叫"嘴打人"。王容芬《燧人》第二十一回:"大娘瞧不过去,背地里劝套儿:'你刺儿姨嘴打人,心眼儿并不坏,你往后别老招惹她。'"

最次

绍闻道:"那八家?"潜斋道:"宋四家尤、杨、范、陆,元四家虞、杨、范、揭。"潜斋一一指陈八家中最次,这绍闻那得能答!(上七十)

【最次】犹言高下。明马一龙《答陈鲁南太史论唐人诗文》:"余每见古人制作,妙在意与趣耳。意趣之妙,复所得有最次。"栾校本作"次最",义同。

作合

这曹氏有意作合姐姐家请侯先生坐馆,早提起他舅年前的话,董氏早粘住王氏,极其亲热依恋,法圆、云氏,你撺掇,我怂恿,一会停当了。(八)

荆堂尊道:"茅拔茹寄放戏箱是你作合的么?"夏逢若道:"小的与谭绍闻是朋友。前年小的往谭宅去,碰上这茅家去拜这谭绍闻,第二天小的同谭绍闻回拜去——"(三十一)

王纬千道:"兄弟,你好孟浪! 偌大一宗账目,如何并无个同人,难说当日曾没个人作合么?"(六十六)

【作合】语出《诗经》。《诗经·大雅·大明》:"文王初载,天作之合。"后因以"作合"指男女结成夫妇。晋潘岳《南阳长公主诔》:"肇自弱笄,有馥其芬,言告言归,作合于荀。"引申指牵线做媒。清俞樾《春在堂随笔》卷二:

"适丧偶,县令为作合,遂成二姓之好。"字又写作"撮合"。本书第四十八回:"夏鼎道:'娶不娶由的你。你去看一看,谁就强撮合么?'"又指从中说合以促成其事。本书第五十四回:"边公道:'金镯买卖,必有成交之地,撮合之人,谭福儿果系安静肄业,何由与赵天洪相遇?'""撮合"就是"作合"。

作假

(巴氏)总因爱婿心切,只怕娇客作假,受了饥馁。十分忍不住了,走到桌前,拿箸将碗中拣了一碟,送在绍闻面前。(五十)

【作假】原意为不真诚,好伪装。明黄道周《答刘念台书》:"周素不作假,而世人恒以迂诞见督,唯兄知之。"引申指因过于客气、拘谨,到别人那里不敢放开量吃喝。《醒世姻缘传》第二十二回:"(晁夫人)问说:'你们都吃饱了不曾?怎便收拾得恁快?'晁思才道:'饱了,饱了!这是那里,敢作假不成?'"姚雪垠《长夜》三:"瓢子九拍一拍他的头顶说:'别作假啊,待一会儿还要看你下操哩!'菊生仰起脸来笑一笑,顽皮地回答说:'当然不作假,吃饱啦不想家。'"作者原注:"'作假'就是'客气',不过专指客人不肯尽量吃饱而言,不像'客气'一词可以随便使用。"

作准

(一)

孝移道:"你却不知我虑事深远。如今口说无凭,也难与你立个字迹,你只与大相公磕个头,久后便是作准的。"(十二)

从来官场中尚质不尚文,先要一份重礼相敬,若有要事相恳,还要驾而上之些,才得作准。(五十一)

【作准】算数,承认有效力。《警世通言·俞仲举题诗遇上皇》:"上皇道:'朕前日曾替南剑府太守李直说个分上,竟不作准。昨日于寺中复见其人,令我愧杀。'"《二刻拍案惊奇》卷十二:"哄我与他脱了籍,他就不作准了。"

（二）

陈乔龄摇头道："不作准。我看他们《五经》多是临场旋报的，希图《五经》人少，中的数目宽些。一科不中，第二科又是专经。未必作准，姑查查看。"（七）

听了我的话，纵然不能日进斗金，每天要见半斗子钱，是万万作准的。（六十四）

这绍闻方觉得昨晚夏鼎的话，有些儿不甚作准。但既已到此，只得了却一层公案。（七十五）

【作准】保准，靠得住。《儒林外史》第二回："王举人道：'这话更不作准了。比如他进个学，就有日头落在他头上，像我这发过的，不该连天都掉下来，是俺顶着的了？'"清李伯元《官场现形记》第四十七回："这些帐是假造的，都有点靠不住，总要自己彻底清查，方能作准。'"也写作"做准"。清曾朴《孽海花》第三十四回："不过这个人机警得出人意表，决不是平常人，我们倒要留心访察，好在有他的湖南口音可以做准。"

昨前

孝移便道："昨前阅邸钞，见潜老高发，喜不自胜。已从提塘那里，寄回一封遥贺的书信，未知达否？"（十）

我如今立志读书，虽此时先生有病，我只管每日自进个课程。昨前小考，程公取我童生案首。或者宗师按临，进个学儿，也未见得。（四十二）

【昨前】不久前，前几天。明佚名《元朝秘史》卷二："我昨前射得个雀儿，也被他夺了；今遭钓得个鱼，又被他夺了。"清东山云中道人《平鬼传》第十六回："我昨前曾到此，却颇晓得，这山名为巴掌山，岭为抓住岭，洞名不能洞，塔叫按住塔，树是亲柏树。"

做手

老生道："玉花儿唱的《潘金莲戏叔》《武松杀嫂》，好做手，好身法，爷们爱看么？"（十八）

【做手】原指工艺方面的技法手段。明佚名《梼杌闲评》第四回："公子取过拜匣来开了……却是洗的双凤头，玲珑剔透。公子道；'玉质虽粗。做手却细。'"引申指演员在戏曲中的表演，包括动作和表情的展示手段。清黄世仲《廿载繁华梦》第八回："有赞某伶好关目，某好做手，某好唱喉，纷纷其说。"做：指做戏，表演。

做作

（盛希乔）又细声道："我到戏上再叫他加上些做作，好劝化那搅家不贤的人。叫他再添上两句，说：'这是俺丈夫家兄弟，不是俺娘家孩子他舅。'"（七十一）

巫氏引着用威道："用相公，你对奶奶说，那戏台上状元插金花，送官诰，送亲的也到了，爹妈一齐换纱帽圆领、金冠霞帔，那不过是戏子们做作。普天下有几家爷爷看孙孙做官的。"（九十七）

【做作】装模作样。元王实甫《西厢记》第一本第四折："扭捏着身子儿百般做作，来往向人前卖弄俊俏。"引申为表演、做戏。清陈森《品花宝鉴》第二回："（桂保）又问孙亮功：'第二、三杯怎样喝？'亮功道：'两杯都装作小旦敬人。'周锡爵道：'我们这样的胡子，倒有些难装。'亮功道：'只要做作得好，便有胡子也不妨。'"

附　　录

《歧路灯》谚语钞

（说明：谚语顺序按第一字笔画数目多少排列；同画数的，按起笔笔画一丨丿丶乛的顺序排列。括号内为该小说回目。）

一日被蛇咬,十年怕麻绳。（九十）
一日做官,强似为民万载。（八十）
一文钱急死英雄汉。（三十三/八十一）
一丝不线,单木不林。（八）
一杨去,百杨出。（一百〇八）
一客不烦二主。（五/二十七/六十六/七十五）
一朝天子一朝臣。（十九/五十四）
八仙过海,各显神通。（六十九）
人心镜一般。（一百〇五）
人有脸,树有皮。（三十五）
人怕天不怕。（八十七）
人的名,树的影。（七十四）
人嘴快如风。（六十五/九十四）
儿大不由爷。（三十二/五十四）
三十六策,走为上策。（六十五）
大成之人越夸越怕,小就之人见夸就炸。（九十）

上行下自效。(九十九)

千里姻缘一线牵。(九十六)

千行万行,庄稼是头一行。(八十五)

勺水无益大海。(五十六)

子弟宁可不读书,不可一日近匪人。(十七/二十一)

天下无不是的父母。(九)

天下老哩,只向小的。(一百○二)

天下难处之事,古今必有善处之人。(八十一)

天上无云不下雨,地下无人事不成。(四十六)

天道远,人道迩。(九十七)

天塌压大家。(一百○三)

无药可医后悔病。(八十二)

不孝有三,无后为大。(六十七)

不见了羊,还在羊群里寻。(二十四/三十)

不识字之学问,乃自阅历中来。(一百○四)

井水不犯河水。(五十六)

水平不流,人平不语。(六)

水到渠成,刀过竹解。(五)

水浅鱼不住。(七十四/八十)

欠债速迟总是要,只争还早与还迟。(六十六)

仁不统兵,义不聚财。(六十九)

仁者赠人以言,方谓之真朋友。(一百○五)

牛不喝水难按角。(五十七)

心去身难留,留下结冤仇。(八十)

心照何必面托。(二十)

火大蒸的猪头烂,钱多买的公事办。(七十七)

为人臣者报国恩,为人子者振家声。(一百○四)

巧媳妇难做没米粥。(七十七)

功名是小事,爹娘是大事。(一百○八)

本钱易寻,伙计难讨。(六十九)

东山日头多似树叶儿。(五十九)

打人休打脸,骂人休揭短。(六十七/八十二)

世人万般皆自取,一毫半点不因人。(四十四)
宁当有日筹无日,莫待无时思有时。(八十五)
母在一子单,母去三子寒。(九十一)
百日床前无孝子。(四十七)
成立之难如登天,覆败之易如燎毛。(一)
有势不使不如无。(四十六)
有缘千里来相会。(四十三)
老牛舐犊,情所难禁。(七十七)
老鸦野鹊拣旺处飞。(七十四)
地因人灵,福由心造。(九十九)
光阴似箭,其实更迅于箭;日月如梭,其实更疾于梭。(六)
此处没朱砂,雄黄也为贵。(七十七)
自立为贵。(八十六/八十九)
先嫁由爹娘,后嫁由自身。(五十)
羊毛虽碎,众毛攒毡。(四十三)
灯将灭而放横焰,树已倒而发强芽。(七十九)
庄稼不照只一季,娶妻不照就是一世。(四十九)
好事不出门,恶事行千里。(三十)
好账不如无。(六十六)
好借好还,再一遭儿不难。(五十八)
远水不解近渴。(八)
财不露白。(七十二)
身上病好治,心病难医。(二十六)
邻居一杆秤,街坊千面镜。(八十七)
穷遮不得,丑瞒不得。(六十六)
没有百年不散的筵席。(三十六)
君子交人,当避其短。(九十八)
君子之交,定而后求;小人之交,一拍即合。(十八)
君子不夺人之所好。(九十八)
君子不重则不威。(九十九)
张天师出了雷——没诀捏了。(四十六)
陈曲做酒——老汉当家。(八十三)

妻贤夫少祸。(三十六)
备席容易请客难。(七十三)
贫而不可富葬。(六十一)
官上休保人,私下休保债。(六十)
官府不打送礼人。(十九)
面软的受穷。(六十九)
要得人不知,除非己莫为。(二十九)
要得不厮赖,只要原物在。(二十六)
荒年杀礼。(九十四)
砍的不如镟哩圆。(十一)
相识满天下,知心有几人。(九十九)
是大不服小。(三十六)
拜师如投胎。(八十六)
须知天有眼,枉叫地无皮。(一百〇五)
养正邪自退。(三十六)
疥疮药少不了臭硫磺。(六十四)
饿出来的见识,穷出来的聪明。(八十二)
酒助懦夫怒气,钱添笨汉精神。(七十七)
酒是迷魂汤。(四十三)
酒逢知己千盅少,话不投机半句多。(四)
谁家牛犊不抵母,谁家儿子不恼娘。(二十六)
能膺贼头窝主,不做人命干连。(五十三)
教子之法,莫叫离父;教女之法,莫叫离母。(三)
银钱能买的鬼推磨。(六十五)
得意夫妻欣永守,负心朋友怕重逢。(一百〇七)
欲知其人,当观其偶。(六)
硬过船,软过关。(七)
揭债还债,窟窿常在。(三十)
揭债要忍,还债要狠。(三十/四十)
赌博到头终有打,只争清早与饭时。(六十五)
富厚足以养其愚。(八十三)
富者赠人以财,仁者赠人以言。(八十三)

强龙不压地头蛇。(三十)
媒婆口,无梁斗。(十三)
腰中有钱腰不软,手中无钱手难松。(七十四)
新来和尚好撞钟。(八)
福是自求多的,祸是自己作的。(六十二)
墙有缝,壁有耳。(九十三/九十八)
厮打时忘了跌法。(四十六)

主要参考书目

(以出版刊刻时间为序)

专著与辞书部分

陆澹安.小说词语汇释[M].上海:上海古籍出版社,1979.
陆澹安.戏曲词语汇释[M].上海:上海古籍出版社,1981.
顾学颉,王学奇.元曲释词:一[M].北京:中国社会科学出版社,1983.
顾学颉,王学奇.元曲释词:二[M].北京:中国社会科学出版社,1984.
龙潜庵.宋元语言词典[M].上海:上海辞书出版社,1985.
陈刚.北京方言词典[M].北京:商务印书馆,1985.
罗竹风.汉语大词典:第一卷[M].上海:汉语大词典出版社,1986.
罗竹风.汉语大词典:第十卷[M].上海:汉语大词典出版社,1986.
王锳.诗词曲语辞例释[M].增订版.北京:中华书局,1986.
顾学颉,王学奇.元曲释词:三[M].北京:中国社会科学出版社,1988.
罗竹风.汉语大词典:第二卷[M].上海:汉语大词典出版社,1988.
罗竹风.汉语大词典:第三卷[M].上海:汉语大词典出版社,1989.
罗竹风.汉语大词典:第四卷[M].上海:汉语大词典出版社,1989.
胡竹安.水浒词典[M].上海:汉语大词典出版社,1989.
李法白,刘镜芙.水浒语词词典[M].上海:上海辞书出版社,1989.
贺巍.获嘉方言研究[M].北京:商务印书馆,1989.
罗竹风.汉语大词典:第六卷[M].上海:汉语大词典出版社,1989.

罗竹风.汉语大词典:第五卷[M].上海:汉语大词典出版社,1990.
罗竹风.汉语大词典:第七卷[M].上海:汉语大词典出版社,1991.
罗竹风.汉语大词典:第八卷[M].上海:汉语大词典出版社,1991.
邵文杰.河南大辞典[M].北京:新华出版社,1991.
李申.《金瓶梅》方言俗语汇释[M].北京:北京师范学院出版社,1992.
高文达.近代汉语词典[M].北京:知识出版社,1992.
罗竹风.汉语大词典:第九卷[M].上海:汉语大词典出版社,1992.
罗竹风.汉语大词典:第十一卷[M].上海:汉语大词典出版社,1993.
罗竹风.汉语大词典:第十二卷[M].上海:汉语大词典出版社,1993.
贺魏.洛阳方言研究[M].北京:社会科学文献出版社,1993.
张启焕,陈天福,程仪.河南方言研究[M].开封:河南大学出版社,1993.
曾上炎.西游记辞典[M].郑州:河南人民出版社,1994.
蒋礼鸿.敦煌文献语言词典[M].杭州:杭州大学出版社,1994.
周定一,钟兆华,白维国.红楼梦语言词典[M].北京:商务印书馆,1995.
李行健.河北方言词汇编[M].北京:商务印书馆,1995.
李荣,贺巍.洛阳方言词典[M].南京:江苏教育出版社,1996.
香坂顺一.白话语汇研究[M].江蓝生,白维国译.北京:中华书局,1997.
陈刚,宋孝才,张秀珍.现代北京口语词典[M].北京:语文出版社,1997.
李崇兴,黄树先,邵则遂.元语言词典[M].上海:上海教育出版社,1998.
岳国钧,罗迅.元明清文学方言俗语辞典[M].贵阳:贵州人民出版社,1998.
许宝华,宫田一郎.汉语方言大词典[M].北京:中华书局,1999.
汉语大字典编辑委员会.汉语大字典[M].2版.成都:四川出版集团·四川辞书出版社,2010.
王铁聃.河南方言民间笑话[M].北京:华夏出版社,2010.
中国社会科学院语言研究所词典编辑室.现代汉语词典[M].6版.北京:商务印书馆,2012.
孙明和.伊洛词话[M].郑州:河南人民出版社,2014.
薛小战.修武民俗与方言[M].西安:陕西旅游出版社,2015.

新修河南地方史志民俗志部分

西峡县地方史志编纂委员会.西峡县志[M].郑州:河南人民出版社,1987.

夏邑县地方史志编纂委员会.夏邑县志[M].郑州:河南人民出版社,1989.

孟津县地方史志编纂委员会.孟津县志[M].郑州:河南人民出版社,1991.

戴景琥.义马民俗志[M].郑州:中州古籍出版社,1991.

张鹏举,丁云岸.鹿邑民俗志[M].郑州:中州古籍出版社,1991.

王金祥.方城民俗志[M].郑州:中州古籍出版社,1991.

曹金财.卢氏民俗志[M].郑州:中州古籍出版社,1991.

洛宁县地方史志编纂委员会.洛宁县志[M].北京:生活·读书·新知三联书店,1991.

周家樵.灵宝民俗志[M].郑州:中州古籍出版社,1993.

孙国文,张文伦.内乡民俗志[M].郑州:中州古籍出版社,1993.

田聚常.濮阳民俗志[M].郑州:中州古籍出版社,1993.

唐河县地方史志编纂委员会.唐河县志[M].郑州:中州古籍出版社,1993.

许昌县地方史志编纂委员会.许昌县志[M].天津:南开大学出版社,1993.

河南省地方史志办公室.河南省志·方言志[M].郑州:河南人民出版社,1995.

民权县地方史志编纂委员会.民权县志[M].郑州:中州古籍出版社,1995.

康仙舟,高献中,王西明.偃师风土[M].北京:华文出版社,1999.

孟津县地方史志编纂委员会.孟津县志(1986—2000)[M].北京:方志出版社,2006.

王国谦.禹州文史:第十八辑[M].禹州:政协禹州市学习文史委员会,豫内资准印通字91-HX10号,2008.

符春绿.叶县人文历史钩沉[M].平顶山:政协叶县委员会,豫内资平新出发通字[2011]0103号,2011.

卫东区地方史志办公室.平顶山市卫东区年鉴(2012)[M].北京:新华出版社,2012.

河南旧方志部分

邱峩,吕宣曾.新安县志[M].1766年(乾隆三十一年)刻本.台北:成文出版社有限公司.

施诚修,裴希纯,童钰.河南府志[M].1779年(乾隆四十四年)刻本,1867(同治六年)陈肇镛重校补刻本影印本.台北:成文出版社有限公司.

周际华,戴铭.(道光)辉县志[M].1895年(光绪二十一年)刻本影印本.台北:成文出版社有限公司.

贾毓鹍,王凤翔.洛宁县志[M].1917年(民国六年)铅印本影印本.台北:成文出版社有限公司.

阮藩侪,宋立梧,杨培熙.孟县志[M].1933年(民国二十二年)刻本影印本.台北:成文出版社有限公司.

方策,王幼侨,裴希度,等.续安阳县志[M].1933年(民国二十二年)铅印本影印本.台北:成文出版社有限公司.

李毓藻,陈铭鉴.西平县志[M].1934年(民国二十三年)刻本影印本.台北:成文出版社有限公司.

窦经魁,耿憎.阳武县志[M].1936年(民国二十五年)铅印本影印本.台北:成文出版社有限公司.

方廷汉,谢隋安,陈善同.重修信阳县志[M].1936年(民国二十五年)铅印本影印本.台北:成文出版社有限公司.

靳蓉境,王介.鄢陵县志[M].1936年(民国二十五年)铅印本影印本.台北:成文出版社有限公司.

姚家望,黄阴柟.封丘县续志[M].1937年(民国二十六年)铅印本影印本.台北:成文出版社有限公司.

凌甲烺,吕应南,张嘉谋.西华县续志[M].1938年(民国二十七年)铅印本影印本.台北:成文出版社有限公司.

(以上出自成文出版社1968—1976年"中国方志丛书"河南省部分)

杨潮观.林县志[M].1752年(乾隆十七年)刻本影印本.上海:上海书店出版社,2013.

甘扬声,刘文运.渑池县志[M].1810年(嘉庆十五年)刻本影印本.上海:上海书店出版社,2013.

景纶,谢增.密县志[M].1817年(嘉庆二十二年)刻本影印本.上海:上海书店出版社,2013.

苏源生.鄢陵文献志[M].1864年(同治三年)刻本影印本.上海:上海书店出版社,2013.

谢应起,刘占卿,龚文明.宜阳县志[M].1881年(光绪七年)刻本影印本.上海:上海书店出版社,2013.

胡荃,高廷璋,蒋藩.河阴县志[M].1924年(民国十三年)石印本影印本.上海:上海书店出版社,2013.

(以上出自上海书店出版社2013年《中国地方志集成·河南府县志辑》)

后　　记

《〈歧路灯〉词语汇释》(增订本)即将付梓了，本人算是了却了一桩心事。这个增订本之所以能顺利交付刊印，有赖于各方的鼎力支持与热诚帮助。

我是一个已经退休的教师，现任文学院领导得知这部书稿已交出版社，即表示可以将其纳入"文学院学术著作出版资助"之列，全额资助；院办公室的同志数度辗转于几个部门之间，代我办理各种手续，免去了本应属于我的奔波之劳，使我再次感受到这个大家庭无比的温馨。

河南大学出版社的领导和有关科室的同志对这个增订本的问世予以了全方位的支持，做出了周密的安排。特别是责编胡玲霞老师，从文字的斟酌到标点符号的订改，从引文的核查到版式的敲定，仔细认真，付出了很多辛劳，尤其对稿中不恰当的地方，总能及时提出修改意见，使得书稿增色不少。

学界几位热心的朋友一直鼓励我做好《歧路灯》的词汇研究。平顶山学院的王冰老师也是一位对《歧路灯》语言有深入研究的学者，他长期关注《歧路灯》的版本及相关的异文问题，并有着独到的个人见解。在修订过程中，王老师在材料上给了我不少帮助，并不断为我提供一些新的版本方面的信息，这些都使我受益匪浅。

文学院汉语教研室的同事们也予以我很多的鼓励和帮助，其中傅书灵老师生前对《歧路灯》的语言研究下过深功夫，发表了几篇很有见地的讨论《歧路灯》语法的文章，他对本书的修订、增补也提出过不少很好的建议。当年我们曾约定，他考察书中比较特别的语法现象，我留意书中的方言词汇，将来联手出一本研究《歧路灯》语言的书。可惜天不假年，傅书灵老师竟过早地逝去了。每念及此，都难免潸然泪下。这个增订本的刊印，也算是对逝者的一种告慰吧。

　　文学院资料室原主任张玉萍同志在整个修订增补过程中,替我做了大部分的引文核对、书证查对工作,细致认真,为减少书面差错尽了力。

　　总之,整个修订、出版过程,得到了很多领导、同事、同仁的关心和帮助,我愿借此机会向他们表达我诚挚的谢意!

　　由于各种原因,本人没有机会接触到更多的《歧路灯》不同版本,这对词条的择定和解释都有一定的影响。这也是令我深感遗憾的地方。希望这种情况今后能有所改观,让我在还能读书的时候见到它们,或许有机会再次修订的时候能用上。最后,真诚欢迎大家对《〈歧路灯〉词语汇释》(增订本)提出批评和建议。

张生汉
2021 年 11 月于河南大学 22 号院寓所